Tad Williams

Traumjäger
und
Goldpfote

Tad Williams

Traumjäger und Goldpfote

Roman

Aus dem Amerikanischen
von Hans J. Schütz

Weltbild Verlag

Genehmigte Lizenzausgabe für
Weltbild Verlag GmbH, Augsburg 1995

erschienen im Verlag DAW Books, Inc., New York
unter dem Titel „Tailchaser's Song“

Umschlaggestaltung: Manfred Walch, Frankfurt,
unter Verwendung einer Illustration von Braldt Bralds
Gesamtherstellung: Ebner Ulm
Printed in Germany
ISBN 3-89350-387-0

Gewidmet meinen Großmüttern
Elizabeth G. Anderson
und
Elizabeth Wilins Evans,
deren Unterstützung mir soviel bedeutet hat,
und der Erinnerung an
Fever,
der ein guter Freund war,
doch eine bessere Katze.

Mein besonderer Dank gilt John Carswell,
Nancy Geming-Williams und Arthur Ross Evans
für ihre Unterstützung bei der Vorbereitung dieses Buches.
Ich wünsche Ihnen allen einen Guten Tanz.

Vorbemerkung des Autors

Mit wenigen Ausnahmen entstammen alle unbekannten Wörter, die in diesem Buch vorkommen, dem Höheren Gesang des Volkes. Wie andere Warmblüter besitzt das Volk zwei Sprachen. Die Gebrauchssprache, die es mit den meisten anderen Säugetieren teilt, ist der Gemeinsame Gesang, der größtenteils aus Gesten, Witterungen und Körperhaltungen besteht; dazu kommen ein paar leicht deutbare Geräusche und Schreie, welche die ganze Skala der Ausdrucksmöglichkeiten umfassen. Der Gemeinsame Gesang ist – wie in diesem Buch – in der Übersetzung nur unvollkommen wiederzugeben.
Bei bestimmten Anlässen oder bei spezifischen beschreibenden Passagen, wo der Gemeinsame Gesang nicht ausreicht, wird der Höhere Gesang benutzt. Fast der gesamte rituelle Bereich – und natürlich das Geschichtenerzählen – fallen in diese Kategorie.
Der Höhere Gesang ist eine überwiegend verbale Sprache, obgleich die Bedeutung eines Wortes auch durch die Körperhaltung und die Akzentuierung deutlich gemacht werden kann. Der Leser braucht also nicht fortwährend Wörter nachzuschlagen, denn die gebräuchlichen Wörter des Höheren Gesangs sind im Text übersetzt worden. Am Schluß des Buches findet sich überdies ein kleines Lexikon der Katzensprache für jene, die allzu kleinmütig sind, sowie ein Namensverzeichnis.

Warum ich meine Katze schätze

Weil sie dem ersten Schein des göttlichen Glanzes im Osten
auf ihre Weise huldigt.
Weil sie das tut, indem sie ihren Leib siebenmal mit anmutiger
Schnelle herumwirbelt . . .
Weil sie, nachdem sie gehuldigt und den Segen empfangen hat,
an sich selber zu denken beginnt.
Und dies vollführt sie in zehn Stufen.
Erstens beschaut sie ihre Vorderpfoten, um zu sehen,
ob sie sauber sind.
Zweitens wirbelt sie mit den Hinterbeinen den Staub auf,
damit es hinter ihr sauber wird.
Drittens streckt sie sich gründlich mit gespreizten Vorderpfoten.
Viertens schärft sie ihre Krallen an Holz.
Fünftens wäscht sie sich.
Sechstens wälzt sie sich frischgewaschen herum.
Siebtens flöht sie sich, damit es sie beim Spaziergang nicht juckt.
Achtens reibt sie sich an einem Pfosten.
Neuntens fragt sie nach ihren Anweisungen.
Zehntens begibt sie sich auf die Suche nach Nahrung . . .
Wenn dann ihr Tagewerk vollbracht ist, macht sie sich
an ihre eigentliche Arbeit.
Denn sie hält die nächtliche Wache des Herrn gegen den Feind.
Denn sie bekämpft die Mächte der Finsternis mit knisterndem
Fell und funkelnden Augen.
Denn sie widersteht dem Teufel, welcher der Tod ist,
indem sie sprühendes Leben verbreitet.

In ihren Morgengebeten liebt sie die Sonne, und die Sonne
liebt die Katzen.
Sie entstammt der Rasse der Tiger.
Die Cherub-Katze ist dem Engels-Tiger verwandt.
Ich schätze meine Katze,
Weil nichts süßer ist als ihr Frieden, wenn sie ruht,
Weil nichts lebendiger ist als ihr Leben, wenn es in Bewegung ist,
Weil Gott sie mit einer unendlichen Vielfalt von Bewegungen
gesegnet hat . . .
Weil sie nach jeder Musik tanzen kann . . .

Christopher Smart

Einleitung

In der Stunde vor Anbeginn der Zeit kam Tiefklar Urmutter aus der Finsternis auf die kalte Erde. Sie war schwarz, und die ganze Welt schien in ihr Pelz geworden zu sein. Sie verbannte die ewige Nacht und gebar die Zwei.

Harar Goldauge hatte Augen, so heiß und strahlend wie die Sonne zur Stunde der Kleineren Schatten; er war die Verkörperung des hellen Tags, des Mutes und des Tanzes.

Fela Himmeltanz, seine Gefährtin, war schön wie Freiheit und Wolken, wie das Lied heimgekehrter Wanderer.

Goldauge und Himmeltanz zeugten viele Kinder und zogen sie in dem Wald auf, der die Welt zu Beginn der Älteren Tage bedeckte. Kletterblitz, Wolfsgespiel, Laubsänger und Schimmerkralle, ihre Jungen, hatten kräftige Gebisse, waren scharfäugig, behende, aufrichtig und tapfer bis zu ihren Schwanzspitzen.

Doch die eigentümlichsten und schönsten von all den ungezählten Kindern Harars und Felas waren die drei Erstgeborenen.

Der älteste war Viror Windweiß; sein Fell schimmerte wie Sonnenlicht auf Schnee, und er war schnell wie der Wind . . .

Das zweite Kind war Grizraz Kaltherz, grau wie die Schatten und voller Seltsamkeit . . .

Der Drittgeborene war Tangalur Feuertatze. Er war schwarz wie Tiefklar Urmutter, doch seine Pfoten waren flammendrot. Er hielt sich abseits und sang für sich allein.

Unter den erstgeborenen Brüdern gab es Nebenbuhlerschaft. Windweiß lief so schnell und war so stark, wie eine Katze es sich nur erträumen konnte – niemand konnte ihn im Springen oder Laufen übertreffen. Feuertatze war klug wie keiner; er löste alle Aufgaben und Rätsel und ersann Lieder, die das Volk viele Katzenalter hindurch sang. Kaltherz konnte mit den Leistungen seiner Brüder nicht wetteifern.

Er wurde neidisch und begann den Sturz von Windweiß und die Erniedrigung des Volkes zu betreiben.
So geschah es, daß Kaltherz ein mächtiges Untier gegen das Volk ins Feld schickte. Ptomalkum war sein Name, und es war die letzte Ausgeburt des Dämonen-Hundes Venris, den Tiefklar in den Tagen des Feuers vernichtet hatte. Ptomalkum, erweckt und genährt von Kaltherz' Haß, tötete viele aus dem Volk, bevor er selbst von dem tapferen Windweiß erschlagen wurde. Jedoch Windweiß empfing so schwere Wunden, daß er rasch dahinsiechte und starb . Als er erkannte, daß seine Ränke zunichte gemacht waren, fürchtete sich Kaltherz, kroch in ein Loch und verschwand in der verschwiegenen Erde.
Groß war das Wehklagen am Hofe von Harar ob des Todes von Windweiß, den alle geliebt hatten.
Feuertatze, sein Bruder, von Gram erfüllt, floh den Hof, entsagte seinem Anspruch auf die Königswürde und wanderte in die Welt.
Fela Himmeltanz, Windweiß' Mutter, war von jener Zeit an stumm, und sie blieb es ihr langes Leben lang.
Harar Goldauge jedoch war so von Zorn erfüllt, daß er weinte und gewaltige Eide schwor. Heulend ging er in die Wildnis und vernichtete alles, was ihm auf seiner Suche nach dem verräterischen Kaltherz in die Quere kam. Schließlich, unfähig, einen so großen Schmerz zu ertragen, flüchtete er sich in den Schoß der Urmutter im Himmel. Dort lebt er immer noch und jagt die leuchtende Maus der Sonne durch die Himmel. Oft blickt er von oben auf die Erde herab und hofft, Viror noch einmal unter den Bäumen des Welt-Waldes dahinlaufen zu sehen. Ungezählte Jahreszeiten folgten einander und die Welt wurde älter, bevor Feuertatze seinem treulosen Bruder Kaltherz wieder begegnete.
In den Tagen von Prinz Glattbart, als Königin Dämmerstreif herrschte, kam Tangalur Feuertatze den *Ruhus*, dem Eulenvolk, zur Hilfe. Ein rätselhaftes Untier hatte die Nester der Eulen geplündert und alle *Ruhu*-Jäger getötet, die sich ihm in den Weg gestellt hatten.
Feuertatze machte eine Falle, indem er einen mächtigen Baum so lange mit den Krallen bearbeitete, bis er beinahe durchtrennt war und legte sich dann auf die Lauer, den Räuber zu erwarten.

Als das Untier in dieser Nacht erschien und Feuertatze den Baum fällte, entdeckte er zu seinem Erstaunen, daß es Grizraz Kaltherz war, der unter dem Baum begraben lag.
Kaltherz bat Feuertatze, ihn zu befreien und versprach, ihm die uralten Weisheiten zu enthüllen, derer er im Inneren der Erde teilhaftig geworden sei. Tangalur lachte bloß.
Als die Sonne aufging, begann Kaltherz zu schreien. Er wand sich und kreischte, so daß Feuertatze, obgleich er eine Finte fürchtete, seinen leidenden Bruder von der Last des Baumes befreite.
Kaltherz war so lange unter der Erde gewesen, daß die Sonne ihn blendete. Er kratzte und rieb sich seine gepeinigten Augen und heulte so erbärmlich, daß Feuertatze sich nach etwas umsah, womit er ihn vor dem glühenden Licht des Tag-Sterns schützen konnte. Als er sich jedoch abwandte, grub der geblendete Kaltherz sich einen Gang, schneller als es ein Dachs oder ein Maulwurf vermocht hätten. Als der aufgeschreckte Feuertatze sich über das Loch beugte, war Kaltherz aufs neue im Inneren der Welt verschwunden.
Man erzählt sich, daß er noch immer dort wohnt, vor den Augen des Volks verborgen; daß er unter der Erde Übeltaten ersinnt und danach giert, in die Obere Welt zurückzukehren . . .

Teil I

1. Kapitel

... hängt keinem Irrtum nach:
Wir sind nicht scheu und kümmerlich:
Wir sind sehr hell und wach,
Der Mond und ich!

W. S. Gilbert

Die Stunde der Steigenden Dämmerung hatte begonnen, und der Dachfirst, auf dem Traumjäger lag, war in Schatten gebettet. Er lag tief in einem Traum voller Sprünge und Flüge, als er ein ungewöhnliches Kribbeln in seinen Barthaaren spürte. Fritti Traumjäger, der junge Jäger des Volkes, wurde plötzlich wach und schnupperte die Luft. Mit gespitzten Ohren und starr abstehenden Barthaaren sog er prüfend die Abendbrise ein. Nichts Außergewöhnliches. Doch was hatte ihn dann geweckt? Grübelnd spreizte er die Pfoten und begann sich zu strecken, bis sein Körper vom Rückgrat bis zur Spitze seines rötlichen Schwanzes locker war.

Als er damit fertig war, sich zu putzen, war das Gefühl einer Gefahr verflogen. Vielleicht war es ein Nachtvogel gewesen, der über ihm hinweggeflogen war... oder ein Hund unten im Feld... vielleicht...

Vielleicht werde ich wieder ein Kind, dachte Fritti bei sich selbst, das erschreckt vor fallenden Blättern Reißaus nimmt. Der Wind rubbelte durch sein frisch gelecktes Fell. Verärgert sprang er vom Dach in die hohen Gräser hinunter. Zuerst mußte er etwas gegen den Hunger tun. Danach wurde es Zeit, zum Mauertreff zu gehen.

Das Dämmerlicht schwand, und Traumjägers Bauch war immer noch leer. Das Glück war ihm nicht geneigt gewesen.

Regungslos und geduldig hatte er am Eingang zur Höhle eines Ziesels auf der Lauer gelegen. Nachdem eine Ewigkeit nahezu lautlosen Atmens verstrichen und der Bewohner des Baus immer noch nicht aufgetaucht war, hatte Traumjäger enttäuscht aufgegeben. Mißmutig hatte er auf dem Höhleneingang herumgetrampelt und sich dann auf die Suche nach einer anderen Beute gemacht.
Das Glück hatte ihn ganz und gar verlassen. Selbst ein Nachtfalter war seinem stürmischen Angriff entkommen und in Spiralen nach oben in die Dunkelheit geflogen.
Wenn ich nicht bald etwas fangen kann, sorgte er sich, werde ich zurückkehren und aus dem Napf fressen müssen, den die Großen für mich hinausgestellt haben. Harar! Was für ein Jäger bin ich eigentlich? Ein schwacher Anflug von Geruch ließ Traumjäger unvermittelt innehalten. Vollkommen bewegungslos und mit angestrengten Sinnen kauerte er und schnupperte. Es war ein Quieker, und so nahe, daß er ihn mit dem Wind wittern konnte.
Er bewegte sich schattenleicht, suchte sich sorgsam seinen Weg durch das Unterholz, und dann erstarrte er wieder. Dort! Anderthalb Sprünge vor ihm saß die *mre'az*, die er gerochen hatte. Ohne Traumjäger zu bemerken, hockte sie da und stopfte sich Samen in die Backentaschen – die Nase zuckte nervös, die Augen zwinkerten unruhig.
Fritti ließ sich auf die Erde nieder, und sein aufgestellter Schwanz schlug hinter ihm hin und her. Immer noch kauernd, hob er sich auf die Hinterbeine und machte sich zum Angriff bereit – regungslos und mit gespannten Muskeln. Er sprang. Er hatte die Entfernung falsch eingeschätzt. Er sprang zu kurz, und als er mit zuckenden Tatzen landete, hatte der Quieker gerade noch Zeit, ein entsetztes Zirpen auszustoßen, ehe er – husch! – in seinem Loch verschwand.
Fritti stand über dem Fluchtloch und biß sich verlegen die Pfote.

Als Traumjäger die letzten Brocken aus dem Napf leckte, sprang Spindelbein auf die Veranda. Spindelbein war ein wilder, grau und gelb gescheckter Tiger, der in einem Abzugskanal auf der anderen Seite des Feldes hauste. Er war ein wenig älter als Fritti, worauf er sich viel einbildete.

»*Nre'fa-o,* Traumjäger.« Spindelbein zog sich hoch und schärfte träge seine Krallen an einem hölzernen Pfeiler. »Sieht so aus, als hättest du heute abend reichlich zu fressen bekommen. Sag mal, lassen dich die Großen für dein Abendessen Männchen machen? Ich habe mich oft gefragt, wie das abläuft, mußt du wissen.« Fritti tat so, als höre er nichts und begann seinen Schnurrbart zu säubern.
»Mir fällt auf«, fuhr Spindelbein fort, »daß die Heuler eine Art Abmachung haben: sie bringen den Großen Sachen, springen viel herum und bellen die ganze Nacht, um etwas zu fressen zu kriegen. Machst du das auch?« Spindelbein streckte sich lässig. »Ich bin einfach neugierig, verstehst du? Eines Nachts – O, ich gebe zu, daß es nicht wahrscheinlich ist –, eines Nachts könnte ich einmal nicht fähig sein, mir etwas zum Abendessen zu fangen, und dann wäre es ganz hübsch, etwas zu haben, worauf man zurückgreifen kann. Ist Bellen sehr schwierig?« »Sei still, Spindelbein.« Fritti fauchte, dann nieste er vor Lachen und sprang auf seinen Freund los. Sie rangen einen Augenblick, dann gaben sie sich frei und versetzten einander Tatzenhiebe. Schließlich, als sie müde waren, ließen sie sich kurz nieder, um sich zu lecken.
Als sie sich ausgeruht hatten, sprang Spindelbein von der Veranda herab und tauchte in die Dunkelheit. Fritti glättete ein letztes Stück Fell an seiner Seite, und dann folgte er ihm.
Gerade begann die Stunde der Tiefsten Stille, und hoch am Himmel, entrückt und gleichmäßig leuchtend, stand Tiefklars Auge.
Der Wind lief flüsternd durch die Blätter der Bäume, als Traumjäger und Spindelbein sich ihren Weg durch Felder und über Zäune bahnten – manchmal verhielten sie, um auf die Geräusche der Nacht zu lauschen, dann stoben sie über schimmernde, vom Licht der Straßenlaternen erhellte Rasenflächen. Als sie am Saum der Alten Wälder anlangten, welche die Wohnungen der Großen umgaben, konnten sie die frischen Gerüche anderer Stammesgenossen riechen.
Jenseits der Anhöhe und hinter einem Wäldchen mächtiger Eichen lag der Eingang zur Schlucht. Traumjäger dachte mit Freude an die Lieder und Geschichten, die an der zerfallenden Mauer die Runde machen würden. Er dachte auch an Goldpfote, deren schlanke, graue

Gestalt und zierlicher gebogener Schwanz ihm seit kurzem fast ununterbrochen im Kopf herumgespukt hatten. Es war schön, zu leben und in der Nacht des Mauertreffs zum Volk zu gehören.
Tiefklars Auge warf ein perlmuttfarbenes Licht auf die Lichtung. Am Fuß der Mauer waren fünfundzwanzig oder dreißig Katzen versammelt – sie rieben sich aneinander in gravitätischer Begrüßung und beschnüffelten die Nase eines Neuankömmlings.
Viele Jüngere aus dem Volk übten sich in Scheinkämpfen. Traumjäger und Spindelbein wurden von einer Schar junger Jäger begrüßt, die lässig ein wenig abseits von der Menge herumstanden.
»Prächtig, daß ihr hier seid!« rief Pfotenflink, ein junger Kater mit dickem, schwarz-weißem Fell. »Wir wollen gerade anfangen, Spring-in-die-Luft zu spielen – bis die Alten kommen, versteht sich.«
Spindelbein hüpfte hinüber, um mitzumachen, doch Fritti schüttelte höflich den Kopf und schob sich vorwärts durch die Menge, um nach Goldpfote Ausschau zu halten. Er konnte ihren Geruch nicht ausfindig machen, während er durch das Gewimmel von Katzen schlüpfte.
Zwei junge *Felas*, kaum dem Kätzchenalter entwachsen, begegneten ihm mit kokett gerümpften Näschen und rannten dann ausgelassen prustend weg. Er beachtete sie nicht und senkte seinen Kopf respektvoll, als er an Langstrecker vorüberkam. Der ältere Kater, der flach hingestreckt majestätisch am Fuß der Mauer lag, würdigte ihn eines Blinzelblicks aus seinen riesigen grünen Augen und grüßte ihn mit einem flüchtigen Ohrzucken.
Immer noch keine Spur von Goldpfote, dachte Fritti. Wo mochte sie sein? Niemand versäumte einen Mauertreff, wenn er es vermeiden konnte. Treffen fanden nur in jenen Nächten statt, in denen das Auge vollständig geöffnet und am hellsten war. Vielleicht kommt sie später, dachte er. Oder vielleicht ging sie in dieser Sekunde mit Springhoch oder Auenhusch spazieren – ihren Schwanz in voller Länge ausgestreckt, damit sie ihn bewundern konnten ...
Der Gedanke machte ihn wütend. Er drehte sich um und versetzte einem halbstarken Kater einen Hieb, der hinter seinem Rücken Luftsprünge und Kapriolen vollführte. Es war der junge Raschkralle,

der ihn derart erschreckt anblickte, daß es Fritti sogleich leid tat, daß er ihn geschlagen hatte – dieser übermütige Springinsfeld war häufig eine Plage, aber er meinte es nicht böse.
»Tut mir leid, Raschkralle«, sagte er, »ich hab nicht gewußt, daß du's bist. Ich dachte, es wär der alte Langstrecker, und ich wollte ihm eine Lektion erteilen.«
»Wirklich?« keuchte der junge Kater. »Das hättest du wirklich getan?« Fritti bereute seinen Scherz. Langstrecker würde ihn nicht sehr komisch finden.
»Vergiß es«, sagte er, »es war ein Irrtum und ich entschuldige mich.« Raschkralle war entzückt, daß er wie ein Erwachsener behandelt wurde. »Natürlich nehme ich deine Entschuldigung an, Traumjäger«, sagte er würdevoll. »Es war ein verständlicher Irrtum.«
Fritti prustete. Er biß den jungen Kater spielerisch in die Flanke und setzte seinen Weg fort.

Die Zeit der Tiefsten Stille war halb vorüber und das Treffen in vollem Gange, und Goldpfote war immer noch nicht aufgetaucht. Während einer der Älteren die versammelte Menge ergötzte – inzwischen auf beinahe sechzig Köpfe angewachsen –, bahnte Fritti sich seinen Weg zu Spindelbein, der bei Pfotenflink und den anderen saß. Der Ältere beschrieb einen großen und möglicherweise gefährlichen Heuler, der wild in der Gegend herumlief, und Spindelbein und die anderen Jäger hörten aufmerksam zu, als Fritti ankam.
»Spindelbein!« zischte er. »Kann ich einen Augenblick mit dir sprechen?« Spindelbein gähnte und streckte sich, bevor er Fritti gemächlich auf seinen Sitz zwischen drei Wurzeln folgte. »Worum geht es denn?« fragte er liebenswürdig. »Ist es Zeit für meine Übungsstunden im Bellen?«
»Bitte, Spindelbein, keine Scherze. Ich kann Goldpfote nirgendwo finden. Weißt du, wo sie ist?«
Spindelbein sah Traumjäger aufmerksam an, während der Alte eintönig weitersprach.
»Aha«, sagte er, »es kam mir gleich so vor, als wärst du mit deinen Gedanken woanders. All das wegen einer *Fela*?«

»In der vergangenen Nacht haben wir den Tanz des Einverständnisses getanzt!« sagte Fritti erregt. »Aber wir konnten ihn nicht zu Ende bringen, bevor die Sonne aufging. Wir wollten ihn heute nacht beenden. Ich weiß, daß sie mit mir einverstanden gewesen wäre! Was könnte sie dazu gebracht haben, das Treffen zu versäumen?«
Spindelbein klappte in gespieltem Entsetzen seine Ohren herunter. »Ein abgebrochener Tanz des Einverständnisses! Bei Himmeltanz' Schnurrbart! Ich glaube, ich sehe schon, wie dir dein Fell ausgeht! Und dein Schwanz wird schlapp!«
Fritti schüttelte ungeduldig den Kopf. »Ich weiß, daß dir das lächerlich vorkommt, Spindelbein, und bei deinem Geschwader schwanzwedelnder *Felas* kümmert dich eine echte Verbindung nicht. Aber mich kümmert sie, und ich mache mir Sorgen um Goldpfote. Bitte, hilf mir.«
Spindelbein blickte ihn einen Augenblick aus blinzelnden Augen an, und er kratzte sich hinter seinem rechten Ohr. »In Ordnung, Traumjäger«, sagte er nur. »Was kann ich tun?« »Nun, ich denke, heute nacht können wir nicht viel unternehmen, wenn ich sie morgen aber nicht finden kann, könntest du vielleicht herauskommen und dich mit mir ein wenig umsehen.« »Ich denke schon«, erwiderte Spindelbein, »aber ich glaube, daß ein wenig Geduld vielleicht . . . au!«
Pfotenflink hatte sich von unten angeschlichen und rammte seinen flachen Kopf gegen Spindelbeins Hinterbacken. »Was soll dies tiefsinnige Gerede? Borstenmaul wird gleich eine Geschichte erzählen und ihr sitzt hier herum wie zwei fette Eunuchen!«
Traumjäger und Spindelbein hüpften hinunter und ihrem Freund nach. *Felas* waren *Felas*, aber eine Geschichte war gewiß nicht zu verachten!
Das Volk schloß sich enger um die Mauer zusammen – ein Meer wedelnder Schwänze. Gemächlich und mit ungeheurer Würde erklomm Borstenmaul ein zerfallenes Mauerstück. Am höchsten Punkt hielt er inne und wartete.
Borstenmaul war, mit den elf oder zwölf Sommern, die er auf dem Buckel hatte, gewiß kein junger Kater mehr, doch alle seine Bewegungen zeugten von eiserner Beherrschung. Sein schildpattfarbenes

Fell, früher mit glänzenden rostigen und schwarzen Flecken durchsetzt, war mit dem Alter ein wenig stumpf und der kräftige Borstenkranz, der um sein Maul sproß, grau-weiß geworden. Seine Augen jedoch waren strahlend und klar und konnten eine unternehmungslustige junge Katze drei Sprünge entfernt zum Stehen bringen.

Borstenmaul war ein *Oel-cir'va:* ein Meister Alt-Sänger, einer der Bewahrer der Überlieferung des Volks. Die ganze Geschichte des Volkes lebte in ihren Liedern, die im Höheren Gesang der Älteren Tage als ein heiliges Gut von einer Generation an die nächste weitergegeben wurden. Im weiteren Umkreis des Mauertreffs war Borstenmaul der einzige Alt-Sänger, und seine Geschichten waren für das Volk so wichtig wie das Wasser oder wie die Freiheit, zu rennen und zu springen, wie es ihnen gefiel.

Von seinem Platz auf der Mauerkrone beäugte er lange Zeit die Katzen zu seinen Füßen. Das erwartungsvolle Mauzen wurde leiser und ging in ein leises Schnurren über. Einige der jungen Katzen – schrecklich aufgeregt und unfähig stillzusitzen – begannen sich wie wild zu putzen. Borstenmaul schlug dreimal mit dem Schwanz, und dann war es still.

»Wir danken unseren Älteren, die über uns wachen«, begann er. »Wir preisen Tiefklar, deren Auge unserer Jagd Licht gibt. Wir grüßen unsere Beute, weil sie das Jagen angenehm macht.« »Wir danken. Wir preisen. Wir grüßen.«

»Wir sind das Volk, und heute nacht sprechen wir mit einer Stimme von unser aller Taten. Wir sind das Volk.«

Unter dem Bann des uralten Rituals wiegten sich die Katzen sanft hin und her. Borstenmaul begann seine Geschichte.

»In den Tagen, da die Erde jung war – als einige der Ersten noch in diesen Gefilden zu sehen waren – herrschte am Hof von Harar Königin Seidenöhrchen, Enkeltochter von Fela Himmeltanz. Und sie war eine gute Königin. Ihre Pfote war ebenso gerecht zum Besten ihres Volkes wie ihre Kralle flink, ihre Feinde zu treffen.

Ihr Sohn und Mitherrscher war Prinz Neunvögel. Er war eine riesige Katze, kraftvoll im Kampf, rasch erzürnt und ungeachtet seiner jungen Jahre, barst er vor Stolz. Man erzählt sich, daß er, ein Kätzchen noch, am Tage, da er seinen Namen erhielt, mit einem einzigen Schlag seiner Tatzen neun Stare zugleich getötet habe. Also wurde er Neunvögel genannt, und der Ruhm seiner Stärke und Taten reichte weit.

Seit dem Tode von Windweiß waren viele, viele Sommer vergangen und niemand, der zu dieser Zeit am Hofe lebte, hatte jemals einen der Ersten zu Gesicht bekommen. Vor Generationen schon war Feuertatze in die Wildnis gezogen und viele glaubten, er sei tot oder habe sich seinem Vater und seiner Großmutter im Himmel beigesellt.

Als Geschichten von Neunvögels Stärke und Tapferkeit im Volk umzulaufen begannen, erzählt von Mund zu Ohr, und als Neunvögel anfing, jenen Kriechern Gehör zu schenken, die sich immer dem großen Volk an die Fersen heften, glaubte er mit der Zeit, die Größe der Erstgeborenen in sich zu erkennen.

Eines Tages wurde überall im Welt-Wald erzählt, Neunvögel sei nicht mehr damit zufrieden, Prinzregent an der Seite seiner Mutter zu sein. Es wurde zu einem Treffen aufgerufen, zu dem alles Volk von nah und fern kommen sollte, um zu feiern, zu jagen und zu spielen, und auf dieser Versammlung wollte er den Königsmantel von Harar für sich beanspruchen – den Tangalur Feuertatze für unantastbar erklärt hatte und einzig den Erstgeborenen vorbehalten –, und Neunvögel wollte sich selbst zum König der Katzen ausrufen.

Und so kam der Tag, und das gesamte Volk versammelte sich am Hof. Während alle ausgelassen tanzten und sangen, dehnte Neunvögel seinen mächtigen Körper in der Sonne und sah zu. Dann erhob er sich und sagte: »Ich, Neunvögel, stehe heute vor euch, um, aus dem Recht des Blutes und der Klaue, den Königsmantel zu beanspruchen, der so lange nicht mehr getragen worden ist. Wenn keine Katze unter euch ist, die etwas dagegen einzuwenden hat, daß ich diese uralte Bürde auf mich nehme . . .«

In diesem Augenblick gab es ein Geräusch in der Menge und eine sehr alte Katze stand auf. Ihr Fell war überall grau durchschossen – besonders an den Beinen und Pfoten – und am Maul war es schneeweiß.

»Du beanspruchst den Mantel aus dem Recht des Blutes und der Klaue?« fragte die alte Katze. »Das tue ich«, erwiderte der Prinz. »Aus welchem Recht des Blutes beanspruchst du die Königswürde?« »Mit dem Recht des Blutes von Fela Himmeltanz, das in meinen Adern fließt, du zahnlose alte Memme!« gab Neunvögel hitzig zurück und erhob sich von seinem Sitz. Das ganze versammelte Volk flüsterte erregt, als Neunvögel zum *Vaka'az'me* schritt, dem dreiwurzligen Sitz, der den Erstgeborenen geweiht war. Neunvögel hob seinen langen Schwanz und besprühte den *Vaka'azme* mit seiner Jagd-Marke. Und das erregte Flüstern steigerte sich, als die alte Katze vorwärtstrottete.

»O, Prinz, der du König der Katzen sein möchtest«, sagte der Alte, »dein Blut gibt dir vielleicht einen Anspruch, doch wie steht es mit der Klaue? Willst du zum Zweikampf um den Mantel antreten?« »Gewiß«, sagte Neunvögel lachend, »und wer soll es mit mir aufnehmen?« Die anderen Katzen sahen einander ungläubig an und hielten nach einem mächtigen Herausforderer Ausschau, der mit dem kraftvollen Prinzen hätte kämpfen können.

»Ich werde gegen dich kämpfen«, sagte der Alte schlicht. Die Katzen zischten vor Überraschung und machten Buckel, doch Neunvögel lachte bloß aufs neue. »Geh nach Hause, alter Junge, und schlag dich mit Käfern herum«, sagte er. »Ich werde nicht mit dir kämpfen.«

»Der König der Katzen kann kein Feigling sein«, sagte die alte Katze. Bei diesen Worten schrie Neunvögel wutentbrannt auf, sprang vor und holte mit seiner riesigen Tatze zu einem Schlag gegen den alten Graubart aus. Doch mit überraschender Schnelligkeit sprang der Alte beiseite und versetzte dem Prinzen einen Hieb an den Kopf, der ihn einen Augenblick lang betäubte. Sie begannen ernstlich zu kämpfen, und die Menge mochte ihren Augen kaum trauen, als sie sah, mit welcher Gewandtheit und welchem Mut die alte Katze gegen einen so gewaltigen und grausamen Kämpfer antrat.

Nach einer langen Weile packten sie sich und rangen miteinander, und obwohl der Prinz sich in seinem Nacken verbiß, fuhr der Alte mit den Krallen seiner Hinterbeine hoch und kratzte, und Neunvögel war überrascht, daß dieser lahme Alte seinem Fell solche Schmerzen zufügen konnte.

»Du hast eine Menge deines Fells eingebüßt, Prinz«, sagte der Alte.

»Willst du auf deinen Anspruch verzichten?« Voller Zorn griff der Prinz an, und sie begannen erneut zu kämpfen. Der Alte packte den Schwanz des Prinzen mit seinen Zähnen, und als dieser versuchte, sich herumzudrehen und seinem Gegner das Gesicht zu zerfetzen, riß ihm der Ältere den Schwanz von seinem Körper. Das Volk fauchte vor Verwunderung und Furcht, als Neunvögel blutüberströmt herumwirbelte und erneut sich dem Alten stellte, der selbst verwundet war und keuchte. »Dein Fell und deinen Schwanz hast du bereits gelassen, O, Prinz. Willst du nicht auch von deinem Anspruch lassen?« Rasend vor Schmerz stürzte sich Neunvögel auf den Alten, und sie rangen – fauchend und die Tatzen schwingend, daß Blut und Schaum in der Sonne glitzerten. Schließlich zwängte der Herausforderer Prinz Neunvögels Hinterteil unter eine Wurzel des *Vaka'az'me*.
Als der aufgewirbelte Schmutz sich gesetzt hatte, lief eine Welle plötzlicher Erregung durch die Menge der Zuschauer – beim letzten Gefecht waren große Mengen weißen Staubes aus dem Pelz des Herausforderers herausgewirbelt worden. Die Haare an seinem Maul waren nicht mehr grau, und seine Pfoten und Beine leuchteten flammendrot. »Du siehst mich in meiner wahren Gestalt, Neunvögel«, sagte er. »Ich bin Fürst Tangalur Feuertatze, Sohn von Harar, und es geschieht auf mein Geheiß, daß es keinen König der Katzen gibt. Du bist eine tapfere Katze«, fuhr er fort, »aber deine Anmaßung darf nicht ohne Strafe bleiben.« Mit diesen Worten packte Feuertatze den Prinzen am Genick und zog und streckte Körper und Beine in die Länge, bis sie dreimal so lang waren, als sie es bei einer Katze gewöhnlich sind. Darauf befreite er den Prinzen aus der Klammer der Baumwurzel und sagte: »Schwanzlos und haarlos, lang und ungelenk, habe ich dich gemacht. Gehe nun und komme niemals mehr zum Hof von Harar, dessen Macht du an dich reißen wolltest. Doch dieses Schicksal lege ich dir auf: Daß du jedem Angehörigen des Volkes dienen sollst, der es dir befiehlt, und dies gilt auch für alle deine Nachkommen, bis ich dein Geschlecht von diesem Bann befreie.«
Und mit diesen Worten ging Fürst Tangalur davon. Das Volk verstieß den verunstalteten Neunvögel aus seiner Mitte, nannte ihn *M'an* – was »ohne Sonnenlicht« bedeutet –, und er und alle seine Nachfahren

gingen für immer auf ihren Hinterbeinen und tun es noch heute, denn ihre Körper sind zu lang gestreckt worden, als daß ihre Vorderbeine den Boden berühren könnten.
Neunvögel, der Thronräuber, von den Erstgeborenen bestraft, war der erste der Großen. Lange haben sie dem Volk gedient, ihm Schutz bei Regen und Nahrung gegeben, wenn die Jagd schlecht war. Und wenn heute einige von uns den in Ungnade gefallenen *M'an* dienen, so ist das eine andere Geschichte für ein anderes Treffen. Wir sind das Volk, und heute nacht sprechen wir mit einer Stimme von unser aller Taten. Wir sind das Volk.«

Nachdem er sein Lied beendet hatte, sprang er mit einer Kraft von der Mauer, der man seine vielen Sommer nicht anmerkte. Als er ging, senkte das versammelte Volk ehrfürchtig die Köpfe zwischen die Vorderpfoten.
Die Stunde des Letzten Tanzes stand nahe bevor, und die Gesellschaft löste sich in kleine Grüppchen auf – die Katzen sagten einander Lebewohl, schwätzten und sprachen über das Lied.
Traumjäger und Spindelbein blieben noch eine Weile, besprachen ihre Pläne für den kommenden Abend mit Pfotenflink und einigen der anderen jungen Jäger, dann brachen sie auf.
Als sie über die Felder zurücktollten, stolperten sie über einen Maulwurf, der sich aus seinem Bau verirrt hatte. Nachdem sie ihn ein wenig gejagt hatten, zerbiß ihm Spindelbein das Genick und sie aßen. Mit wohlgefüllten Bäuchen trennten sie sich bei Frittis Veranda.
»*Mri'fa-o,* Traumjäger«, sagte Spindelbein. »Wenn du morgen meine Hilfe brauchst, ich werde zur Stunde der Steigenden Dämmerung am Waldrand sein.«
»Schöne Träume für dich, Spindelbein. Du bist ein guter Freund.«
Spindelbein schnipste mit dem Schwanz und war verschwunden. Fritti hüpfte in den Kasten, den die Großen ihm überlassen hatten und sank in die Welt des Schlafs.

2. Kapitel

Es ist das Nebelhafte, Ungreifbare.
Wenn du es triffst, wirst du seinen Kopf nicht sehen,
Und wenn du ihm folgst, nicht seinen Rücken.

Laotse

Fritti Traumjäger war das zweitjüngste aus einem Wurf von fünf Kätzchen gewesen. Als seine Mutter, Inez Graswiege, ihn zum ersten Mal beschnüffelte und die Feuchtigkeit der Geburt aus seinem Fell leckte, spürte sie, daß er anders war – eine unmerkliche Besonderheit, die sie nicht zu deuten wußte. Seine blinden Säuglingsaugen und sein suchender Mund waren gleichsam beharrlicher als die seiner Brüder und Schwestern. Als sie ihn säuberte, spürte sie ein Prickeln in ihren Barthaaren, eine Andeutung unsichtbarer Dinge.

Vielleicht wird er ein großer Jäger, dachte sie.

Sein Vater, Streifenbauch, war gewiß ein stattlicher, kräftiger Kater – sogar ein Hauch der Älteren Tage hatte ihn umgeben, besonders in jener Winternacht, als er mit ihr das rituelle Lied gesungen hatte.

Doch nun war Streifenbauch fort – seiner Nase nach und irgendeinem dunklen Drang folgend –, und sie war, natürlich, zurückgeblieben, um seine Nachkommen allein aufzuziehen.

Als Fritti heranwuchs, verlor sich die Erinnerung an ihre frühen Empfindungen. Die Gewohnheit und das schwere, alltägliche Geschäft, einen Wurf aufzuziehen, ließen viele ihrer feineren Gefühle abstumpfen.

Obgleich Fritti ein lebhaftes und friedfertiges Kätzchen war, gescheit und schnell von Begriff, so erfüllte es doch, was seine Größe anlangte, nie die Hoffnung seines Jäger-Vaters. Zu der Zeit, als das Auge sich

dreimal über ihm geöffnet hatte, war er immer noch nicht größer als seine ältere Schwester Tirya und beträchtlich kleiner als jeder seiner zwei Brüder. Sein kurzes, ursprünglich cremefarbenes Fell hatte nachgedunkelt und eine Aprikosen-Orangen-Farbe angenommen, mit Ausnahme der weißen Streifen an Beinen und Schwanz und einer kleinen, milchigen sternförmigen Zeichnung auf der Stirn. Nicht groß, aber flink und unternehmungslustig – von der kindlichen Tapsigkeit abgesehen – tanzte Fritti durch die erste Spanne seines Lebens. Er tollte mit seinen Geschwistern herum, jagte hinter Käfern, Blättern und anderen kleinen Dingen her, die sich bewegten und übte seine unreife Geduld, um die anstrengende Kunst des Jagens zu erlernen, die Inez Graswiege ihren Kindern beibrachte.
Obgleich sich das Familiennest in einem Haufen von Holz und Feldsteinen hinter einer der festen Behausungen der Großen befand, führte Frittis Mutter die Kleinen manchen Tag über den Rand der *M'an*-Nester hinaus in das freie Land – für die Kinder des Volkes war die Kenntnis des Waldes ebenso wichtig wie die der Stadt. Ihr Überleben hing davon ab, daß sie, wo immer sie sich befanden, schlauer, schneller und verschwiegener waren.
Wenn Graswiege das Nest verließ, zottelten ihre Jungen wie ein Trüppchen herumhüpfender Pfadfinder hinter ihr her. Mit der Geduld, die sich ihr durch ungezählte Generationen vererbt hatte, weihte sie ihre strubblige Meute in die Grundregeln des Überlebens ein. Sie lehrte sie das jähe Erstarren, den Sprung aus der Ruhestellung, die untrügliche Witterung, den sicheren Blick und den raschen Todesbiß – die ganze Kunst der Jagd, die sie beherrschte. Sie unterwies und machte es vor und prüfte die Jungen; und sie wiederholte die Übungen immer wieder, bis die Jungen sie begriffen hatten.
Gewiß wurde ihre Geduld oft auf die Probe gestellt, und zuweilen wurde eine verpatzte Übung mit einem scharfen Tatzenhieb auf die Nase des Übeltäters bestraft. Selbst für eine Mutter des Volkes gab es Grenzen der Zurückhaltung. Von allen Jungen Graswieges liebte Fritti das Lernen am meisten. Gleichwohl trug ihm seine Unaufmerksamkeit manchmal eine schmerzende Nase ein – besonders dann, wenn die Familie in die Felder und Wälder hinauszog.

Das verlockende Pfeifen und Zirpen der *fla-fa'az* und die wimmelnden, bedeutungsreichen Gerüche des Landes konnten ihn von einem Augenblick zum anderen in einen Tagtraum versetzen, und er sang sich etwas vor von Baumwipfeln und Windstößen in seinem Fell. Diese Träumereien wurden häufig durch den schnellen Schlag der Tatze seiner Mutter auf die Nase unterbrochen. Sie hatte Übung darin, diesen abwesenden Blick zu erkennen.
Beim Volk waren Wachen und Träumen nicht haarscharf zu trennen. Obgleich die Katzen wußten, daß Traum-Mäuse echten Hunger nicht stillten und Traum-Kämpfe keine Wunden hinterlassen, so war es doch unerläßlich in der wachen Welt, Kraft und Befreiung aus Träumen zu ziehen. Für das Volk hing sehr viel von ungreifbaren Dingen ab – von Gespür, Ahnungen, Gefühlen und Regungen – und diese standen in so starkem Gegensatz zu den unverrückbaren Zwängen des Überlebens, daß Traum und Wirklichkeit einander bedurften und ein untrennbares Ganzes bildeten.
Das ganze Volk hatte außerordentlich scharfe Sinne – durch diese lebten und starben die Katzen. Trotzdem wuchsen nur wenige heran, die Weit-Spürer – *Oel-vari'z* – wurden, und diese entwickelten ihre Scharfsinnigkeit und Empfindlichkeit bis zu einem Grade, daß selbst das hohe Mittelmaß des Volkes bei weitem übertroffen wurde.
Fritti war ein großer Träumer, und eine Zeitlang hegte seine Mutter die Vorstellung, er verfüge vielleicht über diese Gabe des Weit-Spürens. Gelegentlich blitzte bei ihm eine überraschende Hellsichtigkeit auf: Einmal lockte er seinen ältesten Bruder durch Fauchen von einem hohen Baum herunter, und einen Augenblick später brach der Ast, auf dem sein Bruder gehockt hatte, entzwei und fiel zu Boden. Es gab noch andere Anzeichen seiner schärferen *Var,* doch im Laufe der Zeit, als er dem Kätzchenalter zu entwachsen begann, wurden solche Vorfälle seltener. Er neigte stärker der Zerstreutheit zu – wurde mehr ein Tagträumer und weniger ein Traumdeuter. Seine Mutter gelangte zu der Überzeugung, daß sie sich geirrt habe, und als die Zeit näherrückte, da Fritti seinen Namen bekommen sollte, vergaß sie diese Gedanken völlig. Das Leben einer Jagd-Mutter ließ es nicht zu, daß sie Hirngespinsten nachhing.

Nach ihrem dritten Auge werden die jungen Katzen zum ersten Treffen gebracht, um ihre Namen zu bekommen. Die Verleihung der Namen war eine Zeremonie von außerordentlicher Bedeutung. In den Liedern des Volkes hieß es, alle Katzen hätten drei Namen: den Herznamen, den Gesichtsnamen und den Schwanznamen. Den Herznamen erhält das Kätzchen bei der Geburt von seiner Mutter. Es war ein Name aus der alten Sprache der Katzen, dem Höheren Gesang. Er durfte nur von den Geschwistern, engen Freunden und jenen benutzt werden, die am Ritual teilgenommen hatten. Fritti war ein solcher Name.

Der Gesichtsname wurde der jungen Katze von den Älteren gegeben, wenn sie an ihrem ersten Treffen teilnahm, ein Name in der gemeinsamen Sprache aller warmblütiger Lebewesen, dem Gemeinsamen Gesang. Er konnte überall dort gebraucht werden, wo ein Name von Nutzen war.

Was den Schwanznamen anging, glaubten die meisten aus dem Volk, daß alle Katzen mit ihm auf die Welt kämen; es kam bloß darauf an, ihn herauszufinden. Ihn zu entdecken, war eine sehr persönliche Sache – war es einmal gelungen, wurde nie darüber gesprochen, und er wurde niemandem mitgeteilt. Zumindest stand fest, daß einige aus dem Volk ihren Schwanznamen nie entdeckten und bei ihrem Tod nur die zwei anderen kannten. Viele sagten, daß eine Katze, die bei den Großen – den *M'an* – gelebt habe, völlig das Verlangen einbüße, ihn herauszufinden und sich bequem in ihrer Unwissenheit einrichte. Die Schwanznamen des Volkes waren so wichtig, geheimnisumwittert und kostbar, und man sprach so zurückhaltend über sie, daß es nicht viel gab, über das man sich wirklich einig war. Man fand diesen Namen eben heraus oder man tat es nicht, sagten die Älteren, und es gebe kein Mittel, dies zu erzwingen.

In der Nacht der Namengebung wurden Fritti und seine Geschwister von ihrer Mutter zu dem besonderen Nasen-Treffen der Älteren geführt, das dem eigentlichen Treffen voranging. Zum ersten Mal erblickte Fritti Borstenmaul, den *Oel-cir'va,* und den alten Leckschnüff und die anderen Weisen des Volkes, welche die Gesetze und Überlieferungen in ihrer Obhut hatten.

Fritti, seine Geschwister und die Jungen einer weiteren *Fela* wurden in einem Kreis zusammengedrängt. Aneinandergekauert lagen sie da, während die Älteren sie langsam umschritten – sie schnupperten die Luft und gaben tiefe Knurrtöne von sich, die den Tonfall einer unbekannten Sprache hatten. Leckschnüff beugte sich herunter, ergriff mit seiner Tatze Frittis Schwester Tirya und stellte sie auf die Pfoten. Er starrte sie einen Augenblick an, dann sagte er: »Ich nenne dich Glockenrein. Begib dich zum Treffen.« Sie rannte fort, um ihren neuen Namen mitzuteilen, und die Älteren setzten ihre Prüfung fort. Ein Junges nach dem anderen zogen sie aus dem Haufen hervor, wo die jungen Katzen atemlos vor Erwartung lagen, und gaben ihm einen Namen. Schließlich war nur noch Fritti übrig. Die Älteren blieben vor ihm stehen und beschnüffelten ihn gründlich. Borstenmaul wandte sich an die anderen: »Riecht ihr es auch?«
Leckschnüff nickte. »Ja. Das breite Wasser. Die Orte unter der Erde. Ein sonderbares Zeichen.«
Ein anderer Älterer mit blau verschossenem Fell, der Ohrenspitz hieß, scharrte ungeduldig in der Erde. »Nicht von Bedeutung. Wir sind hier, um Namen zu geben.«
»Richtig«, stimmte Borstenmaul ihm zu. »Nun ...? Ich rieche eifriges Suchen.«
»Ich rieche einen Kampf mit Träumen.« Das war Leckschnüff. »Ich glaube«, sagte ein anderer Älterer, »er träumt bereits von seinem Schwanznamen, ehe er überhaupt seinen Gesichtsnamen bekommen hat!« Und sie alle schnieften stillvergnügt vor sich hin.
»Sehr gut!« sagte Leckschnüff, und aller Augen richteten sich auf Fritti. »Ich nenne dich ... Traumjäger. Begib dich zum Treffen.«
Verwirrt sprang Fritti auf und trabte eilig fort vom Nasen-Treff, fort von den gickernden Alten, die sich auf seine Kosten zu amüsieren schienen. Borstenmaul rief ihm mit scharfer Stimme nach: »Fritti Traumjäger!«
Er drehte sich um und begegnete dem Blick von Meister Alt-Sänger. Trotz der lustigen Fältchen um die Nase waren die Augen des Alten warm und freundlich.

»Traumjäger. Alle Dinge dieser Erde dauern nur eine bestimmte Zeit. Vergiß das nicht. Willst du das versprechen?«
Fritti legte die Ohren an, wandte sich um und rannte zum Treffen.

Die letzten Tage des Frühlings brachten heißes Wetter, ausgedehnte Streifzüge ins Land – und Traumjägers erstes Zusammentreffen mit Goldpfote.
Als er sich dem Erwachsenenalter näherte, wurde die tägliche Gesellschaft seiner Brüder und Schwestern für Fritti weniger wichtig. Jeden Tag stand die Sonne länger am Himmel und die Düfte, die der einschläfernde Wind herbeitrug, wurden süßer und kräftiger. So wurde er denn immer häufiger zu einsamen Pirschgängen verlockt und verließ den Bezirk der Behausungen, in dem seine Familie wohnte und schlief. Wenn die Stunde der Kleineren Schatten am heißesten war – wenn sein Hunger durch sein Frühstück gestillt und seine natürliche Neugier erwacht war –, streifte er durch die Graslande wie seine Brüder von den Savannen, und wenn er an einem Berghang stand und Grashalme ihn am Bauch kitzelten, schwang er das Szepter seiner Träume über allem, was vor ihm lag. Auch die Tiefen der Wälder reizten ihn. Zwischen den Wurzelstöcken von Bäumen grabend, spürte er den Geheimnissen hastender Käfer nach, prüfte die Stärke der äußeren Zweige und genoß das aufregende Gefühl, wenn hoch oben die strömende Luft durch die empfindlichen Haare seines Gesichts und seiner Ohren strich.
Eines Tages, am Ende eines Nachmittags voll berauschender Freiheit und Entdeckungslust, kam Traumjäger aus dem niedrigen Buschwerk hervor, das seine Wälder umsäumte und blieb stehen, um einen Zweig zu entfernen, der in seinem Schwanz hängengeblieben war. Während er mit gespreizten Beinen dasaß und mit den Zähnen an dem Holzstückchen zerrte, hörte er eine Stimme.
»*Nre'fa-o*, Fremder. Könnte es sein, daß du Traumjäger bist?« Aufgeschreckt sprang Fritti auf die Pfoten und wirbelte herum. Eine *Fela*, grau mit schwarzen Streifen, saß auf dem Stumpf einer lange abgestorbenen Eiche und betrachtete ihn. Er war so in seine Gedanken vertieft gewesen, daß er sie beim Vorübergehen nicht bemerkt hatte, obgleich

sie nur vier oder fünf Sprünge von ihm entfernt hockte. »Guten Tanz, Katzenfrau. Woher weißt du meinen Namen? Ich fürchte, den deinen kenne ich nicht.« Fritti vergaß den Zweig, der in seinem Schwanz hing, und beäugte die Fremde sorgfältig. Sie war jung – wie es schien, nicht älter als er. Sie hatte winzige, schlanke Pfoten und einen weichen gerundeten Körper.
»Es ist kein großes Geheimnis, was unsere Namen angeht«, sagte die *Fela* mit einem belustigten Gesichtsausdruck. »Ich heiße Goldpfote, und so heiße ich seit meiner Namengebung. Was den deinen angeht, so habe ich dich bei einem Treffen von weitem gesehen, und deine Vorliebe für das Umherstreifen und Kundschaften wurde erwähnt – und hier habe ich dich dabei erwischt!« Sie nieste zierlich.
Als sie ihre anziehenden grünen Augen abwandte, fiel Traumjäger ihr Schwanz ins Auge, den sie um sich gerollt hatte, als sie sprach. Jetzt hob er sich, gleichsam wie aus eigenem Entschluß, und wedelte träumerisch in der Luft. Er war lang und schlank, lief in eine zarte Spitze aus und trug auf der ganzen Länge dasselbe schwarze Ringelmuster wie ihre Flanken und Hinterbacken.
Dieser Schwanz – dessen träge, lockende Bewegung auf der Stelle Frittis Bewunderung erregte – sollte ihn in größere Schwierigkeiten führen, als seine lebhafte Einbildung sich hätte ausmalen können.
Die beiden tollten ein wenig herum und unterhielten sich während der ganzen Stunde der Steigenden Dämmerung. Traumjäger stellte fest, daß er seiner neuen Freundin sein Herz ausschüttete und war selber überrascht, wieviel zum Vorschein kam: Träume, Hoffnungen, Wünsche – allesamt miteinander vermischt und kaum voneinander zu trennen. Und Goldpfote hörte geduldig zu und nickte, als spreche er die tiefsten Wahrheiten aus.
Als er sich zur Zeit des letzten Tanzes von ihr verabschiedete, nahm er ihr das Versprechen ab, sich am nächsten Tag wieder mit ihm zu treffen. Sie versprach es, und während des ganzen Weges nach Hause hüpfte er vor Freude – als er zum Nest kam, war er so aufgeregt, daß er seine schlafenden Brüder und Schwestern weckte und seine Mutter aufschreckte. Als sie jedoch den Grund für seine fiebrige Unruhe erfuhr, die ihn nicht schlafen ließ, lächelte seine Mutter bloß und zog

ihn mit sanfter Pfote an sich. Sie leckte ihn hinterm Ohr und schnurrte immer wieder »Natürlich, natürlich ...«, bis er endlich in die Traumwelt hinüberglitt.
Entgegen seinen Befürchtungen im Laufe des folgenden Nachmittags – der so langsam dahinzuschmelzen schien wie tauender Schnee –, war Goldpfote tatsächlich zur Stelle, als das Auge über dem Horizont erschien. Auch am Tage darauf kam sie ... und am folgenden ebenfalls. Den ganzen Hochsommer hindurch waren sie beisammen, rannten, tanzten und spielten. Freunde, die sie beobachteten, sagten, dies sei mehr als ein reizvolles Spiel, das ausgekostet wurde und schließlich endete, wenn die junge *Fela* in die Tage ihrer Reife kam. Fritti und Goldpfote schienen eine tiefere Übereinstimmung gefunden zu haben, die später vielleicht zu einer Verbindung heranreifen konnte – und das war selten, besonders bei jungen Katzen.

In der gebrochenen Dunkelheit der Stunde des Letzten Tanzes strolchte Traumjäger durch die verstreut liegenden Behausungen der Großen. Er hatte sich die ganze Nacht mit Goldpfote in den Wäldern herumgetrieben, und seine Gedanken umkreisten wie gewöhnlich die junge *Fela*.
Er schlug sich mit etwas herum, wußte aber nicht, was es war. Er mochte Goldpfote gern, und er sorgte sich um sie – mehr als um jeden seiner Freunde oder gar um seine Geschwister – doch es war anders, mit ihr zusammen zu sein als mit irgendeinem anderen: Der Anblick ihres Schwanzes, der zierlich gewunden hinter ihr lag, wenn sie saß oder anmutig in der Luft stand, wenn sie ging, erregte einen Bereich seiner Gedankenspielereien, für den er keinen Namen wußte.
Tief in diese Überlegungen versunken, gab er lange Zeit nicht auf die Botschaft acht, die der Wind ihm zutrug. Als eine Ahnung von Furcht schließlich in seine tiefe Versunkenheit drang, wurde mit einem Schlag seine Aufmerksamkeit wach, und er schwenkte seinen Kopf hin und her. Seine Barthaare bebten. Er sprang vorwärts und galoppierte nach Hause; zu seinem Nest. Er meinte Schreckensschreie des Volks zu hören, doch die Luft war ruhig und still.
Er kletterte über den letzten Dachfirst, glitt kratzend an einem Zaun

hinab und plumpste zu Boden – und erstarrte vor Verblüffung und Furcht.
Wo der Haufen Gerümpel gewesen war, in dem seine Familie gehaust hatte . . . da war nichts mehr. Der Platz war so sauber gefegt wie ein windgepeitschter Felsen. Als er seine Familie heute morgen verlassen hatte, stand seine Mutter auf der Spitze des Haufens und leckte seine jüngste Schwester Schnurrweich. Nun waren sie alle verschwunden.
Er schoß vor und versuchte, den stummen Boden aufzukratzen, als wolle er ihm das Geheimnis dessen entreißen, was geschehen war, doch es war M'*an*-Erde, gegen die Kralle oder Zahn nichts ausrichten konnten. Die widersprüchlichsten Gefühle wirbelten in seinem Kopf herum. Er wimmerte und schnüffelte die Luft.
Überall witterte er die erkalteten Spuren von Furcht. Die Gerüche seiner Familie und ihres Nestes waren immer noch da, doch sie waren vom schrecklichen Hauch der Angst und Wut überdeckt. Obgleich die Eindrücke durch die Einwirkung von Zeit und Wind sehr zerspellt worden waren, konnte er dennoch wittern, wer hier am Werk gewesen war.
M'*an* waren hier gewesen. Die Großen hatten sich längere Zeit hier aufgehalten, doch hatten sie selbst keine Duftmarke von Furcht oder Zorn hinterlassen. Was ihre Ausdünstung bedeutete, war, wie immer, kaum auszumachen oder zu enträtseln – sie ähnelte mehr der fleißiger Ameisen und Bohrkäfer als der des Volks. Hier hatte seine Mutter bis zuletzt mit ihnen gekämpft, um ihre Jungen zu schützen, doch die Großen verspürten weder Wut noch Furcht. Und nun war seine Familie verschwunden.
In den nächsten Tagen fand er, wie er befürchtet hatte, keine Spur der Seinen. Er floh in die Alten Wälder und lebte dort allein. Weil er nur das aß, was er mit seinen noch ungeschickten Tatzen erlegen konnte, wurde er mager und schwach, doch er wollte sich keiner anderen Familie anschließen.
Spindelbein und andere Freunde brachten ihm hin und wieder etwas zu essen, konnten ihn aber nicht zur Rückkehr bewegen. Die Älteren schnieften weise und mischten sich nicht ein. Sie wußten, daß man Wunden wie diese am besten in der Einsamkeit behandelte, wo die

Entscheidung, ob man leben oder sterben wollte, aus freiem Willen getroffen und später nicht bereut wurde.
Fritti sah Goldpfote überhaupt nicht, denn sie kam nicht, um ihn in seiner Wildnis zu besuchen – er wußte nicht, ob dies aus Kummer oder aus Gleichgültigkeit geschah. Wenn er nicht schlafen konnte, quälte er sich mit erdachten Gründen.
Eines Tages – seit er seine Familie verloren hatte, war das Auge einmal geöffnet und einmal geschlossen gewesen –, fand sich Fritti in den Randbezirken der Behausungen der M'*an*. Elend und entkräftet, hatte er in einer Art Benommenheit den Schutz des Waldes verlassen.
Als er schwer atmend in einem Fleck willkommenen Sonnenlichtes lag, hörte er das Geräusch schwerer Fußtritte. Seine umdämmerten Sinne sagten ihm, daß sich M'*an* näherten. Die Großen kamen näher, und er hörte, wie sie einander mit ihren tiefen, dröhnenden Stimmen etwas zuriefen. Er schloß seine Augen. Wenn es denn bestimmt war, daß er seine Familie im Tod wiedertreffen sollte, schien es angemessen, daß diese Geschöpfe die Arbeit zu Ende brachten, die ihre Artgenossen begonnen hatten. Als er spürte, wie große Hände ihn packten und der Geruch der M'*an* alles ertränkte, begann er hinüberzugleiten – ob in die Traumwelt oder noch weiter, wußte er nicht. Dann spürte er überhaupt nichts mehr.
Langsam und behutsam kehrte Frittis Geist in vertraute Bezirke zurück. Als das Denken wieder einsetzte, konnte er unter seinem Körper eine weiche Fläche spüren, und immer noch war ringsum der Geruch der M'*an*. Erschreckt öffnete er die Augen und blickte wild in die Runde.
Er lag auf einem Stück weichen Stoffes, auf dem Boden eines Behälters. Das Gefühl, in einer Falle zu sitzen, entsetzte ihn. Er erhob sich auf seine unsicheren Pfoten und versuchte hinauszuklettern. Er war zu schwach, um zu springen, doch nach mehreren Versuchen gelang es ihm, sich mit den Vorderpfoten am Rand des Behälters festzuklammern und hinauszuklettern. Nachdem er auf dem Boden gelandet war, blickte er sich um und fand sich in einem offenen, überdachten Raum, der an eine der Behausungen der Großen grenzte. Obgleich der Geruch von M'*an* überall war, konnte er niemanden entdecken.

Gerade war er im Begriff, in die Freiheit zu humpeln, als er ein mächtiges Verlangen verspürte: Hunger. Er witterte Nahrung. Als seine Blicke durch die Veranda schweifen ließ, entdeckte er einen zweiten, kleineren Behälter. Der Duft der Nahrung ließ das Wasser in seinem Mund zusammenlaufen, doch er näherte sich dem Behälter vorsichtig. Nachdem er seinen Inhalt argwöhnisch beschnüffelt hatte, fraß er zögernd einen Bissen – und fand, daß es sehr gut schmeckte.
Zuerst ließ er ein Ohr aufgestellt, um die Rückkehr der *M'an* rechtzeitig zu bemerken, doch nach einer Weile überließ er sich völlig der Lust am Essen.
Er schlang das Essen hinunter, leerte den Behälter bis zum Grund, fand dann einen weiteren, der mit klarem Wasser gefüllt war und trank. Diese Völlerei im Zustand äußerster Entkräftung machte ihn beinahe krank, doch die Großen, die das vorausgesehen hatten, hatten ihm nur eine bescheidene Menge Futter hingestellt.
Nachdem er getrunken hatte, wankte er hinaus ins Sonnenlicht, ruhte sich einen Augenblick aus und stand dann auf, um sich auf den Weg zum Wald zu machen. Plötzlich bog einer derer, die ihn gefangen hatten, um die Ecke des riesigen *M'an*-Nestes. Fritti wollte ausreißen, aber sein geschwächter Zustand erlaubte es nicht. Doch zu seiner Verwunderung machte der Große weder Anstalten, ihn zu packen noch ihn zu töten, sondern er ging bloß vorbei, beugte sich nieder, um Traumjägers Kopf zu streicheln und war dann verschwunden.
So begann der unbehagliche Waffenstillstand zwischen Fritti Traumjäger und den Großen. Diese *M'an*, in deren Vorhalle er sich wiedergefunden hatte, hinderten ihn niemals zu gehen und zu kommen, wann er wollte. Sie stellten ihm Futter hinaus, das er fressen konnte, wenn er wollte, und wenn er es wünschte, konnte er in einem Kasten schlafen.
Nach mancherlei angestrengtem Nachdenken gelangte Fritti zu dem Schluß, daß die Großen möglicherweise dem Volk ein wenig ähnelten: Einige waren gutartig und führten nichts Böses im Schilde, wogegen anderen nicht zu trauen war – und es war die zweite Art gewesen, welche seine Familie und die Stätte seiner Geburt zerstört hatte. Diese Erwägung brachte Fritti eine Art von Frieden; die Erinnerung an

das, was er verloren hatte, begann in den Stunden des Wachens von ihm zu weichen – wenn auch nicht in seinen Träumen.
Als er gesünder wurde, machte es Fritti wieder Spaß, mit dem Volk zusammen zu sein. Er fand auch Goldpfote, unverändert, vom Schnurrbart bis zum Schwanz. Sie bat ihn, ihr zu verzeihen, daß sie ihn während seiner schlimmen Tage in den Wäldern nicht aufgesucht habe. Sie hätte es nicht ertragen können, sagte sie, ihren Spielkameraden in solchem Elend zu sehen.
Er verzieh ihr, und er tat es mit Freude. Nun, da er seine Kraft zurückgewonnen hatte, tollten sie wieder zusammen über das Land. Alles war so, wie es gewesen war, außer daß Traumjäger ein wenig mehr zur Stille neigte und weniger zum fröhlichen Lärmen.
Und doch bedeutete die Zeit, die Fritti mit Goldpfote verbrachte, ihm sogar noch mehr als zuvor. Nun sprachen sie hin und wieder über das Ritual, das sie vollziehen würden, wenn für Goldpfote die Zeit ihrer Reife gekommen und Traumjäger ein Jäger geworden war.
Und so ging ihr Hochsommer dahin, und der Wind begann eine Herbstmusik in den Baumwipfeln zu singen.

In der letzten Nacht vor der Nacht des Treffens erstiegen Fritti und Goldpfote den Berghang, der sich oberhalb der M'*an*-Behausungen erhob. Schweigend saßen sie in der Dunkelheit der Tiefsten Stille, während unter ihnen ein Licht nach dem anderen erlosch. Endlich erhob Traumjäger seine junge Stimme zu einem Lied.

So hoch
Über den wogenden Baumwipfeln,
Über dem strömenden Himmel –
Sagen wir ein Wort.

Seite an Seite,
Auf dem buckligen Rücken der Welt,
Jenseits von Sonne und Zeit,
Hört man diese Stimme . . .

Wir sind zusammen unterwegs,
Unsre Schwänze im Wind,
Wir wandern zusammen,
Wir sind voller Sonne und warm.

Lange, lange
Haben wir im Wald getanzt.
Haben bloß nach vorn geblickt –
Uns fehlte nur das Wort.

Aber bald
Werden wir den Sinn begreifen
Und spüren in Haaren und Knochen –
Nun, da wir es gehört haben.

Als Traumjäger aufgehört hatte zu singen, saßen sie die restlichen Stunden der Nacht hindurch still da. Die Morgensonne stieg auf, verjagte die Schatten und störte sie auf, doch als er sich Goldpfote zuwandte, um zum Abschied seine Nase an der ihren zu reiben, und als ihre Barthaare sich dabei berührten, war zwischen ihnen ein wortloses Versprechen.

3. Kapitel

Sie, die sie bei Tage träumen,
haben von vielen Dingen Kenntnis,
die denen verborgen bleiben,
die nur des Nachts träumen.

Edgar Allan Poe

Am Morgen nach dem Treffen erwachte Fritti aus einem sonderbaren Traum, in dem Prinz Neunvögel aus Borstenmauls Erzählung Goldpfote geraubt hatte und, sie in seinem großen Maul tragend, mit ihr davonrannte. Als Frittis Traum-Ich versucht hatte, sie zu befreien, hatte Neunvögel es gepackt und es mit einem grausamen Ruck gestreckt. Er hatte gespürt, wie seine Traumgestalt sich qualvoll streckte und streckte und dünn und schwebend wurde wie Rauch . . . Sich am ganzen Leib schüttelnd, als wolle er den schrecklichen Alptraum zertrümmern, kam Fritti auf die Pfoten und machte sich an seine Morgenwäsche – am ganzen Körper glättete er sein schlafzerzaustes Fell, brachte widerspenstige Barthaare in die rechte Ordnung und beendete seine Toilette mit einem Schnalzer, der seine Schwanzspitze in einen vollkommenen Zustand versetzte. Beim Gang durch das hohe Gras hinter seinem Schlafplatz gelang es ihm nicht, das Gefühl einer bösen Ahnung zu verscheuchen, die sein Traum über den Tag geworfen hatte. Aus einem Grund, den er nicht erraten konnte, schien der Traum bedeutungsvoll zu sein. Er sollte – ja, er konnte – den Traum nicht vergessen. Warum? Als er mit der Pfote nach einer baumelnden Löwenzahndolde schlug, die ihm gerade in die Quere kam, fiel es ihm ein: Goldpfote! Sie war nicht auf dem Treffen gewesen. Er mußte sich aufmachen und sie suchen, herausfinden, was geschehen war.

Er war ein bißchen weniger besorgt, als er es gestern nacht gewesen war. Alles in allem, sagte er sich, gab es für ihre Abwesenheit viele mögliche Gründe. Sie wohnte in einer M'*an*-Siedlung; sie hatten Goldpfote möglicherweise eingesperrt und sie daran gehindert fortzulaufen. Große waren in dieser Hinsicht launenhaft. Traumjäger ging an den Alten Wäldern entlang und suchte sich seinen Weg durch eine Wiese und ein Wäldchen niedriger Bäume. Es war eine beträchtliche Entfernung bis zu Goldpfotes Behausung, und für den Weg brauchte er einen guten Teil des Morgens. Schließlich kam das M'*an*-Nest in Sicht, das ganz allein in der Abgeschiedenheit der Felder lag, die es umgaben. Es wirkte sonderbar leer, und als er näherkam, konnte er keine Spur vertrauter Gerüche ausmachen.

Er hüpfte näher heran, rief »Goldpfote! Hier ist Traumjäger! *Nre'fa-o*, Herzensfreundin!«, doch ihm antwortete nichts als Stille. Er bemerkte, daß der Eingang offenstand, was in den Nestern der M'*an* ungewöhnlich war. Als er das Haus erreichte, streckte er vorsichtig den Kopf hinein und trat dann ein.

Das M'*an*-Haus war nicht nur ohne jedes Leben, es wollte Traumjäger vielmehr scheinen, als sei gar nichts mehr übriggeblieben. Die Fußböden und Wände waren kahl, und selbst die leisen Tritte seiner Pfoten widerhallten, während er von Raum zu Raum ging. Einen schrecklichen Augenblick lang erinnerte ihn diese Leere an das Verschwinden seiner Familie – aber irgend etwas war anders. Es gab keine Gerüche von Schrecken oder Aufregung; keinen Hinweis darauf, daß etwas Ungewöhnliches vorgefallen war. Welchen Grund die M'*an* auch gehabt hatten, ihr Nest zu verlassen, es schien ein natürlicher gewesen zu sein. Wo aber war Goldpfote?

Er durchsuchte das Nest von unten bis oben, doch er fand lediglich leere Räume. Verwundert und verwirrt machte sich Fritti aus dem Staub. Er kam zu dem Schluß, daß Goldpfote fortgelaufen sein mußte, als die M'*an* ihr Nest verließen. Vielleicht versteckte sie sich gerade jetzt im Wald und brauchte seine Gesellschaft und Freundschaft!

Den ganzen Nachmittag trieb er sich im Wald herum, lärmend und rufend, doch er konnte keine Spur von seiner Freundin entdecken. Als der Abend kam, ging er Spindelbein um Hilfe an, doch zu zweit

hatten sie nicht mehr Glück als Fritti allein. Sie streiften weit umher und fragten jeden aus dem Volk, den sie trafen, ob er etwas wisse, doch niemand konnte ihnen helfen. So endete der erste Tag von Traumjägers Suche nach der verschwundenen Goldpfote.
Drei weitere Tage vergingen ohne eine Spur von der jungen *Fela*. Fritti mochte nicht glauben, daß sie die Gegend ohne Erklärung verlassen hatte, doch sie hatten kein Anzeichen von Gewalt gefunden, und niemand aus dem Volk hatte etwas gesehen oder gehört, was ungewöhnlich gewesen wäre. Tagaus, tagein setzte er die Suche nach ihr fort – müde, doch wie unter einem schrecklichen, unbarmherzigen Zwang. Zuerst seine Familie und der Ort seiner Geburt und nun dies!
Nach dem dritten Tag gab sogar Spindelbein auf.
»Traumjäger, ich weiß, daß es eine furchtbare Sache ist«, sagte sein Freund, »aber manchmal ruft Tiefklar, und wir folgen ihrem Ruf. Das weißt du.« Spindelbein blickte zu Boden und suchte nach Worten. »Goldpfote ist fort. Das ist nicht zu ändern, fürchte ich.«
Fritti nickte, als verstehe er, und Spindelbein machte sich auf, um zum Volk zurückzukehren. Traumjäger indessen dachte nicht daran, seine Suche aufzugeben. Er wußte, daß richtig war, was Spindelbein gesagt hatte, doch er spürte deutlich – auf eine Weise, die er nicht ganz verstand –, daß Goldpfote nicht zu Tiefklar gegangen war, sondern irgendwo auf den Feldern der Erde lebte und seine Hilfe brauchte.

Einige Tage später tastete sich Fritti durch eine Ligusterhecke, wo er und Goldpfote sich oft spielend gebalgt hatten, als er auf Langstrecker stieß.
Der alte Jäger machte weniger Lärm als die windgebeutelten Herbstblätter, als er sich näherte, und bewegte seinen gelbbraunen Körper selbstsicher und ohne überflüssige Schnörkel. Als er Fritti erblickte, blieb Langstrecker stehen, ließ sich auf die Hinterbacken nieder und musterte den jungen Kater mit einem abschätzenden Blick. Beim Versuch, seinen Kopf respektvoll zu neigen, verfing sich Fritti mit der Nase in einem Ligusterzweig und stieß einen verlegenen Schmerzens-

laut aus. Langstreckers kühl prüfende Miene wurde freundlicher und heiterte sich auf.
»*Nre'fa-o,* Langstrecker«, sagte Fritti. »Tut dir heute ... äh ... die Sonne wohl?« Er schloß mit einer unbeholfenen Geste, und da der Tag tiefgrau und verhangen war, wünschte er plötzlich, er hätte überhaupt nichts gesagt und wäre unter dem Ligusterbusch in Deckung geblieben.
Als er sah, wie verlegen die junge Katze war, schmunzelte Langstrekker in seinen Bart und ließ sich auf dem Boden nieder. Dort räkelte er sich träge zurecht, den Kopf erhoben, und sein Körper vermittelte den trügerischen Eindruck, er sei entspannt.
»Einen guten Tanz wünsche ich dir, Kleiner«, erwiderte er, und dann nahm er sich Zeit für ein mächtiges Gähnen. »Ich sehe, daß du noch immer auf der Jagd bist nach ... wie hieß sie doch gleich ... Plattpfote, stimmt's?«
»Gold ... Goldpfote. Ja, ich suche sie noch immer.«
»Nun ...« Der ältere Kater blickte ein Weilchen umher, als suche er nach einer winzigen, unbedeutenden Kleinigkeit, die ihm entfallen war. Schließlich sagte er: »O, ja ... das war es. Natürlich. Du solltest heute abend zum Nasentreff kommen.« »Was?« Fritti war verblüfft. Nasentreffs waren etwas für Ältere und Jäger und waren wichtigen Angelegenheiten vorbehalten. »Warum sollte ich zum Nasentreff gehen?« keuchte er. »Nun ...« Langstrecker gähnte erneut. »So wie ich die Sache sehe – obgleich, bei Harar, ich Besseres zu tun habe, als auf das Kommen und Gehen von euch Jungen zu achten – also, nach dem, was ich erfahren habe, scheinen seit dem letzten Treffen viele aus dem Volk verschwunden zu sein. Sechs oder sieben, eingeschlossen deine kleine Freundin Goldlocke.«
»Goldpfote«, verbesserte Fritti geduldig – doch Langstrecker war verschwunden.
Über der Mauer stand Tiefklars Auge und leuchtete, ein hoheitsvolles Zeichen gegen die Schwärze der Nacht.
»Wir haben diese Schwierigkeit ebenfalls gehabt, und einige der Mütter sind deswegen sehr besorgt. Sie sind in der letzten Zeit überhaupt nicht gut zu ertragen. Sie sind mißtrauisch, versteht ihr?«

Der Sprecher war Schlammläufer, der zu einem anderen Stamm des Volkes gehörte, das auf der anderen Seite des Grenzwäldchens wohnte. Sie hatten ihre eigenen Treffen, und zwischen ihnen und Frittis Stamm hatte es selten mehr als eine flüchtige Verbindung gegeben.
»Ich will sagen«, fuhr Schlammläufer fort, »daß das nicht natürlich ist. Ich meine, wir verlieren natürlich jedes Jahr ein junges Pärchen... und gelegentlich einen Kater, der beschließt, sich aus dem Staub zu machen, ohne jemandem Bescheid zu sagen. *Fela*-Geschichten in der Regel, wenn ihr meine Meinung hören wollt. Aber in der letzten Tatze voll von Tagen sind drei von uns verschwunden. Das ist nicht natürlich.« Die Katze, die von der anderen Seite des Wäldchens zu Besuch gekommen war, setzte sich nieder, und durch die versammelten Oberhäupter der Familien lief ein Raunen von leisem Gezischel und Geflüster. Frittis anfängliche Aufregung, mit den Erwachsenen am Nasentreff teilzunehmen, schwand dahin. Als er die Geschichten vom geheimnisvollen Verschwinden hörte, welche die anderen erzählten und sah, auf welche Weise die weisen erfahrenen Katzen ringsum die Köpfe schüttelten und sich vor Verwirrung hinter den Ohren kratzten, begann er sich plötzlich zu fragen, ob sie überhaupt eine Hilfe sein konnten, Goldpfote zu finden. Er hatte sich eingebildet, daß seine Aufgabe, sobald die älteren Katzen sie sich zu eigen gemacht hätten, im Nu gelöst werden könnte – doch siehe da! Die Brauen und Nasen der Traditionshüter des Stammes waren sorgenvoll gerunzelt. Traumjäger empfand ein Gefühl der Leere.
Springhoch, einer der jüngsten in der Runde – gleichwohl einige Jahre älter als Fritti – stand auf, um zu sprechen. »Meine Schwester... meine Nestschwester Flackerblitz hat gerade zwei ihrer Jungen verloren. Sie ist eine wachsame Mutter. Sie spielten am Fuß des alten Sirzi-Baumes am Rand des Waldes und sie hatte sich einen Augenblick umgedreht, weil ihr Jüngster ein Fellknäuel verschluckt hatte. Als sie sich wieder umwandte, waren sie verschwunden. Und kein Hauch von einer Eule oder einem Fuchs – sie hat alles abgesucht, wie ihr euch vorstellen könnt. Sie ist ganz durcheinander.« Hier hielt Springhoch hilflos inne und setzte sich dann. Ohrenspitz erhob sich und blickte in die Runde.

»Ja, also, wenn niemand noch mehr von diesen... Geschichten...« Langstrecker hob träge eine Pfote. »Verzeihung, Ohrenspitz, ich glaube... wo ist er?...ja, da ist er. Der junge Traumpfleger hat etwas zu berichten. Ich meine, wenn's nicht zu viele Umstände macht.« Langstrecker gähnte und entblößte seine scharfen Eckzähne.
»Traumpfleger?« fragte Ohrenspitz irritiert. »Was für ein Name ist denn das?«
Borstenmaul lächelte Traumjäger zu. »Es ist Traumjäger, nicht wahr? Sprich deutlich, Junge, und fang an.«
Als Traumjäger aufstand, richteten sich alle Augen auf ihn. Er fühlte sich so elend, daß seine Barthaare schlaff herunterhingen. »Hm... ja... hm... seht ihr, sie ist meine Freundin, sie ist eine... sie ist, Goldpfote, meine ich, also sie ist verschwunden.«
Der alte Leckschnüff beugte sich vor und sah ihn scharf an. »Hast du irgend etwas herausbekommen, was mit ihr geschehen ist?«
»Nein... nein, aber ich glaube...«
»In Ordnung!« Ohrenspitz beugte sich vor und versetzte Fritti einen derben Schlag mit der Tatze auf den Kopf, daß er beinahe umgefallen wäre. »In Ordnung«, fuhr er fort, »sehr gut, ja, vielen Dank, Traum... Traumheger... das war ein höchst nützlicher Bericht, junger Freund. Also, wollen wir so weitermachen?« Fritti setzte sich eilig nieder und tat so, als suche er nach einem Floh. Seine Nase war heiß.
Schwanzwelle, ein weiterer Alter, räusperte sich – ein paar kurze Unterbrechungen des ungemütlichen Schweigens – und fragte alsdann: »Aber was sollen wir unternehmen?« Ein weiterer Augenblick des Schweigens, und dann begannen alle auf einmal zu sprechen.
»Die Familien warnen!«
»Wachen aufstellen!«
»Fortgehen!«
»Keine Jungen mehr!«
Dieser letzte Vorschlag kam von Springhoch, der – als er sah, daß alle anderen ihn anstarrten –, plötzlich von Traumjägers Floh geplagt wurde.

Der alte Leckschnüff stemmte sich kraftvoll auf seine Tatzen. Er warf Springhoch einen strengen Blick zu und schaute dann auf die wartende Menge.
»Erstens«, grollte er, »wäre es besser gewesen, wir hätten uns zuerst darauf geeinigt, nicht in dieser Weise zu schreien und herumzuhüpfen. Ein Eichhörnchen mit einer Hummel unterm Schwanz würde weniger Lärm machen – und es würde mehr dabei herauskommen. Und jetzt wollen wir mal mit Verstand über die Lage sprechen.« Er starrte eindrucksvoll auf die Erde, als seien dort tiefe Weisheiten verborgen. »Erstens: eine ungewöhnlich große Zahl von Angehörigen des Volks ist verschwunden. Zweitens: wir haben keine Ahnung, was oder wer dafür verantwortlich ist. Drittens: die besten und klügsten Katzen aus unseren Wäldern sind heute nacht hier beim Nasentreff versammelt und können das Rätsel nicht lösen. Deshalb ...« Leckschnüff machte eine Pause, um seinen Worten noch mehr Würze zu geben. »Deshalb denke ich, obgleich ich auch der Meinung bin, daß man über Wachen und ähnliches sprechen muß, daß es wichtig ist, klügere Köpfe – ja, klüger noch als die unsrigen es sind – von dieser Lage in Kenntnis zu setzen. Diese Sache ist so verwirrend und erschreckend, daß wir gar keine andere Wahl haben, als Bestimmte Andere davon zu unterrichten, was vorgefallen ist. Ich schlage vor, eine Abordnung zum Hof von Harar zu schicken. Es ist unsere Pflicht, der Königin der Katzen diese Vorfälle zu melden.« Auf der ganzen Linie mit sich zufrieden, setzte sich Leckschnüff wieder, während ringsum Verblüffung und Überraschung sich ausbreiteten.
»Zum Hof von Harar?« keuchte Schlammläufer. »Seit zwanzig Generationen ist niemand mehr aus dem Volk hinter dem Grenzwäldchen am Sitz der Ersten gewesen!« Darauf verstärkte sich das aufgeregte Geschnurre.
»Das gilt auch für das Volk diesseits vom Wäldchen«, sagte Borstenmaul, »aber ich denke, Leckschnüff hat recht. Die ganze Nacht lang haben wir diese Geschichten gehört, und niemand hat die leiseste Idee, was man tun kann. Vielleicht ist die Sache zu schwierig für uns. Ich stimme für die Abordnung.«
Die Runde verstummte einen Augenblick; dann platzten zwei aus der

Versammlung zur selben Zeit heraus: »Wer soll gehen?« Das gab neuen Aufruhr, und Ohrenspitz mußte seine Tatzen hervorschnellen und zielbewußt kreisen lassen, bis wieder Ruhe eingekehrt war. Leckschnüff sprach: »Nun, es wird eine ziemlich lange und gefährliche Reise werden. Ich denke, daß meine Kenntnisse und meine Klugheit als Oberältester dabei gebraucht werden. Ich werde gehen.«
Bevor irgend jemand darauf antworten konnte, ertönte im Hintergrund ein Knurren, und Nasenzupf schlich nach vorn. Sie war Leckschnüffs Gefährtin, hatte ihm ungezählte Jungen geboren, und sie hatte keinen Sinn für Albernheiten. Sie ging stracks auf Leckschnüff los, starrte ihm in die Augen und sagte: »Du wirst nirgendwo hingehen, du alter Mäusekauer. Du stellst dir vor, du könntest in die Wildnis traben und die ganze Nacht deine schrecklichen Jagdlieder singen, während ich hier hocke wie ein Igel?« zischte sie. »Du denkst wohl, daß du am Hof eine schlanke junge *Fela* findest, nicht wahr? Bis du mit deinen lahmen Knochen so weit bist, sie zu besteigen, wird sie so alt sein wie ich. Wo ist also der Unterschied? Du alter Schurke!«
Borstenmaul versuchte Leckschnüff zu helfen und sagte rasch: »Das ist richtig, Leckschnüff! – Ich meine, du solltest nicht gehen. Das Volk braucht deine Weisheit hier. Nein, eine lange Reise von dieser Art verlangt nach jungen Katzen, die auch im Winter unterwegs sein können.« Er blickte sich um und als sein Blick Fritti streifte, verspürte die junge Katze sekundenlang eine unerträgliche Aufregung. Borstenmauls Blick schweifte indessen weiter und blieb auf Ohrenspitz haften. Der wettergegerbte alte Kater erhob sich vor dem Blick des Meisters Alt-Sänger und stand wartend da.
»Ohrenspitz, du hast viele Sommer erlebt«, sagte Borstenmaul, »aber du bist noch immer stark und kennst dich aus im Äußeren Wald. Willst du die Abordnung anführen?« Ohrenspitz neigte zustimmend seinen Kopf. Darauf wandte sich Borstenmaul Springhoch zu, der aufsprang, dastand und den Atem anzuhalten schien.
»Du wirst ebenfalls gehen, junger Jäger«, sagte der Alt-Sänger. »Sei dir bewußt, welche Ehre es ist, daß du erwählt worden bist und verhalte dich entsprechend.« Springhoch nickte schwach und setzte sich wieder.

Borstenmaul wandte sich an Leckschnüff, der in eine beinahe lautlose Knufferei mit Nasenzupf verwickelt gewesen war. »Alter Freund, willst du einen dritten Boten auswählen?« fragte er.
Leckschnüff richtete seine Aufmerksamkeit wieder auf den Nasentreff und blickte sich pfiffig im Kreise um. Die versammelten Katzen hielten den Atem an, während er überlegte. Endlich machte er Bachhüpfer ein Zeichen, einem jugendlichen Jäger von drei Sommern. Traumjäger verspürte einen stechenden Schmerz der Enttäuschung, obgleich er wußte, daß er selber zu jung war, um eine Chance zu haben. Als Leckschnüff und Borstenmaul Bachhüpfer von der Größe seiner Verantwortung unterrichteten, spürte Fritti, wie eine sonderbare Niedergeschlagenheit sich in ihm ausbreitete.
Als die drei Abgesandten versammelt waren, trat Ohrenspitz vor, um die Botschaft zu hören, die sie zum alten Hof von Harar bringen sollten. Leckschnüff stand abermals auf.
»Niemand ist unter uns, der dorthin gereist ist, wohin ihr gehen müßt«, fing er an. »Wir haben keine sichere Kenntnis, wie ihr dorthin gelangen könnt, doch die Lieder, die vom Hof berichten, sind allen bekannt. Wenn es euch gelingt, diese Pflicht zu erfüllen und ihr zur Königin des Volks kommt, sagt ihr, daß die Älteren vom Mauertreff – diesseits vom Grenzwäldchen, unter den Säumen des Alten Waldes, am Rande ihres Herrschaftsgebietes – sie ihrer Lehenstreue versichern und sie in dieser Sache um Hilfe und Beratung bitten. Sagt ihr, daß diese Plage des Verschwindens nicht nur junge und abenteuerlustige männliche Katzen heimgesucht hat, sondern daß – beim Fluch Harars – der ganze Stamm davon betroffen ist.
Sagt ihr, daß wir bestürzt sind und uns in dieser Sache keinen Rat wissen. Falls sie uns eine Botschaft schicken will, ist es eure Aufgabe, sie uns zu überbringen.« Er machte eine Pause. »O, ja, ihr seid auch verpflichtet, euren Gefährten zu helfen und ihnen beizustehen – aber euer Auftrag darf daran nicht scheitern ...«
Hier machte Leckschnüff wieder eine Pause, und im Nu war er wieder die älteste Katze des Volks vom Mauertreff. Er schaute einen Augenblick zu Boden und kratzte mit seiner Pfote im Schmutz.
»Wir hoffen alle, daß Tiefklar über euch wachen und euch sicher ge-

leiten wird«, fügte er hinzu. Er blickte nicht auf. »Ihr dürft es euren Familien erzählen, doch wir wünschen, daß ihr so rasch als möglich aufbrecht.«

»Möget ihr einen glücklichen Tanz finden«, sagte Borstenmaul und ein wenig später: »Der Nasentreff ist beendet.«

Beinahe alle der Anwesenden standen auf und drängten vorwärts – manche um eine aufgeregte Unterhaltung zu beginnen, andere, um die drei Abgesandten noch einmal zu beschnüffeln oder ihnen ein letztes Wort zu sagen. Fritti Traumjäger war die einzige Katze, die nicht den winzigsten Augenblick bei der tapferen Abordnung stehenblieb. Er kletterte von der Mauer fort, und sein Kopf schwirrte von unbekannten Gefühlen. Am Rand der Senke blieb er stehen, riß seine Krallen durch die rauhe Rinde einer Ulme und lauschte auf das Gemurmel der unten versammelten Katzen. Niemand auf dem Nasentreff sorgte sich um Goldpfote, dachte er. Keiner würde sich an ihren Namen erinnern, wenn die Boten den Hof erreichten. Langstrecker konnte sich nicht einmal jetzt an ihn erinnern! Goldpfote bedeutete ihnen kein bißchen mehr als der schmuddeligste alte Kater – doch von ihm erwartete man, geduldig abzuwarten, während Springhoch und die anderen stolzgeschwellt zum Hof der Königin abmarschierten, in der Hoffnung, sie werde das Problem schon lösen! Himmlischer Viror, welch ein Unfug!

Fritti fauchte, was er nie zuvor getan hatte und riß einen weiteren Streifen Rinde ab. Er drehte sich um und starrte in den Himmel. Irgendwo, dessen war er sicher, starrte Goldpfote auf das gleiche Auge, und niemand, ihn ausgenommen, kümmerte es, ob sie in Gefahr war oder nicht. Wohlan denn! Traumjäger spürte glühende Entschlossenheit, als er mit erhobenem Kopf und gebogenem Schwanz auf dem Berghang stand. Die goldene Scheibe Tiefklars stand über ihm wie ein schamerfülltes Gesicht, als er einen leidenschaftlichen Schwur tat: »Bei den Schwänzen der Erstgeborenen! Ich werde Goldpfote finden oder mein Geist wird aus meinem sterbenden Leib entweichen! Entweder-oder!«

Einen Augenblick später – als ihm klar wurde, was er gelobt hatte, begann Fritti zu erschauern.

4. Kapitel

Und singt ein einsames Lied
Das im Winde pfeift.

William Wordsworth

Fritti machte die Erfahrung, daß es schwieriger war als erwartet, seinen Schlafplatz und seinen Futternapf in der Vorhalle aufzugeben. Der heftige Zorn und die Enttäuschung der vergangenen Nacht erschienen im durchsichtigen Sonnenschein das Spreitenden Lichts weniger bedrängend – immerhin war er eine sehr junge Katze und noch kein erwachsener Jäger. Außerdem war er sich nicht wirklich klar darüber, wo genau er mit der Suche nach seiner verschwundenen Gefährtin beginnen sollte.

Während er den zerfetzten Stoff in seinem Schlafkasten beschnüffelte, der mit vertrauten Gerüchen gesättigt war, fragte er sich, ob es nicht besser wäre, einen weiteren Tag mit dem Aufbruch zu warten. Gewiß würden ein wenig Jagen und ein oder zwei Balgereien mit einigen der anderen Jungen ihm dabei helfen, einen klaren Kopf zu bekommen. Natürlich. Es erschien ihm irgendwie vernünftiger . . .

»Traumjäger! Ich habe davon erfahren, daß du uns verlassen willst! Alle Achtung! Ich bin völlig sprachlos.« Polternd und schliddernd kam Spindelbein, ganz außer Atem, in die Vorhalle gestürmt. Er beäugte Fritti mit komischer Verwirrung. »Hast du das allen Ernstes vor?«

In diesem Augenblick – obgleich er sich mit allen Kräften dagegen sträubte – hörte Fritti sich sagen: »Selbstverständlich, Spindelbein. Ich muß.«

Nachdem er diese fremden Worte ausgesprochen hatte, war ihm sogleich, als rolle er kopfüber einen Abhang hinunter. Wie wollte er jetzt noch alles aufhalten? Konnte er jetzt noch daheimbleiben? Was sollten die anderen denken! Der gewaltige Traumjäger, der vor der Mauer auf und ab stolzierte und allen, die vorbeikamen, von seiner Fahrt erzählte. O, wäre ich doch älter, dachte er – und nicht so töricht! Zu seiner eigenen Überraschung beugte er sich nach vorn und leckte seine Pfoten mit einer gewollten Ruhe, um seinem Freund Eindruck zu machen. Ein Teil seiner selbst hoffte fieberhaft, Spindelbein werde ihm raten, nicht zu gehen – vielleicht sogar mit einer guten Begründung aufwarten.

Aber Spindelbein grinste bloß und sagte: »Harar! Pfotenflink und ich sind sehr neidisch. Wir werden dich vermissen, wenn du fort bist.«

»Auch ich werde euch alle sehr vermissen«, sagte Fritti und wandte plötzlich seinen Kopf zur Seite, als suche er nach Flöhen. Nach einem Augenblick des Schweigens drehte er sich wieder um. Sein Freund betrachtete ihn mit einem sonderbaren Gesichtsausdruck.

Nach einem weiteren Schweigen fuhr Spindelbein fort: »Ja, ich denke, jetzt geht's ans Abschiednehmen. Von Pfotenflink und Käferscheuch und den anderen soll ich dir besonders herzliche Grüße sagen. Sie wären ja vorbeigekommen, wenn nicht gerade ein großes Spiel im Schwanzfangen angekündigt wäre. Sie müssen noch mehr Teilnehmer zusammentrommeln.«

»So?« sagte Fritti mühsam. »Schwanzfangen? Nun, ich glaube, ich werde eine Zeitlang für diese Art von Spiel nicht viel Zeit haben ... ich hab's eigentlich nie richtig gemocht, weißt du?«

Spindelbein grinste wieder. »Ich vermute, du wirst keine Zeit dazu haben, stimmt's? Welche Abenteuer du erleben wirst!«

Spindelbein blickte in die Runde und schnüffelte die Luft. »Ist der kleine Raschkralle schon bei dir gewesen?«

»Nein«, erwiderte Traumjäger. »Warum?«

»O, er erkundigte sich, von wo und wann du aufbrichst. Kam mir ganz betrübt vor, also habe ich angenommen, daß er versuchen würde, dich zu erwischen, um dir eine gute Reise zu wünschen. Ich glaube, er hält ziemlich große Stücke auf dich. Ja, ich glaube, er wird dich vermissen.«

»Mich?«
»Ja. Nun, das Spreitende Licht ist fast vorüber, und du wolltest aufbrechen, bevor die Zeit der Kleineren Schatten kommt. War's nicht so?«
»O, ja. Gewiß.« Traumjäger kam es vor, als habe er Blei in den Beinen. In Wirklichkeit wollte er nichts anderes, als in seinen Kasten zurückkriechen. »Ich denke, es wird Zeit, daß ich mich auf den Weg mache«, sagte er mit schwacher Fröhlichkeit.
»Ich bringe dich noch bis zum Feldrand«, erwiderte sein Freund.
Während sie gingen – Spindelbein hüpfend und plappernd, Fritti schwerpfotig und schlurfend –, versuchte Traumjäger sich zu erinnern und jeden Duft seiner vertrauten Heimat in sich zu bewahren. Stumm und ein wenig gefühlvoll verabschiedete er sich von der schimmernden Grasfläche, dem schmalen, fast ausgetrockneten Bach und seiner liebsten Ligusterhecke. Diese Felder werde ich vermutlich nie wiedersehen, dachte er. Und: In einem Jahr oder weniger werden sie mich vermutlich alle vergessen haben.
Kurze Zeit war er sehr stolz auf sich selbst, weil er so tapfer und opferbereit war... als sie aber den Rand des wogenden Grasmeeres erreicht hatten, er sich umdrehte und die schwachen Umrisse des M'*an*-Nestes sah, wo in der Vorhalle sein Schlafkasten und sein Napf standen, verspürte er ein solches Brennen in Nase und Augen, daß er sich einen Augenblick niedersetzen und sich mit der Pfote über das Gesicht fahren mußte.
»Ja...« Spindelbein war mit einem Mal ein wenig verlegen. »Gute Jagd und guten Tanz, Freund Traumjäger. Ich werde an dich denken, bis du zurück bist.«
»Du bist ein guter Freund, Spindelbein. *Nre'fa-o.*«
»*Nre'fa-o.*« Und Spindelbein machte sich rasch davon.

Fünfzig Schritte innerhalb der alten Wälder und noch in den vergleichsweise sonnigen und luftigen Ausläufern des Waldes hatte Fritti bereits das Gefühl, die einsamste Katze auf der Welt zu sein.
Er wußte nicht, daß ihm jemand folgte.

Während die Sonne höherstieg, drang Fritti weiter in die Tiefen des Waldes ein. Er hatte sie niemals bis zur anderen Seite durchquert, doch es schien wahrscheinlich, daß eine fliehende Goldpfote diesen Weg genommen hatte – anstatt sich den Behausungen der *M'an* zu nähern.

Obgleich die Sonne hoch stand, kam ihm sein scharfes Nachtauge gut zustatten, denn in diesem Teil des Waldes wuchsen die Bäume immer dichter. Während er Dickichte und Unterholz überwand, starrte er bewundernd zu diesen Bäumen des inneren Waldes hinauf, gebogene und verschlungene Stämme, zu verkrümmten Wesen erstarrt wie die *Hlizza* – deren Leiber auch dann noch um sich schlugen, nachdem sie tot waren. Von Zeit zu Zeit blieb er stehen, um seine Krallen an einem Baum zu erproben, der ihm unbekannt war: Manche hatten eine Rinde, die härter war als *M'an*-Erde, andere waren feucht und schwammig. Ein paar von den größeren besprühte er mit seiner Jagdmarkierung – mehr um sich seines eigenen Daseins zwischen diesem Astgewirr und den tiefen Schatten zu versichern, als um sich wichtig zu machen.

Über sich konnte er den Gesang der verschiedenen *fla-fa'az* hören, die in den allerhöchsten Wipfeln der Alten Wälder hausten. Es gab kein anderes lebendiges Geräusch als das Tapsen seiner eigenen fast lautlosen Pfoten.

Plötzlich verstummten mit einem Schlag sogar die Vögel. Da war ein einziges Geräusch kurzer scharfer Schläge, und Traumjäger erstarrte mitten im Lauf. Das Geräusch hallte kurz wider und schwand, rasch aufgesogen von der dicken Humusschicht des Waldbodens. Dann folgten diese Töne überraschend als schnelles Geklapper – tock! – tock-tock! tock-tock! . . . tock-t-t-tock! – das hoch über ihm erscholl. Das anschwellende Geräusch dieser Schläge lief von Baum zu Baum, von einem Ort über seinem Kopf ausgehend und tiefer in den Wald ziehend. Dann wurde es wieder still.

Furchtsam die Luft schnuppernd und mit steifen Barthaaren bewegte sich Fritti langsam voran und durchbohrte mit scharfen Blicken die lichtdurchschossenen Massen dichten Blattwerks über seinem Kopf.

Gerade als er vorsichtig einen verfaulenden Baumstamm überquerte, hörte er ein weiteres scharfes »Tock!« – und einen Augenblick später verspürte er einen stechenden Schlag auf den Hinterkopf. Mit ausgefahrenen Krallen wirbelte er herum, doch hinter ihm war nichts.
Ein zweiter scharfer Schlag gegen sein rechtes Vorderbein ließ ihn abermals herumfahren, und noch im Drehen fühlte er an seiner Seite einen dritten stechenden Schmerz. Hin und herwirbelnd und unfähig, den Ursprung dieser schmerzhaften Schläge zu entdecken, wurde er von einem Hagel kleiner, harter Gegenstände getroffen, die von oben auf ihn geschleudert wurden. Als er zurückwich – vor Furcht und Unbehagen fauchend –, traf ihn eine weitere Salve, diesmal von hinten. Von Panik ergriffen, brach Fritti aus, rannte los, und sogleich setzte das laute Gerappel wieder ein – wie ihm schien, von allen Seiten gleichzeitig. Der Hagel der schmerzhaften Geschosse wurde dichter und schneller. Beim Versuch, seinen Kopf einzuziehen und seine Augen zu schützen, während er vorwärts stolperte, rannte er blindlings gegen den knorrigen Fuß einer Eiche und fiel taumelnd auf den Lehmboden, wo jedoch sogleich der schlimmste Hagel auf ihn niederging. Als er sich zusammenkauerte, konnte er die Geschosse wegspritzen sehen – Steine und hartschalige Nüsse. Wiederum wurde dieser Steinschlag unerträglich. Als sei er von Stechmücken umzingelt, stürzte er krachend vorwärts ins Unterholz. Als er versuchte, nach einer Seite auszubrechen, trieb ihn eine Wolke von Kastanien und kleinen Steinen zurück – immer in dieselbe Richtung.
Als er in den Schutz eines Brombeerstrauches tauchte, spürte er zu seinem Erstaunen, daß seine Pfoten auf weichem Grund landeten. Er verlor das Gleichgewicht und purzelte nach vorn. Als er über die Kante schlitterte – und in unheilvoller Tiefe blitzartig ein ausgetrocknetes Flußbett auftauchen sah –, machte er eine scharfe Wendung, und es gelang ihm, den Brombeerstrauch zu ergreifen und zu verhindern, daß er kopfüber abstürzte. Nun klammerte er sich mit allen vier Pfoten, mit Zähnen und Schwanz an den stechenden Ranken fest und fand sich in bedenklicher Lage über dem Abgrund baumelnd wieder – nur die Brombeerranken waren zwischen ihm und einem tiefen, tiefen Fall.

Dort hing er einen Augenblick lang, rasend vor Bestürzung und Entsetzen. Tock! . . . Tock-tock-tock! – und ein neuer Schauer von Nüssen und Steinen prasselte auf ihn nieder. Fritti begann herzzerreißend zu heulen.
»Warum tut – au! – ihr mir weh!« schrie er, und als Antwort traf ihn eine Haselnuß an seiner empfindlichen rosigen Nase. »Ich habe niemandem hier etwas zuleide getan! Warum tut ihr – au! – mir weh?«
Eine neue Folge rascher Schläge ertönte, dann war es still. Dann kam von oben aus den Bäumen eine schrille, plärrende Stimme.
»Kein Leid getan, sagt, sagt er!« Die Stimme überschlug sich vor Zorn. »Lügner, Lügner, Lügner, du, du! Bist Mörder! Hergekommen, hergekommen, zu jagen, zu töten. Lügner-Katze, Lügner-Katze!«
Obwohl die Stimme sehr schnell und aufgeregt sprach, konnte Fritti die Worte des Gemeinsamen Gesanges verstehen. Er bemühte sich, in dem Rankenwerk einen besseren Halt zu finden.
»Sagt mir, was ich getan habe!« bat er und hoffte Zeit zu gewinnen, den sicheren Rand zu erreichen, den er fast mit der Pfote erreichen konnte. Ein wütendes Gekecker, das er nicht verstehen konnte, kam von allen Bäumen gleichzeitig; dann brachte das schlagende Geräusch die Stimmen wieder zum Schweigen.
»Wir sind keine dummen Nüsseknacker, nein, nein! Nicht für dich, böse Katze, böse Katze, das Volk der *Rikschikschik*, das du hänseln und zum Narren halten kannst, o, nein, nein!«
Die *Rikschikschik*! Das Eichhörnchenvolk! Sogar in dieser Lage, mit den Spitzen der Krallen an einem Brombeerstrauch hängend, kam es Fritti einen Augenblick lang wie ein Wunder vor. Es war bekannt, daß die Eichhörnchen Eindringlinge mit Zischen und Zetern empfingen und sogar bösartig kämpften, wenn sie in die Enge getrieben wurden – sie zählten zu den stärksten und tapfersten der Quieker-Völker. Daß sie sich jedoch zusammenrotteten, um einen aus dem Volk anzugreifen, der noch nicht einmal auf der Pirsch gewesen war? Es war nicht zu fassen!
»Hört mich, o, *Rikschikschik*!« rief Fritti. In seinen Krallen begann die Anstrengung spürbar zu werden. »Hört mich an! Ich weiß, daß euer Volk und das meine Feinde sind, aber das ist eine Sache der Ehre! Wir

sind, wie wir sind. Aber ich versichere euch, daß ich nicht vorhatte, euch zu belästigen oder über eure Nester herzufallen. Ich bin auf der Suche nach einer Freundin und werde hier weder fressen noch jagen. Ich schwör's bei den Erstgeborenen!« Er wartete gespannt auf eine Antwort, doch die Bäume blieben stumm.
Dann glitt ein großes braunes Eichhörnchen am Stamm einer Espe nach unten – kopfüber und gemächlich – und blieb zwei Sprünge von Traumjäger entfernt, der zwischen Himmel und Erde hing, sitzen. Das *Rikschikschik* sah böse aus, seine Lippen entblößten seine langen Vorderzähne, doch es hatte nur den vierten Teil von Frittis Größe. Er mußte diesen Mut bewundern.
»Schwänze, Zähne, Lügen. So sind, sind Katzen!« Das Eichhörnchen sprach noch immer wütend, jedoch langsamer, und war jetzt besser zu verstehen.
»Trauen, trauen? Nein. Katzen haben Frau Surr genommen. Böse Katzen, schlimme Katzen!«
»Ich habe niemandem etwas zuleide getan, ich schwör's!« rief Fritti jammernd.
»Viele Zähne-und-Krallen greifen Nester an! Gerade jetzt, jetzt hat Töte-Katze mein Hörnchen gefangen, meine . . . Freundin. Gefangen! Verdorbene Vorräte, herausgewühlte Nüsse! Nichts als Schrekken und Entsetzen!«
Schmerz schoß hinauf in Traumjägers Beine, und er fand es anstrengend, klar zu denken. Vorsichtig streckte er eine Pfote nach dem Rand des Abgrundes aus, um den Druck auf seine Hinterbeine zu verringern. Ein Stein, von oben aus einem Baum geworfen, traf die tastende Pfote – er verlor beinahe den Halt, als er den verwundeten Fuß zurückzog. Ein schriller Chor von Eichhörnchenstimmen hoch im Blattwerk schrie nach Blut.
Er versuchte, sich auf das zu konzentrieren, was das braune Eichhörnchen sagte.
»Meinst du, daß in diesem Augenblick eine Katze deine Gefährtin in ihrer Gewalt hat? Hier in der Nähe?«
»Knochen von Vögeln! Schrecken, Leid! Arme Frau Surr. Gefangen, gefangen ist sie!«

Fritti ergriff die Gelegenheit beim Schopfe. »Hör mal zu! Bitte, werft keine Steine herunter. Ich bin euch auf Gedeih und Verderb ausgeliefert. Ich will versuchen, deine Freundin zu retten, wenn ich nur diesen Ort verlassen darf! Du brauchst mir nicht zu trauen. Kehre auf deinen Baum zurück, und wenn ich zu entfliehen versuche oder euch Leid antue, könnt ihr Klumpen auf mich werfen oder Kürbisse, was ihr wollt! Es ist eure einzige Möglichkeit, sie zu retten!«
Mit hochgerecktem, zitterndem Schwanz starrte das große braune Eichhörnchen ihn aus funkelnden Augen an. Für einen Augenblick war alles in der Szene wie erstarrt: Das Eichhörnchen saß da wie eine Statue aus Stein und die kleine rötliche Katze hing mit schmerzverzerrtem Gesicht an einem Brombeerstrauch über einem tiefen Abgrund. Dann sprach das *Rikschikschik*.
»Du gehst. Rette Hörnchen und du frei, frei. Wort von Meister Flitz. Heiliges Eichen-Versprechen. Folge, wir führen, führen dich.«
Mit einem Sprung war Meister Flitz raschelnd hoch in den Blättern verschwunden. Traumjäger zog sich vorsichtig so weit hoch, daß er besseren Halt hatte, dann hob er seine Hinterpfoten und stemmte sie gegen die Brombeerranken, um sich besser abstoßen zu können und hüpfte auf den sicheren Grund. Er war schwächer, als er gedacht hatte. Seine Muskeln zitterten, als er auf den festen Boden krabbelte, und er lag eine Weile keuchend da. Zwischen den Blättern lärmten aufgeregt die *Rikschikschik*. Mühsam kam er auf die Füße, und die schnalzenden Stimmen der Eichhörnchen führten ihn vorwärts.
Am Rand eines Wäldchens von schwarzen Eichen hielten sie an. Traumjäger konnte sehen, was geschehen war.
Einer der alten Bäume war vor langer Zeit umgestürzt und bildete einen mächtigen Bogen. Von dort konnte Fritti die Schreckensschreie eines Eichhörnchens hören und den Geruch eines Artgenossen wittern. Offenbar schützte der Eichenstamm die Katze, so daß sie, ohne von den Steinen und Nüssen der rachedurstigen *Rikschikschik* gestört zu werden, in Ruhe ihre Beute verzehren konnte.
Fritti kroch behutsam und vorsichtig um den Ballen toter Wurzeln, der an einem Ende des umgefallenen Baumes herausragte. Da er im Begriff war, die andere Katze dazu zu überreden, auf ihre rechtmäßige

Jagdbeute zu verzichten, mußte er höflich und achtsam vorgehen. Um sie nicht aufzuschrecken, rief er »Guten Tanz, Jagdbruder«, als er unter den gewölbten Baumstamm kam. Überrascht blieb er stehen. Dort lag Frau Surr, deren Augen vor Entsetzen aus den Höhlen traten, wie angenagelt unter der Tatze eines großen, sandfarbenen Katers. Der Jäger hob neugierig den Kopf, als Fritti auf der Bildfläche erschien. Der Kater war Langstrecker.

»Sieh da! Der junge Traumjäger.« Langstrecker rührte sich weder, noch nahm er seine Tatze von dem entsetzten Eichhörnchen, sondern begrüßte ihn mit einem Nicken, das nicht unfreundlich war. »Welch eine Überraschung! Ich habe erwartet, daß du möglicherweise durch diese Gegend kommst, aber das Warten ist so langweilig.« Er begann zu gähnen, besann sich aber dann eines anderen. »Nun, wenn du schon mal da bist, hast du vielleicht Lust, meine Beute mit mir zu teilen? Sie ist hübsch fett, wie du sehen kannst. Mußte auch ein bißchen mit ihr kämpfen – am Anfang. Das macht Appetit.«

Für Fritti kam das alles zu schnell. »Du hast... du hast auf mich gewartet?« fragte er verwirrt. »Das verstehe ich nicht.« Langstrecker schniefte belustigt über Frittis Bestürzung. »Hab ich erwartet, daß du's nicht verstehen würdest. Aber dafür ist nachher noch Zeit genug, nach einem tüchtigen Happen von diesem *Rikschikschik*. Sicher, daß du nicht hungrig bist?« Langstrecker hob seine Tatze, um dem Eichhörnchen den tödlichen Hieb zu versetzen.

»Halt!« rief Fritti.

Nun war Langstrecker an der Reihe, überrascht zu sein. Mit einem durchdringenden Blick aus seinen ruhigen Augen starrte er Traumjäger interessiert an – als sei Fritti ein zweiter Schwanz gewachsen.

»Was stimmt nicht, Jüngelchen?« forschte der Ältere. »Ist das etwa ein giftiges Eichhörnchen?«

»Ja... nein... o, Langstrecker, könntest du sie nicht freilassen?« fragte Fritti zaghaft.

»Sie freilassen?« Der Jäger war zutiefst erstaunt. »Himmlischer Viror, warum?«

»Ich habe den anderen Eichhörnchen versprochen, ich würde sie retten.« Fritti hatte das Gefühl, sich unter dem strengen Blick der ande-

ren Katze in Staub zu verwandeln, der von der nächstbesten starken Brise fortgeweht werden würde. Nachdem er Fritti sekundenlang sorgsam prüfend angeschaut hatte, brach Langstrecker in ein ungeheures prustendes Gelächter aus, rollte sich auf seinen Rücken und strampelte mit den Beinen in der Luft. Das Eichhörnchen rührte sich nicht, sondern lag still, atmete schwach, und seine Augen glänzten.
Langstrecker rollte sich auf den Bauch und versetzte Fritti mit seiner großen Tatze einen liebevollen Klaps.
»O, Traumpfleger«, schnaufte er. »Ich wußte, daß ich recht hatte! Geht auf Abenteuer aus! Rettet Eichhörnchenmädchen! Potzmauz! Welch ein Lied wird man auf dich machen!« Langstrecker schüttelte belustigt den Kopf, dann richtete er seine Aufmerksamkeit wieder auf das zusammengekrümmte Eichhörnchen. Frittis Nase glühte. Er wußte nicht, ob er gelobt oder zum Narren gehalten wurde – oder beides.
»Wohlan denn«, sagte Langstrecker zu Frau Surr. »Du hast Meister Traumjäger gehört. Er hat sich für dein Leben eingesetzt. Also gehe jetzt, bevor ich meine Meinung ändere.« Das Eichhörnchen lag still. Fritti begann, sich vorwärts zu bewegen – er fürchtete, Langstrecker habe unabsichtlich seinen Rücken gebrochen –, als es plötzlich zwischen ihnen hindurchschoß und in einer Wolke von Rindenstückchen durch den gewölbten Eichenbaum davonstob.

»Ich wünschte, ich hätte die Muße, mir von dir erzählen zu lassen, wie du dazu kamst, Eichhörnchen Versprechungen zu machen, aber es gibt Dinge, die ich noch erledigen muß, bevor das Auge erscheint.«
Sie schritten zusammen unter den riesigen Bäumen dahin – Fritti mußte sich sputen, um an Langstreckers Seite zu bleiben. »Wie auch immer, ich habe wichtigere Dinge mit dir zu besprechen. Ich war sicher, daß du dich entschließen würdest, auf eigene Tatze loszuziehen, aber ich habe nicht damit gerechnet, daß du so rasch aufbrechen würdest. Also habe ich seit der Stunde der Kleineren Schatten nach dir gesucht.«

»Langstrecker, ich fürchte, ich verstehe dich überhaupt nicht. Ich verstehe kein einziges Wort, und ich bitte dich um Verzeihung. Was könntest du wohl mit einem albernen jungen Kater, wie ich einer bin, zu besprechen haben? Und wie konntest du wissen, daß ich mich allein auf die Suche nach Goldpfote machen würde? Und wie konntest du wissen, welche Richtung ich einschlagen würde?« Fritti gerlet leicht ins Keuchen, während er sich abmühte, mit der älteren Katze Schritt zu halten.

»Viele Fragen, kleiner Jäger. Ich kann jetzt nicht alle beantworten. Es genügt wohl, wenn ich sage, daß ich nicht alles, was ich weiß, beim Mauertreff gelernt habe. In meinem Leben bin ich weit herumgekommen und habe viele, viele Dinge geschnuppert. Ich gebe gern zu, daß mir heute das Dösen in der Sonne viel Vergnügen bereitet – und sicherlich unternehme ich nicht mehr so ausgedehnte Streifzüge wie früher. Aber ich habe immer noch meinen Kopf.

Was deine andere Frage angeht, hör mal, so hätte selbst ein von *M'an* gemästeter Eunuch deine wahre Absicht riechen können, kleiner Jäger. Ich habe schon vor dem Nasentreff – ja bevor du es selber wußtest – keinen Zweifel gehabt, daß du dich auf die Suche nach der kleinen Schmollmotte machen würdest.«

»Goldpfote«, keuchte Fritti. »Ihr Name ist Goldpfote.«

»Natürlich, Goldpfote. Ich weiß«, sagte Langstrecker mit Ungeduld – und vielleicht mit einer Spur von Zuneigung. »Ist eben meine Art«, fügte er einfach hinzu.

Plötzlich blieb Langstrecker stehen, und Traumjäger neben ihm bremste ungeschickt seinen Lauf. Der Jäger sah Fritti mit seinen großen grünen Augen fest ins Gesicht und sagte: »Es sind merkwürdige Dinge im Gang, und nicht nur in den Alten Wäldern. Daß die *Rikschikschik* und das Volk Abmachungen treffen, ist nicht so sonderbar. Ich kann nicht mit Sicherheit sagen, was vorgeht, doch mein Schnurrbart erzählt mir verwirrende Geschichten. Du hast eine Rolle zu spielen, Traumjäger.«

»Wie könnte ich ...«, begann Fritti zu protestieren, aber Langstrekker gebot ihm mit einer Bewegung seiner Tatze, zu schweigen.

»Ich habe keine Zeit mehr, fürchte ich. Riech den Wind.« Fritti at-

mete tief ein. In der Tat trug die Brise einen sonderbaren Geruch nach kalter und feuchter Erde herbei, doch seine Sinne konnten nichts damit anfangen.
»Du mußt lernen, deinen Gefühlen zu vertrauen, Traumjäger«, sagte Langstrecker. »Du hast ein paar natürliche Gaben, die dir dort helfen können, wo dein Mangel an Erfahrung dich in Schwierigkeiten bringt. Denke daran: nutze die Sinne, die Tiefklar dir geschenkt hat. Und sei geduldig.«
Wiederum schnüffelte Langstrecker die Luft, doch Fritti vermochte nichts Ungewöhnliches mehr auszumachen. Dann rieb die ältere Katze ihre Nase an Traumjägers Flanke.
»Kehre deine linke Schulter der untergehenden Sonne zu, wenn du den Wald verläßt«, sagte er. »Das wird dich in eine günstige Richtung bringen. Zögere nicht, auf deiner Reise meinen Namen als Empfehlung zu nennen. In manchen Gegenden erinnert man sich gut an mich. Nun muß ich gehen.«
Langstrecker trottete ein paar Schritte fort. Fritti, von den Ereignissen überwältigt, saß da und sah ihm nach.
Die große Katze drehte sich um. »Bist du in die Jagd eingeweiht worden, Traumjäger?«
»Hm ...« Zerstreut wie er war, brauchte Fritti einen Augenblick, um sich zu sammeln. »Hm ... nein. Die Zeremonie sollte auf dem Treffen nach dem nächsten Augenaufgang stattfinden.« Langstrecker schüttelte den Kopf und kam mit federnden Sprüngen zu ihm zurück. »Es ist weder genug Zeit noch die richtige Umgebung für den Jagd-Gesang«, sagte er, »aber ich werde mein Bestes tun.« Wie betäubt sah Fritti zu, wie Langstrecker sich auf seine mächtigen Hinterbacken niederließ und seine Augen schloß. Dann begann er, mit einer Stimme, die lieblicher war, als Traumjäger erwartet hatte, zu singen:

Urmutter, deine Jagdgeschenke
Preisen wir nun,
Preisen wir nun.

Dein Auge behüte uns
Und zeige uns
Die rechten Wege.

Die Sonne ist flüchtig,
Das Auge ist ewig.

Urmutter, höre uns.
Wir flehen dich an,
Wir flehen dich an.

Deinem Licht sind wir treu
Mit Kralle, Zahn und Gebein.

Langstrecker saß mit fest geschlossenen Augen einen Augenblick da, dann öffnete er sie und sprang wieder auf die Pfoten. Bis auf das Funkeln in den Augen schien keine Spur mehr von jener langsam sprechenden und trägen Katze vorhanden zu sein, Langstrecker erschien wie mit Entschlußkraft und Tatendrang aufgeladen, und als er sich Traumjäger näherte, zuckte dieser unwillkürlich zurück. Langstrecker streckte jedoch lediglich seine Pfote aus und berührte damit Frittis Stirn. »Willkommen, Jäger«, sagte er, dann wandte er sich ab und eilte davon. Am Rand des gegenüberliegenden Dickichts hielt er kurz an und rief: »Mögest du Glück beim Tanzen haben, junger Traumjäger.« Mit diesen Worten verschwand Langstrecker im Unterholz.
Fritti Traumjäger sank voller Staunen zu Boden. War dies alles wirklich geschehen? Er war kaum einen Tag von zu Hause fort, und doch kam es ihm wie eine Ewigkeit vor. Dies alles war so unwirklich!
Er hob sein Hinterbein und begann sich hinter dem Ohr zu kratzen – er mußte den widersprüchlichsten Empfindungen, die sich mischten, Luft machen. Während er ungestüm und mit halb geschlossenen Augen kratzte, nahm er ringsum Bewegung wahr. Beunruhigt sprang er auf die Füße.
Die Bäume in der Umgebung waren voll von Eichhörnchen, die mit ihren Schwänzen schlugen.

Eines der größeren – nicht dasjenige, mit dem er vorhin gesprochen hatte – war am Stamm einer Ulme hinuntergeklettert, bis es mit Fritis Auge auf gleicher Höhe war. Dort hing es am Baum und blickte ihn an.

»Du, du Katzen-Ding«, sagte es. »Nun komm, komm mit. Nun sprechen, sprechen. Zeit, mit Herrn Schnapp zu sprechen.«

5. Kapitel

Die Schwierigkeit des Denkens am Ende des Tags,
Wenn der gestaltlose Schatten die Sonne verhüllt
Und nichts geblieben ist, außer dem Schatten
auf deinem Fell . . .

Wallace Stevens

Fritti kletterte hoch hinauf in die Baumwipfel. Das Eichhörnchen, das ihn zum Mitkommen aufgefordert hatte, hockte einige Zweige über ihm und wies ihm den Weg. Hinter ihm und ringsum hüpfte die übrige Eichhörnchensippe umher und schnatterte in ihrer eigenen Sprache. Es kam ihm vor, als sei er schon tagelang geklettert.
In den schwindelnd hohen Bereichen der großen immergrünen Eiche machte die Schar einen Augenblick halt. Fritti hockte auf einem nicht gerade breiten Zweig und wartete, daß er wieder zu Atem kam. Wie alle Katzen war er ein guter Kletterer, aber an Gewicht übertraf er seine Eichhörnchen-Gefährten um das Vielfache. Er mußte sich fester anklammern und besser das Gleichgewicht halten als sie, besonders hier oben, wo die Zweige dünner wurden: Zuweilen hatte ein Ästchen beängstigend unter ihm geschwankt, und er hatte rasch auf ein kräftigeres klettern müssen.
In einer der letzten Baumgabelungen hielten sie an: Zahlreiche starke Äste gingen hier vom Stamm der Eiche aus. Sie waren so hoch geklettert, daß Fritti durch die überlappenden Zweige die Erde nicht mehr sehen konnte. Die Schar, die ihn begleitet hatte, vermehrt durch zahlreiche andere *Rikschikschik*, beobachtete ihn aus sicherer Entfernung und verwunderte sich keckernd über den Anblick einer Katze im Baum des Herrn. Zwar schmerzten seine Beine, jedoch wurde Traum-

jäger erneut gezwungen, sich zu erheben und seinen Gastgebern zu folgen.
Nachdem sie am Hauptstamm ein paar Fuß höher hinaufgeklettert waren, wobei sie sich über die strahlenförmig ausgehenden Zweige emporwanden, traten sie auf einen weit hinausragenden Ast hinaus. Je weiter sie sich vom Stamm entfernten, desto geringer wurde sein Umfang, bis Fritti vor Furcht zitterte, der Ast werde sein Gewicht nicht tragen. Trotzdem trieben die *Rikschikschik* ihn weiter, und er schob sich vorwärts, bis er gezwungen war, auf dem Bauch zu liegen und sich festzuklammern. Er wollte nicht mehr weitergehen.
Als er lag – sanft in der Brise schaukelnd –, pfiff das Eichhörnchen, das die Schar angeführt hatte, ein kurzes Signal. Das Geräusch – Tock-tock-tock –, das er bereits früher gehört hatte, setzte wieder ein. Seinen Hals verdrehend, konnte Fritti zahlreiche *Rikschikschik* erkennen, die mit ihren Vorderpfoten Nußschalen umklammerten, mit denen sie alle zugleich in einem abgehackten Rhythmus heftig gegen den Baumstamm und die Äste hämmerten.
Von den benachbarten Baumwipfeln antwortete eine neue Folge von Klopftönen.
Auf einem Ast, der lotrecht zu dem Traumjägers verlief und von ihm durch viele Sprünge leerer Luft getrennt war, bewegte sich eine langsame und würdevolle Prozession – würdevoll nach Eichhörnchenmaßstäben, wenn auch vielleicht ein wenig zu flott und zappelig, verglichen mit der geschmeidigen Anmut des Volks. Dicht an der Spitze der Prozession, die aus zahlreichen *Rikschikschik* bestand, glaubte Fritti Meister Flitz und Frau Surr zu erkennen.
Angeführt wurde dieser sonderbare Aufmarsch von einem großen Eichhörnchen mit grau durchschossenem Pelz und einem triumphalen buschigen Schwanz. Die Augen des alten Eichhörnchens waren so schwarz wie Obsidian, und sie betrachteten Traumjäger aufmerksam, als die Reihe der Baumbewohner stehenblieb und sich niederhockte.
Nachdem er die Katze eine Weile gebieterisch gemustert hatte, wandte sich der Alte an Frau Surr.
»Dieses Katzen-Katzenwesen hat dich gerettet?«

Frau Surr schaute verlegen zu Fritti hinüber, der sich matt an seinen Ast klammerte.
»Ist diese Katze gewesen, Herr Schnapp«, bestätigte sie scheu.
Traumjäger konnte nicht übersehen, auf welche Weise die *Rikschikschik* ihren Anführer vor ihm, einer nicht vertrauenswürdigen Katze, geschützt hatten. Am äußeren Ende dieses gertendünnen Zweiges konnte er sich nicht zum Sprung abstoßen; und selbst, wenn es ihm gelang, wäre die Entfernung, die zwischen den beiden Zweigen lag, zu groß gewesen. Nicht, daß er den Drang verspürt hätte, in diesem bedeutsamen Augenblick auf irgend jemanden loszuspringen – trotzdem bewunderte er die Umsicht der *Rikschikschik*.
»Du, Katze«, sagte Herr Schnapp scharf.
»Ja, Herr?« erwiderte Fritti. Was mochte dieser alte Knacker wollen?
»Katzenvolk und *Rikschikschik* keine Freunde. Du hilfst Frau Surr. Warum, du Sonderbar-Katze?«
Darüber war sich Fritti selbst noch nicht im klaren. »Ich weiß es nicht genau, Herr Schnapp«, erwiderte er.
»Hätte kriechen können mit Hörnchen-Räuber unter Baumstamm, unter Stamm!« fiel Meister Flitz plötzlich ein.
»Nicht getan«, fügte er bedeutungsvoll hinzu. Herr Schnapp beugte sich vor und knabberte nachdenklich an einem Zweig, dann blickte er wieder auf Fritti.
»Immer Jagd, Kampf-Kampf mit Katzenvolk. Letzten Mond vier Katzen in großen Baum geklettert. Stehlen ... rauben Junge. Rauben viele *Rikschikschik*. Welche Katzen?«
»Ich weiß es nicht, Herr Schnapp. Ich bin heute erst in den Wald gekommen. Sagtest du vier Katzen? Alle gemeinsam?«
»Vier Böse-Katzen.« bestätigte Herr Schnapp. »Jedes Bein so groß wie *Rikschikschik*. Vier.«
»Ich bin nicht sicher, mein Herr, aber es ist ungewöhnlich für mein Volk, in solch großen Trupps zu jagen«, sagte Traumjäger nachdenklich.
Schnapp dachte einen Augenblick nach. »Du Gut-Katze. Halten-halten Versprechen. Heiliger Eid verpflichtet. Erstes Mal, daß *Rik-*

schikschik Katzenvolk Dank schulden seit Wurzel-in-Erde. Lehre dich was – brauchst Hilfe, dann *Rikschikschik* hilft. Ja?« Fritti nickte überrascht.

»Wenn Gut-Katze böse Lage, sie muß singen: Mrikkarrikarek-Schnapp, und bekommt Hilfe. Jetzt singen!«

Fritti versuchte es: »Mriaumaukarikschnapp.« Herr Schnapp wiederholte das Wort, und Fritti versuchte es noch einmal und hatte Schwierigkeiten mit den schwierigen Eichhörnchen-Lauten. Er versuchte es wieder und wieder, den merkwürdig geckernden Tonfall nachzuahmen. Alle *Rikschikschik* beugten sich vor, ermunterten ihn und zeigten ihm, wie er die Laute formen sollte.

Wenn Langstrecker dies sähe, dachte Fritti, er würde sich vor Lachen ausschütten.

Endlich traf er den Tonfall so gut, daß der alte Anführer der Eichhörnchen zufrieden war.

»In meinem hübschen, hübschen Wald für Hilfe benutzen. In bestimmten Bäumen auch Bruder, Herrn Popp, rufen. Weiter fort ... Schnapp weiß keine Hilfe.«

Das alte Eichhörnchen beugte sich vor und starrte Traumjäger mit seinen glänzenden Augen an. »Andere Sache. Wenn *Rikschikschik* gejagt, dann keine Hilfe. Versprechen un-ungültig. Gesetz von Blatt und Zweig. Einverstanden, Gut-Katze?« Schnapp sah ihn listig an.

Fritti war überrascht. »Ich ... ich denke schon. Ja, ich verspreche es.« Ein frohes Aufatmen ging durch die versammelten Eichhörnchen, und Herr Schnapp strahlte vor Freude und zeigte seine abgewetzten Schneidezähne.

»Gut, sehr gut«, grinste er. »Ist guter Handel, Handel.« Der Anführer der *Rikschikschik* machte dem Eichhörnchen, das Fritti hergebracht hatte, mit seinem Schwanz ein Zeichen.

»Meister Schnalz, geleite Gut-Katze nach unten.«

»Ja«, sagte Schnalz. Fritti – der merkte, daß die Audienz zu Ende war – begann sehr langsam sich über das schmale Ästchen zurückzubewegen. Hinter sich hörte er das helle Pfeifen der Eichhörnchen. Er glaubte, die Stimmen von Surr und Flitz zu erkennen, die ihm eine gute Reise wünschten.

Während er hinter dem flinken und gewandten Schnalz her kletterte, dachte Traumjäger mit Verdruß an die Abmachung, die er gerade mit den *Rikschikschik* getroffen hatte.
Jetzt muß ich nur noch den König der Vögel und den König der Feldmäuse treffen, dachte er säuerlich, und ich werde höchstwahrscheinlich an Hunger sterben.

Während der letzten Stunde der Gehenden Sonne hatte sich der Himmel über dem großen Wald in ein Meer von Flammen verwandelt. Der rote Glanz des Sonnenuntergangs fiel durch das Astgewirr und sprenkelte den blattbedeckten Boden vor Traumjägers Pfoten. Am Abend vor seiner ersten Nacht auf dieser Reise stapfte er weiter, tiefer und tiefer in die Geheimnisse der Alten Wälder hinein.
Er war hungrig. Seit dem Letzten Tanz in der vorigen Nacht hatte er nichts gegessen.
Urplötzlich, als sei es vom Fenriswolf verschluckt worden, verschwand das Licht. In der kurzen Zeit, die notwendig war, um die Augen darauf einzustellen, war Fritti blind.
Er blieb stehen, und als sein Nachtauge die plötzliche Dunkelheit durchdringlich machte, schüttelte er den Kopf und schauderte. Wie konnte man immer in der Dunkelheit leben! Harar! Wie konnten die Gänge-Bewohner und Höhlenschläfer das nur ertragen? Er dankte der Urmutter, daß sie ihn als einen aus dem Volk auf die Welt gebracht hatte, der an allen seinen Sinnen Freude hatte.
Indem er seinen Weg mit der mühelosen Heimlichkeit, die seiner Rasse angeboren war, fortsetzte, nahm Traumjäger das nächtliche Leben der großen Wälder wahr, das sich zu entfalten begann. Seine Barthaare empfingen die schwachen Hitze-Schwingungen kleiner Lebewesen, die vorsichtig hervorkamen, um die Abendluft zu schmecken. Alle ihre Bewegungen waren noch zaghaft – vorsichtig und zögernd. Fritti selbst war ein Wesen, dessen Anwesenheit den meisten von ihnen bereits bekannt war. Das kleine Tier, das bei der ersten Dämmerung kopflos aus seinem Versteck stürzte, lebte in der Regel nicht lange genug, um seine Torheit an seine Nachkommen weiterzugeben.

Da er nun ans Fressen dachte, machte Fritti jeden Schritt kontrolliert und setzte seine Pfoten nur auf festen Grund, damit ihn kein Geräusch verriet. Er suchte nach einer Stelle, wo die Luftströmungen sich günstiger oder überhaupt nicht bewegten: er wollte eine Falle stellen. Er war zu lange mit leerem Bauch marschiert und wollte nicht auf eine zufällige Gelegenheit warten, eine Beute zu erlegen.
Außerdem hatte Graswiege, seine Mutter, ihn schließlich das Jagen gelehrt. Er würde sich doch in seiner ersten Nacht im Freien nicht dazu herablassen, Quieker-Nester aufzugraben und nach Neugeborenen zu suchen!
Er würde seine Beute töten, wie es sich gehörte.

Oben kreisten und segelten Nachtvögel. Er konnte die Anwesenheit der *Ruhu* spüren, die lautlos dahinflogen. Er schätzte, daß sie nicht auf der Jagd waren. Die *Ruhu* zogen es vor, flachen Boden abzusuchen und dann zuzustoßen. Es war wahrscheinlicher, daß sie ihre Nester im nahen Wald verließen. Nicht zu ändern, dachte er. Die Nähe einer Eule ließ die Waldbewohner erstarren, und das machte es schwieriger, etwas zum Abendessen zu finden.
Andere Nachtvögel pfiffen und flöteten in den Bäumen, oben in den höchsten Bereichen, in die das Volk wegen seines Gewichtes nicht gelangen konnte. Fritti verschwendete keinen Gedanken an sie.
Als er in eine ausgetrocknete mit Geröll bedeckte Wasserrinne hinabsprang, witterte Traumjäger plötzlich und überraschend einen Hauch von Katzengeruch. Mit angespannten Muskeln drehte Fritti sich herum, und der Geruch war verschwunden. Im nächsten Augenblick war er wieder da, und er sog ihn lange genug ein, um etwas Vertrautes darin zu bemerken. Dann verschwand er erneut auf eigentümliche Weise. Durch diese verwirrende Erscheinung aus der Fassung gebracht, stand Fritti mit gesträubten Haaren und zuckender Nase da. Der Geruch hatte weder durch eine andere Windrichtung noch durch ein Nachlassen des Windes an Stärke verloren – er war einfach verschwunden.
Als der Geruch zu ihm zurückkehrte, erkannte er ihn. Kein Wunder, daß er ihm vertraut erschienen war – es war sein eigener.

Mit fein gekräuselter Nase prüfte er die Luft, um sich Gewißheit über seine Vermutung zu verschaffen. Er war in einen Nacht-Wirbel geraten: ein langsamer, kaum spürbarer Wirbelwind. Das Geröll im trokkenen Flußbett, während des Tages von der Sonne erhitzt, erwärmte die darüberliegende Luft. Wenn diese mit der absinkenden kühlen Nachtluft zusammentraf, eingeschlossen und umgeleitet von den Seitenwänden der Rinne, ergab sich ein Wirbel von Luft, der träge Kreise beschrieb . . . und seinen eigenen Geruch zu ihm zurücktrug. Wäre er nicht einen Augenblick stehengeblieben, hätte er nicht lange genug an der Stelle gestanden, zu welcher der Geruch nach der Umkreisung zurückkehrte!
Froh darüber, das Rätsel gelöst zu haben, sprang er auf der anderen Seite des Flußbettes aufs Ufer und ging fort, als ihm ein Gedanke durch den Kopf schoß. Er kehrte um und untersuchte die Wände des Flußbettes, indem er mehrere Male an ihnen hochsprang. Er fand, wonach er gesucht hatte – den halb verborgenen Eingang zu einer Quieker-Höhle.
Er wußte, daß die Sonnenwärme sich am Ende auflösen würde. Er wußte auch, daß er diesen Kniff nur einmal anwenden konnte. Sorgsam wählte er seinen Platz aus: oben auf der Uferböschung und flußabwärts drei oder vier Sprünge vom Höhleneingang entfernt. Er prüfte den Rand der Böschung, auf dem er lag, und fand eine Stelle, die bei einer Bewegung nicht abbröckeln und einen kleinen Erdrutsch verursachen würde, der seinen Plan zunichte gemacht hätte. Dann wiederholte er noch einmal Punkt für Punkt, was seine Mutter ihn gelehrt hatte, und wartete unbeweglich. Da er seinen Kopf nicht bewegen wollte, war es mehr sein Gefühl, als sein Auge, das ihm verriet, daß Tiefklars Auge sich erst ein kurzes Stück bewegt hatte. Als er endlich durch eine schwache Bewegung an der Tunnelöffnung belohnt wurde, kam es ihm vor, als habe er eine Ewigkeit gewartet.
Überaus vorsichtig streckte sich eine Nase aus dem schützenden Loch und schnüffelte die Luft. Dann folgte der ganze Leib des Quiekers. Er saß mit furchtsamen Augen einen Augenblick am Rande des Tunnels, und jede Bewegung verriet, daß er bereit war, beim ersten Anzeichen

einer Bedrohung fortzuhuschen. Geduckt dasitzend, hielt er mit gekräuselter Nase nach Gefahr Ausschau. Es war eine Feldmaus mit braun-grauem Fell.

Fritti begann unbewußt seinen Schwanz hin- und herzuschleudern. Die Maus, die in der Nähe nichts unmittelbar Gefährliches witterte, bewegte sich vorwärts, blieb in sicherer Entfernung von der Höhlenöffnung und begann, nach Nahrung zu suchen. Ihre Nase, Augen und Ohren blieben stets wach, um Räubern zuvorzukommen. Der Quieker suchte beide Seiten des trockenen Flußbettes ab, blieb aber immer in der Nähe seines Loches, das er mit einem raschen Sprung erreichen konnte.

Fritti fand, daß es seiner ganzen Selbstbeherrschung bedurfte, sich nicht auf die Maus, die so nahe schien, herabzustürzen. Sein Magen zog sich vor Hunger zusammen, und er konnte das ungeduldige Zittern seiner Hinterbeine spüren.

Doch er erinnerte sich auch an Borstenmauls Mahnung, geduldig zu sein. Er wußte, daß der kleine Quieker bei dem ersten Zeichen einer Bewegung wie ein Blitz in seinem Loch verschwinden würde.

Ich will mich nicht wie ein Kätzchen benehmen, sagte er zu sich selbst. Ich werde den richtigen Augenblick abwarten. Endlich war die *mre'az* seiner Meinung nach so weit von ihrer Höhle entfernt, wie es notwendig war. Als die Maus ihm kurz den Rücken zuwandte, schob Traumjäger seine Vorderpfote vor und ließ sie langsam über den Rand der Böschung gleiten, sogleich innehaltend, wenn die Maus im Begriff schien, sich wieder umzudrehen. Nach und nach streckte er sie überaus behutsam nach unten aus, bis er spürte, daß die schwache Strömung des Nacht-Wirbels das Fell seines ausgestreckten Vorderbeins ruffelte.

Der Wirbel trug den Geruch in die Runde – in das Flußbett hinab, um dann, von einem Punkt, der scheinbar in der Nähe ihres Tunnels lag, allmählich zur Maus zurückzutreiben.

Als der Katzengeruch das Nagetier erreichte, erstarrte es und seine Nasenflügel zitterten. Traumjäger konnte der Maus die gebannte, zittrige Spannung ansehen, als sie einen tödlichen Feind witterte – offenbar zwischen ihr selbst und dem Fluchtweg. Mehrere Herzschlä-

ge lang verharrte der Quieker wie versteinert an seinem Platz, als der Wirbel Frittis Geruch an ihm vorbeitrieb. Dann machte er in qualvoller Verwirrung einen halbherzigen Sprung vom Höhleneingang fort. Auf Traumjäger zu.
Die ganze in der Katze eingepferchte Kraft wurde mit einem Schlage frei. Traumjägers straff gespannte Muskeln trugen ihn in einer einzigen Bewegung über den Rand des Flußbetts. Sobald seine Hinterpfoten den Boden berührten, schwang er sich abermals in die Luft. Der Maus blieb nicht einmal Zeit, einen Laut der Überraschung auszustoßen, bevor sie starb.

Seine linke Schulter der untergegangenen Sonne zugekehrt, wie Langstrecker ihm geraten hatte, dachte Fritti über seine merkwürdige Begegnung mit dem alten Jäger nach. Er hatte Langstrecker immer nur in dessen Mußestunden gesehen – eine ferne, unnahbare Gestalt –, aber heute hatte er sich Traumjäger gegenüber völlig anders verhalten. Und was noch merkwürdiger war, er hatte Traumjäger mit großer Freundlichkeit und Achtung behandelt. Obgleich Traumjäger es in der Vergangenheit sorgfältig vermieden hatte, Langstrecker zu kränken, hatte er doch mit Sicherheit nichts getan, um sich die Achtung des alten Jägers zu erwerben. Es gab da ein Rätsel, das nicht so leicht zu lösen war wie das des Nacht-Wirbels.
Welch ein Tag! Wie die anderen, die an der Mauer zurückgeblieben waren, wohl bei der Geschichte lachen würden, wie einer aus dem Volk im Baum des Eichhörnchen-Anführers die Sprache der *Rikschikschik* lernte.
Aber vielleicht kehrte er nie zum Mauertreff zurück, um sein Lied zu singen. Er war einer aus dem Volk, und sein Eid band ihn. Und nun war er ein Jäger – durch Lied und Blut geweiht. Trotzdem, der Jäger fühlte sich sehr elend und unbedeutend.
Nachdem die Nacht zur Hälfte vorüber war, begann er in seinen ermüdeten Muskeln eine stetige Schwäche zu spüren. Nach den Maßstäben des Volks hatte er einen weiten Weg zurückgelegt; für eine Katze seines Alters war es sogar ein sehr weiter Weg gewesen. Nun mußte er schlafen.

Er schnüffelte nach einem Schlafplatz herum und wählte eine grasige Mulde am Fuß eines großen Baumes. Er prüfte sorgfältig die Brise und fand nichts, was ihn von der Nachtruhe hätte abhalten können.
In dem kleinen Hohlraum drehte er sich dreimal um sich selbst – zu Ehren Urmutters, Goldauges und von Himmeltanz, den Lebensspendern – dann rollte er sich zusammen und bedeckte seine Nase mit der Schwanzspitze, um sie warm zu halten. Er war sehr rasch eingeschlafen.

Im Traum befand er sich unter der Erde, in der Dunkelheit. Fritti mühte sich ab, kämpfte gegen Erdreich an, das unter seinen Pfoten nachgab, sich aber immer wieder erneuerte. Er wußte, daß ihn etwas jagte, so wie er Quieker jagte, und sein Herz raste.
Schließlich drangen seine scharrenden Pfoten hindurch, und er fiel durch eine Erdmauer ins Freie.
Dort, auf einer Waldlichtung, waren seine Mutter und seine Geschwister. Auch Goldpfote stand dort und Langstrecker und Spindelbein. Er versuchte, sie vor dem Wesen zu warnen, das ihn jagte, doch sein Maul war voller Schmutz; als er zu sprechen versuchte, fiel Staub heraus und auf den Boden. Als sie Traumjäger erblickten, begannen seine Freunde und seine Familie zu lachen, und je mehr er versuchte, sie auf die Gefahr hinzuweisen, die ihnen von dem Verfolger drohte, der ihn jagte, desto mehr lachten sie – bis die schrillen, prustenden Laute in seinen Ohren gellten . . .
Plötzlich war er wach. Das Gelächter hatte sich in ein hohes, aufgeregtes Bellen verwandelt. Er lauschte regungslos und konnte es deutlich hören. Es war ganz in seiner Nähe, und er erkannte es sogleich: Es war ein Fuchs, der in der Dunkelheit zwischen den Bäumen schrie.
Für ausgewachsene Katzen waren Füchse keine Gefahr. Fritti hatte sich bereits wieder zum Schlafen zusammengekuschelt, als er ein zweites Geräusch hörte – das unglückliche Miauen eines Kätzchens.
Sogleich sprang er hoch, um nach dem Rechten zu sehen, und rannte aus dem Wäldchen und einen baumbestandenen Hang hinab. Das Bellen und Fauchen wurden lauter. Er sprang auf einen Felsrücken, der aus einem Gewirr von Unterholz hervorragte. Viele Sprünge von

ihm entfernt, am Fuß des Hanges, hatte ein ausgewachsener roter Fuchs eine junge Katze vor einem kleinen Hügel in die Enge getrieben. Ihr Rücken war zu einem Buckel gewölbt, und alle Haare an ihrem schmächtigen Körper waren gesträubt.
Trotzdem, dachte Fritti, kein sehr einschüchternder Anblick, nicht einmal für einen von den *Visl*.
Als er von dem Felsen herabsprang, fiel Fritti an der Haltung der jungen Katze etwas Ungewöhnliches auf: Sie war irgendwie verletzt und trotz ihres lauten Fauchens und Zischens offensichtlich nicht in der besten Verfassung, um zu kämpfen. Fritti war sicher, daß der *Visl* das ebenfalls wußte.
Mit einem Mal erkannte Fritti zu seinem Entsetzen, wer die junge Katze war, die der Fuchs bedrängte: Es war Raschkralle.

6. Kapitel

... Katzen, im Schlaf zusammengekuschelt
(zwei Häufchen Pelz in einem)
Zucken mit den Ohren und fiepen –
Träumen sie den gleichen Traum?

Eric Barker

»Raschkralle! Kleine Raschkralle!« Fritti sprang durch das Gesträuch den Abhang hinunter. »Ich bin's, Traumjäger!«
Die junge Katze lockerte ihre Abwehrhaltung, warf einen müden Blick in Frittis Richtung, gab jedoch kein Zeichen des Erkennens. Als Fritti einen oder zwei Sprünge vor dem Fuchs zum Stehen kam, stieß der *Visl* ein warnendes Bellen aus.
»Komm nicht näher, Rindenkratzer! Mit dir nehm ich es auch noch auf!«
Nun konnte Fritti erkennen, daß es eine Füchsin war, die trotz ihrer gesträubten Haare nicht viel größer war als er selbst. Auch sie war mager, und ihre Läufe zitterten – ob aus Furcht oder Wut, war Fritti nicht klar.
»Warum bedrohst du diese Katze, Jagd-Schwester?« sang Fritti schleppend und besänftigend. »Hat sie dir Böses getan? Dieser Kater ist der Sohn meines Vetters, und seine Sache ist auch die meine.«
Die dem Ritual entsprechende Frage schien die Füchsin ein wenig zu besänftigen, doch sie wich nicht zurück. »Er hat meine Welpen bedroht«, sagte sie keuchend. »Ich werde gegen euch beide kämpfen, wenn ich muß.«
Ihre Welpen! Jetzt verstand Fritti besser, was hier vorging. Genauso wie die Mütter des Volks taten auch Fuchs-Mütter alles, um ihre Jun-

gen zu schützen. Er schaute auf ihre hervortretenden Rippen. Es mußte für die Mutter und ihre Jungen ein schwieriger Herbst gewesen sein.
»Wie geschah es, daß deine Familie bedroht wurde?« forschte Fritti. Raschkralle, einen Sprung entfernt, starrte wie gebannt auf den *Visl* und schien Frittis Anwesenheit nicht zu bemerken.
Die Füchsin betrachtete Fritti prüfend. »In der Morgendämmerung hatte ich die Welpen zu einem Streifzug hinausgeführt«, begann sie, »als ich räuberische Wesen witterte – große. Der Geruch ungewöhnlich, doch er hatte etwas von Dachsen und etwas von Katzen. Ich scheuchte die Jungen in den Bau zurück und legte mich auf sie, um sie ruhig zu halten, doch der Gefahr-Geruch verschwand nicht. Also beschloß ich, welcher Feind immer draußen lauerte, ihn vom Bau wegzulocken. Ich befahl den Welpen, sich nicht vom Fleck zu rühren, und verließ den Bau durch einen zweiten Ausgang.
Der Geruch war sehr stark – die Räuber waren nah. Ich ließ mich kurz sehen und rannte los. Kurz darauf hörte ich, daß sie mir folgten. Ich lockte sie in die Schlucht hinab und dann hinauf zum Rand der Senke. Ich gab mich auf der langen Wiese sogar ihren Blicken preis, um im Mondlicht, wie ich hoffte, einen kurzen Blick auf meine Verfolger werfen zu können . . .«
»Wer waren sie?« unterbrach Traumjäger. Der *Visl* starrte ihn an, und seine Nackenhaare sträubten sich. Hab doch Geduld, schalt er sich selbst.
»Ich weiß es nicht, *Katze*«, sagte sie schroff. »Sie waren zu gerissen, um mir bis auf das Grasland zu folgen. Als sie nicht auftauchten, mußte ich rasch umkehren, denn ich fürchtete, sie hätten mich aufgegeben und seien zurückgelaufen, um den Bau zu suchen. Jedoch sie waren, wie ich sagte, teuflisch gerissen . . . Als ich wieder in das Gebüsch kam, warteten sie schon auf mich, und ich mußte rennen wie Rotrot, um davonzukommen. Sie jedoch hielten sich im Schatten und im Unterholz. Ich weiß nicht einmal mit Sicherheit, wie viele sie waren. Mehr als drei, schätze ich.«
Fritti bewunderte die Füchsin wegen ihrer Tapferkeit. Er fragte sich, ob er in einer ähnlichen Lage ebenso selbstlos handeln würde. Der

Visl sprach weiter: »Wie auch immer, ich rannte und rannte – weit genug, um meine Jungen in Sicherheit zu wissen –, und schließlich hängte ich sie in einem Ginsterdickicht ab, indem ich ein paar falsche Spuren legte . . . ich hoffe, du hörst mir sehr aufmerksam zu. Ich spreche selten zu Katzen, und für sie wiederhole ich mich *nie*!«

»Ich höre dir mit großem Interesse zu, Jagd-Schwester.«

»Sehr gut.« Die Füchsin wirkte ein wenig besänftigt. Fritti hoffte, er werde sich mit ihr gütlich und ohne Krallen und Zähne einigen können, welchen Fehler der kleine unerfahrene Raschkralle auch begangen hatte.

»Um die Verfolger zu verwirren, machte ich auf dem Rückweg viele Umwege, und als ich zum Bau zurückkam, hörte ich meine Welpen einen schrecklichen Lärm machen: Sie bellten und wimmerten und riefen nach mir. Da fand ich dieses kleine Ungeheuer, das bei ihnen im Nest lag. Offensichtlich hatten die anderen mich weggelockt, und er war dann hineingeschlüpft, um meinen Jungen an den Kragen zu gehen!« Sie nahm erneut eine drohende Haltung an. Traumjäger wollte gerade etwas Besänftigendes sagen, als Raschkralle plötzlich gellend aufheulte. Fritti und die Füchsin fuhren herum und sahen, wie das Kätzchen japsend auf sie zukam.

»Nein! Nein! Ich habe mich versteckt! Bloß versteckt!« schrie Raschkralle. »Vor *ihnen* habe ich mich versteckt!« Die junge Katze begann krampfhaft zu zittern. Fritti war um seinen kleinen Freund besorgt und begann sich langsam auf ihn zuzubewegen. »Jagd-Schwester, ich glaube, in deiner verständlichen Sorge um deine Jungen hast du irrtümlich ein anderes Opfer für einen der Übeltäter gehalten.« Er war nun an Raschkralles Seite. Die kleine Katze grub ihre Nase kläglich in Traumjägers Flanke und wimmerte. Die Füchsin durchbohrte Fritti mit einem scharfen Blick.

»Wie ist dein Name, Katze?«

»Traumjäger, vom Stamm des Mauertreffs«, erwiderte er bescheiden. Sein weicher Gesang schien eine Auseinandersetzung verhindert zu haben.

»Ich werde Arthwine genannt«, sagte die Füchsin schlicht. »Ich gestatte dir, ohne Arglist, deinen Vetter-Sohn zu dir zu nehmen. Du mußt allerdings die Verantwortung dafür übernehmen, daß er sich von den Höhlen meines Volkes fernhält. Wenn ich ihn noch einmal in der Nähe meiner Welpen finde, wird es keine Zugeständnisse geben.«

»Das ist mehr als anständig«, sagte Traumjäger und zeigte durch ein leichtes Kopfnicken, daß er einverstanden war. Die Füchsin musterte Traumjäger von oben bis unten, dann warf sie Raschkralle einen letzten Blick zu, der sein Gesicht an Traumjägers Bauch versteckt hatte.

»Du singst gut, Traumjäger«, sagte sie bedächtig, und sie wählte ihre Worte sorgfältig. »Aber glaube nicht, daß du in dieser Welt nur darauf bauen kannst. Auch wir Füchse singen, und wir wissen viele Dinge. Doch wir lehren unsere Jungen *auch*, wie man sich wehrt.« Sie drehte sich um und schritt würdevoll davon.

Die Morgendämmerung brach an, als Traumjäger dem bebenden Raschkralle sanfte Lieder vorsang, um ihn zu beruhigen. Nach einer Weile, als die Erregung des Kleinen abgeklungen war, führte Traumjäger ihn zum Schlafbaum zurück und rollte sich um ihn zusammen. Als die Morgensonne aufstieg und den Waldboden kreuz und quer mit Schatten bedeckte, fielen sie in Schlaf.

Die Hitze der Stunde der Kleineren Schatten weckte Traumjäger. Raschkralle war nicht mehr an ihn gekuschelt.

Fritti hob den Kopf und sah die kleine Katze umhertollen, und in ihrem weichen Fell hingen Kiefernnadeln und tote Blätter. Als Fritti aufstand und sich streckte, verspürte er in seinen Muskeln große Schmerzen. Indem er neidisch das spielende Kätzchen beobachtete, beschloß er, es langsamer angehen zu lassen, bis er sich besser an dieses ständige Wandern gewöhnt hatte. Raschkralle, der stillvergnügt herumhüpfte, während Fritti seine schmerzenden Beine und Pfoten sonnte, schien sich von den Schrecken der letzten Nacht vollständig erholt zu haben. Als Traumjäger ihn jedoch fragte, was vorgefallen sei, trat ein Ausdruck von Unruhe in seine Augen.

»Können wir darüber sprechen, nachdem wir gegessen haben?« fragte er. »Ich bin sehr hungrig!«

Fritti stimmte zu, und der folgende Teil des Nachmittags gehörte der nicht sehr erfolgreichen Jagd – die größtenteils durch Raschkralles Neigung verdorben wurde, zu quietschen, wenn er aufgeregt war. Es gelang ihnen, zwei Käfer zu erwischen, die – nachdem sie mühsam heruntergewürgt worden waren – ihre Mägen zumindest ein wenig füllten. Nachdem sie einen Tümpel mit abgestandenem, aber trinkbarem Wasser gefunden hatten, machten sie es sich im Schatten bequem, um zu verdauen.

Das lange schläfrige Schweigen wurde nur durch das einlullende Gesumm unsichtbarer Insekten durchbrochen. Dann, als Fritti spürte, daß er in den Schlaf sank, begann Raschkralle zu reden.

»Ich weiß, ich hätte dir nicht folgen sollen, Traumjäger. Ich bin sicher, daß ich für dich eine Last sein werde, aber ich wollte dir so gern helfen. Du bist viele Male freundlich zu mir gewesen, wenn Pfotenflink und die übrigen mich bloß knufften oder hänselten. Ich wußte aber auch, daß du mich nicht mitnehmen würdest. Also versteckte ich mich bis zu deinem Aufbruch, und dann folgte ich deiner Spur. Ganz auf mich allein gestellt!« fügte er stolz hinzu.

»Aha. Deshalb hast du dich also überall erkundigt, wann ich losmarschieren würde.«

»Das ist richtig. Ich wollte wissen, von wo du aufbrechen würdest. Ein so guter Spurenleser bin ich auch wieder nicht«, setzte er ein wenig verdrießlich hinzu. Dann hellte sich seine Miene wieder auf. »Aber egal, ich blieb mit meiner Nase am Boden und folgte dir. Alles ging ziemlich gut, bis ich gegen Mittag unsicher wurde. Eine Zeitlang schien es, als habe deine Spur sich in die eines anderen verwandelt, und dann lief sie denselben Weg zurück und Bäume rauf und runter – zumindest roch es so; als ich die Spur wiederfand, war sie ziemlich kalt. Ich folgte ihr, so gut ich konnte, doch es wurde dunkel, und ich war hungrig. Das bin ich eigentlich immer noch. Könnten wir nicht versuchen, noch ein paar Käfer oder etwas Ähnliches zu finden?«

»Später, Raschkralle«, sagte Fritti barsch. »Später. Zuerst möchte ich den Rest deines Liedes hören, kleiner *Cu'nre.*« »O, ja. Ich versuchte also, dich einzuholen, hoffte, du würdest haltmachen, um zu schlafen oder so. Da hörte ich das abscheuliche Geräusch. Es war ein riesiger

Schwarm von Vögeln, und alle zwitscherten und schrien sie gleichzeitig. Ich schaute hinauf, und da waren Hunderte von Vögeln – eine ganze Wolke von *fla-fa'az* –, und alle flogen wie verrückt um den Baum herum und machten einen schrecklichen Lärm. Ich ging zum Fuß des Baumes, versteht sich, um zu sehen, was da los war. Oben im Baumwipfel mußte etwas Entsetzliches geschehen sein. Unten lagen Haufen toter *fla-fa'az*, zerrissen und zerbissen, und überall Federn, die von den oberen Zweigen heruntersegelten. Und als ich hinaufschaute, konnte ich *Augen* erkennen!«

»Was meinst du mit ›Augen‹?« fragte Fritti.

»Augen. Große, mattgelbe Augen – niemals habe ich etwas Ähnliches gesehen. Es waren zu viele Äste im Weg, um noch etwas anderes zu sehen, aber ich weiß, daß ich mich nicht irre. Dann zischte mich etwas Unbekanntes an, und ich rannte weg. Ich glaube, es kam vom Baum herunter und setzte mir nach, Traumjäger, weil die Vögel mit ihrem furchtbaren Geschrei aufhörten – aber ich schaute nicht zurück, um es festzustellen. Ich rannte bloß weg.« Raschkralle schwieg einen Augenblick mit geschlossenen Augen und fuhr dann fort.

»Ich schätze, es könnten mehr als einer gewesen sein, nach den Geräuschen zu schließen, die ich hörte. Sie waren schnell, und wäre ich nicht klein gewesen – imstande unter Büsche zu schlüpfen –, so hätten sie mich erwischt. Ich habe niemals solche Angst gehabt – noch nicht einmal, als ein Heuler hinter mir her war. Schließlich konnte ich kaum noch laufen. Ich wurde langsamer. Hinter mir konnte ich jedoch nichts hören. Also blieb ich stehen, um aufmerksamer zu lauschen. Ich stand da mit gespitzten Ohren, und etwas kam unter dem Felsen hervor und *grapschte* nach mir!«

»Unter einem Felsen hervor?« sagte Traumjäger ungläubig.

»Ich schwöre es bei den Erstgeborenen! Es grapschte mein Bein! Hier, schau dir die Kratzer an!« Raschkralle zeigte seine Wunden. »Du wirst es gewiß nicht glauben, Traumjäger, aber das Ding, das mich verwundete, was immer es war . . . es hatte *rote Krallen!*«

»Nun, du hast gesagt, daß irgendein Ding die Vögel tötete, die du sahst. Es war vermutlich Blut.«

»Nachdem man mich eine halbe Stunde durch Dreck und Beerengestrüpp gehetzt hatte? Die Krallen wären sauber gewesen. Außerdem war es kein getrocknetes Blut. Dieses Blut war knallrot.«
Verwirrt bedeutete Fritti der jungen Katze, fortzufahren. »Natürlich schrie ich wie ein Eichelhäher, und es gelang mir irgendwie, mich freizumachen. Ich verzog mich in ein dichtes Gestrüpp, so tief ich konnte und hoffte, sie seien zu groß, um mir dorthin zu folgen. Ich konnte nicht mehr weiter rennen. Sie machten kein Geräusch, doch ich fühlte, daß sie noch immer da waren. Dann witterte ich einen Fuchs, und mit einem Mal waren sie verschwunden. Ich stolperte aus dem Gestrüpp und fand den Fuchsbau. Ich meinte, wenn ich in den Bau schlüpfte, mich drinnen besser verteidigen zu können, falls sie zurückkämen. Dann kam der *Visl* zurück. Ich schätze, den Rest kennst du.«
Fritti beugte sich vor und gab dem Jungen einen Nasen-Rubbler auf die Stirn. »Du warst sehr tapfer, Raschkralle. Sehr tapfer. Also hast du das Wesen nie gesehen, das dich hetzte?« »Seinen Körper nicht, nein. Jedoch diese Augen werde ich nie vergessen. Und diese roten Krallen! Puh!« Raschkralle schüttelte sich von Nase bis Schwanz. Dann wandte er sich Traumjäger zu, jetzt von der Furcht befreit. »Das ganze Geschwätz über *fla-fa'az* hat mich hungrig gemacht. Sagte ich schon, ich sei hungrig?«
»Ich glaube ja«, lachte Traumjäger.

Während des Nachmittags rasteten sie, und zur Zeit des Zwielichts brachen sie wieder auf.
Traumjäger hatte einige Befürchtungen, daß er nun den jungen Raschkralle in seiner Obhut hatte, doch er gelangte zu der Überzeugung, daß er in Wirklichkeit gar keine andere Wahl hatte: Er konnte die kleine Katze nicht fortschicken – zurück durch die gefährlichen Wälder – und er selbst konnte seine Suche nach Goldpfote nicht aufgeben.
Sie kamen ziemlich gut voran. Raschkralle liebte es, ein wenig vorauszueilen, dann fiel er wieder zurück – gefesselt von einem Schmetterling oder einem glänzenden Stein. Es schien sich auszugleichen,

mehr oder weniger, und sie kamen stetig vorwärts. Raschkralle gelang es sogar, sein Quieken ein wenig im Zaum zu halten, so daß es mit dem Jagen besser ging.

Mehrere Tage vergingen. Allmählich gewöhnten sie sich an den regelmäßigen Wechsel von Marschieren und Schlafen – sie machten einen langen Schlaf gegen Mittag, wenn die Sonne hoch stand, und einen zweiten zur Stunde des Letzten Tanzes, der bis zum Sonnenaufgang dauerte. Sie jagten während des Marsches, fingen den seltsamen Käfer oder kleinen Vogel, der sich im Gebüsch versteckte, und jagten größere Beute nur in der Zeit vor der Rast in der Stunde der Kleineren Schatten.
Eines Nachmittags fing Raschkralle ganz allein einen Quieker. Es war eine junge Maus, und obendrein noch eine einfältige, doch Raschkralle fing sie ohne Hilfe und war mit Recht stolz. Darüber hinaus gelangte Fritti zu der Überzeugung, daß eine dumme Maus ebenso gut schmeckte wie eine schlaue.
Ihre Gemeinschaft machte die Langeweile der Reise für beide Katzen erträglicher, und die Tage flogen rasch dahin. Wenn Raschkralles unaufhörliches Hüpfen und Springen Fritti auch gelegentlich dazu brachte, zu fauchen und Kopfnüsse zu verteilen, war er doch sehr froh, die kleine Katze zur Gesellschaft zu haben. Was Raschkralle anlangte, war er entzückt, mit einer bewunderten älteren Katze auf Abenteuer zu ziehen. Der Schatten seiner ersten Nacht in der Wildnis schien verschwunden zu sein, ohne eine Spur zu hinterlassen.
Im Lauf ihrer Wanderung schien der Wald ringsum sich zu verändern – jetzt noch dicht verschlungen, erstickend wie ein grünes Dickicht, dann offen und luftig wie im Grenzwäldchen. Schließlich, am Ende ihres fünften Tages in den Wäldern, begannen die Bäume nach und nach kleiner zu werden, und der Wald wurde licht.

Oben auf einem herausragenden Felsen, der über den Baumwipfeln stand wie eine Fela über ihren Jungen, beobachteten Traumjäger und Raschkralle, wie die Sonne ihres sechsten Tages aufging. Der Wald zu ihren Füßen erstreckte sich noch über eine oder zwei Meilen, wurde

stetig spärlicher und lief dann endgültig aus. Dahinter lag ein welliges grünes Hügelland; Baumgruppen standen in den Senken zwischen seinen gerundeten Hängen.
Das Hügelland lief weiter bis in die Ferne, am Horizont in die Nebel des Frühmorgens gehüllt. Dahinter lagen vielleicht weitere Hügelländer oder Wälder... oder sonst etwas. Traumjäger wußte, daß niemand je davon gesprochen hatte, was jenseits der Alten Wälder lag.
Die beiden Gefährten schnüffelten die Brise, sogen die Gerüche ein, die mit der sich erwärmenden Luft aufstiegen. Raschkralle blickte hinunter, dann stieß er Fritti an. Unter ihnen, auf einem kleineren Vorsprung ihres Ausgucks, stand eine andere Katze. Sie bot einen sonderbaren Anblick, denn ihr Körper war über und über mit Schlamm bedeckt, ihr Fell struppig, und ihre Augen hatten einen wilden Ausdruck. Als Traumjäger und Raschkralle sie anstarrten, blickte die unbekannte Katze mit einem merkwürdigen, abwesenden Blick zu ihnen hinauf. Ihnen blieb nur noch ein Augenblick, sich über ihren zotteligen Pelz und ihren gekrümmten Schwanz zu wundern – dann sprang die fremde Katze von dem Felsen herab, landete unsicher auf einem breiten Ast und verschwand im Laubwerk. Dort, wo sie hineingeschlüpft war, zitterten die Blätter einen Augenblick, und dann rührten sie sich nicht mehr.

7. Kapitel

»Ach, dagegen läßt sich nichts machen«,
sagte die Katze, »hier sind alle verrückt.
Ich bin verrückt. Du bist verrückt.«
»Woher weißt du denn, daß ich verrückt bin?«
fragte Alice. »Mußt du ja sein«, sagte die Katze,
»sonst wärst du doch gar nicht hier.«

Lewis Carroll

Traumjäger dachte viel nach. Die langen Tage des Wanderns hatten ihm Zeit dazu gegeben, und in einer sehr unkätzischen Weise reihte er Tatsachen aneinander.
Raschkralles Geschichte seiner Verfolgung paßte zu den anderen Dingen, die Fritti gehört hatte: das Verschwinden einiger Katzen aus dem Volk; die Erzählungen der *Rikschikschik* von Überfällen durch Katzen.
Herr Schnapp hatte von vier Katzen gesprochen: Allein schon die Zahl ließ Fritti glauben, daß irgendein anderes Volk für die Überfälle auf die Eichhörnchennester verantwortlich war. Und Arthwine, die Füchsin, hatte erzählt, daß die Kreaturen halb nach Dachs, halb nach Katze gerochen hätten. Vielleicht waren diese Räuber Katzen so ähnlich, daß kleine Tiere wie die *Rikschikschik* zu falschen Schlüssen gelangen konnten. Selbst Langstrecker hatte gesagt, es liege etwas Merkwürdiges in der Luft. Eine neue Art von räuberischen Untieren?
Raschkralles Beschreibung der Augen und Krallen kam ihm wieder in den Sinn, und er schauderte.
Jäh zusammenfahrend, dachte er an Goldpfote – konnten diese Krea-

turen sie in ihrer Gewalt haben? Doch nein, an ihrem leeren Nest hatte er keine Spur von Furcht gewittert. Sie konnten sie aber ebensogut im Wald gefangen haben! Arme Goldpfote! Solch eine große Welt und so voll von Gefahren . . .
Seine Aufmerksamkeit wurde durch Raschkralle abgelenkt, der einen Dachs in seiner Ruhe störte. Diese großen Höhlen-Gräber konnten grimmig werden, wenn es notwendig war. Traumjäger gab seine Grübeleien auf und beeilte sich, seinen jungen Freund vor einer möglichen Katastrophe zu bewahren.
Er packte Raschkralle beim Kragen, zerrte ihn weg und murmelte dem aufgebrachten Dachs eine Entschuldigung zu. Das Tier grunzte ihn verächtlich an, als er sich zurückzog und watschelte dann, die gestreiften Flanken aufblähend, davon. Doch auch diese Lektion vermochte nicht, Raschkralles Unternehmungslust zu dämpfen. Bald waren sie wieder unterwegs und bewegten sich auf den Rand der Alten Wälder zu.

Als Traumjäger aus seinem Mittagsschläfchen erwachte, fühlte er Blicke auf sich ruhen. Auf der anderen Seite der Lichtung stand die seltsame Katze, die sie von ihrem Ausguck auf dem Felsen gesehen hatten. Bevor sich Fritti von dem schnarchenden Raschkralle losmachen konnte, war die Katze spurlos verschwunden. Es kam Fritti so vor, als habe das alte Tier mit ihnen sprechen wollen. Ein sonderbarer sehnsüchtiger Ausdruck war in seinen Augen gewesen.
Am Abend, als sie ein Espenwäldchen durchquerten, tauchte die Katze erneut vor ihnen auf. Dieses Mal lief sie nicht fort, sondern blieb, an ihrer Unterlippe nagend, stehen, als sie näherkamen.
Aus der Nähe bot diese Katze einen abenteuerlichen Anblick. Die ursprüngliche Farbe ihres Fells war seit langem unter dem Schmutz und Schlamm verschwunden, die ihr Fell überkrusteten und das Haar zu Wirbeln und Knäueln verzwirbelte. Stöckchen und Blätter, Stücke von Baumflechten und immergrüne Nadeln, alle Arten sonderbarer Teilchen überzogen vom Kopf bis zur Schwanzspitze ihren Pelz. Sie hatte hängende Schnurrhaare, und ihre Augen blickten traurig und verwirrt.

»Wer bist du, Jagd-Bruder?« fragte Fritti vorsichtig. »Suchst du uns?« Raschkralle hielt sich dicht an Traumjägers Seite.
»Was fragst du? ... uh ... uh ... der *Ruhu* ...«, sang die fremde Katze feierlich, und begann dann wieder auf ihrer Unterlippe zu kauen. Die Stimme war tief und männlich.
Fritti versuchte es noch einmal. »Wie ist dein Name?«
»Lirum larum ... Höhle und Hölle ... wieso?« Der fremde Kater blickte geistesabwesend in Frittis Augen. »Grillenfänger bin ich, ich bin ... so dahin, wie ich bin ... schaut nur hin ...«
»Er ist verrückt, Traumjäger!« piepste Raschkralle nervös. »Er hat die Tröpfelmaul-Krankheit, da bin ich sicher!«
Fritti machte ihm ein Zeichen zu schweigen. »Du wirst Grillenfänger genannt? Das ist dein Name?«
»Derselbe, derselbe. Grasschlinger und Steinbeißer ... Dideldum, dideldum, di ... o, nein!« Grillenfänger wirbelte herum, als schleiche sich von hinten jemand an. »Verschwinde!« schrie er in die leere Luft. »Kein Wackeltanz mehr in der Ferne, du schleichliche, heimliche Zischelmaus!« Mit einem wilden Ausdruck in den Augen wandte er sich wieder den beiden Katzen zu, doch als sie ihn anstarrten, schien er sich zu verändern. An die Stelle der Verrücktheit trat Verlegenheit.
»Ach, der alte Grillenfänger ist manchmal ein bißchen durcheinander, ist er«, sagte er und scharrte mit seiner schmutzigen Pfote in der Erde. »Aber er meint es nicht böse – nie, ihr müßt wissen ...«
Raschkralle wisperte aufgeregt: »Er ist wirklich verrückt – siehst du's nicht? Wir müssen verschwinden!«
Auch Traumjäger war ein wenig nervös, jedoch der alte Kater hatte etwas an sich, das ihn rührte.
»Was können wir für dich tun, Grillenfänger?« fragte er.
Raschkralle starrte ihn an, als sei auch Fritti gänzlich verrückt geworden.
»Da seid ihr also«, sagte der Fremde. »Da seid ihr. Da sollt ihr sein. Der alte Grillenfänger war einsam und wollte sich ein bißchen unterhalten. Die Welt ist so groß – aber es gibt nur ein paar Wenige, Wertvolle, mit denen man sprechen kann.«

Der alte Kater kratzte sich abwesend hinter dem Ohr und entfernte eine kleine Samenschote, die auf die Erde fiel. Grillenfänger beugte den Kopf und beschnüffelte sie eifrig, um sie im nächsten Augenblick wütend mit seiner Pfote wegzuschleudern, so daß sie fortrollte.
»Das ist eure Welt, nicht wahr? Das ist eure Welt«, murmelte er, dann schien er sich zu erinnern, daß er nicht allein war.
»Verzeihung, junge Herren«, sagte er. »Ich wandere ein wenig umher, von Zeit zu Zeit. Darf ich ein Stück Wegs mit euch wandern? Ich kenne ein paar Geschichten und ein oder zwei Spiele. Ich war ein Jäger, als die Welt jung war, und ich mache noch immer ganz hübsche Beute!« Er blickte Traumjäger hoffnungsvoll an.
Traumjäger wollte wirklich keinen weiteren Gefährten, doch dieser struppige alte Kater tat ihm leid.
Er achtete nicht auf Raschkralle, der wie wild Zeichen machte, dem Alten die Bitte abzuschlagen und sagte: »Gewiß. Es wäre eine Ehre für uns, wenn du uns eine Weile begleiten würdest, Grillenfänger.«
Die schmutzbespritzte alte Katze sprang hoch und vollführte einen verrückten Luftsprung, daß selbst Raschkralle lachen mußte.
»Bei meiner Pfote, das ist ein Wort!« schrie Grillenfänger, dann verstummte er und schaute sich rasch um. Er beugte sich zu seinen Gefährten hinüber. »Laßt uns aufbrechen!« fügte er hinzu, und seine Stimme war ein verschwörerisches Geflüster.

Grillenfänger war kein übler Reisegefährte. Seine gelegentlichen Ausbrüche erwiesen sich in keiner Weise als gefährlich, und nach einer Weile fand sich sogar Raschkralle ohne allzu große Besorgnis mit ihm ab. Während des ganzen Abends unterhielt er sie pausenlos mit einer Fülle von Gesängen und sonderbaren Versen. Als Fritti – der ein wenig Ruhe wünschte –, ihn bat, sich ein wenig zu zügeln, wurde er stumm wie ein Fisch. Als sie zur Stunde des Letzten Tanzes Rast machten, sprach Grillenfänger noch immer kein Wort.
Fritti fühlte sich unwohl, daß der Alte seine Ermahnung so ernst genommen hatte – er hatte nicht die Absicht gehabt, ihn *gänzlich* zum Verstummen zu bringen. Er ging zu dem Fremden hinüber, der auf der Erde lag, in seinen Augen jenen sonderbaren, ziellosen Blick.

»Du hast uns erzählt, daß du ein paar Geschichten weißt, Grillenfänger. Warum erzählst du uns nicht eine? Wir hätten Spaß daran.«
Grillenfänger antwortete nicht sogleich. Als er seinen Kopf hob, um Traumjäger anzuschauen, waren seine Augen von einer tiefen, furchtbaren Traurigkeit erfüllt. Einen Augenblick lang dachte Fritti, er sei der Grund dafür, doch bei genauerem Hinsehen erkannte er, daß die alte Katze ihn überhaupt nicht wahrnahm.
Plötzlich verschwand der Ausdruck von Grillenfängers besudeltem Gesicht, und seine Augen starrten Traumjäger an. Ein schwaches Lächeln lief um seinen Mund.
»Was ist, Junge, was?«
»Eine Geschichte. Du hast versprochen, uns eine Geschichte zu erzählen, Grillenfänger.«
»Ja, das stimmt. Und ich kenne eine Menge – ausschweifende und unglaubliche und haarsträubende Geschichten. Worüber wollt ihr denn etwas hören?«
»Eine Geschichte von Feuertatze und seinen Abenteuern!« sagte Raschkralle eifrig.
»O . . .«, sagte Grillenfänger und schüttelte seinen Kopf. »Ich fürchte, darüber weiß ich keine guten . . . nicht über Feuertatze. Etwas anderes?«
»Hm . . .« Raschkralle dachte enttäuscht nach. »Wie wär's mit den Heulern? Eine Geschichte von großen, gemeinen Heulern – und tapferen Katzen! Wie wär's damit?«
»Bei der schnüffelnden Schnecke, zufällig kenne ich eine gute Geschichte über die Heuler! Soll ich sie euch vorsingen?«
»O, ja, bitte!« sagte Raschkralle und räkelte sich erwartungsvoll in seinem Fell. Er hatte Geschichten vermißt.
»Nun gut«, sagte Grillenfänger. Und er fing an.
»Vor langer, langer Zeit, als die Katzen noch Katzen waren, und die Ratten und Mäuse nachts im Gebüsch sangen ›Dreh dich nicht um, der Plumpsack geht um‹ – in dieser Zeit lebten die Heuler und das Volk in Frieden miteinander. Die letzten der Teufelshunde waren ausgestorben, und ihre friedlicheren Abkömmlinge jagten Seite an Seite mit den Ahnen unserer Vorfahren.

In diesen Tagen lebte ein Prinz – O, welch ein Prinz! – und der hieß Rotbein, und ihm war am Hof großes Unglück widerfahren, wo seine Mutter, Königin Springwolke, herrschte. Flüsternd und tanzend ging er in die Wildnis, um mit den Steinen und den Bäumen Geheimnisse auszutauschen und Abenteuer zu erleben ...«
»Genau wie Feuertatze!« quietschte Raschkralle.
»Still!« zischte Fritti.
»Eines Tages nun«, fuhr Grillenfänger fort, »als die Sonne hoch am Himmel stand, daß Rotbeins Augen wehtaten, kam er zu zwei gewaltigen Haufen von Gebeinen, die zu beiden Seiten seines Pfades am Eingang zum Tal aufgehäuft waren. Er wußte, daß er vor den Toren von Barbarbar stand, der Stadt der Hunde. Die Heuler und das Volk hatten in diesen Tagen keinen Streit, und da Rotbein immerhin ein Prinz seines Volks war, trat er in das Tal ein. Ringsum erblickte er jegliche Art von Heulern: große und kleine, fette und magere; sie hüpften und sprangen und bellten und gruben Löcher und trugen Knochen hin und her. Doch die meisten der Knochen wurden zu den Säulen des Tores getragen, wo die kläffenden und jaulenden Rudel die Haufen erklommen und die Knochen ablegten. Als der Tag sich neigte, fiel es den kletternden Heulern immer schwerer, zur Spitze der Knochenhaufen zu gelangen – wo sie japsend und mit triefenden Nasen versuchten, die Säulen zu einem Bogen zu vereinigen.
Schließlich erschien, Befehle bellend, eine riesige, majestätische Bulldogge: Die Heuler mühten sich springend und kreiselnd ab, sie zufriedenzustellen, doch am Ende wußten sie kein Mittel mehr, die Spitzen der Säulen zu verbinden. Jedes leichtfüßige Hundchen der Hundestadt wurde hinaufgeschickt, um die letzte kleine Lücke zu füllen – die nur noch eine Knochenlänge breit war – doch keines konnte die Spitze der gebogenen Säulen erreichen ...«
Traumjäger spürte etwas Ungewöhnliches. Als er mit fest geschlossenen Augen dalag und Grillenfängers Lied lauschte, stellte er fest, daß er die Ereignisse in einer Weise *sehen* konnte, wie es ihm beim Mauertreff nie möglich gewesen war. Vor seinem inneren Auge sah er deutlich die geneigten Knochentürme, die Mühen des Heuler-Volks und

seinen Anführer, die Bulldogge, so als sei er dabei gewesen. Wie war das möglich? Er leckte sein Vorderbein, wusch sich das Gesicht und richtete seine Aufmerksamkeit auf die Worte der alten Katze.
»Nun war es in jenen Tagen so«, sagte Grillenfänger, »daß Hunde noch nicht solche sabbersüchtigen Tröpfe waren, die die *M'an* abschleckten, wie sie es heute sind, sondern das Volk hatte sie *immer* erheiternd gefunden – außer im direkten Kampf, müßt ihr wissen. Als also Rotbein die Parade ängstlicher Hunde sah, die sich den Torbogen hinaufquälten, nur um einen Augenblick später angstgeduckt und erfolglos wieder herunterzukommen, mußte er lachen.
Als sie das Gelächter hörte, drehte die riesige Bulldogge sich wütend um und knurrte aus tiefer Kehle: ›Wer bist du, daß du so zu lachen wagst, Katze?‹
Rotbein zügelte seine Heiterkeit und sagte: ›Ich bin Rotbein aus dem Hause Harar.‹
Die Bulldogge blickte ihn an. ›Ich bin Rauro Beißzuerst, der König der Hunde. Es ist weder angemessen noch höflich, mich derart zu verspotten!‹ Mit diesen Worten blies der Hundekönig so wichtigtuerisch seine Brust auf und wälzte die Augen heraus, daß Rotbein um ein Haar wieder lachen mußte. ›Wie lange habt ihr an eurem Tor gebaut, o, König?‹ fragte er. ›Volle drei Jahre‹, erwiderte Beißzuerst, ›und wir benötigen nur noch einen Knochen, um es zu vollenden.‹
›Das sehe ich wohl‹, sagte Rotbein, und plötzlich überkam ihn die Lust, dem König der Hunde, diesem aufgeblasenen Popanz, einen Streich zu spielen. ›Euer Majestät, wenn ich Euer Tor für Euch vollenden kann, gewährst du mir dann eine Gunst?‹
›Und welche wäre das?‹ fragte der König argwöhnisch.
›Wenn ich diese Aufgabe erfüllen kann, hätte ich gern einen Knochen für mich selbst.‹
Der König, der an die Tausende von Knochen dachte, die er im Überfluß besaß, kläffte vor Entzücken darüber, daß er so billig davonkam und sagte: ›Du sollst jeden Knochen in meinem Königreich haben, den du begehrst, wenn du mir nur hilfst.‹
Damit war Rotbein einverstanden, und er nahm den letzten Knochen des Tores in sein Maul und kletterte vorsichtig und geschickt auf den

schwankenden Bogen aus Knochen. Als er oben angekommen war, setzte er das letzte Stück behutsam zwischen die Spitzen der zwei geneigten Türme, wo es hineinpaßte wie die letzte Schuppe, die Urmutter den Eidechsen ansetzte. Dann stieg er wieder herab, und alle Heuler bellten und kreischten vor Vergnügen, ihr Werk vollendet und ihr mächtiges Tor fertig dastehen zu sehen. Während alle mit wackelnden Ohren und vor Jubel triefenden Zungen hinaufstarrten, ging Rotbein zum Fuß eines der beiden Tortürme. Mit übertriebener Sorgfalt suchte er eine Weile, dann beugte er sich vor und zog einen der Knochen, der darin aufgeschichtet war, heraus. Wenige atemberaubende Herzschläge lang geschah nichts – dann, schaukelnd, schlingernd, schwankend – neigte sich das Tor ein wenig nach vorn, ein wenig nach hinten . . . und dann brach es mit einem Krach zusammen, der Tote hätte tanzen lassen.

Als König Beißzuerst, vor Schreck und Entsetzen entgeistert, sich nach Rotbein umdrehte, sagte der Prinz bloß: ›Du siehst, ich habe mir meinen Knochen genommen, wie es vereinbart war‹, und er begann zu lachen.

Von Rotbein wanderte der Blick des Königs zu seinem zertrümmerten Tor, und seine Augen wurden rot vor Wut. ›F . . . f . . . fangt diese verf . . . fl . . . fluchte K . . . Ka . . . Katze! T . . . T . . . Tötet sie!‹

Und alle Heuler von Barbarbar sprangen zugleich los und flitzten hinter Rotbein her. Der jedoch war zu schnell für sie und entfloh.

Während er rannte, rief er über die Schulter zurück: ›Denk an mich, König, wenn du nächstes Mal voller Stolz auf deinem Thron stinkender Gebeine sitzt und an einem Hüftknochen nagst!‹

So kam es, daß seit jenen Tagen Katzen und Hunde Feinde sind, wo immer auf diesen Feldern sie sich begegnen. Sie haben uns nie verziehen, daß wir ihren König gedemütigt haben und geschworen, es nie zu tun – bis die Sonne vom Himmel fällt und Schlangen imstande sind, mit der Morgenbrise zu fliegen.«

Als Grillenfänger sein Lied beendete, war Raschkralle schon eingeschlafen und murrte leise vor sich hin. Fritti spürte, wie das sonderbare Gefühl des scharfen Sehens von ihm wich. Er wollte den schmutzigen Fremden fragen, aber Grillenfänger war halb im Schlaf, starrte ihn geistesabwesend an und würde ihm nicht antworten. Schließlich überließ sich auch Traumjäger der Lockung des Schlafs und trieb hinüber in das Reich der Träume.

Die Morgensonne stand schon hoch am Himmel, als Traumjäger durch den knetenden Druck auf Brust und Magen aus dem Schlummer getrieben wurde. Raschkralle, noch immer schlafend, trat ihn weich mit den Pfoten, während er zusammengerollt an Fritti geschmiegt lag. Das Kätzchen, erst kürzlich entwöhnt, träumte wahrscheinlich von seiner Mutter und seinem Nest. Erneut überkam ihn die quälende Sorge, daß er seinen jungen Gefährten den Gefahren der Reise aussetzte. Waren die Katzen des Volks einmal dem Kätzchenalter entwachsen, waren sie in der Regel selbständige Jäger und Abenteurer, und sein Verantwortungsgefühl war vielleicht ein wenig unnatürlich.
Aber in der letzten Zeit, dachte er, waren ja auch viele unnatürliche Dinge vorgefallen.
Während Raschkralle seinen schläfrigen Milchtritt fortsetzte, fühlte sich Fritti an seine eigene Mutter erinnert . . . und war plötzlich froh über die Sicherheit eines zweiten warmen, pelzigen Körpers, mit dem er sich in dieser fremden Umgebung zusammenrollen konnte. Er leckte die weichen Härchen im Inneren von Raschkralles Ohr, und das schlafende Kätzchen schnurrte glücklich. Fritti sank gerade in den Schlaf zurück, als er eine Stimme hörte.
Grillenfänger war wach, trabte umher und sprach mit sich selbst. Seine Augen hatten den entrückten Ausdruck, den Fritti schon kannte. Sein schlottriger, schmutzbefleckter Körper war aufgerichtet und gestrafft.
». . . geschlagen und erschöpft und gefangen . . . hier sind wir . . . in der Falle! Festgenagelt unter dieser Mauer, dieser Rappel-Wackel-Mauer und . . .« Grillenfänger murmelte ungestüm vor sich hin, während er vor Frittis gebanntem Blick auf und ab marschierte.
». . . Die Vögel und schrillenden, schreienden, gallertäugigen Ro-

ten . . . lachend und tanzend – kommen nicht raus! . . . es kratzt an der Tür, wer ist es? . . . ich muß es rauskriegen . . .«

Plötzlich sträubten sich der alten Katze die Haare, als sei sie von einem Klang oder Geruch überrascht worden. Fritti spürte nichts. Fauchend und spuckend und mit ausgestreckten Krallen warf Grillenfänger sich flach zu Boden und fauchte zwischen gefletschten Zähnen hervor: »Sie sind hier! Ich spür's! Warum wollen sie mich? Warum?«

Er jaulte und blickte wild von einer Seite zur anderen, als wähne er sich von Feinden umgeben. »Sie brauchen mich, und es . . . tut weh . . . Ach . . . der *Vaka'az'me* . . . vergebt mir . . . Ach, da ist ein Riß! Ein Riß im Himmel!«

Grillenfänger wand sich, zitterte am ganzen Leib, dann sprang er fort in das Unterholz. Das Geräusch seiner Flucht verlor sich in der Ferne.

An Traumjägers Seite war sein junger Gefährte wach geworden. »Was war das?« gähnte er verschlafen. »Es war mir, als hörte ich die schrecklichsten *Ruhus.*«

»Es war Grillenfänger«, gab Traumjäger zur Antwort. »Ich glaube, er ist fortgelaufen. Er hatte einen seiner Anfälle – er schien zu glauben, etwas verfolge ihn.« Fritti warf seinen Kopf hin und her und versuchte, das unheimliche Bild Grillenfängers zu verscheuchen.

»Ich habe damit gerechnet, daß es so kommen würde«, sagte Raschkralle sachlich.

»Vielleicht kommt er zurück«, beharrte Fritti.

»O, er ist wirklich nicht übel, nur verrückt wie eine Spottdrossel. Erzählt jedenfalls gute Geschichten. Besonders mochte ich die von Rotbein. Wer war Rotbein eigentlich, Traumjäger? Ich habe Borstenmaul nie von ihm singen hören. Und auch nicht von Königin Springwolke.«

»Ich weiß es wirklich nicht, Raschkralle«, sagte Fritti und wollte gerade eine Jagd nach einem Frühstück vorschlagen, als er endlich bemerkte, daß die Vögel zu singen aufgehört hatten. Im Wald war es totenstill, kein Lüftchen regte sich. Plötzlich tauchten, unmerklich wie wachsendes Gras, aus dem Grün der Umgebung einige große

Katzen auf. Fremd-Katzen, jede so stumm wie ein Schatten. Bevor der erschreckte Fritti oder der kleine Raschkralle etwas sagen oder sich rühren konnten, hatten die sonderbaren Katzen das Paar in einem weiten Kreis eingeschlossen.
Raschkralle begann ängstlich zu wimmern. Die fremden Katzen starrten sie mit kalten, kalten Augen an.

8. Kapitel

Mein Körper gibt mühelos Geheimes wieder.
Mein Körper ist das Buch, das die Lösung enthält.
Meine Welt reicht tiefer als der Ozean nieder.

Eine Botschaft ist mein Buckel, dich zu erreichen,
Doch mehr als ich zeige, verberg ich der Welt.
Ich heb meine Pfote zum geheimen Zeichen.

Phillip Dacey

Ein lebendiger Ring umgab nun Fritti und seinen Gefährten. Die Fremden umkreisten sie, zogen einer nach dem anderen mit hochgezogenen Schultern an ihnen vorbei, sie schnüffelten und schnüffelten, ohne einen Ton von sich zu geben. Der Ring zog sich immer enger zusammen, bis die Fremden schließlich Traumjäger und Raschkralle mit ihren Nasen berührten.
Fritti fühlte, wie die Angst der kleinen Katze immer größer wurde. Auch die anderen Katzen konnten es spüren. Zwischen dem äußeren Kreis und den beiden in seinem Inneren summte die Spannung wie statische Elektrizität.
Schließlich konnte Fritti es nicht mehr aushalten. Als einer der Fremden ihn beim Beschnüffeln Raschkralles streifte, fauchte Fritti und schlug mit der Innenseite seiner Tatze nach ihm. Doch anstatt ihn anzugreifen oder überrascht wegzuspringen, neigte die fremde Katze bloß den Kopf und trat einen Schritt zurück.
Diese Katze war vollkommen schwarz. Prächtig spielten die Muskeln unter dem kurzhaarigen Fell. Ihre Augen waren enge Schlitze von der Farbe schwelenden Feuers, doch sie schien nicht wütend zu sein. Die-

se Katze war überhaupt nicht wütend, sondern von furchteinflößender Ruhe. »So«, sagte die schwarze Katze. Ihre Stimme war wie gleitender Kies. »Nun wissen wir, wo wir stehen. Gut.« Sie ließ sich vor Traumjäger auf der Erde nieder. Ihre Ohren waren zurückgelegt und ihre Augen wie mattglühende Kohlen. Traumjäger – wie unter dem Zwang, ihr nachzueifern – fand sich auf dem Bauch liegend wieder.
Der fremde Schwarze sprach abermals. »Ich fragte mich, wie lange ein *mela-mre'az* wie du brauchen würde, mir auf ehrenhafte Weise zu antworten.« Nach dieser Bemerkung machte die schwarze Katze eine Pause und blickte Fritti erwartungsvoll an, als erwarte sie, daß er etwas sagte. Traumjäger – bereits eingeschüchtert – hatte keine Ahnung, was von ihm erwartet wurde.
»Verlangst du, daß ... daß ich mich ergebe?« fragte er zögernd. Die schwarze Katze sah ihn abschätzig an. Kurze Zeit verging. »Nun? Fang an, Nest-Maus.« sagte die fremde Katze.
»Ich werde mich dir nicht unterwerfen!« platzte Traumjäger in qualvoller Furcht und Verwirrung heraus.
»Ausgezeichnet!« sagte die schwarze Katze mit dröhnender Stimme. »Wir machen Fortschritte!« Darauf zogen sich die vier Gefährten des Schwarzen von dem Fleck zurück, wo dieser und Fritti lagen. »Ich bin Zitterkralle, Lehnsmann der Erst-Geher«, verkündete die schwarze Katze. Traumjäger blickte wie hypnotisiert auf ihren hin- und herschlagenden Schwanz. »Offenbare deinen Gesichts-Namen, Ruhestörer!«
»Ich bin Traumjäger vom Mauertreff-Stamm, und ich bin kein Ruhestörer!« erwiderte Fritti, der nun wütend war. Zitterkralle schien darüber erfreut, denn er nickte, doch sein Gesicht zeigte nichts als Kampfbereitschaft. Er preßte sich noch dichter an die Erde, seine Hinterbacken fielen in eine langsame wiegende Bewegung, und sein Schwanz schlug wild. Unbewußt machte Traumjäger es ihm nach. Ihre Blicke trafen sich und hielten einander fest. Fritti wurde plötzlich bewußt, daß Zitterkralle beinahe anderthalbmal so groß war wie er selbst – als er indes in die Augen des Fremden starrte, schien dies nicht wichtig. Wichtig war dieser aufreizende schwarze Schwanz, der hin- und herpeitschte.

»Gut gesprochen, Traumjäger«, fauchte Zitterkralle. »Ich vertraue dein *ka* der Urmutter an.«
»Traumjäger!« schrie Raschkralle, panisches Entsetzen in der Stimme. Fritti fuhr herum und stieß das Kätzchen von sich weg und aus der Gefahrenzone.
»Sei ruhig, Raschkralle.« Er wandte sich wieder seinem Gegner zu und sah ihm fest in die mandelförmigen Augen. »Sorge lieber für dein eigenes *ka*, Lehnsmann der Raufbolde.« Fritti sprang auf ihn los. Die anderen Katzen stießen einen Schrei der Begeisterung aus, der Raschkralles Angstwinseln übertönte. Alles schien in der gleichen Sekunde zu geschehen. Fritti spürte die Erschütterung des Aufpralls, als Zitterkralle sprang. Dann lag er auf dem Boden, schlug um sich und versuchte den Krallen der größeren Katze zu entgehen. Er rollte auf den Rücken und zog seine Hinterbeine hoch, um gegen den Bauch seines Widersachers zu trommeln.
Zitterkralle wich ein wenig zurück, und Traumjäger konnte zur Seite wegschlüpfen und wieder auf die Pfoten kommen. Doch die Atempause war nur kurz, dann ging die schwarze Katze abermals auf ihn los.
Immer wieder wälzten sie sich herum – ineinander verkrallt, mit mißtönendem an- und abschwellendem Geheul. In den ersten Sekunden wehrte sich Traumjäger kräftig – er trat Zitterkralle in den Magen, zerbiß und zerkratzte ihm Brust und Beine –, doch er war jung und unerfahren. Die schwarze Katze war groß und offensichtlich ein Veteran vieler Kämpfe.
Die beiden Streiter lösten sich kurz voneinander und umkreisten sich fauchend. Beide spürten sie die Anstrengung, jedoch auch das Bedürfnis nach einer Entscheidung; und eine Sekunde später gingen sie aufs neue aufeinander los.
Unter Zitterkralle eingeklemmt, raffte sich Fritti zu einer letzten Anstrengung auf. Er wand und drehte sich im Griff der größeren Katze und kam soweit frei, daß er so kraftvoll in das Ohr der schwarzen Katze beißen konnte, daß es blutete. Dann waren seine Kräfte erschöpft, und er wurde abermals von dem Gewicht Zitterkralles begraben. Er spürte, wie dessen Kiefer sich um sein Genick schlossen.

»Hast du ›genug‹ gesagt?« hörte er die grollende Stimme des Lehnsmannes in seinem Nackenfell. Fritti versuchte Atem zu sparen und durchzuhalten, als plötzlich die Kiefer von seinem Genick verschwunden waren und die Lichtung von einem ohrenbetäubenden Geheul widerhallte.
Traumjäger rollte sich erschöpft auf den Rücken, gerade rechtzeitig, um zu sehen, wie Zitterkralle – wie eine Dämonenkatze hüpfend und springend – mit seinen Tatzen auf Raschkralle einschlug. Erbittert klammerte sich das Kätzchen fest, und seine nadelspitzen Zähne gruben sich in das Fleisch von Zitterkralles schimmerndem schwarzen Schwanz.
Als es ihm schließlich gelungen war, die junge Katze wegzuscheuchen, glitt der Lehnsmann vor Schmerz und Erschöpfung zu Boden, weniger als einen Sprung von Traumjäger entfernt. Zitterkralle leckte seinen verwundeten Schwanz und starrte Raschkralle vorwurfsvoll an, der den Blick hochnäsig erwiderte.
Die anderen Katzen umringten Raschkralle und fauchten wütend, doch der schwer atmende Zitterkralle gebot ihnen Einhalt und sagte: »Nein, nein, laßt ihn zufrieden. Sein Beschützer hat tapfer gekämpft – und er selbst ist ebenfalls mutig für sein Alter. Vielleicht nicht sehr klug in der Wahl seiner Gegner . . . aber das macht nichts. Tut ihm nichts.«
Als Traumjäger sah, daß Raschkralle außer Gefahr war, rollte er sich auf den Rücken und streckte die Pfoten in die Luft. Zuerst sah er Myriaden winziger Pünktchen vor seinen Augen flimmern, und dann sah er eine Zeitlang überhaupt nichts mehr . . .

Als er aufwachte, stellte Fritti fest, daß Raschkralle in den Mittelpunkt der Aufmerksamkeit gerückt war.
Die Schar der fremden Katzen hatte sich um ihn zusammengedrängt, und in ihren Gesichtern drückte sich Überraschung und Erheiterung aus. Raschkralle erzählte ihnen offenbar von Grillenfänger; Traumjäger sah Zitterkralle lachen, als Raschkralle versuchte, einen der tollen Luftsprünge Grillenfängers nachzumachen.
Unauffällig nahm Fritti eine sitzende Stellung ein und betrachtete die

Gruppe fremder Katzen. Nun schienen sie recht freundlich zu sein – ohne Zweifel hatten sie Raschkralle seine Befangenheit genommen. Traumjäger freilich schenkte sein Vertrauen nicht so rasch. Wer waren sie? Es war nicht zu übersehen, daß Zitterkralle der Anführer war. Selbst wenn er sich lachend auf der Erde räkelte, bot er den Anblick einer befehlsgewohnten Katze voll beherrschter Kraft. Neben ihm saß ein fetter, grauhaariger alter Kater, seinen Bauch zwischen den stämmigen Beinen flach an den Boden gedrückt. Sein Fell war orangefarben und schwarz gestreift.

In einiger Entfernung vom Anführer saßen zwei weitere Katzen: Eine grau, die andere schwarz und weiß getigert, doch mager und muskulös und mit der selbstgewissen Haltung erfolgreicher Jäger.

Die fünfte Katze, die sich außerhalb des Umkreises von Raschkralles Zuhörern zusammengekauert hatte, war ganz anders. Als Fritti sie erblickte, überlief es ihn kalt. Sie war weiß wie Eis und ebenfalls mager; so schlank wie eine Birke – doch das war es nicht, was Traumjäger verstörte.

Diese Katze hatte sonderbare, furchterregende Augen: milchigblau und größer als die jeder anderen Katze, die Fritti je gesehen hatte. Er erinnerte sich an Raschkralles Geschichte. Einen Augenblick fragte er sich, ob sie in eine solche grausame, schleichende Falle getappt waren.

Doch nein . . . zwar hatte Raschkralle ihm von schreckerregenden Augen erzählt, doch diese weiße Katze hatte er schließlich auch gesehen.

Sieh ihn dir an, dachte Fritti. Wenn dies die Augen wären, die ihn in Angst versetzt hatten, würde er dann vor ihnen Luftsprünge machen? Und es war nicht eine rote Kralle zu sehen . . .

Als Fritti von Pfote zu Pfote blickte, wurde Raschkralle schließlich auf ihn aufmerksam und rief fröhlich: »Traumjäger! Geht's dir gut? Hängebauch sagte, du würdest dich erholen. Ich erzähle den Erst-Gehern gerade von unseren Abenteuern!«

»Das sehe ich.« Fritti ging zur Gruppe hinüber. Niemand, außer Raschkralle, machte Anstalten, ihm Platz zu machen, darum quetschte er sich neben seinem kleinen Freund in die Runde. Zitter-

kralle blickte schlitzäugig zu ihm hinüber, doch er neigte kurz den Kopf zu einer leutseligen Begrüßung. »Willkommen, Traumjäger. Hattest du schöne Träume?« fragte er. »Ich habe nicht geträumt«, antwortete Fritti. Er gab Raschkralle einen liebevollen Stups.
»Sieh da, sieh da ...«, sagte der große Hängebauch und lüpfte seinen mächtigen Wanst, um Fritti anzuschauen. »Da haben wir ja den jungen Kämpfer. Hast recht gut gekämpft, Jüngelchen. Wie alt bist du? Hast sechs Augen gesehen, nicht wahr?« »Noch ein paar Sonnenläufe, und ich werde mein neuntes Auge sehen.« Er blickte verlegen zu Boden. »Ich bin klein für mein Alter.«
Sekundenlang herrschte ein unbehagliches Schweigen, das durch Zitterkralles rauhe, weiche Stimme gebrochen wurde.
»Macht nichts. Mut zählt keine Augen. Du hast die Herausforderung angenommen und gekämpft, wie es die alten Gesetze befehlen.«
Traumjäger merkte, daß er nicht ganz verstand. »Ich glaube, ich hatte kaum eine andere Wahl.« Hängebauch lachte, und Zitterkralles Lippen kräuselten sich belustigt.
»Du hast *immer* die Wahl, Katerchen«, sagte Hängebauch, und die anderen nickten beifällig. »Jeden Tag hast du die Wahl, und wenn du es willst, kannst du dich in deinem Fell hinlegen und jederzeit sterben. Aber ein Erst-Geher tut das nie, verstehst du? Und außerdem – wir respektieren deine Entscheidung.«
»Ich habe meinen Freund beschützt.«
»Sehr anständig, sehr anständig ...«, sagte Zitterkralle. »Übrigens fällt mir noch etwas ein: Ich würde jedermann einen schlechten Dienst erweisen, wenn ich die Gesichtsnamen verschweigen würde. Du und ich haben uns vor dem Kampf miteinander bekanntgemacht, doch meine Jagd-Brüder sind euch unbekannt. Mit Hängebauch hast du schon gesprochen.«
Hängebauch entblößte neckend seine Zähne.
»Dies hier ist Winkschwanz.« Der Graue nickte Fritti zu, während die beiden sich zuschnüffelten. »Die schöne, lustig gefleckte Katze, welche die Quieker überhaupt nicht lustig finden« – der schwarz-weiße Kater neigte seinen gesprenkelten Kopf – »ist Balger. Und der stolze Bursche, der abseits sitzt, ist Schimmerauge.« Die weiße Katze drehte

sich um und senkte die Ohren unmerklich in Frittis Richtung, der das als Begrüßung auffaßte und mit einem Nicken beantwortete. Balger platzte heraus: »Wenn er nicht gerade mystisch ist, kann er selbst gut und gern ein oder zwei Wühlmäuse fangen.« »Er ist unser *Oel-var'iz.* Schimmerauge ist der Weitspürer unter den Erst-Gehern.« Stolz und Achtung waren in Zitterklaues Stimme. Fritti war beeindruckt. Schimmerauge mußte eine ungewöhnliche Katze sein, daß ein urwüchsiger Anführer wie Zitterkralle mit solcher Hochachtung von ihm sprach!

»Ich fürchte, daß ich bloß Traumjäger bin«, sagte er schüchtern. »Ich bin nichts Besonderes, wenn man davon absieht, daß ich leider klein bin, wie ich schon sagte.«

Hängebauch beugte sich vor und gab ihm mit seinem mächtigen Kopf einen Stups.

»Also hör mal, ist nichts Schlimmes daran, klein zu sein. Unser Herr Feuertatze war der kleinste der Erstgeborenen!« »Da wir gerade von den Erstgeborenen sprechen – mit allem Respekt –«, sagte Traumjäger, »darf ich fragen, warum ihr die Erst-Geher genannt werdet?«

»Ach ja, es gibt viele Dinge, die ihr jungen Katzen nicht wißt«, sagte Zitterkralle.

»Und jagt ihr immer in solch einer . . . *Meute?*« fragte Fritti.

»Nun . . .«, fing die schwarze Katze an.

Raschkralle mischte sich eifrig ein: »Und was kann Schimmerauge alles spüren?«

Winkschwanz gähnte gewaltig und sagte ärgerlich: »Im Fragen sind sie ganz groß, das steht fest. Ich werde lieber sehen, ob ich etwas fürs Frühstück finden kann.« Er sprang geschmeidig fort.

Zitterkralle sah ihm nach, dann wandte er sich wieder Traumjäger zu.

»Winkschwanz ist nicht geduldig – doch er hat andere gute Eigenschaften, die das mehr als wettmachen. Ich will versuchen, einige eurer Fragen zu beantworten.«

Hinter ihm schnaubte Hängebauch.

Zitterkralle warf ihm einen schnellen Blick zu und begann. »Die Erst-Geher sind die letzten reinen Nachkommen jener Katzen, die in den

Tagen der Erstgeborenen mit unserem Herrn Feuertatze zusammen waren. Mein direkter Vorfahr, Tatzensäbel, diente ihm zur Zeit von Prinz Blaurücken. Wir haben einen Tatzen- und Herz-Eid geschworen, dieses Erbe zu schützen. Die Tage der heldenhaften Kämpfe, Eidschwüre und Treue werden nie ganz sterben, solange die Erst-Geher am Leben sind.« Zitterkralle blickte Traumjäger und Raschkralle feierlich an. »Wenn man den Gesetzen und Geboten nicht gehorcht, wird das Leben Kratzen und Scharren; ohne Würde. Wir Erst-Geher befolgen die Gesetze der Ersten und geben ihnen Leben. Es ist nicht immer leicht . . . viele, in deren Adern das echte Blut fließt, können mit unserer Zucht nicht leben.«
Der schwarze Kopf drehte sich, und Zitterkralles Blick wanderte langsam über die Versammlung, dann glitt er zum Wald hinüber. »Unsere Zahl ist kleiner geworden«, sagte er.
»Und diese Zahl wird noch weiter schrumpfen«, sagte eine zarte, hohe Stimme. Zitterkralle und die anderen drehten sich um und blickten auf Schimmerauge.
»Das hast du schon gesagt«, sagte der Lehnsmann unwillig und gereizt.
»Und das ist vielleicht gar nicht so schlecht«, knurrte Hängebauch mit einer Spur von Zorn in der Stimme. »Es gibt jetzt ein paar ›Geher‹, auf die ich, zum Beispiel, gut verzichten könnte!«
Frittis Neugier war noch nicht gestillt. »Wandert ihr immer in so großen Meuten? Das ist wirklich sonderbar!«
Balger und Hängebauch mußten darüber lachen. Zitterkralle beeilte sich mit seiner Erklärung.
»Nein, natürlich nicht. Für die Gefolgsleute von Tangalur Feuertatze wäre es ungewohnt – da sie meistens allein wandern –, wie ein großer Haufen von Heulern umherzustreifen. Nein, unsere Zahl ist zu klein, als daß wir alle zusammen unterwegs sein könnten. Alles in allem gibt es neben mir nur noch eine Tatzevoll anderer Lehnsmänner. Jeder von uns hat sein Herrschaftsgebiet, und obgleich wir in der Nacht des Auges mit einem oder zweien unserer engsten Nachbarn zusammentreffen, geht jeder gewöhnlich seiner eigenen Wege.« »Aber fünf von euch sind hier!« warf Raschkralle ein.

»Das schon, aber das ist eine Ausnahme. Wir sind in das Gebiet meines Lehnsbruders Miesmager gerufen worden. Alle Erst-Geher, die seinen Ruf gehört haben, werden sich dort versammeln. Seit den Tagen meines Vaters sind nicht mehr so viele von uns zusammengewesen.«

»Wir werden tanzen und singen und uns die Ohren vollügen«, kicherte Balger. »Zitterkralle wird mit Miesmager ringen, und Hängebauch wird zuviel Katzenminze schnuppern und uns allen auf die Nerven fallen!« Er wich einem Hieb des alten Katers aus.

»Ja«, stimmte Zitterkralle milde zu, »aber unglückselige Umstände machen dieses Treffen notwendig, und es wird dort mehr ernstes Nachdenken geben als Heiterkeit.«

»Ach, das ist wahr«, knurrte Hängebauch, »darüber, welcher schmutzige Hund es war, der den armen Buschpirscher umgebracht hat.«

Zitterkralle gab ihm einen Stoß. »Du bist ein furchteinflößender Jäger, alter Freund, aber dein Maul ist manchmal schneller als deine Augen. Das Schicksal von Buschpirscher ist kein hübsches Lied für junge Naseweise, wie diese hier es sind.« Er deutete auf Fritti und Raschkralle. »Wir wollen dieses Gespräch nun beenden.«

Fritti war klar, daß Zitterkralle die Unterhaltung nicht nur deshalb abgebrochen hatte, um ihre Gefühle zu schonen. Der verschlagene alte Lehnsmann war ebensowenig willens, beim ersten Treffen alle Vorsicht und Verschwiegenheit fahrenzulassen, wie Traumjäger es selbst getan hätte. Abermals mußte er die Selbstbeherrschung Zitterkralles bewundern.

»Nun, ich glaube, es ist höchste Zeit, dem Vorbild von Winkschwanz zu folgen und ein wenig fürs Frühstück zu tun.« Er stand auf. Auch Raschkralle sprang auf die Pfoten.

»Wirst du uns später mehr erzählen?« fragte der Kleine. »Über euer Treffen – und über Schimmerauge?«

»Alles zu seiner Zeit, junger Raschkralle«, sagte Zitterkralle liebevoll. Diese Worte, die Traumjäger schon einmal von Borstenmaul gehört hatte, spukten noch in seinem Kopf herum, als die Katzen sich einzeln auf die Jagd begaben.

Nach dem Frühstück zerstreute sich die Gruppe an den Rändern der Lichtung, um sich zu putzen und ein Nickerchen zu machen. Ein leichter Regen hatte zu fallen begonnen, und Traumjäger beobachtete die Tropfen, die als kleine Staubwölkchen von der pudertrockenen Erde zurückprallten. Das tappende Geräusch der Tropfen auf den breiten Blättern über seinem Kopf lullte ihn ein. Er fühlte, wie seine Augenlider schwer wurden. Ein Kitzeln in den Enden seiner Schnurrhaare sagte ihm, daß jemand da war, und er blickte auf. Neben ihm saß Schimmerauge, Regenspuren auf seinem schneeigen Fell.
»Die ersten Regen des Jahres bringen viele starke, dunkle Gefühle zum Vorschein, nicht wahr?« Schimmerauges hohe Stimme war von trügerischer Unbekümmertheit.
»Tut mir leid. Ich verstehe nicht. Was für Gefühle?«
»Innere Bilder. Traumgespinste. Wiedergefundene Dinge. Reste von Wegmarken. Ich finde, daß die ersten Regen ... ja nun, wie ich schon sagte.«
Schimmerauges Gegenwart und sein sonderbares Gerede machten Traumjäger nervös. »Ich fürchte, ich weiß nicht viel über solche Dinge, Schimmerauge.«
Der *Oel-var'iz* sah Fritti belustigt an. »Wie du willst«, sagte er, »wie du willst.« Er schritt davon, als trüge er einen geheimen Scherz, der auf der Spitze seines langen Schwanzes hin- und herwippte.
Von der anderen Seite der Lichtung beobachtete Zitterkralle, wie der Weitspürer von Fritti fortging. Er erhob und streckte sich und schlenderte dann gemächlich herüber, wobei er über einen schlummernden Hängebauch wegschritt. Als Traumjäger ihm entgegensah, war er einmal mehr von der gezügelten Kraft der schwarzen Katze beeindruckt.
»Du siehst verwirrt aus, junger Traumjäger. Hat Schimmerauge dir eine unangenehme Zukunft vorausgesagt?« Der Lehnsmann ließ sich neben Fritti auf der Erde nieder.
»Nein. Nein, er war gerade gesprächig, glaube ich, aber ich habe nicht ganz mitbekommen, was er sagte. Ich hoffe, ich habe ihn nicht gekränkt.«
»Darüber würde ich mir nicht zu viele Sorgen machen. Die Weitspü-

rer sind eine sonderbare Brut, mußt du wissen. Schimmernd und flink wie eine schlüpfrige Eidechse, aber ein bißchen schwermütig und kauzig. Sie sind eben so aufgezogen worden, weißt du. Während wir anderen lernen, Quieker zu fangen, wird den *Oel-var'ize* beigebracht, das Wetter aus Schneckenspuren zu lesen, Salamander aus dem Schlamm zu singen und Ähnliches. Sagt man. Jedenfalls sind sie alle ein wenig verrückt – und Schimmerauge ist, alles in allem, nicht der Schlechteste.«

Fritti spürte, daß der Lehnsmann ihm zu Gefallen alles ein wenig ins Lächerliche zog, hatte aber gleichwohl seine Freude an der drolligen Art des Erst-Gehers.

»Dies nur nebenbei«, fuhr Zitterkralle fort. »Eigentlich wollte ich von dir genau erfahren, welches Ziel ihr habt, du und dein kleiner Freund. Wir wären glücklich, wenn wir euch begleiten könnten, falls wir denselben Weg haben.«

»Tatsächlich habe ich vorhin gerade darüber nachgedacht«, erwiderte Fritti sich träge streckend. Doch mitten in der Bewegung hielt er inne, da ihm plötzlich bewußt wurde, daß eine solche Fläzerei sich in Gegenwart des Lehnsmanns nicht schickte. »Ich denke, ich werde mich ziemlich bald entscheiden müssen«, schloß er leise.

Zitterkralle schien Frittis Verlegenheit nicht zu bemerken. »Bedauerlicherweise können wir euch zum Treffen der Lehnsmänner nicht mitnehmen. Du wirst verstehen, daß man dort gegen Außenseiter starke Vorbehalte hat.«

Traumjäger saß schweigend da. Die Aufgabe, Goldpfote zu finden, türmte sich wieder vor ihm auf. Wie schwierig es war, Verantwortung zu tragen! Er vermißte die schlichten Freuden der früheren Zeit. Wie sollte er sie nur finden? Jeder Gedanke, der ihm durch den Kopf schoß, erwies sich bei näherer Prüfung als sinnlos.

»Ich nehme an«, fragte er schließlich den Lehnsmann, »daß Raschkralle dir erzählt hat, aus welchem Grund wir in diesen Wäldern unterwegs sind?«

»Das hat er, junger Jäger. Und was ihr tut, ist mutig und anständig. Ich wünschte, ich könnte dir ein paar kluge Worte sagen, wo du deine *Fela* finden kannst, aber, ach, die Welt ist groß. Sie ist freilich nicht die erste, die das Opfer geheimnisvoller Vorfälle geworden ist, doch mehr kann ich nicht sagen. Ich bin verpflichtet, bis zum Treffen der Lehnsmänner Schweigen zu bewahren.« Die alte Katze hob ihr Bein und kratzte sich nachdenklich hinter ihrem Ohr.

»Auch ich habe viele merkwürdige Geschichten gehört«, pflichtete Traumjäger ihm bei. »Tatsächlich hat mein Stamm eine Abordnung an den Hof von Harar geschickt, um in dieser Lage um Hilfe nachzusuchen. Ich denke, ich sollte nach Harar gehen, sie dort treffen und hören, was sie erfahren haben. Ich fürchte, ich habe auf die ganze Sache nicht mehr als ein flüchtiges Schnüffeln und Lecken verschwendet, als ich aufzubrechen beschloß. Ja, ich glaube, ich muß versuchen, den Hof zu erreichen.«

Ein sonderbarer Ausdruck flackerte kurz in Zitterkralles Augenschlitzen auf.

»Den Hof, he?« knurrte er. »Gut, jeder Jäger muß seine eigenen Pfoten in Gang bringen. Unglücklicherweise trennen sich unsere Wege, wenn wir in ein oder zwei Tagen den Waldrand erreicht haben. Miesmagers Gebiet liegt *Vez'an*-wärts – im Osten – und euer Weg wird euch nach *Va'an* führen. Jedenfalls geben wir euch eine gute Beschreibung mit... und gute Wünsche.« Zitterkralle stand auf. »Schlaf jetzt ein bißchen. Nach der Stunde der Kleineren Schatten will ich aufbrechen.« Der schwarze Jäger schritt geschmeidig davon.

Aus dem Regen war ein ständiges Nieseln geworden, das den Fellen den Glanz nahm und die Pfoten der Wanderer beschmutzte. Sie marschierten den ganzen Nachmittag und Abend an den lichten Rändern des alten Waldes entlang. Raschkralle – der nicht nur der kleinste, sondern auch der anspruchsloseste war – fiel in zahlreiche Pfützen, und das nicht immer zufällig.

Sie erreichten die letzte Baumreihe an der Schwelle zu den Hügelländern, als die Sonne hinter den westlichen Horizont tauchte. Zitterkralle beschloß, haltzumachen und eine letzte Nacht im Schutz der Bäume zu verbringen.

Winkschwanz und Balger spürten einen einigermaßen trockenen Fleck auf einer Anhöhe unter einer Kieferngruppe auf, und nach einer wenig beeindruckenden Jagd begab sich die Gesellschaft zu ihrem Schlafplatz. Lange Zeit lagen sie still da, sahen zu, wie die anschwellenden Regenbächlein an ihnen vorbeizüngelten und jedes Rinnsal sich einen Weg nach unten suchte. Raschkralle und Balger balgten sich spielend eine Weile hinter Zitterkralles Rücken – bis ein danebengegangener Hieb den Lehnsmann seitlich am Kopf traf. Mit angelegten Ohren fauchend, zwang er das unruhige Paar in eine ungemütliche Stille. Dann, als ihm klar wurde, daß es aussichtslos war, wandte sich der Anführer der Erst-Geher an Hängebauch.

»Alter Freund«, sagte Zitterkralle, »es sieht so aus, als würde es eine lange Nacht. Wie wär's mit ein wenig Unterhaltung – und sei es nur, um meinen schmerzenden Kopf vor weiteren versehentlichen Schlägen zu schützen?«

»Eine großartige Idee!« rief Balger. »Erzähl die Geschichte von Winkschwanz und dem Igel!«

Winkschwanz sah Balger mit einer mißvergnügten Grimasse an. »Gewiß«, sagte er säuerlich. »Anschließend wollen wir dann die Geschichte von Balgers erster Rattenjagd hören.«

Balger blickte erschreckt herüber. »Vielleicht sollten wir uns die Igel-Geschichte für einen späteren Zeitpunkt aufsparen«, sagte er einlenkend.

Zitterkralle lächelte. »Warum nicht ein Lied oder ein Gedicht?« fragte er. »Wohlgemerkt, es muß für unsere jungen Freunde geeignet sein.«

Hängebauch schniefte und wälzte sich auf seinen Bauch, der sich eindrucksvoll unter ihm ausbreitete. »Ich habe genau das Richtige«, gluckste er, »vorausgesetzt, daß *gewisse* Freunde sich so lange manierlich benehmen und aufmerksam zuhören können.« Das brachte Raschkralle – der sich an Balger herangeschlichen hatte – rasch dazu, sich schüchtern zurückzuziehen und sich neben Fritti zu legen. Hängebauch setzte sich auf, daß er mit seinem gestreiften Kopf fast an einen niedrig hängenden Zweig stieß und räusperte sich respektheischend. »Dies«, sagte er, »ist ein kleines Lied, und es heißt ›Kraller und die Geistermaus‹. Er summte einen Augenblick, und dann fing er an.

Kraller war ein Kater, der mochte Ratten,
Besonders wenn viel Fett sie hatten.
Ja, krackel-di-krack, er mochte Ratten.

Kraller zog aus, um Ratten zu jagen.
Im heißen Sommer und an Wintertagen.
Ja, krackel-di-krack, da ging er jagen.

Einmal am Bach, da fiel sein Blick
Auf einen jungen Quieker, der war dick.
Ja, krackel-di-krack, der war fett und dick.

Und er sprang auf ihn los mit mächtigem Satz,
Um sich zu schnappen den molligen Fratz.
Ja, krackel-di-krack, mit mächtigem Satz.

Doch in den Krallen war nichts zu entdecken,
Und sein Maul bekam nur Luft zu schmecken.
Ja, krackel-di-krack, keine Ratte zu schmecken.

Dann hört er ein Quieken, und eine Ratte sagte,
Die er nicht sah, so sehr er sich plagte.
Ja, krackel-di-krack, eine Ratte sagte:

›Liebe Katze, die Geisterratte werd' ich genannt,
Und mein Spuk bringt dich um den Verstand!‹
Ja, krackel-di-krack, um den Verstand.

Als Kraller hörte, wie der Geist ihn verfluchte,
Sah man, wie er hurtig das Weite suchte.
Ja, krackel-di-krack, das Weite suchte.

Für Kraller ist's nun mit den Ratten aus,
Er hat jetzt nur Käfer und Fliegen zum Schmaus
Und hier und da eine Fledermaus.
Und er mag keine Ratte mehr und keine Maus!

Ja, krackel-di-krack, Miau-Miau,
Sieht er eine Ratte, krack-krack, Miau,
Miau, krack-krack, dann wird ihm flau!

Als Hängebauch sein Lied beendet hatte, folgte ein großes Gelächter, und er erhielt viel Beifall. Traumjäger bemerkte, daß sogar auf Schimmerauges asketischem Gesicht ein Ausdruck würdevoller Heiterkeit lag.

9. Kapitel

Wind läuft durchs Schilf. Folge ihm nach.
Die Blätter schwanken und flüstern dabei,
Rauhe Stimmen überm Vogelgeschrei.
Wind läuft durchs Schilf. Folge ihm nach.

Jean Toomer

Bei Sonnenaufgang hörte der Regen vorläufig auf. Nach einem Morgenimbiß machte sich die Gesellschaft auf den Weg zum Waldrand und legte eine Pause ein, um die Brise zu prüfen. Das Hügelland streckte sich in die Ferne aus und war nebelverhangen. Traumjäger fragte sich, wie weit er wohl von zu Hause entfernt sein mochte.
Während Zitterkralle und Hängebauch sich über die Marschroute unterhielten, hüpfte und tanzte Raschkralle über das betaute Gras. Die Freude des Kätzchens, daß man der bedrückenden Enge der Wälder entronnen war, schien verständlich, und Fritti wünschte, auch sein Herz wäre so leicht.
Wenn dieser Wald der schlimmste Ort ist, den wir durchqueren, dachte er, dann haben wir ungewöhnliches Glück gehabt. Es ist schön, wieder im Freien zu sein, doch in den Hügelländern schien es ziemlich wenig Plätze zum Verstecken zu geben. Das ist etwas, was durchaus für die dichten Wälder spricht.
Der Anführer der Erst-Geher näherte sich ihm, während die übrigen sich hinter ihm in einem Halbkreis aufstellten. »Ich nehme an, daß du noch immer zum Hof wandern willst«, knarrte Zitterkralle. Wiederum schien es so, als liege Geringschätzung in seiner Stimme, doch Fritti war zu sehr mit seinen eigenen Gedanken beschäftigt, um sonderlich darauf zu achten.

»Ja, Lehnsmann. Ich glaube, das ist das Beste.«
»Gut«, sagte Zitterkralle, »wir müssen uns hier am Rand der Alten Wälder entlang nach Osten wenden. Ich denke, ein paar Hinweise auf die Richtung würden dir helfen, meinst du nicht auch?«
»Gewiß«, antwortete Fritti. »Wir sind bis hierher gekommen, weil Langstrecker uns ein paar sehr dürftige Hinweise gegeben hat, doch er sagte, wenn wir den Wald durchquert hätten, würden wir Hilfe brauchen.« Die schwarze Katze beugte sich mit einem fragenden Ausdruck vor. »Hast du *Langstrecker* gesagt?«
»Ja. Er ist einer unserer Freunde vom Mauertreff. Er hat mir mein Jagd-Lied gesungen!« fügte Fritti voller Stolz hinzu. Der Lehnsmann kräuselte seine Nase und lächelte.
»Ist er ein großer gelbbrauner Bursche?« fragte Zitterkralle. »Benimmt sich immer so, als wär er gerade aufgewacht?«
Fritti nickte.
»Langstrecker!« Hängebauch brach in ein gewaltiges Röhren aus. Der gestreifte alte Kater wackelte vor Freude mit dem Kopf. »Der alte Langstrecker! Warum hast du uns das nicht erzählt, du durchtriebene kleine Eidechse?«
Fritti war belustigt. »Ich habe nicht erwartet, daß ihr ihn kennt.«
»Ihn kennen?« gurgelte Hängebauch. »Ich kenne ihn wie meinen eigenen Schwanz! Wir haben im Südlichen Wurzelwald viele, viele Jahre zusammen gejagt. Eine prächtige Katze! Welch eine Spürnase!«
Zitterkralle bedachte seinen alten Freund, der wie ein Kätzchen herumhüpfte, mit einem liebevollen Blick. »Hängebauch sagt die Wahrheit«, sagte der Lehnsmann. »Mit Langstreckers Namen als Jagd-Marke wird dir keiner von uns Feindseligkeit entgegenbringen. Ja, wenn du unter der Patenschaft einer solchen Katze stehst, fühle ich mich in mancher Hinsicht besser. Langstrecker würde nicht zulassen, daß irgendein Jagdbruder zu einem gejagten Wild wird.«
Fritti war ein wenig verwirrt. Jedermann schien ihm mehr Bedeutung beizumessen, als er selber es tat. »Nun, wie ich schon sagte, hat Langstrecker uns kein sehr deutliches Lied vorgesungen, wohin wir uns wenden sollten, wenn wir aus dem Wald kämen«, brachte er vor.

»Richtig«, schalt sich Zitterkralle mit gespielter Reue. »Muß ich mich doch von einem Jüngelchen an meine Pflicht erinnern lassen. Ich glaube, euer alter Gefährte hat euch von weither geschickt, um mich zu strafen. Ich sagte, ich wollte euch Ratschläge geben, war's nicht so? Sehr gut. Hört genau zu, denn ich will euch mehr mitteilen als bloß den Pfad zum Hof der Königin.«
Der Lehnsmann drehte sich um und blickte hinaus über die wellige Landschaft. »Nun also: Vor euch erstrecken sich die Sanftlauf-Hügel. Wohin eure Nasen jetzt zeigen, dorthin geht – haltet euch so, daß eure linke Flanke immer dem Sonnenuntergang zugekehrt ist, und ihr könnt nicht fehlgehen. Wenn ihr den Schwanzwende-Fluß überquert habt, gelangt ihr in die Ebenen und habt die Hälfte eures Weges zurückgelegt. Haltet eure Nasen *U'ea*-wärts gerichtet, und ihr werdet schließlich bemerken, daß die Ebene ein wenig ansteigt. Wenn ihr die Schnurrwisper erreicht, setzt auf das andere Ufer über und geht stromaufwärts bis zu den Ausläufern des Wurzelwaldes. Ihr werdet schon merken, wenn ihr sie erreicht habt. Kannst du das alles behalten, Traumjäger?«
Fritti bejahte.
»Ich werde ihm helfen, Herr«, sagte Raschkralle. Jedermann versicherte ihm, er sei überzeugt, daß er das ganz gewiß tun würde, und die Erst-Geher versammelten sich um die beiden, um ihnen Lebewohl zu sagen. Sogar Winkschwanz kam herbei und tauschte mit Fritti und Raschkralle den Nasengruß.
Während sein Gefährte sich zum Abschied noch einmal mit Balger raufte, stand Schimmerauge unvermittelt neben Fritti.
»Ich möchte ein *Sehen* für dich versuchen«, sagte die weiße Katze. »Ich spüre, daß Zukünftiges in der Luft liegt. Habe keine Angst.«
Fritti war nicht sicher, ob er wollte, was Schimmerauge auch immer anbot, doch es war für Einwände zu spät. Der Weit-Spürer hatte bereits die Nase gekräuselt und fuhr schnüffelnd an Frittis Rückgrat entlang bis zur Schwanzspitze. Dann ließ sich die weiße Katze auf ihren Hinterbacken nieder und schloß die Augen.
Als sich die Augen wieder öffneten, sah Traumjäger voller Schrekken, daß sich ihre milchig-blaue Farbe in ein tiefes Blau-Schwarz ver-

wandelt hatte. Schimmerauges Maul stand offen, und eine hauchende Stimme flüsterte daraus: »... die Großen schreien auf in der Nacht... etwas bewegt sich in der Erde... die Sehnsucht des Herzens wird gefunden... an einem unerwarteten Ort...«
Der Weit-Spürer schüttelte den Kopf, als belästige ihn ein lautes Geräusch; dann fuhr die Flüsterstimme fort: »... jedermann flieht vor dem Bären, doch... manchmal hat der Bär selber... böse Träume...« Er machte eine kurze Pause, dann folgten die Worte: »... wenn du an dunklem Ort gefangen bist, wähle deine Freunde mit Bedacht... oder wähle deine Feinde...«
Nach einem weiteren Augenblick der Stille schloß Schimmerauge die Augen wieder, und als er seine Lider hob, hatte sein Blick wieder den tiefblauen Glanz eines Sommerhimmels. Er neigte den Kopf einmal vor dem erschütterten Traumjäger. »Mögest du einen glücklichen Tanz haben, junger Jäger«, sagte er und wandte sich ab. Fritti saß grübelnd über dem rätselhaften Lied, das Schimmerauge für ihn gesungen hatte, als Zitterkralle herbeikam, den stampfenden Hängebauch an seiner Seite.
»Bevor wir dir eine gute Reise wünschen, Freund Traumjäger, will ich dir ein Wort sagen oder, besser, einen Rat geben«, sagte der Lehnsmann. »Der Hof wird vielleicht nicht so sein, wie du es erwartet hast. Ich hoffe, du verstehst.
Wir Erst-Geher glauben, daß es unnatürlich ist und dem Willen unseres Herrn Tangalur Feuertatze zuwiderläuft, wenn das Volk immer auf so engem Raum zusammenlebt. Im übrigen hat der Ort in jüngster Zeit begonnen, nach *M'an* zu stinken.«
»Du meinst, daß dort Große in der Nähe wohnen?« fragte Fritti überrascht.
»Nein, natürlich nicht, nur daß der üble, ansteckende Geruch unserer einstigen Diener selbst bis zum Sitz Harars gedrungen ist. Doch ich schätze, es ist nicht anständig, dich ungünstig zu beeinflussen. Wir Erst-Geher sind Einzelgänger, und viele am Hof der Königin finden unsere Meinung übertrieben. Du wirst ein Jäger sein und deinen eigenen Pfad finden müssen.« Der schwarze Anführer sah zu Boden.
Hängebauch mischte sich ein. »Der junge Prinz Zaungänger ist jeden-

falls nicht so übel. Wenn du einen Freund brauchst, halte dich an ihn. Ein bißchen stürmisch, aber eine rechtschaffene Katze.«
Zitterkralle blickte hoch und grinste, seine scharfen Zähne bleckend. »Komm, wir haben dich mit so vielen klugen Worten belastet, daß eine ganze Schar von Graubärten jahrelang darüber zu grübeln hätte. Wir müssen mit unserem Abschied zu Rande kommen. Traumjäger und Raschkralle, tapfere junge Jäger und Freunde unseres alten Gefährten Langstrecker, wir wünschen euch eine gute Reise. Wisset denn, daß ihr zu den ganz wenigen Außenseitern gehört, denen jemals erlaubt wurde, mit den Erst-Gehern zu wandern.« Fritti und Raschkralle senkten die Köpfe.
»Ich will euch ein Gebet sagen, das wir sprechen. Wenn ihr in Gefahr seid und es sprecht, wird jeder Erst-Geher, der es hört, euch helfen. Ist niemand in der Nähe, dann ist es gewiß nicht schlecht, den Namen unseres Herrn, des Abenteurers, auszusprechen – in welcher Lage auch immer. Dies sind die Worte:

Tangalur, feuerhell,
Flammenfuß, der am weitesten ging!
Dein Jäger spricht,
Denn er ist in Not.
Er geht in Not,
Doch niemals in Furcht.

»Kannst du das behalten? Gut!« Sekundenlang gab es eine unbehagliche Pause. »Guten Tanz für euch beide«, setzte Zitterkralle hinzu.
Fritti neigte seinen Kopf. »Lebewohl, Lehnsmann. Lebt wohl, Erst-Geher. Eure Freundlichkeit ist um so wertvoller, als sie unerwartet ist. Möget auch ihr eine gute Reise haben und einen guten Tanz.«
Traumjäger drehte sich um und setzte sich, ohne sich noch einmal umzuschauen, in Richtung auf das Hügelland in Bewegung. Kurz darauf folgte ihm Raschkralle. Als die Erst-Geher bereits längst außer Sicht waren, sprachen sie noch immer kein Wort.
Die ersten Tage im Hügelland verstrichen recht ruhig. Jeweils nach einer Stunde Marsch gelangten sie auf die Kuppe eines runden Hü-

gels, von wo sie in alle Richtungen schauen konnten. Indem sie sich an der Sonne orientierten, hatten sie keine Mühe, ihre Richtung beizubehalten. Die weiche Grasfläche fing die ermüdeten Tritte der beiden Katzen auf, und die grünen, buckligen Hänge Sanftlaufs waren im Überfluß von allen Arten eßbarer Dinge und Lebewesen bevölkert. Das Hügelland war von einem stilleren, besinnlicheren Leben erfüllt als der Wald, und selbst die Gejagten schienen ihr Schicksal mit stillem Gleichmut zu ertragen. Es war nicht ohne Reiz, dieses sanft geschwungene Land zu durchwandern.

Gleichwohl wurden die Tage kälter. Der Herbst lugte um die Ecke – mit dem geduldig wartenden Winter im Rücken – und Fritti und Raschkralle nahmen die Veränderung des Wetters als ein ruhiges Drängen wahr. Wenn sie ein wenig bummelten oder neue Ausblicke oder Düfte sie zu verweilen lockten, breitete die Kälte, die tief in ihren Knochen saß, sich aus und umfing sie mit einem leichten, eisigen Hauch, der sie eilends auf ihren Pfad zurückkehren ließ.

Traurig sah Fritti, wie Raschkralles gute Laune von der anstrengenden Reise gedämpft wurde. Auch Traumjäger war schwermütig, doch die Verantwortung, die er für die tapfere kleine Katze trug, gab den öden Stunden der Reise einen gewissen Sinn.

Eines grauen Nachmittags waren die beiden Katzen auf dem breiten, grünen Hang eines Hügels auf der Jagd nach ihrem Mittagessen. Ein kleines Gehölz krönte die Kuppe des Hügels, und es hatte von unten so ausgesehen, als sei es zum Beutemachen der rechte Platz.

Als die beiden Katzen am Rande des Wäldchens entlangspürten, scheuchten sie ein junges Kaninchen aus dem Dickicht auf. Als es über die geschwungene Grasfläche flitzte, nahmen die beiden Katzen die Verfolgung auf, wobei sie das fliehende *Praere* flankierten, um sein Ausbrechen zu verhindern. Plötzlich blieb das Kaninchen wie erstarrt sitzen, so daß die überraschten Jäger ebenfalls haltmachten, und in diesem Augenblick zog ein Schatten über ihren Köpfen vorbei. Das *Praere*, regungslos bis auf die zuckende Nase, Panik in den starren Augen, verschwand in einem Sturm brauner Federn, die von oben herabfielen.

Der Habicht berührte kaum den Boden, als er auf das Kaninchen herabstieß, packte es mit hornigen Krallen und brach ihm den Rücken. Mit ein paar Flügelschlägen erhob sich der *Meskra* in die Luft, den schlaffen Leichnam schlenkernd. Dann schwang er sich in den Wind, stieg empor, und die beiden Katzen blieben mit offenen Mäulern zurück. Weder der Vogel noch seine Beute hatten ein Geräusch verursacht. Der Hügel lag plötzlich öde und leer im schwachen Sonnenlicht.

Nach einem Augenblick wandte sich Raschkralle an Fritti. Seine Zähne waren vor Angst entblößt.

»O, Traumjäger«, wimmerte er, »ich will nach Hause.«

Fritti wußte nichts zu antworten und führte Raschkralle schweigend den Hügel hinunter.

Später am Nachmittag, als Raschkralle endlich eingeschlafen war, saß Fritti da und beobachtete die Wolken, die sich über den niedrigen Himmel schoben.

Acht Tage waren in den Hügellanden vergangen, seit das Paar die Säume der Alten Wälder verlassen hatte; Tiefklars Auge war zur vollen Größe gewachsen und hatte begonnen sich zu schließen. Von den Kuppen der höheren Hügel konnten sie nun in der Entfernung ein mattes Schimmern ausmachen, das sich wie ein angelaufenes Band aus Metall durch die Kuppen des fernen Landes schlängelte.

Fritti war froh darüber. Er war ziemlich sicher, daß dies der Schwanzwende-Fluß war, und Zitterkralle hatte gesagt, er bezeichne die Hälfte ihres Reiseweges zum Hof.

Mit ein wenig mehr Eifer marschierten sie vorwärts, doch zuerst schien sich die Entfernung nicht sehr rasch zu verringern; der Fluß blieb bloß ein Schimmer am Horizont. Die Hügelländer begannen gleichwohl zum Fluß hin abzufallen, und die Baumgruppen, welche die Landschaft ringsum sprenkelten, lagen weiter auseinander.

In ihrer dreizehnten Nacht nach ihrem Aufbruch aus dem Wald vernahmen sie endlich das gedämpfte Murmeln des Flusses in den Wiesen. Es war ein wohltuendes Geräusch – aus dieser Entfernung erinnerte es sehr an das des Baches, der nach der Schneeschmelze im

Frühling hinter dem Mauertreff entlangfloß. Bevor das Paar in dieser Nacht schlafen ging, spielte es Schreiten-und-Springen, und Fritti lachte zum ersten Mal, seit sie sich von den Erst-Gehern getrennt hatten.

Am Morgen des fünfzehnten Tages auf den Sanftlauf-Höhen gelangten sie in das flache Becken und zum Flußufer. Im Gras hing der Nebel, und die Luft schmeckte nach baldigem Regen. Als sie sich dem Fluß näherten, der zwischen hohen Ufern dahinfloß, kam es ihnen vor, als gerieten sie von einer Hochfläche in eine Welt des Wassers und der kühlen Luft. Die Kraft und Lebendigkeit des Flusses, der rauschte und sprudelte, waren gänzlich anders als die stille Verschwiegenheit der Waldbäche ihrer Heimat. Die Schwanzwende spritzte und lachte, riß Weidenzweige und Grasstengel in ihre Strömung, um sie in stillen Wirbeln am Ufer entlangtrudeln zu lassen, bis sie gemächlich dahintrieben. Dann spielte der Fluß Katze-und-Maus mit ihnen, zog sie in die Strömung zurück und trug sie davon.
Fritti und Raschkralle spielten am Ufer, bis die Sonne über ihren Köpfen in den Himmel stieg, durch den Nebel leuchtete und aus der dahineilenden Wasserfläche glitzernde Funken schlug. Abwechselnd haschten sie nach Stöckchen, die nahe am Flußufer vorbeischwammen – sie ließen ihre Pfoten vorschnellen, und jeder versuchte Zweige zu erwischen, die weiter vom Ufer entfernt waren. Erst als Raschkralle in einem Augenblick hemmungsloser Tollheit beinahe ins Wasser fiel – Fritti konnte ihn in letzter Sekunde beim Genick packen –, begann Fritti sich dem Problem zuzuwenden, auf welche Weise sie die breite, kraftvolle Schwanzwende überqueren sollten.
Sie wanderten flußaufwärts weiter, erkundeten die Buchten und Zuflüsse, und das Geräusch des Wasser wurde greller und heftiger. Hinter einer Biegung im Flußlauf entdeckten sie die Ursache. Hier verengte sich die Schwanzwende ein wenig und schoß an ein paar Felsen vorbei, die wie abgebrochene Zähne aufrecht im schäumenden Wasser standen. Als sie näherkamen, bewegte sich die Spitze eines der Felsen ein wenig, dann wandte sie sich um, und große Augen starrten sie an.

Es war Grillenfänger, der wie eine Eule mitten im Strom hockte. Die Schwanzwende rauschte und zischte rings um die verrückte Katze. Grillenfänger starrte die zwei Gefährten einen Augenblick an, dann kam er auf die Pfoten, und am ganzen Körper sträubte sich sein Fell zu steifen Stacheln. Ohne ein Wort holte er kurz Schwung und sprang auf einen zweiten Felsen, der weiter vom Ufer entfernt war. Er hielt nach dem nächsten sicheren Fleck für den Sprung Ausschau, als Fritti ihn über das Rauschen der Stromschnellen hinweg anrief.

»Grillenfänger! Bist du's wirklich? Hier sind Traumjäger und Raschkralle! Erinnerst du dich an uns?«

Grillenfänger wandte sich um und blickte gleichmütig zu ihnen zurück.

»Bitte, komm zurück! Grillenfänger!« Fritti schrie lauter. »Bitte, komm ans Ufer zurück!«

Grillenfänger zögerte kurz, dann sprang er auf den Stein zurück, den er gerade verlassen hatte. Die zwei Freunde beobachteten, wie er den mühseligen Rückweg über den Fluß bewältigte und schließlich vom letzten Stein auf das grasige Ufer sprang. Grillenfänger musterte sie einen Augenblick aufmerksam und rollte sich am Flußufer zusammen.

Schließlich schien die Erinnerung wiederzukehren. Es kam Fritti vor, als spreche er, doch bei dem Getöse der Schwanzwende war kein Wort zu verstehen, und Fritti bedeutete der alten Katze, ihnen höher auf das Ufer zu folgen.

In einiger Entfernung vom Fluß blieben sie stehen.

»Schön, dich wiederzusehen, Grillenfänger!« sagte Raschkralle fröhlich. Er schien alle Furcht abgelegt zu haben, die er einst in der Gegenwart der merkwürdigen, schmutzigen Katze empfunden hatte.

Mit einem erfreuten, jedoch bekümmerten Gesichtsausdruck ging Grillenfänger schnüffelnd um die beiden herum.

»Wahrhaftig, wahrhaftig«, sagte er endlich, »es sind die Schwanzwedler, die Gackler-Wackler höchstselbst!« Neugierig legte er den Kopf schräg. »Was führt euch kleine Landratten, tip, tap, an den Fluß? Seid ihr gekommen, um eure Köpfchen reinzutunken? Ach ja . . . das eigentliche Wunder ist, wie ihr den brennenden Fragen der

Dämonen-Katzen entkommen seid? Sind euch Flügel gewachsen, daß ihr wegfliegen konntet? Es wäre nicht das erste Mal«, fügte er dunkel hinzu.
»Welche Dämonen-Katzen meinst du?« fragte Raschkralle. »Wir haben bloß die Erst-Geher getroffen, und sie waren sehr nett zu uns.«
»Pah! Rattendreck!« knurrte Grillenfänger und spie aus. »Sie sind hübsch aufgebrochen, das ist wahr, doch bald wollen sie Sachen, wollen Sachen – immer den Körper zu etwas zwingen.« Fritti nahm Grillenfängers Gerede nicht allzu ernst.
»Nun gut«, sagte er, »sollten wir nicht, da wir uns nun mal getroffen haben, eine Weile zusammenbleiben? Wenn wir den Fluß überschritten haben, wollen wir über die Sonnen-Nest-Ebenen wandern. Deine Gesellschaft wäre uns eine Ehre.«
Grillenfänger lächelte und nickte. »Das ist auch mein Weg«, stimmte er zu. »Ich folge einem besonders lauten und volltönenden Stern« – er legte die Ohren an und flüsterte – »aber . . . ich weiß, wo er runterkommt, um zu überwintern!« Erfreut darüber, sein Geheimnis mitgeteilt zu haben, machte Grillenfänger einen kleinen Schritt zur Seite und biß leicht in Raschkralles Ohr, der es gutgelaunt über sich ergehen ließ.
»Kannst du uns über den Fluß führen?« fragte Fritti. »Du scheinst die besten Felsen zu kennen.«
»Tragen Streifenhörnchen Fell am Hintern? Und ob ich die kenne!« sagte Grillenfänger.

Je weiter sie am Ufer der Schwanzwende hinaufzogen, desto mehr veränderte sich das Land. Die grün gepolsterten Hügel von Sanftlauf wurden flacher und flacher und verschwanden im Lauf der Stunde der Kleineren Schatten – jetzt gab es nur noch gelegentlich ein Hügelchen, das zaghaft aus dem wogenden Gras hervorwuchs.
Raschkralle und Traumjäger hatten nie etwas gesehen, das sich mit der Sonnen-Nest-Ebene vergleichen ließ. Scheinbar endlos streckte sie sich aus und lief vor ihnen dahin: ein weiter, flacher Ozean von Gras und am Boden kriechenden Pflanzen. Die Natur hatte dieses Land vollkommen eben geschaffen, und obgleich hinter den Reisen-

den die Hügel aufstiegen, hatten sie den Eindruck, über eine Hochebene zu wandern. Der Himmel, der nun, von den Winden und Regen einer kälteren Jahreszeit reingewaschen, dicht über ihren Köpfen hing, verstärkte noch dieses Gefühl. Es war, als habe man sie auf eine weite, glatte Fläche gehoben, wo eine unbestimmte Gewalt sie einer Prüfung unterwerfen sollte.
Fritti und das Kätzchen waren für Grillenfängers Gesellschaft dankbar. Nach dem dritten und vierten Sonnenaufgang begannen sie sich, angesichts der einförmigen Großartigkeit der Ebenen, klein und nutzlos vorzukommen. Grillenfänger indessen war eine echte Quelle der Ablenkung, überfließend von Bruchstücken seltsamer Lieder und Lieblingssprüchen, die sich auf nichts und alles beziehen konnten.
Als sie sich eines Nachmittags in dem wogenden Gras niedergelassen hatten, um auszuruhen, begann Raschkralle schüchtern das Bruchstück eines Liedes herzusagen, das er sich über ihre Reise zum Hof von Harar ausdachte. Es war unbeholfen und unfertig, doch Fritti fand es reizvoll. Er war überrascht zu sehen, daß es Grillenfänger großes Unbehagen zu bereiten schien.
Da er dem Kätzchen Verlegenheit ersparen wollte, lobte er das Lied und richtete dann das Wort an Grillenfänger, um ihn abzulenken.
»Ich habe mich gefragt«, begann er, »warum dieses weite flache Land wohl die Sonnen-Nest-Ebene genannt wird. Nirgendwo sehe ich die Spur eines Nestes. Kannst du mir das erklären, Grillenfänger?«
Dieser richtete seine traurigen Augen auf ihn und kratzte geistesabwesend ein schmutziges Fellknäuel aus seinem Gesicht. »Zufällig, du kleiner Mäusekauer, kann ich das. Ich kann's wirklich.«
»Schön, dann erzähl es uns, bitte! Ist es ein Lied?« »Nein, nein, kein Lied, obgleich es eines sein könnte, wie ich meine.« Grillenfänger schüttelte traurig den Kopf. »Es ist nur etwas, das ich erzählen hörte, als ich ein Kätzchen war und weniger Augen hinter mir hatte als dieser kleine Springinsfeld hier.«
Fritti erkannte, daß sie nichts über Grillenfängers Vergangenheit wußten. Er nahm sich vor, später zu versuchen, den verrückten, schwermütigen Wanderer auf dieses Thema zu bringen.
»Jene, jene, die es wissen müssen, sagen«, begann Grillenfänger fei-

erlich, »daß, als Tiefklar Urmutter zum ersten Mal ihre strahlenden Augen öffnete, überall Finsternis war. Natürlich hatte die Urmutter die schärfsten Augen, die man sich denken kann, doch wenn sie auch sehen konnte, so spürte sie eine durchdringende, zähneklappernde Kälte. Also grübelte sie und grübelte, denn keine Katze, selbst die größte, leidet gern Kälte.
Nach einer Weile kam ihr ein Gedanke. Sie rieb ihre Pfoten aneinander – ihre großen, schwarzen Pfoten –, und sie rieb sie so heftig, daß ein Funken Himmelsfeuer aus ihnen sprang. Sie fing diesen Funken und legte sich auf die Erde.
Dort lag sie, hegte ihn und schützte ihn mit dem Fell ihres Leibes – und er wuchs. Der Funken versuchte wegzurennen, als er größer wurde, doch jedes Mal griff die Urmutter nach ihm, fing ihn und rollte ihn über die Erde, für die er geschaffen worden war. So wurde er größer und wuchs und wurde immer prächtiger, und wenn sie ihn fing und rollen ließ, wurde das Land flach unter ihnen. Größer und runder und heller wurde er, bis seine Gegenwart in der Welt all die ersten Tiere erwärmte.
Alle Lebewesen kamen und versammelten sich um die junge Sonne, stießen und drängten einander, um ihr nahe zu sein . . . und kein Tier wollte mehr etwas anderes tun, als dort in der Wärme zu liegen und zu schwelgen, bis die ganze Welt leer und leblos war, ausgenommen ein Fleck auf der weiten, flachen Ebene. Darüber wurde Urmutter Tiefklar ärgerlich wie böses Wetter, und sie warf die Sonne in den Himmel hinauf, von wo sie alle Welt gleichermaßen beschien, und die Bewohner der Erde zerstreuten sich wieder. Dort am Himmel scheint die Sonne noch immer. Wenn aber die Sonne gebrannt und gewärmt hat, so gut sie kann, und müde zu werden beginnt, nimmt Urmutter sie an ihre pelzige Brust, wo sie neue Kraft sammelt. Solange sie die Sonne dort hält, so lange ist die Welt kalt, und wir nennen diese Zeit Winter.
Und nun«, schloß Grillenfänger, »überqueren wir ebendiesen Fleck, wo die Urmutter die junge Sonne wie in einem Nest gehegt hat, und daher der Name. Ist das nicht so einfach und einleuchtend wie eine Maus zum Abendessen?«
Fritti und Raschkralle gaben ihm recht.

Am nächsten Tag, kurz vor der Stunde der Steigenden Dämmerung, als die Sonne von der die verrückte Katze gesprochen hatte, in die westlichen Wolken sank, wurde Grillenfänger abermals von einem seiner Anfälle gepackt.
Die Gesellschaft bewegte sich durch ein brusthohes, wogendes Grasmeer, als Grillenfänger sich plötzlich mit gesträubtem Schnurrbart aufrecht hinsetzte und zu murmeln anfing. Diesmal schien er nicht erschreckt oder argwöhnisch, sondern voller Begeisterung zu sein. »Da bist du ja Ha, ha!« murmelte er. »Liegst im Roggen, he? Zwickst und kitzelst mich unter der Nase, ob ich wohl will? Ha, ha!«
Träumjäger und Raschkralle ließen sich nieder, um zu warten, zuversichtlich, daß der Bann rasch verschwinden würde und sie weiterwandern konnten.
»Wartet, wartet!« schrie Grillenfänger und sprang auf die Pfoten. »Der Stern! Hört ihr nicht, wie er flackert und lärmt? Wir müssen hinter ihm her, bevor er wittert, wer wir wirklich sind! O, ich darf nicht noch einmal zu spät kommen! Ich werde auf die Mauer springen!« Plötzlich raste er ohne Vorwarnung los, rief hinter dem Stern her, als könne er ihn vor sich weghüpfen sehen. Er verschwand in den hohen Gräsern – die Gefährten stürzten ihm entsetzt nach. Doch seine Geschwindigkeit war zu groß, und bald war selbst seine Stimme nicht mehr zu hören.
Sie warteten den ganzen Abend an ihrem Lagerplatz, während der Hunger ihre Mägen quälte, doch Grillenfänger kehrte nicht zurück. Schließlich gaben sie es auf und gingen auf die Jagd. Am nächsten Morgen zogen sie weiter, wieder einmal nur zu zweit.

10. Kapitel

Was jagen sie an den schimmernden Weihern,
Am runden Silbermond, dem Himmelsteich,
Im streifigen Gras zwischen rindenlosen Bäumen –
Die Sterne, einsam wie die Augen der Tiere über ihnen!

W. J. Turner

Nun setzten die Regenfälle ein.
Bei ihrer Wanderung über den breiten Rücken der Sonnen-Nest-Ebene flüchteten sich die Katzen anfangs in das erste beste schützende Dickicht. Als jedoch die Zufluchtsorte seltener und die Regenfälle häufiger wurden, waren sie gezwungen, sich mit dem nassen Fell abzufinden. Raschkralle bekam eine Erkältung, und sein Geschniefe verstärkte noch Traumjägers eigene elende Verfassung. Gelegentlich erzeugten diese Unterbrechungen eine Welle des Mitgefühls für die kleine Katze, und Fritti bemühte sich, ihr ein aufheiterndes Wort zu sagen oder ihr einen zärtlichen Klaps zu versetzen. Manchmal jedoch reagierte er auf Raschkralles Krankheit und Winzigkeit mit jähem Unwillen, der sich Luft verschaffte und rasch verflog.
Eines Nachts, als der verängstigte, erkältete Raschkralle sich während eines heftigen Gewitterregens an ihn geklammert hatte, brach die ganze Niedergeschlagenheit, die sich in Traumjäger aufgespeichert hatte, aus ihm hervor; er schlug das Kätzchen mit den Pfoten und stieß es weg. Als Raschkralle, dessen kleiner Körper von kleinen Schluchzern geschüttelt wurde, in ein Grasbüschel kroch, wurde Fritti plötzlich von der entsetzlichen Vorstellung heimgesucht, Raschkralle könne sterben und ihn allein in diesem ungeheuren, wilden Land zurücklassen!

Dann, als ihm bewußt wurde, was er getan hatte, ging er zu ihm, ergriff ihn am Genick und trug ihn zurück. Er leckte dem Kätzchen das nasse Fell und drückte es an sich, um es warm zu halten, bis der Regen für eine Zeitlang aufhören würde.

Einige Zeit später, während sie immer noch mit nachlassender Entschlossenheit ihren Weg fortsetzten, regte sich in Fritti das Gefühl, daß ihnen etwas folgte. Nachdem der größere Teil des Tages verstrichen war, hatte er das Gefühl noch immer, ja, es hatte sich noch verstärkt. So beiläufig wie möglich sprach er zu seinem jungen Gefährten davon.

»Ich bitte dich, Traumjäger«, erklärte Raschkralle, »in der letzten Zeit gab es schrecklich wenig zu jagen, und wir haben nicht viel zu beißen gehabt. Wirklich, ich denke, du bist nicht ganz du selbst. Wer, außer einem Pärchen verrückter Katzen, würde sich bei diesem Wetter draußen herumtreiben?«

Das war klug gedacht, doch tief im Inneren spürte Fritti, daß es etwas mehr war, was auf seine Sinne wirkte, als der schlichte Mangel an Mäusen.

In dieser Nacht, in der geheimen Mitte der Stunde des Letzten Tanzes, fuhr Fritti plötzlich hoch und saß aufrecht auf seinem Schlafplatz.

»Raschkralle!« flüsterte er. »Da draußen ist etwas! Da! Spürst du's?«

Offensichtlich ging es Raschkralle ebenso: Auch er war nun wach und zitterte. Beide strengten ihre Augen an, um die Dunkelheit, die sie umgab, zu durchdringen, doch sie entdeckten nichts, außer der Leere der Nacht. Jedoch in ihren Barthaaren war eine kriechende, prikkelnde Kälte, und von irgendwoher in der Nähe trug die regenschwere Luft den Geruch von Blut und alten Knochen zu ihnen.

Den Rest der Nacht verbrachten sie wie die Quieker, die sie jagten – bei jedem Geräusch zusammenfahrend –, doch schließlich wurden ihre Empfindungen schwächer, dann waren sie völlig verschwunden. Selbst im dünnen Licht des Morgens dachten sie nicht an Schlaf. Ohne sich damit aufzuhalten, etwas für das Frühstück zu erjagen, machten sie sich auf den Weg.

An diesem Tag wurde der Regen stärker, der Himmel war dunkel und regenschwer, und von Zeit zu Zeit blies ein Wind aus dem Norden und trieb ihnen Ströme von Wasser in die Gesichter, während sie vorwärtsstapften. Das Gefühl, beobachtet zu werden, war nicht verschwunden, und hatte nach Fritti nun auch Raschkralle erfaßt. So kam es, daß sie, als sie am späten Abend einen kleinen, durchnäßten Quieker erwischten, hastig aßen und trotz Hunger und Müdigkeit wieder aufbrachen.

Sie hatten gerade die letzten Bissen des sehnigen Fleisches heruntergewürgt, als aus der wirbelnden, durchregneten Dunkelheit ringsum ein furchtbarer heulender Schrei ertönte, der ihre Herzen einen Augenblick stillstehen und zu Stein erstarren ließ. Ein zweiter Schrei – nicht weniger entsetzlich, jedoch ein wenig weiter weg – von der anderen Seite – schnürte den beiden Katzen die Kehlen zu.

Umzingelt! Dieser gräßliche Gedanke kam beiden zur gleichen Zeit.

Vom Ort des ersten Geheuls erscholl ein sonderbares puffendes Geräusch, und dann kam durch die hohen Gräser krachend etwas auf sie zu.

Fritti wurde jäh aus seiner starren Betäubung gerissen und stieß Raschkralle so heftig mit seinem Kopf, daß der Kleine fast umgefallen wäre.

»Lauf, Raschkralle, so schnell du kannst!« kreischte Fritti und versuchte seine Stimme zu dämpfen. Raschkralle gewann sein Gleichgewicht wieder, und die zwei schossen so rasch vorwärts wie zwei Schlangen, die unter einem umgedrehten Stein entdeckt werden. Von der anderen Seite konnten sie jetzt Rascheln und Knacken von Strauchwerk hören. Sie rannten, was die Pfoten hergaben, mit lang ausgestreckten Schwänzen dahin, und sie hörten, daß sie verfolgt wurden. »O, o, es sind dieselben, die roten Krallen!« stöhnte Raschkralle.

»Windweiß zu Liebe, spare deinen Atem und lauf!« keuchte Traumjäger. Hinter ihnen stieg ein gurgelnder widerhallender Schrei in den Sturmwind auf.

Und sie rannten und rannten, Regen und Finsternis schlossen sie ein,

Wind blies ihnen entgegen. Zum Glück war der Untergrund eben, und es gab weder Bäume noch Felsen – sie hätten nicht sehen können, wohin sie liefen, selbst wenn sie die Geistesgegenwart gehabt hätten, darauf zu achten. Sie begannen rasch müde zu werden.
Endlich, als es ihnen vorkam, als seien sie eine Ewigkeit gerannt, begann das Geräusch der Verfolgung schwächer zu werden und verschwand ganz. Immer noch stolperten sie vorwärts, solange sie konnten, bis sie schließlich das Gefühl hatten, ihre Beine würden sie nicht einen Sprung weiter tragen.
Sie fielen in ein langsames Stolpern, lauschten angestrengt und versuchten über dem Schlagen ihrer Herzen und ihrem keuchenden Atem ein Zeichen ihrer Verfolger zu hören. In diesem Augenblick trat vor ihnen aus dem Dickicht eine riesige Gestalt hervor.
»Nun haben wir euch!« sagte sie. Mit einem Schrei der Verzweiflung begannen die zwei Katzen zu taumeln und fielen vor die Füße des großen, dunklen Wesens.

Fritti gewann mühsam sein Wahrnehmungsvermögen zurück. Er war müde, und ihm war übel. Ihm kam es vor, als hüpfe die Welt, die ihn umgab, ständig auf und ab. Verwirrt begann er sich zu fragen, wo er war und was geschehen war.
Dann erinnerte er sich an die Hetzjagd und an die riesenhaft aufragende Gestalt.
Fritti versuchte sich auf seine Füße zu drehen, doch ihm wurde klar, daß er festgehalten wurde. Er fühlte einen kräftigen Griff in seinem Genick, und unter seinen Pfoten spürte er nichts. Verblüfft öffnete er die Augen und spähte umher.
An seiner Seite baumelte Raschkralle, ebenfalls im Genick gepackt, bewußtlos zwischen den Kiefern der größten Katze, die Traumjäger jemals gesehen hatte. Der ungeheure grau-grün und schwarz gestreifte Kater warf Fritti einen unbestimmten Blick zu. Er schritt, Raschkralle tragend, neben Fritti, doch dessen Pfoten spürten nichts als Luft . . .
Langsam drehte Traumjäger seinen Kopf herum, er konnte das Gesicht seines Wächters nicht erkennen, doch er sah die astdicken Bei-

ne der Katze weitausgreifend über den Boden schreiten. Von panischer Angst gepackt, warf Fritti, sich windend, seinen Kopf zurück, und dann wurde ihm abermals dunkel vor Augen. Ein wenig später, als Traumjäger wiederum erwacht war, unternahm er keine neuen Versuche mehr, sich zu befreien.

Schließlich machten die anscheinend unermüdlichen Tiere halt. Fritti wurde ohne weitere Umstände auf die Erde geworfen, und neben sich hörte er das Geräusch, mit dem Raschkralle wie ein toter Quieker zu Boden plumpste. Eine Stimme sprach, die sich des Gemeinsamen Gesanges bediente, und Traumjäger kniff seine Augen fest zusammen.

»Dies kann gewißlich nicht das sein, wonach wir gesucht haben, oder?« sagte die Stimme, in deren Tonfall das Mißfallen unüberhörbar war. Die Furcht überwog die Neugier. Fritti hielt seine Augen geschlossen und blieb mit dem Gesicht nach unten zusammengekrümmt im Gras liegen.

Die Katze, die ihn getragen hatte, sprach als nächste.

»Sie sahen ihnen ähnlich, Herr«, sagte sie langsam und tief. »Einen Augenblick waren sie hier – und im nächsten waren sie es nicht. Höchst merkwürdig.«

»Merkwürdig – da bin ich ganz deiner Ansicht. Und mehr als eine kleine Störung«, sagte die erste Stimme nachdenklich. »Woher kamen diese beiden Winzlinge?«

»Rannten geradewegs auf uns zu, wahrhaftig, Herr. Schrien wie eingeklemmte Eichhörnchen und fielen platt zu Boden. Wir dachten, wir bringen sie besser her. Sind gerannt wie verrückt.«

Eine kurze Stille trat ein. Traumjäger fühlte sich kräftig genug, um ein Lid teilweise zu heben. Neben den mächtigen, verschwommenen Gestalten, die über Raschkralle und ihm aufragten, war da noch eine kleinere Figur. Kleiner als die anderen zwei, aber immer noch beträchtlich größer als Fritti. Ihn schauderte heimlich. »Hast du etwas Interessantes erspäht, bevor sie verschwanden, Mondjäger?« fragte die kleinere Gestalt Raschkralles Wächter. Fritti hörte keine Antwort, doch irgend etwas mußte der Angesprochene gesagt haben, denn die kleinere Katze sprach weiter.

»Ich weiß. Ich habe nur gehofft. Schwanz und Kralle! So viele Fragen und keine Antworten.« Der Sprecher saß einen Augenblick schweigend, während die zwei großen Katzen geduldig warteten, dann stand er auf, ging zu Raschkralle und beschnüffelte ihn.
»Ist ja noch ein Kätzchen!« sagte er. »Merkwürdiger Ort für die Lehrzeit.« Er wandte sich Fritti zu, der auf der Stelle seine Augen fest schloß und bis zum letzten Schwanzknochen schlaff wurde. Die Stimme ertönte ganz dicht an seinem Gesicht – und er brauchte seinen ganzen Mut, um nicht aufzuspringen und wegzurennen.
»Und dieser hier scheint kaum ein Jäger zu sein. Vielleicht haben sie ihre Mutter verloren?« Der Sprecher kam näher, beschnüffelte Frittis Ohr und brüllte so unvermittelt und laut los, daß Traumjäger einen Purzelbaum machte: »Ich bin *Prinz Zaungänger* und *befehle* dir aufzuwachen und unsere Fragen zu beantworten!«
Traumjäger – nach Luft schnappend, ein Dröhnen in den Ohren und mit den Krallen einen Halt in der Erde suchend – taumelte und schüttelte den Kopf.
Zaungänger? Wo hatte er diesen Namen gehört?
Er öffnete die Augen und erblickte eine große zottige Katze, die ihn neugierig anstarrte. Ihr Pelz war so rot-golden wie das herbstliche Laub. Der Prinz, denn dieser war er in der Tat, zeigte eine vergnügte Miene und seine Zunge stieß zwischen seinen Vorderzähnen hindurch. Er schien über Traumjägers Antwort sehr befriedigt.
Zaungänger wandte sich an die große gescheckte Katze, die Fritti getragen hatte und jetzt ein schiefes Grinsen zeigte. »Geht doch nichts über Autorität«, sagte der Prinz, »habe ich recht, Lichtjäger?«
»Ja, Herr«, antwortete die große Katze.
Das wahnsinnige Zittern von Frittis Nerven begann sich zu legen. Nun erinnerte er sich, daß Hängebauch von Zaungänger gesprochen und gesagt hatte, es sei gut, ihn am Hof zum Freund zu haben.
Fritti blickte auf den vergnügt glucksenden Prinzen und seine beiden riesenhaften Gefährten und fragte sich, ob er imstande sein würde, eine solche Freundschaft zu überleben.

Als die Sonne anfing, die Grasländer ringsum zu erwärmen, war auch Raschkralle wieder zu Bewußtsein gekommmen. Die kleine Katze, noch immer krank, müde und verängstigt, rührte sich kaum und sprach nicht viel, sondern lag da und hörte zu, wie Fritti dem Prinzen die Geschichte ihrer Reise zu Ende erzählte. Der Prinz stellte viele Fragen und war sehr interessiert, mehr über die Hetzjagd in der vorigen Nacht zu erfahren – mehr noch reizte ihn freilich Raschkralles Erlebnis mit dem rotkralligen Wesen in den Alten Wäldern. Er wollte den Kleinen darüber ausfragen, jedoch Fritti – der sich wegen des schwachen Zustandes seines jungen Gefährten Sorgen machte – gelang es, sich einzumischen. Zaungänger stimmte zögernd zu, die Befragung auf einen späteren Zeitpunkt zu verschieben.
Dann erklärte ihnen Prinz Zaungänger, daß ähnliche Belästigungen überall in den äußeren Landen des Hofes von Harar vorgefallen seien. Er und seine beiden stämmigen Gefährten, Lichtjäger und Mondjäger, Zwillingsbrüder aus einem alten vornehmen Geschlecht, hatten die Aufgabe übernommen, die Übeltäter zur Strecke zu bringen. Sie hatten jedoch kein Glück gehabt.
»Das bringt eine Katze zum Staunen«, sagte Zaungänger schlecht gelaunt. »Sie sind hier, sie sind dort, dann sind sie verschwunden. Wir drei können es einfach nicht mit ihnen aufnehmen. Ich halte es für gut, daß die Erst-Geher sich für die Sache interessieren – wir könnten ein paar Pfoten mehr bei unserer Aufgabe gebrauchen.«
»Aber du bist der Prinz!« sagte Fritti überrascht. »Kannst du nicht am Hof jede Hilfe finden, die du brauchst?«
Zaungänger machte ein finsteres Gesicht. »Eben nicht, das klappt nicht«, sagte er und schüttelte seine rot-goldene Mähne. »Niemand will diese Sache ernst nehmen. Jeder hat etwas Wichtigeres zu tun. Nichts berührt sie, solange es nicht an ihren eigenen Schwänzen nagt. Sogar meine Mutter und der Prinzgemahl sagen mehr oder weniger deutlich: ›Zieh los und sieh dich um, wenn's dir Spaß macht.‹ Ha! Geschieht ihnen recht, wenn diese Katzen-Dachse – oder was immer sie sind – aus den Bäumen geklettert kommen und ihnen die Ohren abreißen!«
Diese Worte versetzten Traumjäger für eine Weile in sorgenvolles

Schweigen. Was war, wenn am Hof keine Hilfe zu finden war? Wie würde es mit der Suche nach Goldpfote weitergehen? Mit Macht überkam ihn die Erinnerung an Goldpfotes wedelnden Schwanz und ihre schwarzgesäumte Nase. Wenn niemand sonst sich Gedanken macht, was mit ihr geschieht, dachte er wütend, dann habe ich um so mehr Anlaß, meine Suche unbedingt fortzusetzen.
Sein Tagtraum wurde durch ein Niesen des kranken kleinen Raschkralle unterbrochen. Die angegriffene Gesundheit seines jungen Freundes war ein weiteres Problem. Die Regenfälle würden anhalten und Raschkralle in schlechtem Zustand sein, falls er nicht rasch eine warme Zuflucht und Nahrung erhielt.
»Prinz Zaungänger, wirst du jetzt zum Hof zurückkehren?« fragte er.
»Meine endgültige Entscheidung ist noch nicht gefallen«, murmelte der Prinz. »Ich denke, wir könnten auch versuchen, noch die eine oder andere Katze aufzutreiben. Warum fragst du?«
»Meinem Gefährten geht es nicht gut, was du sicherlich auch siehst. Wenn du uns helfen würdest, zum Hof der Königin zu kommen, wären wir dir sehr dankbar.«
Zaungänger sah nachdenklich drein.
»Dem kleinen Milchbart geht es nicht übermäßig gut«, mischte Lichtjäger sich hilfsbereit ein. »Vermutlich braucht er ein bißchen Wärme.«
Zaungänger schritt hinüber zu Raschkralle, der im feuchten Gras erbärmlich zitterte. »Wir werden dich an einen Ort bringen, der dir gefallen wird, du Winzling«, sagte er in seiner derben, freundlichen Art, »und wenn wir dich den ganzen Weg wie einen Säugling tragen müßten. Wir werden dich zum Hof bringen.«

Die letzten Meilen über die Sonnen-Nest-Ebenen wurde Raschkralle von Lichtjäger und Mondjäger getragen, doch Fritti war kräftig genug, um zu laufen. Er genoß die Gesellschaft von Zaungänger und seinen beiden Jagdgenossen.
Der Prinz war redselig, erzählte lange Jagdgeschichten in allen Einzelheiten, und oft unterbrach er seinen Redefluß, um bestimmte Punkte mit Lichtjäger zu klären. Der rote Faden seiner Erzählungen drohte

besonders dann zu reißen, wenn Lichtjäger an der Reihe war, den kleinen Raschkralle im Maul zu tragen.

»... also, ich glaube«, sagte der Prinz, »ich glaube, und ich sollte wirklich imstande sein, mich zu erinnern, daß es jener Tag war, der auf den Tag folgte, an dem wir ein einfach riesenhaftes Waldhuhn zur Strecke brachten. Oder war es vielleicht ein Fasanenhahn? Erinnerst du dich, Lichtjäger? War es ein Fasanenhahn?«

»Humpffff!« erwiderte Lichtjäger, zwischen dessen Zähnen Raschkralle steckte.

»Verzeihung, sagtest du Waldhuhn?«

»Humpff... humpff!«

»O, ein Fasan? Bist du sicher?« Und so fort.

Der Prinz war ein heiteres Gemüt – voll von derbem, schlichtem Humor und mit einer Vorliebe für plötzliche, überraschende Rempeleien, die seine Gefährten taumeln ließen. Ein schuldbewußter, besorgter Zaungänger half ihnen auf, der versprach, es nicht ohne rechtzeitige Warnung wiederzutun.

In ihrer äußeren Erscheinung sahen sich die Zwillinge zum Verwechseln ähnlich, doch man konnte sie anhand des Geruches unterscheiden. Lichtjäger war nicht gerade die klügste Katze, doch gutherzig und sehr gesprächig. Sein Bruder Mondjäger war hingegen sehr still.

Nachdem er mit den dreien einen Tag lang unterwegs gewesen war, ging Fritti schließlich auf, daß Mondjägers Schweigsamkeit unfreiwillig war. Er war stumm und verständigte sich nur durch die dem Gemeinsamen Gesang eigene Zeichensprache. Zaungänger erklärte Fritti, Mondjäger habe eine Verwundung an der Kehle erlitten, als er den Prinzen vor einem rasenden Fuchs schützte und sei seitdem nicht mehr imstande gewesen, einen Laut hervorzubringen.

»Er hat es für mich getan, Harar beschütze ihn«, sagte Zaungänger. »Diese zwei sind meine wahren Jagd-Brüder, mußt du wissen.« Mondjäger strahlte in anhaltendem stillen Stolz.

Die Ebenen begannen anzusteigen. Fritti wußte von Zitterkralle, daß sie den äußeren Rand von Sonnen-Nest erreichten. Die Steigung war

leicht, aber stetig, und am Ende eines Tagesmarsches verspürte Traumjäger einen klopfenden Schmerz in seinen Hinterbeinen.
Schließlich kamen sie zum Ufer der Schnurrwisper. Dieser sanfte, murmelnde Fluß war viel ruhiger als die Schwanzwende. Sein Bett war mit vielfarbenen Steinen übersät, über denen man schimmernde Fische pfeilschnell dahinschießen sah. Sie hielten an, um zu trinken, und sogar Raschkralle kletterte hinunter, um das kühle, klare Wasser zu schlabbern. Es war süß und erfrischend, und nachdem sie ihren Durst gestillt hatten, lagen Raschkralle und Traumjäger Seite an Seite am Ufer, und zum ersten Mal nach langer Zeit hatten sie beide wieder das Gefühl von Hoffnung. Trotzdem, dachte Fritti, ist Raschkralle noch immer ein sehr krankes Kätzchen. Er rückte näher, um ihn zu wärmen, als Zaungänger auftauchte.
»Nun sind wir also an der Schnurrwisper. Jetzt müssen wir nur noch einmal hüpfen und stolpern, Winzling!« sagte er zu Raschkralle. Jede Faser seiner Selbstbeherrschung war nötig, ihn weitermarschieren zu lassen, seinen kräftigeren Kameraden zu folgen und vor den Reizen dieser Welt am Fluß die Augen zu verschließen.
Endlich erreichte der kleine Katzentrupp die Säume des Wurzelwaldes. Obwohl Fritti ausgepumpt war, entging ihm nicht, wie verschieden dieser Wald von den Alten Wäldern war, die er aus der Heimat kannte. Diesen Wald durchwehte der Atem des Alters, und dagegen wirkten die Alten Wälder, trotz ihres Namens, jung und frisch. Beim Anblick des Wurzelwaldes war zu spüren, zu riechen und zu hören, wie uralt und fest begründet er war, und es schien kaum vorstellbar, daß diese großen Bäume, die sie umstanden, wirklich *gewachsen* waren. Es war eher denkbar, daß es die Welt gewesen war, die rund um die Wurzeln und Stämme dieses Waldes emporgewachsen war.
Als Fritti seinen Eindruck Zaungänger mitteilte, nickte der Prinz. Anstatt mit seiner gewohnten derben Respektlosigkeit zu antworten, sagte der rot-goldene Jäger bloß: »Ja. Dies ist der erste Wald.«
Als Fritti ihn um eine Erklärung bat, schlug Zaungänger ihm vor, zu warten und jemanden am Hof zu befragen.
»Dort gibt es welche, die über den Wald besser sprechen können als ich, und ich möchte niemanden versehentlich beleidigen.«

Traumjäger mußte sich damit zufriedengeben, denn mehr wollte der Prinz nicht sagen. Doch als er ihn später nach den Tieren des Wurzelwaldes befragte, war der Prinz wieder von der gewohnten Herzlichkeit und gab Fritti eine erschöpfende Beschreibung aller Lebewesen, die unter den alten Bäumen umrannten und schlüpften, schwammen oder flogen.

Die Spuren und Jagdmarken anderer Katzen fanden sich nun überall. Traumjäger war jetzt nur noch darauf aus, die Reise zu Ende zu bringen und achtete nicht auf die aufgeregten Erörterungen zwischen Zaungänger und seinen Gefährten über die Bedeutung der verschiedenen Marken: Wer was getan hatte und wann und mit wem. Raschkralle, der nun fest schlief, war allem entrückt.

Nach einem Tag des Stolperns und Humpelns konnte auch Traumjäger nicht mehr laufen. Er und sein junger Freund wurden wieder Seite an Seite von den gescheckten Zwillingen in den Mäulern getragen.

Immer wieder aus einem unerquicklichen Schlaf gerissen, nahm Fritti mit einem Mal schwache Stimmen wahr. Der Prinz und andere Katzen riefen einander etwas zu, und als Fritti benommen die Augen öffnete, sah er überall Katzengestalten – ein Meer von Katzen. Es ging über seine Kräfte, dies Bild aufzunehmen, und er schloß die Augen wieder.

Er spürte, wie er auf etwas Weiches gelegt wurde. Als die Stimmen immer schwächer wurden, sprang er in die Felder der Träume.

Teil II

11. Kapitel

Das Gewimmel, das Gesumm, das Gemurmel
Dieses großen Bienenstocks, der Stadt.

Abraham Cowley

Das Dach unter seinen Füßen war glühend heiß; es war qualvoll, die Pfoten zu lange auf einem Fleck zu lassen. Behutsam trottete er auf und ab und lugte über die Dachkante nach unten in den wirbelnden Rauch. Er wußte, daß er springen und sich retten mußte. Hinter ihm war *Feuer.* Die empfindlichen Innenseiten seiner Nase waren vom Qualm gereizt, und von unten konnte er die Flammen brausen und fauchen hören. Warum konnte er nicht springen?
Seine Familie! Irgendwo hinter ihm, vom *Feuer* bedroht, waren seine Mutter und seine Geschwister. Sie waren in Gefahr! Jetzt erinnerte er sich.
Aus dem Rauch vor ihm drang eine Stimme zu ihm herauf. Er starrte in die grauen Wolken hinüber, doch er konnte nichts sehen. Aus dem Inneren der *M'an*-Behausung erhoben sich wieder die schreckerfüllten Stimmen seiner Familie.
Die Stimme im Rauch rief ihn bei seinem Namen und forderte ihn auf, nach unten in Sicherheit zu springen. Die Stimme hörte sich an, als sei sie die von Grillenfänger oder vielleicht die von Borstenmaul. Er versuchte, der Stimme von seiner Familie zu erzählen – daß sie vom Feuer eingeschlossen und bedroht sei –, doch die Stimme hörte nicht auf zu rufen: Spring hinunter, vergiß deine Familie, lauf, rette dich selbst, lauf!
Er saß in der Falle! Er mußte sich entscheiden – hinter ihm war das angstvolle Jammern seiner Brüder und Schwestern; Borstenmaul –

oder war es Grillenfänger – drängte ihn zu springen, zu fliehen, zu rennen, rennen, er konnte sich nicht entscheiden, zu rennen, o, Harar! Lauf, lauf, lauf . . . Mit krampfhaft zuckenden Beinen fiel Traumjäger in die wache Welt zurück. Das Licht war sehr hell. Seine Augen schmerzten. Ein gewaltiger Zaun aus riesigen Baumstämmen umstand ihn, weit höher, als sein Auge reichte. Sprünge und Sprünge über seinen Kopf stiegen sie auf, und ihre Äste waren miteinander verschlungen wie die Fäden eines mächtigen borkeumkleideten Spinnennetzes. Dennoch spürte Traumjäger Wärme auf seinem Gesicht. Ein breiter Keil von Sonnenlicht strahlte ungehindert durch ein Fenster in den höchsten Zweigen, wo ein Stück Himmel sich öffnete, und verwandelte das kurze, kitzelnde Gras, in dem Fritti lag, in eine sommerliche Insel, inmitten der uralten Kühle des Waldes.
Fritti spürte die Empfindlichkeit seiner Pfoten, als er zittrig auf die Füße kam. Er ließ sich zurückfallen und untersuchte sie, indem er ihre wunden Stellen mit seiner Zunge abtastete.
Das Leder seiner Pfotenballen war gesprungen und hatte vermutlich geblutet. Trotzdem war es sorgfältig gereinigt worden, und er konnte keine Steinchen oder Dornen entdecken. Auf der letzten Etappe ihrer Reise nach Erstheim hatte er sich viele davon eingetreten und weder die Kraft noch die Geduld gehabt, sie zu entfernen. Irgend jemand hatte ihn von Kopf bis Schwanz gesäubert.
Zaungänger. Er hatte ihn hier zurückgelassen und ohne Zweifel auch dafür gesorgt, daß seine Pfoten versorgt wurden. Wo war Zaungänger?
Noch immer benommen und ein wenig schwerfällig – erst jetzt begann sein Herz nach dem bestürzenden Traum wieder gleichmäßig zu schlagen – blickte Fritti sich um. Keine andere Katze war zu sehen. Die Lichtung in der Mitte der aufragenden Bäume war leer . . . doch Fritti konnte Stimmen hören. Die Brise trug ihm die Geräusche vieler Katzen zu – doch sie waren weit genug entfernt, um ihren Stimmen einen Hauch von Unwirklichkeit zu verleihen.
Langsam und vorsichtig setzte sich Traumjäger auf wunden Pfoten in Bewegung, verließ die sonnenhelle Lichtung und folgte den Stimmen.

Während er unter den ehrwürdigen Bäumen des Wurzelwaldes hintrottete, blickte er in die Höhe und sah dicke, faserige Stränge von Flechten, die sich von Ast zu Ast spannten – an manchen Stellen so dicht, daß sie ein natürliches Dach bildeten. Die Pfade, die sich um die Baumwurzeln zogen, erschienen wie überwölbte, feingesponnene Gänge; Sonnenlicht filterte durch ihre Baldachine, sprenkelte den Grund mit hellen Flecken und verwandelte das Tageslicht in ein mildes, flüssiges Leuchten. Jetzt erblickte er einige aus dem Volk, deren Stimmen von den borkigen Bäumen und der festen Erde des Waldbodens widerhallten. Der Wald wimmelte von Katzen . . . es waren mehr, als er in seinem ganzen Leben auf einem Fleck gesehen hatte. Katzen jeder Größe und Art: schreitend, singend, schlafend, redend – eine Welt von Katzen zu Füßen dieser mächtigen, alterslosen Bäume.
Staunend blickte er auf diese unglaubliche Vielfalt, doch keine Katze erwiderte seinen Blick. Nicht eine schien auch nur Notiz von ihm zu nehmen, als er vorüberging. Und wie viele es waren! Hier jagte ein dicker, gescheckter Kater hinter einer krummschwänzigen *Fela* her; dort umstand eine Menge zwei Kater, die miteinander kämpften. Andere lagen bloß da und schliefen.
Fritti befand sich auf einem breiten Pfad: eine Furche, von ungezählten Pfoten in den federnden, blättrigen Grund eingetreten. Es war ein ständiges Kommen und Gehen von Katzen, die an ihm vorbeiströmten. Wenn eine seinen Blick erwiderte, stieß sie ein kurzes merkwürdiges Trillern aus und drehte ihren Kopf. Dieser Gruß mochte ihnen ausreichend erscheinen, und Fritti nahm an, daß es sich um eine Art Begrüßung handelte, die Erstheim eigentümlich war. Einige der Katzen, die ihm begegneten, stießen ihn ungeduldig beiseite, als sie an ihm vorbeikamen. Weil niemand sonst sich dadurch herausgefordert fühlte – und weil er noch immer so schwach und seiner selbst nicht sicher war –, schenkte Fritti, nachdem es ihm mehrere Male widerfahren war, diesem Benehmen nicht mehr Aufmerksamkeit, als alle anderen es taten. Doch immer wieder mußte er über die ungeheure Zahl und Vielfalt der Katzen staunen.
Wie stellten sie es nur an, fragte er sich, auf die Dauer miteinander auszukommen?

Es war unnatürlich. Erstheim kam ihm eher wie ein Ameisenhaufen vor, beinahe jedenfalls. Oder wie ein Wohnort von M'*an*. »Traumjäger! Bleib stehen! Traumjäger!«
Fritti drehte sich um und sah Spindelbein über den Pfad auf ihn zugerannt kommen. Zumindest sah diese Katze wie Spindelbein aus... doch als sie näherkam, sah Fritti, daß dieser Bursche größer war als sein Freund vom Mauertreff und sein Fell stärker glänzte, obwohl es dieselbe Farbe zu haben schien. Er stellte mit ironischer Belustigung fest, daß es ihm für einen Augenblick vollkommen selbstverständlich vorgekommen war, Spindelbein hier in Erstheim zu sehen, mehr Meilen vom Grenzwäldchen entfernt, als Fritti zählen konnte.
Im Laufe meiner Reise habe ich mich an seltsame Überraschungen gewöhnt, dachte er.
Die grau und gelb gefleckte Katze kam herangesprungen, blieb einen Augenblick stehen, um Atem zu schöpfen.
»Nre'fa-o«, sagte Fritti. »Haben wir uns schon mal beschnüffelt?«
»... N.. ur... nur... nur einen Augenblick«, keuchte der Ankömmling und schnitt ein komisches Gesicht, während er weiter nach Luft rang.
»Verzeihung«, sagte er nach einer Weile, »aber ich war gerade auf einem schrecklich hohen Baum, als du vom Heil-Platz fortgingst, und ich mußte rennen wie der tote Onkel Windweiß, um dich einzuholen. O!« sagte er sich umblickend. »Ich hoffe, niemand von Prinz Taupfotes Freunden oder Verwandten hat mich das sagen hören. Es war furchtbar respektlos.« Er sah Traumjäger mit einem solchen verschmitzten, lustigen Lächeln der Befriedigung an, daß Fritti – der den Ankömmling überhaupt nicht verstand – einfach zurücklächeln mußte.
»Hm, hm, du sagtest, dein Name sei...?« bohrte Fritti nach einer Weile. Der Fremde nieste einmal prustend und strich zierlich mit der Pfote über seine Nase.
»Verzeihung«, sagte er. »Manchmal vergesse ich mich. Ich bin Heulsang. Prinz Zaungänger hat mich gebeten, dich nicht... nicht... ohne Aufsicht zu lassen, genauer gesagt, du solltest einen... einen...« Heulsang kräuselte grübelnd seine Nase.

»Einen Führer?« schlug Fritti vor.
»Einen Führer! Ausgezeichnet! Genau das sagte er! Ja, also . . . da bin ich.«
»Das war freundlich von Prinz Zaungänger, an mich zu denken.«
»Er ist ein prächtiger Bursche, genau richtig. Ein bißchen zu sehr darauf aus, Leute niederzuboxen, wenn du verstehst, was ich meine, aber eine Katze durch und durch. Hat die Krallen fest in der Rinde, sagen wir immer. Aber der *Prinzregent*. . .« Heulsang vestummte bedeutungsvoll. Fritti, unsicher, was er sagen sollte, neigte höflich den Kopf.
»Also dann«, sagte Heulsang plötzlich, streckte sich, daß seine Knochen knackten und wiederholte. »Also dann, laß uns gehen und einen Blick auf Erstheim werfen. Auf das Übrige, meine ich. Ich höre, dies ist dein erster Besuch? Es ist schrecklich, schrecklich groß und eindrucksvoll – besonders der Hof. Damit mußt du warten, bis Zaungänger es einrichten kann. Bist du wirklich über die Sonnen-Nest-Ebene gekommen?«
»Ich bin aus der Gegend jenseits der Alten Wälder gekommen«, antwortete Traumjäger.
»Unglaublich! Geradezu verblüffend!« sagte Heulsang. »Gibt es da auch Bäume, wo du wohnst? Ich nehme an, es gibt dort Bäume, es muß sie geben, oder?«

Sie waren erst ein paar Schritte gegangen, als Fritti sich mit einem Mal an Raschkralle erinnerte. Voll Sorge um seinen kleinen Gefährten, fragte er Heulsang.
»O, sie haben ihn zum wärmsten Heil-Platz gebracht, weil er kränker war als du, und sie haben ihm süße Gräser und ein bißchen Mäusefleisch gebracht. Es geht ihm schon viel besser«, versicherte ihm Heulsang. »Ich bringe dich später zu ihm.«
Sie setzten ihren Weg fort. Aus Heulsang sprudelten Geschichten und Geschichtchen kunterbunt hervor. Er erzählte Traumjäger, er lerne eifrig, um ein Meister Alt-Sänger zu werden, daß aber sein Lehrmeister überaus mit einer Art Versammlung beschäftigt sei, die heute nacht stattfinden solle – folglich habe er nichts zu tun gehabt und zur

Verfügung gestanden, als für Fritti ein Begleiter gebraucht wurde. Er erzählte Fritti beiläufig, daß sein »Kreis« – worunter Traumjäger sich irgendeine Gruppe junger Katzen vorstellte – fand, Prinz Zaungänger sei »durch und durch in Ordnung«, wenn auch »ein wenig derb«. Weiterhin klärte Heulsang ihn darüber auf, daß man den Prinzregenten, Prinz Taupfote, für »schrecklich bieder« und »fast langweilig« halte und daß die Königin Sonnenfell die »selbstverständlich schönste Katze« sei. Traumjäger war über die Vertraulichkeit verwundert, mit der Heulsang die angestammten Anführer des Volks schilderte und charakterisierte – als wären sie eine Horde von streunenden Katzen in den Wohnorten der M'*an*!

Wie es schien, herrschten in Erstheim ganz andere Sitten, und er würde eine Weile brauchen, sich daran zu gewöhnen. Trotzdem, manches war unvorstellbar.

»Leben denn hier immer so unglaublich viele Katzen?« wollte er zuerst wissen.

»Bei Blaubarts Schnurrhaaren! Nein!« lachte Heulsang. »Gewöhnlich sind es weniger als die Hälfte von diesem Gewimmel, würde ich schätzen. Sie sind wegen des Festes da, von dem ich dir erzählt habe.«

»Aber selbst wenn bloß ein Viertel davon hier leben würde, wären es noch immer so viele! Wie findet ihr Nahrung? Im Wald muß doch meilenweit kein Quieker mehr zu finden sein!« »O, zuweilen haben wir es ein bißchen weit zum Futter, das ist wahr«, pflichtete ihm der angehende Alt-Sänger bei, »aber der Wurzelwald ist der größte Wald, den es gibt – und wenn die Nahrung knapp wird, schicken wir Jagdmeuten los, die durchs Gelände stampfen und die Beute wieder näher an den Hof treiben. Es ist zuweilen ein wenig beschwerlich, zugegeben – die ganze zusätzliche Jägerei und so was –, aber um hier zu leben, ist es das wert. Ich will sagen, ich habe niemals irgendwo anders gelebt, und ich werde es auch niemals wollen. Nie im Leben.«

Während sie sich unterhielten, gingen sie umher, und hier und da unterbrach Heulsang den Gesprächsfluß, um auf etwas Wichtiges hinzuweisen: auf einen ganz besonderen Flecken von Mäuse-Gras, einen wundervollen alten Kratzbaum oder auf eine andere Katze, die nach Heulsangs Meinung niederträchtig oder tapfer oder schlau oder aus einem anderen Grund der besonderen Aufmerksamkeit würdig war. Viele dieser Katzen kannten Heulsang und riefen ihm Grüße zu, die Heulsang fröhlich erwiderte. Traumjäger gelangte zu der Auffassung, daß Erstheim eher ein Baum voller Vögel war als der Ameisenhaufen, mit dem es beim ersten Eindruck vergleichbar zu sein schien.

Nachdem sie einige weitere wichtige Orte besichtigt und zwei jungen *Felas* zugehört hatten – »wundervolle, gute Freundinnen« von Heulsang –, die ein süßes, klagendes Lied sangen, kamen die zwei schließlich zu einem lauschigen Plätzchen, wo Raschkralle untergebracht war. Sie fanden ihn in der Mitte eines viele Sprünge breiten Streifens schräg einfallenden Sonnenlichts. Das Kätzchen war wach und unterhielt sich mit einer schlanken, grauen *Fela* mit dunkelgrünen Augen und kurzem Fell.

»Traumjäger!« rief Raschkralle, als er sie erblickte. »Was bin ich froh, dich zu sehen! Ich dachte schon, du schliefest den ganzen Tag und versäumtest den Spaß. Sind hier immer so viele Katzen?«

Fritti ging hinüber und beschnüffelte das weiche Kätzchenfell. Der Geruch der Krankheit schien verschwunden zu sein. »Ich bin sehr froh, dich zu sehen, mein Freund. Habe mir Sorgen um dich gemacht.«

»Ich fühle mich glänzend!« krähte der Jüngling. »Sie sind alle so nett zu mir gewesen. Ich habe sogar schon Freunde gefunden! O, da fällt mir ein, daß ich die Gesichtsnamen noch nicht genannt habe. Traumjäger, dies ist Dachschatten.« Er deutete auf die graue Katze, die verschämt den Kopf neigte. »Sie ist zu Besuch hier, genau wie wir«, fügte Raschkralle hinzu.

»*Nre'fa-o*«, sagte Fritti. »Guten Tanz.«

»Dir ebenfalls«, erwiderte sie. Nach einem höflichen Kopfneigen wandte Fritti sich wieder seinem jungen Freunde zu. Raschkralle sah in der Tat besser aus, wenngleich immer noch ein bißchen abgemagert. Während seiner Krankheit hatte er sehr wenig gefressen.

Der Gedanke an Nahrung machte Frittis Mund wässrig. Plötzlich fiel ihm ein, daß er seit dem vorigen Tag nichts zu sich genommen hatte.

Er war hungrig! Kaum vorstellbar, daß er den ganzen Vormittag herumgelaufen war, ohne an Fressen zu denken. Er hatte sich wirklich verändert, seit er die Heimat verlassen hatte.

»Äh, Raschkralle, Heulsang sagte mir, sie hätten dir ein paar Mäuse gebracht...«, fing er an.

»O, ja, einen ganzen Haufen. Sie liegen da drüben. Sind frisch, erst heute morgen gefangen. Bedien dich.«

Traumjäger begann sich dem Haufen zu nähern, dann zögerte er und warf einen Blick auf Heulsang und Dachschatten. Heulsang lachte.

»Iß sie schon auf, *cu'nre.* Tu so, als wär ich nicht da.«

»Ich denke, ich muß jetzt gehen«, sagte Dachschatten. »Vielleicht könntest du mich begleiten, Heulsang?«

»Ich bin überwältigt von der Ehre. Euch beide sehe ich später«, sagte er zu Fritti und Raschkralle. »Ich hole euch gegen Ende der Steigenden Dämmerung ab und bringe euch zum Fest.«

»Und ich werde dich bald wieder besuchen, Raschkralle«, setzte Dachschatten hinzu. Die beiden Katzen gingen fort, ihre Schwänze schwangen durch die Luft, und Heulsang erläuterte der jungen grauen *Fela* aufgeregt irgendeine kaum glaubliche Hof-Intrige.

Traumjäger hatte nicht einmal gewartet, bis sie verschwunden waren, sondern sich bereits über die Mäuse hergemacht, während Raschkralle sich quietschend über den Lärm belustigte, den er dabei machte.

Der Nachmittag verging, es wurde Abend, und noch immer saßen die Freunde schnurrend beisammen. Raschkralle hatte bis jetzt noch keine Gelegenheit gehabt, mehr als die Umgebung des Heil-Platzes zu sehen und fragte neugierig nach Einzelheiten. Während Traumjäger ihm die vielen Dinge beschrieb, die Heulsang ihm gezeigt oder von denen er ihm erzählt hatte, setzte der Regen wieder ein. Sie konnten auf den Blättern über ihren Köpfen das leise pochende Geräusch hören und hin und wieder schlüpfte ein Tropfen hindurch und fiel ins Gras oder Fell. Der größte Teil des Regens wurde freilich von den verschlungenen Zweigen und hängenden Flechten aufgefangen, und so konnten sie geschützt und heimelig dasitzen. Schließlich legten sie sich nebeneinander nieder, machten ein Nickerchen, und das Pochen der Regentropfen ging als Hintergrund in ihre Träume ein.

12. Kapitel

Die Guten sterben zuerst,
Und jene, deren Herzen Wüsten sind,
erstrahlen hell.

William Wordsworth

Gegen Ende der Steigenden Dämmerung kehrte Heulsang wie versprochen zu Fritti und Raschkralle zurück.
»Auf, auf, ihr albernen schnarchenden Katzen!« rief er. »Wo es so viel zu tun und zu sehen gibt! Wir müssen zum Fest gehen!«
Voll von Mäusen und Verschlafenheit rappelte sich Fritti langsam auf.
»Ist Raschkralle kräftig genug, mit uns zu kommen?« fragte er den angehenden *Oel-cir'va.*
»Selbstverständlich! Willst du denn nicht mitkommen, um die schrecklich aufregenden Sachen zu sehen, Raschkralle?« fragte Heulsang das schläfrige Kätzchen.
»Ja, ich denke schon ... ich meine, ich möchte«, sagte Raschkralle, erhob sich und streckte seine magere Gestalt. »Ich fühle mich einfach prächtig, Traumjäger.«
»Ganz hervorragend«, lachte Heulsang. »Dann ist ja alles klar. Laßt uns aufbrechen. Wenn wir zu spät kommen, wird man mich höchst brutal am Schwanz ziehen.«

Als sie sich durch die Baumgänge von Erstheim schlängelten, wurden sie von einem Katzenstrom mitgerissen, der sich höchstwahrscheinlich in dieselbe Richtung bewegte.
»Gehen wir zum Hof?« fragte Raschkralle atemlos.

Die grau und gelb getigerte Katze blickte im Laufen über ihre Schulter. »Nein, die Feier findet nämlich auf der Versammlungs-Lichtung statt. Sie ist der einzige Platz, der das ganze Volk gleichzeitig aufnehmen kann. Aus dem ganzen Wurzelwald kommen die Katzen, und manche sogar von weither, genau wie ihr – stellt euch das vor! –, um an der Feier teilzunehmen. Hallo Brechbusch! Dein Fell glänzt heute abend besonders prächtig!« rief er einer Katze zu, die er kannte. »Was hat es denn mit dieser Feier auf sich?« fragte Traumjäger. »Ich denke, es ist so ähnlich wie die Nacht des Treffens.«
»Nein, nein, sie ist etwas ganz anderes, ich meine, irgendwie anders ... Schluckschlund! Hallo!« rief er einem anderen Bekannten zu. »Wie geht's, Leisetritt? Gut, wunderbar!« rief er fröhlich. Dann wandte er sich wieder seinen Gästen zu. »Schluckschlund macht den Tanz des Einverständnisses mit der allerunglücklichsten kleinen schwarz-weißen *Fela* ... wo war ich stehengeblieben? O, ja, natürlich, bei der Feier. Ich nehme an, so etwas kennt ihr bei euch zu Hause nicht, oder? Nun, sie heißt eigentlich ›Feier des Liedes von Windweiß‹. Wir machen sie immer, wenn Meerklars Auge der Winterzeit sich zum ersten Mal öffnet.«
»Was geschieht dabei?« fragte Fritti. »Ich will niemanden kränken, doch ich habe noch nie davon gehört.«
»Nun, ihr wißt selbstverständlich, wer Windweiß ist, oder irre ich mich?« Als Fritti nickte, fuhr Heulsang fort. »Ich bin nicht sicher, ob ich die tiefere Bedeutung verstehe, aber Prinz Taupfote – Zaungängers Vater, müßt ihr wissen – nimmt die ganze Sache schrecklich ernst. Er erzählt eine Geschichte, oder etwas Ähnliches, und wir singen Lieder. Alles hat etwas mit dem Tod zu tun und den Feldern im Jenseits, aber, was mich angeht, ich achte kaum darauf. Eigentlich ist es ziemlich langweilig. Die meisten von uns kommen wegen der Gelegenheit, jedermann vom Hof zu sehen, besonders die Familie der Königin. Und wegen der Katzenminze, natürlich. Alle mögen Katzenminze.«
»Wird die Königin dort sein?« keuchte Raschkralle, der sich abmühen mußte, um mit den zwei größeren Katzen Schritt zu halten.
»Nein, sie nimmt nie an der Feier teil, aus irgendeinem Grund, der

mir entfallen ist. Bin schon arm dran, muß so schrecklich viele Dinge im Kopf behalten. Ein Meister Alt-Sänger zu sein, ist nicht so leicht, wie in ein Rattenloch zu fallen, sag ich euch. Ist ein hartes Stück Arbeit! Ach, hallo! Da bist du ja, Biegehalm! Ich bin's, Heulsang!«

Die Versammlungs-Lichtung lag in der Mitte einer ausgedehnten Waldschneise. Oben, so hoch, daß ihre Spitzen kaum noch zu erkennen waren, kreuzten und verschlangen sich die gewaltigen Äste der alten Bäume zu einem gewölbten Dach.
Die Lichtung selbst war ein weiträumiges, flaches Becken, dessen Boden mit kurzem Gras und Blättern bedeckt war. Am entfernten Ende, wo das Gelände anstieg, befand sich eine Art vorspringender Zunge mit einer breiten, flachen Oberfläche. Fritti sah, wie zwei oder drei Katzen diesen höhergelegenen Ort bereits erkletterten.
Das Becken füllte sich rasch mit schnurrenden, mauzenden, nasereibenden Katzen, die von allen Seiten aus dem Wald auf die Lichtung strömten.
Sie streiften in Gruppen umher, Knäuel, die sich bildeten und auflösten. Quer über die Lichtung rief und winkte man Freunden und Verwandten zu.
Raschkralle, angesichts dieser riesigen Menge von Katzen wie betäubt, saß da und genoß das Schauspiel, und seine Augen glänzten vor Staunen. Fritti jedoch fühlte sich ein wenig unbehaglich; sein Fell juckte und prickelte, als wolle es sich sträuben – versuchen, ihm mehr Platz zu verschaffen. Es war unnatürlich, auf unerklärliche Weise falsch, daß das Volk sich in so großer Zahl versammelte. Daß man gelegentlich beim Treffen zusammenkam, war eine gute Sache: Fast jede Katze liebte von Zeit zu Zeit ein wenig Gesellschaft. Aber auf diese Weise zusammenzuleben, tagaus, tagein – wo man die Pfote hinsetzte, trat man auf einen Schwanz ... nein, so freundlich die Katzen von Erstheim ihn auch behandelt hatten, er würde trotzdem nicht viel länger bleiben, als er mußte.
Als die drei ein Plätzchen in der Nähe der Mitte des Beckens gefunden hatten, begab sich eine fette, rundköpfige Katze zur Vorderseite der

Erhöhung, die die Lichtung überblickte. Ihr Fell war schwarz und weiß, und seine Zottigkeit ließ sie noch fülliger erscheinen, als sie war – und sie war in der Tat sehr beleibt. Sie schaute über die versammelte Menge, und der Lärm verebbte ein wenig. »Das ist Schnurrmurr, der Großkämmerer des Hofes«, flüsterte Heulsang aufgeregt. »Macht sich immer so wichtig. Ist ein bißchen zu sehr auf fette Mäuse und Mittagsschläfchen versessen, aber laßt euch nicht täuschen. Er ist alt, jedoch flink wie ein Laufkäfer.«
Schnurrmurr räusperte sich gedämpft. Dann sagte er mit einer Stimme, die so volltönend war wie der Wind, der über einen Gebirgspaß bläst:
»Guten Tanz, gutes Volk. Im Namen Ihrer Hochbärtigen Majestät, der Königin Mirmirsor Sonnenfell – unmittelbare Nachfahrin von Fela Himmeltanz und rechtmäßige Herrscherin des Volks – und im Namen des Prinzgemahls, Sresla Taupfote, heiße ich euch zur Feier des Liedes von Viror Windweiß willkommen. Der Prinzgemahl und Prinz Zaungänger werden in Kürze eintreffen.«
Schnurrmurr verneigte sich, wobei er – wenn das möglich war – noch rundlicher aussah als zuvor, und zog sich zurück. Der Lärm der versammelten Katzen schwoll wieder an. Heulsang schaute Raschkralle an, der noch immer mit offenem Mund umherblickte. Der angehende Sänger grinste und stieß Fritti an. »Seit er aus dem Nest gekrochen ist, hat er so was nicht gesehen, was?« sagte er. Während er sprach, näherte sich eine andere Katze, die grüßend Heulsangs Namen rief. Dieser drehte sich zur Seite, als sei seine Aufmerksamkeit anderswo in Anspruch genommen und wedelte mit dem Schwanz einen gelangweilten Gruß. Der Ankömmling blieb einen Augenblick unsicher stehen, dann trottete er davon.
»Ich kann diesen Säbelbein ganz und gar nicht ausstehen«, vertraute Heulsang Traumjäger an. »Er hat etwas an sich, mit dem ich einfach nicht zurechtkomme. Hm«, fuhr er fort und überschaute die Lichtung, »ich schätze, bevor die Feier beginnt, wird niemand mehr aufkreuzen, der interessant ist. Wenigstens brauchen wir uns nicht eine von Schnurrmurrs unendlich langen Geschichten anzuhören. Er ist eine alte, treue Seele und ziemlich klug – ich glaube, das erwähnte ich

schon – aber er kann sich die schauderhaftesten Geschichten ausdenken.«
Die Versammlung war verstummt, und alle Augen richteten sich jetzt auf die Erhöhung. Zaungänger – mit den allgegenwärtigen Zwillingen – erstieg den Hügel. Eine Schar rüpelhafter junger Jäger in der ersten Reihe begann zu ihm hinaufzurufen: »Da ist er ja! Zaungänger! Wer hat dich denn gestriegelt, alter Junge? Ha, ha! Der gute, alte Zaungänger!«
Eine Weile versuchte der Prinz so zu tun, als höre er sie nicht, doch bald trat ein Ausdruck verlegener Freude auf sein Gesicht, als er auf den Vorsprung trat. Dort ließ er sich auf seinen Hinterbacken nieder, flankiert von seinen zwei gewaltig aufragenden Gefährten. Einige andere Katzen, die Heulsang als Hofbeamte bezeichnete, bahnten sich den Weg zur Anhöhe. Dann erschienen endlich Prinz Taupfote und Schnurrmurr, der hinter ihm herwatschelte.
Taupfote nahm seinen Platz an der Vorderseite der Erhöhung ein. Die jungen Jäger in der ersten Reihe hänselten den grinsenden Zaungänger noch ein wenig, dann senkte sich Schweigen über das versammelte Volk. Diejenigen, die noch nach einem Platz zum Liegen Ausschau hielten, blieben stehen, um dem Prinzgemahl zuzuhören.
Taupfotes Fell war sandfarben, die Pfoten, Ohren und der Schwanz waren von einem tiefen Braun. Ebenfalls braun war eine Zeichnung seines Gesichts, die sich von der Nase bis zum oberen Rand seiner schrägen, himmelblauen Augen erstreckte. Er sah wie eine Katze aus, die viele sonderbare Orte und Dinge kennengelernt hatte, denen er nicht mehr Beachtung schenkte als der Sonne und den Blättern. Sein schmaler Kopf bewegte sich hin und her, als er das Volk aus seinen mandelförmigen Augen überschaute.
Er hat etwas sehr Merkwürdiges an sich, dachte Fritti. Er scheint so viel gesehen zu haben, daß es ihm keine Freude mehr macht, überhaupt noch etwas Neues zu sehen.
»Der ehrwürdige Hof von Harar grüßt euch.« Taupfotes Stimme war weich und musikalisch, doch ein harter Unterton schwang darin mit. »Ich habe euch etwas mitzuteilen, bevor der Tanz und das übrige beginnen. Ich weiß, daß ihr lieber tanzen als mir zuhören möchtet, also

will ich es kurz machen.« Durch das versammelte Volk lief ein gedämpftes Raunen der Belustigung.

»Ich möchte euch etwas erzählen, über das ich nachgedacht habe, und das Lied von Windweiß ist ein Teil davon. Könnten wir nicht, bevor ich anfange, das Danklied singen? Ich wäre fröhlicher, wenn wir es täten. Kommt, singt mit mir.« Taupfote begann mit behutsamer, melodischer Stimme zu singen. Nach einer Weile fielen andere Stimmen ein, bis ein ganzer Chor von Stimmen sich zusammenfand, deren Gesang zur Kuppel der Baumkronen und weiter zum besternten Himmel aufstieg.

Wer streift vorbei
In sanftem Schimmer?
Ist es bloß der fallende Schnee,
Der uns behütet
In stillem Traum,
Winterlich still, leise und süß?

Windweiß ist es,
Der dort geht,
Mit leuchtendem Fell,
Wo die Sterne
Tanzen und glitzern,
Wo die Winterwinde
Wehen –
Der freundliche Windweiß ist's,
Der dort geht . . .

Weil er die Worte des Liedes nicht kannte, betrachtete Traumjäger die singende Menge. Sogar Heulsang hatte verzückt den Kopf zurückgeworfen und die Augen geschlossen. Raschkralle saß neben ihm und lauschte in respektvollem, ehrfürchtigem Schweigen. Von überall her stiegen die gezischelten Melodien des Höheren Gesanges auf und schwebten in der Nachtluft.

Wenn die Finsternis
Sanft uns ruft,
Wenn der Tag zu Ende ist
Zur Gänze,
Werden wir alles hingeben,
Wie es sich ziemt,
Doch nur, wenn Windweiß
Es uns heißt . . .

Etwas an diesem Lied störte Fritti. Viror Windweiß war sehr tapfer und schön gewesen, doch seit den frühesten Tagen war er verschwunden. Das Lied jedoch sprach von dem Erstgeborenen, als könne man ihn riechen oder sehen. Er blickte auf alle diese ernsten, hochgereckten Gesichter und ihn schauderte. Das Lied war zu Ende.

Taupfote überschaute das Meer von Ohren, Barthaaren und leuchtenden Augen, das sich vor ihm dehnte, und begann zu sprechen.

»In dieser geheimnisvollen Nacht, da wir des Opfers von Viror Windweiß gedenken, möchte ich von einer anderen Katze reden, und ihrem Leid vor langer, langer Zeit.« Die Stimme des Prinzgemahls war leise und angemessen, und sogar die Rüpel in der ersten Reihe lauschten ihr.

»Prinz Neunvögel wurde vor langer Zeit von Windweiß' Bruder, Tangalur Feuertatze, bestraft. Mißgestaltet und in jenes Wesen verwandelt, das wir M'*an* nennen, wurde er in die Welt hinausgestoßen, um als Strafe für seinen Hochmut dem Volk zu dienen. Und er litt. Zu Recht? Vielleicht.

Durch ungezählte Geschlechter haben seine Abkömmlinge unseren Vorfahren gedient, sie verehrt und für sie gesorgt. Im Laufe der Zeiten kamen sich das Volk und die M'*an* näher. Viele aus dem Volk wurden davon abhängig, daß die M'*an* ihnen die Dinge beschafften, die wir, das Volk, uns immer selbst beschafft haben.«

Diese Rede fesselte Fritti. Zitterklaue hatte gesagt, der Einfluß der M'*an* sei am Sitz von Harar spürbar – Taupfote schien sich vor all diesem Volk, das zur Feier versammelt war, damit zu befassen.

»Viele, die heute leben, sagen, das Volk sei schwach geworden«, fuhr

Taupfote fort, »daß viele von uns dahin gekommen seien, sich so sehr auf diese sonderbaren, haarlosen, aufrecht gehenden Katzen zu verlassen, als seien sie unsere eigenen Eltern. Manche sagen, darin offenbare sich ein Verfall, eine Krankheit in unseren Leben. Ich bin dessen nicht so sicher.« Taupfote heftete seinen unergründlichen Blick auf das Volk.

»Worin bestand Neunvögels Sünde? Im Stolz. Nun, jeder aus dem Volk ist stolz, das versteht sich – sind wir nicht die Krone, die eigentliche Schwanzspitze der Schöpfung? Kennen wir nicht von allen Lebewesen den verwickelten Tanz der Erde am besten? Ist das nicht Grund genug, stolz zu sein? Vielleicht. Doch war es nicht der Stolz von Kaltherz, sein leidenschaftliches Verlangen, sich zum Herrn über alle zu machen, was zum Tod von Viror Windweiß führte? Muß die Musik der Welt nicht für immer seine reine, lichte Stimme entbehren?

Vielleicht kann uns M'*an*, dieses klägliche, übergroße Tier, das sich mit seinen Artgenossen in dünnwandigen Wespennestern zusammendrängt, das ohne Tatzen und Fell durch die Welt geht, vielleicht kann uns diese Zielscheibe unseres Spottes etwas lehren?«

Die Zuschauer wurden unruhig, wenn auch die Achtung vor Taupfotes hoher Stellung Schweigen gebot. Viele streckten die Köpfe zusammen und tuschelten.

Traumjäger dachte darüber nach, was Taupfote gesagt hatte. Es rührte an eine feine, bittere Saite in seinem Inneren wie ein Hauch von Fäulnis. Jedoch auch Raschkralle schien hingerissen. Heulsang verrenkte sich den Hals – nicht um zu lauschen, sondern um nach Freunden Ausschau zu halten.

». . . wenn wir nämlich in unserem Stolz«, fuhr Taupfote fort, dessen schräge Augen vom widergespiegelten Licht glitzerten, »wenn wir also von diesen niedrigsten aller Lebewesen aufgenommen und gefüttert werden, wer will dann sagen, daß es nicht zu unserem Besten ist? Vielleicht ist es die Absicht der Urmutter, daß wir, die stolzen Jäger, Bescheidenheit lernen sollen . . .«

Plötzlich sprang Heulsang auf. »Harar!« wisperte er aufgeregt. »Das habe ich ja ganz vergessen! Mein Lehrer, Mausenag, muß heute nacht eine der alten Geschichten singen und ich muß ihm beim Üben helfen! O je! Vergebt mir, ihr zwei, aber ich muß mich sputen. O, Himmeltanz, er wird mir die Nase abbeißen!« Ohne auf eine Antwort zu warten, sprang er über die hingelagerten Gestalten und hüpfte davon.

Als Fritti seine Aufmerksamkeit wieder dem Hügel zuwandte, sah er, daß Taupfote seine Ansprache beendet hatte. Die Zuhörer hatten sogleich mit der allgemeinen Unterhaltung begonnen. Fritti fragte seinen Gefährten: »Was hältst du von alledem, Raschkralle?«

Dieser, aus einem Tagtraum gerissen, starrte ihn einen Augenblick verständnislos an und sagte: »O, ich weiß es nicht, wirklich nicht. Es ist alles so überwältigend. Ich dachte gerade über das nach, was Taupfote sagte, und mir war, als gebe es darin eine Art von Licht, das ich brauchte, um weiter vorwärtszukommen. Es war eigentlich nicht das, was er mit Worten sagte, sondern irgend etwas, was er sagte, brachte es in Gang . . . es war ein ganz sonderbares Gefühl, doch ich fürchte, ich kann's nicht gut erklären . . .«

»Mich hat es eher geärgert«, sagte Fritti, »aber ich kann den Grund mit meinen Tatzen nicht greifen. Nun, ich schätze, für Ausländer wie uns ist es zu schwierig, doch Taupfotes Volk schien es auch nicht sehr ernst zu nehmen.«

Die Pause dauerte immer noch an, und die kleinen Gruppen schwatzten und unterhielten sich angeregt. Zaungänger war an den Rand des Vorsprunges getreten und sprach mit seinen Freunden, die vorn saßen.

»Sieht nicht so aus, als würde sich in der nächsten Zeit etwas ereignen. Ich werde gehen und *me'mre* machen. Willst du hier bleiben und auf mich warten?«

»Ich glaube, ich werde hier eine Weile liegenbleiben und aufpassen, Traumjäger.«

Fritti schlängelte sich durch die Menge und lief in den Wald, bis er den Rand der Schneise überschritten hatte. Als er sein Geschäft beendet und das Loch mit Erde bedeckt hatte, strolchte er am Rand des Beckens entlang und genoß den Geruch der vom Regen gereinigten Luft.

Während er mit erhobenem Kopf dahintrottete, stieg ihm ein fremdartiger Duft in die Nase. Fritti blieb stehen und atmete ihn ein. Der Duft war berauschend und erregend. Er folgte ihm.
Gleich hinter dem Vorsprung, auf dem die Familie der Königin saß, entdeckte er eine kleine Gruppe von Pflanzen mit winzigen weißen Blüten. Hierher kam der unwiderstehliche Duft, und Traumjäger stand eine Weile bloß da und sog ihn ein. Er wurde schwach in den Knien, und in seinem ganzen Körper breitete sich Wärme aus. Der Duft brachte ihn in Wallung und besänftigte ihn wieder, überlief ihn juckend und prickelnd. Er trat näher und riß mit den Zähnen ein Blatt ab. Er rollte es im Maul hin und her, bis er einen Bissen daraus geformt hatte und schluckte ihn herunter. Der Geschmack war ein wenig bitter, doch es lag etwas darin, das ihn nach mehr verlangen ließ. Wie im Traum riß er ein zweites grünes Blatt ab und verschlang es hastig . . . dann ein drittes . . .
»Das ist doch . . .! Was hast du da zu schaffen?« Die Stimme war laut und erschreckend. Fritti sprang von den blühenden Pflanzen zurück. Hinter ihm stand eine große Katze.
»Du hast hier noch gar nichts zu suchen«, sagte die fremde Katze mißbilligend. »Und warum frißt du soviel davon?« Fritti fühlte sich benommen und stumpfsinnig. Er merkte, daß er hin- und herschwankte.
»Tut mir leid . . . ich wußte nicht . . . was sind das für Pflanzen?«
Die fremde Katze starrte ihn argwöhnisch an. »Willst du mir etwa weismachen, daß du noch nie Katzenminze gesehen hast? Hör mal zu, du Katzenknirps, ich bin nicht erst gestern aus dem Nest gekrochen! Verstanden? Jetzt aber fort mit dir, auf der Stelle. Beweg dich! Setz deine Pfoten in Marsch!« Die große Katze machte drohende Gesten, und Traumjäger rannte. Er fühlte sich sonderbar.
Katzenminze, dachte er. Das ist also Katzenminze.
Über ihm die Bäume schienen sich zu biegen, als er vorbeikam, und der Boden unter seinen Sohlen schien uneben, obgleich er für seine Augen glatt war.
Vielleicht sind meine Beine verschieden lang geworden, schoß ihm durch den Kopf.

Während er sich wieder auf die Lichtung zubewegte – an Fremden vorübertaumelnd, während haarige Gesichter vor ihm auftauchten und sich wieder auflösten – begann sich entsetzliche Angst in ihm auszubreiten. Wo war Raschkralle? Er mußte ihn finden.
Schließlich entdeckte er ihn. Obgleich er eine furchtbar lange Zeit zu brauchen schien, um die Entfernung, die zwischen ihnen lag, zu überwinden, kam er endlich an der Seite seines Freundes an. Er versuchte zu sprechen, doch eine Woge von Übelkeit stieg in ihm auf. Verschwommen sah er einen Ausdruck von Besorgnis auf Raschkralles Gesicht. Die Stimme seines jungen Freundes schien aus weiter Ferne zu kommen. »Traumjäger, was fehlt dir? Bist du krank?«
Fritti versuchte mit einem Nicken zu antworten, aber sein Gesicht war so heiß, sein Kopf so schwer, daß er zu Boden plumpste. Auf den Rücken rollend, hörte er schwachen Gesang, als die Menge ringsum gemeinsam die Stimme erhob.
Raschkralle stand über seinem Freund und stupste ihn mit der Nase an . . . dann sackte das Gesicht des Kätzchens nach unten, als falle es in ein Loch, einen schwarzen Tunnel, der vor Traumjägers Augen einstürzte, so daß er nichts mehr sah.
Raschkralle beugte sich über seinen Freund. So heftig er ihn auch anstieß, so lautstark er auch die singende Menge zu überschreien suchte, Traumjäger rührte sich nicht und lag da wie ein Toter. Raschkralle war ganz allein. Sein Freund war krank – vielleicht starb er –, und er war allein in einem riesigen Meer von Fremden.

13. Kapitel

O, nennt seinen Namen nicht! Laßt ihn
Schlafen im Schatten,
Wo kalt und unverehrt seine Gebeine liegen.

Thomas Moore

Von Panik gepackt, rannte Raschkralle durch die verlassenen Grotten und Laubwege von Erstheim, stolperte über Wurzeln und kurvte um drohend aufragende Baumgestalten herum. Der fischkalte Schein aus Tiefklars Auge sickerte durch die Ritzen zwischen den Blättern und Zweigen.

Als Traumjäger auf der Lichtung bewußtlos zu seinen Füßen gelegen hatte, war sein wildes Geschrei nach Hilfe vergebens gewesen. Überall sangen und tanzten die Katzen und verließen in schwatzenden Gruppen die Lichtung, um sich zur Katzenminze zu begeben. Zaungänger war von der grasigen Anhöhe verschwunden, Heulsang war nirgends zu sehen, und niemand nahm von dem angsterfüllten Kätzchen Notiz, das neben seinem Freund klagend miaute. In entsetzlicher Sorge um Traumjägers Leben war Raschkralle dem Lärm der Lichtung entflohen, um nach jemandem zu suchen, der ihm helfen oder einen Rat geben konnte. Doch die Seitenwege des Wurzelwaldes waren wie ausgestorben, und als er sich weiter vom Festplatz entfernte – fort von Getöse und Licht –, wurde der uralte Wald immer unheimlicher. Schließlich blieb er schwer atmend und keuchend stehen. Er tat seinem Freund keinen Gefallen, dachte er, wenn er sich in den Wäldern verirrte. Welch ein Narr war er doch! Welch ein törichtes, nichtswürdiges Kätzchen bin ich, schalt er sich selbst. Wenn die feiernden Katzen ihm schon nicht halfen, dann würde er eben hingehen

und die Königin selbst beim Schwanz herbeizerren, wenn es sein mußte!
Er drehte sich um und hoppelte zurück, dem schwachen Stimmengewirr der Lichtung entgegen.

Bei der letzten Reihe von Bäumen, die den Festplatz säumten, rannte er beinahe Dachschatten um, die graue *Fela*, die sich am Morgen seiner angenommen hatte. Offensichtlich hatte sie sich vom Fest wegstehlen wollen, doch sie begrüßte ihn erfreut.
Raschkralle jammerte: »O, o, Dachschatten, o, ich bin ja so froh ... schnell! Komm mit und hilf mir!« stotterte er aufgeregt. »Komm und hilf mir ... o, Traumjäger, er ist ... o!« Dachschatten wartete geduldig. Als Raschkralle sich endlich so weit beruhigt hatte, daß er ihr von Traumjägers geheimnisvoller Krankheit berichten konnte, nickte sie bekümmert und folgte ihm zur muldenförmigen Lichtung des Treffens.
Inzwischen hatte die Feier richtig begonnen; die versammelten Katzen tanzten und sangen unter dem hochragenden Baumdach. Verzückt drehten sich Tänzer im Kreis, und ihre Pfoten und Schwänze hoben und senkten sich wild im ungewissen Licht des Auges. Viele hatten vom Baldrian genascht, und die Luft war von merkwürdigem Singsang und Ausrufen ungehemmter Lebensfreude erfüllt.
Sie fanden Fritti dort, wo Raschkralle ihn verlassen hatte, wie ein neugeborenes Kätzchen zu einer Kugel zusammengerollt. Sein Atem ging flach, und er antwortete nicht, als Raschkralle seinen Namen rief. Dachschatten blickte einen Augenblick auf ihn herunter, dann fuhr sie mit ihren Barthaaren sanft über seine Brust und sein Gesicht. Sie kauerte sich neben ihn ins Gras und schnüffelte seinen Atem. Sie stand auf und schüttelte grimmig ihren silbrigen Kopf.
»Dein Freund ist entweder ein Vielfraß oder ein Dummkopf – oder beides. Er stinkt nach Katzenminze. Nur ein Verrückter würde davon soviel fressen, daß er so stinkt«, sagte sie zu Raschkralle.
»Was kann das Zeug ihm Schlimmes antun?« rief der Kleine. Dachschatten blickte ihn an, und ihre Züge wurden weicher. »Ich weiß es nicht genau, jüngster Jäger. Es ist bekannt, daß ein Übermaß an Blät-

tern und Wurzeln der Katzenminze das Herz erschreckt und zum Rasen bringt, doch er ist jung und kräftig. Was es jedoch für die Seele bedeutet, ist eine schwierige Frage. Eine kleine Menge macht sie leichter, so daß man fröhlich wird und zu singen beginnt. Eine größere Menge wirft dich um und plagt dich mit sonderbaren Träumen. Was bei einer Menge geschieht, wie dein Freund sie genommen hat ... Harar, ich weiß es nicht. Wir müssen Geduld haben.« »O, armer Traumjäger!« schluchzte Raschkralle. »Was soll ich tun, was soll ich bloß tun?«
»Ich werde mit dir warten«, sagte Dachschatten ruhig. »Das ist alles, was wir tun können.«

Fritti Traumjäger fiel und trieb in eine unendliche Dunkelheit hinab. Der Wald, der ringsum gebebt, sich gebogen und gebauscht hatte, war verschwunden ... alles war verschwunden ... und er fiel durch eine Leere.
Während er fiel, verlor die Zeit jede Bedeutung; er spürte weder Wind noch vorbeistreichende Luft, die ihm hätten zeigen können, wie rasch er fiel. Doch trotz eines Übelkeit erregenden Gefühls von Bewegung in seinem Inneren hätte er ebensogut stillstehen können.
Nach einer unbestimmten Zeitspanne ... sah er – vielmehr spürte er zuerst – ein schwaches Leuchten. Es wurde ein Flackern, das sich allmählich in einen Fleck kalten, weißen Lichtes verwandelte. In der Mitte dieses Lichtflecks erblickte er zu seinem Erstaunen eine Gestalt – und als er allmählich näherkam, erkannte er, daß es eine große, weiße Katze war ... eine schwanzlose Katze, die sich langsam in einer riesengroßen schwarzen Kugel drehte.
Sie kam näher, und der Glanz flammte heller auf. Die Augen der Geisterkatze starrten in seine Richtung, doch diese Augen waren blicklos – blind.
Die weiße Katze sprach mit einer kalten, flüsternden Stimme, die aus weiter Ferne zu kommen schien. »Wer ist dort?« rief sie. »Wer kommt?« Die kalte Stimme hatte einen kummervollen Unterton, der Fritti ins Herz drang. Er versuchte zu sprechen, doch trotz großer Anstrengung vermochte er es nicht. Während er nach Worten rang, spürte Fritti eine plötzliche Hitze auf seiner Stirn, als habe sich die

sternförmige Zeichnung in einen wirklichen Stern verwandelt . . . als habe er Feuer gefangen. Sich stumm drehend kam die weiße Erscheinung näher und sprach erneut.
»Warte. Ich glaube, jetzt erkenne ich dich. Ach, kleiner Geist, du bist weit fort von deinem Nest. Du solltest noch an den Brüsten der Urmutter saugen, in den Himmeln über den glückseligen Feldern tanzen. Du wirst es bitter bereuen, daß du dich in diese wärmelosen Schatten verirrt hast.« Traumjäger spürte Schrecken und Verlorenheit. Er konnte weder sprechen noch sich rühren, sondern nur lauschen. »Lange bin ich in diesen schwarzen Räumen umhergeirrt, doch ich finde nirgendwo eine Öffnung, durch die ich hinausschlüpfen könnte«, sprach die schwanzlose Katze mit hohler, ausdrucksloser Stimme. »Lange habe ich versucht, den Weg zurück zum Licht zu finden. Manchmal kann ich Gesang hören . . .«, sagte sie nüchtern, doch wehmütig. »Immer ist die Tür zum Greifen nahe, hinter der nächsten Ecke . . . irgend etwas hält mich von ihr fern. Warum kann ich nicht in jene Ruhe eingehen, in die stille Ruhe, die verheißen ist?«
Trotz seiner Furcht spürte Fritti, wie angesichts des furchtbaren Elends der weißen Katze eine Welle von Mitleid in seiner Seele aufstieg.
»Kleiner Stern, ich spüre, daß du etwas Sonderbares an dir hast. Was ist es?« erklang die kummervolle, ferne Stimme. »Bringst du mir eine Botschaft oder hast du dich bloß verirrt . . . wie ich. Bringst du mir Nachricht von meinem Bruder? Nein, es wäre nur eine grausame Täuschung! Die Kälte ist zu groß, die Nacht ist zu leer . . . laß mich allein, der Gedanke an die Lebenden verbrennt mich . . . er verbrennt mich. Ach, dieser Schmerz!«
Mit einem gedämpften, widerhallenden Klagelaut begann die Erscheinung sich schneller und schneller zu drehen und verschwand aus Traumjägers Blick.
Wieder umfing ihn Dunkelheit.
Plötzlich spürte er etwas unter seinen Pfoten, obgleich die undurchdringliche Dunkelheit nicht nachgelassen hatte. Er versuchte sich festzuklammern, sich in diesem greifbaren, festen Gegenstand zu ver-

bergen. Er war wie Erde, etwas, das man berühren konnte – es war außer ihm alles, was es in dieser ungeheuren, schwarzen Stille gab. Einen Augenblick lang. Bis er fühlte, daß noch etwas anderes da war.
Irgendwo, draußen in den lichtlosen Bereichen, suchte etwas nach ihm. Er hätte nicht sagen können, woher er das wußte – konnte den Sinn nicht benennen, der es ihm verraten hatte –, jedoch er wußte es. Etwas Ungeheures schritt langsam und unaufhaltsam hinter ihm her ... in einem zielbewußten Schweigen, das viel schlimmer war, als es jeder andere Laut in dieser trostlosen Öde hätte sein können.
Seine Stirn war wieder heiß. Leuchtete er? Er fühlte sich nackt und ausgeliefert, zur Schau gestellt. Seine Stirn brannte, und er spürte, daß sie dem Ding, das ihn jagte, den Weg zu ihm wies. Traumjäger versuchte, mit den Tatzen sein Gesicht zu verhüllen, das brennende Zeichen zu verbergen ... doch er konnte nicht an seine Stirn gelangen. Sein Kopf war mit einem Mal weit fort – nein, es waren seine Beine, die schrumpften! Jetzt spürte er es, fühlte sie dahinschwinden – sie zitterten sekundenlang, dann waren sie verschwunden –, und nun lag er hilflos auf dem Bauch, unfähig, wegzulaufen, obgleich jede Faser seines Körpers nach Flucht schrie. Das Ding bewegte sich auf ihn zu, nun blindlings umhertastend ... kam näher und näher. Das Gefühl der Unwirklichkeit ertrank in Entsetzen. Etwas hatte ihn erspürt, und es wollte ihn packen.
Wie ein Kätzchen machte er fest seine Augen zu – in der Hoffnung, was er selber nicht sehe, werde auch ihn nicht sehen –, doch in der unendlichen Finsternis war es grausamer Selbstbetrug, eine Dunkelheit an die Stelle einer anderen zu setzen. Das Ding war tastend beinahe bis zu ihm vorgedrungen ... und jetzt glaubte er es riechen zu können: widerlich, ekelhaft und älter als Stein. Die Hitze hinter seiner Stirn pulsierte wie ein Herz aus Feuer.
Dann packte ihn etwas und schüttelte ihn und schüttelte und schüttelte ...
Für einen winzigen Augenblick glaubte er aus der Dunkelheit einen schrecklichen Laut der Enttäuschung zu vernehmen; dann merkte er, daß er hochstieg. Über ihm erschien ein Lichtfleck, der wie die Sonne herabschien. In der Mitte dieses Schachtes in der Schwärze sah er

eine fremde, große Gestalt – sie sah aus wie ein Baum ohne Äste und war ganz von Wasser umgeben.
Als er in die Helligkeit blinzelte, nahm die aufrechte Gestalt die Umrisse Heulsangs an, der ihn schüttelte und schüttelte ...

Traumjäger fiel in einen natürlichen Schlaf zurück, und als er später erwachte, fand er sich in Raschkralles Lager wieder. Heulsang, Dachschatten und sein junger Freund waren bei ihm.
»Na, also, da ist er wieder!« sagte Heulsang. »Wir alle waren schrecklich, schrecklich besorgt um dich. Ich vermute, dort, wo du herkommst, gibt's einfach nicht solche Katzenminze wie hier – ich meine, die richtige. Wir sind so froh zu sehen, daß es dir besser geht.«
Raschkralle hüpfte vor und leckte Fritti das Gesicht. Die graue Katze hielt sich im Hintergrund, betrachtete Fritti jedoch mit prüfendem Blick. Mit zitternder Stimme dankte Fritti für ihre Aufmerksamkeit. Er spürte, daß er noch nicht der alte war: Das Licht, das durch die Bäume strahlte, erschien ihm sonderbar gebrochen und flimmernd – und alle Geräusche, die an sein Ohr drangen, zogen einen schwachen Hall nach sich. Er fühlte sich leicht und unkörperlich.
Heulsang fuhr fort: »Ich weiß wohl, daß du fürchterlich krank gewesen bist, aber wir haben den ganzen Morgen hier herumgelegen, und ich habe immer soviel zu erledigen. Ich hoffe, du nimmst es mir nicht übel, wenn ich mich davonmache und mich um ein paar Sachen kümmere.«
Bereits im Gehen, drehte er sich um und setzte hinzu: »Ach, ja, natürlich, fast hätte ich's vergessen! Der Prinz hat für heute nacht eine Audienz bei Hofe für dich erwirkt, wenn die Zeit der Tiefsten Stille beginnt. Wenn du dich nicht gesund genug fühlst, um hinzugehen, könnte man, schätze ich, den Termin verschieben – doch am Hof der Königin nimmt man's mit dem Protokoll ziemlich genau. Nicht, daß ich dich drängen möchte, hinzugehen, versteht sich, wenn dir nicht danach ist ...« »Ich denke, ich werde in der Lage sein, dieser Ehre nachzukommen«, sagte Fritti nach kurzer Pause. »Ich bin von weither gekommen, um mit der Königin zu sprechen und ...« Er machte wieder eine Pause. »Und, nun also, ich werde bereit sein.«

»Gut. Ich werde rechtzeitig zurückkommen, um dich abzuholen«, sagte Heulsang. Der gescheckte Sänger hüpfte von der Waldlichtung fort.
Fritti lag eine Weile auf dem Rücken und überließ sich seinen sonderbaren, nachklingenden Empfindungen, während Raschkralle ihm zufrieden das Fell striegelte. Nach einer kurzen Weile sagte Dachschatten: »Bist du sicher, daß du dich kräftig genug fühlst, um vor die Königin zu treten, Traumjäger?« Die schlanke, graue Katze beobachtete ihn genau, während sie auf seine Antwort wartete.
»Ich denke, je rascher ich diese Sache vorantreibe, desto besser«, sagte er. Er fand, daß es schwierig war, auszudrücken, was er empfand. »Wie ich Heulsang sagte, haben wir einen sehr weiten Weg hinter uns. Ich habe ein Versprechen gegeben und es mit einem Eid besiegelt... jedoch dieses Erstheim, ich weiß nicht, es bringt dich dazu, alles nicht so wichtig zu nehmen – ich meine, du könntest hier, tagaus, tagein, bloß herumliegen, wenn dir danach ist, und an nichts anderes denken als an Wasserwanzen. Nicht daran, sie zu *jagen,* wohlgemerkt«, versuchte er zu erklären, »sondern bloß an sie zu *denken.* Du könntest deinen ganzen Tag, jeden Tag, damit zubringen, immer nur über Wasserwanzen zu sinnen und zu grübeln und anderen von Wasserwanzen zu erzählen... und bevor du es merken würdest, wärest du alt. Eines Tages würde dir klar werden, daß du in Wirklichkeit niemals eine Wasserwanze *gesehen* hast... aber dann würdest du es nicht mehr wollen, denn das würde alle deine lieblichen Träumereien zunichte machen. Ich fürchte, ich habe mich ziemlich unklar ausgedrückt«, fuhr er fort, »doch ich habe das Gefühl, daß ich, wenn ich wieder auf die Suche nach meiner Freundin Goldpfote gehe, besser damit zurechtkommen werde, weil... Tut mir leid, ich kann es nicht richtig in Worte fassen...«
Dachschatten kam zu Fritti herüber und betrachtete ihn aufmerksam. Sie beschnüffelte ihn – nicht argwöhnisch, sondern interessiert –, dann setzte sie sich hin.
»Ich glaube, ich kann erfühlen, was du sagen willst, Traumjäger – aber auch ich bin hier natürlich fremd. Ich glaube nicht, daß Heulsang und die anderen dich verstehen würden.« »Wahrscheinlich

nicht«, sagte Fritti zustimmend. Er blickte auf Raschkralle hinab, der mit dem Striegeln fertig war, sich glücklich an ihn kuschelte und ihrem Gespräch zuhörte. »Was meinst du dazu, Raschkralle?« fragte er.

Raschkralle blickte ernst auf. »Nun«, sagte er, »ich bin nicht sicher, ob ich alles verstanden habe, was du gerade gesagt hast, doch ich glaube, daß ein *bißchen* davon, wie das Volk hier denkt, wichtig ist – zumindest bringt es mich dazu, daß ich fragen möchte, welche Fragen wichtig sind . . . wenn ich auch nicht wirklich weiß, was sie wichtig macht. In dieser Hinsicht, verstehst du?« gluckste das Kätzchen. »Ich bin ein ebenso schlechter Erklärer wie mein kluger alter Freund Traumjäger. Ich denke, wir sollten diese langweiligen Fragen nicht mit leerem Magen erörtern. Die Frühstückszeit ist längst vorbei!«

»Einverstanden, *cu'nre.*« Fritti lächelte, obgleich ihm in Wahrheit noch nicht nach Essen zumute war.

»Möchtest du mit uns auf die Jagd gehen?« fragte er die stille *Fela.*

»Ich fühle mich geehrt.«

Den ganzen Tag lang erkundeten sie das Wald-Labyrinth von Erstheim, entdeckten von Gestrüpp überwucherte Gänge und lange nicht betretene Pfade.

Das Volk von Erstheim und Wurzelwald schien nach dem Tag des Festes überaus ruhig zu sein. Die meisten dösten oder lagen auf der Seite und schwätzten faul mit Freunden. Viele waren nach der Feier aufgebrochen, und die Seitenwege des Wurzelwaldes waren wieder wie ausgestorben.

Dachschatten widmete sich Raschkralle, verwickelte ihn in Spiele und kam herbei, wenn er etwas gefunden hatte, das ihn interessierte.

Traumjäger gegenüber war sie freundlich, doch ein wenig zurückhaltend. Das war Fritti nur recht, der die Nachwirkungen seiner Erfahrung in der vergangenen Nacht noch immer spürte. Er war zwar mittlerweile fast ganz wach, doch das merkwürdige Gefühl, von allem losgelöst zu sein, konnte er nicht abschütteln. Die Gespräche seiner Gefährten schienen in weiter Ferne stattzufinden; er meinte von ei-

ner brütenden Stille erfüllt zu sein, als er wie ein Geist unter den alten Bäumen umherstrich.
Später, am frühen Abend, verließ sie Dachschatten mit dem Versprechen, wiederzukommen. Raschkralle, der den ganzen Nachmittag wie eine Hummel umhergeschwirrt war und Fritti, der noch ein wenig zittrig war, kehrten zum Heil-Platz zurück, um vor ihrer Audienz bei Hofe ein wenig zu ruhen.

Heulsang kam, um sie abzuholen, insgeheim ungemein aufgeregt ob der Feierlichkeit und Bedeutung seiner Rolle. Sie folgten ihm wie Schlafwandler durch die verschlungenen Gänge von Erstheim.
Sie schlüpften durch dichtes Gehege silbriger Birken und kamen in einen kleinen Hohlweg hinunter. Dort, im gebrochenen Licht des einzigen breiten Strahls, der aus dem Auge durch das dichte Blätterdach zu Boden fiel, sahen sie die Gestalten vieler Katzen, die am unteren Rand des winzigen Hohlweges kauerten und deren runde Augen das Licht widerspiegelten. Eine mächtige Gestalt tauchte eilig aus den Schatten auf.
»Aha, dies also ist das Paar? Sie werden noch früh genug an die Reihe kommen.« Es war Schnurrmurr, der beleibte Großkämmerer, dessen Kopf sich beim Sprechen neigte wie eine Weide im Wind. »Man darf niemals zulassen, daß sie einfach nach vorn marschieren – es gibt da genaue Vorschriften, mußt du wissen. Du, Heulsang, überlasse sie mir. Du kannst im Hintergrund auf sie warten.«
Heulsang schien ein wenig enttäuscht, doch er fügte sich und wünschte ihnen viel Glück. Sie folgten dem hüpfenden, murmelnden Hofkämmerer, der sie zur Sohle einer der Seitenwände des Hohlweges geleitete – in die Nähe des Lichts.
»Ihr bleibt hübsch hier, bis ich euch rufe. Bis dahin seid ihr mucksmäuschenstill. Es gibt noch andere, die vor euch an der Reihe sind, und die Zeit Ihrer Sanftheit ist sehr kostbar. Verhaltet euch nur still, ihr Kleinen.« Schnurrmurr eilte davon, und sein fetter Leib schwabbelte hin und her. Frittis Blick folgte Schnurrmurr durch den winzigen, engen Hohlweg. Der Kämmerer begab sich in die Mitte einer Schar fellschimmernder, vorzüglich gestriegelter Katzen, die vermut-

lich – wie Fritti schätzte – die wichtigen Leute bei Hofe waren. Vor ihnen saßen zahlreiche andere Katzen der verschiedensten Art. Eine davon – ein großer, prächtig gestreifter Bursche – strahlte, sogar in Ruhestellung, eine gelassene und selbstbewußte Würde aus, die Fritti an Zitterkralle erinnerte.
Auf einem erhöhten, grasbewachsenen Platz am Ende des Hohlweges, den die Zweige und Blätter einer riesigen Eiche überdachten, saßen, Seite an Seite, Zaungänger und Taupfote. Zaungänger trug einen solchen Ausdruck von Langeweile und Unruhe zur Schau, daß Fritti im Dunkeln lächeln mußte. Wie sehr doch diese Art, seine Zeit zu verbringen, die Vagabundenseele des Prinzen einengen mußte!
Neben Zaungänger lag der Prinzgemahl, dessen würdevolle Miene stillen Humor verriet, dessen Augen jedoch abwesend und sorgenvoll blickten, als sei ein Sturm im Anzug.
Im Mittelpunkt der Erhöhung und in der Mitte des Lichtkegels saß Königin Mirmirsor Sonnenfell, in einen Strahlenglanz getaucht wie ein Traumwesen.
Auf den ersten Blick glaubte Fritti einen Springbrunnen, eine Waldquelle zu erblicken. Sie war rein, strahlend weiß und ihr langes, weiches Fell stand nach allen Seiten ab wie die Samendolden des Löwenzahns. Neben ihr stand eine kleine Tonschale, die irgendwie von den Behausungen der M'*an* hergebracht worden war. Vor Frittis staunendem Blick saß der Sproß des Hauses von Harar mit gekrümmtem Rükken und vorgebeugtem Kopf da, ein Bein ausgestreckt – die Pfote anmutig in die Luft getaucht wie die lieblichen Zweige der Birken, die ihren Hof umrahmten.
Sie zwickte sich zierlich ins Hinterbein.

14. Kapitel

Hinauf zum hohen Kapitol . . .
Seinem fahlen Hof der Schönheit und Fäulnis . . .

Percy B. Shelley

Während der langen Stunde der Tiefsten Stille wurde man am Hof von Harar in Audienz empfangen. Königin Sonnenfell, behaglich zwischen den Wurzeln der großen Eiche – dem *Vaka'az'me* – hingelagert, hörte alle, die vor sie traten, geduldig an. Mit nachlassendem Interesse sah Traumjäger zu, wie eine ganze Prozession vor den Sitz trat und um Gehör nachsuchte. Landesangelegenheiten nahmen den größten Raum ein, doch es gab auch Bestätigungen von Namen oder Segenswünsche für Felas, die schwanger waren. Über alldem thronte die Königin, entrückt und unentwegt strahlend wie ein Stern.
Endlich waren alle Bittsteller, erfreut oder enttäuscht, in der Nacht verschwunden. Die Königin gähnte ausgiebig, doch anmutig, machte mit ihrem Schwanz ein Zeichen. Schnurrmurr hastete stolpernd hinauf auf die kleine Erhöhung und beugte sich zu ihr nieder. Die Königin flüsterte träge etwas in sein geschecktes Ohr, und er nickte beflissen mit dem Kopf. »Ja, Herrin, das ist richtig, vollkommen richtig«, schniefte der alte Hofkämmerer.
»Wohlan denn, wollen wir ihn nicht selber hören?« fragte die Königin mit einer Stimme, so kalt und klar wie Flußwasser.
»Gewiß, selbstverständlich, Euer Pelzigkeit«, grunzte Schnurrmurr und eilte zur Vorderseite der Erhöhung. Er kniff seine alten Augen zusammen, spähte in die Dunkelheit des Hohlweges hinaus und trompetete: »Lehnsmann Knarrer von den Erst-Gehern, du kannst nunmehr vor den *Vaka'az'me* treten!«

Der stolze, vielfach gestreifte Jäger, der Fritti zuvor aufgefallen war, erhob und streckte sich und kam mit ruhigen, gelassenen Bewegungen herbei. Am Rand der Erhöhung verharrte er kurz, dann sprang er mühelos hinauf in den Lichtkreis. »Ein Erst-Geher! Wie Zitterkralle und Balger!« fiepte Raschkralle aufgeregt. Fritti nickte abwesend, während er Knarrer eingehend betrachtete. Im Licht des Auges, das den Eichen-Sitz einhüllte, zeigte der drahtige Körper des Lehnsmannes unter dem kurzen Fell zahlreiche alte, weißliche Narben. Streifen und Narben vermittelten den Eindruck, als sei sein Körper aus verwittertem Holz geschnitzt.
»Zu Euren Diensten, wie immer, o, Königin«, sagte der Erst-Geher und berührte respektvoll den Boden mit seinem Kinn. Sonnenfell streifte ihn mit kühlem, belustigtem Blick. »Wir sehen die Erst-Geher nicht eben häufig hier bei Hof«, sagte sie, »selbst jene nicht, die in der Nähe von Erstheim im Wurzelwald umgehen. Dies ist eine unerwartete Ehre.« »Mit allem geziemenden Respekt, Eure Hoheit, die Erst-Geher ›gehen nicht um‹ im Wurzelwald.« Knarrer sprach mit rauhbeinigem, aber selbstbewußtem Stolz. »Vielmehr ziehen wir, wie Ihr wißt, die Einsamkeit der Wildnis vor. Der Hof ist für unseren Geschmack ein wenig zu . . . überfüllt.«
Das Wort ›überfüllt‹ sang er mit einem solch unmerklich verächtlichen Unterton, daß ein Ausdruck frostiger Belustigung in Taupfotes Gesicht kam. »Wir haben davon gehört, Lehnsmann«, flötete der Prinzgemahl, »jedoch es ist uns zu Ohren gekommen, daß sich östlich der Sanftlauf-Höhen die Erst-Geher zu einem großen Treffen versammeln. Werden deine Kameraden soviel Gesellschaft nicht als ebenso niederdrückend empfinden wie unseren Hof?«
Knarrer sah einen Augenblick finster zu Boden, während die Königin zierlich nieste und ihren Schwanz putzte.
»Das Treffen der Lehnsmänner wird durch dieselben Umstände veranlaßt, die mich hierher führen. Der Prinzgemahl versucht, unzweifelhaft aus guten Gründen, die nur Seiner Hoheit bekannt sein dürften, alte Wunden aufzureißen. Indessen will ich mich nicht in den Schwanz kneifen lassen. Hier gilt es ernstere Fragen zu verhandeln.«

Schnurrmurr, der stehen geblieben war, räusperte sich jetzt unbehaglich und nahm in der Nähe von Prinz Zaungänger Platz, der zum ersten Mal in dieser Nacht an den Vorgängen Interesse zeigte.
»Ich wünschte, ihr alle würdet für eine Weile mit der Haarspalterei aufhören«, grollte der Prinz. »Es wäre hübsch, zur Abwechslung einmal von etwas Wichtigerem zu sprechen.«
Königin Sonnenfell sah ihren Sohn sekundenlang scharf an, dann zuckte sie zweimal mit den Ohren und wandte sich Knarrer zu. »Zaungänger mag ja ungestüm und wichtigtuerisch sein, doch diesmal hat er wohl gesprochen. Du mußt uns unsere Unhöflichkeit verzeihen, Lehnsmann. Ich sehe, daß das Gewicht deiner Sorgen schwer auf dir lastet, und für unsere Art von Neckerei fehlt dir der Sinn.« Sie schoß einen kalten Blick in Taupfotes Richtung, den der Prinzgemahl herrisch erwiderte. »Sprich weiter, Knarrer, bitte«, sagte die Königin.
Der narbenbedeckte Erst-Geher starrte sie einen Augenblick an, dann beugte er aufs neue sein Haupt und verharrte so eine Zeitlang. Dann hob er seinen Blick und sprach. »Wie Euer Königlichen Sanftheit bekannt ist«, begann er, »ist die Zahl der Erst-Geher klein, und unsere Lehnsgüter sind weitläufig. Ich selbst bin zuständig für einen großen Teil der Sonnen-Nest-Ebene und diesen Teil des Wurzelwaldes – Erstheim, versteht sich, ausgeschlossen«, fügte er mit einem verschmitzten Lächeln gegen Taupfote hinzu. »Die Gebiete *U'ea*-wärts, nördlich vom Katzenjaul, waren früher das Hoheitsgebiet meines Vetters Buschpirscher. Sie waren es, denn er ist tot.« Er machte eine bedeutungsvolle Pause. Die Königin beugte sich vor, Verwunderung in ihren strahlenden Augen.
»Wir sind natürlich betrübt zu hören, daß Buschpirscher diese Felder verlassen hat«, sagte sie nachdenklich. »Er war ein tapferer und geschickter Jäger. Doch wir begreifen immer noch nicht den Zweck deiner Mission. Die Erst-Geher haben über ihre Nachfolge immer selbst entschieden, ohne den Hof zu konsultieren.«
Knarrer lehnte sich zurück und kratzte sich ungeduldig. »Und das werden wir auch weiterhin so halten, o, Königin. Es ist nicht Buschpirschers Vermächtnis, das mich herführt, sondern die Art seines Todes. Buschpirscher wurde von einem unbekannten Feind angegriffen

und *in Stücke gerissen.* Die anderen Erst-Geher seines Bezirkes sind verschwunden.«
Königin Sonnenfell, in dem Hohlraum aus geplatzter Rinde zusammengekauert, schüttelte sich vor Ekel. Das knorrige innere Holz des Stammes umrahmte ihre weiße Gestalt, als sie zum Lehnsmann hinausblickte.
»Wie entsetzlich!« sagte sie.
Taupfote schritt auf leisen Pfoten zu Knarrer hinüber. »Welches Untier hat das getan?« herrschte er ihn an. »Und was können wir dabei tun, daß du mit dieser Geschichte zu uns kommst?«
Fritti, zwischen den wenigen verbliebenen Zuschauern sitzend, spürte, wie Raschkralles Körper neben ihm sich wie ein Bogen spannte. *Das* ist es also, was Zitterkralle und die anderen aus dem Süden hierher geführt hat, dachte er.
»Keiner aus dem Volk kann das sagen«, antwortete Knarrer grimmig. »Es war in der Tat ein kräftiges Wesen, wenn es sich nur um eines handelte. Doch es ist nicht weniger beunruhigend, wenn es sich um eine Meute gehandelt haben sollte. Buschpirscher wurde grausam zugerichtet.«
Sonnenfell hatte ihr Selbstbewußtsein zurückgewonnen. »Warum kommst du gleichwohl zu uns, um uns Unbehagen zu bereiten?« fragte sie. »Es ist furchtbar, zu hören, was Buschpirscher zugestoßen ist, aber Rattblatt und das nördliche Gebiet gelten seit langem als gefährliche, verbotene Bezirke. Warum bringst du uns diese bestürzenden Geschichten zu Gehör?«
»Ich bringe diese schlimmen Nachrichten nicht, bloß um den Frieden von Erstheim aufzustören«, sagte Knarrer, das narbenbedeckte Haupt stolz erhoben. »Ich komme, um euch die Gefahr vor Augen zu führen, weil ich glaube, daß der Hof sich in einem gefährlichen Zustand der Selbstzufriedenheit befindet. Was mit Buschpirscher geschehen ist, war kein Einzelfall. Ich weiß das, und Ihr wißt es auch. Euer Sohn ist an den Grenzen von Erstheim auf der Pirsch gewesen, weil sich in unmittelbarer Nähe des Nestes Ähnliches zugetragen hat.«
»Nun kommen wir auf den Kern der Sache!« sagte Zaungänger erfreut, doch Taupfote hob eine schlanke Pfote und unterbrach ihn.

»Es hat an unseren Grenzen räuberisches Volk gegeben, doch das ist nichts, worüber man sich aufregen müßte«, sagte der Prinzgemahl mit seiner wohlklingenden Stimme. »Wilde Heuler, vielleicht, oder ein wild gewordener *Garrin* – man kann sich viele Erklärungen ausdenken; also auch eine für den beklagenswerten Tod Buschpirschers.«
Der kampferprobte alte Lehnsmann maß Taupfote mit einem Blick heimlicher Verachtung. »Natürlich kann ein kräftiger *Garrin* gefährlich sein«, sagte er, »aber Bären halten Winterschlaf, und diese Vorfälle begannen während der letzten Schneefälle. Ich schätze, sie werden sich in diesem Winter wiederholen, wenn die Bären wiederum in ihren Höhlen liegen.« Taupfote erwiderte Knarrers Blick, sagte aber nichts. »Was immer in den nördlichen Gebieten lauern mag – und sich auszubreiten beginnt –, es ist kein natürliches Kind dieser Welt, wie viele aus dem Volk bezeugen können. Die Erde verzeiht ihren Geschöpfen sehr viel. Ich habe auf den Höhen und in den Tiefen gewohnt, doch etwas wie dieses habe ich nie gesehen.«
»Was meinst du damit, Lehnsmann?« fragte Königin Sonnenfell. »Ich fürchte, wir verstehen dich nicht.«
»Etwas Fremdes hat sich im Gebiet jenseits der Hararschramme breitgemacht. Die Waldtiere von Rattblatt wandern fort, fliehen in Scharen aus dieser Gegend. Die Vögel, die dort in diesem Sommer nisten, fliegen fort über die Breitwasser. Vor allem anderen Volk solltet ihr in Erstheim wissen, daß dies auf gefährliche Zeiten hindeutet.«
»Komm zum Schluß, Erst-Geher«, sagte Taupfote kalt.
»Was daraus zu folgern ist, dürfte jedem klar sein. Hier, rings um Erstheim, findet man das Volk in einer Dichte wie nirdendwo sonst: eine hungrige, jagende Menge, die unablässig das Unterholz durchstreift, um *fla-fa'az* oder Quieker zu jagen. Doch Vögel und Mäuse sind immer noch da – weil sie sich hier stärker vermehren als anderswo –, vielleicht weil sie hier überleben können. Der Wurzelwald ist ihre angestammte Heimat, ebenso wie er die unsere ist. Wir, das Volk – und die, welche wir jagen, tanzen alle gemeinsam. Das ist, wie es sein soll. Jedoch, was immer sich in den nördlichen Ebenen eingenistet, sie aufgerissen und einen *Hügel* aufgetürmt hat – einen Berg von ausgeworfener Erde, der größer ist als ganz Erstheim –, das ist etwas, mit

dem die Lebewesen von Rattblatt nicht zusammenleben können. Dies ist eine Gefahr, die wir alle sehr, sehr ernstnehmen sollten!«
»Bravo!« rief Zaungänger. »Bei Harar, aber es tut wohl, in dieser Runde jemanden sprechen zu hören, der einen Funken Verstand hat!«
Königin Sonnenfell schien sprechen zu wollen. Fritti und Raschkralle – ja, alle, die versammelt waren – beugten sich unwillkürlich vor, um ihre Erklärung zu hören. Indessen war es Taupfote, der aufstand und gähnte.
»Nun«, sagte er beherrscht, »es liegt viel Wahres in dem, was du sagst, und vieles davon ist uns neu. Insbesondere der Hügel scheint eine höchst sonderbare Erhebung zu sein, in der Tat – wir werden später eingehender darüber sprechen. Gleichwohl halten wir es im Augenblick nicht für angemessen, wie Kätzchen Gerüchten nachzulaufen und kenntnislose Expeditionen in das Gebiet zu entsenden, die *du selbst* als eine sehr böse Gegend bezeichnet hast.« Knarrer schien protestieren zu wollen, doch Taupfote fegte mit der braunen Spitze seines Schwanzes hin und her, und der Erst-Geher blieb stumm.
»Trotzdem«, fuhr Taupfote anzüglich fort, »sind wir einer Gefahr gegenüber *nicht* gleichgültig. Der Sohn der Königin, der vortreffliche Prinz Zaungänger, hat unsere Erlaubnis, soviel Volk auszuheben, wie er für notwendig hält, im Hinblick auf den Schutz der Grenzen unseres Reiches. Er kann auf der Stelle damit beginnen.«
»Wundervoll!« Der Prinz sprang erregt auf. »Ich bin so froh darüber!« sprudelte er hervor – ein wenig unangemessen, wie es Traumjäger erschien –, und mit einem Satz war Zaungänger in der Dunkelheit verschwunden.
»Weiterhin«, fuhr der eisig blickende Prinzgemahl fort, »bitten wir dich, Lehnsmann, daß du, nachdem du mit den anderen Erst-Gehern gesprochen hast, zurückkehrst und die Güte haben wirst, eure Entschlüsse dem Hof von Harar kundzutun. Ist das möglich?«
»Gewiß, Eure Hoheit!« sagte Knarrer ein wenig verblüfft. »Ich hoffe, daß wir auch weiterhin in dieser Sache zusammenarbeiten ...«
»Natürlich, natürlich«, sagte Taupfote. »Dies sind die Wünsche der Königin. Habe ich mich richtig ausgedrückt, meine samtbärtige Königin?« fragte er, sich Sonnenfell zuwendend. Die Königin, eingelullt

vom vertrauten Klang alltäglicher höfischer Formen, wedelte bloß zerstreut mit dem Schwanz. »Sehr gut. Damit wären wir denn, so meine ich, am Ende der heutigen Audienzen. Wir danken dir nochmals, Lehnsmann Knarrer, daß du diese Angelegenheit zu unserer Kenntnis gebracht hast. Bitte übermittle den Freunden und Anverwandten Buschpirschers unser tiefes Mitgefühl.«
Taupfote hatte bereits begonnen, die Anhöhe zu verlassen, als Schnurrmurr verwirrt zu sprechen anfing.
»Ähem ... hm ... hm ... ich bitte um Vergebung, Herr, aber ich glaube, daß da noch zwei Jünglinge sind, die um Gehör bitten, wenn Ihr versteht, was ich meine.« Taupfote kehrte auf die grasige Anhöhe zurück. Auf seinem Gesicht zeigte sich Verärgerung, die rasch in höfliche Gleichgültigkeit umschlug. Die Königin, zwischen den Wurzeln des *Vaka'az'me* ausgestreckt, blickte überhaupt nicht auf – sie war vollauf damit beschäftigt, ihre Seite zu lecken.
»Sehr gut«, sagte der Prinzgemahl, »wo sind sie? Bring sie her!«
So wurden Fritti und Raschkralle völlig unvorbereitet von Schnurrmurr nach vorn gedrängt. Der rundliche Kater beugte sich zu Fritti und flüsterte: »Versuche dich kurz zu fassen. Die Herrschaften sind nicht mehr ganz auf der Höhe.«
Wenn er auch nervös war, blieb dies Fritti dennoch nicht verborgen. Raschkralle war fast ganz von Schüchternheit überwältigt und zitterte still vor sich hin, als sie vor der großen Eiche standen.
»Wie lauten eure Namen und warum habt ihr um eine Audienz nachgesucht?« fragte Prinz Taupfote ungeduldig.
»Ich bin Traumjäger, und dies ist mein Gefährte Raschkralle. Wir entstammen der Sippe vom Mauertreff von der anderen Seite der Alten Wälder. Wir suchen eine Freundin, deren Namen Goldpfote ist.« Frittis Stimme war zittrig.
Endlich schien die Königin von den beiden kleinen Katzen Notiz zu nehmen.
»Glaubst du, daß sie hier in Erstheim ist?« fragte sie und richtete ihre strahlenden Augen auf die beiden. Raschkralle, vor Nervosität fiebernd, stieß ein verzweifeltes Wimmern aus und barg seinen Kopf an Traumjägers Seite. Fritti schluckte und sagte: »Nein, große Königin,

das glauben wir nicht. Wir halten es für möglich, daß sie sich in der Gewalt des Untieres ... oder der Untiere befindet, von denen Knarrer gesprochen hat. Viele andere aus der Sippe vom Mauertreff sind ebenfalls auf geheimnisvolle Weise verschwunden. Aus ebendiesem Grund haben die Älteren der Sippe eine Abordnung an diesen Hof entsandt«, schloß er hastig.

Sonnenfell gähnte herzhaft, wobei sie scharfe Zähne, weiß wie ihr Fell, und eine unvorstellbar rosige Zunge entblößte. »Haben wir eine derartige Abordnung empfangen?« fragte sie Schnurrmurr. Der alte Hofkämmerer dachte einen Augenblick nach.

»Ich kann nichts dergleichen sagen, Eure Samtheit«, sagte er endlich. »Ich glaube nicht, daß ich bis zu diesem Augenblick von der Mauertreff-Sippe gehört habe, und es ist so sicher wie eine tote Ratte, daß keine Abordnung von dort hier eingetroffen ist.«

»Ihr hört es also«, sagte Taupfote. »Ich fürchte, daß das Treiben in der großen, weiten Welt zuweilen an diesem kleinen Hof vorbeiläuft. Es tut mir wirklich leid, daß wir euch nicht helfen können. Es steht euch frei, solange wie ihr es für nötig erachtet, in Erstheim zu verweilen. Wenn ihr an diesen Dingen interessiert seid, könnt ihr möglicherweise Prinz Zaungänger eine Hilfe sein. Ihr habt eure Jagdgesänge doch wohl hinter euch, oder? Egal, es spielt keine Rolle. *Mri'fa-o*. Die Audienzen der Königin sind beendet.«

Heulsang, der, während er am Eingang des Hohlweges gewartet hatte, eingeschlafen war, geleitete sie stumm zurück durch den Wald. Fritti, voll Groll und Düsterkeit, stand der Sinn ebenfalls nicht nach Unterhaltung. Nachdem sie eine lange Strecke schweigend zurückgelegt hatten, brach Raschkralle schließlich das Schweigen.

»Denk doch nur, Traumjäger«, sagte er, »wir sind wahrhaftig dort gewesen und haben die Königin der Katzen gesehen!«

15. Kapitel

Ich weiß nicht, was ich vorziehe,
Die Schönheit der Modulationen
Oder die angedeutete Schönheit,
Das Pfeifen der Amsel
Oder die Sekunde danach.

Wallace Stevens

Die Tage in Erstheim flogen schnell vorbei. Außerhalb der geschützten Räume des Wurzelwaldes war der Winter angebrochen. Fritti und Raschkralle vertrieben sich die Zeit unter den großen Bäumen, sie streiften umher, jagten, ihre Körper wurden rund und ihre Felle glänzend. Dachschatten, immer noch höflich und zurückhaltend, verbrachte viel Zeit mit ihnen. Insbesonders schien es ihr Freude zu machen, Raschkralle auf seinen verschiedenen Expeditionen zu begleiten.

An einem dunklen Nachmittag, als das Kätzchen und die graue *Fela* draußen in den Irrgärten Erstheims umherwanderten, fand Fritti sich allein. Heulsang befand sich im Zuge seiner *Oel-cir'va*-Zeremonien auf einer Pirsch und würde zwei Sonnenaufgänge fort sein. Die anderen Bewohner von Erstheim – es waren sehr wenige, die Fritti inzwischen kannte – eilten mit geheimen Aufträgen geschäftig hin und her oder hasteten zu heimlichen Treffen. So strolchte Traumjäger, sich selbst überlassen, unter den Bäumen dahin. Es war lange her, seit er zuletzt ohne die Begleitung einer schnatternden Stimme oder gar ohne einen Gefährten irgendwohin gegangen war. Er folgte den verschlungenen Pfaden zum Südrand von Erstheim, wo die Bäume aufhörten und die Sonnen-Nest-Ebene begann – er überließ es seinen

Pfoten, seine Schritte zu bestimmen und lauschte den Liedern in seinem Inneren. Er wanderte über den Waldrand hinaus und einen grasigen Abhang hinab, der mit federleichtem, frühem Schnee gesprenkelt war. Er war so eingesponnen in seine Gedanken, daß er das eisige Sprudeln der Schnurrwisper erst hörte, als er an ihrem Ufer stand.
Auf seine Hinterbacken gekauert, das Fell gegen den eisigen Wind und den wirbelnden Schnee aufgeplustert, sah er zu, wie der Fluß vorüberfloß – um im Osten, *Vez'an*, zu verschwinden, wo er sich schließlich mit der Katzenjaul vereinigte. Weiter entfernt, viel weiter noch, war der Ort seiner Geburt und seiner Kindheit, waren der Wald und die Felder, wo er mit Goldpfote den Sommer unter strahlendem Himmel durchtanzt hatte.
Der kalte Wind ließ ihn die Augen zusammenkneifen, als er hinaus über die Ebene starrte; er dachte daran, nach Hause zurückzukehren. Der Wurzelwald würde niemals eine Heimat für ihn sein. Irgendwo da draußen, hinter den winterlichen Landen, war die Mauer des Treffens. Irgendwo da draußen waren seine Freunde.
Doch seine Familie war nicht dort. Und auch nicht Goldpfote. So saß er geraume Zeit da, den Schwanz um seine Pfoten geringelt; dann stand er auf und stieg den steilen Hang hinauf, während hinter ihm das Gelächter der Schnurrwisper verklang.

»Traumjäger!« zwitscherte Raschkralle. »Wir haben schon nach dir gesucht. Bist du auf Entdeckungsfahrt gewesen? Dachschatten und ich haben dir etwas Wichtiges zu erzählen!« Fritti blieb stehen, um auf das Kätzchen zu warten, das auf dem Pfad auf ihn zugesprungen kam.
»Guten Tanz, Raschkralle«, sagte er, »und auch dir, Dachschatten.« Die *Fela* sah vergrübelt und geistesabwesend aus.
»Ich habe ebenfalls ein paar Neuigkeiten. Laßt uns zu unserem Baum zurückkehren, damit wir aus dem Wind herauskommen.« Als sie in ihrem Lager angelangt waren und der Wind hoch über ihnen die Baumwipfel schüttelte, wandte sich Fritti in ernstem Ton an seine Freunde. »Ich hoffe, ihr werdet verstehen, was ich euch jetzt erzählen werde und gut von mir denken. Ich habe heute lange darüber nachge-

dacht. Die Entscheidung war nicht so schwer wie die Frage, wie ich sie euch beibringen sollte.
Ich muß Erstheim verlassen. Ich habe mich hier bereits allzu lange aufgehalten, und ich verliere mein Ziel aus den Augen – aber das Versprechen, das ich gemacht habe, ist noch genauso wichtig wie damals, als ich es beschworen habe. Ich kann hier nicht in Ruhe überwintern, solange Goldpfote noch nicht gefunden ist.
Nachdem wir bei Hof waren und alles angehört haben, was dort gesagt wurde, bin ich zu dem Schluß gelangt, daß hier keine weitere Hilfe zu erwarten ist. Es scheint, daß im Norden etwas vorgeht, und ich glaube, dorthin muß ich gehen, um meine Suche fortzusetzen. Dieser Gedanke macht mir wirklich Angst, und jedes meiner Barthaare zittert bei dieser Aussicht, aber ich muß gehen. Harar weiß, daß ich manchmal wünschte . . . ich . . . Raschkralle, *lachst* du etwa?«
Raschkralle lachte tatsächlich, prustete leise kichernd vor sich hin und stupste Dachschatten mit der Pfote.
»O . . . o . . . o, Traumjäger«, sagte er schniefend, »natürlich müssen wir gehen. Das ist es, worüber Dachschatten und ich heute gesprochen haben. Und an vielen anderen Tagen ebenfalls. Aber Dachschatten hat gesagt, du müßtest für dich selber entscheiden, wann wir aufbrechen.«
Fritti war verblüfft. »*Wir?* Aber, Raschkralle, es ist Winter. Ich *kann* dich nicht mitnehmen. Es ist nicht *dein* Eid, nicht dein lächerliches Versprechen. Und außerdem, verzeih mir, du bist schrecklich tapfer, aber du bist doch noch eine ganz junge Katze! Diese Reise kann möglicherweise furchtbar gefährlich werden – siehst du das nicht ein?«
»Das weiß ich«, erwiderte Raschkralle ein wenig ernster, jedoch immer noch über Traumjägers Verwirrung belustigt. »Ich denke, daß du und Dachschatten es schon fertigbringen werdet, mich vor Schaden zu bewahren. Und vielleicht können wir dasselbe für dich tun.«
»Dachschatten?« Nun war Fritti gänzlich verblüfft. »Dachschatten, ich glaube, du begreifst nicht, wie riskant das alles ist. Laß Raschkralle hierbleiben, ich bitte dich. Harar! Seid ihr alle beide ebenso verrückt geworden wie der alte Grillenfänger?«
Dachschatten blickte Traumjäger aus kühlen, tiefen Augen an.

»Auch ich wünschte, der Junge würde nicht darauf beharren, mitzukommen – aber er tut's. Wie soll ich wissen, was Tiefklar mit uns vorhat? Sie ruft das Volk aus den verschiedensten Gründen. Was mich angeht, so werfe ich dir nicht vor, daß du es nicht weißt . . . aber außer dir haben noch andere Rechnungen zu begleichen – und Versprechen einzulösen.«
»Aber . . .«, setzte Fritti an. Die graue Katze schnitt ihm das Wort ab.
»Traumjäger, bevor du nach Erstheim kamst, stand ich vor dem *Vak'az'me* und bat um Hilfe. Ich fand nicht mehr Unterstützung als du. Auch ich habe daran gedacht, in den Norden zu ziehen, um dort Antworten zu finden und war im Begriff, aufzubrechen, als ihr zwei angekommen seid und meinen Entschluß umgestoßen habt. Was soll's – ich bin abermals bereit.«
Fritti starrte sie verständnislos an.
»Ich komme von der anderen Seite des Wurzelwaldes«, begann Dachschatten zu erzählen. »Mein Geburtsort ist durch viele Meilen und ungezählte Bäume vom Sitz Sonnenfells getrennt. Mein Vater war Dünnbart, einer der Älteren der Wald-Licht-Sippe. Er war ein geachteter Jäger, und ich hatte viele Brüder und Schwestern.
Als ich eine junge *Fela* war, verachtete ich die jungen Kater unseres Stammes – sie waren unverschämt und selbstzufrieden. Als ich in meine Reifezeit kam, hielt ich mich bewußt vom Stamm fern, damit meine Natur mich nicht dazu verführen konnte, Junge auszutragen, die ich noch nicht wollte. Ich fand, daß ich Freude daran hatte, mein eigenes Leben zu leben und das einsame Leben einer Jägerin zu führen.
Ich unternahm ausgedehnte Streifzüge, gewöhnlich allein. Zuweilen nahm ich meinen kleinen Nest-Bruder Schnüffelschneuz mit. Er war einer der wenigen aus dem Wald-Licht-Volk, an dessen Gesellschaft mir etwas lag.« Dachschatten hielt inne und schaute einen Augenblick lang hinauf in die luftigen Höhen des Waldes. Als sie ihren Blick wieder auf Fritti richtete, war ihr Gesicht so beherrscht wie zuvor.
»Dünnbart, der mich aufzog, fragte mich manchmal im Scherz, ob ich überhaupt eine *Fela* sei oder eher ein kleiner, schlanker Kater. Ich

glaube trotzdem, daß er stolz war. Ich konnte genauso gut jagen wie alle anderen jungen Kater – und ich brüstete mich viel weniger damit. Eines Morgens hatte ich beschlossen, einen Streifzug zu unternehmen. Ich fragte den kleinen Schnüffelschneuz, ob er mich begleiten wolle, doch er fühlte sich nicht wohl. Er fragte mich, ob ich nicht bleiben und ihm in der Nähe des Nestes Gesellschaft leisten wolle, jedoch der Morgen duftete so verführerisch, und in meinen Barthaaren spürte ich das Kitzeln neuer, aufregender Dinge. Ich ließ ihn allein und zog auf eigene Pfote los.
Ich will euch nicht mit einer langen Geschichte langweilen. Ich kehrte wohlbehalten nach der Tiefsten Stille zurück – und fand ein so entsetzliches Bild vor, daß ich es kaum fassen konnte: Die meisten meines Stammes waren tot, in Stücke gerissen, als habe eine Horde von *Fik'-az* sie angegriffen. Schnüffelschneuz war unter den Toten. Keine Meute von Hunden hätte es je geschafft, den ganzen Wald-Licht-Stamm durch einen überraschenden Angriff zu überwältigen. Jene, deren Leichname nicht im Wald verstreut lagen, waren spurlos verschwunden. Dünnbart war einer davon. Viele Tage lang war ich so wahnsinnig wie ein *fla-fa'az*, der vergiftete Beeren gefressen hat. Als meine Träume wieder hell geworden waren, kam ich durch den Wald nach Erstheim. Lange wartete ich auf eine Audienz, und als man mich vorließ, sagte man mir, die rauflustigen *Garrin*, die Liebhaber des Honigs, hätten meine Sippe vernichtet. Ich weiß es besser.
Als ich dich und Raschkralle sah, wußte ich, daß unsere Wege sich aus einem bestimmtem Grund gekreuzt hatten. Raschkralle hat viel Ähnlichkeit mit meinem Bruder Schnüffelschneuz, und er ist nun mein Freund. Und du, Traumjäger – ich weiß nicht, warum –, aber auch zu dir fühle ich mich hingezogen.« Als sie dies sagte, wandte Dachschatten die Augen weg.
»Wie auch immer, jetzt kennt ihr meinen Kummer, und nun, denke ich, versteht ihr auch, was ich will. Laßt uns zusammen gehen.«
Sie schwiegen lange, ehe Fritti sich an Raschkralle wandte.
»Hast du das alles gewußt?« fragte er schwach.
»Einiges«, antwortete das Kätzchen. »Aber nicht alles. Warum geschehen so furchtbare Dinge, Traumjäger?«

»Ich kann's nicht sagen, Raschkralle.«
Dachschatten blickte auf. Die Feuer, die während ihrer Erzählung in ihren Augen aufgeleuchtet hatten, waren erloschen. Sie sah beherrscht und müde aus.
»Am besten, wir brechen bald auf oder wir werden es überhaupt nicht mehr tun«, sagte sie bestimmt. »In diesem Teil unserer Felder schlägt der Winter grausam zu.«
Über ihnen fuhr der Wind mit einem mächtigen Pfeifen durch die Äste – es war wie eine Antwort auf ihre Worte.

16. Kapitel

Das ferne Licht zittert über den Seen.
Und prachtvoll springt der wilde Wasserfall.
Blast, Hörner, wilder vom Verderben,
Und der Widerhall sagt: sterben, sterben.

Alfred Lord Tennyson

Der Schnee flatterte und wirbelte durch die baumgesäumten Seitenwege des Wurzelwaldes. Fast geräuschlos zog eine Gruppe von Katzen, darunter Fritti und seine Gefährten, in lockerer Ordnung durch die Bäume. Hinter ihnen füllten sich ihre verstreuten Pfotenspuren mit pulvrigem Schnee.

Zaungänger und der Trupp der von ihm Einberufenen war auf dem Wege zum Nordrand von Erstheim; Knarrer begleitete sie bis zum Waldrand, wo er sich nach *Vez'an* wenden und in das Gebiet Miesmagers wandern wollte.

Als Traumjäger und seine Gefährten darum gebeten hatten, mitkommen zu dürfen, war Zaungänger überrascht und Knarrer ein wenig argwöhnisch gewesen, doch keiner von beiden hatte Einwände gemacht.

»Warum, in Blaurückens Namen, willst du zu dieser Jahreszeit in den *U'ea*-Gegenden herumstolpern – und dazu noch mit einer *Fela* und einem Jüngelchen? – ich weiß es nicht! Aber es ist dein Pelz, Jüngling«, hatte der Prinz geknurrt.

Zaungängers Truppe bestand zum größten Teil aus jungen Jägern und arg mitgenommenen alten Katern, die bei den *Felas* kein Glück hatten. Einer oder zwei, wie der junge Schnappmaul – und, natürlich,

Lichtjäger und Mondjäger – sahen so aus, als würden sie sich in schwierigen Situationen als verläßlich erweisen, doch was die übrigen betraf, hatte Traumjäger Zweifel, ob sie gegen Raschkralles »Ungeheuer mit roten Krallen« von großem Nutzen sein würden. Die struppige Schar zeigte keinen Hauch jener Disziplin, die bei den Erst-Gehern so auffällig gewesen war – während der Trupp durch den Wald zog, zerstreuten sie sich in alle Winde und zeigten keine Neigung, sich unkätzisch zu benehmen und bei ihren Gefährten zu bleiben. Das hatte zur Folge, daß, wenn der Trupp haltmachte, um zu schlafen oder die Richtung zu besprechen, die Streuner eine Ewigkeit brauchten, bis sie sich nach und nach wieder eingefunden hatten; mehr als einmal mußte man die Fehlenden suchen. In den kältesten Spannen des Letzten Tanzes kuschelte sich die ganze Gesellschaft eng zusammen, um sich zu wärmen; ihre Körper lagen kunterbunt durcheinander wie ein Haufen von Blättern. Eine plötzliche Bewegung deutete in der Regel darauf hin, daß jemand mit der Tatze in das Auge oder die Nase eines anderen geraten war, was eine schier endlose Balgerei zur Folge hatte. Von den drei Gefährten schien lediglich Raschkralle an der Reise Vergnügen zu finden. Traumjäger und Dachschatten waren häufig still und tief in Gedanken verloren – besonders die *Fela*, die sich von Zaungängers widerspenstiger Truppe fernhielt.
So suchte sich die merkwürdige Schar ihren Weg durch die Baumhallen des äußeren Wurzelwaldes ... über die dünne Decke von frischem Schnee ...

Als das Auge zum fünften Mal aufstieg, seit sie den Hof von Harar verlassen hatten, bemerkten die Reisenden, daß der Wurzelwald lichter zu werden begann. Bald würden Knarrer, Traumjäger und seine Gefährten sich von Zaungängers Karawane trennen, um ihre eigenen Wege zu gehen.
Zu Ehren der letzten Nacht, die sie zusammen verbrachten, machten sie an diesem Abend frühzeitig halt. Sie fanden ein schützendes Gehölz – es hielt den Wind ab und wies auf dem Boden nicht die kleinste Spur von Schnee auf. Sie teilten sich auf, um zu jagen; einer nach dem anderen kehrte nach mehr oder minder erfolgreicher Jagd heim.

Dachschatten und Traumjäger jagten nicht, sondern wanderten statt dessen stumm durch den Wald. Ohne ein Wort schritten sie nebeneinander her, der scharfe Frost biß in ihre Nasen, und das einzige Geräusch war das gedämpfte Knarren ihrer Pfoten auf dem Schnee.
Während er die graue *Fela* betrachtete, die anmutig neben ihm ging, verspürte Fritti mehr als einmal den Drang zu sprechen, der ruhigen, stummen Dachschatten eine Äußerung zu entlocken... doch er brachte es nicht über sich, das Schweigen zu brechen...
Nachdem sie stehengeblieben waren und die leuchtenden Punkte beobachtet hatten, die den Nachthimmel sprenkelten, gingen sie wortlos zum Gehölz zurück.
Auch Raschkralle, dessen Gesicht von Frost und Aufregung puterrot war, kehrte gerade zurück. Er war mit dem Prinzen auf der Jagd gewesen, und da er sein Geplapper offenbar auf ein Mindestmaß beschränkt hatte, waren sie erfolgreich gewesen.
»Welch eine Kälte!« krähte er. »Zaungänger ist ein schrecklich guter Jäger. Ihr hättet uns sehen sollen! Da kommt er!« Der Prinz kam herbei, durchschritt eine schnatternde Schar anderer Rückkehrer – einige leckten sich das Maul –, blieb vor den dreien stehen und ließ ein fettes *Rikschikschik* vor ihnen zu Boden fallen.
»Ich hoffe, ihr erweist mir die Ehre, diese Beute mit mir zu teilen«, sagte er mehr als stolz. Frittis Magen zog sich zusammen, als er seine Kameraden zugreifen sah, doch er dachte an den Eid, den er Herrn Schnapp geschworen hatte. Es bringt einen um die schönsten Dinge, dachte er wehmütig, wenn man seine Versprechen hält.
Zaungänger sah hoch, und sein Maul dampfte von Eichhörnchenblut.
»Was ist los, Traumjäger, alter Junge, worauf wartest du?« fragte er.
»Es ist zu schwierig zu erklären, o, Prinz. Ich fühle mich durch Euer freundliches Angebot geehrt, aber ich kann jetzt einfach nicht fressen.« Frittis Entschiedenheit schien stärker zu sein als sein Hunger, doch er hatte das unangenehme Gefühl, sie werde nicht von langer Dauer sein. Er entfernte sich von seinen Gefährten.
»Na schön, jeder muß sein Fell selber lecken, sage ich immer«, murmelte Zaungänger philosophisch und wendete sich erneut dem rasch schrumpfenden *Rikschikschik* zu.

Später, nachdem alle Jäger zurückgekehrt waren, versammelte sich die ganze Schar und ließ sich, dicht an dicht, in einem Kreis nieder, die Rücken gegen den Wind, der sogar durch dieses gut geschützte Gehölz pfiff. Abwechselnd prahlten sie mit ihren Taten oder erzählten Geschichten. Viele aus dem Volk, die Zaungänger aus Erstheim mitgenommen hatte, erwiesen sich als sehr geschickte Sänger und Geschichtenerzähler. »Aller Wahrscheinlichkeit nach sind sie bessere Geschichtenerzähler als Kämpfer«, murmelte Knarrer Reibepelz zu, dem einzigen Erst-Geher, der ihn auf seiner Reise zum Hof begleitet hatte.

Nach einer Weile erhob sich der junge Schnappmaul – nachdem seine Kameraden ihn ausgiebig gedrängt hatten – und begann zu tanzen. Er hüpfte und krümmte sich, glitt auf seinem Bauch dahin, dann sprang er in die Luft, als werde er an seiner schwarzen Nase in den Himmel emporgezogen. Zeitweise bewegte sich bloß sein Schwanz und beschrieb merkwürdige und übermütige Kurven, während Schnappmaul stocksteif und mit einem Ausdruck äußerster Konzentration auf dem Gesicht dastand.

Die Gesellschaft kreischte vor Vergnügen, als er fertig war. Überaus erhitzt rannte er fort, um sich in einer kleinen Schneewehe zu wälzen.

Knarrer – dem, gegen seinen Willen, Schnappmauls Tanz gefallen hatte – erhob und streckte sich. Eine der Katzen aus Erstheim forderte ihn auf, eine Geschichte zum besten zu geben. Die anderen pflichteten ihm bei und verlangten eine Geschichte von ihm.

»Gut, gut«, sagte der Lehnsmann und schloß einen Augenblick die Augen um nachzudenken, »ich werde euch eine Geschichte erzählen. Nehmt es mir nicht übel, wenn ich euch sage, daß wir Erst-Geher Geschichten bevorzugen, die ein bißchen weniger Pelz und ein bißchen mehr Knochen aufweisen.«

Knarrer öffnete seine Augen, schüttelte seinen narbenbedeckten, struppigen Leib und ließ sich auf seine Hinterbacken nieder.

»Was euer hochgeschätzter Prinzgemahl, Taupfote, über Neunvögel und seine mißgestalteten Nachkommen sagte, hat mich an etwas erinnert. Wißt ihr eigentlich, wie es sich zutrug, daß die *M'an*, die

Diener, und die *Az-iri'le*, das Volk, sich zum ersten Mal entzweiten? Es ist eine alte Geschichte – doch bei Hofe, ich könnte schwören, wird sie nicht oft erzählt.«

Keiner, außer Zaungänger und einer oder zwei der älteren Katzen, hatte je von dieser Geschichte gehört. Der Prinz sagte, er könne sich an den Inhalt der Geschichte nicht erinnern.

»Nun, wir Erst-Geher hingegen haben es uns zur Gewohnheit gemacht, uns solcher Dinge zu erinnern«, sagte Knarrer mit einem flüchtigen Lächeln. Dann begann er mit eintöniger Stimme zu singen:

In die Wildnis,
Immer tiefer und tiefer,
Zog Fürst Feuertatze,
Einsam und heimatlos . . .

Viele, viele Jahre,
Fern von Erstheim,
War er umhergestreift,
immer auf der Suche . . .

In den Ödlanden,
Unter fremden Himmeln,
Wohin das Volk
Nie gewandert war.

Nach einer Pause begann der Lehnsmann seine Erzählung.

»In der Zeit von Prinz Starktatze, unter der langen und glücklichen Regierung der Königin Kräuselpelz, jagte unser Fürst Feuertatze in den entlegensten Bezirken des Südlichen Wurzelwaldes. Viele Winter hatte er in der Wildnis zugebracht und viele Jahreszeiten vorübergehen sehen, ohne jemanden aus dem Volk zu Gesicht zu bekommen. Er hatte die *Visl* gehetzt, mit den mächtigen *Garrin* gerungen und die flinken *Praere* gejagt. Er vermißte den Umgang mit seinesgleichen, doch er hatte gelobt, erst dann an den Hof seines Vaters zurückzukehren, wenn Viror Windweiß gerächt war.

Eines sonnendurchwirkten Nachmittags stieß Fürst Tangalur Feuertatze auf eine andere Katze, die am Saum des Wurzelwaldes entlangspazierte – die schönste Katze des Volks, die er je erblickt hatte.

Ein Schweif wie Sommer,
Freundlich wedelnd.
Feinstes Fell
Unterm Hauch der Brise.

Klare Augen,
Leichtpfotig . . .
Wie ein Geist
Kam sie Feuertatze vor.

Die Schöne hatte ein Fell von der Farbe des Korns, das auf den riesigen Feldern jenseits der Breitwasser wogte; so weich und flaumig wie die Wolken-Katzen über Sonnen-Nest.
»Wie ist dein Name, Allerschönste?« fragte Fürst Feuertatze.
»Mein Name ist Windblume«, erwiderte die Fremde mit einer wasserweichen Stimme. »Und wer bist du?«
»Kennst du mich nicht?« fragte der Erstgeborene. »Ich bin Tangalur Feuertatze, Kind von Goldauge und Himmeltanz, Jäger und Wanderer aus dem Ersten Geschlecht.«
»Das hört sich hübsch an«, sagte Windblume und hob eine wundervoll gerundete Pfote. »Möchtest du eine Zeitlang mit mir wandern?«
Fürst Feuertatze wurde von Bewunderung für die wunderschöne Windblume überwältigt, und sie wanderten zusammen.

Lange wanderten sie,
Sprangen und lachten,
Feuertatze und
Die sanfte Windblume.

Aufs höchste entzückt
War der Erstgeborene,
Bis er die schreckliche Geschichte erfuhr.

»Windblume, hast du zu Hause viele Brüder?« fragte Feuertatze, nachdem eine Zeit verstrichen war.
»Nein, ich lebe in einer Siedlung von M'*an*. Kein anderes Volk teilt mit mir das Nest.«
»Das ist freilich seltsam, denn ich rieche einen fremden Kater – wenn auch nur schwach. Ist es möglich, daß wir verfolgt werden?« Feuertatze blickte sich forschend um, während er auf seinen feuerroten Tatzen dahinschritt.
»Das glaube ich nicht«, sagte Windblume mit lieblicher Stimme. »Du bist der einzige Kater – mich ausgenommen –, den ich während des ganzen Tages gesehen habe.«
Fürst Feuertatze fuhr verblüfft herum. »Bist du keine *Fela*?« heulte er. »Doch wie ist das möglich? Du bist in jeder Hinsicht völlig anders als ein Kater!« Der Erstgeborene war schrecklich aufgebracht.
»Ach«, sagte Windblume verlegen. »Ich denke, das rührt daher, was das M'*an*-Volk mir angetan hat.«

Da schreckte Feuertatze auf,
Betrachtete sie genau
Und erkannte die Wahrheit
Von Windblumes Worten:

Man hatte ihm genommen,
Was zum Kater ihn machte,
Halb war er Katze
Und halb war er Kater.

»M'*an*!« kreischte Fürst Feuertatze. »Verräterische Brut Neunvögels! Sie haben das Volk geschändet! Eines Tages werde ich mich an ihnen allen rächen!« Mit diesen Worten rannte er in den Wald und ließ Windblume, die Halb-*Fela*, für immer zurück.

So sprach Feuertatze,
Verfluchte die Großen,
Und außerhalb der Sonne
Sind sie für immer.

Heute machen die Knechte
Sich zu Herren,
Doch das Wahre Volk
Wird nie sich beugen.

Und so kommt es, daß die Erst-Geher, getreu dem Wort unseres Herrn Feuertatze, niemals im Schatten der *M'an* wandeln werden.«
Knarrer hatte seine Geschichte beendet und legte sich wieder zwischen Reibepelz und Zaungänger nieder. Eine Weile herrschte eine gespannte Stille, bevor der Prinz das Wort ergriff.
»Nun, was mich betrifft, so habe ich mit diesem langgestreckten, haarlosen Volk nie etwas im Sinn gehabt. Ist ja bloß eine Geschichte, eine Geschichte und nicht mehr.«
Alle waren erleichtert, und viele aus der Schar beglückwünschten Knarrer zu seiner Erzählung. Andere Rätsel und Lieder folgten, und schließlich war sogar der quicklebendige Raschkralle müde genug, um in Schlaf zu fallen. Auch Fritti, den Kopf voll von Goldpfote, Feuertatze und roten Krallen, überschritt schließlich die Grenzen zu den Traumfeldern. Das pelzige Knäuel von Katzen verschlief und verschnarchte die schwindende Stunde des Letzten Tanzes.

Zur Stunde der Kleineren Schatten stiegen die Reisenden zum Wurzelwald-Zaun hinunter, den letzten Beständen von Nadelbäumen und Espen, die den alten Wald von den Steilhängen trennten, die die Hararschramme-Schlucht überschauten. Hier wollte die Truppe des Prinzen sich für ihre Grenzwache einrichten, während die anderen ihre eigenen Wege gehen würden. Sie blieben am Zaun stehen und überschauten die fast baumlosen Flachlande – verhüllt von feinstem Schneegestöber – die sich vor ihnen bis zum Rand der gewaltigen Schlucht erstreckten.

Prinz Zaungänger wandte sich zu den Erst-Gehern Knarrer und Reibepelz und neigte zum Abschied den Kopf. »Guten Tanz, Lehnsmann«, sagte er. »Sorge dafür, daß ich der erste bin, den du triffst, wenn euer Treffen vorüber ist – bevor du deine Neuigkeiten an jene verschwendest, die bei Hof auf ihren breiten Hinterteilen sitzen. Du sollst wissen, daß zumindest ich deine Worte hoch schätzen werde.«
»Ich danke Euch vielmals, o, Prinz«, sagte Knarrer würdevoll. »Es ist gut zu wissen, daß in der alten Heimat unseres Volks noch immer treue Herzen schlagen.« Der Erst-Geher warf einen Blick auf Traumjäger und seine beiden Gefährten.
»Reibepelz und ich werden diese drei noch kurze Zeit begleiten – bis unsere Wege sich trennen. Unser Herr, Fürst Feuertatze, beschütze dich, Zaungänger.« Er und Reibepelz zogen sich höflich ein Stück zurück, als Fritti, Raschkralle und Dachschatten herbeikamen, um sich zu verabschieden.
So kurz vor ihrem Aufbruch in die unbekannten, doch anscheinend unheilvollen Gegenden spürte Traumjäger wenig Neigung, sich von Zaungänger zu trennen. Er wußte, daß er den derben, warmherzigen Prinzen sehr vermissen würde. Als er zu sprechen versuchte, fehlten ihm die Worte, und er mußte so tun, als entferne er ein Aststückchen aus seinem Schwanz, während Dachschatten vortrat und Zaungänger für seine Hilfe dankte. »Guten Tanz, Prinz«, setzte Raschkralle hinzu. »Ich habe so viele aufregende Dinge in Erstheim gesehen, daß ich mich immer daran erinnern werde. Du bist großartig zu uns gewesen.«
»Raschkralle spricht auch für mich«, sagte Fritti bescheiden. »Wir haben dir viel zu verdanken.«
Zaungänger lachte. »Papperlalapp! Auch ich bin in eurer Schuld – oder habt ihr mich etwa nicht über die *E'a*-wärts-Gebiete ins Bild gesetzt? Wenn ihr auf eurer Reise keine Schwierigkeiten bekommt, wird das meine Belohnung sein.« Jetzt umringten sie die anderen Katzen aus Zaungängers Trupp und sagten ihnen lärmend Lebewohl. Als Traumjäger und seine Gefährten losgingen, fand Fritti endlich Worte und rief zurück: »Prinz Zaungänger! Paß auch du auf dich auf!«
»Keine Sorge, kleiner Freund!« dröhnte der Jäger. »Ich bin an diesen

Grenzen schon herumgestrolcht, bevor ich alt genug war, einen Namen zu kriegen. Du brauchst dir um uns keine Gedanken zu machen!«
Der Prinz und sein Trupp tauchten wieder in die Ausläufer des Waldes hinein.
Die Sonne stand tief am Himmel, als die fünf Katzen sich ihren Weg über das flache, abfallende Gelände suchten. Knarrer, unterstützt von Reibepelz, beschrieb den Gefährten die Landschaft, die sie auf ihrem weiteren Weg erwartete. »Eigentlich«, sagte er, »müßtet ihr nach Norden marschieren, anstatt in die Richtung, in der wir uns jetzt bewegen, wenn ihr die Hararschramme überqueren wollt. Dort stoßt ihr auf die Furt. Jedoch ich denke, ihr solltest uns ein bißchen länger begleiten, nur um Murrgroll zu sehen. Es ist den Umweg von einem halben Tag wert und liegt in Wirklichkeit nicht sehr weit von eurem Pfad entfernt.«
Während sie marschierten, fragte der immer neugierige Raschkralle den Lehnsmann nach der Geschichte, die dieser in der vergangenen Nacht erzählt hatte. Dann wollte er wissen, warum der Erst-Geher sich dem Hof gegenüber so schroff verhalten habe.
»Immerhin«, sagte er, »leben viele aus dem Volk mit den *M'an* zusammen in deren Siedlungen. Warum ist das falsch?«
Der knurrige alte Lehnsmann ging wohlwollend auf die Frage ein. Wie es schien, dachte Fritti gequält, fühlte sich niemals jemand durch Raschkralle gekränkt, ausgenommen Dachse und *Visl*.
»Das Falsche daran ist, jüngster Jäger«, erklärte Knarrer, »daß wir das Volk sind und keine Heuler, die zum Leben eine Anleitung brauchen, die in Rudeln jagen und um jeden herumschwänzeln, der ihnen etwas zu fressen gibt. Das Volk hat sich immer durch eigene Klugheit und Geschicklichkeit am Leben gehalten und den Erd-Tanz ohne Hilfe bewältigt. Inzwischen lebt die Hälfte von uns in fetter Trägheit, verweichlicht und eingesperrt – aber sorglos – und erhebt sich nur, um das Futter zu fressen, das die Kinder Neunvögels beschaffen.«
Obgleich er sich darum bemühte, ruhig zu bleiben, verriet das narbengefurchte Gesicht des Lehnsmannes, wie tief er bewegt war. »Und jetzt«, fuhr er fort, »hat dieses Gift sogar den Hof, an dem unser Fürst Feuertatze einst lebte, angesteckt. Taupfote und seine ermüdende

Schwärmerei und Schicksalsgäubigkeit! Das ist falsch! Es muß doch jeder einsehen, daß eine Katze laufen und jagen muß. Und erst die Königin! Tangalur möge mir verzeihen, sie frißt aus einem *Napf* – als wäre sie eines von diesen ungeschlachten, dummen Scheusalen, die wir vor ungezählten Generationen verstoßen haben. Sie ist die Königin des Volkes – aber sie jagt nicht einmal!« Knarrer bebte vor unterdrücktem Zorn. Kurz darauf schüttelte er den Kopf. »Ich sollte mich nicht so gehenlassen und wütend werden«, sagte er verdrießlich, »aber in der jetzigen Zeit großer Gefahr mitansehen zu müssen, wie diese miauenden Kriecher sich herumlümmeln, während unsere Rasse vernichtet wird . . . Entschuldigung.« Der Lehnsmann fiel in Schweigen, und lange Zeit machten die anderen es ihm nach.

Gegen Ende des Tages näherten sich die Reisenden Murrgroll. Hier, am Rande der Hararschramme, war die kalte Luft mit wirbelnden Nebeln gesättigt. Ein gedämpftes Grollen war zu hören.

Knarrer, der so lange geschwiegen hatte, wurde plötzlich aufgeräumter. »Merkt euch gut, was ihr hier seht, damit ihr es an jene aus dem Volk weitergeben könnt, die noch nicht geboren sind.«

In unmittelbarer Nähe der Schlucht wurde das Geräusch lauter, bis es zu einem ohrenbetäubenden Getöse geworden war. Fritti zuckte zusammen. Es war unüberhörbar, daß der Name Murrgroll passend gewählt war.

An dieser Stelle waren die Nebel so dicht, daß Knarrer sich entschloß, sie in der Nähe des Wasserfalls über die Schnurrwisper zu führen, in dem der Fluß über den Rand der Hararschramme stürzte. Als sie die schlüpfrigen, wasserüberspülten Felsen überquerten und die Schnurrwisper – die nun nicht mehr der sanfte Fluß war, der an Erstheim vorbeifloß – unter ihnen schäumte, gedachte Fritti mit Reue der vielen Gelegenheiten, wo er es zugelassen hatte, daß man ihn führte, seit er die Heimat verlassen hatte. Wäre es nicht ein passendes Ende für dieses ganze lächerliche Unternehmen, dachte er, im sichersten aller Flüsse in Tiefklars Feldern zerschmettert und ertränkt zu werden?

Doch sie kamen heil hinüber – sogar Raschkralle vermied ein Unglück. Am Fuß der Klippen auf der anderen Seite angekommen, sahen sie, wie die Schnurrwisper über den Felsvorsprung schoß, in einer schäumenden weißen Woge an der Mauer der Schlucht hinabstürzte, Felsbrocken loswusch und sie weit, weit unten in die mächtige Katzenjaul schleuderte. Vom rasch fließenden Strom am Grund der Harar-Schramme sprühte das Wasser hoch, und die untergehende Sonne schien durch diesen Vorhang aus Dunst und entflammte den Himmel zu glitzerndem Gold, rot und purpurfarben. Der Murrgroll-Fall brüllte wie ein wütendes Tier, und die Katzen starrten wie gebannt auf seine furchteinflößende Kraft.

Als die Steigende Dämmerung die Sonne schließlich verschluckte, führte Knarrer sie auf das Ufer der Schnurrwisper hinauf – Traumjäger und seine Freunde waren von der Großartigkeit Murrgrolls so überwältigt, daß sie erst nach einiger Zeit begriffen, daß die Stunde des Abschieds von Reibepelz und dem Lehnsmann gekommen war.

»Es tut mir leid, daß wir euch nicht weiter geleiten können«, sagte Knarrer, »aber, wie die Dinge liegen, werden wir einige Tage zu spät zum Treffen der Lehnsmänner kommen. Mein Vorschlag ist, daß ihr an der Wand der Schlucht entlangwandert, wie ich schon sagte, und sie beim Schmalsprung überquert. Es ist ratsam zu warten, bis die Sonne hochsteht, bevor ihr rübergeht, selbst wenn ihr Schmalsprung heute nacht erreicht: Es ist ein gefährlicher Pfad.«

Dann nahmen sie Abschied voneinander, denn die Erst-Geher hatten es eilig, weiterzuziehen. »Denkt daran«, sagte Knarrer zum Schluß, »daß die Lande, in die ihr wandert, in diesen Tagen einen bösen Namen haben. Seid auf der Hut. Ich wünschte, wir könnten mehr für euch tun, aber ihr habt eure Pfoten nun einmal auf fremde Pfade gesetzt – und wer weiß, was dabei herauskommen wird?« Mit diesen Worten schieden der Lehnsmann und sein Gefährte von ihnen.

Während des größten Teils der zwei Stunden vor der Dunkelheit zogen die drei Gefährten am Rande der Hararschramme entlang nach Westen. Alle waren mit ihren eigenen Gedanken beschäftigt. Als sie den einzeln stehenden mächtigen Baum erreichten, der am Rand der Schlucht stand und das diesseitige Ende der Schmalsprung-Furt bezeichnete, rollten sie sich stumm zusammen und suchten den Schlaf.

17. Kapitel

Wer in der Wildnis erwacht, wenn der Tag ist nah
Und glaubt, er sei Herr über all dies Land,
Erblickt vielleicht, was er abends nicht sah –
Und zitternd erkennt er bei klarem Verstand
Die Gefahr, die ihm im Dunkel so nah –
Und er erblickt... die Spuren im Sand.

Archibald Rutledge

Im Licht des Tages erblickten sie die Schmalsprung-Furt – eine schmale, gewölbte Brücke aus gewachsenem Fels, welche die Hararschramme überspannte. Die gegenüberliegende Wand der Schlucht war so weit entfernt, daß Schmalsprung in der Mitte zu einem Nichts zu schrumpfen schien.

Raschkralle warf einen besorgten Blick auf die steinerne Brücke. »Ich schätze, wir müssen da rüber, stimmt's, Traumjäger?«

Fritti nickte. »Entweder das, oder wir müßten versuchen, in die Hararschramme hinunterzuklettern und an ihrem Grund die Katzenjaul zu überqueren. Dieser Gedanke gefällt mir nicht sonderlich.«

»Es ist der einzige Weg, der uns jetzt bleibt«, sagte Dachschatten ruhig. »Knarrer sagt, bis zum Ende der Schlucht seien es viele, viele Meilen. Außerdem bezweifle ich, daß diese Brücke das Schlimmste sein wird, das uns bevorsteht. Wollen wir gehen?«

Traumjäger betrachtete die *Fela* aufmerksam.

Ich glaube nicht, daß sie so ruhig ist, wie sie uns weismachen will, dachte er. Mein Schnurrbart sagt mir, daß auch sie sich fürchtet. Vielleicht noch mehr als wir. Aber es gibt viele Arten von Mut, schätze ich.

»Dachschatten hat recht, Raschkralle«, sagte er. »Packen wir's an.«
Als sie die mächtige Eiche hinter sich hatten, deren Wurzelstöcke die eine Seite der gewölbten Brücke zu verankern schienen, übernahm Fritti die Spitze. Raschkralle folgte ihm, und den Schluß bildete Dachschatten, die das Kätzchen sorgfältig im Auge behielt.
Die Schmalsprung-Brücke war breiter, als es aus der Entfernung aussah – so breit, daß drei Katzen nebeneinander hätten darauf gehen können –, und anfangs war das Gehen ziemlich einfach. Jedoch das feuchte Wetter und die kühlen Temperaturen hatten den Stein stellenweise vereisen lassen. Traumjäger und seine Freunde bewegten sich langsam und sehr vorsichtig.
Als sie ein Stück auf die Brücke hinausgegangen waren, fielen unter ihnen die Wände der Schlucht steil ab, und das Grollen und Tosen der Katzenjaul stieg empor und erfüllte die Luft. Die Gefahr auszugleiten, wurde größer, und das Getöse des Flusses übertönte die meisten anderen Geräusche. Ohne ein Wort und im Gänsemarsch überquerten sie die Schlucht wie Raupen, die über einen dünnen Zweig krochen.
Ungefähr in der Mitte der steinernen Brücke spürte Fritti, wie der Wind, der durch die Schlucht pfiff, ihn kräftig packte und an seinem Fell zerrte. Plötzliche Böen zwangen ihn zu ein paar schwankenden Schritten.
Er blieb stehen und drehte sich langsam nach seinen Gefährten um. Raschkralle war einen oder zwei Sprünge hinter ihm, und Dachschatten war dem Kätzchen dicht auf den Fersen, einen Ausdruck grimmiger Konzentration auf ihrem ernsten, grauen Gesicht. Als Traumjäger wartete, blieb auch Raschkralle stehen und spähte von der Brücke in die Schlucht hinunter.
»Traumjäger, Dachschatten!« rief er gellend durch den Wind. »Ich kann unter uns einen Vogelschwarm sehen! Unter uns! Wir sind höher als die *fla-fa'az*!« In seiner Aufregung beugte er sich gefährlich weit hinaus, um das Schauspiel besser genießen zu können. Frittis Herz raste vor Angst, so daß er meinte, es schwelle immer mehr an und raube ihm den Atem.
»Raschkralle! Geh da weg!« fauchte er. Raschkralle zuckte zusam-

men, sprang vom Rand der Brücke zurück, kam auf dem schlüpfrigen Stein ins Rutschen und glitt aus. Dachschatten, jetzt unmittelbar hinter dem Kätzchen, packte es blitzschnell beim Nackenfell. Unter ihrem sicheren und harten Biß entfuhr Raschkralle ein Schmerzschrei, doch sie hielt ihn so lange fest, bis seine suchenden Pfoten wieder festen Halt gefunden hatten. Darauf warf sie Traumjäger einen Blick zu, der ihn dazu bewog, ohne ein Wort zu verlieren, den Weg über die Brücke fortzusetzen.
Auf dem abwärts führenden Teil der Brücke verlor Dachschatten in einer schweren Böe sekundenlang den Halt, doch es gelang ihr, sich so lange festzuklammern, bis die Gefahr vorüber war.
Während der ganzen Zeit brüllte und lärmte die Katzenjaul zu ihnen hinauf: drei unscheinbare, kleine Wesen auf einem dünnen Strang über den gewaltigen Wassern. Als sie schließlich die gegenüberliegende Seite erreichten, plumpsten die drei mit zitternden Gliedern zu Boden und lagen dort einige Zeit, bis sie weitergehen konnten.

Die Landschaft auf dieser Seite von Schmalsprung war öde und unterschied sich nicht von der auf der anderen Seite. Vom Rand der Schlucht aus streckte sich ein Gewirr von Felsen und Erdhügeln, durchsetzt mit Unterholz und verfilztem Gestrüpp, vor ihnen aus. Als sie sich von der schmalen Brücke entfernten und das Rauschen der Katzenjaul hinter ihnen verklang, umfing sie das kalte Schweigen des Landes wie ein Nebel.
Mit Ausnahme einiger Vögel, die zuweilen stumm über ihre Köpfe hinwegflogen, gab es keine Zeichen tierischen Lebens. Die Brise, die Frittis Barthaare kitzelte, trug ihm nichts zu als frostige Luft und schwache Dunstspuren vom Fluß.
Auch Raschkralle schnüffelte neugierig den Wind, ehe er sich an Traumjäger wandte, um sich seinen Eindruck bestätigen zu lassen. »Ich wittere niemanden aus dem Volk, Traumjäger. Ich wittere so gut wie gar nichts.«
»Ich weiß, Raschkralle.« Traumjäger blickte in die Runde. »Eine so unfreundliche Gegend habe ich noch nie gesehen.«
Dachschatten warf Fritti einen bedeutsamen Blick zu und sagte: »Ich

bin sicher, daß wir im Rattblatt-Wald auf Leben stoßen werden, sei es auch nur mittendrin.« Fritti machte sich Gedanken über ihren Blick. Ich nehme an, sie will nicht, daß ich Raschkralle Angst mache, dachte er.

Im Lauf ihres Marsches überkam Fritti ein merkwürdiges Gefühl: Es war ein unmerklicher Reiz, etwas höchst Beunruhigendes am äußersten Rand seiner Wahrnehmung. Er witterte ein schwaches Brummen oder Summen – doch es war so fein und wesenlos wie das Geräusch eines Bienenstocks, der hundert Meilen entfernt ist. Aber es war da – und fast unmerklich wurde es stärker.

Als sie haltmachten, um im Schutz eines stehenden Steines, der den Wind abhielt, zu ruhen, fragte er seine Gefährten, ob sie ebenfalls etwas gewittert hätten.

»Noch nicht«, erwiderte Dachschatten, »doch ich habe erwartet, daß du der erste sein würdest. Es ist gut, daß du so etwas kannst.«

»Wie meinst du das?« fragte Fritti verwirrt.

»Du hast gehört, was Knarrer sagte, was Zaungänger sagte. Irgend etwas geht in diesen wilden Landen vor, und darum sind wir hier. Besser, wenn wir es wittern, bevor es uns wittert.«

»Was ist das für ein ›etwas‹?« Raschkralles Augen glänzten vor Neugier.

»Ich weiß es nicht«, antwortete Dachschatten, »aber es ist etwas Schlechtes. Es ist *os*, wie ich es zuvor nicht kannte. Ich habe es kennengelernt, als ich das Heim meiner Familie fand. Wenn wir uns in sein Gebiet begeben – und wir sind mittendrin –, sollten wir uns wenigstens in diesem Punkt nichts vormachen.«

Während Dachschatten hochaufgerichtet und mit festem Blick sprach, fragte sich Fritti unwillkürlich, wie sie wohl ausgesehen haben mochte, bevor sie ihre Sippe verlor. Sie war eine Jägerin, darüber bestand kein Zweifel, doch die Härte, die sie zur Schau trug, schien mehr durch Kummer als durch andere Gründe verursacht zu sein. Ob sie wohl jemals lachen oder tanzen würde? Es schien albern, sich das auszumalen, doch er hatte sie schließlich mit dem kleinen Raschkralle spielen sehen. Vielleicht würde sie eines Tages fröhlicher sein. Er hoffte es.

Sie wanderten eine Zeitlang in den Abend hinein, und als Tiefklars Auge hoch über ihnen stand, hielten sie an, um zu ruhen. Das Summen, noch immer kein deutliches Geräusch, schien nähergekommen und durchdringender geworden zu sein, und sogar Dachschatten und Raschkralle spürten etwas – eine Art Strömung unter ihren Pfoten. Nachdem sie eine Weile erfolglos gejagt hatten, überließen die drei Katzen der einsamen Wildnis den Sieg und rollten sich zu einem pelzigen Haufen zusammen, um zu schlafen.

Traumjäger zog seine Nase unter Raschkralles Hinterbein hervor und schnüffelte benommen die Luft. Das Auge war hinter den Horizont geschlüpft, und der Tau der Stunde des Letzten Tanzes lag feucht auf seinem Fell. Irgend etwas hatte ihn aufgeweckt. Aber was?
Indem er versuchte, seine schlafenden Gefährten nicht zu stören, wand er seinen Kopf aus den verschlungenen warmen Leibern wie eine *hlizza*, die sich hochringelt.
Das Summen, das merkwürdige Pulsieren, das er bis ins Mark spürte, hatte die Tonhöhe geändert. Es war jetzt ein wenig schwingender – nicht näher, aber schärfer.
Er hatte eine starke, durchdringende Empfindung. Irgend etwas, außerhalb des Bereichs der Wärme, beobachtete sie. Traumjäger fröstelte und hielt seinen Kopf bewegungslos aufrecht, und selbst in seiner Furcht war ihm bewußt, daß es eine unbequeme Haltung war.
Plötzlich, als sei er in kaltes Wasser gefallen, überfloß und durchströmte ihn eine mächtige Woge von Einsamkeit – es war nicht die eigene. Irgendein Lebewesen trug diese gräßliche Einsamkeit wie eine Haut – er spürte es so deutlich, als sei das gepeinigte Wesen unmittelbar neben ihm. Er erinnerte sich an die Katze aus seinem Traum, die auf ewig durch die Finsternis kreiste, kalte Verzweiflung verbreitend. War dies das gleiche Gefühl?
Gerade als er über seinen Alptraum im Rausch der Katzenminze nachdachte, war das Gefühl verschwunden. Das Summen war wieder zu einem leisen Pochen geworden, und die Wildnis ringsum war leer. Fritti spürte, ohne zu wissen, warum, daß der Beobachter verschwunden war. Als er die anderen weckte, hörten sie sich verschlafen seine

wirre Geschichte an, doch nachdem ein wenig Zeit vergangen war, wurde klar, daß die Erscheinung, welcher Art sie auch immer gewesen sei, in dieser Nacht nicht zurückkehren würde. Danach schliefen sie unruhig.

Nachdem sie im Sonnenlicht des folgenden Tages kurze Zeit gewandert waren, erblickten sie den Hügel.
Sie stiegen von einer felsigen Ebene in ein weites, flaches Tal hinunter. Es streckte sich vor ihnen aus bis zu den Ausläufern einer Kette großer Berge, die so weit entfernt waren, daß sie vor dem Himmel nur als zarte Schatten erschienen. Es hatte wieder zu schneien begonnen, und während er niederflatterte, um auf ihren Fellen zu landen und kleben zu bleiben, blickten sie über den zerklüfteten, grauen Talgrund zu dem pilzförmigen Buckel in seiner Mitte hinüber. Der Hügel, niedrig und massig, stieß aus der kalten Erde hervor wie der Panzer eines riesigen grau-braunen Käfers.
Als sie über den niedrigen Saum des Tales traten, spürten die Reisenden, wie das Gefühl der Lähmung plötzlich zunahm. Fritti fuhr mit gesträubten Nackenhaaren zurück, und Dachschatten und Raschkralle schüttelten ihre Köpfe, als treffe sie ein unangenehmes Geräusch.
»Das ist es!« zischte Traumjäger von Panik ergriffen und nach Luft schnappend.
»Das ist es«, bestätigte Dachschatten. »Wir haben die Quelle vieler Rätsel gefunden.«
Raschkralle hatte sich einige Schritte zurückgezogen und kauerte nun mit weit offenen Augen und am ganzen Leibe zitternd am Boden. »Es ist ein Nest«, sagte er leise. »Es ist ein Nest, und die Wesen, die darin sind, werden uns stechen und stechen!« Er begann gedämpft zu greinen. Dachschatten, selber ein wenig unsicher auf den Beinen, ging zu ihm und leckte ihn tröstend hinter dem Ohr. Mit einem fragenden Blick sah sie vom Kätzchen auf.
»Was machen wir jetzt, Traumjäger?« fragte sie.
Fritti schüttelte hilflos den Kopf. »Ich habe nicht die leiseste Ahnung. Niemals habe ich ... so etwas ... erwartet. Es ... es macht

mir Angst.« Er blickte auf den riesigen schweigenden Hügel hinunter und schauderte.
»Mir auch, Traumjäger«, erwiderte Dachschatten, und die Art, wie sie das sagte, ließ Traumjäger herumfahren. Sie erwiderte seinen Blick, und der Hauch eines Lächelns zog über ihr Gesicht, und ihre Barthaare zuckten unmerklich. Und noch etwas anderes war mit einem Mal zwischen ihnen. Fritti wurde verlegen und trottete zu Raschkralle.
»Es ist alles in Ordnung, kleiner Freund«, sagte er und rubbelte Raschkralles Nase. Die kleine Katze roch nach entsetzlicher Furcht, ihr Körper zitterte, und ihr buschiger Schwanz war zwischen den Beinen eingerollt. »Es ist alles in Ordnung, Raschkralle, wir werden nicht zulassen, daß dir etwas zustößt.« Doch Fritti nahm seine eigenen Worte kaum wahr – wieder starrte er über das Tal zum Hügel hinüber.
»Alsdann«, sagte Dachschatten energisch, »was auch immer wir tun *wollen* – jetzt müssen wir weiter. Der Wind wird stärker, und wir sind vollkommen schutzlos. Und nicht nur, was das Wetter angeht.«
Fritti sah ein, daß sie recht hatte. Auf diesem Fleck waren sie so entblößt und ungeschützt wie ein Käfer auf einem flachen Stein. Er nickte zustimmend, und mit gutem Zureden brachten sie ihren jungen Kameraden auf die Beine.
»Nun komm weiter, Raschkralle, laß uns einen besseren Platz suchen, wo wir uns eine Weile ausruhen können. Und dann wollen wir ein bißchen nachdenken.«
Auch Dachschatten kam herbei, um dem Kätzchen Vertrauen einzuflößen. »Wir gehen nicht näher ran, Raschkralle . . . nicht jetzt. Ich will auf keinen Fall die Stunden der Dämmerung in nächster Nähe von diesem *os*-Hügel verbringen.« Auf diese Weise überredet, setzte das Kätzchen sich in Bewegung und ging still zwischen ihnen, als sie einen langen Marsch begannen, um das Tal an seinem Rand zu umrunden.

Sich immer am Rande des Tals haltend und den Hügel umkreisend wie kleine Planeten eine graue, tote Sonne, schritten die Gefährten

behutsam aus und hielten sich dicht beieinander. Als die Sonne hoch in den Himmel stieg und ein trübes Licht auf das Tal warf, wurden am entfernten Rand der großen Schale kleine Gehölze sichtbar. Ein ausgedehntes Waldgebiet erstreckte sich bis zum Horizont.
»Das muß der Rattblatt-Wald sein«, sagte Dachschatten. Traumjäger war überrascht, wie laut ihre Stimme klang, nachdem sie lange geschwiegen hatten.
»Sieht nach einem ziemlich langen Marsch aus«, fuhr sie fort, »aber dort wird es sicherlich Schutz für uns geben.«
»Gewiß«, pflichtete Fritti ihr bei. »Verstehst du, Raschkralle? Denk daran! Bäume zum Kratzen, Quieker zum Jagen – alles!«
Raschkralle lächelte schwach und murmelte. »Ich danke dir, Traumjäger. Ich werde mir Mühe geben.« Sie setzten ihre Wanderung fort. Gegen Ende der Stunde der Kleinen Schatten flog ein Schwarm großer, dunkler Vögel über sie hinweg. Einer davon löste sich aus der Schar der anderen, stieß herab und kreiste über den Katzen. Er hatte funkelnde Augen und ein Federkleid von glänzendem Schwarz. Mühelos schwebte er einen Augenblick ganz dicht über ihren Köpfen; dann, einen höhnischen Schrei ausstoßend, schwang er sich empor zu seinen Gefährten. Krächzend verschwanden sie aus ihrem Blickfeld.
Als der Tag sich zu neigen begann, waren sie nahe genug an den Rattblatt-Wald herangekommen, um die Wipfel einzelner Bäume unterscheiden zu können, die über den Rand des Tales hervorlugten. Als die Nacht näherrückte, schien das Gefühl der Feindseligkeit zuzunehmen, das der schattige Haufen auf dem Talgrund ihnen einflößte.
Traumjäger fühlte das Klopfen tief in seinem Inneren, und nur indem er das Gebet des Erst-Gehers ohne nachzudenken immer aufs neue wiederholte, gelang es ihm, seinen Drang zu unterdrücken, loszuspringen und wegzurennen, bis er erschöpft zu Boden fallen würde.
»Tangalur, feuerhell«, murmelte er vor sich hin, »Flammenfuß, weitschweifender...« Raschkralle und Dachschatten schienen diese Feindseligkeit nicht ganz so stark zu empfinden wie er, doch sie sahen angespannt und erschöpft aus. Der Wald war nun zur Gänze sichtbar, ein meilenweites Meer von Bäumen hinter dem schalenförmigen Tal. Es sah sehr warm und einladend aus.

Als schließlich die Sonne zu sinken begann und die Spitzen der Baumwipfel in goldenes Licht tauchte, beschleunigten sie ihre Schritte und zwangen ihre Körper zu noch größeren Anstrengungen. Als die Sonne am Horizont hinter die fernste Baumlinie sank und nur noch ihr rötlicher Hof sich am Himmel behauptete, erhob sich ein schneidend kalter Wind; er biß in ihre Nasen und preßte ihr Fell an die Leiber.
Traumjäger erhöhte seine Geschwindigkeit, während Dachschatten und Raschkralle ihm kaum noch zu folgen vermochten. Das Summen, das er wahrnahm, schwoll an; er fühlte sich elend. Ein ungeheures, gestaltloses Entsetzen schien nach ihren Fersen zu schnappen. Einer nach dem anderen begannen die drei zu rennen.
Schließlich galoppierten sie den steilen äußeren Hang der Talwand hinauf, und als sie oben waren, blickten sie hinunter auf den Rand des Rattblatt-Waldes. Jetzt achteten sie nur noch auf die zunehmende Bedrohung, die ihnen folgte, stolperten den kurzen Hang hinab, flitzten über die steinige Ebene und verschwanden endlich unter den Randbäumen des Waldes.

Der Rattblatt-Wald lag im Schlummer... zumindest schien es so. Eine träge, abgestandene Stille hing in der Luft. Während Traumjäger und seine Gefährten erschöpft durch die Bäume schlichen, lastete das Schweigen des Waldes so schwer auf ihnen wie ihr eigenes Schicksal.
Kaum hatten sie den Wald erreicht, waren Fritti und Raschkralle kurz davor gewesen, wo sie standen, zu Boden zu fallen, doch Dachschatten bestand darauf, daß es wichtiger sei, einen Platz zu finden, der gegen Kälte und Entdeckung besser geschützt sei. Obgleich der Hügel nunmehr außer Sicht war, hatte sich sein Bild doch in ihren Köpfen festgesetzt: Vor Erschöpfung stöhnend, gingen sie auf den Vorschlag der *Fela* ein und drangen tiefer in den Wald vor.
Während sie sich ihren Weg durch den feuchten Lehm suchten, vorbei an Mooshügeln und Pilzen, ließen sich die Katzen von der Stille, die sie umgab, anstecken. Sie hielten die Köpfe gesenkt, bewegten sich langsam und blieben häufig stehen, um die Nasen zu kräuseln und die unbekannten Gerüche dieses Waldes zu schnuppern.

Feuchtigkeit durchdrang alles, Erde und Rinde waren bis zum Überlaufen mit Wasser getränkt – der ganze Wald roch nach Baumwurzeln, die tief im nassen Untergrund steckten. Die Luft war so kalt, daß der Atem vor den Mäulern gefror.
Die Reisenden brauchten bis zum Ende der Steigenden Dämmerung, bis sie einen geschützten Platz gefunden hatten: ein Windbruch, der von einem aufrechtstehenden Granitbrocken und den Wurzeln eines umgestürzten Baumes gebildet wurde. Sie fielen auf der Stelle in Schlaf. Nichts störte sie, doch als sie um die Mitte der Tiefsten Stille erwachten – mürrisch und hungrig –, fühlten sie sich nicht sonderlich erquickt. Es gab noch keine Anzeichen von Tieren, die größer waren als Insekten. Nach einer Spanne fruchtlosen Jagens sahen die Katzen sich gezwungen, sich mit einem Abendessen zufriedenzugeben, das aus Raupen und Käfern bestand.
Obgleich sie sich alle erbärmlich fühlten, war besonders Traumjäger am Rand seiner Beherrschung. Das Geräusch aus dem Hügel, wenn es auch, nachdem sie in den Wald gelangt waren, merklich nachgelassen hatte, zerrte immer noch an seinen Nerven. Da er überdies, im Gegensatz zu seinen Freunden, keinen Bissen von Zaungängers Eichhörnchen gefressen hatte, war er inzwischen zwei volle Tage auf den Beinen, ohne etwas zu sich genommen zu haben, das man zufriedenstellend hätte nennen können.
Als er die letzte Raupe heruntergeschluckt hatte, sagte er ärgerlich: »Wie schön! Da wären wir also, daran ist kein Zweifel. Ich habe euch bis an den äußersten Rand geführt, ohne Frage. Ich hoffe, ihr seid beide erfreut darüber, mir gefolgt zu sein, während ich einen vollkommenen *M'an* aus mir gemacht habe! Vielleicht habt ihr Lust, mir in den Hügel zu folgen, damit wir alle schrecklich abgeschlachtet werden.« Er versetzte einer Eichel mit der Tatze einen Stoß und sah zu, wie sie forthüpfte.
»Sage nicht solche Dinge, Traumjäger«, sagte Raschkralle. »Nichts davon ist wahr.«
»Es ist wahr, Raschkralle«, sagte Fritti bitter. »Der große Jäger Traumjäger ist auf seiner Fahrt dort angekommen, wo es nicht mehr weitergeht.«

»Das einzige Wahre, das du gesagt hast«, sagte Dachschatten mit überraschender Heftigkeit, »ist, daß wir gefunden haben, wonach wir gesucht haben. Das ist etwas, was Zaungänger, Knarrer und die anderen nicht von sich behaupten können. Wir haben die Quelle des Schreckens entdeckt.«

»Offensichtlich hatte auch Lehnsmann Buschpirscher sie entdeckt – und du hast gehört, was mit ihm geschehen ist! Tiefklar möge uns beschützen!« Trotzdem war Traumjäger ein wenig besänftigt. Er hörte auf zu schmollen und blickte seine Kameraden an. »In Ordnung. Trotzdem bleibt die Frage: Was tun wir jetzt?«

Raschkralle warf den zwei älteren Katzen einen Blick zu und sagte dann leise, als schäme er sich: »Ich denke, wir sollten zum Prinzen zurückkehren und ihm alles erzählen. Er wird wissen, was zu tun ist.«

Fritti wollte gerade widersprechen, als Dachschatten sich einmischte: »Raschkralle hat recht. Wir haben das *os* gerochen. Wir drei sind zu wenige und zu schwach. Zu glauben, daß es unsere Sache wäre, es allein mit ihm aufzunehmen, ist ein Hochmut, der den von Neunvögel noch übertrifft.« Die *Fela* schüttelte ihren grauen Kopf, ihre grünen Augen blickten nachdenklich. »Wenn wir andere hierherbringen, werden auch sie entdecken, was wir entdeckt haben. Vielleicht wird dann die Macht des Hofes von Harar von Nutzen sein.« Sie stand wie ein Schatten im dunklen Wald. »Kommt, laßt uns zu den drei Wurzeln zurückkehren, bevor die Sonne aufgeht. Heute nacht gehe ich gewiß nicht mehr anderswo hin.«

Traumjäger starrte die graue *Fela* bewundernd an. »Wie gewöhnlich hast du mit ein bißchen mehr Vernunft gesprochen, als sie mir zur Verfügung stand. Und du ebenfalls, Raschkralle.« Er lächelte seinem jungen Freund zu. »Harar! Ich bin froh, daß ihr zwei mich davor bewahrt habt, mich zum Narren zu machen.«

In der Stunde vor der Morgendämmerung konnte Fritti nicht mehr schlafen. Dachschatten und Raschkralle warfen sich unruhig hin und her und murmelten im Schlaf, doch Traumjäger lag zwischen ihnen und starrte hinauf in die dunklen Baumwipfel, und seine Nerven waren zum Zerreißen gespannt. Von Zeit zu Zeit sank er in einen kurzen, traumhaften Halbschlaf, doch nur um sich plötzlich wieder hellwach zu finden, mit dem Gefühl, in der Falle zu sitzen und schutzlos zu sein. Sein Herz schlug heftig.

Die Nacht schleppte sich dahin. Der Wald blieb stumm wie ein Stein.

Traumjäger wanderte an der Schwelle des Traums entlang, als er ein Geräusch hörte. Während er noch zerstreut lauschte, wurde es lauter; plötzlich erkannte er, daß sich etwas mit großer Schnelligkeit durch das Unterholz auf sie zubewegte. Er sprang auf die Pfoten und schüttelte seine Freunde in eine taumelige Wachheit.

»Es kommt was!« zischte er. Sein Fell sträubte sich. Das Geräusch wurde lauter. Die Zeit schien sich zu verlangsamen, jeder Augenblick dehnte sich zu einer bedrückenden Ewigkeit. Nur ein paar Sprünge von ihnen entfernt, brach eine Gestalt aus dem Gebüsch.

Zerlumpt und abgerissen und mit hervorquellenden Augen, stürzte die Erscheinung ins Freie. Hell beleuchtet vom Auge, dessen Strahlen durch die Zweige fielen, schien sie unendlich lange zu brauchen, um zu den Gefährten zu gelangen. Fritti, starr vor Entsetzen, hatte das Gefühl, tief unter Wasser zu sein.

Die abenteuerliche Gestalt kam schliddernd zum Stehen. Einen Augenblick lang fiel das Licht des Auges voll in ihr Gesicht – es war das Gesicht Grillenfängers.

Bevor der entsetzte und verwirrte Fritti sich rühren oder etwas sagen konnte, warf Grillenfänger den Kopf zurück und heulte wie der schneidendste Wintersturm.

»Rennt! Rennt!« schrie die verrückte Katze. »Sie kommen! Rennt!«

Dachschatten und Raschkralle hatten sich jetzt kerzengerade aufgerichtet. Als wolle er Grillenfängers Geheul noch verstärken, erhob sich aus dem Dunkel der umliegenden Wälder ein furchtbarer, würgender Schrei. Mit einem Satz war Grillenfänger an Fritti und den Gefährten vorbei und verschwunden. Ein zweites furchteinflößendes Heulen zerriß die Luft. Besinnungslos und vor Entsetzen schreiend, setzten die drei Grillenfänger nach und rannten in den Wald, fort von diesem gräßlichen Geräusch.

Traumjäger kam sich vor wie in einem furchtbarem Traum – das Flakkern des Augen-Lichts und der Dunkelheit machten ihn beinahe blind. Vor ihm war Grillenfänger kaum zu sehen, um den Steine und Wurzeln hochwirbelten. Der Wald schien an ihm vorbeizurauschen. Er hörte, wie Raschkralle und die *Fela* sich abmühten, mit ihm Schritt zu halten. Sie rannten und rannten, sie dachten weder an eine List noch an ein Versteck, sondern nur an Flucht . . . Flucht!
Nun war nur noch Raschkralle an seiner Seite – keuchend trieb er sich, rasend vor Entsetzen, auf seinen kurzen Beinchen vorwärts. Fritti ließ ihn hinter sich. Ohne nachzudenken, wurde Traumjäger langsamer und wandte sich um, um ihn anzufeuern. Da krachte es über seinem Kopf, und etwas sprang aus den Bäumen herab. Traumjäger spürte, wie scharfe Krallen sich in sein Fell gruben und ihm den Rükken aufrissen; dann wurde er zu Boden gequetscht, und sein *ka* floh in völlige Finsternis.

18. Kapitel

Ich sah den Tag meines Unheils kommen.
Am Morgen stieg die Sonne trübe über uns auf
und abends sank sie in eine dunkle Wolke
und sah aus wie eine Kugel aus Feuer.

Schwarzer Falke

Ein erneuter erschütternder Aufprall brachte Fritti in die wache Welt zurück. Zerschunden und erschöpft lag er mit geschlossenen Augen da. Er spürte den bitterkalten Regen, der auf ihn niederprasselte und sein Fell durchtränkte. Der plötzliche Ruck – war er geworfen oder gestoßen worden? – hatte ihm den Atem geraubt. Als er wieder Luft in die Lunge sog, nahm er einen Geruch wahr, der ihm ein Prickeln über die Haut jagte: kalte Erde und salziges Blut – und den satten, durchdringenden Moschusgeruch eines Tieres. Unwillkürlich krampften sich seine Muskeln zusammen, und ein stechender Schmerz schoß durch Rücken und Schultern. Er unterdrückte einen Laut des Protestes.

Langsam und vorsichtig öffnete er ein Auge. Doch als kaltes Regenwasser hineinfloß, schloß er es sogleich wieder. Kurz darauf versuchte er es noch einmal. Unmittelbar neben der Spitze seines blutigen Mauls sah er das elende, verdreckte Gesicht Grillenfängers, der sich neben ihm am Boden krümmte. Über Grillenfängers gebogenen Rükken erblickte er ein kleines Stück von Raschkralles buschigem Schwanz.

»Da siehst du's. Ich sagte dir doch, der kleine Schmutzfink würde aufwachen. Jetzt kann er sein sonnenverfluchtes Gewicht selber schleppen.«

Als diese Worte so nahe an seinem Kopf ertönten, fuhr Fritti unwillkürlich zusammen. Die Stimme sprach den Höheren Gesang, doch in einer unbeholfenen, stockenden Weise und mit vielen Mißtönen und Nuscheleien durchsetzt. Die rauhen Laute hatten etwas Gewalttätiges.
Die Ohren an den Kopf gepreßt, drehte sich Fritti behutsam, um über seine Schulter zu schauen. Dort ragte etwas Großes, Furchteinflößendes auf.
Drei Katzen starrten auf Fritti und seine Gefährten nieder. Sie waren groß, ebenso groß wie Lichtjäger und Mondjäger, Zaungängers Begleiter – doch sie sahen völlig anders aus: Sie waren nicht so, wie Katzen aus dem Volk aussehen sollten. Ihre schlangenähnlichen Gesichter hatten flache Stirnen und breite Backenknochen, und ihre Ohren lagen platt an den Schädeln. Drei riesige, tiefliegende Augenpaare, in denen ein unruhiges Feuer loderte, stachen aus diesen Gesichtern. Ihre muskulösen Körper waren knorrig untersetzt und kraftvoll, und sie endeten in breiten spatelförmigen Tatzen mit . . . roten Krallen, blutroten, gekrümmten Nägeln.
Frittis Herz begann vor Angst schneller zu schlagen. Eines der Tiere näherte sich ihm mit seltsam glitzernden Augen. Wie die anderen hatte es ein rußschwarzes Fell mit ein paar ausgebleichten sandfarbenen Flecken an der Unterseite.
»Komm hoch, *me'mre*«, fauchte das Tier. »Du bist lange genug getragen worden. Von nun an wirst du allein hoppeln oder meine Zähne zu spüren kriegen.« Es bleckte seine scharfen, spitzen Zähne. »Kapiert?« Das Tier beugte sich über Traumjäger. Sein Atem stank nach Aas. Das Entsetzen schnürte Fritti die Kehle zu, und sein Magen rebellierte, so daß er nur schwach seinen Kopf bewegen konnten.
»Gut. Dann kannst du jetzt aufstehen, und deine elenden Freunde ebenfalls.« Traumjäger, der den Blick dieser furchtbaren Augen nicht länger aushalten konnte, riskierte einen raschen Blick zu seinen Gefährten. Nun konnte er Raschkralles Gesicht erkennen. Das Kätzchen war wach, doch es wirkte wie vor Schreck gelähmt und benommen. Raschkralle erwiderte seinen Blick nicht.
»He, du da!« Traumjäger drehte den Kopf. »Merke dir: Wenn ich

›aufstehen‹ sage, tust du gut daran, es auch zu tun. Es ist Kratzkralle, der mit dir spricht, ein Anführer der Krallengarde. Oder glaubst du, ihr hättet eure elenden Knochen noch, weil ich euch kleine Maden so gern hätte? Hoch jetzt!«
Schmerzverkrümmt rappelte Fritti sich auf. Er fühlte, wie eine Flüssigkeit, dicker und wärmer als Regen, sein Rückenfell näßte. Er hatte den verzweifelten Wunsch, sich zu lecken und seine Wunde zu säubern, doch seine Furcht war stärker.
Kratzkralle fauchte die beiden anderen Tiere an. »Langzahn! Hartbiß! Die Sonne soll euch rösten, steht nicht herum – Gebt diesen Faulenzern ein paar Tritte, damit sie auf die Pfoten kommen! Wenn ihr ihnen ein Ohr abbeißen müßt, dann tut's. Den Fetten wird's nicht stören, wenn sie nicht so manierlich aussehen.« Kratzkralle lachte. Es war ein knirschendes, heiseres Lachen, das schmerzhaft in Frittis Ohren dröhnte. Die anderen Krallenwächter kamen herbei und zogen die stummen Grillenfänger und Raschkralle hoch.
Zum ersten Mal, seit er wieder wach war, warf Fritti einen Blick auf die Umgebung. Offensichtlich waren sie noch immer im Rattblatt-Wald – auf allen Seiten liefen Baumreihen in die Nacht. Nieselregen spritzte durch das Geäst, und der Boden war matschig und tief.
Als die drei Gefährten sich langsam in Marsch setzten, war alles, was Fritti denken konnte: Ich werde sterben. Ich habe Goldpfote nicht gefunden, und jetzt werde ich darüber sterben.
Dann, als die Krallenwächter sie mit grausamen Tatzenhieben gegen ihre Köpfe und Flanken vorwärtstrieben, fragte er sich: Wo ist Dachschatten?

Obgleich es Fritti vorkam, als seien sie schon eine Ewigkeit unterwegs gewesen, verriet ihm die Luft, daß die Zeit des Letzten Tanzes erst halb vorüber war. War wirklich erst so kurze Zeit vergangen, seit er, Raschkralle und Dachschatten sich warm und wohlig zusammengerollt hatten? Er blickte auf seinen jungen Freund, der vor ihm humpelte. Armer Raschkralle – wäre er doch bloß nicht mitgekommen. Als er die kleine, verschmutzte Gestalt betrachtete, spürte er, wie ein unbekanntes Gefühl heiß in ihm aufstieg: Haß. Die riesigen mißgestalteten Geschöpfe, die sie mit Püffen und Fauchen vorantrieben, waren nur allzu körperlich, doch weil sie wirklich da waren, konnte man sie hassen. Wohin gingen sie? Wohin brachten sie diese Untiere? Fritti wußte es – zum Hügel.

So gab es wenigstens etwas, das er wußte; das Unheil war nicht mehr unsichtbar. Das erschien ein wenig tröstlich, obgleich Fritti nicht sagen konnte, warum.

Trotzdem, es war sinnlos, allzuviel zu grübeln, weil er wußte, daß er – wieder stellte sich dieser Gedanke ein – sterben würde.

Grillenfänger, der den Zug anführte, hatte angefangen, vor sich hin zu brummeln. Traumjäger konnte die einzelnen Wörter des wütenden Gemurmels nicht verstehen, und die Krallenwächter konnten es offenbar ebensowenig. Nach einer kurzen Weile achteten sie nicht mehr darauf, doch Fritti spürte, wie in der alten, verrückten Katze etwas wuchs, eine allmählich steigende Spannung. Er wurde besorgt.

Mit einem zornigen Geheul ging Grillenfänger auf Langzahn los, den Wächter, der ihm am nächsten war. »Kriecher!« kreischte die zerlumpte alte Katze. »Dein Lied ist widerlich! Ich kenne deinen Schmutz und deine Dunkelheit!« Langzahns Lippen kräuselten sich vor Überraschung, und er wich fast unmerklich zurück, so daß Grillenfänger an ihm vorbei in die Bäume springen konnte. Traumjägers Herz raste.

Der Krallenwächter war nur einen Herzschlag lang aus der Fassung; dann sprang er Grillenfänger aufheulend nach. Er bekam ihn nach wenigen Augenblicken zu fassen, warf die zerlumpte Katze mit einem Schlag in den Schlamm und sprang auf ihren Rücken. Ein rasendes Geheul erhob sich – Fritti konnte nicht sagen, wer von beiden es ausstieß –, und dann richtete Grillenfänger sich überraschend auf und schlug mit seinen Krallen nach Langzahns Schnauze. Sein Fell starrte vor Schmutz, als er sich hochzustemmen versuchte; sekundenlang schien er zu wachsen, stark zu werden. Dann, als Langzahn seine sieben Sinne wieder beisammen hatte und erneut angriff, erkannte Traumjäger, daß Grillenfänger nicht mehr war als eine alte Katze, von Irrsinn gehetzt, im Kampf gegen ein Ungeheuer, das zweimal so groß

war wie sie selbst. Während sie einander umklammerten, landete Langzahn einen krachenden Schlag in Grillenfängers Gesicht, und der Alte fiel schlaff auf den schlammigen Boden. Aus seiner Nase rann Blut, und er lag stumm da. Der Krallenwächter zischte wie eine *hlizza* und sprang vor, um ihm die Kehle durchzubeißen, doch da ertönte Kratzkralles rauhe Stimme.
»Halt oder ich kratze dir die Augen aus!« Langzahn, dessen glitzernde Augen jetzt dunkel vor Blutgier waren, zögerte einen Augenblick. Er bleckte die Zähne, dann drehte er sich um. Er starrte Kratzkralle an, der vor sich hin lachte. Es war ein trockenes gemeines Lachen.
»Na«, sagte er, »der alte Spinner hat dich ganz hübsch zum Narren gemacht, nicht wahr?« Langzahn blickte in unverhülltem Haß zu seinem Anführer hinüber, doch er hielt sich von Grillenfänger fern. »Wäre dir auch beinahe entwischt, oder?« höhnte Kratzkralle. »Es war deine Schuld, und nun kannst du ihn für eine Weile tragen. Du kannst nur hoffen, daß die alte, erbärmliche Rattenhaut noch atmet, denn der Fette wollte diese Vögelchen lebend – zumindest, bis er sie gesehen hat. Was, glaubst du, würde er mit dir machen, wenn du dich da einmischen würdest, mein Freund?« Kratzkralle grinste. Langzahn, der beeindruckt schien, wich von der zusammengekrümmten Gestalt Grillenfängers zurück.
»Er könnte dich der Zahngarde übergeben, meinst du nicht? Das wäre aber unangenehm!« Langzahn schauderte, und er wich dem Blick seines Anführers aus. Vorsichtig ging er zu der alten Katze und beschnüffelte sie, dann nahm er sie in sein Maul.
»Sehr gut«, sagte Kratzkralle und winkte Hartbiß zu, der regungslos zugeschaut hatte. »Laßt uns gehen. Das Feuer-Auge wird sich bald öffnen. Wir müssen uns beeilen, wenn wir zum Westlichen Maul kommen wollen.«

Fritti und sein junger Freund wurden in gleichmäßig hohem Tempo vorwärtsgetrieben, ohne daß sich ihre Schritte hätten verlangsamen dürfen. Der stetige Regen war stärker geworden, durchtränkte ihr Fell und verwandelte den Wald in einen schlüpfrigen Morast.
Als es so schien, als könne es für die Gefangenen nicht mehr schlim-

mer kommen, begann der Regen sich in Hagel zu verwandeln. Traumjäger mußte, als er den stechenden Aufprall der Eiskörner spürte, an die *Rikschikschik* und ihren Angriff aus den Baumwipfeln denken. Dieser Angriff jedoch nahm kein Ende, und sein Körper war bereits kalt und zerschlagen. Als er und Raschkralle versuchten, ihre Richtung ein wenig zu ändern, um mehr Schutz durch die Bäume zu gewinnen, stießen Kratzkralle und seine Kumpane sie wieder auf den Pfad zurück. Die Untier-Katzen kümmerten sich nicht um die Hagelkörner – zumindest schien es so – und schienen mehr darum bemüht, rasch zu einem wichtigen Treffen zu gelangen. Fritti und Raschkralle, stumm und zerschlagen, hielten ihre Köpfe gesenkt und eilten weiter. Die ersten Anzeichen der Dämmerung begannen den Rand des Vez'an-Himmels blau zu färben, und die Krallenwächter waren unruhig geworden.
Einem unverständlichen Befehl Kratzkralles folgend, sprang Hartbiß jählings nach vorn und verschwand in einem Dickicht von Adlerfarnen. Die übrigen verharrten abwartend in der unheimlichen Stille des Rattblatt-Waldes. Dann tauchte Hartbiß' Reptilienkopf wieder auf und nickte einmal. Kratzkralle gab durch ein leises Knurren seine Zustimmung.
»Vorwärts, ihr elenden Quieker, in die Büsche mit euch!«
Langzahn, der immer noch Grillenfängers stumme Gestalt trug, folgte Hartbiß in das Dornengestrüpp. Nach einem kurzen Zögern – er dachte einen Augenblick lang daran, die Flucht zu wagen, ehe er einsah, daß er Kratzkralle nie entkommen würde – folgte Traumjäger dem Krallenwächter. Raschkralle, den Blick noch immer nach innen gerichtet, stolperte ihm nach. Hier werden sie uns vermutlich töten, dachte er.
Traumjäger hatte plötzlich das Gefühl, der Tod sei gar nicht so schlimm, ja er war fast dankbar, den Kampf aufgeben zu können.
Vom Anführer der Krallengarde angetrieben, der den Schluß bildete, suchten sie sich gebückt ihren Weg durch das dornige Rankengewirr. Traumjäger, der seine Augen halb geschlossen hielt, um sie vor plötzlich auftauchenden Dornen zu schützen, stolperte fast kopfüber in das Loch, das sich vor ihm auftat. Es war geräumig und dunkel, und ein

Tunnel wurde sichtbar, der mit einer scharfen Biegung im Erdinneren verschwand. Am Tunneleingang spähte Raschkralle mit schreckgeweiteten Augen über Traumjägers Schulter umher. Sein Mund zuckte kurz, doch es kam bloß ein schwacher Klagelaut hervor.
Kratzkralle brach durch die Ranken. »Los«, sagte er, »ihr Oben-Kriecher, oder ich werde euch Beine machen.« Mit glühenden Augen schob sich seine unförmige Gestalt drohend näher. Fritti war unschlüssig. Vielleicht war es besser, im Freien zu sterben, als wie eine Ratte unten in einem kleinen Loch umgebracht zu werden. Als er jedoch Kratzkralle sah, kehrte ein Teil seines Hasses zurück, und er wünschte noch eine Weile zu leben. Warum sollte der riesige Krallenwächter sie in einen Tunnel befördern, wenn er sie ohnehin töten wollte? Vielleicht hatte er die Wahrheit gesprochen, als er Langzahn zur Ordnung gerufen hatte. Solange sie am Leben waren, gab es immer eine Hoffnung, zu entkommen.
Ich schätze, kam er zum Schluß, ich habe keine andere Wahl. Während er vorsichtig in das dunkle Loch hinabstieg, sah er sich nach Raschkralle um. Das Kätzchen war so verängstigt, daß es vor dem Tunneleingang zurückwich und sich anschickte, fortzurennen.
Traumjäger war in höchster Erregung. Kratzkralle, dessen brutales Gesicht sich bereits ungeduldig verzerrte, konnte eingreifen. Als Fritti, unsicher, was er tun sollte, zögerte, schossen die blutroten Krallen des Anführers vor. Fritti, zum Handeln gezwungen, sprang vor, duckte sich unter einem Tatzenhieb des verblüfften Kratzkralle und stieß den sich sträubenden Raschkralle auf das Loch zu. Das entsetzte Kätzchen wehrte sich, spreizte die Beine und krallte sich im feuchten Untergrund fest.
»Ist schon gut, Raschkralle, wir schaffen das schon«, hörte Traumjäger sich sagen. »Vertrau mir – sie werden dir nichts tun, ich sorge dafür. Komm weiter, wir müssen gehen.« Er haßte sich selbst, daß er das verängstigte Kätzchen mit Gewalt in den dunklen, schrecklichen Bau trieb. Stoßend und mit den Zähnen an ihm zerrend, gelang es ihm, Raschkralle loszureißen, und sie stiegen in die Finsternis hinab.

19. Kapitel

... und durch das fahle Tor stürzt schwellend
ein Spukhauf her,
auf & davon – sie lachen gellend –
doch lächeln nimmermehr.

Edgar Allan Poe

Die Wände und der Boden des Tunnels waren feucht. Eklig-weiße Wurzeln und Stücke anderer Art, über die Fritti nicht nachdenken mochte, traten aus dem Erdreich des Tunneldachs hervor. Je weiter sie sich vom Eingang entfernten, desto schwächer wurde das Licht, und es wäre gewiß gänzlich verschwunden, wäre nicht von der Erde, in die der Tunnel gegraben war, ein schwaches phosphoreszierendes Leuchten ausgegangen. In diesem ungewissen, geisterhaften Licht bewegten sie sich abwärts wie die Geister von Katzen, die in der Leere zwischen den Sternen wandelten.

Nachdem Raschkralle sich einmal unter der Erde befand, verfiel er aufs neue in seinen schleppenden Gang, und es schien kaum noch Leben in ihm zu sein. Der Lehm unter ihren Pfoten klebte und zerbröselte zwischen ihren Ballen. Es herrschte völlige Stille.

Nach einiger Zeit holten sie die anderen beiden Krallenwächter ein, von denen Langzahn immer noch seine schmutzige Last trug. So bewegten sie sich vorwärts: Fritti und Raschkralle, vorn und hinten von roten Krallen, oben und unten von feuchter, fester Erde eingeschlossen.

Es war Fritti nicht möglich einzuschätzen, wieviel Zeit verging. Der Trupp, Wächter und Gefangene, ging und ging, doch das nichtssa-

gende Erdreich veränderte sich nicht; das trübe, ekelerregende Leuchten der Tunnelerde nahm weder zu noch ab. Tiefer und tiefer stiegen sie hinab, ohne einen Laut, außer dem Geräusch ihres Atems und einem gelegentlichen unverständlichen Wortwechsel zwischen den Krallenwächtern. Es kam Traumjäger vor, als halte er sich schon eine Ewigkeit in diesem dunklen Loch auf. Er glitt in eine Art Traumzustand, verließ ihn wieder. Er dachte an die Alten Wälder, an einfallende Sonnenstrahlen, die den Waldboden erleuchteten ... er dachte an Goldpfote, mit der er durch das wunderbar duftende kitzelnde Gras rannte – an Jagen und Gejagtwerden, bis man sich schließlich niederließ, um in der sommerlichen Wärme zu dösen.
Das kalte, unerwartete Ringeln eines flüchtenden Wurmes unter seiner Pfote stieß ihn in die Dunkelheit zurück. Hinter sich konnte er den rasselnden Atem Kratzkralles hören. Er fragte sich, ob er jemals wieder das Sonnenlicht erblicken würde. Schließlich siegte Frittis Hunger über seine Träumereien, und er begann den Würmern, die durch die feuchte Erde des Baus krochen, mehr Aufmerksamkeit zu schenken. Nach mehreren Versuchen fing er einen und mit einigen Schwierigkeiten gelang es ihm, den Wurm im Marschieren herunterzuwürgen. Er empfand es als furchtbar, nicht stehenbleiben zu können, solange er aß, doch er fürchtete die Folgen, falls er langsamer ging. Obgleich es ein schwieriges Geschäft war, fühlte er sich ein wenig besser, nachdem er den Bissen verzehrt hatte, und sobald er konnte, fing er einen weiteren und aß ihn ebenfalls. Den nächsten versuchte er Raschkralle hinüberzuschieben, doch das Kätzchen achtete nicht auf ihn. Nach mehreren fruchtlosen Versuchen, ihm den sich krümmenden Happen aufzudrängen, gab Fritti auf und aß den Wurm selber.
Der Tunnel begann anzusteigen. Nach kurzer Zeit erreichte der Zug eine kleine unterirdische Höhle, nicht mehr als zwei Sprünge breit, doch mit einer hohen Decke. Im Inneren der Höhle war die Luft ein wenig frischer, und als Kratzkralle haltmachen ließ, war Fritti mehr als froh, sich setzen, Atem schöpfen und seine schmerzenden Pfoten und Beine ausstrecken zu können. Mühselig begann er den schlimmsten Schmutz und die Steinchen, die sich zwischen die Pfotenballen

gesetzt hatten, zu entfernen. Dann begann er die Wunde an seiner Schulter zu lecken. Das Blut war getrocknet, und das Fell war steif verkrustet. Es tat weh, als er es reinigte. Raschkralle saß regungslos neben ihm, als sei er gelähmt; als Fritti sich ihm zuwandte und ihn zu lecken begann, fügte er sich stumm.

Kratzkralle und die beiden anderen Wächter hatten sich am anderen Ende der Höhle leise unterhalten. Langzahn kam herbei und ließ den Körper des bewußtlosen Grillenfängers neben den Freunden zu Boden fallen. Nachdem Kratzkralle ihm zugenickt hatte, huschte er am gegenüberliegenden Höhlenausgang in den Tunnel. Hartbiß und der Anführer streckten ihre langen, sehnigen Körper auf dem Boden der Erdhöhle aus und starrten ihre Gefangenen an. Fritti, der beschlossen hatte, daß es am besten war, sie so gut es ging, nicht zu beachten, fuhr fort, Raschkralles Fell vom Schmutz zu säubern und die zahlreichen Kratzer und Abschürfungen der jungen Katze zu lecken. Grillenfänger stöhnte einmal und regte sich, wachte jedoch nicht auf.

Schließlich ertönte aus der Richtung, in die Langzahn verschwunden war, ein gedämpftes Heulen. Auf Kratzkralles Befehl – der in einem leisen Fauchen und einer ruckartigen Kopfbewegung bestand – verschwand Hartbiß ebenfalls im Tunnel, unmittelbar bevor der Widerhall des Geheuls von den Kalkwänden verklungen war. Weiter oben im Gang gab es einen Tumult. Fritti konnte die streitenden Stimmen von Langzahn und Hartbiß hören. Kurz darauf erschienen beide in der Höhle, ein schlaffes, massiges Bündel hinter sich herschleppend. Kratzkralle erhob sich und trottete mit gespreizten Tatzen zu ihnen herüber, um ihre Beute in Augenschein zu nehmen.

»Hab ihn erwischt, wo der Tunnel sich gabelt und nach oben in die Talmauer hinaufführt«, sagte Langzahn, mit heraushängender Zunge grinsend. »Genau wie du's gerochen hast. Ich schnappte ihn, als er gerade woanders hinguckte. Dann mußte ich ihn schnell runterziehen, bevor das Feuer-Auge mich verbrannte. Beim Meister, er ist groß, nicht wahr?« Nachdem er seine Rede beendet hatte, drehte Langzahn sich herum und begann stolz eine Wunde an seiner Flanke zu lecken.

Gegen seinen Willen beugte Fritti sich voller Interesse vor und starrte

in das trübe Höhenlicht. Das Bündel, das die beiden Krallenwächter herbeigeschleppt hatten, war ein Tier. Der verkrümmten Gestalt entfuhr ein schwacher Laut des Schmerzes.
Kratzkralle sah zu Fritti hinüber. »Komm her und sperr die Augen auf, kleiner Schlammkriecher«, sagte er. »Hab keine Angst. Der hier tut dir nichts mehr!« Das Lachen des Anführers hallte durchdringend von den Höhlenwänden wider. Zögernd bewegte sich Traumjäger vorwärts.
Auf dem feuchten Steinboden lag ein großer Heuler, der aus zahlreichen Wunden am Bauch und im Gesicht blutete. Als Fritti an Kratzkralle vorbeispähte, öffnete der Hund seine Augen und starrte sie trübe an. Er war so groß wie die Krallenwächter; Fritti war erschreckt und überrascht zugleich, zu erfahren, daß eine dieser Ungeheuer-Katzen ganz allein einen Hund erlegen konnte, der so groß war wie sie selbst. Der Heuler blinzelte – beim vergeblichen Versuch, das Blut aus seinen Augen zu entfernen – und jammerte qualvoll. Er hatte innere Verletzungen und lag im Sterben. Traurig und verwirrt ging Fritti in seinen Winkel zurück.
Langzahn hörte auf, seine Wunde zu lecken und sagte zu Kratzkralle: »Wir müssen denen dort doch nichts abgeben« – und er deutete auf Fritti und Raschkralle – »oder?«
Kratzkralle blickte zu den beiden Freunden hinüber – Fritti war wachsam und nervös, Raschkralle gelähmt und stumm.
»Wir müssen sie lediglich lebend nach Vastnir bringen. Unsere schmalen Mahlzeiten müssen wir nicht mit ihnen teilen.« Nachdem er das gesagt hatte, hob Kratzkralle seine Tatze mit den roten Krallen und schlitzte mit einem raschen Hieb den Bauch des *fik'az* auf. Darauf begann der Krallenwächter, obgleich die schrecklichen Todesschreie noch andauerten, zu fressen. Fritti rollte sich um Raschkralle zusammen und versuchte, die Schreie zu überhören.

Nachdem die Krallenwächter ihre Mahlzeit beendet und den Boden der Höhle mit den schauerlichen Überresten übersät hatten, schliefen sie. Auf Kratzkralles schlaue Anweisung streckten Langzahn und Hartbiß ihre gefüllten Wänste vor den Höhlenzugängen aus. Als sie sich auf ihre Rücken rollten, um, die Beine in die Luft gereckt, zu schlafen, versperrten sie sehr wirkungsvoll die Fluchtwege. Traumjäger blieb nichts anderes übrig, als hilflos neben Raschkralle und Grillenfänger liegenzubleiben, während die Untiere ihre Mahlzeit verdauten.

Fritti hatte keine Ahnung, wie lange er neben seinen beiden stummen Gefährten lag und auf das Schnarchen ihrer schlafenden Bewacher lauschte. Er sank in einen unsteten Schlaf und wurde von einem fremdartigen Geräusch geweckt. Zuerst, noch halb benommen, stellte er sich vor, er liege im Sterben und die Aasvögel seien vom Himmel gekommen, um ihm das Fleisch von den Knochen zu reißen. Er glaubte sie überall ringsum zu hören, wie sie ernsthaft um die besten Bissen stritten. Ihre Stimmen waren rauh, leise und kalt...

Als er ganz wach war, lauschte er auf die geisterhaften Geräusche, die die Höhle erfüllten. Das waren keine großen alten Aasvögel. Noch immer auf ihren Rücken liegend, gegen die Höhlenwände aus feuchtem Stein gestemmt, hatten die Krallenwächter zu singen begonnen.

Ein Tag wird kommen,
Wo über dem Hügel
Kein Licht leuchten wird
Und den Grund bescheinen –
Und aus der Tiefe,
Wo die Alten schlafen,
Wird unser Volk kriechen,
Ohne einen Laut...

Es muß sich nicht mehr verbergen
Und die Nacht erwarten,
Nicht mehr scheuen
Das heiße Licht des Tags.
Die Sonne wird sterben,
Und Du und Ich,
Wir werden hinauffliegen,
Um zu jagen und beißen...

Die Sonne, die Sonne,
Die Sonne wird sterben
Und sterbend wird sie
Vom Himmel gleiten.
Und in der Finstenis
Werden wir alles erobern,
Was wir entbehrten.
Die Sonne wird sterben . . .

Immer wieder wiederholten die gräßlichen Stimmen den Gesang, sangen ächzend das Lied der Finsternis, des Hasses und der Rache – Nacht kroch über die Erde, Blut befleckte Steine und Erde, und das Volk des Hügels erhob sich und machte sich alles untertan.
Neben Fritti öffnete Grillenfänger die Augen. Er begann sich aufzurichten, dann sank er zurück und lauschte unbeweglich und wortlos dem eintönigen Lied. Traumjäger sah, wie er müde und qualvoll den Kopf schüttelte und dann wieder die Augen schloß. Der Gesang der Krallenwächter schien kein Ende zu nehmen.
Nach einiger Zeit fiel Traumjäger zurück in einen bedrückenden, steinschweren Schlaf.

20. Kapitel

Sieh! einen Thron sich errichtet hat
der Tod in einer gar seltsamen Stadt;
im düsteren Westen man einsam sie find't...

Edgar Allan Poe

Jenseits der Höhle schien es im Tunnel wärmer zu werden. Fritti wußte, daß über der Erde der Winter herrschte; dort fielen Schnee und gefrorener Regen. Hier, tief unter der Erde – *wie* tief, konnte Traumjäger unmöglich wissen – wurde die Luft schwer von Hitze und Feuchtigkeit.

Grillenfänger war wieder auf den Beinen. Im Gehen murmelte er leise vor sich hin, zeigte aber ansonsten keine Regung des Widerstandes gegen seine Bewacher. Langzahn, dessen Wunde am Maul, die Grillenfänger ihm beigebracht hatte, noch nicht ganz verheilt war, hatte großes Vergnügen dabei, den alten Kater zu quälen, der so abgemattet war, daß er allen Versuchen des Wächters, ihn in Wut zu bringen, widerstand. Traumjäger, der sich auf bleiernen Beinen dahinschleppte, spürte abermals das Pochen aus dem Hügel. Hier, unter der Erde, nahm er es anders wahr, und das Vibrieren drang tiefer in seine Knochen und Nerven. Der Pulsschlag schien langsamer und kräftiger geworden zu sein, alles durchdringend und zugleich auf merkwürdige Weise natürlicher. Traumjäger wußte, daß sie sich ihrem Bestimmungsort näherten.

»Du kannst es fühlen, nicht wahr?«

Die rauhe krächzende Stimme schreckte Fritti auf. Kratzkralle war ihm dicht auf den Fersen und beobachtete ihn, verfolgte jede seiner Bewegungen mit seinen unangenehmen gelben Augen. »Ich sehe,

daß du angefangen hast, auf Vastnirs Lied zu lauschen. Du hast eine gute Nase, kleiner Käfer, ist es nicht so, Stern-Gesicht?« Der Anführer schloß zu Fritti auf. Die mächtige, muskelbepackte Gestalt, die über ihm aufragte, schüchterte Fritti ein und machte ihm das Sprechen schwer. »Ich fühle ... etwas«, stammelte er. »Ich hab's schon vorher gefühlt ... über der Erde.«
»Schön«, sagte Kratzkralle mit boshaftem Grinsen, »du bist wirklich ein schlaues, schnelles Kerlchen. Mach dir keine Sorgen ... dort, wohin wir gehen, gibt es eine Menge Volk, die einem klugen jungen Kater die gebührende Aufmerksamkeit schenken werden – vielleicht mehr Aufmerksamkeit, als dir lieb sein wird.« Mit einem kalten, düsteren Grinsen, das wenige Zähne entblößte, ließ sich der Anführer der Krallengarde wieder hinter Fritti zurückfallen. Die Haut um die Barthaare des jungen Katers juckte und kribbelte. Er wünschte sich, nichts und niemand würde an ihm noch mehr Interesse nehmen, als es bereits der Fall war. Er hastete voran, um die schweigenden Grillenfänger und Raschkralle einzuholen. Die Erde vibrierte pochend.

Bald begann der Tunnel breiter zu werden. Etwa alle hundert Schritte kam der Trupp an Seitengängen oder Höhlen vorbei – diese waren schwer zu unterscheiden, weil sie nichts als dunkle Löcher in der Wand des Haupttunnels waren. Die Luft erwärmte sich ständig, es herrschte eine feuchte Hitze, die Fritti und seine Gefährten träge machte. Grillenfänger warf seinen Kopf hin und her, als wolle er etwas verscheuchen. »Nun wieder hier, zurück in den Löchern – niemals, niemals ...« Die verrückte alte Katze warf zunächst dem teilnahmslosen Raschkralle, dann Fritti einen flehentlichen Blick zu, doch Traumjäger konnte nur den Kopf schütteln.
»All dieses Bim-bam, Schlagen und Nagen ... kann nicht ... kann nicht ...?« Grillenfänger verdrehte die Augen und verfiel wieder ins Murmeln. Traumjäger stieß Raschkralle sanft mit dem Kopf.
»Hast du ihn gehört, Raschkralle? Was hältst du von alledem? Da sträuben sich die Barthaare, was?« Fritti wartete vergeblich auf eine Antwort und versuchte es noch einmal. »Welch eine Geschichte werden wir zu erzählen haben, wenn wir wieder beim Mauertreff sein

werden, meinst du nicht auch? Glaubst du, daß das Volk uns glauben wird?«
Nach einer Weile hob Raschkralle den Kopf und blickte Fritti traurig an.
»Wo ist meine Freundin Dachschatten?« fragte er. Seine Stimme war so leise, daß Traumjäger seine Ohren nach vorn stellen mußte, um die Worte zu verstehen.
»Wir werden sie finden, Raschkralle, ich verspreche es. Ich schwöre es bei meinem Schwanznamen – wir werden hier herauskommen und sie finden!«
Das Kätzchen blickte ihn einen Augenblick verwundert an, dann senkte es den Blick wieder auf den Boden.
Bei Himmeltanz' Ohren! Fritti verfluchte sich selbst. Wann werde ich endlich aufhören, Versprechungen zu machen, die ich nie und nimmer einlösen kann? Trotzdem, dachte er, ich mußte Raschkralle irgend etwas sagen. Er sieht aus wie jemand, der sich in jeder Sekunde hinlegen und zu den Feldern des Jenseits fliehen kann. Wenigstens habe ich ihm ein paar Worte entlockt.
Traumjäger fiel nun auf, daß das Geräusch des Tunnels sich verändert hatte. Unter dem fast lautlosen Tapp-tapp ihrer Pfoten glaubte er ein schwaches Stimmengesumm ausmachen zu können – Katzenstimmen, doch weit entfernt.
Unmittelbar vor ihm drehte Hartbiß sich um und zischte: »Wir werden bald zu Hause sein. Es ist auch euer Zuhause – jedenfalls für kurze Zeit.«
Schließlich verbreiterte der unterirdische Pfad sich nochmals und führte abwärts. Das Pulsieren war beständig und beinahe vertraut geworden, und die Stimmen, die Fritti zuvor gehört hatte, erklangen lauter und lauter. Dann, als es schien, als müßten sie jeden Augenblick ihr Ziel erreichen, gebot Kratzkralle dem Trupp Halt.
»Wir werden nun«, sagte er und faßte Fritti und seine Kameraden mit strengem Blick ins Auge, »Vastnir durch eines der Kleineren Tore betreten. Beim geringsten Fluchtversuch werde ich euch in Stücke reißen, und ich werde es mit Vergnügen tun. Und, nur für den Fall, daß ihr euer Glück trotzdem versuchen wollt« – hierbei sah er Gril-

lenfänger scharf an, der verlegen die Augen abwandte – »selbst wenn ihr schnell und geschickt genug seid, an mir vorbeizukommen – was ich bezweifle –, werdet ihr wünschen, unter meinen Klauen gestorben zu sein, das verspreche ich euch. Die Krallenwächter sind nicht die Schlimmsten, die im Vastnir-Hügel zu Hause sind.« Kratzkralle wandte sich an die beiden anderen Krallenwächter. »Und ihr zwei, denkt daran, daß niemand sich einmischen darf – insbesondere nicht die Zahngarde. Die Gefangenen bleiben bei uns, bis ich einen anderen Befehl gebe, versteht ihr? Es ist besser so.«
Alle folgten Kratzkralle nach unten, folgten kurz danach einer Biegung des Tunnels und gelangten in einen geräumigen Gang vor dem Tor. Am Ende des Ganges, Schattenrisse gegen ein unstetes blaugrünes Licht, standen, stumm und furchteinflößend, zwei mächtige Krallenwächter, die noch größer waren als Frittis Bewacher. Auf jeder Seite des Einganges, den sie bewachten, thronten auf kleinen Erdhaufen zwei Schädel. Der eine stammte von einem riesigen Heuler, in dessen Augenhöhlen dunkles Leid nistete. Auf der anderen Seite war der Schädel eines großen gehörnten Tieres aufgestellt. Diese vier Wächter blickten erbarmungslos auf Fritti und seine Gefährten herab, als diese durch das Tor geführt wurden. Als sie durch den Ausgang des Tunnelgewölbes in die Tiefen Vastnirs eintraten, überkam Fritti eine sonderbare Empfindung, wie er sie schon in seinem Katzenminze-Alptraum kennengelernt hatte: er spürte ein Brennen auf der Stirn. Was es jedoch auch immer damit auf sich hatte, weder seine Freunde noch die Krallenwächter achteten auf ihn.
Nachdem sie die Schwelle überschritten hatten, enthüllte sich vor Fritti ein Bild, das er sein Leben lang in sich tragen würde.
Vor ihnen gähnte eine riesige Höhle, deren Dach so hoch hinaufreichte wie die Wipfel des Wurzelwaldes. Sie wurde von der leuchtenden Erde erhellt, die sie im Tunnel gesehen hatten, sowie durch den schwachen blauen Glanz von Steinen, die aus dem Gestein der Höhlendecke nach unten vorstießen. Das geisterhafte Licht machte alle, die sich in der Höhle aufhielten, zu Gespenstern und hüpfenden Schatten.
Unten auf dem Boden der Höhle bewegten sich zahllose Katzen hin

und her wie Termiten in faulem Holz. Die meisten von ihnen schienen dem gewöhnlichen Volk anzugehören, obgleich ihre Gesichter so verzweifelt und schmerzverzerrt waren, daß sie fast eine andere Rasse zu sein schienen. Dazwischen bewegten sich die massigen, gewaltigen Krallenwächter und ordneten das Gewimmel der insektengleich hin- und herflutenden Schwärme.

Es ist wie das Gegenstück zu Erstheim, dachte Fritti, wie ein entsetzlicher Traum.

Der Gestank von Angst, Blut und unverscharrtem *me'mre* stieg mit den heißen Luftströmen auf und füllte seine Nüstern bis zum Ersticken. Mit einem Fauchen trieb sie Kratzkralle über vorspringende Felsen und über warmes, feuchtes Erdreich zum Höhlengrund hinab. Sie wanden sich durch die Reihen der Katzen, streiften Volk, das nicht einmal aufblickte, sondern bloß weitertrottete, welch schrecklicher Bestimmung die allgegenwärtige Krallengarde es auch entgegentrieb. Als sie an einer Gruppe vorüberkamen, sah Fritti eine ziemlich kleine Katze mit aufgerissenen Augen und hervortretenden Rippen, die krank zu sein schien. Die ausgemergelte Katze hustete und stolperte und brach auf den Steinen zusammen. Bevor Fritti sich rühren konnte, um ihr beizustehen, drückte sich ein Krallenwächter rücksichtslos an ihm vorbei und beugte sich über die kranke Katze. Dann hob der Rohling sie am Genick hoch und schüttelte sie grausam. Traumjäger konnte Knochen krachen hören; dann schleuderte der Wächter den zermalmten Körper mit einer ungeduldigen Kopfbewegung zur Seite, und die Reihe der Katzen zog weiter. Traumjäger sah ihnen nach, dann starrte er auf den verkrümmten Körper, der unbeachtet und unbeweint im Schmutz lag. Sein Haß flammte auf und wurde dann zu einer ruhigen, stetigen Flamme, tief in seinem Inneren eingeschlossen. Darauf wandte auch er sich ab.

Als Kratzkralles Trupp das entfernte Ende der großen Höhle erreichte und sich dem gähnenden Maul eines weiteren Tunnels näherte, rief eine schrille, durchdringende Stimme: »Kratzkralle!« Das Geräusch schien aus einer der unzähligen Höhlen in der Felswand vor ihnen zu kommen. Als eine undeutliche Gestalt in der Dunkelheit einer Höhlenöffnung auftauchte, gebot der Anführer Halt.

»Was willst du von mir?« fauchte er wütend. Seine Stimme hatte einen sonderbaren Unterton.
»Heißblut wünscht dich zu sehen, Kratzkralle«, sagte die schrille Stimme zischend und höhnisch. Als die Gestalt in der Höhle sprach, konnte Fritti ihre Zähne schimmern sehen, jedoch in ihren Augen spiegelte sich kein Licht.
»Das ist zum Lachen!« fauchte der Anführer. »Das ist mir völlig schnuppe!«
Die Gestalt in der Höhle entblößte abermals ihre Zähne. »Heißblut wünscht zu wissen, wer deine Gefangenen sind. Es sollten keine Gefangenen mehr gemacht werden. Das war die Abmachung, oder?«
»Diese Sache geht nur den Fetten und mich an, und für euch Kriecher gibt es keinen Anlaß, eure haarlosen Schnauzen da reinzustecken. Falls Heißblut etwas von mir will, so wird er mich später in den unteren Katakomben finden.« Kratzkralle schwenkte herum und ging fort.
»Er wird dort auf dich warten«, sagte die Stimme, und aus den Höhlenschatten drang das Geräusch gefühllosen Lachens. Als sie den gewaltigen Tunnel in der Höhlenwand betraten, zischelte Langzahn Kratzkralle zu: »Was können denn die Zahnwächter von diesen Vögelchen wollen?«
Der Anführer knurrte ihn an. »Halt dein Maul!«
Langzahn stellte keine Fragen mehr, und schweigend schritten sie ein Stück in den Tunnel hinein. Als der Gang sich schließlich verbreiterte, gebot Kratzkralle Halt. Er stieß Grillenfänger und Raschkralle roh zur Seite und wandte sich an Hartbiß.
»Du und dieser geifernde Haufen *me'mre*«, bellte er auf Langzahn deutend, »ihr werdet diese beiden in die mittleren Katakomben bringen. Sie dürfen nicht eher woanders hingehen, bis ich es sage. Ich, wohlgemerkt, niemand sonst!« Hartbiß nickte. »Gut. Diesen Überschlauen hier werde ich zu einer besonderen Audienz mitnehmen. Ich denke, jemand, du weißt schon, wer, wird an ihm interessiert sein. Vorwärts!« Damit trieb er Fritti in den Tunnel hinein, während die anderen zwei Krallenwächter Frittis Gefährten auf einen Seitengang zuschoben.

Während er vorwärtsgestoßen wurde, drehte Fritti sich um und rief über die Schulter zurück: »Ich komme zu dir zurück, Raschkralle, mach dir keine Sorgen! Paß auf ihn auf, Grillenfänger!«
Kratzkralle versetzte ihm einen stechenden Schlag mit der Tatze an die Schläfe, der ihm das Wasser in die Augen trieb. »Dummkopf!« krächzte das Untier.

Der gewundene Gang führte tiefer ins Erdinnere hinunter. Der Tunnel, den sie durcheilten, war mit Gesteinsbrocken und Knochenresten übersät, und feuchte Gegenstände ließen Fritti zusammenzukken, wenn er sie mit seinen Pfoten berührte. Er mußte sich an die schmutzigen Wände klammern, wenn er vermeiden wollte, auf den schrecklichen Anführer aufzuprallen.
Nun fiel der Tunnel steil ab. Das schwache Leuchten der Wände wurde von Flecken blauen und purpurnen Lichtes unterbrochen, das von weiter unten im Tunnel widergespiegelt zu werden schien. Während er den abschüssigen Pfad hinabschritt, bemerkte Traumjäger auch eine Veränderung der Luft – sie wurde erheblich kälter. Im Verlauf von zwanzig Schritten war der Frost schärfer geworden, und der Boden unter seinen Pfoten erschien hart, vielleicht gar gefroren. Kratzkralle folgend, zog er den Kopf ein, als sie ein niedrigeres Tunnelstück passierten. Als er seinen Kopf wieder hob, stellte er fest, daß sie in ein großes Gemach getreten waren – sie waren am Sitz Vastnirs angelangt, in der Höhle der Grube . . . dem Herz des Hügels.
Die Höhle war hoch gewölbt, und ihre Decke lag hoch im Dunkel. Rings um eine Mittelgrube waren Risse im Boden, aus denen indigofarbenes Licht hervorbrach, das mit kräftigen Strahlen den Dunst über dem Höhlenboden durchdrang. Die Wände waren wabenartig mit Grotten und Tunnelöffnungen durchsetzt, und überall strömten dunkle Gestalten hin und her. Sie eilten geschäftig am breiten Rand der Grube entlang und kletterten über die zerklüfteten Felsen, um in den oberen Höhlen zu verschwinden.
Fritti sah den gefrorenen Hauch seines Atems in der kalten Luft. Eine Kälte wie diese, so tief unter der Erde – das war erschreckend unnatürlich. Aber in diesem Alptraum schien alles möglich zu sein.

Von Kratzkralle unerbittlich angetrieben, schritt er vorwärts und erblickte die Grube und die massige Gestalt, die sich aus ihr erhob und das ganze unterirdische Gemach beherrschte. Als er näherkam, verwandelte sich sein Staunen in Entsetzen. Aus der dunklen, in Dunst gehüllten Mitte der Grube stieg eine sich windende Masse auf, eine wogende Säule kleiner Körper, die über den Rand des gewaltigen Loches im Höhlenboden herausragte wie ein Vulkan aus einer tiefen Schlucht. Der sich windende Berg war eine Masse von Tieren – gequälten, sterbenden oder bereits toten. Katzen und *fla-fa'az*, Quieker, *Praere*, Heuler und *Rikschikschik*, und der Haufen sich krümmender Tiere gab eine Million geisterhafter Laute von sich. Viele der Wesen waren verstümmelt oder zerstückelt; jene, die sich weiter unten befanden, bewegten sich meistens nicht mehr. Der Gestank drang in Traumjägers Nase, und er würgte. Er sackte auf den kalten Boden, der Dunst hüllte ihn ein und verbarg für einen Augenblick den schrecklichen Anblick. Kratzkralle beugte sich nieder und versetzte ihm einen Stoß mit seinem breiten, flachen Kopf.
»Steh auf, du Plattkäfer. Mach dich bereit, dem Großen Herrn gegenüberzutreten.«
Fritti, der sich schwach in den Knien und elend im Magen fühlte, wurde zum Rand der Grube gestoßen und gezerrt. Er hätte am liebsten seine Augen geschlossen. Statt dessen starrte er, angewidert und dennoch gebannt, auf den wabbeligen Berg, auf die tausend leeren Augen und seelenlosen schlaffen Münder, die kleine Rauchwölkchen ausstießen.
Der Krallenwächter nahm neben ihm Aufstellung. »Eure Hoheit! Euer nichtswürdiger Diener hat Euch etwas gebracht!« Kratzkralles Stimme krächzte und hallte von den aufragenden Mauern wider.
»So. Hast du das, hast du das...?« muffelte eine verzerrte, ölige Stimme. »Wirf es mit den übrigen hinein... ich werde es später essen.« Eine riesenhafte, dunkle Gestalt – bis jetzt hatte sie unsichtbar auf der Spitze der Säule aus Leibern gethront – drehte ihren Kopf und öffnete riesige, eierschalenfarbene Augen.
Traumjäger stieß ein Angstgeheul aus, sprang zurück und prallte genau gegen den steinharten Körper Kratzkralles. Sich zwischen den

Vorderbeinen des Anführers zusammenkauernd, vergaß Fritti für einen Augenblick sogar seine Furcht und seinen Haß, die er dem Krallenwächter entgegenbrachte – das Wesen oberhalb der Grube löschte alles andere in seinem Kopf aus. Es war eine Katze. Zwanzigmal, fünfzigmal, hundertmal größer als Fritti – Traumjäger hätte es nicht sagen können; ihr aufgeblähter Leib war so schwer, daß die winzigen Beine ihn nicht heben konnten. Die Katze lag, vor Fett und Selbstherrlichkeit aufgebläht, auf der Spitze des Fleischberges.

»Nein, Allergrößter, es ist nichts zum Essen . . . vorerst nicht.« Fritti hörte Kratzkralles Stimme wie aus weiter Ferne. »Dies ist einer derjenigen, die Ihr gewittert habt, Allergrößter. Erinnert Ihr Euch?«

Die abscheuliche Kreatur drehte ihren halslosen Kopf, bis ihre leeren, toten Augen den zitternden Fritti erblickten. Ihre Nüstern bebten.

»O, ja . . .«, sagte die Stimme langsam. Sie klang, als klatsche Schlamm auf einen Stein. »Jetzt erinnern Wir uns. Hatte er Begleiter? Wo sind sie?« Die Stimme hatte jetzt einen schärferen Klang.

»Er hatte zwei, Hoher Herr.« Kratzkralles Stimme klang nervös. »Ein Kätzchen, Herr, ein kleines flennendes Kätzchen und ein irrsinniger alter Kater, ekelhaft wie Sonne und Blumen. Jedoch dieser hier, dies ist einer von denen, die Ihr wollt. Er hat etwas an sich. Ich bin sicher . . . er hat etwas.«

»Hm«, muffelte der Riese und rollte sich ein wenig auf die Seite, als wolle er nachdenken. Er versuchte mit vorgestrecktem Kopf an der Säule entlang nach unten zu blicken, doch sein Wanst war ihm im Wege. Ein ärgerlicher Ausdruck fältelte die mächtige Stirn, und plötzlich sprangen drei Krallenwächter, die ihn von der anderen Seite der Grube ängstlich beobachtet hatten, in das Loch hinab. Blitzschnell lösten sie die strampelnde Gestalt einer Katze aus der Mitte des Haufens und krabbelten damit zu dem Ungeheuer hinauf. Als sie über seinen Bauch krochen, öffnete es zufrieden das Maul. Die sich windende, schreiende Katze wurde hineingeworfen. Als die große Katze zu kauen anfing, waren krachende Geräusche zu hören, und ein Ausdruck der Befriedigung trat auf das leere Gesicht.

Als Traumjäger hilflos hinaufschaute, schluckte das Untier, dann wandte es seine Aufmerksamkeit wieder Fritti zu.

»Alsdann«, quetschte der Riese hervor, »laßt Uns sehen, welche Art von Volk Unsere Pläne bedroht.« Traumjäger spürte einen entsetzlichen Ruck und hatte kurz das Gefühl, ein riesiges Maul habe ihn an sich gerissen und geschüttelt. Darauf folgte ein brennender Schmerz, und etwas bohrte sich in seinen Verstand. Grabend und wühlend fuhr es scharf durch seine Gedanken, schlug sie entzwei – es durchwatete Hoffnungen und Träume und Vorstellungen; rücksichtslos zermalmte es Erinnerungen. Eine unsichtbare Macht hatte ihn in der Gewalt. Er verzerrte das Gesicht und heulte, als der Geist des Untieres in ihn eindrang.

Als es vorüber war, lag er betäubt und zitternd auf der eisigen Erde neben der Grube. Ein stechender Schmerz wogte hinter seiner Stirn auf und ab. Schließlich sprach Kratzkralle. Seine Stimme klang gedämpft.

»Nun, Großer Meister?«

Die Gestalt über der Grube gähnte und zeigte geschwärzte Zähne. Ein kurz aufflackerndes Licht rötete das schorfige, graue Fell.

»Mit diesem kleinen Käfer ist es nichts. Es gibt Anzeichen, ja – aber keine Macht, die nennenswert wäre. Er kann nichts ausrichten. Du sagst, seine Kameraden wären harmlos?«

»Dieser hier war der einzige, der zumindest eine Spur anders war, Herr, ich schwör's.«

»Gut...« In der schwerflüssigen Sprache des Untiers lag jetzt ein gelangweilter, abschließender Ton. »Fort mit ihm. Töte ihn oder schicke ihn zum Tunnelgraben – es ist Uns gleichgültig.« Der Anführer der Krallengarde zerrte Fritti hoch, bis er stand und trieb ihn dann durch einen Torbogen aus der Halle. »Krallenwächter!« rief das fette Untier. Kratzkralle wirbelte herum und verbeugte sich unterwürfig.

»Beim nächsten Mal störe nicht so leichtfertig die tiefen Gedanken des Fürsten Kaltherz.« Die milchigen Augen funkelten. Unter vielen Verbeugungen trieb Kratzkralle Fritti aus der Höhle der Grube.

Wie betäubt ließ der stolpernde Traumjäger sich durch die labyrinthischen Gänge von Vastnir hetzen. Sein Bewacher war ihm auf den Fersen und sprach kein Wort. Obgleich Fritti das Gefühl hatte, sein Geist sei gebrochen, kreisten seine Gedanken trotzdem immer wieder um das, was er gesehen hatte. Kaltherz! Fürst Kaltherz von den Erstgeborenen! Fritti hatte Grizraz Kaltherz gesehen, den uralten Feind des Volkes. Er hatte ihn sprechen hören! Ein Anfall von Schüttelfrost quälte seinen geschwächten Körper, als er an das riesige, unförmige Wesen dachte, das sich hinter ihm in der Höhle suhlte.

Er mußte Zaungänger und den anderen Nachricht geben . . . irgendwie. Der Hof von Harar mußte von der Gefahr wissen . . . was für einen Nutzen das immer haben mochte. Wie konnte sich das Volk gegen eine solche Macht behaupten, die so viele furchtbare Vasallen hatte? Hunderte von Krallenwächtern befanden sich allein in den Haupthöhlen – und es gab keine Möglichkeit festzustellen, wieviele andere in diesem Insektennest aus Gängen und Höhlen lauerten.

Kann ich überhaupt etwas tun, dachte er, bin ich nicht zum Tod verurteilt? Schließlich fiel ihm Kratzkralle ein, dessen heißer Atem gerade Frittis Schwanz aufplusterte. Traumjäger erinnerte sich undeutlich, daß Kratzkralle in Gegenwart des furchterregenden Hartherz' ein wenig verlegen gewesen war. Gewiß würde er nicht zulassen, daß Fritti, der das mitangesehen hatte, länger am Leben blieb.

Während er sich in Gedanken versunken dahinschleppte, spürte Fritti, wie ein Schwall trockener Luft ihm ins Gesicht fuhr. Er blickte auf. Der Tunnel war hier fast lichtlos. Weiter oben im Gang konnte Fritti undeutlich Gestalten sehen, die auf sie zukamen.

Kratzkralles Tatze mit den gekrümmten Krallen schoß mit verblüffender Schnelligkeit vor und preßte Fritti gegen die Wand des Ganges. Fritti hielt den Atem an und wimmerte hilflos. Dann hörte er ein sonderbares Knistern wie das Knarren alter Äste, und plötzlich war der Gang voll von flüsternden Schatten.

Zahlreiche dunkle Gestalten zogen vorbei. Traumjäger konnte undeutlich Schwänze und Ohren erkennen, doch alles wirkte schemenhaft und verschwommen. Die Luft war voll von erstickendem Staub und einem unangenehmen süßlichen Geruch. Neben ihm neigte Kratzkralle respektvoll den Kopf und wandte den Blick ab. Ein leises Zischen, wie eine kehlige, körnige Sprache, wehte durch die Luft. Dann waren die merkwürdigen Gestalten weiter oben im Gang verschwunden.

Als Fritti wieder zu Atem kam, starrte Kratzkralle mit funkelnden Augen den Gang hinauf.
»Die Knochengarde«, flüsterte er, »die vertrautesten Diener des Meisters.«

Am Eingang zu einem Seitentunnel – für Fritti war er nur einer der zahllosen, an denen sie vorübergekommen waren – blieb Kratzkralle stehen.
»Ich kenne dein Geheimnis nicht«, knurrte er, »aber ich weiß, daß etwas da ist. Ich werde nicht den Fehler machen, dich wieder vor den Fetten zu bringen, ohne zu wissen, was es ist, sondern ich werde es herauskriegen. Der Meister kann sich irren, und ich glaube, in deinem Fall hat er es getan.« Der Anführer schnaubte wütend. »Was immer dein kleines Geheimnis ist, ich werde es aus dir herauspressen. In der Zwischenzeit kannst du dich mit dir selbst beschäftigen. Geh da rein.« Kratzkralle streckte eine ungeschlachte Tatze aus und wies auf ein Loch.
Seinen Mut zusammennehmend – offensichtlich durfte er noch ein wenig am Leben bleiben! –, fragte Fritti: »Wo sind meine ...?«
»Sie werden die Bäuche der Zahngarde füllen, falls ich nicht bald zurückkehre. Steck deine Nase da nicht rein. Du solltest dir lieber um deine eigene jämmerliche Haut Sorgen machen. Und nun – vorwärts!« Der Anführer versetzte Fritti einen grausamen Stoß, der ihn in die Öffnung stolpern ließ, die sich hinter ihm auftat. Auf der geneigten, kiesbedeckten Fläche verlor er den Halt und taumelte und schlidderte tiefer in die Dunkelheit hinab. Als er zum Stehen gekommen war, hörte er Kratzkralles Stimme, die zu ihm hinunterquarrte: »Keine Sorge, ich werde eher zurücksein, als du denkst.« Im Tunnel verklang ein hustendes Gelächter.
Traumjäger brauchte eine Weile, sich an die völlige Finsternis zu gewöhnen. Er befand sich in einer Felsenkammer; an den äußeren Enden des Verlieses konnte er die dunklen, zusammengekrümmten Gestalten anderer Katzen erkennen. Die steinernen Höhlenmauern schwitzten Feuchtigkeit aus, und die Luft war heiß und klebrig.
Eine große Anzahl ausgemergelter, hohläugiger Katzen teilte den Ker-

ker mit ihm. Die meisten, tief im Elend versunken, sahen nicht einmal auf, als der Neuankömmling auftauchte. Als Traumjäger sich an der Mauer entlangtastete – auf der Suche nach einem anderen Ausgang oder einem Liegeplatz –, fauchten ihn einige schwach an, als dringe er in ihr Gebiet ein, doch es war nur eine Art mechanischen Widerstands. Der Gedanke an das Volk, das in diesem winzigen Raum zusammengepfercht und gezwungen war, in brütender Hitze dicht an dicht zusammenzuhausen, ließ in Frittis Herz aufs neue heißen Zorn entbrennen.

Während er über die ausgestreckten Leiber stieg, wurde Fritti durch den Klang einer vertrauten Stimme aufgeschreckt. Er musterte die Gesichter und Gestalten ringsum, doch alle waren ihm unbekannt. Ihm fiel auch kein Name ein, der seiner Erinnerung hätte auf die Sprünge helfen können. Er wollte gerade seinen Weg durch die Höhle fortsetzen, als sein Blick auf eine Katze fiel, die zu seinen Füßen lag.

Sie war zusammengeschrumpft und mager wie ein Frettchen. Ihre tiefliegenden, trüben Augen starrten Fritti mutlos an. Diese murmelnde Erscheinung war es, deren Stimme ihm bekannt vorgekommen war, und nun holte Traumjäger vor Überraschung tief Luft, als die Erinnerung ihn durchzuckte: Es war der junge Springhoch, einer der Abgesandten, der von der Mauertreff-Sippe zum Hof geschickt worden war. Er schien am Rand des Todes zu stehen!

»Springhoch!« sagte Fritti. »Ich bin's, Traumjäger! Erkennst du mich wieder?« Einen Augenblick sah Springhoch ihn verständnislos an; dann verengten sich seine Augen langsam. »Traumjäger?« murmelte er. »Traumjäger von ... zu Hause?« Fritti nickte aufmunternd mit dem Kopf. »O.« Springhoch schloß seine Augen vor Schwäche und war eine Weile still. Als er die Augen wieder öffnete, war ein Funken von Begreifen darin.

»Ich verstehe es nicht«, sagte er. »Aber ... du ... wärst besser gestorben ...«

Springhoch schloß die Augen wieder; er weigerte sich, mehr zu sagen.

Dachschatten lag zusammengerollt im Schutz eines überhängenden Felsens und beobachtete den flirrenden Schnee. Die frostige Luft

machte sie schwindelig. Sie wünschte sich verzweifelt, sie könne aufstehen und rennen, immer weiterrennen, bis sie aus diesem entsetzlichen Wald heraus wäre – weit weg von dem pochenden Schreckenshügel, der die Quelle aller Qualen war.
Als sie in der Nacht angegriffen worden war, erst in letzter Sekunde durch das Auftauchen der verrückten, zerlumpten Katze gewarnt, war sie mit ihren Freunden losgerannt – sie war gerannt wie eine Besessene. Ungeachtet ihrer Erfahrung als Jägerin, war sie vor Entsetzen in Panik geraten. Einmal hätte sie im Rennen beinahe den kleinen Raschkralle zu Boden gestoßen, so überwältigend war ihr Verlangen gewesen, zu entkommen. Diese Scham schmerzte sie mehr als ihre Wunden.
Während sie rannte, hatte etwas sie gepackt und sie von den Beinen geholt – sie hatte mit einem großen Wesen gekämpft, doch mit Kratzen und Winden war es ihr gelungen, sich loszureißen. Sie war in dichtes Gestrüpp geflüchtet, hatte dort geraume Zeit versteckt gelegen und gehört, wie die Geräusche der Fliehenden und der Verfolger sich in der Nacht verloren. Erst bei den ersten Strahlen des Steigenden Lichts hatte sie sich dazu aufgerafft, aus dem Versteck zu kriechen und nach einem verborgenen Platz Ausschau zu halten, wo sie vor der Kälte geschützt war.
Von dem Wesen, das sie geschnappt hatte, war sie verletzt worden: Ihr linkes Hinterbein schmerzte stark – sie konnte es nicht mit dem ganzen Körpergewicht belasten und hatte hinkend einen langen Weg über frostharte Erde zurückgelegt, bis sie diesen geschützten Platz gefunden hatte. Dort hatte sie zwei volle Tage und Nächte gelegen, elend, fiebernd und zu schwach zum Jagen.
Ihre Gefährten waren fort – vermutlich gefangen oder getötet –, und in diesem Augenblick dachte sie an nichts anderes als daran, weit fort zu gehen: in den südlichen Wäldern zu verschwinden und niemals mehr an diesen furchtbaren Ort zu denken. Jedoch im Augenblick konnte sie nirgendwohin gehen. Ihr Instinkt befahl ihr, sich nicht vom Fleck zu rühren. Sie mußte gesund werden.
Der Gedanke an Traumjäger und Raschkralle hatte sie einen Augenblick lang aufgewühlt, und sie hob den Kopf und zog schnuppernd die

Luft ein. Dann verzerrte sich ihr Gesicht unter einem aufschießenden Schmerz, sie senkte das Kinn wieder auf die kalte Erde und legte ihren Schwanz über Nase und Augen.

Tief unter der Erde, in den Irrgärten von Vastnir, lernte Fritti Traumjäger einige der Geheimnisse des Hügels kennen. Springhoch, den er von Kindesbeinen kannte, war zu schwach, um viel zu sprechen, doch mit der Hilfe einer jungen Katze namens Greiftatz war er in der Lage gewesen, Fritti ein paar rätselhafte Dinge zu erklären.

»... die Krallenwächter, mußt du wissen«, sagte Greiftatz mit einer Grimasse, »sind zum größten Teil bloß die Schläger. Bei Harar, brutal genug sind sie wahrlich! Jedoch sie treffen keine Entscheidungen. Das tun noch nicht einmal ihre Anführer, ich weiß nicht, warum.«

»Wie meinst du das?« fragte Fritti.

»Sie dürfen nicht einmal jagen, es sei denn, jemand befiehlt es ihnen. Bei meinem Bart! Sie dürfen in diesem gräßlichen Ameisenhaufen noch nicht mal ohne Erlaubnis ihr Geschäft verrichten.«

»Und du meinst, daß es noch andere gibt? Andere Kreaturen?« Fritti dachte an die schattenhafte Knochengarde und schüttelte sich nervös.

»Heißblut und seine Zahngarde«, wisperte Springhoch mit bebender Stimme. Er hustete.

»Sie sind schlimm, das ist sicher«, stimmte Greiftatz zu. »Sie sind noch bösartiger – und unnatürlicher, wenn du weißt, was ich meine –, als die Krallenwächter. Scheinen bloß umherzuschleichen und jedermann in Schach zu halten. Sogar die meisten der Krallenwächter scheinen vor ihnen Angst zu haben.«

Traumjäger war verwirrt. »Aber wo kommen sie alle her? Ich habe noch nie ein Volk wie sie gesehen oder von ihm gehört.« Springhoch schüttelte den Kopf, und Greiftatz erwiderte: »Niemand hat von ihm gehört. Niemand weiß etwas. Aber du weißt, wer ...« Die kleine Katze senkte die Stimme und blickte sich ängstlich um. »Du weißt doch, wer alles fertigbringen kann. Daß Volk und Heuler sich paaren, zum Beispiel. Schlimmere Dinge als die, die sich hier unten ereignet haben, oder? ...« Greiftatz verstummte bedeutsam. Dieser unausge-

sprochene Hinweis auf Kaltherz, dessen Gegenwart immer noch drohend und furchteinflößend in seiner Erinnerung nistete, entmutigte Fritti, und er stand auf und streckte sich. Er ging zum Eingang ihres Verlieses und blickte in den Tunnel. »Aber warum diese Tunnelgraberei?« fragte er sich laut. Hinter ihm hob sich Springhoch auf die Vorderbeine und schwankte gebrechlich hin und her.
»Katzen sind nicht dazu bestimmt, zu graben«, sagte er mit überraschend kräftiger Stimme. »Ohrenspitz getötet, Bachhüpfer getötet.« Springhoch schüttelte traurig seinen Kopf.
Er sieht greisenhafter aus als der alte Leckschnüff, dachte Fritti. Wie ist es dahin gekommen? Er ist kaum älter als ich. »Müssen immerfort graben . . . oder besser, *wir* müssen es tun«, sagte Greiftatz. »Man sollte glauben, sie hätten mittlerweile genügend viele von ihren ekelhaften Tunnels.«
»Warum also?« beharrte Traumjäger.
»Ich weiß es nicht«, gab Greiftatz zu, »wenn sie aber so weitergraben, wie sie es bis jetzt getan haben, werden bald alle Gänge sich vereinigen. Die ganze Welt wird in ihre Löcher stürzen.«
»Bachhüpfer haben sie getötet . . .«, murmelte Springhoch, »und sie werden mich töten . . .«

21. Kapitel

Durch Lüfte hört ich ohne Sternenlicht
Viel Seufzer, Klagen und viel Jammerweise,
Daß Tränen rollten über mein Gesicht.

Es stöhnt' und lallt' gar fürchterlich im Kreise,
Den Klatschen, Stimmgewirr, Geschrei durchschwirrt',
Und Weh- und Wutgeheul, bald laut, bald leise,

Im Aufruhr, welcher endlos und verwirrt
Die Luft umkreist in zeitlos schwarzen Landen,
Dem Sande gleich, der umgewirbelt wird.

Dante: Inferno

Nach einer langen Zeit, in der Fritti keinen Schlaf fand, kamen einige Krallenwächter zum Eingang der Gefängniszelle und riefen die Gefangenen zur Arbeit heraus. Jammernd und zeternd kletterten sie einer nach dem anderen den steilen Schacht hinauf. Fritti sah überrascht, daß viele Katzen sich überhaupt noch rühren konnten, ja sogar den anstrengenden Aufstieg bewältigten, Greiftatz erzählte ihm jedoch, daß niemand Futter bekam, der nicht herausklettern konnte. Diejenigen, die den Aufstieg nicht mehr schafften, blieben in der kleinen Höhle zurück, bis sie starben. Mit Hilfe von Traumjäger und Greiftatz gelang es Springhoch, sich mühsam bis zum Höhleneingang hinaufzuziehen. Oben angekommen, schlangen alle hastig einige Insekten und Maden herunter, dann ließen die wartenden Krallenwächter sie in einer langen Reihe antreten und trieben sie durch eine scheinbar endlose Reihe von Gängen.
Sie wurden Narbenmaul übergeben, einem schwergewichtigen Kral-

lenwächter, dessen fleckiges, spärliches Fell an seinem muskulösen Körper klebte. Er schickte die Gefangenen, in Gruppen zu drei oder vier Katzen, in ein Gewirr kurzer Gänge, die von der unterirdischen Mittelkammer ausgingen. Traumjäger wurden zwei ältere Katzen beigesellt, die so gebrechlich und abgestumpft waren, daß sie nicht mehr genug Kraft für eine Unterhaltung hatten.
Als sie am Eingang des für sie vorgesehenen Tunnels angelangt waren, drehte Fritti sich um und, ohne sich an eine bestimmte Person zu wenden, fragte er: »Aber was sollen wir hier?« Narbenmaul wirbelte herum und versetzte Fritti mit seiner Tatze einen Schlag. Wie von einem Dreschflegel getroffen, krachte Fritti zu Boden, und Narbenmauls wulstiges Gesicht, kreuz und quer mit den weißlichen Narben vieler Kämpfe übersät, erschien drohend über ihm.
»Ich will hier keine Sonnen-Würmer, die mir Fragen stellen! Ist das klar?« raste er. Sein Körper stank.
»Jawohl!« jammerte Traumjäger. »Ich hab bloß nicht gewußt...«
»Was du zu tun hast, ist graben, und du wirst fleißig graben, die Sonne möge dich sengen! Und du wirst erst aufhören, wenn ich es sage. Kapiert?« Fritti nickte unglücklich mit dem Kopf. »Gut«, fuhr Narbenmaul fort, »ich werde nämlich von jetzt an ein Auge auf dich haben, und wenn ich dich dabei erwische, daß du dich drückst, reiß ich dir die Zunge raus. Und jetzt an die Arbeit!«
Fritti rannte seinen Kameraden nach, die sich bei der Aufmerksamkeit, die ihre Gruppe erregt hatte, unterwürfig geduckt hatten. Als die drei in den Tunnel hinunterkletterten, warfen sie Fritti vorwurfsvolle Blicke zu.
Der Rest des Tages verging mit mühseliger Arbeit in feuchter, stickiger Luft. Traumjäger und seine beiden Gefährten scharrten am Ende eines engen Tunnels. Sie benutzten die Krallen und Pfoten, die Tiefklar niemals für diese Art von Betätigung vorgesehen hatte, um das harte, lehmartige Erdreich wegzukratzen. Es war eine eintönige Arbeit, die in die Knochen ging. Auf so engem Raum konnte Fritti keine geeignete Stellung für ein ausdauerndes Graben finden, und noch bevor der halbe Tag verstrichen war, schmerzten ihm alle Glieder.
Gegen Mittag machten sie eine kurze Pause. Ohne Erfolg versuchte

Fritti die Erde zu entfernen, die an seinen blutenden Pfoten und aufgerissenen Ballen klebte. Nach einer Verschnaufpause, die nur Sekunden gedauert zu haben schien, wurden sie zur Arbeit in ihren Tunnel zurückbefohlen. Mit fortschreitender Zeit wurde Frittis Verlangen immer stärker, sich einfach hinzulegen und zu schlafen: was machte es schon, wenn sie ihn töteten? Früher oder später würde das sowieso geschehen. Doch wenn er sich fast dazu durchgerungen hatte, erschien der fauchende Kopf Narbenmauls, der mit glitzernden Augen und verzerrtem Maul den Eingang zum Tunnel versperrte. Traumjäger verdoppelte seine Anstrengungen und grub emsig und qualvoll weiter, nachdem der Kopf längst wieder verschwunden war.
Die zwei älteren Katzen an seiner Seite hielten ein hartes, jedoch nicht zu schnelles Tempo durch; gegen Ende der Arbeitszeit begann Fritti schließlich, es ihnen nachzumachen. Endlich ließ Narbenmaul sie aus den Gängen heraus. Mit schmerzenden Pfoten und Knochen schlurfte der Trupp zur Gefängniszelle zurück, begleitet von der allgegenwärtigen Krallengarde.
Halb in die Höhle hinuntertaumelnd, fiel Traumjäger fast auf der Stelle in einen tiefen, überwältigenden Schlaf.

Tiefer in den Katakomben – viele hundert Sprünge durch Erde und Fels von der Sonne getrennt – war es Raschkralle und Grillenfänger nicht besser ergangen als Fritti.
Nachdem Fritti gegen seinen Willen weggeführt worden war, hatten Langzahn und Hartbiß seine Gefährten in eine Höhle geführt, die erheblich tiefer gelegen war. Dort war ihnen befohlen worden zu warten, bis Kratzkralle zurückkäme, um über ihr Schicksal zu entscheiden. Diese Höhle – anders als die, in welche man Fritti zum Schluß geführt hatte – diente einzig Raschkralle und der alten Katze als Gefängnis – jedoch zerbrochene und zersplitterte Knochen, die über den dunklen Boden verstreut waren, deuteten darauf hin, daß die beiden nicht die ersten Insassen waren.

Nachdem sie, wie es ihnen vorkam, Stunden in der Einsamkeit zugebracht hatten, brach ein leises Schnüffeln das Schweigen in der Höh-

le. Raschkralle, der sicher war, daß die Krallenwächter zurückkamen, um sie zu töten, stemmte sich mit dem Rücken gegen die entfernte Mauer des Loches, bereit, sich diesem letzten Gang zu widersetzen.
Eine fremdartige, fahle Gestalt erschien im Eingang zu ihrem Verlies. Raschkralles erste Erleichterung – dies waren offensichtlich keine Krallenwächter – wich sehr rasch einem Fieberschauer – ein sonderbares Gefühl, als stecke man mit der Nase in einem Nest umherwimmelnder weißer Ameisen.
Grillenfänger, der am anderen Ende der winzigen Höhle in unruhigem Schlaf lag, zuckte zusammen und zitterte, als die Gestalt ins Verlies kam. Raschkralle starrte sie angestrengt an. Irgend etwas stimmte nicht mit dem Fell des Eindringlings. Diese Kreatur hatte keines. Sie hatte die Gestalt einer Katze, doch sie war haarlos wie ein Neugeborenes. Zuerst hielt der verstörte Raschkralle sie für eine Art von ungeheurem Kind – seine Augen waren so dicht geschlossen wie die einer Katze bei der Geburt. Das Wesen wandte sich an Raschkralle. Seine riesigen Nüstern wurden weit. Dann sprach es mit einer hohen, wispernden Stimme.
»Aha. Der kleine Neuank . . . k . . . kömmling . . . wie schön von dir, d . . . d . . . dich zu uns zu gesellen.« Es sprach ein wenig zischelnd wie eine *hlizza*. Als es näherkam, konnte Raschkralle erkennen, daß es überhaupt keine Augen hatte, sondern nur Hautfalten unter den Brauen. Er zog sich weiter zurück und krümmte seinen Rücken.
»Was willst du von uns?« sagte er zitternd.
»O . . . du kennst . . . den Höheren Gesang?« Das Wesen kicherte unheimlich und öffnete dann gähnend sein Maul, wobei lange, dünne Zähne sichtbar wurden, die Kiefernnadeln aus Elfenbein glichen. »N . . . nun, kleiner Oben-K . . . kriecher, d . . . du mußt wissen, ich bin gek . . . kommen, um d . . . dich zu Meister Heißblut zu bringen, d . . . der ernsthaft begehrt, eine so be . . . bemerkenswerte k . . . k . . . k . . . kleine Katze k . . . kennenzulernen.«
»Heiß . . . heißblut?« sagte Raschkralle, der vor Angst schluckte. »Einer der großen Herren der Zahngarde, jawohl. Ist sehr mächtig im Hügel. Heißblut möchte g . . . gern wissen, was d . . . dich und deine G . . . Gefährten für Meister Kratzkralle so interessant macht. Sieh

mal, k ... k ... kleiner Wurm-Freund, Meister Heißblut und d ... dein Krallenwächter sind, sagen wir, f ... f ... friedliche Nebenbuhler.« Wieder entblößte der augenlose Zahnwächter das Gehege seiner schimmernden Zähne und ging auf das entsetzte Kätzchen los. Seine haarlose Haut bauschte sich und warf Falten, als er näherschlich. »Zwicker!« dröhnte eine Stimme. »Ich habe damit gerechnet, daß dein mäusenuckelnder Meister dich herschicken würde!« Der Zahnwächter sprang erschrocken zurück. Seine Nüstern bebten.

»Kratzkralle!« zischte er. Der Anführer der Krallengarde war lautlos durch den Tunnel gekommen und versperrte nun den einzigen Zugang zu der kleinen Höhle.

»Glaubt dein Meister etwa, ich sei so dumm, mich auf meine hirnlosen Lakaien zu verlassen? Ha, ha!« Kratzkralle bellte ein rauhes Lachen.

»Versuche nicht, m ... mich zu hindern, d ... du Flegel!« flüsterte Zwicker. »W ... wenn d ... du es tust, w ... wirst du mir dafür b ... b ... bezahlen.« Bei diesen drohenden Worten begannen die Haare auf Raschkralles Rücken sich zu sträuben, Kratzkralle jedoch stieß nur ein angewidertes Knurren aus und senkte den Kopf, als der Zahnwächter ihn langsam zu umkreisen begann. Ohne Warnung sprang Zwicker mit gefletschten Zähnen auf den zurückweichenden Kratzkralle los. Beide keuchten heftig, als sie zusammenstießen.

Auf dem kalten Stein zusammengekrümmt, beobachtete Raschkralle mit großen Augen, wie die beiden Gestalten fauchend auf dem Boden der winzigen Höhle miteinander rangen. In der Dunkelheit konnte er die beiden Kämpfer, die sich von der einen Mauer zur anderen trieben, nur undeutlich erkennen – hier ein Schimmern tückischer Zähne, dort den gefleckten und sekundenlang entblößten Unterleib Kratzkralles. Die Schwänze der beiden Kreaturen – der eine nackt und gewunden, der andere schwarz und geschmeidig – waren ineinander verschlungen wie zwei rasende Schlangen.

Dann war eine rasche Folge dumpfer Schläge zu hören, ein Schmerzgeheul, und dann stieß Kratzkralle nach unten, um Zwicker mit seinen schweren Kiefern zu packen und seine haarlose Kehle zwischen

die Zähne zu bekommen. Die mächtigen Nackenmuskeln des Anführers beulten sich und pulsierten – ein kurzes, krachendes Geräusch –, und Kratzkralles Feind sackte zusammen. Der schwarze Krallenwächter ließ den Körper des Zahnwächters zu Boden plumpsen. Dort lag er, zuckte noch einmal schwach und kurz, dann rührte er sich nicht mehr.
Kratzkralle drehte sich zu dem zusammengekauerten Raschkralle um. Der Körper des Krallenwächters troff von Blut, doch er schenkte ihm nicht mehr Beachtung als einem regennassen Fell.
»Du weißt gar nicht, wieviel Glück du gehabt hast, kleine Sonnenratte!« rasselte er. »Heißblut hätte dich in eine Welt der Leiden befördert. Nun werdet ihr, du und der alte Schmutzpelz« – er deutete auf Grillenfänger, der alles verschlafen hatte – »genau das tun, was man euch sagte. Ich werde bald zurück sein und mich davon überzeugen.«
Kratzkralle verschwand aus dem Eingang, ohne einen Blick zurückzuwerfen – weder auf Raschkralle und Grillenfänger noch auf das zermalmte, augenlose Wesen auf dem Höhlenboden. Viele Stunden später kam Hartbiß, um Raschkralle zum Graben zu holen. Sein Gesicht war geschwollen: Kratzkralles Bestrafung für Hartbiß' Nachlässigkeit. Grillenfänger war nicht aus dem Schlaf zu reißen, und der humpelnde Krallenwächter biß ihn in einer üblen Laune so heftig ins Ohr, daß es blutete. Trotzdem wachte Grillenfänger nicht auf, obgleich das schwache Heben und Senken seines Brustkorbes zeigte, daß er noch lebte. Über sein Versagen verärgert – und vielleicht weil er eine neue Strafe fürchtete –, ging er mit dem kleinen Raschkralle besonders brutal um, als er ihn zur Arbeit trieb. Raschkralle wurde einer Gruppe von Sklavenarbeitern zugeteilt und verbrachte lange Tage in erstickender Hitze damit, an schmutzigen Tunnelmauern mit seinen kleinen Pfoten zu kratzen.
Die Zeit verging; Raschkralles Welt verengte sich zu einem sich immer wiederholenden Alptraum: Graben, gefolgt von Einsamkeit in der winzigen Höhle, wenn die Arbeit vorüber war. Grillenfänger verharrte in seinem todähnlichen Zustand. Er erhob sich weder um zu essen noch um *me'mre* von sich zu geben und rührte sich nur gelegentlich. Seine Wächter waren zu der Überzeugung gelangt, daß er seinen

Willen zu leben aufgegeben habe und ließen ihn in der kleinen Felsenkammer unbehelligt, wenn Raschkralle zur Arbeit gehetzt wurde.

Eines Tages, als er von Langzahn durch die gewaltige Höhle geführt wurde, die an das große Tor von Vastnir stieß, glaubte Raschkralle Traumjäger zu sehen. Die Katze, die so aussah wie sein Freund, befand sich in einer dichten Gruppe von Sklaven-Katzen, die zu einem der äußeren Tunnel unterwegs zu sein schien. Raschkralle rief aufgeregt Frittis Namen, doch war, falls es sich um Traumjäger handelte, die Entfernung wohl zu groß, denn die Katze mit dem weißen Stern auf der Stirn drehte sich nicht um. Raschkralle bekam einen heftigen Tatzenhieb von Langzahn quer über sein Maul und mußte länger arbeiten als gewöhnlich. Als er in dieser Nacht in sein Verlies zurückgekehrt war, begann Raschkralle sich ernsthaft mit der Tatsache zu befassen, daß er Traumjäger vielleicht nie wiedersehen würde. Dachschatten hatte er bereits verloren. Er sah keine Möglichkeit, jemals aus dem Hügel zu fliehen.
Bis zu dieser Stunde hatte er gehofft, tief in seinem Inneren, daß alles nur ein böser Traum sei, ein Hirngespinst. Doch am Ende war ihm nun klar geworden, daß seine Augen geöffnet waren. Er wußte nun, wo er war. Er wußte, daß er bis zu seinem Tod hierbleiben würde.
Diese Erkenntnis hatte etwas eigentümlich Befreiendes. Es war ein Gefühl, als sei, irgendwo in seinem Herzen einem Teil seiner selbst die Freiheit geschenkt worden, unter dem Himmel entlangzulaufen – nur seinen Leib zurücklassend. Zum ersten Mal, seit die Krallengarde ihn gefangengenommen hatte, schlief er friedlich.

Im Schatten der Bäume am Rand des Rattblatt-Waldes, während die Sonne der Kleineren Schatten matt und entrückt am winterlichen Himmel stand, blickte Dachschatten über das trüb erhellte Tal zu dem klobigen Hügel hinüber.
Obgleich sie sich nun gesund genug fühlte, um zu wandern – der stechende Schmerz im Hinterbein war fast verschwunden –, hatte sie sich genötigt gefühlt, einen letzten Blick auf den Urheber ihres Unglücks zu werfen.

Vastnir krümmte sich zusammen wie ein lebendiges Wesen, das auf den geeigneten Augenblick wartete, sich zu erheben und zuzuschlagen. Sie fühlte, wie das Pulsieren des Hügels ekelerregend in ihrem Magen zitterte. Dachschatten wünschte jetzt nichts mehr, als sich auf der Stelle umzudrehen und fortzugehen. Irgendwo, das wußte sie, gab es Wälder, die von diesem Pesthauch nicht befallen waren – reine, tiefe Wälder. Wenn die Krankheit sich ausbreitete, so gab es doch Orte, wohin sie nicht kommen würde, solange sie, Dachschatten, lebte.
Den ganzen dunklen Nachmittag hindurch blickte Dachschatten zu dem verhaßten Hügel hinüber. Als die Dunkelheit kam, fand sie einen versteckten Platz und schlief. Beim ersten Tageslicht starrte sie erneut zum Vastnir hinüber. Sie dachte nach.

22. Kapitel

Ich spüre das Band der Natur,
Das uns verbindet: Fleisch von meinem Fleisch,
Bein von meinem Bein bist du, und niemals
Werden wir uns trennen, in Wonne oder Schmerz.

John Milton

Im Traum stand Fritti auf der obersten Spitze eines nadeldünnen Felsens, Hunderte von Sprüngen über einem nebelverhangenen Wald. Von seinem Sitz nach unten blickend, hörte er die Stimme der Kreaturen, die unten in den Nebeln nach ihm jagten – dünne Stimmen, deren Klang in seine Ohren stieg. Es war kalt auf dem Felsen; ihm war, als sei er schon immer dort gewesen. Tief unten erstreckte sich das gefrorene grüne Meer des Waldes bis in unendliche Fernen.

Obgleich er wußte, daß er sich in Gefahr befand, empfand Traumjäger keine Furcht, sondern nur ein dumpfes Vorgefühl von dem, was unvermeidlich geschehen mußte: Bald würden die Jäger unten in den Wäldern alle Verstecke abgesucht haben; zwangsläufig würde sich ihre Aufmerksamkeit auf die Felsennadel richten. Die glühenden Augen würden den Boden am Fuß des Felsens absuchen, dann sich nach oben richten . . .

In die wirbelnden Nebelschleier hinausblickend, welche die Trennlinie zwischen Erde und Himmel verwischten, sah Fritti, wie die Nebelschwaden zu einem seltsamen, spiralförmigen Gebilde zusammenflossen. Mit der Schnelligkeit und Vollkommenheit, wie sie Traumfiguren eigen sind, verwandelte es sich in eine weiße Katze, die sich unaufhörlich drehte, während sie sich seinem Horst näherte. Gleichwohl war es nicht die weiße Katze aus seinem Alptraum in Erstheim.

Als die sich drehende Figur näherkam, war sie zu Augenschimmer geworden, *Oel-var'iz*, der Erst-Geher.
Vor Fritti im Raum schwebend, sang Augenschimmer mit hoher, durchdringender Stimme: »Selbst der *Garrin* fürchtet sich vor etwas... selbst der *Garrin* hat Furcht...«
Plötzlich erhob sich ein mächtiger Wind und brachte die Nebel zum Tanzen. Augenschimmer wirbelte fort in die Schwärze. Der Wind fuhr durch die Bäume und umwehte Traumjägers Felsen. Unten hörte er die Jäger Schreie der Furcht und Verzweiflung ausstoßen. Schließlich waren nur noch die treibenden Nebel da und das Heulen des Windes und verlorene Stimmen...

Traumjäger erwachte auf dem heißen, feuchten Boden seines Gefängnisses inmitten der schlafenden Körper seiner Mitgefangenen. Er versuchte, die Scherben seines Traums festzuhalten, die just dahinzuschmelzen begannen wie Frost in der Sonne.
Augenschimmer. Was hatte der *Oel-var'iz* ihm an jenem Tage und vor so langer Zeit gesagt? Sie hatten sich von Zitterkralle und seinen Gefährten verabschiedet...
»... jeder flieht vor dem Bären... doch manchmal hat der Bär böse Träume...« In seinem Traum hatte Augenschimmer ebenfalls den *Garrin* erwähnt, den Bären – aber was bedeutete das? Es hatte gewiß nichts mit einem wirklichen Garrin zu tun. »Jeder flieht vor dem Bären...« Konnte Kaltherz damit gemeint sein? Böse Träume... gab es etwas, was sogar Fürst Kaltherz fürchtete? Was?
Frittis Gedankenspiele wurden durch die Ankunft der Krallengarde unterbrochen. In dem darauffolgenden Durcheinander – die Sklaven erhoben sich zögernd und kletterten zum Eingang hinauf, um ihr karges Frühstück einzunehmen – wurden Traumjägers Traumbilder immer blasser und dann von der grausamen Wirklichkeit ausgelöscht.
Seit Fritti in den Vastnir-Hügel gekommen war, hatte sich über der Erde ein Auge geöffnet, geschlossen und abermals geöffnet. Die grausame Alltäglichkeit, die harten Bestrafungen und die schreckliche Umgebung hatten ihm den größten Teil seiner Widerstandskraft ausgetrieben. Er dachte kaum noch an seine Freunde: Seine Unfähigkeit,

ihnen oder sich selbst zu helfen, war so schrecklich wie seine Gefangenschaft; sich darüber den Kopf zu zerbrechen, war ärgerlicher, als mit allen anderen im Schmutz zu versinken, um Maden zu kämpfen und um einen Eßplatz zu streiten – und allezeit ein wachsames Auge auf die Krallengarde zu haben. Oder auf die Zahngarde. Es war leichter, alles geschehen zu lassen, von Augenblick zu Augenblick zu leben.

Einmal lief ein gedämpftes Gezischel durch die Reihen der Tunnel-Sklaven: »Die Knochengarde kommt!« Rasselnd waren die Schattengestalten aus einem nicht benutzten Tunnel hervorgekommen, und das Licht schien dunkler geworden zu sein. Alle anderen Gefangenen hatten sich zu Boden geworfen und ihre Augen fest geschlossen – sogar die Krallenwächter hatten nervös ausgesehen, und ihr Fell hatte sich gesträubt. Fritti hatte flüchtig den Drang verspürt, stehenzubleiben, um dem ins Auge zu sehen, dessen entsetzliche Gegenwart sogar den ungeschlachten Wächtern Furcht einjagte, als aber die fremdartigen Stimmen näherkamen und der widerliche, würzige Duft auf ihn zutrieb, waren seine Beine schwach geworden, und auch er war zu Boden gesunken – und hatte nicht aufgeblickt, bevor die treuesten Vasallen Kaltherz' verschwunden waren. Auf diese Weise, im Großen wie im Kleinen, Schritt für Schritt, wurde Frittis Geist gelähmt.

Kleine Bündnisse wurden unter den Gefangenen geschlossen. Das natürliche Verlangen der Katze nach Einsamkeit ließ unter den Zwängen ihrer jetzigen Lage allmählich nach. Doch diese Kameradschaften waren nicht von Dauer, sondern waren nach dem ersten Streit um Nahrung, um Liegeplatz wieder zerbrochen. Es gab wenig Zerstreuung und sehr wenig Freude.

In einer endlosen Nacht, als die Gefangenen in ihrer Höhle lagen, verlangte jemand nach einer Geschichte. Die Kühnheit dieser Forderung ließ viele Gefangene ängstlich nach den Krallenwächtern Ausschau halten: Es schien, als müsse irgend jemand kommen, um ein solch unverschämtes Vergnügen zu unterbinden. Als niemand erschien, wurde die Forderung wiederholt. Schlitzohr, ein verwitterter alter Tigerkater aus dem Wurzelwald, erklärte sich bereit, es zu versuchen. Lange starrte er versunken auf seine Pfoten, dann, nach einem letzten raschen Blick zum Eingang, fing er zu erzählen an: »Es war einmal vor langer Zeit – vor langer, langer Zeit – an den Ufern der *Qu'cef*, der Breitwasser. Dort saß Fürst Feuertatze, der den Fluß überqueren wollte, denn er hatte Gerüchte gehört, daß das Volk auf der anderen Seite – Abkömmlinge aus der weiblichen Linie seines Vetters, Prinz Himmelherz – in einem Land von großer Schönheit und mit vortrefflicher Jagd wohnte. Nun, da saß er also an den Ufern der Breitwasser und fragte sich, wie er wohl ans andere Ufer gelangen könnte.

Nach einer Weile rief er nach Flürüt, einem Prinzen der *fla-fa-az*, der ihm aus längst vergangenen Tagen noch einen Gefallen schuldete. Flürüt, ein sehr großer Reiher, kam herbei und schwebte über dem Kopf des Fürsten – doch er kam dem großen Jäger nicht zu nahe.

›Was kann ich für dich tun, o, klügste Katze?‹ fragte er. Fürst Feuertatze sagte es ihm, und der Vogelprinz flog davon. Als er zurückkehrte, war der Himmel hinter ihm voll von Vögeln jeglicher Art. Auf Befehl ihres Prinzen flogen sie alle dicht über der Wasserfläche der *Qu'cef* dahin, begannen mit ihren Flügeln zu schlagen und erzeugten einen gewaltigen Wind. Dieser Wind blies so kalt, daß das Wasser rasch von einer Eisschicht überzogen wurde.

Tangalur Feuertatze setzte den Fuß darauf, die Vögel flogen vor ihm her, verwandelten bei jedem Schritt das Wasser in Eis, so daß er hinübergehen konnte. Als sie das andere Ufer erreicht hatten, schwebte Flürüt herab und sagte: ›Damit ist alles bezahlt, Katzenfürst‹, und darauf flog er fort. Als nun, *cu'nre-le,* viele Tage vergangen waren, hatte Fürst Feuertatze das ganze weite Land erforscht. Es war in der Tat reizend, doch in den Bewohnern fand er ein seltsames und ein wenig einfältiges Volk vor, das gern schwätzte und weniger gern etwas tat. Er hatte sich vorgenommen, den Rückweg über sein eigenes Land zu nehmen, und so machte er sich zum Flußufer auf.

Die Breitwasser war immer noch hart und gefroren, und er trat auf die Eisfläche hinaus, um nach Hause zu gehen. Es war freilich ein langer Weg – nicht umsonst heißt dieser Fluß Breitwasser –, und als er in der Mitte angekommen war, begann das Eis zu schmelzen. Feuertatze

rannte, aber der Weg war weit, und die *Qu'cef* schmolz unter seinen Pfoten dahin, und er plumpste in das eisige Wasser.
Lange Zeit schwamm er in dem furchtbar kalten Wasser, doch sein großes Herz wollte nicht aufgeben. Er mühte sich ab, ans Ufer zu gelangen. Da erblickte er plötzlich einen großen Fisch mit einer Flosse auf seinem Rücken – und mit mehr Zähnen, als die Zahnwächter sie haben –, der ihn umkreiste. ›Nun, nun‹, sagte der Fisch, ›welch ein hübscher Bissen schwimmt da in meinem Heim umher? Ich möchte doch wissen, ob er so gut schmeckt, wie er aussieht.‹
Als nun Feuertatze schon verzweifeln wollte und sah, wie groß der Fisch war, da wurde er plötzlich fröhlich, als er den Fisch sprechen hörte, denn er sah einen Weg, aus seinen Schwierigkeiten herauszukommen.
›Ganz gewiß schmecke ich vorzüglich!‹ sagte Fürst Tangalur. ›Alle schwimmenden Katzen sind zart über die Maßen. Trotzdem wär's eine Schande, mich zu essen.‹
›Und weshalb, bitte?‹ fragte der Fisch und kam näher herangeschwommen.
›Weil, wenn du mich nämlich verschlingst, niemand mehr da sein wird, um dir die sonnenhelle Bucht zu zeigen, wo mein Volk lebt und sich die ganze Zeit im Wasser tummelt und wo ein großer Fisch wie du essen und essen könnte, ohne je Mangel zu leiden.‹
›Hm‹, sagte der Fisch nachdenklich. ›Und wenn ich dich verschone, wirst du mir dann zeigen, wo die schwimmenden Katzen wohnen?‹
›Natürlich‹, sagte Feuertatze. ›Laß mich indes auf deinen Rücken klettern, daß ich den Weg besser erkennen kann.‹ Sprach's und kletterte auf den gewaltigen flossenbewehrten Rücken des Fisches, und sie schwammen weiter.
Als sie sich dem anderen Ufer der *Qu'cef* näherten, wollte der Fisch wissen, wo die Bucht der schwimmenden Katzen sei. ›Nur noch ein kleines Stückchen‹, sagte Feuertatze; und sie schwammen weiter, bis sie dicht am Ufer waren. Abermals fragte der Fisch nach der Bucht der schwimmenden Katzen.
›Ein wenig näher noch‹, sagte Fürst Feuertatze. Sie kamen noch nä-

her an das Ufer heran, bis das Wasser plötzlich so flach wurde, daß der große Fisch merkte, daß er nicht weiter schwimmen konnte. Dann erkannte er, daß er zu weit auf Grund geraten war und auch nicht umkehren konnte. Als Feuertatze von seinem Rücken sprang und ans Ufer watete, konnte der Fisch nur noch wütend brüllen.
›Danke für den Ritt, Meister Fisch!‹ sagte Feuertatze. ›Um die Wahrheit zu sagen, schwimmen wir leider dort, wo ich herkomme, sehr wenig, aber wir essen gern! Ich werde einige aus meinem Volk holen, und dann werden wir zurückkommen und dich verspeisen, so wie du es mit uns getan haben würdest!‹
Und das taten sie. Darum geht seit dieser Zeit keine Katze freiwillig ins Wasser . . . und wir essen nur solche Fische, die wir fangen können, ohne naß zu werden.«

Die Gefangenen lachten, als Schlitzohr seine Geschichte zu Ende gesungen hatte. Einen Augenblick war es, als ob alle Felsen und Erdschichten zwischen dem Volk und dem Himmel weggeschmolzen seien und sie gemeinsam unter Tiefklars Auge singen würden.

Der Hügel schlief nie. Einem Stock schwirrender Bienen gleich war das Labyrinth von Gängen und Höhlen gedrängt voll von sonderbaren Gestalten und nie gehörten Schreien. Das bleiche Licht der leuchtenden Erde machte die Hauptgänge und großen Höhlen zur Bühne für ein Schattenspiel wimmelnder, huschender Geisterfiguren. Anderswo gab es lichtlose Pfade, schwarz wie die Räume zwischen Welten – doch selbst an diesen dunklen, verlassenen Plätzen bewegten sich unsichtbar Gestalten, wehten heimatlose Winde. Der Hügel war dem Auge der Sonne noch nicht lange ausgesetzt. Kaum ein halbes Dutzend Jahreszeiten war über der Erde vergangen, seit die verderbte Erde des Talgrundes sich zum ersten Mal zu heben begonnen hatte, aufschwellend wie ein Ast, in den Wespen ihre Eier gelegt haben. Der Hügel, wie eine Wunde an der Oberfläche, verbarg die tieferen und größeren Umtriebe im Inneren der Erde: meilenweite Gänge, die sich wie feine Haare in Hülle und Fülle ausdehnten, sich durch das Erdreich verästelten und unter Hügeln, Wäldern und Flüssen in alle

Richtungen hinzogen wie ein riesiges Spinnennetz aus Hohlräumen.
In der Mitte dieses Netzes, unter der stumpfen Kuppel von Vastnir, prüfte die grausame, unvorstellbare Spinne die Fäden, ein Leib, massig und unbeweglich, ein Geist, der über die Grenzen seines wachsenden Herrschaftsgebietes hinausstrebte. Grizraz Kaltherz – Sproß von Goldauge und Himmeltanz, der Verderbte, seit Anbeginn der Welt unter die Erde verbannt –, spürte, daß seine Zeit angebrochen war. Er war eine Macht, und in einer Welt, geschwächt durch den Hingang und das Schwinden der Erstgeborenen, war er nun ein Herrscher, mit dem kein anderer sich messen konnte. Er lag im Herzen seines Hügels, und seine Kreaturen vervielfältigten sich um ihn und schwärmten aus. Auch die Tunnel breiteten sich aus, durchlöcherten von unten die Oberfläche der Erde. Bald würde es keinen Fleck mehr geben, der so entlegen war, daß er seinem Griff entging. Und die Nacht gehörte ihm: Seine Kreaturen, hervorgebracht in der Finsternis der Erde, beherrschten auch die Finsternis an der Oberfläche. Wenn die letzten Fäden verknüpft waren, würde er auch die Stunden der Helligkeit beherrschen. Alles, was er brauchte, war Zeit, nur einen Wimpernschlag, verglichen mit den Äonen, die er gewartet und Pläne geschmiedet ... und sich verzehrt hatte. Was konnte ihn jetzt noch aufhalten, so dicht vor dem letzten Sonnenuntergang? Seine Familie und die ihm Ebenbürtigen waren spurlos von der Erde verschwunden, lebten nur noch in Mythen und erinnernder Verehrung. Er war eine Macht, und wo war die Macht, die es mit ihm aufnehmen konnte?
Sein unerbitterlicher, kalter Verstand prüfte diese Schlußfolgerungen und fand sie wohlbegründet – aber dennoch blieb ihm ein allerfeinster, höchst unbedeutender Rest von Unbehagen. Kaltherz ließ seinen Geist abermals umherschweifen und suchen und suchen ...

Seit Sonnenaufgang war Dachschatten, tief in Gedanken, am Rande des Rattblatt-Waldes auf und ab geschritten. Im Westen, jenseits der weiten Talfläche, lag der Hügel wie im Schlummer.
Immer wieder, zierlich eine graue, weiche Pfote nach der anderen

aufsetzend, beschrieb sie sorgsam einen Kreis. Sie hatte den Kopf gesenkt, als deute ihr Schreiten auf tiefes Nachsinnen hin oder auf Entschlüsse, die sofort zu fassen waren, jedoch hatte sie in Wahrheit ihre Wahl bereits getroffen.

Die Sonne, welche die kalte Luft Funken sprühen ließ und sich in diamantenen Strahlen im schneeigen Grund brach, hatte den Zenith überschritten und begonnen, winterlich rasch zu sinken, als die graue *Fela* ihren Marsch unterbrach und eines ihrer Ohren auf die Erde richtete. Lange Sekunden stand sie reglos – als habe der Wind aus den Bergen sie dort, wo sie stand, mit Fell und Gebein, vor Frost erstarren lassen. Darauf neigte sie leicht den Kopf, senkte ihre schnüffelnde Nase herab, sog die Luft ein, legte plötzlich wieder ihr Ohr um. Scheinbar zufrieden, streckte sie ihre Pfote aus, tippte leicht auf den verkrusteten Schnee und begann dann die kalte, weiße Haut der schlafenden Erde wegzukratzen. Nachdem sie die lockere Schale durchstoßen hatte, legte sie ihr Körpergewicht auf die Hinterbeine und begann zielstrebig zu graben. Das Erdreich war halb gefroren, und ihre Pfoten schmerzten, doch sie setzte ihre emsige Arbeit fort, daß Erde und Steine unter ihrem Schwanz hindurch nach hinten flogen.

Die Zeit verging, und Dachschatten begann zu fürchten, sie könne falsch gewittert haben. Der Grund war hart verkrustet und fest. Doch dann stieß plötzlich eine grabende Pfote durch den Boden des Loches hindurch ins Leere.

Warme, stinkende Luft strömte durch die Öffnung, und sie fuhr überrascht zurück. Trotzdem, das war's, was sie gesucht hatte. Sie setzte grimmig entschlossen ihre Arbeit fort. Nachdem sie kurze Zeit weitergekratzt hatte, konnte sie Kopf und Barthaare durch die Öffnung zwängen. Als sie ihre Vorderpfoten hindurchschob, geriet sie sekundenlang in Panik, denn hilflos zappelnd hing sie im Leeren. Die unbekannte Schwärze unter ihr wurde ein bodenloser Abgrund. Ihr Gewicht zog ihre Hinterbeine am bröckelnden Rand des Loches vorbei. Ihr Fall war nur kurz, dann landete sie weich im Lehmboden eines Tunnels.

Sie warf einen kurzen Blick zurück auf das Loch über ihr, das vom

Licht der untergehenden Sonne erleuchtet war. Es schien jetzt ein sehr kleines Loch zu sein, obgleich es nicht sehr weit von ihr entfernt war. Es war nicht weit entfernt, aber es lag hinter ihr wie etwas Endgültiges. Den Kopf gesenkt, die grünen Augen weit geöffnet, um jede Spur von Licht aufzunehmen, die es in dieser dunkeln, unfreundlichen Welt gab, drang Dachschatten auf leisen Pfoten in die unterirdische Welt vor.

23. Kapitel

Den Tod fürchten – den Rauch zu spüren
In meiner Kehle, den Nebel vor dem Gesicht?

Robert Browning

Der Trupp abgerissener Katzen schlurfte humpelnd durch eines der riesigen gewölbten Steingemächer zur Arbeit in den Gängen. Traumjäger hielt in dem wogenden Meer hoffnungsloser Katzen nach Greiftatz Ausschau. Er entdeckte die kleine, drahtige Katze am Ende der Marschkolonne und verlangsamte seinen ohnehin gemächlichen Schritt, bis Greiftatz ihn eingeholt hatte.

»Hallo, Traumjäger!« sagte Greiftatz, von dessen früherer Munterkeit nur noch ein schwacher Hauch geblieben war. »Du siehst ein bißchen kräftiger aus. Wie geht es deiner Schulter?«

»Besser, denke ich«, sagte Fritti, »aber ich zweifle, ob sie jemals richtig heilen wird.« Er hob seine Vorderpfote und schüttelte sie versuchsweise.

»Höre«, sagte Greiftatz mit einem verschwörerischen Unterton, »ich habe Nachricht von diesem Burschen in den oberen Katakomben. Er läßt sagen, daß er deine Freunde nicht gesehen hat. Aber er wird weiter die Augen offenhalten.« Greiftatz verzog sein Gesicht zu einem matten Lächeln, das aufmunternd wirken sollte.

Sie schritten nun unter einem der ungeheuren inneren Tore hindurch und durften jetzt nur noch flüsternd sprechen. Die Tunnelmauern rückten hier eng zusammen, und jedes Wort hallte derartig wider, daß man sicher sein konnte, unerwünschte Aufmerksamkeit auf sich zu lenken.

»Danke, daß du's versucht hast, Greiftatz«, sagte Fritti. »Wie ging es

Springhoch heute morgen?« Der Abgesandte des Mauertreffs hatte sich an den letzten beiden Tagen geweigert, zur Arbeit zu gehen und folglich nichts zu essen bekommen.
»Schlecht, fürchte ich. Liegt nur da und sagt, wenn er sich bewegt, verliert er seinen Schwanznamen.«
Schweigend schritten sie eine Weile in der Mitte der ausgemergelten, hohläugigen Katzen dahin. Grobschlächtige Krallenwächter umkreisten den mutlosen Zug und griffen ab und zu ein, um zu drohen und anzutreiben.
»Springhoch wird bald sterben«, sagte Traumjäger. In der oberen Welt hätte es ihn verwundert, jemanden so etwas mit so ruhiger Stimme aussprechen zu hören.
»Er ist nicht mehr stark genug, um weiterzuleben«, stimmte Greiftatz ihm zu. »Sein Schwanzname ist alles, was er noch besitzt...«

Aus einer Höhle in der Felsmauer über dem Großen Tor blickte Dachschatten hinunter auf das Leben im großen Leichenhaus des Hügels. Verwirrt durch den Zwang, ihre Instinkte zu verleugnen, erschöpft und verängstigt, hatte sie sich stetig bis zu dem schlagenden Herz in der Mitte des Hügels hinuntergetastet. Als der Tunnel jäh an der Mauer der Kammer des Großen Tores zu Ende gewesen war, hatte sie plötzlich das ganze Ausmaß des Schlechten, des *os*, zu Gesicht bekommen. Die mißgestalteten Wächter und die kranken und sterbenden Gefangenen; die unheimlichen Lichter und die giftige Hitze der Luft – all dies traf sie wie ein Tatzenhieb, und ihr wurde schwindelig.
Unfähig, einen Augenblick den Atem anzuhalten, geriet sie am Rand der Höhle ins Schwanken und plumpste, ein zitterndes Bündel, auf den dunklen Boden.

Weit hinter ihr, nahe der Oberfläche, hatte die bleiche Schnüffelnase, einer der blinden Zahnwächter, etwas Sonderbares entdeckt: einen unerlaubten Tunnel in die Oberwelt. Die ausgeworfene Erde war noch frisch.
Fluchtversuche waren häufig, das war selbstverständlich, doch sie

schlugen unweigerlich fehl. Trotzdem schien es sich hier um etwas anderes zu handeln. Die überscharfen Nüstern der haarlosen Kreatur, die das Loch gefunden hatte, entdeckten eine merkwürdige Tatsache: Etwas hatte sich den Weg nach innen gegraben, nicht nach draußen . . .

Irgendwo, tief im Vastnir, tauchte aus einer dunklen Höhle eine Gestalt auf und betrat eine noch dunklere. Hitze und Luftströme wiesen der Gestalt den Weg.
»Meister Heißblut!« rief der Zahnwächter. Nach einer Pause kam die Antwort: »Magerwicht, ich habe längst aufgehört, an deiner unangenehmen Gegenwart Gefallen zu finden. Ich glaube, daß ich dem endlich ein Ende setzen werde.«
Sogar in der Dunkelheit war dem Meister die Verärgerung anzumerken.
»Bitte, Herr, tut nichts Törichtes. Ich bringe Euch wichtige Neuigkeiten!« Ein erneutes langes Schweigen, und Magerwicht konnte ebenso deutlich riechen und fühlen, daß Heißblut näherkam, wie das Volk über der Erde bei hellstem Tageslicht sehen konnte. Er widerstand seinem Drang, zu fliehen.
»Was könntest du mir zu erzählen haben, was möglicherweise für mich von Wert sein könnte, du altes Sabbermaul?« Der Ton von Heißbluts Stimme legte es nahe, an baldigen, qualvollen Tod zu denken, doch Magerwicht setzte alles auf eine Karte und sagte: »Nur dies, allergütigster Herr, nur dies: Jemand hat einen Tunnel gegraben, der nach Vastnir hineinführt! Jemand aus der Sonnen-Welt! Ich habe die Stelle entdeckt, wo das Wesen oberhalb des Großen Tores hineingeschlüpft ist!«
Heißblut kam näher, bis sein heißer Atem seinen ängstlich zurückweichenden Untergebenen traf.
»Und warum sollte mich das kümmern?« fauchte der Anführer der Zahngarde – doch nun hatte seine zischelnde Stimme einen unmerklich veränderten Ton. »Ich vermute, daß du davon jedem erzählt hast, der zwischen meiner Höhle und den unteren Katakomben geht, kriecht oder gräbt?«

»Nein, großer Meister!« jammerte Magerwicht, erfreut, daß er die richtige Ahnung gehabt hatte. »Ich bin geradewegs zu Euch gekommen!«
»Hole mir Schnüpper. Bist du sicher, daß es ein Tunnel ist, der hineinführt? Falls du dich getäuscht hast . . .!«
»O, nein«, sagte Magerwicht angstzitternd. »Ich habe mich nicht getäuscht. Bin absolut sicher, Herr!«
»Dann muß ich Tiefducker benachrichtigen«, sagte Heißblut mit einer kalten, zufriedenen Stimme.
»Ihr wollt die Knochengarde hinzuziehen?« ächzte Magerwicht. Heißbluts Zähne schnappten zu und packten Magerwichts haarlose Haut, daß sie blutete.
»Schwachkopf! Wie kannst du es wagen, in meiner Gegenwart auch nur zu atmen! Geh mir aus den Augen, du Schleimlecker. Hole Schnüpper, und dann verkriech dich irgendwo unter einem Stein, bis ich vergessen habe, daß es dich gibt!«
Keuchend zog sich Magerwicht in die geringere Dunkelheit zurück und floh. Heißblut leckte sich die nackten Kinnbacken.

Als der zerschlagene Traumjäger zusammen mit den anderen Tunnelsklaven von der Arbeit zurückschlich, gewahrte er plötzlich die dunkle Gestalt Kratzkralles neben sich, dessen schwarze Lippen sich zu einem grausamen Grinsen zusammenzogen.
»*Mre'fa-o*, Sterngesicht«, sagte der Krallenwächter spöttisch. »Wie kommst du in deiner neuen Heimat zurecht?« Traumjäger gab keine Antwort, sondern ging weiter. Kratzkralle schien nicht gekränkt zu sein.
»Hast immer noch deinen Stolz, oder? Na ja, auch das wird sich geben – ich habe dich nicht vergessen. Nicht im geringsten.« Kratzkralle blieb einen Augenblick stehen, um sich zu strecken, wobei sein gesprenkelter Unterbauch kurz den Höhlenboden berührte. Als er fertig war, schloß er leichtfüßig wieder zu Fritti auf.
»Wir haben später noch eine Menge Zeit für einen Plausch«, knurrte er. »Ich dachte gerade, vielleicht schau ich mal rein, um zu sehen, ob du auch deinen täglichen Verdauungsspaziergang machst. Ich möchte

nicht, daß du fett und selbstzufrieden wirst. Das wollen wir doch nicht, mein kleiner Faulpelz, nicht wahr?« Kratzkralle musterte Frittis unbewegte Miene eindringlich, dann fuhr er leiser fort: »Zur Zeit geht hier etwas vor. Heißbluts kleine, blinde Salamander flitzen herum, als stünden ihre scheußlichen Stummelschwänze in Flammen. Ich möchte dir nur klarmachen, daß ich ein Auge auf dich haben werde, egal, was geschieht. Ich habe das Gefühl, es könnte etwas mit dir zu tun haben – ich weiß nicht, warum. Gib dir keine Mühe, den Unwissenden zu spielen. Vergiß nur eines nicht: Ich werde herausfinden, was mit dir los ist. *Ich werde dein Geheimnis rauskriegen.*« Kratzkralle wandte sich ab. »Guten Tanz, Sonnenwurm.« Der Krallenwächter trottete davon.

Fritti starrte zu Boden, während er hörte, wie Kratzkralle sich schweren Schrittes entfernte. Er fragte sich bloß, was er demnächst würde erleiden müssen.

In seiner Höhle, zur Gesellschaft nur die reglose, bewußtlose Gestalt Grillenfängers, kämpfte Raschkralle mit einem Tagtraum. Obgleich seine Augen geschlossen waren, meinte er ebenso klar zu sehen wie jemals in der Oberwelt. Er stand wieder auf der Schmalsprung-Brükke, und unter ihm brüllte und wogte die Katzenjaul. Von seinem Aussichtspunkt auf dem Felsenband konnte er den Hügel in seiner ganzen ungefügen Bedrohlichkeit sehen. An der einen Seite tat sich ein Loch auf, und eine Reihe dunkler Gestalten kam heraus. Sie bewegten sich in einem sonderbaren Tanz, eine Folge unheilvoller und rätselhafter Bewegungen.

Raschkralle hörte ein lautes Trompetengeschmetter, als habe die Sonne eine Stimme bekommen. Die dunklen Gestalten lösten sich voneinander; sie hasteten in alle Richtungen davon, dann fielen sie zu Boden und verschwanden in der Erde. Das Rauschen der Katzenjaul wurde nun lauter, und aus ihren Wassern schritt eine große weiße Gestalt hervor, deren Umrisse veränderlich und undeutlich waren. Sie ging durch das Tal; wo die schwarzen Tänzer zu Boden gefallen und von der Erde verschluckt worden waren, brachen ausgewachsene Bäume und Blumen aus der Erde hervor. Die weiße Gestalt ging zum

Hügel, und unter ihrer Berührung öffnete sich der riesige Kegel und enthüllte sich als eine große, schwarze Rose, deren Blütenblätter mit den Farben des Sonnenuntergangs durchschossen waren. In diesem glühenden Licht schwand die weiße Gestalt – nein, sie schwand nicht, sondern wurde in einen Nebel verwandelt, der aufstieg.
Von einem Gefühl des Friedens durchströmt, meinte Raschkralle von dem Traumnebel hochgetragen zu werden, so daß er lange Zeit gar nicht bemerkte, daß er geschüttelt wurde. Unwillig öffnete er die Augen und blickte in das knochige, verdrossene Gesicht Langzahns, der ihn anfauchte.
»O, nein, du nicht auch noch. Das mit dem anderen ist schon schlimm genug«, rasselte der Krallenwächter auf Grillenfänger deutend. »Steh auf – laß dich anschauen.« Er untersuchte Raschkralle flüchtig von der Nase bis zum Schwanz. Langzahn warf einen Blick über die Schulter, dann wandte er sich mit verdrießlichem Gesicht an Raschkralle.
»Kratzkralle will, daß ich dich im Auge behalte. Der ganze Hügel ist in Aufruhr, weil unerwartet jemand eingedrungen ist. Diese hirnlose *me'mre* tut mir jetzt schon leid, wenn sie in unsere Krallen gerät.«
Mit einem Ausdruck einfältiger Freude über das vermutliche Schicksal des Eindringlings ließ Langzahn sich auf dem Boden der Höhle nieder. Raschkralle, obgleich er wieder seine Augen schloß, konnte nicht mehr in seinen beflügelnden Traum zurückkehren. Im Halbschlaf hörte er, daß auf den Gängen außerhalb seines Verlieses reges Leben herrschte.

Traumjäger blickte Greiftatz verständnislos an.
»Was?« fragte er halb betäubt.
»Jemand aus dem neuen Volk will mit dir sprechen. Frag mich nicht«, sagte Greiftatz und schüttelte den Kopf. »Drüben am Eingangstunnel.«
Greiftatz ging zu seinem Schlafplatz zurück. Beim Strecken spürte Fritti den Schmerz in der Schulter und den nagenden Hunger in seinem Bauch. Er trat so vorsichtig auf, wie seine ermüdeten Beine es zuließen und bahnte sich seinen Weg durch die Menge schlafender,

stöhnender Leiber. In der Nähe der großen Gefängnishöhle, an eine Mauer in der Nähe des Eingangs gepreßt, erblickte er die zusammengekrümmte Gestalt einer kleinen, grauen Katze. Als sich Fritti ihr näherte, hörte er, daß in den höher gelegenen Teilen des Hügels Aufregung herrschte. Die kleine Katze schien zu zittern.
»*Mre'fa-o*«, sagte er mit matter Liebenswürdigkeit zu der fremden Katze. »Ich bin Traumjäger. Ich habe gehört, du ...« Er brach mitten im Satz ab. Seine Barthaare zuckten. Diese fremde Katze kam ihm sehr bekannt vor, selbst im Halbdunkel. »Dachschatten!« keuchte er. In seinem Kopf drehte sich alles. War sie die ganze Zeit hier gewesen, hatte sie im Hügel gearbeitet? War sie es wirklich?
»Still!« zischte die *Fela*.
Noch immer ungläubig, beugte er sich vor und beschnüffelte ihre Nase, ihre Flanken. Dachschatten! Als er träumerisch zu schnuppern begann, gab sie ihm mit der Pfote einen Klaps auf die Nase. Er richtete sich auf wie ein verlegenes Kätzchen und blickte wie verrückt von der einen Seite zur anderen. Keiner der anderen Gefangenen nahm die geringste Notiz von ihnen. Nichtsdestotrotz beugte er sich so tief herunter, daß seine Barthaare sich mit denen von Dachschatten mischten, und er begann sie leidenschaftlich zu lecken. Leise, das Maul voller Haare, fragte er: »Wie bist du hierhergekommen?«
»Ich habe gegraben, bis ich in einem Tunnel landete«, sagte sie. Obwohl ihre Stimme gelassen klang, zitterten ihre Flanken.
Es muß furchtbar für sie gewesen sein, dachte er – allein an diesem Ort; eine Katze zu suchen unter ungezählten anderen. »Wie, um Tiefklars willen, hast du mich gefunden?« fragte er sie.
»Wie ich was getan habe? Dich gefunden? Ich weiß es wirklich nicht, Traumjäger, ich wußte bloß, daß ich dich finden mußte. Ich kann's jetzt nicht erklären ... Ich kann nicht mal denken ... Würdest du damit aufhören?« Ihr Fell sträubte sich, und er hörte auf, ihr Fell zu säubern.
»Wir haben keine Zeit zu verlieren!« fuhr sie fort. »Wir müssen sehen, daß wir hier rauskommen – ich glaube, sie suchen nach mir.« Sie stand mit unmerklich zitternden Beinen auf. Traumjäger sagte nichts, sondern erhob sich ebenfalls.

»Ohne Raschkralle können wir nicht fort«, sagte er.
Plötzlich und unerwartet dachte er an Goldpfote – ihretwegen hatte er diese Fahrt angetreten und vor langer Zeit die Mauer des Treffens verlassen. Konnte sie nicht auch irgendwo in diesem Hügel sein? Er dachte an Kaltherz' scheußlichen Thron. Lebte sie überhaupt noch? Plötzlich fühlte er sich klein und hilflos.
»Weißt du, wo er gefangengehalten wird?« fragte Dachschatten. Er sah sie scharf an: Sie war vollkommen erschöpft, und er war nicht besser dran.
»Raschkralle?« fragte er. »Nein, ich habe ihn nicht gesehen, seit man uns getrennt hat.« Er schaute besorgt den Tunnel entlang.
»Dann, fürchte ich, haben wir keine Zeit, nach ihm zu suchen«, sagte die graue *Fela* ruhig. »Wir können von Glück sagen, wenn wir selber hier rauskommen.« Sie setzte sich zum Tunnel in Bewegung.
Traumjäger war fassungslos. »Aber wir können ihn doch nicht einfach im Stich lassen! Ich habe ihn hergebracht! Er ist noch ein Kätzchen!«
Dachschatten warf einen Blick über die Schulter und fauchte: »Traumjäger! Sei nicht albern! Wir würden vielleicht Tage brauchen, um ihn zu finden. Wir müssen hier raus und das Volk in Erstheim warnen – sonst wird es für uns alle zu spät sein! Wir werden mehr für ihn tun, indem wir Hilfe bringen, als wenn wir uns fangen und töten lassen. Wir müssen Zaungänger und den anderen Bericht erstatten. Komm jetzt!« Fritti versuchte zu widersprechen, doch er wußte, daß er ihr die Wahrheit niemals würde verständlich machen können. Die Wahrheit über Kaltherz oder die Zahngarde oder die unendlich langen Gänge, in denen abscheuliches Erdgezücht umherkroch.
Dachschatten machte ohnehin keine Anstalten ihm zuzuhören. Sie glitt in den schrägen Tunnel hinein, dem flackernden, kränklichen Licht und dem Klang rauher Stimmen entgegen. Traumjäger folgte ihr.

Der Hügel barst vor Geschäftigkeit. Krallenwächter rotteten sich gruppenweise zusammen, verständigten sich mit dumpfen Schnarrlauten, dann trennten sie sich wieder, um durch Gänge zu stürmen

und in Gefängniszellen zu stürzen. Als Traumjäger und Dachschatten den Seitentunnel verließen und in den Hauptgang gelangten, waren die Krallenwächter in großer Zahl bereits in die Höhle eingedrungen, die die beiden gerade verlassen hatten. Wütendes Knurren und schwache Schmerzensschreie hallten bis in den Tunnel hinauf, in dem sie standen. Sie begannen zu rennen und hielten sich dicht an den Wänden des Ganges in den tieferen Schatten. Sie rannten an zahlreichen anderen Gefängniszellen vorbei, fanden einen offenbar nicht benutzten Tunnel, dunkel und nach Moder stinkend, und schossen hinein. Der Lärm hinter ihnen wurde ein wenig leiser, und sie blieben kurze Zeit stehen, damit Dachschatten sich zurechtfinden konnte. Mit geschlossenen Augen ließ sie sich von ihrem Instinkt leiten und versenkte sich in ihre Fühl-Erinnerung, um den Weg zu ihrem Eintrittsloch wiederzufinden.
Nach kurzer Besinnung schritt sie tiefer in den Tunnel hinein.
Sie hielten sich von den Hauptgängen fern, nutzten die Vorteile von Verbindungstunnels, Nischen und unfertigen Schächten. Sie kletterten hinauf und hinab, schraubten sich zur Oberfläche hoch, dem Ort des Entkommens entgegen. Mehrere Male waren sie dicht daran, entdeckt zu werden. Einmal mußten sie sich, als sie Pfotentritte näherkommen hörten, in einen niedrigen unfertigen Tunnel zwängen. Dort verharrten sie, starr vor Entsetzen und mit angehaltenem Atem, während zwei Krallenwächter sich darüber stritten, ob ihr Versteck wohl der Untersuchung wert sei. Als die Untiere schließlich übereinkamen, darauf zu verzichten und sich davontrollten, stellte Fritti fest, daß er Schwierigkeiten hatte, wieder Luft zu bekommen.
Am Ende begannen sie einen letzten steilen Aufstieg, der sie zu Dachschattens Loch führen sollte. Als sie um eine Ecke spähten, tat sich der Tunnel in tiefster Finsternis vor ihnen auf. Während sie sich vorsichtig vorwärtsbewegten, erhaschte ihr suchendes Auge einen Schimmer von Sternenlicht – das war der Weg ins Freie am äußersten Ende des Ganges. Fritti hatte den Himmel so lange nicht mehr gesehen, daß er vor Aufregung alles vergaß. Trotz der bedrückenden, feuchten Hitze im Hügel lief ein kalter Schauer an seinem Rückgrat entlang und krümmte seinen Schwanz. Jubelnd sprang er vorwärts;

einen Augenblick lang glaubte er wieder Gras unter den Pfoten und kühlen Wind in seinem Fell zu spüren. Er hörte Dachschatten seinen Namen rufen, leise, aber drängend. Er achtete nicht darauf.
Auf einmal verschwand das Sternenlicht.
Plötzlich erhielt er einen Schlag, der ihn völlig unvorbereitet traf. Dachschattens mahnender Ruf verwandelte sich in ein Geheul der Furcht. Etwas war über ihm – irgendein Wesen, das schnappte und biß.
»Schnüpper! Laß den anderen nicht entwischen!« schnitt eine Stimme in das Dunkel, und wieder hörte er Dachschatten aufschreien. Das Wesen über ihm suchte mit Stachelzähnen seine Kehle, und als er sich verzweifelt wand, spürte er haarlose Haut, die sich unter seinen Tatzen krümmte. Ein Zahnwächter! Er kämpfte, um sich von dem harten Griff der Kreatur zu befreien, und schaffte es, seine Zähne einen Herzschlag lang in ihr Fleisch zu schlagen. Ein schmerzvolles Fauchen seines Gegners belohnte ihn. Er nutzte diese winzige Pause, riß sich los und raste zu der Stelle zurück, wo er Dachschattens Stimme zum letzten Mal gehört hatte. Seine Augen hatten sich endlich auf die völlige Dunkelheit eingestellt, und er sah gerade noch rechtzeitig eine zweite Gestalt sich aufbäumen, um deren Schlag die größte Wirkung zu nehmen. Trotzdem wurde er zurückgeschleudert und prallte gegen die sich duckende Dachschatten.
»Schlitzbauch! Hilf Schnüpper, er wird mit den Gefangenen nicht fertig!« Jetzt konnte Fritti erkennen, woher diese Stimme kam: Dort, vor dem Loch, durch das sie hatten entfliehen wollen, kauerte eine lange, haarlose Gestalt. Ihr augenloser Kopf nickte beifällig.
»So!« sagte die Gestalt. »Wie erwartet seid ihr zu eurem Eingangsloch zurückgekehrt. Wie reizend. Und weil ihr so gern auf Reisen geht, werden wir euch jetzt mitnehmen und euch unser Reich zeigen, wenn's recht ist.«
Die anderen zwei dunklen Gestalten nahmen Traumjäger und Dachschatten nun in die Mitte, und eine der beiden sagte: »Warum geben wir ihnen nicht gleich hier den Rest, Meister Heißblut?«
Der Anführer der Zahngarde schwieg, und dieses Schweigen schien sehr lange in der dunklen, feuchten Luft zu hängen. »Du solltest dir

diese Frage lieber selbst beantworten, anstatt sie mir zu stellen, Schlitzbauch – insbesondere, weil du deine Unfähigkeit so deutlich bewiesen hast. Diese Kreaturen haben uns allen große Schwierigkeiten bereitet, und wir werden ein strenges Gericht über sie halten, um den Schaden wiedergutzumachen. Sie werden noch ein wenig am Leben bleiben, weil ich gewisse Dinge in Erfahrung bringen will. Von dir kann ich jedenfalls nichts erfahren. Verstehst du, was ich meine?«
Schlitzbauch kaute noch an seiner Antwort, als aus dem hinter Traumjäger und Dachschatten liegenden Tunnel eine dunkle Gestalt hervorhuschte und die beiden Zahnwächter mit zwei Schlägen zu Boden streckte. Fritti und die *Fela* vergeudeten keine Zeit damit, festzustellen, wer ihr geheimnisvoller Wohltäter war, sondern sprangen auf und rasten zurück den Gang hinauf. Hinter sich hörten sie Fauchen und Schreien und den Lärm eines erbitterten Kampfes. Heißblut kreischte: »Haltet sie! Haltet sie!«

Die Zeit dehnte sich zu einem einzigen dunklen und nicht endenden Augenblick, während Fritti und Dachschatten durch die lichtlosen äußeren Hallen flüchteten. Fort von den Zahnwächtern, fort von Dachschattens Tunnel, fort, weit fort – sie konnten an nichts anderes denken. Traumjäger blutete aus frischen Wunden, und in seiner Schulter klopfte und brannte der Schmerz bei jedem Schritt.
Sie rasten durch eine Finsternis, die fast vollkommen war, verließen sich auf ihre Barthaare und auf ihr scharfes Gehör: Diese Schächte waren fast gänzlich frei von jener leuchtenden Erde, die den größten Teil Vastnirs erhellte. Sie stolperten über Steine und Wurzeln im Boden; viele Male rannten sie bei ihrer panikartigen Flucht gegen Erdmauern, standen wieder auf und rannten weiter.
Schließlich mußten sie ihr Tempo verlangsamen. Sie hatten sich vollkommen verirrt und waren in der Dunkelheit an unzähligen Seitentunnels vorbeigerannt.
»Ich glaube, wir sitzen hier für immer in der Falle!« keuchte Dachschatten, während sie sich vorwärtsschleppten. »Wenn wir uns mit der linken Seite an der Mauer halten und die Richtung nach außen beibehalten, müßten wir eigentlich an einen der Ausgangstunnels

kommen – zumindest hoffe ich es«, ächzte Traumjäger. »Jedenfalls ist es das einzige, woran ich mich erinnern kann.«
Aus Löchern und Quergängen drangen Flüsterlaute zu ihnen herauf. Einige davon waren die fernen Geräusche Vastnirs, die aus den Hauptkammern aufstiegen. Andere freilich waren nicht zu bestimmen – Seufzer und Gewisper und einmal das klatschende Geräusch, mit dem ein großer Gegenstand in eine tiefe Grube fiel. Vorsichtig gingen sie um die Grube herum. In wortloser Verständigung sprachen sie mit keiner Silbe über das Geräusch, das aus den Tiefen der Grube zu ihnen hinaufgedrungen war. Weiterhin behielten sie die Richtung nach außen bei, und der Lärm des Hügels wurde bei jeder Biegung des Ganges leiser und leiser.
Die Luft schien frostig zu werden; als Fritti eine Bemerkung darüber machte, behauptete Dachschatten, daß sie sich der Oberfläche näherten und die unnatürliche Hitze Vastnirs hinter sich ließen. Trotzdem kam es Fritti nicht so vor, als handele es sich um die Kälte des Winters. Es war eine tiefe Kälte, jedoch feucht und klebrig. Sie hatten das Gefühl, durch einen dicken Nebel zu laufen. Die Luft in der Nähe des Eingangs zu Dachschattens Tunnel war anderer Art gewesen. Gleichwohl sah er keinen Sinn darin, sich darüber zu streiten und behielt seine Zweifel für sich.
Wenn sie ihren Ohren und Schnurrbärten trauen durften, bewegten sie sich jetzt durch einen breiten Gang mit einem hohen Dach. Da hörte Traumjäger ein neues Geräusch: etwas, das sich – wenn auch entfernt – so anhörte, wie das Tappen leiser Pfotentritte. Flüsternd verständigte er Dachschatten, und angestrengt lauschend gingen sie langsam und fast geräuschlos weiter. Wenn es Pfotentritte waren, mußten sie ziemlich weit entfernt sein, da sie nahezu unhörbar waren. Die beiden Flüchtlinge gingen ein wenig schneller. Der Bogengang – etwas Ähnliches mußte es sein – verengte sich mit einem Mal. Plötzlich war der Tunnel so niedrig, daß Traumjäger mit seiner Stirn gegen das Dach prallte. Dieser Tunnel wand sich, fiel ab, stieg dann wieder, als sei man beim Graben großen Felsen oder anderen Hindernissen ausgewichen. Fritti und Dachschatten bückten sich tief herunter, gingen immer langsamer, und schließlich krochen sie. Zum Schluß öff-

nete sich der Durchstich in eine geräumige Kammer mit ebenem Boden. Sie hatten einige Schritte gemacht, als Traumjäger etwas Sonderbares bemerkte.
»Dachschatten!« zischte er aufgeregt. »Da ist Licht!«
Es stimmte, obgleich man es nur durch den Gegensatz zu der dichten Schwärze wahrnehmen konnte, die sie gerade durchquert hatten. Das Licht kam hinter einer Ecke hervor, die sich am entfernten Ende der mächtigen Kammer befand, und es war dünn und scheinbar ohne Quelle. Es schien auch nicht dieselben Eigenschaften zu haben wie das der leuchtenden Erde.
»Ich glaube, wir sind in der Nähe des Ausganges!« sagte Dachschatten, und sekundenlang glaubte Fritti in ihren Augen ein Funkeln zu sehen. Sie begannen schneller zu gehen, immer schneller, dann rannten sie – nun konnten sie die Hindernisse sehen – mächtige Baumwurzeln und Steine – die am Ende der großen Halle schwarz gegen das schwache Leuchten aufragten. Die Luft war noch frostig, doch nun trockener. Überall war Staub, viel Staub.
Er hatte einen Vorsprung vor Dachschatten, die plötzlich zurückwich und rief: »Traumjäger! Hier stimmt etwas nicht!« Dann erhob sich zwischen ihnen eine der schwarzen Gestalten, und kaum hatte sie sich bewegt, war die Luft von einem widerlich würzigen Duft erfüllt. Dachschatten quiekste – ein sonderbares, halbersticktes Geräusch – und Fritti kam stolpernd zum Stehen.
Beide Katzen standen wie gelähmt. Eine trockene Stimme, wie Äste, die sich aneinander reiben, löste sich aus der dunklen Gestalt.
»Hier werdet ihr nicht weitergehen«, sagte sie. Die Worte waren leise, als würden sie in großer Entfernung gesprochen. »Ihr gehört nun dem Knochenwächter!«
»Nein!« dröhnte eine zweite Stimme. Ungläubig, erstarrt in einem sonderbar übersteigerten Entsetzen, sah Fritti plötzlich die eingesunkenen Augen und das mißgebildete Gesicht Kratzkralles aus der Dunkelheit hinter Dachschatten auftauchen. Halb ohnmächtig sackte die graue *Fela* zusammen und senkte den Kopf. »Ich habe sie Heißblut und seiner Zahngarde weggenommen. Diese zwei gehören mir!« knurrte Kratzkralle, kam jedoch nicht näher.

»Du hast keinen Anspruch auf sie«, wisperte die eigentümlich seufzende Stimme. »Niemand darf sich Tiefducker in den Weg stellen. Ich handle auf Geheiß des Allerhöchsten Herrn.« Leicht schwankend bewegte sich Tiefducker mit einem leisen Geräusch wie von knisterndem Leder, und der Anführer der Krallengarde bebte vor Angst und wich wie von einem Schlag getroffen zurück.
»Nimm die *Fela,* wenn du willst«, fuhr Tiefducker fort. »Uns geht es um den anderen der beiden. Geh jetzt. Du bist in unergründliche Gefilde eingedrungen.«
Kratzkralle wimmerte, als sei er verwundet, packte Dachschatten, die sich nicht wehrte, beim Genick, drehte sich um und verschwand in dem dunklen, unübersichtlichen Tunnel.
Fritti versuchte Dachschatten etwas nachzurufen, jedoch es kam kein Laut über seine Lippen. Seine Gelenke zitterten vor Anstrengung, als er sich abmühte, sich loszureißen und zu rennen.
Die dunkle Gestalt Tiefduckers drehte sich um – er war eine Katze, doch sein Körper war trotz des Leuchtens hinter Traumjägers Rücken in dichtes Dunkel gehüllt. Fritti brachte es nicht über sich, ihm ins Gesicht zu sehen, in die dunklen Flecken, wo gewöhnlich die Augen waren. Er wandte sich ab, er kämpfte – und für kurze Zeit gelang es ihm. Seine Beine wollten ihm kaum gehorchen, doch es gelang ihm sich umzudrehen und mit letzter verzweifelter Kraft vom Knochenwächter fortzukriechen.
»Es gibt kein Entrinnen«, flüsterte der Wind.
Nein, dachte Fritti, das ist nicht der Wind. Lauf, du Narr! »Kein Entrinnen«, hauchte der Wind, und Fritti spürte, wie seine Kraft nachließ. Nicht der Wind, muß entrinnen, muß entrinnen . . .
»Komm nun mit mir« – das war nicht der Wind, er wußte es. Er kroch weiter. »Ich werde dich mitnehmen zum Haus des Knochenwächters«, leierte die gefühllose Stimme Tiefduckers in der Dunkelheit hinter ihm. »Immerfort tönen die Flöten in der Dunkelheit, und die Gesichtslosen, Namenlosen singen an den tiefen Plätzen. Es gibt kein Entrinnen. Meine Brüder erwarten uns. Komm!«
Fritti konnte kaum atmen. Der Geruch von Staub, Gewürzen und Erde betäubte ihn . . . sickerte in ihn ein.

»Wir tanzen in der Dunkelheit«, sang Tiefducker, und Fritti spürte, wie seine Muskeln steif wurden. »Wir tanzen in der Dunkelheit und wir lauschen der Musik der Stille. Unser Haus ist tief und verborgen. Die Erde ist unser Heim...« Das Licht schien heller zu werden. Traumjäger hatte es fast geschafft, die Biegung des Tunnels zu erreichen. Verblüfft zwinkerte er mit den Augen. Vor ihm war völlig unerwartet die dunkle Gestalt Tiefduckers aufgetaucht und versperrte das Ende des Tunnels. Ein trockener, giftiger Luftstrom schien von dem Knochenwächter auszugehen. Halb erstickt sackte Fritti zu Boden und konnte nicht weiterkriechen. Die Kreatur stand über ihm, eine ferne Stimme summte unbekannte Laute. Entsetzen schoß in ihm hoch, glühende Panik, und irgendwo fand er die Kraft, sich nach vorn zu werfen. Er spürte, wie das staubige Fell Tiefduckers unter der Wucht seines Aufpralls nachgab. Sein Gegner schrumpelte zusammen – ein Geräusch wie von brechenden Zweigen – und umklammerte Fritti, als dieser sich mit dem letzten Rest seiner schwindenden Kraft an ihm vorbeizudrängen versuchte. Am äußersten Rand des Tunnels war eine Lache von Licht. Ihr strebte er zu und der Freiheit, die sie bedeutete.
Aber der Knochenwächter hielt ihn fest, und in der Dunkelheit umhüllten der erstickende Staub und der süßliche Geruch die zwei kämpfenden Schatten wie ein dritter Schatten. Fritti spürte, wie sich die Tatzen des Knochenwächters – spröde, aber stark wie Baumwurzeln, die Fels spalten – um seinen Hals schlossen. Die aufgesperrte, trockene Schnauze suchte nach seiner Kehle. Mit einem Schrei äußerster Abscheu schlug Traumjäger wild um sich.
Als er sich von der Kreatur losriß, gab es ein greuliches, reißendes Geräusch. Große Fetzen krumpeliger Haut und abgerissenen Fells blieben in seinen Krallen und Zähnen hängen – und als er auf das Licht zutaumelte, konnte er das matte Aufschimmern alter, brauner Knochen und den grinsenden Schädel Tiefduckers sehen.
Als er den kurzen Schacht hinaufkletterte, spürte er einen sengenden Schmerz. Zwischen seinen Augen hämmerte und brannte es. Als er die grau-blaue Scheibe des Himmels über sich schweben sah, drehte er sich einen Augenblick um – und sah das entsetzliche Geschöpf

hinter sich. Es stand in den Schatten am Grund des Tunnels, und sein Knochenmund öffnete und schloß sich langsam.
»Ich werde an dich denken, bis die Sterne sterben . . .«, fluchte die ferne, tonlose Stimme. Wieder flackerte das Feuer in Frittis Schädel auf, dann war es verschwunden.
Traumjäger quälte sich über den Rand des Loches. Das Licht war so hell, daß Punkte vor seinen Augen tanzten. Humpelnd, beinahe vorwärtsfallend, taumelte er von dem Loch fort . . . fort von Vastnir.
Die Welt war weiß. Alles war weiß.
Dann wurde alles schwarz.

Teil III

24. Kapitel

O, zaubrischer Schlaf! O, trostreicher Vogel,
Der du dich senkst auf das aufgewühlte Meer meiner Seele
Bis es besänftigt ist und still.

John Keats

Schmerz und Erschöpfung wüteten unter Traumjägers Fell. Hoch am Himmel hing der kalte, lodernde Stein der Sonne. Die Welt war mit Schnee bedeckt; Bäume, Steine und Erde waren in ein glattes, weißes Tuch geschlagen. Wie mit kleinen Nadeln stach der Schmerz in Frittis Füße, als er durch den Rattblatt-Wald stolperte.

Seit er das Bewußtsein wiedererlangt hatte, war er nahezu blindlings fortgerannt, um möglichst weit von dem Hügel wegzukommen. Er wußte, daß er vor der Steigenden Dämmerung einen Unterschlupf finden mußte – wenn die grausigen Schemen von unten aus den Tunnels kommen würden, um ihn zu jagen . . .

Hinter ihm war der Schnee rotgesprenkelt . . .

Am späten Nachmittag war Fritti noch immer auf der Flucht, hilflos, ohne nachzudenken. Rasch ließen seine Kräfte nach. Seit dem Morgen des vergangenen Tages hatte er nichts mehr zu sich genommen; und das war – wie alle Tunnelsklaven wußten – kaum ausreichend gewesen.

Traumjäger war nun in den tiefen Wald vorgedrungen. Baumsäulen stützten das Dach des Waldes; der Boden war überall mit Eis überzogen. Ermüdung und grelles Licht ließen seine Augen brennen und tränen, und von Zeit zu Zeit bildete er sich ein, etwas vorbeihuschen zu sehen. Er blieb stehen und kauerte sich mit pochendem Herzen auf

der kalten Schneedecke zusammen... doch nichts bewegte sich, nichts: eine gefrorene Welt. Der alte Wald, aus dem das Leben durch die Fäulnis, die in seiner Nähe wucherte, vertrieben war – so schien es wenigstens –, rührte sich nicht, doch insgeheim hörte er Frittis knirschende Tritte; regungslos sah er seinem Kampf zu.
Während der Tag sich dahinschleppte und der beißende Schmerz in Frittis Nase, Ohren und Pfoten verschwand, um von einer rätselhaften Gefühllosigkeit ersetzt zu werden, bildete er sich immer wieder ein, eine unmerkliche Bewegung in seiner Umgebung wahrzunehmen. Aus dem Augenwinkel erspähte er huschende, schattenhafte Figuren; wenn er jedoch den Kopf wandte, erblickte er lediglich schneebeladene Bäume.
Er begann sich zu fragen, ob er nicht tatsächlich verrückt sei, verfolgt von Schatten wie der alte Grillenfänger, wenn er bei einem plötzlichen Seitenblick flüchtig ein Auge aufschimmern sah. Es war sogleich wieder hinter den Zweigen verschwunden, die es eingerahmt hatten, doch es war ein Auge gewesen. Er war dessen sicher.
Als kurz darauf eine Bewegung am Rande seines Blickfeldes seine Aufmerksamkeit auf sich zog, drehte er sich nicht um, sondern stakste weiter und beobachtete sie mit einer Art gleichgültiger Verschlagenheit. Seine Erschöpfung hatte einen Grad erreicht, daß er nicht einmal daran dachte, es könne sich um einen umherschleichenden Feind handeln. Wie ein Kätzchen, das mit einer baumelnden Ranke spielt – zuerst scheu und uninteressiert und im nächsten Augenblick zum todbringenden Sprung ansetzend –, konnte er nur an das sich bewegende Wesen denken, das er fangen wollte, um dem Spiel ein Ende zu machen.
Fritti senkte den Kopf, und die hellroten Tropfen färbten den Schnee nun ungleichmäßiger. In den Bäumen zu seiner Rechten sah er etwas Dunkles, das mit blitzartiger Geschwindigkeit auftauchte und ebenso rasch wieder verschwunden war. Er tat so, als habe er nichts gemerkt, lenkte aber seine Schritte allmählich in diese Richtung, bis er noch ungefähr einen Sprung von der Baumgruppe entfernt war.
Erneut rührte sich etwas, diesmal direkt vor ihm – er mußte sich beherrschen, um nicht loszuspringen.

Langsam und mit Bedacht...
Er blieb einen Augenblick stehen; er kauerte nieder, um eine seiner blutenden Pfoten zu lecken, doch während der ganzen Zeit spannte er die Muskeln, ohne auf die Schmerzen zu achten, wartete ... wartete auf die nächste Bewegung ... jetzt! Halb springend, halb taumelnd brach Fritti durch das Gestrüpp mit fliegenden Pfoten. Von den niedrig hängenden Zweigen war etwas abgeschüttelt worden und huschte vor ihm her. Er raffte all seine Kraft zusammen und sprang.
Als seine Pfoten aufprallten, schlug er mit dem Kopf zuerst gegen einen Baumstamm und rollte betäubt seitwärts, doch unter ihm zappelte etwas Kleines und Warmes. Er drückte das unbekannte Lebewesen mit einer Vordertatze zu Boden, stand auf und schüttelte sich. Er schien sich nicht verletzt zu haben – nicht verletzt, dachte er, aber müde ... so schrecklich müde ...
Jetzt erst warf er einen verschwommenen Blick auf seine Beute. Es war ein Eichhörnchen, dessen Augen vor Entsetzen aus den Höhlen traten und das die langen, flachen Zähne bleckte.
Rikschikschik, sagte er sich. Da war doch etwas mit ihnen ... waren sie ungenießbar? Giftig? Ihm war, als sei sein Kopf im Schnee vergraben. Warum war ihm so kalt? Warum kann ich nicht klar denken? Eichhörnchen. Sollte ich diesem *Rikschikschik* nicht etwas sagen?
Er dachte angestrengt nach. Auf den kleinen Körper und den zitternden buschigen Schwanz niederblickend, spürte er eine schemenhafte Erinnerung. Er hob seine Tatze von dem *Rikschikschik*, das bewegungslos dalag und ihn aus schreckgeweiteten Augen anstarrte.
»Mrrik ... Mrikkarik ...« Fritti versuchte sich die Laute ins Gedächtnis zu rufen. Er wußte, daß er die Worte sagen mußte. »Mar ... Murrik ...« Es hatte keinen Zweck. Er spürte, wie eine große, weiche Last sich auf seinem Rücken niederließ, wie seine Beine einknickten.
»Hilf mir«, stieß er im Gemeinsamen Gesang hervor. »Helft mir ... Herr Schnapp sagte mir, ich brauchte bloß ... Mrirrik ...« Neben dem entsetzten Eichhörnchen brach Traumjäger zusammen und fiel in den Schnee.

»Also, du-du Katze; du hast gesprochen Brrteek, warum sagst du Bruder-Namen von Herrn Schnapp?«
Über Traumjägers Kopf, mit dem Kopf nach unten hängend, klammerte sich ein rundliches altes Eichhörnchen mit gewundenem Schwanz und glitzernden Augen an einen Baumstamm. Hinter ihm, weniger Mut zeigend, lugte eine Vielzahl weiterer *Rikschikschik* um den Stamm oder spähte durch die Zweige. »Sprich nun – sprich!« quiekte der Anführer der Eichhörnchen. »Woher kennst du Herrn Schnapp? Sag's – sag's!«
»Du sagst, daß Herr Schnapp dein Bruder ist?« fragte Traumjäger und versuchte, einen klaren Gedanken zu fassen.
»Nichts ist gewisser als das, ja!« zirpte das Eichhörnchen mit einer Spur von Entrüstung. »Schnapp ist der Bruder von Popp, und Popp bin ich – verstehst du, Dumm-Katze?«
Fritti war verwirrt und dachte einen Augenblick nach.
»Ich sollte dir etwas sagen, Herr Popp – ich meine, dein Bruder, Herr Schnapp, hat mir beigebracht zu sagen ... wie war das noch ...«
Herr Popp gab ein klackendes Geräusch voller Ungeduld von sich.
»Ich will's zu sagen versuchen!« murmelte Fritti. »Mrrarraurr ... nein, so war's nicht. Mrrik ... Miarrk ... Harar! Ich kann mich nicht erinnern!«
Traumjäger bemerkte, daß Herrn Popps Gefolge den größten Teil seiner Furcht verloren zu haben schien. Die Eichhörnchen quietschten in der Tat vor Vergnügen. Traumjäger war gereizt, verstört und übermüdet, und seine Gedanken schweiften einen Augenblick ab. Darauf, wie eine Erleuchtung: »Ich hab's! Ich hab's!« Fritti lachte, daß es ihn schmerzte. »Mrikkarrikarek-Schnapp! Das stimmt, nicht wahr?«
In dieser Sekunde überschäumender Freude fühlte sich Fritti plötzlich ganz leicht, ehe er zusammensackte. Herr Popp beugte sich vor und blickte ihn aus seinen Achataugen starr an.
»Es stimmt. Heiliges Versprechen für Herrn Schnapp. Wir sind gebunden. Merkwürdige, seltsame Zeiten. Kannst du gehen, Fremd-Katze?«
Humpelnd folgte Fritti der Eichhörnchenschar in die Tiefen des inneren Rattblatt-Waldes. Hinter den schnatternden und voraneilenden

Rikschikschik hertorkelnd, nahm Fritti abwesend Notiz von dem roten Glanz der untergehenden Sonne. Tief in seinem Inneren sprach eine feine Stimme, versuchte seine Aufmerksamkeit auf die zunehmende Dunkelheit zu lenken ... doch sein Kopf schmerzte; es war zu anstrengend, zu denken. Der gefrorene Hauch seines Atems fesselte ihn immer mehr. Im Gefolge der dahineilenden Eichhörnchen quälte er sich weiter durch den Schnee.

Der Trupp hielt. Traumjäger stand benommen da, bis Herr Popp und zwei andere Eichhörnchen von den Bäumen herabkletterten und sich neben ihn stellten. Er blickte hinunter auf ihre gebogenen Schwänze und runden Rücken, lächelte wohlwollend und sagte: »Ich bin im Hügel gewesen, wißt ihr!« Herrn Popps Begleiter zogen sich zitternd von ihm zurück, doch der Anführer blieb stehen, einen nachdenklichen Ausdruck in seinen hellen Augen. Mit einer Geste rief er die anderen beiden zurück; gemeinsam brachten sie Traumjäger zu einem hohlen, vom Blitz gespaltenen Stamm. Das Innere war geschützt und frei von Schnee. Nachdem er mechanisch drei stolpernde Drehungen zu Ehren der Erstgeborenen gemacht hatte, fiel Fritti zu Boden. Eine Schar von Eichhörnchen brachte Kiefernnadeln und Rinde und bedeckte ihn damit von der Nase bis zur Schwanzspitze.

»Wir reden-reden nächste Sonne, Fremd-Katze«, sagte Popp.

»Jetzt machst du Schlaf, ja?«

Doch Traumjäger war bereits über die Grenze in die Felder des Traums geglitten.

In dieser Nacht wirbelte eine Finsternis an Frittis Schlafplatz vorbei, erfüllt von suchenden Gestalten, doch Traumjäger geschah kein Leid, er blieb unentdeckt und sicher. In den Tiefen des Traums stand Traumjäger am Rande einer riesigen Wasserfläche, vom Sturm aufgewühlt, doch stumm. Das ausgedehnte schimmernde Meer erstreckte sich, so weit die Augen reichten, und die Gestalten von *fla-fa'az* kreisten und schossen durch den grauen Himmel.

Als er endlich erwachte, war der kurze Wintertag bereits halb vorüber. Gegen Ende der Kleineren Schatten sah er sich abermals Herrn Popp gegenüber, der mit seinem Hof zu Traumjägers hohlem Baum zurückgekehrt war. In seiner gebieterischen keckernden Rede wies er darauf hin, man habe lange Zeit gewartet, daß der Katzengast sich erhebe, es dann aber am Ende aufgegeben, um lieber Futter zu suchen.

Traumjäger, der sich nach dem langen Schlaf unendlich erquickt fühlte, bemerkte erst jetzt, wieviele Körperteile ihn schmerzten. Außerdem hatte er rasenden Hunger. Die *Rikschikschik* mochten das geahnt haben, denn selbst Herr Popp legte mehr Zurückhaltung an den Tag als gestern. Was Traumjäger betraf, so wünschte er nichts sehnlicher, als fortzuschleichen und auf die Jagd zu gehen, doch im Hinblick auf sein fragwürdiges Bündnis mit den *Rikschikschik*, seinen natürlichen Opfern, hielt er es für besser zu warten, bis er sich unbemerkt entfernen konnte. So saß er denn mit knurrendem Magen da und lauschte geduldig dem weitschweifigen Bericht, den Herr Popp von den Tätigkeiten des Morgens erstattete.

»So . . . nun, nun ist die Zeit gekommen für ein richtig-richtiges Gespräch, ja?« zirpte der beleibte Eichhörnchenführer. »Warum so plötzlich hier, Katze? Warum von bösem Ort reden?« Fritti gab sich große Mühe, die Umstände zu erklären, die ihn schließlich zum Rattblatt-Wald geführt hatten. Notwendigerweise wurde es eine lange Geschichte, die einen großen Teil des schwindenden Nachmittags beanspruchte. Als er erzählte, wie er Frau Surr gerettet hatte und anschließend von Herrn Schnapp empfangen worden war, vollführten die Zuhörer einen schrillen Beifallslärm. In der Folge waren die *Rikschikschik* aufs höchste gefesselt, als er ihnen die wimmelnde Hauptstadt der Katzen, Erstheim, beschrieb. Als er endlich von Vastnir erzählte und von seiner grausigen Einkerkerung, wurde mehreren Eichhörnchenmädchen so schwindelig, daß ihre Gefährten ihnen mit ihren buschigen Schwänzen Kühlung zufächeln mußten. Herr Popp hörte in grimmigem Schweigen zu und unterbrach Fritti nur, um sich bestimmte Einzelheiten über den Hügel und seine Bewohner erklären zu lassen.

». . . . Und dann fand ich euch . . . besser gesagt, ihr fandet mich«, schloß Fritti seinen Bericht. Herr Popp nickte. »Was ich wirklich nicht verstehe«, setzte Fritti hinzu, »ist die Tatsache, daß ihr alle

noch hier seid. Warum? Ich dachte, jedes Tier hätte Rattblatt verlassen.« Er blickte den Anführer der Eichhörnchen forschend an.
»Viele *Rikschikschik* gegangen. Viele fort-fort«, erwiderte Popp. »Aber Popp geht nicht. Kann-nicht, kann-nicht. Sippe hier seit Wurzel-in-Grund. Wenig-wenige andere bleiben auch. Leben oder sterben.«
Fritti nickte. Er verstand, und für eine Weile schwieg die ungewöhnliche Versammlung. Eine flüchtige und überraschende Vorahnung vom Sterben, von der frostigen Brise herbeigetragen, streifte Fritti. Er erinnerte sich an seine Pflicht. »Ich möchte dich um einen Gefallen bitten, Herr Popp«, sagte er.
»Bitte.«
»Ich habe eine Botschaft nach Erstheim zu bringen – zu den Führern meines Volkes. Sie muß rasch dorthin gelangen. Ich selbst könnte nicht rasch genug reisen. Ich bin immer noch sehr schwach.«
»*Rikschikschik* werden's machen«, sagte Herr Popp ohne zu zögern. »Wir halten Wort-Wort. Wir schicken Meister Plink. Plink ist schnell wie Nuß-Fall.«
Ein junges Eichhörnchen setzte sich auf sein Hinterteil, und seine eigene Bedeutung schwellte ihm sichtbar die Brust.
»Er sieht sehr tüchtig aus«, sagte Fritti beifällig. »Jedoch sollte er nicht allein gehen. Die Botschaft ist sehr wichtig, und es ist eine lange und gefährliche Reise bis zum Wurzelwald. Außerdem ...« Traumjäger versuchte sich so zartfühlend wie nur möglich auszudrükken. »Außerdem sind die Katzen von Erstheim, anders als ich, nicht so vertraut mit der Tapferkeit und Wohltätigkeit der *Rikschikschik*. Es könnte bei ihnen möglicherweise zu ... Mißverständnissen kommen. Es wäre also besser, eine größere Gruppe zu schicken.« Als man die Tragweite von Traumjägers Worten begriff, sah man Meister Plink zusammenschrumpfen, und zwei oder drei Eichhörnchenmädchen drohten abermals in Ohnmacht zu fallen. Herr Popp indessen ging leicht darüber hinweg.
»Heilige Eichel! Keine Sorge, Katzen-Freund. Viele *Rikschikschik* werden bald aufbrechen. Plink wird ihr Kleiner Herr sein!« Er zwinkerte Plink kurz zu, der ein wenig getröstet und sicherer aussah.

Fritti teilte den Eichhörnchen die Botschaft mit, die überbracht werden sollte und wiederholte sie mehrmals, bis Plink und die anderen jungen Burschen sie auswendig konnten. ». . . Und denkt daran«, sagte er ernst, »falls Prinz Zaungänger nicht da ist, muß die Botschaft Königin Sonnenfell persönlich überbracht werden!« Die Eichhörnchen brachen in kleine ehrfürchtige Schreie aus, und Herr Popp erklärte die geheime Sitzung für beendet.

Frittis Jagd war nicht gerade übermäßig erfolgreich. Er fing genügend Käfer und Würmer, um seinen größten Hunger zu stillen und ließ sich, bevor er sich niederlegte, sogar von dem nunmehr kameradschaftlichen Meister Plink dazu überreden, eine Kastanie zu probieren. Trotz der Hilfe des *Rikschikschik* beim Herauslösen des Fleisches aus der Schale konnte er diese Erfahrung nicht sehr befriedigend finden; wenn er Plink auch überschwenglich dankte, kam er doch insgeheim zu dem Schluß, daß er kein sehr gutes Eichhörnchen abgeben würde.

Der Winter ließ seine Wut am Rattblatt-Wald aus. Jagende Schneemassen und rasende Stürme trieben Herrn Popps kleines Völkchen in die Nester zurück. Die Boten waren mit gehörigen Zeremonien verabschiedet worden, und nach ihrer Abreise versank Traumjäger in Teilnahmslosigkeit. Nachdem er seine einzige dringliche Pflicht erfüllt hatte, Erstheim in Alarm zu versetzen, erlag er am Ende den Nachwirkungen seiner qualvollen Zeit unter der Erde. Mit den *Rikschischik* kam er jetzt seltener zusammen. Fritti verbrachte immer mehr Zeit damit, in seinem Nest im Baumstumpf zu hocken, sich versteckt zu halten und zu erholen. Da es kaum etwas zu jagen gab, sparte er seine Kräfte, verbrachte lange Zeitspannen schlummernd, und die wachen Stunden waren kurz und von denen des Schlafs kaum zu unterscheiden. In seinem hohlen Baum zusammengerollt, den Schwanz schützend über die Nase gebogen, ließ er im Geist noch einmal die Dinge vorüberziehen, die er getan und gesehen hatte. So als seien sie gegenwärtig, rief er seine Freunde vom Mauertreff herbei: Spindelbein, Pfotenflink, den einzelgängerischen Langstrecker und den freundlichen Borstenmaul. Wie sie sich wundern würden!

Manchmal dachte er an Goldpfote, an die Anmut ihres Ganges, an die weichen Linien ihres Halses und Kopfes. Er stellte sich vor, er habe sie gefunden und nach Hause gebracht und sie lausche ehrfürchtig und respektvoll den Beschreibungen seiner Abenteuer.
»Alles meinetwegen?« sagte sie. »Alles nur, um mich zu finden?«
Dann pfiff der Wind in seine Höhle hinein, blies sein Fell auf, und er war wieder im Rattblatt-Wald. Er dachte an jene, die er zurückgelassen und ihrem schrecklichen Schicksal im Hügel überlassen hatte.
Vermutlich wurde ich deshalb Traumjäger genannt, dachte er verdrießlich. Ich habe nichts anderes getan, als hinter einem Luftbilde herzulaufen – wie ein Kätzchen, das seinen Schwanz jagt und sich im Kreis dreht, bis es erschöpft ist.

Eines Tages, es war fast ein Auge vergangen, seit die *Rikschikschik* ihn gefunden hatten, ging Fritti nach einem langen Nachmittag erfolglosen Jagens zu seinem Nest zurück. Nicht alles Leben war aus dem Rattblatt-Wald vertrieben worden, doch die meisten Lebewesen, die noch dort waren, hielten sich während des langen, kalten Winters verborgen. Traumjäger fühlte sich leer und überflüssig. Er blieb stehen, um seine Krallen an der Rinde einer Kiefer zu wetzen, machte seiner Enttäuschung ein wenig Luft und schüttelte einen Schauer pudrigen Schnees von den Ästen. Mit einem Schlag gingen ihm die Augen auf: Seine Zeit im Rattblatt war vorüber. Der ungeheure, öde Wald, schneebeladen und stumm, war eine Station auf dem Weg – ein neutrales Gebiet. Wie der Halbschlaf zwischen Träumen und Wachen, war er kein Gefilde, um dort zu bleiben, sondern um dort neue Kraft zu sammeln, in die eine Richtung weiterzugehen oder in die andere.
In diesem Augenblick, als er mit gekrümmtem Rücken und froststarrem Schnurrbart dastand, fielen ihm die Worte eines der Älteren ein, die dieser bei seiner Namengebung gesprochen hatte: »Es verlangt ihn nach seinem Schwanznamen, ehe er überhaupt seinen Gesichtsnamen bekommen hat.« Damals hatten alle gelacht, doch nun wurde ihm klar, daß etwas Wahres darin lag. Er war aufgebrochen, nicht bloß um Goldpfote zu finden, sondern um *etwas für sich zu gewinnen.* Er war

geführt worden, das stimmte, aber er hatte sich dafür entschieden, zu folgen. Nun mußte er den einen oder den anderen Weg einschlagen. Er konnte auf dem Weg, den er gekommen war, heimkehren und es Zaungänger und den anderen überlassen, zu siegen oder zu verlieren . . . oder er konnte seine Reise zu Ende führen. Nicht daß er mit seinen kleinen Tatzen hätte viel ausrichten können, aber er konnte seine Reise vollenden. Seine Freunde saßen in der Falle, waren hilflos – er konnte sie vielleicht nicht retten, aber sie waren mit ihm gekommen und sie gehörten alle zusammen. Ganz flüchtig, einen winzigen Augenblick nur, glaubte er verstehen zu können, was es hieß, am Ende die eigene innere Stimme zu hören; seinen Schwanznamen zu finden. Das Fell auf seinem Rücken sträubte sich, und er hatte einen Anfall unbeherrschten Zitterns. Er zog seine Krallen aus der Baumrinde und kehrte in sein Nest zurück.

Erst als er sich zum Schlafen zusammengerollt hatte, begriff er, daß er sich tatsächlich dazu entschlossen hatte, in den Hügel zurückzukehren.

25. Kapitel

Die Löwen gehn durch den Dornbusch und lösen sich auf.
Obwohl der ganze Tag unversehrt ist,
Wird der Gang der Sonne den Himmel
Und das Gebein die Zeit bedeuten.

Josephine Jacobsen

In der Morgendämmerung wanderte Traumjäger auf den *Va'an*-Rand des Rattblatt-Waldes zu. Er hatte darauf verzichtet, den *Rikschikschik* Lebewohl zu sagen. Obwohl Herr Popp Schnapps Schuld in allen Ehren eingelöst hatte, hielt Fritti es für besser, die Eichhörnchen nicht tiefer in die Sache zu verwickeln. Sie kämpften ohnehin um ihr eigenes Überleben. Die Veränderungen und die sonderbaren Zeiten machten sie alle zu Bundesgenossen, doch Traumjäger wußte, daß die *Rikschikschik* und das Volk Beute und Jäger waren und es immer sein würden. Er hoffte nur, daß das künstliche Bündnis so lange halten würde, bis die Botschaft dem Volk am Sitz der Königin sicher zugestellt worden war.
Als er schweigend durch die baumreiche Schneelandschaft wanderte, dachte er an Erstheim und an die Zeit, die er dort verbracht hatte – ein halbherziger Versuch, sich daran zu hindern, an den Hügel zu denken. Vastnir würde früh genug vor ihm auftauchen; es gab keinen Grund, sich voreilig Gedanken zu machen.
Zwischen den dünner gewordenen Baumreihen und den Adlerfarnen hörte Fritti von oben einen Laut – das Rauschen von Flügeln. Er dachte einen Augenblick daran, in ein Versteck zu schlüpfen, doch bevor er mit einem Sprung die offene, weiße Fläche verlassen konnte, fielen zwei schwarze Gestalten von oben herab. Vorbereitet – wie er hoffte –

auf jedes Unglück, das über ihn kommen konnte, kauerte er mit gesträubtem Nackenfell nieder. Mit einem raschen Geflatter ebenholzfarbener Fittiche ließen sich die beiden Wesen auf einem Ast über ihm nieder. Fritti atmete auf... ein wenig. Es war bloß ein Paar Raben – *Kraukas* – ein großer und ein kleiner. Nicht gerade die harmlosesten der *fla-fa'az,* doch nicht stark genug, um mit dem Volk die Krallen zu kreuzen. Trotzdem beobachtete er sie argwöhnisch, während sie ihn abwechselnd mit ihren glitzernden Augen anstarrten.
»Bist du Traumjäger?« fragte der ältere Vogel mit einer unmusikalischen Stimme.
»Natürlich, Vater, da ist ja der Stern auf seiner Stirn, siehst du ihn jetzt?« krähte der kleinere Vogel. Traumjäger trat vor Überraschung einen Schritt zurück.
»Ihr könnt sprechen?« keuchte er. »Ihr kennt die Gemeinsame Sprache?«
Mit einem rauhen Krächzen, das Erheiterung ausdrückte, schlug der größere *Krauka* mit den Flügeln und hob sich ein wenig von dem Ast. Dann hockte er sich wieder hin und putzte in selbstzufriedener Weise sein Brustgefieder, weiterhin ein Auge auf Fritti gerichtet.
»Es gibt viele, die keinen Pelz tragen und dennoch fast besser zu sprechen wissen als Katzen!« Der größere Vogel kicherte wieder. »Jene, die lange leben wie wir, ja, sie lernen es. Jawohl, sogar mein Ältester hier« – er wies auf den kleineren Raben – »obgleich er nicht mehr Verstand hat als ein Mistkäfer.«
»Ich schätze«, sagte Fritti nach einem Augenblick der Besinnung, »ich sollte mich inzwischen an Überraschungen gewöhnt haben. Woher kennt ihr meinen Namen?«
»Wer mit Eichhörnchen schwatzt, sollte sich nicht wundern, daß die Bäume alle seine Geheimnisse kennen. Es gibt nur wenig Geflüster in diesem Wald, das nicht dem alten Skoggi zu Ohren kommt. Das bin ich.«
»Mein alter Vater ist der beste *Krauka*-Anführer in diesen Wäldern!« schnarrte der junge Vogel stolz.
»... Und mein Sohn Kralli hat nicht soviel Hirn in seinem Kopf, wie der Große Schwarze Vogel es einem Pilz gab.« Skoggi beugte sich vor

und schlug einige Male mit dem Schnabel auf den Kopf seines Sohnes. Kralli krächzte erbärmlich und rückte weiter den Ast hinauf, bis er außerhalb der väterlichen Reichweite war.
»Nächstes Mal denke nach, bevor du dein Futter-Loch öffnest!« sagte Skoggi. »Und blase das, was wir zu besprechen haben, nicht jedem Murmeltier ins Ohr, das Zeit genug hat, deinem Gekrächze zuzuhören.«
Gegen seinen Willen war Fritti erheitert. »Aber ihr scheint zu wissen, was ich erlebt habe?« fragte er.
»Wie ich bereits sagte«, kicherte der Rabe, »sind die *Rikschikschik* mächtig geschwätzige Bürschchen. Behalten die Nüsse für sich, aber nicht die Geheimnisse. Es ist allgemein bekannt, daß du von« – er machte mit seinem glänzend schwarzen Kopf eine Bewegung – »dort kommst. Aus dem Hügel, gewissermaßen. Du bist gut bekannt unter denen, die nicht aus dem Rattblatt geflohen sind, obwohl das ausgesprochen wenige sind. Wohin willst du jetzt gehen, Meister Traumjäger?«
Wenn die *Kraukas* ihm auch harmlos erschienen, entschied sich Fritti dennoch für die Vorsicht. Nach einer Pause sagte er: »O, eigentlich erkunde ich nur ein bißchen den Wald. Um die Wahrheit zu sagen, ich sollte eigentlich schon auf dem Heimweg sein.«
»Aha, vielleicht, vielleicht...«, raspelte Skoggi. Er hüpfte ein wenig näher, plusterte seine pechschwarzen Federn auf, dann hielt er inne und warf Fritti aus dem Winkel eines zusammengekniffenen Auges einen verschlagenen Blick zu. »Wäre es nicht so offensichtlich, daß du eine Katze von großer Schlauheit bist, die scharf darauf achtet, daß das schöne, flauschige Fell, das sie trägt, ihr erhalten bleibt... nun, wäre das nicht so, dann könnte es so aussehen, als wärst du auf dem Weg zu jenem Hügel da drüben.«
Bei *Felas* Schnurrhaaren! Fritti verfluchte sich – dieser *Krauka* war nicht ohne!
»Aber, aber«, hielt Traumjäger dagegen, »wenn ich wirklich so schlau bin, warum sollte ich mich diesem schrecklichen Ort noch einmal nähern?«
»Das ist wahr. Ist ein schrecklicher Ort. Böse Wesen, denen gleich

ist, wohin sie beißen, kommen herausgekrochen. Ist ein düsterer und schrecklicher Ort, das ist wahr – der Wald ist nun ziemlich leer, die Wesen, die er beherbergt, sind abscheulich. Was kann eine arme Seele mehr tun, um seine Familie zu schützen, als einen Bissen oder zwei in ihre süßen, jungen Schnäbel zu schieben.«

Er blickte mit schlecht gespielter Zuneigung zu seinem Sohn hinüber.

»Warum also bleibt ihr?« fragte Fritti.

»Ja, warum?« krächzte Skoggi und seufzte kummervoll. »Der Wald ist die einzige Heimat, die wir je gekannt haben. Es ist mächtig schwer, die Nistplätze von fast tausend Generationen zu verlassen. Klar, früher war's einfacher, die kleinen Lieblinge satt zu kriegen. Diese Kreaturen, die unter der Erde hausen, mögen ja ziemlich mies sein, aber sie lassen wenigstens etwas übrig, was sie nicht fressen.« Vor krampfhaftem Lachen fiel der Rabe beinahe vom Ast. Traumjäger verzog das Gesicht. »Ja, ist nun mal so«, fuhr Skoggi immer noch kichernd fort, »spielt keine Rolle, wer frißt und wer gefressen wird, vom letzteren bleibt immer was übrig. Ist nun mal der Vorteil, wenn man als *Krauka* auf die Welt kommt.«

»Fangen wir jetzt an, Meister Traumjäger zu fressen?« fragte Kralli mit unschuldiger Neugier. Wie ein Blitz war Skoggi den Ast hinaufgeflattert und versah den Schädel seines Grünschnabels mit einer raschen und schmerzhaften Tätowierung.

»Wenn du die älteren Leute noch mal unterbrichst, hack ich dir deine Stoppelfedern ab und schüttel dich von deinem Baum, damit die Hügel-Katzen was zum Schmatzen haben, du Hohlkopf! Du kannst nicht jeden essen, der gerade vorbeikommt!« Er wandte sich an Traumjäger. »Also, meine schlaue Katze. Wir zwei wissen natürlich, daß du nicht so verrückt sein wirst, in diesen furchtbaren Hügel zurückzukehren. Klar. Sei's drum. Würdest du es aber doch tun, könnte ich dir unter Umständen einen kleinen Rat geben.«

Fritti dachte einen Augenblick nach, dann lächelte er verkniffen zum *Krauka* hinauf. »Gut, weil wir gerade von dieser albernen Sache sprechen, nehmen wir mal an, ich würde einen Rat brauchen – was würdest du dafür verlangen?«

Jetzt war Skoggi an der Reihe, sich den Anschein kühler Heiterkeit zu geben.
»Ihr Katzen seid nicht ganz so dumm, wie man allgemein singt. Trotzdem wäre mir dieses eine Mal die Tat, bei der ich dir helfen könnte, Belohnung genug – obgleich, der Schwarze Vogel weiß es, wahrscheinlich alles schiefgehen wird. Soll ich dir also helfen?« Fritti nickte zustimmend. »Also gut. Dann laß dir folgendes sagen: In den Tagen – es ist noch nicht lange her –, als wir zum ersten Mal sahen, wie dieser Misthaufen in der Nähe unseres Waldes zu wachsen anfing, gab es noch keine Tunnels, die von drinnen nach draußen führten. Der erste war ziemlich klein, und als sie die größeren gruben, wurde dieser erste nicht mehr gebraucht. Ich glaube, er ist immer noch unbewacht, und er ist ja auch ziemlich gut versteckt – damals beherrschten die Hügel-Katzen noch nicht jeden Winkel. Hier ganz in der Nähe kannst du den Tunnel finden ...«
Nachdem Skoggi geendet hatte, wandte er sich an seinen Sohn: »Und du, stummelflügliger Tolpatsch, merke dir – eines Tages wird man dich vielleicht bitten, zu erzählen, wie es kam, daß du der letzte warst, der den tapferen Meister Traumjäger lebend gesehen hat!« Und mit einem krächzenden Gelächter erhob sich der Rabe in die Luft. Kralli folgte ihm stumm.
»Warte!« schrie Fritti, und die beiden schwarzen *fla-fa'az* drehten um und schwebten über ihm. »Wenn es dir gleichgültig ist, wer wen frißt, warum hilfst du mir dann?« »Eine gute Frage, Meister Katze«, rief Skoggi rauh. »Sieh mal, so wie ich mir die Sache vorstelle, werden diese Hügel-Katzen, bei dem Tempo, mit dem sie arbeiten, im Herbst mit dem ganzen Rattblatt-Wald aufgeräumt haben. Natürlich, wo sie auch immer anschließend hingehen, wird es für uns *Kraukas* was zu beißen geben ... doch ich werde langsam alt. Ich ziehe es vor, morgens aus dem Nest zu fallen und mein Frühstück direkt vor meinem Schnabel zu finden. Wenn du also Glück hast, könntest du mir einen Gefallen tun und dein Volk in den Wald zurückbringen!«
Mit einem rauhen Krächzen, das wie Lachen klang, verschwanden die zwei Raben ...

»Raschkralle! Bitte, hör mir zu!«
Dachschatten ging auf leisen Pfoten durch die Gefängniszelle und versetzte Raschkralle einen nicht zu sanften Schlag mit ihrer schattengrauen Tatze. Raschkralle stieß ein Murmeln des Mißfallens aus, doch seine Augen blieben geschlossen, und er rührte sich nicht.
Dachschatten war besorgt. Seit Kratzkralle sie in diese Höhle gebracht hatte, hatte Raschkralle während der ganzen Zeit geschlafen oder stumm dagelegen. Das Kätzchen hatte ihre Anwesenheit kaum zur Kenntnis genommen, sondern nur einmal, kurz nach ihrer Ankunft, den Kopf gehoben und gesagt: »O, guten Tanz, Dachschatten.« Dann war er wieder in seine gewohnte Schläfrigkeit zurückgefallen. Seitdem hatte er wenige Male auf ihre beharrlichen Fragen geantwortet, jedoch mit wenig Interesse. In einer anderen Ecke der Höhle lag Grillenfänger wie ein Toter ausgestreckt.
»Raschkralle, bitte sprich mit mir. Ich weiß nicht, wie lange sie mich noch hierlassen. Sie können jederzeit kommen und mich holen.« Sie dachte an Kratzkralle, und ihr Fell sträubte sich vor Furcht. Der Krallenwächter hatte sie brutal in die Gefängnisgrube geworfen und angedroht, er werde zurückkommen, um mit ihr »abzurechnen«, wenn er dem Herrn von Vastnir Bericht erstattet hätte. Das mußte Tage her sein, obgleich ihr in den schleppend vergehenden Stunden der Dunkelheit die Zeit viel länger vorkam. Er konnte jeden Augenblick zu ihr zurückkehren.
Sie versuchte es noch einmal. »Raschkralle! Kannst du mich verstehen? Wir sind in furchtbarer Gefahr!« Sie rüttelte ihn. »Wach auf!«
Stöhnend rollte sich Raschkralle ein wenig zur Seite, weg von ihrer störenden Tatze.
»Ach, Dachschatten, warum läßt du mich nicht zufrieden? Es ist so schön hier, und ich will nicht...« Wieder fiel er in Schweigen, und sein verzückter Gesichtsausdruck wurde finster. »Und... und... Ich will nicht dort sein, wo ich... vorher war«, schloß er traurig.
Dachschatten war aufgebracht und wurde ein bißchen nervös. »Was meinst du damit? Du träumst, Raschkralle.«
Das Kätzchen schüttelte den Kopf, und der friedliche Ausdruck kehrte auf sein Gesicht zurück. »Nein, Dachschatten, du verstehst mich

nicht. Ich bin bei der weißen Katze. Alles ist ganz friedlich. Ich sehe schöne Dinge. Bitte, sei nicht wütend auf mich. Ich wünschte, du könntest das auch sehen, Dachschatten!« sagte er leidenschaftlich. »Das Licht . . . und den Gesang hören.« Seine Augen waren fest geschlossen.
Raschkralle versank wieder in Schweigen, und alle Bemühungen der *Fela*, ihm noch ein Wort zu entlocken, waren vergeblich.

Der Eingang zu dem aufgegebenen Tunnel befand sich genau an der Stelle, die der Rabe ihm genannt hatte – versteckt unter einem verschneiten Ginsterbusch am Waldrand. Traumjäger prüfte argwöhnisch mit der Tatze den alten Schutt, der rings um den Eingang aufgehäuft war, doch er konnte keine frischen Spuren entdecken. Er duckte sich unter den schützenden Busch und kratzte den Schmutz und die Gesteinsreste weg, die teilweise das Loch versperrten. Nachdem er eine schnurrbartbreite Öffnung freigelegt hatte, steckte er seinen Kopf hindurch und schnüffelte erneut. Das Tunnelinnere roch bloß nach altem Schmutz und nach ein paar kleinen Tieren, die hier vorübergehend Unterschlupf gesucht hatten.
Er zögerte nur einen winzigen Augenblick, dann kehrte seine gerade gewonnene Entschlossenheit zurück, und er betrat das Innere des Tunnels. Über dem verschneiten Wald stand die Sonne in der Stunde der Kleineren Schatten.
Dieser Tunnel war erheblich trockener als die meisten anderen, die er im Inneren des Hügels kennengelernt hatte. Die abgestandene Luft flößte ihm Vertrauen ein, und so stapfte er rasch und munter in die Tiefe hinab. Die leuchtende Erde schimmerte hier nur schwach, doch er konnte genug sehen. Bald begann er Seitengänge zu kreuzen, und aus einigen quoll heiße, feuchte Luft. Er näherte sich den begangenen Nebenwegen von Vastnir. Er wußte, daß er jetzt auf der Hut sein mußte.
Weil das Geräusch so leise, so fein war, fiel ihm zuerst gar nicht auf, daß die Stille in seinem verlassenen Tunnel gebrochen worden war. Das stets im Hintergrund hörbare Geräusch des Hügels war ihm im Laufe seiner langen Gefangenschaft so vertraut geworden, daß er

kaum bemerkte, daß es wieder eingesetzt hatte. Als es ihm schließlich ins Bewußtsein drang, fiel ihm auf, daß es sich dieses Mal ein wenig anders anhörte. Das beunruhigte ihn, ohne daß er sagen konnte, warum. Dann begriff er.

Das Geräusch wurde zunehmend lauter, als nähere er sich seinem Ursprung. Jeder Schritt schien ihn dem Ort näher zu bringen, von dem dieses eintönige, kaum hörbare Pochen ausging. Jedoch während seiner Gefangenschaft im Hügel hatte es sich immer gleich angehört: entfernt, doch allgegenwärtig. Der ganze Hügel schien ein einziges leise rollendes Summen hervorzubringen.

Das Geräusch, das er jetzt hörte, war gänzlich anders – es war eindeutig lauter und eher ein Dröhnen und Zischen, und es verstärkte sich mit jedem seiner Schritte. Als er eine Biegung umrundet hatte, fiel der Weg steil nach unten ab, und aus der Dunkelheit am Ende des Tunnels fuhr ein Miasma heißer, feuchter Luft nach oben. Traumjäger wich zurück und rieb mit einer Vorderpfote heftig sein Gesicht, um seine Augen von dem klebrigen Dunst zu reinigen.

Immer noch entschlossen, trotz eines flauen Gefühls in der Magengegend, kniff Fritti gegen die wogenden Dunstschleier die Augen zusammen und ging weiter. Als er sich vorsichtig die Schräge hinuntertastete, schritt er durch eine Tür – oder eine Öffnung anderer Art –, und plötzlich wurde das Hämmern zu einem widerhallenden Brausen, das ratternd von den Mauern einer gewaltigen Höhle zurückgeworfen wurde, die er wegen der Nebelwolken, die ihn einhüllten, nicht erkennen konnte.

Wie die Fälle von Murrgroll, dachte er.

Sein Fell wurde rasch durchweicht. Er begriff, daß er auf einen gewaltigen unterirdischen Wasserfall gestoßen war. Dann änderten die seltsamen unterirdischen Winde die Richtung, und die Dünste wirbelten fort. Im unsteten Licht der leuchtenden Erde konnte er die ungeheure Höhle sehen, über der er wie ein Insekt auf einer der flachen Felsbänke kauerte, die ihre Mauern umrandeten. Unten brandete, rot erleuchtet und schäumend, eine riesige Wasserflut. Die Höhle hatte keinen Boden, sondern es gab nur den mächtigen, dampfenden Fluß, der sie von einem zum anderen Ende durchfloß und das große Höhlen-

gewölbe mit Nebeln und ohrenbetäubendem Lärm erfüllte. Traumjäger spürte, wie die Hitze des kochenden Flusses bis an sein Gesicht schlug, als er sich vorsichtig über die Felsbank beugte, um hinunterzuschauen. Die krachende Wucht, mit der das Wasser gegen die Höhlenmauern schlug und unter ihm im Gestein verschwand, ließ Fritti plötzlich schwindlig werden, und die Großartigkeit dieses Schauspiels verwirrte ihn. Tief unter seinen Füßen suchte sich der Fluß rauschend seinen Weg hinab in die Dunkelheit, lodernde Kometen aus Gischt schossen hoch, hingen reglos hoch über seinem Kopf und stürzten wieder herunter. Fritti wich vom Rand der Felsleiste zurück und rollte sich für eine Weile in der Nähe des Tunneleingangs zusammen.
Schließlich begann der Tumult ihn krank zu machen, und er raffte sich wieder auf. Ungefähr auf der gegenüberliegenden Seite der Höhle erspähte er mehrere Tunnellöcher, pechschwarz vom überschatteten, rotüberhauchten Gestein angehoben. Er drückte sich dicht an die Höhlenwand und setzte sich in Bewegung. Vorsichtig balancierte er auf dem schmalen Felsgrat entlang, hoch über dem schäumenden Fluß.
Er kam nur langsam vorwärts. Von Zeit zu Zeit drehte der Wind auf geheimnisvolle Weise, und die aufkommenden wirbelnden Nebel zwangen ihn stehenzubleiben und sich festzuklammern, bis er seinen Pfad wieder sehen konnte. Zoll für Zoll verfolgte er seinen Weg rund um das riesenhafte Felsengewölbe und hielt seine Augen unbeirrbar auf den schmalen Pfad gerichtet. Zuweilen sah er aus den Augenwinkeln, wie sich etwas bewegte, doch bei genauem Hinschauen entpuppte es sich als hüpfende Gischt. Einmal glaubte er zwei winzige Figuren erkennen zu können, die über einen der Pfade eilten, welche die gegenüberliegende Mauer kreuz und quer durchliefen, doch als er mit zusammengekniffenen Augen in das Halbdunkel spähte, hoben sich abermals die Nebel. Als sie sich verzogen hatten, sah alles so aus, wie es zuvor gewesen war.
Nach einer Ewigkeit mühseligen Vorwärtstastens erreichte er die gegenüberliegende Mauer. Den steilen Pfad hinaufsteigend erreichte er die Löcher und befand sich jetzt viel höher über dem Rauschen und Krachen des kochenden Flusses. Der erste Tunnel, an den er gelangte,

rauchte und dampfte ebenfalls, und er eilte weiter, doch der nächsten Öffnung entströmte ein willkommener Hauch kühlerer Luft. Nachdem er in den Tunnel eingedrungen war, fiel die Temperatur rasch. Über dieses gute Zeichen erfreut, beeilte sich Fritti, die große Höhle rasch hinter sich zu lassen. Nachdem er mehrere Biegungen hinter sich gebracht hatte, war das Geräusch des Flusses wieder zu dem bekannten gedämpften Pochen abgesunken. Er ließ sich auf den Boden des Schachtes plumpsen und erfreute sich einen Augenblick an der Stille und Kühle. Nach ein paar tiefen Atemzügen begann er sein durchnäßtes, glanzloses Fell zu lecken.

»He, du da!« Die Stimme schnitt durch die Schatten des Tunnels. Fritti sprang auf die Füße, und in seinen Ohren pochte sein Herz lauter als das tobende Wasser.

»Stehengeblieben!« fauchte die Stimme. »Bleib stehen und gib dich Magerwicht zu erkennen, dem Zahnwächter!«

26. Kapitel

Ach, wollte Gott mein Leib wär an den Flecken,
Wo Luft ihn kühlt und Blätter ihn bedecken;
Wo sich in Blumengischt die Flut des Grases bricht
Oder wo des Meeres Wellen nach hellen Winden lecken.

Algernon Charles Swinburne

Traumjäger stand wie angenagelt da, als jemand mit langsamen Schritten auf ihn zutrottete. Er konnte den pfeifenden Atem der näherkommenden Kreatur hören. Ein fast überwältigendes Verlangen zu fliehen lag mit einem stumpfen, unwirklichen Gefühl der Gleichgültigkeit im Streit, und er harrte unentschlossen aus.
»Mein Kamerad und ich müssen mit dir sprechen, Fremder.« Wieder diese zischelnde Stimme, dieses Mal näher.
Er hat von seinem Kameraden gesprochen, überlegte Fritti. Also sind es zwei. Seine Beine zitterten, und er zog seinen Schwanz zwischen die Hinterbeine und wartete. Aus der Dunkelheit tauchte der blinde Kopf des Zahnwächters auf. Sein schlapphäutiger Leib schwankte hin und her. Fritti wollte seinen Augen nicht trauen.
Wo einst im augenlosen Gesicht des Zahnwächters die riesigen Nüstern geflattert hatten, war jetzt nur noch eine narbige Ruine von zerfetztem Fleisch. Ungefähr anderthalb Sprünge von Fritti entfernt kam Magerwicht schwankend zum Stehen, und seine zerstörte Schnauze fuhr unsicher hin und her.
»Bist du da?« fragte der Zahnwächter. Traumjägers Herz machte einen Sprung, und unwillentlich stieß er einen Laut der Erleichterung aus. Das Untier war verwundet! Es konnte ihn nicht wittern oder zumindest nicht gut.

»O«, keuchte Magerwicht. »Da bist du ja. Jetzt höre ich dich. Komm, laß uns nicht im Stich. Mein Kamerad und ich haben uns verirrt.« Das blinde Untier kam näher und neigte ein Ohr in Frittis Richtung. »Wie heißt du?«
Abermals zog Fritti die Möglichkeit in Betracht, die Flucht zu wagen. Er entschied sich dagegen. Hier war möglicherweise eine Situation, die sich zu seinem Vorteil wenden konnte. Natürlich, es konnte gefährlich werden, doch hier unter der Erde war schließlich alles gefährlich.
»Hm . . . hm . . . Tunnelstreuner!« platzte er nach einem kurzen Zögern heraus.
»Prächtig. Dein Name hört sich so an, als wärst du genau der Richtige, uns zu helfen. Bist du von den Krallenwächtern? Deine Stimme hört sich sehr hoch an.«
»Ich bin noch ziemlich jung«, erwiderte Fritti schnell.
»Ach so«, keuchte Magerwicht zufrieden. »Natürlich. Im Zuge der letzten Vorbereitungen zwingt man sogar die Jungen zum Dienst. Hör mal, du mußt uns führen. Wie du siehst, bin ich im Augenblick nicht ganz auf der Höhe.« Der böse zugerichtete Zahnwächter murmelte etwas, drehte sich um und schwankte den Gang hinunter. Fritti folgte ihm dichtauf. Letzte Vorbereitungen? fragte er sich erstaunt. Was ging vor? »Du mußt durch die Kochende Schlucht gekommen sein«, rief Magerwicht über die Schulter. »Ich hätte ihr niemals so nahe kommen sollen. Das Rauschen des Wassers verwirrt mich, fürchte ich. Ist es nicht unglaublich?«
»Ja, ja, das ist sie gewiß, diese Schlucht«, stimmte Fritti ihm zu. »Was hat euch denn in diesen abgelegenen Teil des Hügels geführt?« Er beschleunigte seine Schritte, um die Antwort des haarlosen Untiers besser hören zu können. Zunächst schwieg Magerwicht, dann sagte er: »Ich fürchte, ich habe eine kleine Schlappe erlitten, mußt du wissen. Ein junger Hüpfer wie du weiß das vielleicht nicht, aber es gibt hier eine Menge von Ungerechtigkeit – gegenüber Leuten meines Schlages. Versteh mich recht, nicht, daß ich Kritik üben wollte, o, nein, doch ich wurde zu Unrecht bestraft, weil ein Gefangener ausriß. Aber ich war nicht mal dort – o, nein, ich brachte nur meinem Herrn,

Meister Heißblut, ein paar wichtige Neuigkeiten. Heißblut wurde vom Allerhöchsten Herrn bestraft, als der Ausbruch bekannt wurde. Anschließend war ich dann an der Reihe. Ungerechtigkeit, solche Ungerechtigkeit ...« Mit einem leisen jammernden Gegurgel brach der Zahnwächter ab. Fritti begriff mit einem Schauder des Schreckens – und des Stolzes –, daß es seine Flucht war, von der Magerwicht gesprochen hatte.
Nach einer Weile brach der Zahnwächter sein stummes Wehklagen ab und sagte: »Mein Kamerad ist gleich da vorne. Ich hoffe, daß er nicht weggegangen ist. Auch er hat Ungerechtigkeit über sich ergehen lassen müssen. O, ich glaube, ich kann ihn hören!« Traumjäger hatte an den Kameraden nicht mehr gedacht, doch jetzt konnte auch er den lauten, vollen Atem hören. Als sie um eine Ecke bogen, sah er eine große, dunkle Gestalt flach auf dem Tunnelboden liegen. Magerwicht schob sich vor, den Weg mit einer großen, faltigen Pfote ertastend, bis er an den mächtigen Körper stieß.
»Steh auf, steh auf!« rief er. »Ich habe den jungen Tunnelstreuner gefunden! Er wird uns helfen, den Rückweg zu finden. Steh auf!« Als die ruhende Gestalt sich zögernd umdrehte, sagte Magerwicht zu Fritti: »Vielleicht kennt ihr euch. Mein Freund war einmal ein wichtiger Anführer der ...« Ein allzu bekanntes Gesicht sah Fritti an, als die Gestalt sich vollends herumdrehte und ihre haßerfüllten Augen auf Fritti richtete.
»Traumjäger!« heulte Kratzkralle und hob sich auf seine Vorderpfoten. Bevor Fritti ein Glied seines erstarrten Körpers rühren konnte, hatte Magerwicht ausgeholt und Kratzkralle einen mächtigen Schlag ins Gesicht versetzt. Die Wucht des Tatzenhiebs holte den Krallenwächter von den Pfoten. Stöhnend fiel er wieder auf den Boden zurück.
»Sei still, du Narr!« fauchte der Zahnwächter und nickte Traumjäger mit seinem blinden Kopf zu. Fritti stand zur Salzsäule erstarrt daneben.
»Nimm's ihm nicht krumm«, versicherte ihm der Zahnwächter. »Er ist nicht richtig im Kopf, fürchte ich. Der Allerhöchste Herr ist wegen dieser Sache mit dem Gefangenen sehr rauh mit ihm umgegan-

gen. Nun sieht er diesen Burschen in jedem Schatten. Ist doch traurig, nicht wahr?« Tatsächlich nahm Kratzkralle von dem leibhaftigen Fritti, der neben ihm stand, keine Notiz, sondern rubbelte sein Kinn im Schmutz und wiederholte stöhnend immer wieder Traumjägers Namen. Endlich hörte er auf und blickte den Zahnwächter an. »Warum bist du so lange fortgewesen?« fragte er Magerwicht. Der flehende Ton dieser Stimme, die aus einem so kraftvollen Körper kam, erschien Fritti schrecklich unnatürlich. Die unterirdische Welt, die sich wie eine steinkalte, dicke Haut um ihn zusammengezogen hatte, dehnte sich wieder. Unglaublich! Sein Glück hielt an. Er stand unmittelbar vor Kratzkralle, und dieser erkannte ihn nicht!

»Steh auf, Faulpelz!« fauchte Magerwicht. Das furchtsame Mauzen des Krallenwächters kam Traumjäger fast komisch vor. »Ich habe jemanden gefunden, der uns helfen kann, den Weg zurück zu den Haupttunnels zu finden. Dort gibt's Futter! Hoch mit dir.« Kratzkralle richtete seinen massigen Leib auf.

»Er ist nicht richtig im Kopf, wie ich dir schon sagte«, meinte Magerwicht entschuldigend, als die drei sich in Bewegung setzten. »Wäre ich nicht gewesen, wäre er trotz all seiner Stärke umgekommen.« In der Stimme des Zahnwächters lag ein eigentümlicher Stolz.

Traumjäger befand sich nun in der wenig beneidenswerten Lage, Kamerad und Führer zweier Kreaturen zu sein, die ihm und seinesgleichen den Tod wünschten – er mußte sie durch Tunnels führen, die ihm gänzlich unbekannt waren, bis in die tiefe, geheime Mitte des Labyrinths.

Kratzkralle, obgleich er jetzt wach schien und vorwärtstrottete, erkannte Fritti noch immer nicht wieder. Sein Verhalten schwankte zwischen Einfältigkeit und unerwartetem bösartigem Irrsinn. Einmal drehte er sich jäh zu Traumjäger um, heulte »Schwarze Winde, schwarze Winde!«, und versuchte ihn mit seinen mächtigen Krallen anzugreifen. Es genügte ein scharfes Wort von Magerwicht, und er war wieder ein gekrümmtes, jammerndes Bündel.

»Das war nicht recht, nicht recht«, lispelte Magerwicht und schüttelte seinen narbenübersäten Kopf. »Er war einmal ein sehr bedeutender Anführer, mußt du wissen.«

Nachdem sie eine Weile gewandert waren – Traumjäger verließ sich auf winzige Veränderungen der Lufttemperatur und des Luftdruckes, um sie in die Richtung zu führen, die er für die richtige hielt –, brachte er endlich den Mut auf, den Versuch zu machen, den nicht unfreundlichen Magerwicht auszuhorchen.

»Nun, wie geht's voran mit den ›letzten Vorbereitungen‹, he? Leider war ich mit einigen wichtigen ... ziemlich wichtigen Dingen ... über ... über der Erde beschäftigt gewesen.«

»Niemand erzählt dem armen, alten Magerwicht sehr viel«, klagte der Zahnwächter, »jedoch ich höre vieles. Große Dinge sind im Gange, großes Unbehagen ... neulich hörte ich zwei von meinen Wächterbrüdern flüstern, daß in Kürze die Oberfläche durchbrochen werden soll!«

Die Oberfläche ... durchbrochen? Fritti hörte das überhaupt nicht gern. Etwas Furchtbares, Unfaßbares stand bevor, und offensichtlich waren er und eine Horde schnatternder *Rikschikschik* die einzigen, die etwas dagegen tun konnten. Nein, dachte Traumjäger und berichtigte sich selbst, ich kann gar nichts tun, sondern nur meine Freunde finden und vermutlich mit ihnen sterben.

War erst ganz Vastnir einmal in Bewegung, würde es kaum noch möglich sein, zu entfliehen, geschweige denn, zu viert oder fünft. Nein, alle Hoffnung – und eine dürftige dazu – ruhte auf den flinken Beinen von Eichhörnchen und einem übersättigten, gleichgültigen Hof.

»Stern-Gesicht! Kriechendes, schleichendes Stern-Gesicht! Ich werde ihm das Herz ausreißen!« Kratzkralle war heulend stehengeblieben und schleuderte sein schwarzes Maul von einer Seite auf die andere. Jäh wurde Fritti mit Entsetzen klar, daß er tatsächlich einen weißen Stern auf der Stirn trug – der verrückte Kratzkralle und der blinde Magerwicht hatten es ja nicht bemerken können! Doch jeder Bewohner des oberen Hügels, der seine Sinne beisammen hatte, würde ihn mit Leichtigkeit erkennen. Während Magerwicht den tobenden Kratzkralle beruhigte, legte Fritti seinen Kopf auf den Boden und rieb seine Stirn im Staub. Er entfernte den Schmutz aus seinen Augen und richtete sich auf.

Ich hoffe, das wird den Stern verbergen, dachte er – oder ihn zumin-

dest so dunkel machen, daß ich ohne aufzufallen durchkomme. Ich werde niemals wie ein Krallenwächter aussehen, aber wenigstens, so hoffe ich, wie ein namenloser Sklave.
Der haarlose Zahnwächter hatte Kratzkralle dazu bewegen können, weiterzugehen, und obwohl der Krallenwächter sonderbare winselnde Geräusche von sich gab, hielt er jetzt für geraume Zeit Ruhe. Traumjägers Richtungssinn schien sie nicht in die Irre geführt zu haben, denn jetzt bemerkte er Anzeichen zunehmenden Treibens in den Gängen, denen sie folgten – und aus den Seitengängen kamen stärkere und frischere Gerüche. Fritti begann darüber nachzudenken, wie er seine gefangenen Freunde finden konnte. Er wußte, daß er sich nur in diesen äußeren, größtenteils unbenutzten Nebenwegen rasch und sicher bewegen konnte; war er erst einmal ins tätige Herz des Hügels vorgedrungen, war seine Tarnung zwecklos.
Ihr Weg beschrieb jetzt eine Kurve, und von dort kam plötzlich der Klang rauher Stimmen. Kratzkralle – als habe er das vorausgesehen – benutzte die Gelegenheit sich hinzulegen und seinen Leib mit dem getüpfelten Bauch über den Tunnelboden auszubreiten. Traumjäger sah sich aufgeschreckt um, und nach geraumer Zeit erspähte er einen winzigen Tunnel in der Wand, an dem sie gerade vorbeigekommen waren. Krächzendes, schniefendes Gelächter scholl ihm aus dem Tunnel entgegen, als er zurücksprang und sich in die schmale Öffnung quetschte, die sich als Spalt erwies – und dazu noch als ein enger. Er hörte, wie das Gelächter verstummte und dann das schwere Tapptapp näherkommender Pfoten. Dann sagte eine Stimme im unverkennbar schnarrenden Tonfall der Krallengarde: »Was ist denn das? Was tut denn dieser große Haufen unverscharrter *me'mre* hier?« Nach einem scharfen Bellen der Erheiterung sagte eine zweite ebenso unfreundliche Stimme: »Beim Großen! Offenbar ist hier jemand scharf darauf, sich die Haut abziehen zu lassen! Wer ist da?«
Magerwicht sagte mit niedergeschlagener Stimme: »Bitte, Meister. Tut mir nichts! Wie ihr seht, bin ich der Begleiter zweier sehr bedeutender Mitglieder eurer Brüderschaft! Sag's ihnen, Tunnelstreuner!«
»Sagtest du zwei?« lachte der erste Krallenwächter. »Ich sehe nur

einen – und dann sehe ich noch ein großes, knochenloses Wrack! Was siehst du, Reißer?«

»Genau das. Ein nutzloses Bündel und einen kleinen, sich krümmenden blinden Maulwurf. Wenn ich's Zählen nicht verlernt habe, Reißmaul, macht das nicht mehr als zwei. Der kleine Quieker lügt uns an!«

Magerwicht stieß ein furchtsames Wimmern aus, und Fritti hörte, wie die beiden Krallenwächter näherkamen.

»Er wagt es, Wächter anzulügen, die im Auftrag des Herrn unterwegs sind? Ich denke, wir sollten ihn dafür springen lassen, was meinst du?«

»Tunnelstreuner! Rette uns, rette uns!« Die Stimme des Zahnwächters stieg zu schriller Höhe auf, und Fritti kauerte sich in der engen Nische zusammen und hielt den Atem an. Ein gedämpftes Stöhnen wurde hörbar, und dann erklang Kratzkralles mächtige Stimme: »Traumjäger! Stern-Gesicht hat's getan! Nein, Fürst... Kalt... Kaltherz, nicht das Feuer! Mein *ka*... Nein... O!...« Seine Stimme hob sich zu einem durchdringenden Geheul. Die beiden Krallenwächter waren überrascht.

»Beim Blut-Licht!« knurrte Reißmaul. »Tatsächlich ein Krallenwächter!«

»Es ist Kratzkralle!« keuchte Reißer aufgeregt. »Er ist geächtet! Der Herr des Hügels hat ihn gestraft. Wir sollten ihn nicht anrühren!«

»Du hast recht. Dieser Ort stinkt nach dem Unreinen! Nach seiner Schande! Und dieser winselnde, blinde Wurm... komm, laß uns verschwinden.« Der Ekel in Reißmauls Stimme verdeckte nicht die Furcht, die sich darunter verbarg. Schnelle, tapsende Tritte gingen an Traumjägers Spalte vorbei und verhallten im Gang.

Nachdem er, wie es schien, lange genug gewartet hatte, kroch er aus dem Spalt hervor und kehrte in den Tunnel zurück. Magerwichts haarloser Körper war über die hingestreckte schwarze Gestalt Kratzkralles gebreitet... und sekundenlang spürte Fritti eine seltsame, unerklärliche Rührung. Dann richtete der Zahnwächter sein verunstaltetes Maul auf ihn, und die Empfindung ertrank in einem Meer von Abscheu.

»Wer ist da?« rief Magerwicht.

Traumjäger räusperte sich zunächst, dann sagte er: »Tunnelstreuner natürlich, wer sonst? Ich habe ein paar Gänge ausgekundschaftet. Bin gerade an zwei von meinen Kameraden vorbeigekommen. Hast du sie getroffen?«
»Sie haben uns bedroht!« keuchte Magerwicht. »Sie wollten uns töten! Warum bist du fortgegangen?«
»Ich hab's dir doch gesagt!« erwiderte Fritti mit gespielter Wut. »Nun, steh auf – und bring ihn auch auf die Pfoten. Ich habe wichtige Dinge zu tun, und ich helfe euch nur, weil ihr so mitleiderregend und hilflos seid. Können wir nun gehen oder nicht?«
»O, ja, Tunnelstreuner. Komm, Kratzkralle, steh auf, es geht weiter.«
Traumjäger ging voran, Magerwicht folgte und Kratzkralle trödelte am Schluß herum – so zogen die ungleichen Drei weiter, dem Herz des Hügels entgegen, wo die Kräfte sich sammelten.

27. Kapitel

Nicht eine Keule hat das Herz zerbrochen
Und auch kein Stein –
Eine dünne Gerte, nicht zu sehen,
So weiß ich,
Peitschte das Magische Wesen
Bis es starb.

Emily Dickinson

In der Welt oberhalb des Labyrinths ereigneten sich merkwürdige Dinge. Schreie und Lichter in der Ferne machten die Stunden der Nacht geheimnisvoll und unruhig. *Felas* brachten Junge zur Welt, die nicht lebensfähig waren, und Prinz Taupfote erging sich in unheilverkündenden Prophezeiungen. Viele lebten in Furcht. Überall geriet der feste Boden ins Wanken – sich verändernd und tückisch.
Eine ganze Sonnendrehung früher als erwartet öffnete sich das Auge zu seiner vollen Größe und hing rot und fett im Himmel. Die Nächte der Treffen waren voller unbeantwortbarer Fragen und namenloser Ängste. Die Blinde Nacht, die Nacht der größten Finsternis, stand bevor. Manche flüsterten, diese Zeit der Dunkelheit werde das *os* bringen.
Das *os* trugen viele auf der Zunge und noch mehr in ihren Herzen...

Unter der Erde wob der Große, sitzend auf seinem abscheulichen Thron aus den Leibern Toter und Sterbender, an einem Netz merkwürdiger Kräfte.
Energien strömten und pulsierten durch seinen Sitz der Macht, die

so heftig waren, daß manchmal sogar die Luft in der Höhle der Grube so dickflüssig und schwer wurde wie Wasser. Fremdartige Bilder wuchsen und schwanden, flackerten am Rande der Wahrnehmung wie Blitze auf den Lidern Schlafender. Zeitweise durften nur die Knochenwächter vor dem Allerhöchsten Herrn erscheinen, und die Krallenwächter standen murrend in den Gängen außerhalb der Höhle des Meisters.

Sogar Traumjäger, der sich am Rande des schlagenden Herzens von Vastnir bewegte, konnte spüren, daß eine Gefahr in der Luft lag. Kratzkralle war gänzlich verstummt – er murmelte und heulte auch nicht mehr – und trottete mit einem gleichgültigen, leblosen Glanz in seinen tiefliegenden Augen dahin. Ständig blieb er stehen, um sich zu kratzen, seine grellroten Krallen durch sein Fell zu reißen, bis es blutete. Fritti verstand. Auch seine Haut juckte ihn.

Die Drei hatten an einem der Hauptgänge haltgemacht, und blickten in einen dunklen, abschüssigen Tunnel hinein, der zu dem breiten Hauptweg hinunterführte. Gruppen von Krallenwächtern marschierten entschlossen vorbei oder trieben schwächliche, stolpernde Gefangene vor sich her. Magerwicht stellte ein Ohr auf, um den Geräuschen der Pfotentritte zu lauschen, die endlos an ihnen vorbeizogen.

»O.« Der Zahnwächter strahlte, und sein zernarbtes Gesicht überzog sich dabei mit einer Vielzahl von Falten.

»Hörst du das? Horch. Große Dinge sind im Gange . . . große Dinge.« Die nackte Mundpartie nahm einen niedergeschlagenen Ausdruck an. »Diese Ungerechtigkeit! Daß ein treuer Diener wie ich . . .« Er schniefte. Fritti blickte besorgt auf die Scharen von Krallenwächtern und senkte ein wenig hilflos den Kopf – einen Augenblick vergessend, daß die anderen ihn ja nicht sehen konnten.

»Ich wurde geboren, um dem Allerhöchsten Herrn zu dienen«, jammerte Magerwicht. »Wie konnte man mich zum gemeinen Volk hinabstoßen?«

Die vorwurfsvollen Worte des Zahnwächters ließen Fritti aufhorchen. Eine Idee begann in seinem Kopf Gestalt anzunehmen. »Magerwicht, ich muß dir etwas Wichtiges mitteilen«, sagte Fritti leise. »Laß uns

ein Stück in den Tunnel zurückgehen.« Als sie sich so weit zurückgezogen hatten, daß sie neben dem erstarrten Kratzkralle standen, sagte Fritti. »Du sagst, daß du ein treuer Diener des... Allerhöchsten Herrn bist?«
»O ja!« beteuerte Magerwicht eifrig. »Das ist mein einziger Lebenszweck!«
»Dann kann ich dir mein Geheimnis anvertrauen. Versprichst du, es für dich zu behalten?«
»O, gewiß, Tunnelstreuner!« Magerwicht hüpfte auf und ab, ein schreckliches Zerrbild von Vertrauenswürdigkeit. »Du kannst ganz sicher sein!«
»Gut.« Traumjäger überlegte kurz. »Fürst Kalt... der Meister muß dringend etwas über einen bestimmten Gefangenen erfahren. Aber er traut seinen eigenen Anführern nicht. Einige von ihnen wie... ja, ich muß es sagen... wie Heißblut haben sich als unzuverlässig erwiesen – wenn du verstehst, was ich meine.«
Der Zahnwächter wackelte aufgeregt hin und her. »Natürlich! Ich verstehe. Wie Heißblut. Genau!«
»Also«, fuhr Fritti fort, der nun an seinem listigen Plan Gefallen zu finden anfing, »hat er mich ausgewählt, den Gefangenen zu finden und zu beobachten, Aber: *niemand darf etwas davon wissen!* Du verstehst, daß das... unklug wäre, besonders jetzt!« Was die Logik seiner Ausführungen betraf, war er seiner selbst nicht ganz sicher, doch Magerwicht schien von dieser Idee begeistert.
»Wie auch immer«, fügte er hinzu, »der Meister hat mich beauftragt, und ich beauftrage dich. Du mußt den Gefangenen für mich finden, und niemand darf erfahren, warum, oder auch nur Verdacht schöpfen. Willst du das für mich tun?«
»Das ist schlau, Tunnelstreuner. Wer würde den alten, verkrüppelten Magerwicht verdächtigen? Ja, ich will es tun!«
»Gut. Der Gefangene, den du finden mußt, ist die *Fela*, die bei dem geflohenen Gefangenen war namens Schwanz... Schwanz...« Er stockte und räusperte sich sehr überzeugend. »Schwanzsucher. Der, von dem Kratzkralle phantasiert. Die *Fela*, die bei ihm war, lebt noch, nicht wahr?«

»Ich weiß es nicht, Tunnelstreuner, aber ich werde es rauskriegen«, sagte die blinde Kreatur ernsthaft.
»Sehr gut«, sagte Fritti. »Ich werde dich nach drei Arbeitsschichten an dieser Stelle treffen. Kannst du sie wiederfinden?«
»O ja. Jetzt, wo die Kochende Schlucht mir nicht mehr in den Ohren dröhnt, kann ich mich überall zurechtfinden.«
»Dann mache dich jetzt auf und nimm Kratzkralle mit – und achte darauf, daß er keinen Ärger macht, der auf euch aufmerksam machen könnte.« Insbesondere wollte Fritti sich nicht selber mit dem verrückten, kräftigen Untier abplagen, das, falls sein Gedächtnis zurückkehrte, eine noch größere Gefahr darstellen würde.
»Und vergiß nicht«, setzte er hinzu, »wenn du mich betrügst, betrügst du den Meister. Geh jetzt.«
Von der Schwere seiner Verantwortung erfüllt, brachte Magerwicht eilig Kratzkralle auf die Beine, und die beiden schleppten sich fort. Traumjäger unterdrückte ein spontanes Schniefen der Belustigung, als er die beiden entschwinden sah. Das Schwierigste stand ihm noch bevor.
Nachdem er dies geregelt hatte, kamen Frittis wie von einem Fieber beflügelte Gedanken zur Ruhe. Er war sehr hungrig. Das stellte ihn vor ein Problem. Er stand, dicht an die Tunnelwand gedrückt, sah zu, wie eine weitere Gruppe von Gefangenen zur Arbeit getrieben wurde, und überlegte, welche Möglichkeiten er hatte. Einerseits konnte er versuchen, sich unauffällig am Rande des Geschehens zu halten – er konnte sich etwas zu essen zusammenstehlen und versuchen mit List und auf schnellen Pfoten den Wachen aus dem Weg zu gehen. Jedoch früher oder später würde man ihn erwischen. Im Hügel trieb sich kein freies Volk herum – zumindest hatte er es nicht gesehen. Es zu versuchen, hieße mit dem Feuer zu spielen, und er hatte bereits Schwierigkeiten genug.
Eine weitere Schar von Gefangenen, von einem Paar griesgrämiger Krallenwächter bewacht, bewegte sich durch den Gang unter ihm. Als sie an seinem Versteck vorüberkamen, brach in den vorderen Reihen ein Sklave zusammen. Es gab großes Jaulen und Fauchen, als die anderen versuchten, über den Liegenden hinwegzuspringen und mit

ihren Kameraden zusammenstießen. Die beiden Wächter wateten mit erhobenen Krallen in das Durcheinander.
Fritti ergriff die Gelegenheit beim Schopf, sprang aus dem Tunnel und eilte an das Ende der Kolonne.
Es dürfte einfacher sein, dachte er, aus einer dieser Gruppen zu entkommen, als lange Zeit wie ein Geist zu leben. Außerdem: Wer würde nach einem entsprungenen Gefangenen schon in einer Gefängniszelle suchen?
»Du kleine Sonnenratte!« rasselte eine Stimme. Traumjäger blickte in das grobknochige Gesicht eines der Wächter. »Ich hab's wohl gesehen!« fauchte der Krallenwächter. »Wenn du noch einmal versuchst, dich aus dem Staub zu machen, schlitz ich dich auf, von der Gurgel bis zum Hintern!« Das Gewühl der Tunnelsklaven schwemmte nach vorn und trug Fritti mit sich davon.

Das Leben als Tunnelsklave war nicht so schwer wie früher. Nach seiner Zeit im Rattblatt-Wald war er kräftiger; obgleich dort die Jagd nicht sehr ergiebig gewesen war, hatte er sich doch besser ernähren können als seine armen Kameraden, mit denen er hier zusammengepfercht war. Es tat ihm weh, das Elend und das Leid mitansehen zu müssen, die ihn umgaben – doch dieses Mal lagen die Dinge anders: Er hatte sich der Gefangenenschar aus freiem Willen angeschlossen; er wirkte im Geheimen. Wenngleich sein Herz ihn vor Torheiten warnte, konnte er sich gegen einen stillen Stolz nicht wehren. Er hatte ein Ziel, und bis jetzt war er erstaunlich gut vorangekommen. Sein Glück hatte wirklich getanzt.

Auch die Gefangenen konnten spüren, daß sich die allgemeine Stimmung im Hügel verändert hatte. Die erregende, ängstliche Vorahnung nahe bevorstehender Ereignisse hatte sie niedergedrückt. Keiner der Gefangenen erzählte Geschichten oder sang. Sogar die Streitereien waren matter, mutloser. Alle zusammen duckten die Gefangenen sich nieder; sie erwarteten den Schlag, der auf sie niederfahren würde.
Einer der anderen Gefangenen berichtete Fritti teilnahmslos von der

Unruhe unter dem Wachpersonal: von den Lichtern und Geräuschen in der Höhle der Grube, von den Wächtern, die zu besonderen Einheiten zusammengestellt und dann in entfernte Tunnels geschickt wurden. Fritti gab sich Mühe, gleichgültig zu erscheinen und versuchte dem Gefangenen – ein einäugiger Tigerkater namens Knickebein – weitere Neuigkeiten zu entlocken, doch sein erschöpfter Kamerad hatte nichts mehr zu bieten.
Fritti war jetzt zwei Arbeitsschichten mit den Tunnelsklaven zusammengewesen, und seine Ungeduld wuchs; er wußte, daß die Zeit ihm davonlief. Er konnte nur noch an die Gefahr denken, in der seine Freunde sich befanden. Erstheim und das Schicksal des Volks waren als leere nutzlose Begriffe in den Hintergrund getreten. Nachdem er Knickebein verlassen hatte, saß Fritti mit gekrümmtem Rücken in einer Ecke der Höhle und wartete, daß die Wächter kämen, um sie zur Arbeit zu holen.
Die Zeit des schmutzigen knochenkrümmenden Grabens tröpfelte so langsam dahin wie Harz aus einem Baumstamm. Obwohl seine Pfoten aufgerissen und blutig waren, grub Fritti wie rasend – versuchte die träge fließenden Stunden gewaltsam zu Ende zu bringen.
Als der blöde grinsende Krallenwächter am Tunneleingang den Befehl hinunterbrüllte, mit dem Graben aufzuhören, begannen Fritti und die anderen Gefangenen erschöpft nach oben zu steigen. Er ließ sich vorsichtig zurückfallen, und als die letzte Katze vor ihm sich über den Tunnelrand quälte, blieb er stehen, rannte dann rasch die kurze Strecke zurück und warf sich am Ende des Loches, das sie gegraben hatten, auf die Erde. Er kroch so tief wie möglich unter die Haufen loser Erde und lag still.
Die Stimmen der sich oben zusammendrängenden Gefangenen wehten zu ihm herunter. Sekundenlang blickte ein leuchtendes goldenes Auge von oben in den Tunnel hinab, doch Dunkelheit und Schmutz verbargen Traumjäger selbst vor den schärfsten Augen, und bald hörte er, wie der Trupp sich schlurfend entfernte. Er verharrte stumm am Ende der Höhle, bis sein Herzschlag sich beruhigt hatte, dann kroch er vorsichtig an die Oberfläche.
Die kleine Höhle, von der aus man in das Netzwerk der Tunnels ge-

langte, war leer. Das schwache Erd-Licht zeigte keinen Schatten, außer dem seinen. Unbekümmert, jedoch rasch, entfernte er den gröbsten Schmutz aus seinem Gesicht, von Beinen und Schwanz, und schlich dann auf leisen Pfoten in den größeren Schacht hinaus, aus dem seine Mitgefangenen samt ihren Bewachern bereits verschwunden waren.

In der Höhle, in der Raschkralle lag und von der weißen Katze träumte, war auch Dachschatten endlich im Schlummer versunken. Die ständige Anspannung – des Wartens auf die Rückkehr des rachsüchtigen Krallenwächters – und die ihr aufgezwungene aussichtslose Lage hatten sie ausgehöhlt, bis sie nicht mehr genügend Kraft oder Besorgnis aufbringen konnte, um standzuhalten. Das Kinn auf die Pfoten gelegt, hatte sie lange Zeit dagelegen, auf die friedlichen, hilflosen Gestalten Raschkralles und Grillenfängers gestarrt, und die Hoffnungslosigkeit hatte sich wie ein warmer Nebel über sie gesenkt. Als der Wächter seinen gehässigen Kopf in die Höhle steckte, sah er die drei Katzen in todesähnlicher Starre daliegen. Mit einem beifälligen Blecken seiner gelben Zähne zog er sich zurück.
Grillenfängers Augen öffneten sich einen Spaltbreit. Für einen Augenblick erfüllte sie, während sein Leib noch immer schlaff und reglos dalag, ein starkes, kaltes Feuer. Dann begann das Licht in den Tiefen der Augen zu flattern und schien zu erlöschen. Die Lider schlossen sich wieder, und abermals lag er stumm wie ein Stein.

Magerwicht wartete schon, als Fritti am Quertunnel anlangte. Der Zahnwächter führte einen kleinen Tanz der Vorfreude auf, und sein haarloser Schwanz knickte und wand sich wie ein herabtaumelnder Nachtfalter. Traumjäger war es vorgekommen, als habe er eine Ewigkeit gebraucht, um heil durch den Hügel bis zum Treffpunkt zu gelangen. Er näherte sich mit künstlicher Ruhe, ohne vermeiden zu können, daß Magerwicht ihn mit schrillem, aufgeregtem Gezischel begrüßte.
»Tunnelstreuner! Bist du's? Ich habe Neuigkeiten, Neuigkeiten!«
»Leise!« zischte Fritti. »Was für Neuigkeiten?«

»Ich habe deine Gefangene gefunden!« sagte der Zahnwächter fröhlich. »Magerwicht hat's geschafft!«
Traumjäger spürte, wie die Zeit ihm auf den Krallen brannte. »Wo? Wo ist sie?«
Magerwicht grinste. Sein Gebiß unter der vernarbten Nase schob sich schimmernd vor. Fritti versuchte Geduld zu wahren und wartete mit trockenem Mund, während Magerwicht ihm beschrieb, wo man Dachschatten eingekerkert hatte. Als der augenlose Zahnwächter fertig war, begann Traumjäger sich zurückzuziehen, während wilde Pläne in seinem Kopf entstanden. Plötzlich blieb er stehen. Ich sollte besser den Schein wahren, dachte er. Diese Kreatur ist ein furchtbarer Feind, aber ein guter Bundesgenosse.
»Das hast du gut gemacht«, sagte er dem Zahnwächter. »Der Meister wird erfreut sein. Denke daran, zu niemandem ein Wort!«
»Natürlich nicht. Nicht vom schlauen Magerwicht!«
Als er das Untier wie von Sinnen umherspringen sah, fiel ihm plötzlich ein, daß er etwas in seiner Aufregung ganz vergessen hatte.
»Wo ist Kratzkralle?« fragte er drohend. »Du solltest ihn doch bei dir behalten.«
Ein jäher Ausdruck von Furcht trat auf Magerwichts zerstörtes Gesicht.
»O, Tunnelstreuner. Er ist voll von *os.* Er wollte nicht bei mir bleiben, und ich konnte ihn nicht zwingen – er ist sehr stark, weißt du. Er rannte fort in die Tunnels und schrie und sagte seltsame Sachen. Er wurde wegen der Gefangenen bestraft, und er ist ganz krank, von dem *os.*«
Nicht mehr zu ändern, dachte Fritti. »Mach dir nichts draus«, sagte er zu Magerwicht, dessen Gesicht sich sogleich aufhellte. »Nun geh, und falls ich dich brauche, werde ich dich zu finden wissen.«
Traumjäger verschwand eilig aus dem Quertunnel, überquerte den Hauptschacht und verbarg sich in einer Nische am anderen Ende, durch die Dunkelheit vor spähenden Augen geschützt. Als er zurücksah, erblickte er Magerwicht, der, das entstellte Gesicht zu einem gehässigen Lächeln verzerrt, immer noch in den Schatten sprang und hüpfte.

Fritti hielt sich in den tieferen Schatten, schlich sich auf leisen Pfoten an Rotten kampflustiger Höhlenbewohner vorbei und huschte wie eine Geisterkatze durch die erwachende Unterwelt. Die Untiere waren überall – huschend, flüsternd, rote, scharfe Krallen krümmend.
Fritti erreichte den Punkt, wo drei Tunnels zusammenliefen, den Magerwicht ihm beschrieben hatte. Er blickte sich vorsichtig um, und als er sah, daß ihn niemand beachtete, schlüpfte er geduckt in den Gang, den er nach der Anweisung des Zahnwächters einschlagen sollte. Mit steilem Schwanz, flatterndem Schnurrbart, jeden Zoll seines Fells gesträubt kroch er hinab.
Die Öffnung eines Schachtes in der Tunnelmauer vor ihm. Das war sein Ziel! Er spürte den Drang, loszuspringen, doch er beherrschte sich. Langsam, vorsichtig...
Er kam an das Loch und spähte hinunter. In dem trüben Licht am Grunde des Schachtes sah er... Raschkralle!
Sein Herz machte einen Sprung. Das Kätzchen und Dachschatten befanden sich in derselben Höhle! Sein Glück verließ ihn nicht.
Er beugte sich weiter vor und konnte zwei weitere Gestalten erkennen. Dachschatten! Und der Alte – war das etwa Grillenfänger? Aber warum rührte sich keiner der drei? Konnte es sein, daß sie... doch nein. Er konnte sehen, daß Raschkralles Flanken sich hoben und senkten.
Etwas krachte auf ihn herab wie ein fallender Baum. Mit einem Schmerzgeheul taumelte er neben den Höhleneingang. Über ihm stand eine große, schwarze Gestalt, die mit einer mächtigen Tatze zu einem zweiten Schlag ausholte. Das fast vertraute Gesicht des Krallenwächters grinste ihn an.
»Was tust du hier?« knurrte das Untier.
»N... Nichts!« stotterte Fritti. »M... Mein Name ist Tunnelstreuner, und ich habe mich verirrt.« Er versuchte sich möglichst klein zu machen. Der Krallenwächter beugte sich tiefer zu ihm.
»Stimmt das?« schnarrte er, und unter seinem heißen Atem mußte Fritti die Augen zusammenkneifen. Die Augen des Untiers verengten sich. »Einen Augenblick. Du kommst mir bekannt vor. Was ist das für ein Zeichen auf deiner Stirn?« Auf seinem Kopf? Stirn? Bei Himmel-

tanz' Tränen! Fritti verfluchte sich selbst. Er mußte den schützenden Staub abgewischt haben, als er aus dem Sklaventunnel hervorgekommen war.
Fritti machte eine jähe Bewegung, um seitlich zu entkommen, doch die schwere Tatze fiel auf seinen Nacken, und purpurne Krallen stachen leicht in seine Kehle.
»Beim Großen!« sagte der Krallenwächter. »Wenn das nicht unsere kleine durchgebrannte Sonnenratte ist! Ist das nicht prächtig?«
In jäh aufwallender Verzweiflung erkannte Fritti seinen Bezwinger. Es war Hartbiß, Kratzkralles früherer Kamerad, der nun vor dem ertappten Traumjäger seine Zähne zu einem entsetzlichen Grinsen entblößte.
»Sehr gut«, kicherte der Krallenwächter, »schrecklich gut, daß ich es war, der dich aufgestöbert hat. Deinetwegen haben sie den Anführer vernichtet. Alles deinetwegen!« Die Tatze drückte grausam Frittis Kehle zusammen. Er keuchte hilflos. »Jetzt bin ich der Anführer«, grinste Hartbiß. »Und ich werde dafür sorgen, daß du kriegst, was du verdienst.« Das schwarze Untier hockte sich nieder und kam mit seinen tiefliegenden Augen ganz nahe an das Gesicht seines winselnden Gefangenen heran. Die Stimme des Krallenwächters senkte sich zu einem rachsüchtigen Flüstern.
»Ich werde dich auf der Stelle vor den Fetten bringen!«

28. Kapitel

Wo immer du bist, unsere Qual wird dich finden, Dich,
Sitzend auf dem dunkelsten Altar unseres tiefsten Leides.
Untier, Scheusal, Bastard. O, Hund, mein Gott!

George Barker

Traumjäger wurde von Hartbiß durch die jetzt dicht bevölkerten Gänge getrieben – mit Stößen, Tritten und Bissen. Unterwegs – der dunkle, muskulöse Krallenwächter jagte die kleine orangefarbene Katze vor sich her – drehten sich einige der Hügelbewohner um und starrten dem ungleichen Paar neugierig nach. Eigentlich war an diesem Anblick nichts Ungewöhnliches. Oft genug wurde einer aus dem gefangenen Volk zur Bestrafung oder zur Aburteilung getrieben, doch diese kleine Katze fauchte und sträubte sich – sie widersetzte sich! Es war lange her, seit man einen derer, die unter der Sonne wohnten, so hatte kämpfen sehen.

Fritti, von Schmerz, Enttäuschung und Wut wie benebelt, beobachtete gleichwohl etwas höchst Ungewöhnliches: Es waren weder Sklaven noch Arbeitstrupps zu sehen, die verdrossen über die Straßen von Vastnir schlichen. Offenbar war ihre Arbeit vollendet. Kein Wunder, daß man ihn entdeckt hatte.

Hartbiß führte Fritti nach unten, durch Mengen von gelangweilten Krallenwächtern und zischelnden, faltigen Zahnwächtern. Sie stiegen von Ebene zu Ebene hinunter, durchquerten das Große Tor, um schließlich im gewölbten Vorgemach der Höhle der Grube einzutreffen.

Vor dem Eingang zum Sitz des Großen Kaltherz stand eine Gruppe streitender Krallenwächter. Ein vierschrötiger, stummelschwänziger Bursche, der ihr Anführer zu sein schien, versuchte sie zur Ruhe zu bringen. Er schnappte nach einem seiner Untergebenen, der sich knurrend zurückzog, aber gleich darauf mit erhobenem Kopf wieder vordrängelte.

»Ho, Grasknirsch!« rief Hartbiß dem Schwanzlosen zu. »Was treibst du mit deiner Bande von Mäuseschnüfflern hier unten?« Grasknirsch schielte die Neuankömmlinge an. »Ach, du bist es, bist es, Hartbiß. Sehr übel, sehr übel das Ganze!«

»Worüber jammert ihr?« fragte Hartbiß und streckte grinsend die Zunge heraus.

»Es geht um Schnappzahn hier«, sagte Grasknirsch besorgt, »er und meine anderen Burschen haben in den oberen Katakomben seltsame Dinge gehört.«

»Es ist zum Kratzen«, sagte Schnappzahn düster und mit gerunzelter Stirn. »Es ist nicht in Ordnung!«

Hartbiß lachte rauh. »Was diese Burschen brauchen, sind ein paar scharfe Zähne, damit sie ihr Fell nicht juckt. Du mußt diese Drückeberger mit einer festen Tatze streicheln, Grasknirsch.« Er lachte abermals. Ein unfreundliches Murmeln lief durch die Reihen der Wächter. »Was treibt ihr überhaupt alle hier? Hätte einer nicht genügt?« fuhr Hartbiß fort. »Der Meister wird euch die Augen auskratzen lassen!«

Grasknirsch zuckte zusammen. »Sie wollten ohne mich runtergehen, wenn ich nicht mitkäme. Wie hätte das ausgesehen?«

»Wie Meuterei. Na, ja, ihr werdet bald merken, daß der Meister schlimmer ist als irgendwas, das euch kratzt!«

»Was führt dich denn überhaupt hierher?« fragte Schnappzahn tükkisch.

Ohne eine Warnung ging Hartbiß auf ihn los, schlug ihn zu Boden und riß an seinem Ohr.

»Du kannst mit deinem Anführer reden, als wär er ein jammerndes Kätzchen, aber versuch's nicht mit mir!« Mit leiser, gefährlicher Stimme hatte Hartbiß in Schnappzahns blutendes Ohr gesprochen, dann wandte er sich den übrigen zu, die ihn entgeistert anstarrten.

»Rein zufällig habe ich dem Allerhöchsten Herrn einen wichtigen Gefangenen gebracht. Wenn ihr Glück habt, wird er darüber so erfreut sein, daß er vergessen wird, euch die Därme rauszureißen.«
»Wichtiger Gefangener? Dieser kleine Wurm?« fragte Grasknirsch.
»Dieser Wurm ist der einzige Gefangene, dem die Flucht gelungen ist«, knurrte Hartbiß. »Er muß Helfer gehabt haben, richtig? Ist doch klar, oder? Und ihr wißt, was das bedeutet?« Der Krallenwächter beugte sich vor, um seinen Worten Nachdruck zu verleihen. »Verschwörung! Stellt euch das vor!« Hartbiß bleckte zufrieden die Zähne.
»Aber wenn er entkommen ist, was macht er dann hier?« wollte einer der Wächter wissen. Hartbiß warf ihm einen wütenden Blick zu.
»Ich habe die Nase voll davon, mir Fragen von deinesgleichen anzuhören«, sagte er drohend. »Ich habe wichtigere Dinge zu tun, als mit euch räudigem Pack herumzuschwatzen. Ich werde den Meister aufsuchen. Scher dich fort, Grasknirsch, nimm deine Jammerlappen und ihr ›Gekratze‹ und geh in den Tunnel zurück. Ihr habt hier nichts zu suchen!«
»Und du hast kein Recht, mir Befehle zu erteilen«, sagte der andere Anführer herausfordernd, machte sich aber dennoch aus dem Staub, gefolgt von seiner murrenden Truppe. Schnappzahn folgte ihnen zögernd und mit einem haßerfüllten Blick. »Der Bursche hat kein Rückgrat«, sagte Hartbiß selbstgefällig.
Fritti hatte sich während der ganzen Auseinandersetzung nicht gerührt. Er spürte bis ins Mark die Ausstrahlung, die der Höhle, die vor ihm lag, entströmte – die zermalmende, saugende Kraft von Grizraz Kaltherz. Er nahm kaum wahr, daß Hartbiß ihn auf den Eingang zuschob. Vor seinen Augen schwamm ein Nebel, und unter seiner Stirn setzte ein betäubender, pochender Schmerz ein.
Die beiden Torwächter, ein Krallen- und ein Zahnwächter, nickten kurz mit den Köpfen, als sie Hartbiß erkannten, sie drehten sich jedoch nicht um, als er Fritti an ihnen vorbeiführte. Als sie den Torbogen durchschritten, schlug ihnen kalter Nebel entgegen. Traumjäger zitterte.

In der Mitte der Höhle stieg der Thron des Undenkbaren aus der Grube hervor, und die gekrümmten, sterbenden Leiber waren von gekräuselten Wellen blauen und violetten Lichts überlaufen. Auf der Spitze dieses Monolithen der Qual lag Fürst Kaltherz, dumpf wabernd und trägflüssig wie eine riesige, gerade ausgeströmte Lavamasse. Zu seinen Füßen eilten aufgeregte Diener zu Dutzenden geschäftig am Rande der Grube hin und her.
Hartbiß, jetzt nicht mehr so großmäulig wie noch eben, schob Traumjäger behutsam vor das große Untier. Als sie an der kreisförmigen Grubenöffnung standen – der Anführer der Krallengarde machte sich Mut, die Stimme zu erheben –, gab es Bewegung am entfernten Ende der Höhle, nahe dem Haupteingang. Fritti sah einige Krallenwächter eilig durch das Portal rennen, doch die dichten Nebel, die über dem Boden hingen, machten es unmöglich zu erkennen, was dort vorging.
Die Kreatur über der Grube wandte ihren Kopf langsam in die Richtung dieser Ruhestörung. Hartbiß räusperte sich vernehmlich, doch der Meister starrte weiter durch die riesige Felsenkammer.
»Allergrößter Herr... Mächtiger, höre deinen Sklaven!«
Hartbiß' Stimme drang über die Grube. Der massige Kopf drehte sich schwerfällig, legte sich schließlich zurück und heftete milchweiße Augen auf sie. Der Anführer der Krallengarde und sein Gefangener traten unwillkürlich einen Schritt vom Grubenrand zurück. Der Erstgeborene betrachtete sie ausdruckslos.
»Allergrößter Herr, dein Diener Hartbiß hat dir den entflohenen Gefangenen gebracht – das Sternengesicht. Sieh!« Er trat nach hinten und ließ Traumjäger zurück, der am Rand der Grube kauerte, den unergründlichen, prüfenden Augen ausgesetzt.
Während er wartete, streckte Hartbiß nervös die Krallen aus und zog sie wieder ein, bis er das Schweigen schließlich nicht länger ertragen konnte.
»Habe ich meine Sache gut gemacht, Allergrößter? Bist du mit deinem Diener zufrieden?«
Grizraz Kaltherz wandte ihm unmerklich den Kopf zu. »Du wirst leben«, sagte er. Hartbiß machte ein stotterndes Geräusch, doch bevor

er sprechen konnte, fügte die leblose, ölige Stimme hinzu: »Du hast deine Sache gut gemacht. Geh jetzt.«
Mit hervorquellenden Augen zog sich Hartbiß dienernd zum Tor zurück, drehte sich um und verschwand. Traumjäger sank auf die kalte Erde; zwischen ihm und der Grube wirbelten die Nebelschwaden. Als sie sich verzogen, waren die Augen des Fetten, uralt und leblos, starr und blicklos nach oben gerichtet. Der Haufen der Gequälten, auf dem die Kreatur thronte, hob sich unmerklich, als laufe ein Zucken durch alle Leiber. Der Herr von Vastnir schien es nicht zu bemerken. Plötzlich ertönte Kaltherz' Stimme in Traumjägers Kopf wie ein kalter, feuchter Hall.
»Ich kenne dich.« Die kraftvolle Ausstrahlung drang mühelos in Traumjägers Gedanken. In verzweifelter Raserei rieb er seinen Kopf am frostharten Boden, doch die Stimme ließ sich nicht auslöschen.
»Du bist keine Bedrohung. Frei oder gefangen, lebend oder tot, bist du weniger als ein Steinchen auf meinem Pfad.« Das alterslose Wesen begrub Frittis von Entsetzen gefolterte Gedanken unter lähmender Verzweiflung. Die Stimme dröhnte weiter. »Aber zunächst brauche ich meine Vasallen noch... noch für eine Weile. Alle müssen die Zwecklosigkeit erkennen. Alle müssen erkennen, daß Widerstand zwecklos ist. Ich sollte dich in kleine Stücke zerreißen und dich zwischen den Sternen kreisen lassen...«
Eine entsetzliche Leere breitete sich in Frittis Innerem aus, als sei er plötzlich in den bodenlosen Abgrund geworfen worden. Er meinte seinen Körper vor Grauen kreischen zu hören... irgendwo... weit fort, unerreichbar.
Doch das furchtbare hämmernde Dröhnen setzte wieder ein: »Aber du bist bereits anderen versprochen. Tiefducker und Ratzfatz – alle Knochenwächter – haben dich für sich gefordert. Du wirst zum Haus der Verzweiflung gebracht werden. Dort wirst du so lange bleiben, bis dein *ka* sich dazu durchdringt, in die große Leere zu fliehen...«
Wie auf ein wortloses Geheiß lösten sich graue, umdunstete Gestalten aus den Höhlen in der Mauer, die hoch über die Grube aufragten. Ein mächtiger, grausiger Zug setzte sich von der höhlendurchsetzten Mauer nach unten in Marsch, langsam und unablässig wie schwarzes

Eis, das sich auf einem winterlichen Teich bildet... In dem fahlen Indigolicht, das aus den Felsspalten flackerte, erschienen sie unscharf... gestaltlos. Helle Funken blinkten auf wie Augen.
Aus den Höhen der Felsenkammer strich eine leichte Brise herab, und die Dunkelheit vertiefte sich ein wenig. Die übrigen Wesen zogen sich schweigend zurück, um die Knochengarde vorbeizulassen. Eine übermächtige Gewalt nagelte Traumjäger am Boden fest, und wie gebannt starrte er der Schar der Schatten entgegen.
Eine plötzliche Unruhe am entfernten Höhleneingang und aufgeregtes Rufen der dortigen Krallenwächter zogen alle Blicke auf sich – ausgenommen die des blinden Untiers, das auf der Grube thronte. Die Reihe der Knochenwächter kam zum Stehen, und ihre undeutlichen Gestalten bebten unruhig.
Die sterbenden Leiber unter Grizraz Kaltherz hoben sich erneut; dann trat eine kurze Stille ein.
Eine einzelne Gestalt taumelte durch das Eingangstor in die Höhle der Grube. Es war ein Zahnwächter, dessen lederne Haut aufgeschlitzt war und blutete.
»Wir werden angegriffen!« kreischte die Kreatur. »Am *Vez'an*-Tor ist ein großes Gemetzel! An anderen Stellen auch!«
Die versammelten Untiere brachen in einen gewaltigen Schrei aus, und nun hörte man Geräusche aus den Gängen außerhalb der großen Höhle.
»Was ist los? Was ist los?« schrie einer der Krallenwächter wie rasend.
»Die verräterischen Erst-Geher! Sie sind mit den Sonnen-Würmern von Erstheim angerückt! Verrat! Greift an!« Schreiend und schwer atmend brach der Zahnwächter zusammen. Mit einem Schlag erfüllte ein Höllenlärm die Höhle. Zahnwächter und Krallenwächter gleichermaßen sprangen fauchend und kreischend herum, drängten und brandeten aus den Tunnels. Von draußen war jetzt der Kampflärm deutlicher zu hören, und er kam näher. Über dem Tumult lag Kaltherz bewegungslos wie ein Gletscher.
Am Rande der Grube wand sich Traumjäger auf dem Boden und sah alles wie in einem Traum ablaufen. Die Schreie und das Toben hatten

ihn nicht erreicht; sie hatten nicht den lähmenden Frost durchdringen können, den Kaltherz auf sein Herz und sein *ka* gelegt hatte. Als eine mächtige Woge kämpfender Untiere mit ausgefahrenen Krallen und entblößten Reißzähnen in tödlichen Kampf durch den Höhleneingang strömte, sah er der wachsenden Raserei mit demselben wunderlichen Gleichmut zu wie früher den Kräuselwellen auf einem sommerlichen Teich. Erst als einige der Gestalten, die in vorderster Front kämpften, ihm auf eine entfernte, undeutliche Weise bekannt vorkamen, verspürte er aufkeimendes Interesse.

Ein großer schwarzer Kater – ähnlich einem schlanken, geschmeidigen Krallenwächter – kämpfte mit fauchendem Ingrimm gegen eine Übermacht wild beißender Zahnwächter. Wer war das? Warum betraf es ihn? Er spürte, daß es wichtig war, sich zu erinnern. Daneben schlug sich ein zweiter Kater, das Gesicht kreuz und quer mit Narben bedeckt, mit einem Krallenwächter herum, der weit größer war als er selbst. Da war noch ein dritter. Mußte er ihn nicht auch kennen? Ein riesiger Tigerkater brach durch den Eingang und jagte Wächter in wilder Flucht vor sich her. Als er quer durch die Höhle blickte, glaubte Fritti lächeln zu müssen, als er ihn sah – ungeachtet der Tatsache, daß der ranzenbäuchige Kater um sein Leben kämpfte.

Warum? fragte sich Fritti. Warum lächle ich?

Weil es Hängebauch ist, und Hängebauch ist ein lustiger Kerl. Hängebauch. Hängebauch und Knarrer und ... und ... Zitterkralle! Seine Freunde! Seine Freunde waren gekommen!

Der Frost schmolz von seinem Herzen. Sie waren da! Endlich war das Volk da!

Mit einem matten Glücksschrei krabbelte Fritti auf die Pfoten. Der Kampf wogte hin und her, näherte sich dem Fleck, auf dem er stand – und zog sich immer mehr um die Grube zusammen, über der der Meister mächtig und unergründlich thronte. Traumjäger stakste bis zur Mauer der Höhle zurück und barg sich recht und schlecht in einer Einbuchtung des Gesteins. Die Wächter waren bereits an ihm vorbeigesprungen und hatten den Kampf aufgenommen.

Langsam und wie einem unausgesprochenen Befehl folgend, wichen die Hügel-Kreaturen zurück, bis sie schließlich um das nebelverhüllte, violett leuchtende Loch in der Mitte der Höhle einen Ring bildeten. Die Angreifer scharten sich zusammen und stürmten vor, doch sie prallten von der Reihe der Grubenwächter zurück. Um sich schlagende Gestalten stürzten schreiend über den Rand und verschwanden in den Nebeln, die den Thron des Meisters umwallten. Die Angreifer zogen sich zurück und nahmen für einen erneuten Sturm Aufstellung. Es trat eine drückende Stille ein, in der fast das Knistern der Felle zu hören war... und dann erscholl dröhnend die Schlamm-und-Donner-Stimme von Grizraz Kaltherz:

»HALT!«

Die Stille zerriß und schloß sich wieder, und einen Augenblick lang durchzitterten nur die Echos dieses furchterregenden Lautes die Luft. Zitterkralle, der ein Stück an der Höhlenmauer hochgeklettert war, starrte in die Düsternis um die Grube. Sein rauhes Flüstern, mit unterdrückter Furcht geladen, brach die Stille.

»Ausgeburten der Urmutter!« Ängstliches Gezischel quoll aus vielen Mäulern, und Hunderte von Rücken und Schwänzen bogen sich.

Und wieder ertönte die Stimme von Kaltherz. »Ich möchte wissen, ob die Speichellecker, die der Erinnerung an meine verschwundenen Brüder huldigen, endlich den Mut aufbringen, mich in meiner eigenen Behausung anzugreifen. So hört mich denn, ihr Feuertatzen-Schnüffler und Windweiß-Jäger: Der letzte der Erstgeborenen bin ich, und ich gebe mich nicht mit heulendem Pöbel ab, wie ihr es seid. Ihr habt euch zuviel vorgenommen, Oben-Kriecher!«

Seine machtvollen Worte drückten die Angreifer nieder wie eine körperliche Last auf ihren Schultern, doch auch die Hügel-Kreaturen rührten sich nicht, so groß war die Macht von Grizraz Kaltherz.

Endlich stand Knarrer auf. Sein verwittertes, altes Gesicht mit dem starren Schnurrbart war entschlossen und stolz. »Worte!« rief der Lehnsmann der Erst-Geher aus dem Wurzelwald. »Nichts als Worte! Wir haben mehr tapferes Volk hinter uns, als Sterne am Himmel stehen, Fürst des Ameisenhaufens – gerade jetzt schwärmen die Kämpfer in dein *Praere*-Loch hinab. Deine Zeit ist um!« Ringsum hoben die Angreifer ihre Köpfe vor Staunen und Stolz und begannen zu schnurren, so daß ein mächtiges Gesumm die Felsenkammer erfüllte. »Und

solltest du wie eine Kröte auf deinem nachgemachten *Vaka'az'me* sitzen bis ans Ende der Zeit«, rief Knarrer, »wir werden dennoch niemals vor dir in den Staub fallen! Deine Macht ist gebrochen!«
Wie eine alles zermalmende Lawine rollte Kaltherz' Lachen herab. »NARREN!« dröhnte er. »Ihr sprecht zu mir von Macht, ihr, mit euren winzigen Leben, die wie taumelnde Blätter sind! Welch ein Hohn!« Sein Lachen schwoll an. In der Erde war ein Poltern zu hören, und Kaltherz' Thronhügel bebte heftig. »Ihr sprecht von dem *Vaka'az'me*«, brüllte er, und das Poltern wurde lauter. »Ihr glaubt, den Thron von Kaltherz zu sehen, doch ihr seht *nichts!*« Der Meister des Hügels schrie vor Lust, ein Geräusch wie ein eiskalter Schauer gefrierenden Regens. Das Volk verlor den Mut und wollte fortlaufen, doch Knarrer trat vor, und die Reihen wankten nicht.
Bevor der Lehnsmann ein Wort sagen konnte, begann Kaltherz' Leib auf der Spitze der widerwärtigen Säule sich schwankend zu heben. »Glaubt ihr, ich hockte hier, um jene erbärmlichen, beflissenen Kreaturen zu schrecken, die mir dienen? Um Ängste aus anderen Welten in eure Köpfe zu jagen? HA HA HA HA!« Kaltherz' Stimme wurde zu einem betäubenden Schrillen. »Ebenso wie Fela Himmeltanz, die mich gebar, sende ich Wärme in diese Säule von wesendem Fleisch. Ich gebe ihr MACHT!«
Das Poltern aus der Grube wurde zu einem reißenden, saugenden Geräusch. Die Lichter aus den Felsspalten flackerten wie rasend. Alle, die versammelt waren, Freies Volk und Krallengarde gleichermaßen, begannen vor Angst zu heulen und von der Grube zurückzuweichen.
Eine riesige Gestalt kam unter Kaltherz hervor, als habe er sie ausgebrütet oder sie habe sich selbst aus den Nebeln der Grube gebildet. Sie stieß einen Schrei aus – wie der Todesschrei ungezählter Lebewesen. Heulend und jammernd wichen alle, die um die Grube versammelt waren, in wilder Flucht bis an die Mauern der Höhle zurück, als das Ungeheuer schwerfällig vorkroch.
Das schwächliche Purpurlicht fiel auf ein monströses, mißgestaltetes, dunkles Wesen. Mit seinen roten Augen und seinem geifernden Maul wurde es zum verschwommenen Wahnbild eines Dämonen-Hundes.

Er wurde aus den verschmelzenden, verkrümmten Leibern der Grube geformt – sterbende, grausam leidende Kreaturen fügten sich zu der Gestalt einer einzigen riesigen Kreatur zusammen.
Einige aus dem Volk, mutig bis zum Wahnsinn, versuchten auszuhalten und zu kämpfen. Im Nu ging das Untier watschelnd und todbringend auf sie los.
»Ich habe ihn geschaffen! Den *Fikos!* Ich habe ihn geschaffen!« Die Höhle war von Schreien erfüllt, ein gellendes Chaos von Toten und Sterbenden. Als das Hunde-Wesen anfing, um sich zu schlagen und zu beißen, erhob sich Kaltherz' Stimme über alles: »Fikos! Er ist euer Verderben! Das Verderben aller, die auf der Oberfläche der Welt wandeln!«
Traumjäger wandte sich ab von diesem furchtbaren Schauspiel und floh aus der Höhle der Grube.

29. Kapitel

Der Fuchs hat viele Waffen.
Der Igel hat nur eine,
doch sie ist sehr wirksam.

Archilochos

Vastnir hatte sich in eine Hölle verwandelt. Während Fritti durch das Halbdunkel rannte, sah er Katzengestalten, die schreiend und taumelig vorbeihuschten wie verrückt gewordene Fledermäuse.
Traumjäger hatte nur einen Gedanken: seine Freunde; das Entsetzen und der Tod in der Höhle der Grube waren unfaßbar. Was sich dort ereignet hatte, schien das Ende aller Dinge zu bedeuten – allen Lebens, aller Vernunft, aller Hoffnung. Diesem Ende wollte er gemeinsam mit seinen Freunden ins Auge sehen.
Niemand beachtete den Fliehenden. Krallengarde und Zahnwächter kämpften sowohl gegeneinander als auch gegen die anrückenden Streitkräfte des Freien Volks. Gefangene, durch den Kampflärm aus ihren Kerkern gelockt, wimmelten in heilloser Verwirrung umher, balgten sich, schrien und suchten verzweifelt nach Ausgängen. Die dröhnende, seelenlose Stimme des Fikos rollte durch den Hügel und verkündete Zerstörung und Wahnsinn.
Fritti versuchte sich an Magerwichts Anweisungen zu erinnern, die so üble Folgen gehabt hatten. In dem Durcheinander von Geräuschen und Körpern fürchtete er mehr als einmal, er habe sich verirrt. Endlich erkannte er den abwärts führenden Schacht wieder. Mit angelegten Ohren raste er den schrägen Tunnel hinunter.
Dachschatten und Raschkralle kauerten mit gesträubtem Nackenfell an der Rückwand ihrer Höhle. Zu ihren Füßen lag Grillenfänger –

doch seine Augen waren jetzt geöffnet. Als Traumjäger im Eingang auftauchte, starrte er ihn mit einem sonderbaren, ruhigen Interesse an. Dachschatten schien Fritti zunächst gar nicht wiederzuerkennen, dann sprang sie verblüfft den Kopf schüttelnd nach vorn und rief seinen Namen. »*Traumjäger!* Du bist hier! Was ist geschehen?« Sie kam näher, um ihn zu beschnüffeln, doch er ging an ihr vorbei zu Raschkralle.

»Raschkralle!« rief er. »Ich bin's! Bist du in Ordnung? Kannst du laufen?«

Raschkralle starrte sekundenlang verständnislos zu ihm auf. Dann lief ein weiches Lächeln über das Gesicht des Kätzchens. »*Nre'fa-o*, Traumjäger«, sagte er. »Ich wußte, daß du zurückkommst.«

Fritti drehte sich um und sah Dachschatten besorgt in den Schacht blicken. »Schreckliche Dinge geschehen, Dachschatten«, sagte er. »Das Volk ist hier, aber ihm droht eine große Gefahr. Wir können hier nichts ausrichten. Unsre einzige Chance ist, hier rauszukommen – sofort, in diesem ganzen Durcheinander. Hilf Raschkralle, ich kümmere mich um Grillenfänger.«

Ohne weiter zu fragen, sprang die graue *Fela* vor, um dem Kätzchen zu helfen, doch Raschkralle stemmte sich selbst auf die zitternden Beine. »Ich schaff's schon«, sagte er. »Ich habe bloß darauf gewartet, daß Traumjäger kommt«, setzte er geheimnisvoll hinzu, dann streckte er seinen kleinen Körper und machte einen Buckel.

Mit Grillenfänger war es etwas schwieriger. Obgleich er wach war und sich nicht wirklich sträubte, schien er verwirrt. Er schien nicht recht begreifen zu wollen, warum solche Eile geboten war, und er trottete vor der Höhle umher und beschnüffelte Ecken und Wände, als sei er erst vor kurzem angekommen.

»Er war in den Traumfeldern, seit wir in Gefangenschaft geraten sind«, sagte Dachschatten erklärend. »Dies ist das erste Mal seit langer Zeit, daß ich ihn laufen sehe.«

»Ich hoffe, er hat nicht vergessen, seine Pfoten zu gebrauchen«, knurrte Traumjäger, »wir haben nämlich nicht mehr viel Zeit – wenn's nicht überhaupt schon zu spät ist. Kommt. Ich gehe voraus. Dachschatten, du gehst am Schluß und hilfst Grillenfänger.«

»Wohin gehen wir denn?« fragte die *Fela*. »Wenn das Volk zum Hügel gekommen ist, werden dann nicht alle Eingänge und Ausgänge bewacht?«
»Ich denke, ich kenne einen Weg, der unbewacht sein wird«, erwiderte Fritti, »aber er ist riskant. Wir müssen jetzt los! Alles Nötige erzähle ich dir unterwegs.«
Sie bewegten sich zum Ausgang. Traumjäger steckte zuerst die Nase heraus, um sich zu vergewissern, daß die Luft rein war. Der Tunnel war leer, doch von oben her kam der Lärm eines großen Aufruhrs.
Als sie den Ausgang der Höhle erreichten, stockte Grillenfänger einen Augenblick und warf einen erstaunten Blick auf den Raum, in dem er so lange Zeit gefangengehalten worden war. Zum ersten Mal, seit er die Tore Vastnirs durchschritten hatte, sprach er. »Ein klitzekleines Nest...«, sagte er leise, dann ließ er sich geduldig von Dachschatten wegführen. Während die vier Katzen durch die geisterhaften Gänge eilten, versuchte Fritti ihnen einen Bericht von all den Dingen zu geben, die er erlebt hatte. Überall lagen Tote und Sterbende, und unter den Lebenden herrschte Verwirrung. Die schimmernde Erde, welche die Höhlen und Gänge auskleidete, leuchtete nun nur noch unregelmäßig, und überall in der wachsenden Dunkelheit lauerte Gefahr.
Mehrere Male versperrten Hügelbewohner ihnen den Weg, und sie waren gezwungen, sich den Durchgang zu erkämpfen.
Fritti und Dachschatten kämpften wie besessen um die Freiheit und stürzten dadurch die Krallen- oder Zahnwächter in Verwirrung: Warum krümmten sich diese kleinen Katzen des Volks nicht und unterwarfen sich rasch? Überall schien die Welt des Hügels Risse zu bekommen, und für die fassungslosen Hügelbewohner waren diese verzweifelten, unbotmäßigen Sklaven nur ein weiterer erschreckender Beweis dafür, daß die gewohnte Ordnung zerbrach. Immer öfter ergriffen die bestürzten und verwirrten Wächter die Flucht, um sich Gegner zu suchen, die sich leichter unterwarfen.
Grillenfänger half nicht bei der Abwehr von Angreifern, sondern duckte sich und murmelte qualvoll. Raschkralle stand sonderbar abseits und hob keine Pfote, um sich zu verteidigen, selbst dann nicht,

wenn er direkt bedroht wurde. Statt dessen starrte er die Angreifer mit sanftem Gleichmut an, bis sie scheu zurückwichen, eingeschüchtert durch etwas, das sie nicht begriffen. Traumjäger und Dachschatten, die unentwegt kämpften, um ihren kleinen Trupp zu verteidigen, bluteten aus zahlreichen Wunden. Raschkralle, unberührt und unverletzt, folgte ihnen wie ein junger Zuschauer, der eine Balgerei verfolgt.

»Ich weiß nicht, wie lange wir das noch werden durchhalten können«, keuchte Dachschatten, als sie vom Schauplatz eines neuerlichen Handgemenges flüchteten. »Bald wird irgend jemand das Kommando über diese Kreaturen übernehmen, und dann können wir unser *ka* ebensogut Tiefklar anvertrauen.«

»Ich weiß«, erwiderte Fritti schwer atmend. Er konnte nichts Tröstliches sagen – denn die Nebenwege, die sie benutzten, wurden jetzt immer gefährlicher. Also sparte er seinen Atem, den er beim Rennen besser brauchen konnte.

Sie folgten den nach außen führenden Tunnels und gelangten schließlich doch noch in weniger bevölkerte Gebiete. Der Angriff durch das Volk von Erstheim hatte die meisten Wachposten von den Außenbezirken des Hügels ins Innere gezogen; als die vier sich immer tiefer nach unten bewegten, begann der Kampflärm hinter ihnen schwächer zu werden. Auch das Licht der Hügelerde verblaßte, doch Fritti hatte diesen Weg ja schon einmal zurückgelegt – und, was noch wichtiger war, er folgte jetzt dem allmählich zunehmenden Donnern der Kochenden Schlucht.

Das zischende, dröhnende Geräusch des unterirdischen Flusses wurde lauter und lauter, als sie eine Reihe enger, niedriger Tunnels ausprobierten. Die Luft füllte sich mit Feuchtigkeit. Sie verließen einen schmalen Durchgang und kamen in eine hohe Kammer, die, wie Fritti meinte, unmittelbar an die Kochende Schlucht grenzte. Jetzt schien der Fluchtweg greifbar nahe, obgleich Traumjäger sicher war, daß anderswo das Freie Volk kämpfte – und verlor.

Er ließ die kleine Truppe halten, um ihnen den gefährlichen Weg, der vor ihnen lag, zu erläutern, doch seine Warnungen blieben ungespro-

chen. Als er sich nämlich umdrehte, war Grillenfänger verschwunden. »Dachschatten!« rief er. »Wo ist Grillenfänger? Ich dachte, du wärst hinter ihm gewesen!«
Die graue *Fela* leckte ihre Wunden und blickte in die leere Dunkelheit zurück. Ihre grünen Augen verrieten, daß sie sich schämte. »Es tut mir leid, Traumjäger«, sagte sie leise. »Raschkralle ist auf etwas Scharfes getreten und humpelte, und da bin ich nach vorn gelaufen, um ihm zu helfen. Grillenfänger war direkt hinter uns...«
Fritti schüttelte kurz den Kopf vor Enttäuschung und Kummer. »Es ist nicht deine Schuld, Dachschatten. Damit konntest du nicht rechnen. Ich will dir die Höhle, die vor uns liegt, beschreiben und den Weg um den Fluß herum.« Als er fertig war, nickte Dachschatten verstehend. Raschkralle saß einfach da und blickte Traumjäger in der zunehmenden Düsternis ruhig an.
»Ich hoffe, daß ich es schaffen kann, euch einzuholen, bevor ihr die Schlucht verlaßt«, sagte Fritti, »wenn es mir aber nicht gelingt, halte dich immer nach rechts und aufwärts zur Oberfläche.«
»Was meinst du mit ›einholen‹?« fragte Dachschatten verwirrt.
Traumjäger sah die Bestürzung auf ihrem Gesicht, er wurde traurig und konnte nicht sprechen. Unerwartet sprach Raschkralle für ihn.
»Er kehrt zurück, um Grillenfänger zu suchen«, sagte das Kätzchen.
Dachschatten war erstaunt. »Zurück? Traumjäger, das kannst du nicht. Die Zeit wird immer kürzer. Opfere dich nicht umsonst!«
»Es ist nicht umsonst«, erwiderte Fritti. »Ich muß es tun. Ich will, daß ihr geht. Wenn du dich und Raschkralle heil herausbringst, werde ich bei alledem ein besseres Gefühl haben. Nun geht, bitte.« Er tat, als wolle er sich umdrehen, aber Dachschatten war schneller und stellte sich zwischen Fritti und den Tunnel. In ihrem Kummer sah sie so wild aus, wie Fritti sie noch nie gesehen hatte – sogar noch wilder als beim Kampf um ihr Leben. Sie sah aus, als sei sie beim Erd-Tanz aus dem Takt gekommen und könne ihn nicht wiederfinden.
»Raschkralle!« schrie sie. »Sag ihm, daß er nicht gehen soll. Laß ihn nicht einfach weggehn und dem Tod geradewegs in den Rachen rennen!«

Raschkralle blickte sie bloß in alter Zuneigung an und sagte: »Er muß gehen. Mach's nicht noch schlimmer für uns, Dachschatten.« Er wandte sich an Fritti und sagte: »Möge das Glück dir tanzen, Traumjäger. Komm zu uns zurück, wenn du kannst.«
Traumjäger hatte nur wenig Zeit, sich über die Veränderung zu wundern, die mit seinem jungen Freund vor sich gegangen war. Der Lärm von Haß und Kampf, der durch die Gänge nach unten drang, ließ ihn wieder an sein Vorhaben denken. »*Mri'fa-o*, gute, gute Freunde«, sagte er und hätte sie auch noch zum Abschied beschnüffelt, doch er konnte Dachschattens Blick nicht ertragen. Er sprang an ihr vorbei, rannte in den Tunnel hinein und den Weg zurück, den sie gekommen waren.

Die äußeren Gänge, die sie soeben noch einigermaßen sicher durchquert hatten, waren wieder von den dunklen Gestalten der Wächter erfüllt. Die wimmelnden Untiere schienen sich wieder geordnet zu sammeln, und diese Tatsache ließ für Zitterkralle, Zaungänger und die übrigen Schlimmes ahnen. Über seinem Kopf – er wußte nicht, wie weit entfernt – hörte er das kratzende, schleifende Geräusch, mit dem sich ein riesiges Wesen durch die oberen Katakomben bewegte. Das ließ noch weit Schlimmeres ahnen. Er konnte leicht erraten, welch bösartige Erscheinung aus der Höhle der Grube entkommen war und nun durch die oberen Tunnels watschelte. Traumjäger glaubte nicht, daß er sehr weit würde zurücklaufen müssen, um Grillenfänger zu finden, falls aber doch ... selbst Frittis neuerworbene Entschlußkraft war nicht so stark, daß er sich willentlich in Sicht- oder Reichweite jenes riesigen Untiers begeben hätte.
Als er durch einen engen Gang nach unten kroch – so leise als möglich, weil er einen Trupp von Krallenwächtern erspäht hatte, die ein paar Sprünge vor ihm an der Gabelung des Tunnels standen –, wurde er plötzlich durch ein unerwartetes Geräusch zum Halt gebracht: Von irgendwo ganz in der Nähe kam ein leises Lachen. Bald entdeckte er einen Spalt zwischen Tunnelboden und Wand. Von dort kam das Geräusch.
Er kauerte nieder, nicht ohne die Krallenwächter an der Gabelung

des Tunnels aus dem Auge zu lassen. Soweit er es aus der Entfernung und im dünnen Licht erkennen konnte, waren sie von irgendeiner Streitfrage in Anspruch genommen. Fritti legte sein scharfes Ohr an den Spalt und lauschte angestrengt.

Was er gehört hatte, war kein Lachen; es war ein sonderbares Wimmern. Er steckte seinen Kopf durch den Spalt – seine Barthaare gingen gerade hindurch – und spähte herum. In einer kleinen Höhlung in der Tunnelmauer lag eine zusammengekrümmte dunkle Gestalt.

»Grillenfänger?« flüsterte Fritti. Falls das Wesen ihn hörte, gab es doch kein Lebenszeichen von sich. Vorsichtig ließ Traumjäger sich in die kleine Höhle hinuntergleiten. Drinnen war es fast vollkommen dunkel, und die Höhle war so klein, daß Fritti nicht darin aufrecht stehen konnte; er war gezwungen, sich an die schmutzige, stoppelige Gestalt zu pressen.

Es muß Grillenfänger sein, dachte Fritti. Niemand sonst hat ein so schmutziges Fell.

Er versetzte der jammernden Gestalt einen derben Nasenstüber. »Grillenfänger. Ich bin's, Traumjäger. Komm jetzt, ich hol dich hier raus.«

Abermals stieß Fritti die verrückte Katze, und aus dem Wimmern wurde ein unzusammenhängender Strom von Worten.

»... in der Falle, Falle, Falle... o, da ist Lasterhaftigkeit und *os* und noch mehr...«

Fritti war entrüstet. Er hatte eher erwartet, daß Grillenfänger in sein unverständliches Kauderwelsch verfallen würde. »Komm jetzt«, sagte er. »Dafür ist jetzt keine Zeit.« Seine Augen hatten sich besser auf die tiefe Dunkelheit eingestellt. Neben sich konnte er undeutlich die büschelige, strubbelhaarige Gestalt erkennen.

»... seht ihr's nicht, seht ihr's nicht«, seufzte die Stimme, »sie haben uns mit einem Pelz aus Stein bekleidet... sie haben die Schädel aus Stein genommen und uns ganz und gar einen Käfig daraus gemacht... alles ist viel zu eng für uns. In den tiefsten Tiefen, wie es *brennt!*« Beim letzten Wort hob sich die Stimme, bis sie fast ein Heulen war. Traumjäger zuckte zusammen. Wenn das so weiterging, würde man sie mit Sicherheit hören.

Seine Geduld begann allmählich sich in Angst zu verwandeln. Traumjäger packte ein Stück schmutzigen Fells mit den Zähnen und zog heftig daran. Da fuhr mit der Gewalt eines Steines eine Tatze auf ihn nieder und preßte ihn zu Boden. Sein Herz raste. Hatte er sich geirrt? War das überhaupt Grillenfänger oder nicht?
Das wäre ja ein Witz, dachte er. Er folgte seinem Schwanznamen zu einer selbstlosen Aufgabe und wälzte sich nun wie blöde mit einem rasenden Untier in einem Loch herum! Traumjäger mühte sich ab, sich diesem festen Griff zu entwinden, doch er mußte feststellen, daß er so sicher gehalten wurde wie ein Neugeborenes. Seine Anstrengungen veranlaßten das Untier, das ihn festhielt, sich umzudrehen, und einen Augenblick fiel aus dem Spalt ein schwacher Lichtfleck auf sein Gesicht.
Es war tatsächlich Grillenfänger! Das trübe Licht zeigte seine Augen mit den wirren Linien von geborstenem Eis. »Mein Blut hat den Wirbelwind gerufen!« schrie Grillenfänger. »Das saugende, wirbelnde Ding... o, habt Erbarmen. Ich bin in seiner Mitte, es wird mich nie loslassen... o, selbst die Leere wäre süß dagegen...!«
Als die letzten Echos des Schreis nach draußen in den Gang rollten, hörte Fritti das Geräusch rennender Pfoten und rauher, fragender Stimmen. Sie waren entdeckt. Er machte eine letzte Anstrengung, sich zu befreien, doch Grillenfänger hielt ihn mit der Kraft eines Wahnsinnigen fest.
Er hätte ebensogut unter einer umgestürzten Eiche eingeklemmt sein können. Hilflos. Er schloß seine Augen und wartete auf den Tod.
Die Zeit schien dahinzuschleichen wie schon damals, als die Krallenwächter aus der Nacht aufgetaucht waren... vor langer, langer Zeit. In die Erinnerung treibend, nahm er an deren Rand verschwommen etwas wahr. Es war das Gebet, das Zitterkralle ihn gelehrt hatte – oder eher der Anfang davon. Während er träge über die Bruchstücke des Liedes nachsann, vernahm er zur gleichen Zeit die schlurfenden Geräusche außerhalb des Felsspaltes und das dumpfe Wehklagen Grillenfängers.
Stückchenweise wurde das Lied seinem geistigen Auge sichtbar... Tangalur, feuerhell... ja, so fing es an. Merkwürdig, daß er sich gera-

de jetzt daran zu erinnern versuchte. »Tangalur, feuerhell...«, sagte er nun laut. Welch angenehmer Gegensatz zu den rauhen Atemzügen Grillenfängers und den rauhen Rufen der Untiere da draußen. Wie von selbst drängten sich weitere Worte in seine Stimme, und das Lied bildete sich neu. »Flammenfuß, der am weitesten ging... dein Jäger spricht...« Wie ging es weiter, wie endete es? O ja: »... in Not, doch niemals in Furcht.« Das war es.

Er sang es abermals von Anfang bis Ende und vergaß neben sich den keuchenden Grillenfänger. Die Krallenwächter oben im Tunnel waren merkwürdig still.

Tangalur, feuerhell,
Flammenfuß, der am weitesten ging!
Dein Jäger spricht,
Er geht in Not,
In Not, doch auch in Furcht.

Sogar mit geschlossenen Augen nahm Fritti eine Veränderung wahr. Licht strömte herein, ein leuchtendes Scharlachrot auf der Innenseite seiner Lider. Die leuchtende Erde mußte wieder erglänzen. Er öffnete die Augen... doch das Licht aus dem Spalt war ebenso fahl wie zuvor. Statt dessen breitete sich in der Höhle selbst ein roter Glanz aus.

Grillenfängers Beine und Pfoten hatten in der Dunkelheit zu strahlen begonnen, als stünden seine Beine und Pfoten in Flammen.

Grillenfänger fing an, sich sonderbar zu rollen und herumzuwerfen. Das Licht breitete sich aus, und die rot-erhellte Luft begann aus sich selbst zu leuchten wie in starker Hitze, obgleich die Temperatur sich nicht änderte. Dann fuhr ein gewaltiger Blitz nieder, und so als singe das gesamte Volk gemeinsam unter Tiefklars Auge, rief eine Stimme triumphierend:

»ICH BIN...«

Diese reine Gewalt schleuderte Fritti zurück, und er schlug mit dem Kopf gegen die Mauer. Als er sich betäubt zurückrollte, sah er, daß das mächtige Licht geschwunden war. Vor ihm krümmte sich Grillenfänger, schwarzleibig und fast unsichtbar – seine Beine rot wie Feuer, rot wie der Sonnenuntergang. Die Zeichen des Wahnsinns und der Unordnung waren verschwunden, das Fell war dicht und weich; Grillenfängers Augen starrten Traumjäger an. Nie hatte Fritti solche Weisheit, solche Liebe und solchen Stolz gesehen. Doch auch ein Hauch von Traurigkeit umhüllte ihn wie ein zweites Fell. Fritti wußte, daß er der Verkörperung all dessen gegenüberstand, was seine Rasse groß machte.

»*Nre'fa-o*, kleiner Bruder«, sagte Grillenfänger zu ihm – doch Fritti wußte nun, daß es nicht mehr Grillenfänger war, der zu ihm sprach: Das wahre *ka* war zurückgekehrt. Die Stimme war die Musik der Nacht, sie war schwer vom Wissen um den alten, anmutigen Tanz, den die Erde und ihre Dinge kennen. Fritti fiel auf den Bauch und verbarg seine Augen hinter seinen Pfoten. Er rollte sich zu einer Kugel zusammen.

»Nein, kleiner Bruder«, sagte die wunderbare Stimme, »tu das nicht. Du brauchst dich vor mir nicht zu schämen – ganz im Gegenteil. Du hast mir geholfen, meinen Weg zurückzufinden nach einer langen, dunklen Reise und in einer Zeit großer Not. Ich bin es, der sich vor dir und deinen Mühen verneigen sollte.« So sprach Fürst Feuertatze – denn niemand anderes war es –, nahm Frittis Pfote und führte sie an seine Stirn. Der weiße Stern auf Frittis eigener Stirn flammte auf in der Düsternis der kleinen Höhle.

Abermals schimmerte die Luft im Raum, und Fürst Feuertatze schien zu wachsen und jeden Spalt zu füllen. »Ich muß unbedingt einige alte Rechnungen begleichen«, sagte er. »Viele Jahre hindurch bin ich gewandert, bin in die Falle meines eigenen Wahnsinns getappt, während mein Bruder seine Verderbtheit genährt hat. Er hat Mächte heraufbeschworen, die zu ertragen die Erde nicht bestimmt ist – wie auch ich selbst es vor langer Zeit getan habe. Meine Gründe waren besser, trotzdem blieb ich zerbrochen zurück, und mein *ka* war weit fort. Mein Bruder Kaltherz hat vielen Verirrungen den Weg bereitet. Ich muß versuchen, seinem Treiben ein Ende zu setzen.« Die Erscheinung schien ein wenig zu schrumpfen. »Und mein Bruder Windweiß muß gerächt werden, oder sein *ka* wird nie wieder zur Ruhe kommen.

Es ist sehr traurig, daß Unschuldige wie du in die Taten der Erstgeborenen verwickelt worden sind. Also sage mir, junger Traumjäger, was ich für dich tun kann – wenn auch nichts groß genug sein wird, um meine Schuld auszugleichen? Sprich, denn bald muß ich gehen.«
Fritti saß einen Augenblick wie betäubt da. Als er schließlich Worte fand, brachte er es nicht über sich, sein Gegenüber anzuschauen.
»Ich wünsche mir, daß meine Freunde sicher entkommen – all das tapfere Volk, das hierher kam.«
Der Erstgeborene war stumm, als starre er weit hinaus in ein fernes Land. Als er sprach, war seine Stimme sanft.
»Kleiner Bruder, viele dieser Tapferen sind dahingegangen; ihre *kas* sind in den Schoß der Urmutter zurückgekehrt. Sogar ich kann sie nicht wieder lebendig machen, sonst hätte ich meinen eigenen Bruder gerettet, den ich liebte. Was die *Fela* und das Kätzchen angeht, nun, so werde ich versuchen zu helfen, doch in diesem Augenblick bedürfen sie eher deiner Anwesenheit als der meinen. Ich kann es nicht erklären, doch es ist so.«
Fritti sprang auf und begann hinauszuklettern, doch Feuertatze rief ihn mit einem Lachen zurück.
»Das kann noch einen Augenblick warten, das verspreche ich dir. Ich sah noch etwas in dir, ein anderes Verlangen, das dich heftig durchströmt. Du suchst jemanden, obgleich du von deiner Suche abgekommen bist. Diese Suche hat geholfen, dich zu mir zu führen, so ist es nur recht und billig, wenn ich dir beistehe...«
Fritti hatte das Gefühl, in diese himmeltiefen Augen hineinzustürzen... einen Augenblick später blickte er ungestüm von einer Mauer zur anderen: die winzige Höhle war leer. Dann kam eine Stimme zu ihm, die ebenso mühelos in sein Inneres trat wie die von Kaltherz, doch sanft... und voll Achtung.
»Ich habe dir das Wissen gegeben, deine Fahrt zu beenden. Ich wollte, ich könnte dir mehr geben, aber ich werde meine Kräfte in Kürze dringend brauchen. Du wirst in Unseren Gedanken aufgehoben sein, kleiner Bruder.«
Die Erscheinung war verschwunden, und Fritti war ganz allein. Verwundert fielen ihm die Krallenwächter ein, die draußen zusammenge-

laufen waren. Als er seinen Kopf vorsichtig durch den Spalt steckte, stellte er fest, daß der Tunnel so leer dalag, als sei er seit den Tagen Harars nicht aufgestört worden. Nur zahlreiche Staubsäulen, die in einer unerwartet kühlen Brise sanft bewegt werden, störten mit leisem Zischeln die vollkommene Stille.

Traumjäger konnte sich nicht erinnern, wie er die Strecke zurückgelegt oder welche Pfade er benutzt hatte, als er den gewundenen Pfad erstieg, der um die Mauern der Höhle der Kochenden Flut herumführte. Der große brodelnde Fluß tobte so gewaltig wie je und schien noch höher an den Steinmauern emporzuschlagen, die ihn einschlossen. Der Pfad vor ihm war in Nebel gehüllt. Fritti begann nach oben zu klettern.

Der Fluß schien tatsächlich höher zu springen: Wasserzungen leckten an der mächtigen Decke der Höhle und fielen als zischender Regen zurück. Trotz der sehr schlechten Sicht bewegte sich Fritti rasch und sicher über den unebenen, ausgewaschenen Steg. Er war von etwas Großem angerührt worden, und er spürte immer noch die belebenden Nachwirkungen. Die Brise änderte die Richtung, wehte ihm direkt in den Schnurrbart, und in diesem Augenblick hörte er die Stimme Raschkralles, der vor Furcht und Schmerz gellend aufschrie. »Raschkralle, Dachschatten, ich komme!« heulte Fritti. Plötzlich sprang er über den schmalen Pfad, im Vertrauen auf Instinkte, die er nicht kannte und die er in seiner rasenden Eile, die Freunde zu erreichen, plötzlich besaß. Als er um eine Windung des schmalen Pfades schlidderte und nach einem Halt über den dröhnenden, dampfenden Wassern suchte, sah er seine beiden Gefährten vor sich. Dachschatten stand über einem blutenden Raschkralle und kämpfte erbittert mit einer großen, dunklen Kreatur, die doppelt so groß war wie sie: Kratzkralle.

Das schwarze Untier, über und über mit Blut bedeckt, drehte sich mit seinen irren Augen um, als Traumjäger näherkam. Ein wirres Grinsen verzerrte sein breites Gesicht.

»Stern-Gesicht. Stern-Gesicht, der Traumjäger! Ich werde ihn eines Tages töten! Ich werde es tun!« Kratzkralle stieß ein lautes bellendes

Lachen aus, und Dachschatten sank keuchend und verwundet zurück. Traumjäger sprang grimmig vor, während Kratzkralle in die Hocke ging und mit seinem dicken Schwanz die Luft peitschte. Ein Grollen, das von den Steinen der Höhlendecke auszugehen schien, lief durch den Raum.
Fritti bremste seinen Lauf im breiten Teil des Pfades und ließ sich einige Sprünge vom Krallenwächter entfernt mit gekrümmtem Rükken nieder. Das unheilvolle Grollen erhob sich abermals über das Toben des Wasserfalls.
»Komm her, wenn du etwas von mir willst, Kratzkralle«, sagte Traumjäger und legte soviel Verachtung in seine Stimme, wie er aufbringen konnte. Das Krallen-Biest grinste wieder, und sein Schwanz schlug hin und her. »Komm her – falls du damit fertig bist, gegen Kätzchen zu kämpfen, du hohlköpfiger *Garrin.*« Kratzkralle knurrte und stand auf. Das kurze Fell auf seinem Rücken stellte sich auf wie schwarzes Gras.
»Dachschatten!« schrie Traumjäger über den zunehmenden Tumult unter und über ihnen. »Nimm Raschkralle und verschwinde!«
»Er ist schwer verletzt, Traumjäger«, rief die *Fela* zurück. Der Krallenwächter bewegte sich geschmeidig den Pfad hinunter auf Fritti zu, und der Tod leuchtete aus jeder seiner purpurnen Krallen.
»Ein Grund mehr, ihn nach oben zu bringen!« rief Fritti. »Dies ist mein Kampf. Du hast getan, was du konntest. Jetzt geh!«
Fritti sah, wie Dachschatten und Raschkralle, der mühsam vorwärtsstolperte, den Pfad hinaufzugehen begannen. Er richtete seine Aufmerksamkeit wieder auf die Kreatur vor ihm. Sie standen sich gegenüber – die kleine orangefarbene Katze mit dem weißen Stern; das dunkle, rotkrallige Untier aus der Erde. Sie rollten die Leiber und wippten mit den Schwänzen und blickten einander lange Zeit starr an. Der Krallenwächter sprang, und zugleich ertönte wiederum das Geräusch von oben. Kurz bevor sie aufeinanderprallten, sah Fritti Hagel von kleinen Steinen herabprasseln – dann war Kratzkralle bei ihm.
Sie bissen und traten, sie rollten über den schmalen Felsgrat, und das leise Fauchen des dunklen Untiers war ebenso intensiv wie Frittis

rasendes Geheul. Sie hieben und schnappten, dann ließen sie voneinander ab, um sich auf dem winzigen Grat auf engstem Raum zu umkreisen. Die Gier zu töten trieb sie langsam zueinander, bis sie lossprangen und sich ineinander verbissen.

Dieses Ritual wurde immer aufs neue wiederholt. Die überlegene Größe Kratzkralles sorgte dafür, daß Frittis schwächere Kräfte sich verbrauchten, doch die kleinere Katze ließ nicht nach. Sie kämpften und bissen, trennten sich und fielen aufs neue übereinander her. Beide Katzen bewegten sich mit der qualvollen Langsamkeit dunkler, blinder Kreaturen am Grunde der Breitwasser, blinde Wesen, die sich im Schlamm balgten.

Schließlich wurde Frittis Widerstand gebrochen und er am Rand des Pfades auf den Boden gepreßt. Sein Kopf hing schlaff in schwindelnder Höhe über den brausenden Wassern. Das Höhlengewölbe erzitterte nun von einem unaufhörlichem Donnern, als ob auf dem Dach über ihren Köpfen riesige Gestalten auf den Steinen tanzten.

Fritti lag reglos. Ein gebogener Strahl brennend heißer Flüssigkeit schoß an seinem Gesicht vorbei. Kratzkralle grub dicht neben Frittis Rückgrat seine Zähne in Frittis Hals. Fritti spürte, wie die mächtigen Kiefer sich zu schließen begannen... immer mehr... und dann hörte der Druck plötzlich auf.

Der Krallenwächter hatte seinen Griff gelockert. Seine breiten Tatzen auf die Brust der kleinen Katze gestemmt, starrte er auf Fritti hinunter. Es veränderte sich etwas in Kratzkralles Augen, und dann wurden sie blicklos.

»Stern-Gesicht?« sagte er fragend. Der Ausdruck rasenden Hasses auf seinem Gesicht schien sich zu verändern, in eine Art Furcht umzuschlagen. »Bist du es wirklich, Stern-Gesicht?« Er schien Traumjäger zum ersten Mal wirklich wahrzunehmen, als habe er gegen Geister oder Schatten gekämpft, die plötzlich eine körperliche Gestalt angenommen hatten. Dann begann Kratzkralles Gesicht langsam wieder den Ausdruck von Haß zurückzugewinnen.

»Du hast mich vernichtet, du kleine Sonnen-Ratte«, fauchte er. Der Krallenwächter schwenkte seinen Kopf hin und her und blickte suchend und verwirrt in die fernsten Winkel der Höhle.

»Was ist geschehen?« schrie er. »Was ist geschehen mit meinem...«
Ein gräßliches, malmendes Krachen ertönte, und dann schoß eine große Woge grauer Felsen vor Frittis Augen vorbei, und Kratzkralle war wie weggewischt. Dann war auch die Steinwoge verschwunden; plötzlich war Traumjäger allein auf dem Felsgrat. Er drehte qualvoll den Kopf und sah die letzten der rutschenden Felsbrocken die schräge Steinmauer unter ihn hinabpoltern und mit einem mächtigen Aufspritzen in dem angeschwollenen Fluß verschwinden. Von Kratzkralle war dort keine Spur zu sehen.
Fritti zog sich hoch und kletterte mühsam über die verstreuten Überreste des Steinschlages, dann ging er humpelnd den gewundenen Pfad hinauf. Jetzt zitterte und bebte die Höhle bedenklich; das Wasser des Flusses sprang und tanzte in gewaltigen Fontänen, die bis zum Dach des Gewölbes aufstiegen. Die Hitze war bedrückend. Traumjäger mußte seine ganze Entschlußkraft aufbieten, um sich nicht hinzulegen, zu bleiben, wo er war und sich nicht mehr zu rühren.
Er erreichte einen Tunnel, der hinausführte. Hinter ihm drohte die Höhle sich selbst in Stücke zu sprengen. Schwerfällig setzte er eine Pfote vor die andere und torkelte vorwärts, bis er nicht mehr weiterkonnte, dann fiel er mit dem Gesicht nach unten auf den Boden des Tunnels. Verschwommen konnte er etwas sehen, das bei genügend Phantasie ein Fetzen Himmel sein konnte. Auch die Tunnelmauern bebten. Wie lustig, dachte er verwirrt. Jedermann weiß doch, daß es unter der Erde keinen Himmel gibt...!
Das letzte Geräusch, das er hörte, war ein schmetterndes Krachen aus der Höhle. Es hörte sich an, als seien alle Bäume des Rattblatt-Waldes auf einen Schlag umgestürzt. Dann brach hinter ihm der Tunnel zusammen.

30. Kapitel

Arme verwirrte Seele! Rätselnde, bestürzte
labyrinthische Seele!

John Donne

Der Frühling brach auf und strömte ins Freie und trieb kühne Düfte und Gerüche hervor – die ganze Erde unter Traumjägers Rücken regte sich warm von neuem Leben. Bald würde er aufstehen, sich zu seinem Nest zurücktrollen, zu seinem Kasten in der Vorhalle der *M'an*-Wohnung... doch für den Augenblick war er damit zufrieden, sich im Gras zu rekeln. Eine Brise ruffelte sein Fell. Sorglos strampelte er mit seinen Beinen in der Luft und genoß den kühlen Hauch. Hinter ihm lag ein langer Tag. Er war hinter Quiekern hergejapst, hatte sich an Bäumen geschubbert, und jetzt, mit geschlossenen Augen daliegend, hatte er das Gefühl, immer so liegen zu können.
Der flaumleichte Wind trug ihm ein winziges Quieken zu, so fein wie der jubelnde Aufschrei einer Wühlmaus, die tief in der Erde einen Schatz findet. Tief, tief in der Erde. Wieder kam der Schrei – nun lauter –, und Fritti glaubte seinen Namen zu hören. Warum ihn wohl jemand stören wollte? Er versuchte in seinen angenehmen Tagtraum zurückzutauchen, doch die flehentliche Stimme wurde drängender. Die Brise nahm zu und sang in seinen Barthaaren und Ohren. Warum sollte ihm sein glücklicher Tag verdorben werden? Es konnte Goldpfotes oder Dachschattens Stimme sein: *Felas* waren alle gleich. Sie behandelten dich wie ein altes Wiesel, bis sie dich brauchten, und dann liefen sie hinter dir her und heulten wie am Spieß. Seit er Goldpfote zurückgebracht hatte... von... wo?... wo hatte er sie gefunden? Seitdem war nicht mehr als ein Auge vergangen...

»Traumjäger!« Wieder dieser Schrei. Seine Stirn furchte sich, doch er wollte sich nicht dazu bequemen, seine Augen zu öffnen. Oder... vielleicht nur für einen schnellen Blick...
Warum sah er nichts? Warum war alles schwarz?
Die Stimme schrie abermals. Sie klang, als verschwände sie in einem langen, dunklen Tunnel... oder als falle er selbst... in die Dunkelheit...
Das Licht! *Wo war das Licht?*

Irgend jemand – oder irgend etwas – leckte sein Gesicht. Eine rauhe, beharrliche Zunge schabte über die wundesten Teile, doch als er versuchte seinen Kopf wegzudrehen, war der Schmerz schlimmer. Er fand sich damit ab, blieb auf dem Rücken liegen, und nach einer Weile begannen kleine Lichtflecken vor seinen Augen aufzutauchen. Er konnte sich diese wirbelnden, hüpfenden Punkte nicht erklären, doch schließlich witterte seine Nase einen bekannten Geruch. Die flirrenden Flecken begannen zusammenzufließen. Wie hohe Grashalme, die von einer Pfote beiseite gedrückt werden, glitt die Dunkelheit weg. Dachschatten, einen Ausdruck grimmiger Konzentration auf dem Gesicht, wusch mit ihrer rauhen, rosigen Zunge sein Gesicht. Fritti konnte seine Augen nicht scharf stellen – sie war sehr dicht vor ihm und die Anstrengung tat weh –, aber ihr Geruch bestätigte seinen Eindruck. Er sprach ihren Namen aus und war überrascht, als sie nicht reagierte. Er versuchte es noch einmal, und jetzt fuhr sie zurück und starrte ihn an. Dann rief sie jemandem, den er nicht sehen konnte, zu:
»Er ist aufgewacht!«
Fritti wollte sie begrüßen, ihr sagen, wie glücklich er sei, sie in den Feldern der Lebenden zu sehen – falls er sich dort befand –, doch ehe er mehr als einen Laut hervorbringen konnte, glitt er wieder in Dunkelheit zurück.
Als er später erwachte, hatte sich ein großer, zottelhaariger roter Kater zu ihr gesellt. Er brauchte lange, bevor er erkannte, daß es Prinz Zaungänger war.
»Was... was...« Seine Stimme war schwach. Er schluckte.

»Was ist geschehen? Sind wir... oben auf der Erde?«
Dachschatten beugte sich vor und sah ihn aus ihren warmen, grünen Augen an. »Versuch nicht zu sprechen«, sagte sie besänftigend. »Du bist in Sicherheit. Zaungänger hat dich rausgebracht.« Fritti spürte einen dünnen, unerklärlichen Stich von Eifersucht.
»Wo ist Raschkralle?« fragte er.
»Du wirst ihn bald sehen«, sagte sie und blickte zum Prinzen auf. Zaungänger strahlte ihn an, derb und gutgelaunt wie immer.
»Sorgen um dich gemacht. Haben nicht geglaubt... haben uns einfach Sorgen gemacht! Was für eine Schlägerei, was für ein Spektakel! Sagenhafter Kampf!« Der Prinz war drauf und dran, wie es schien, Fritti einen gutmütigen Hieb zu versetzen. Dachschatten schob sich zwischen ihn und sein angepeiltes Opfer, das bereits müde war.
»Du solltest jetzt bloß schlafen und Tiefklar für dich sorgen lassen«, sagte sie. Traumjäger ließ sich nur widerstrebend in den Schlaf sinken. So viele Fragen...

In den Traumfeldern genas Fritti. Bald konnte er sich aufrecht hinsetzen, obgleich ihm schwindelig wurde. Eine energische Selbstuntersuchung förderte keine ernsthaften Wunden zutage. Seine zahlreichen Wunden hatten zu bluten aufgehört, und dank Dachschattens geduldiger Bemühungen war der größte Teil des eingetrockneten Blutes aus seinem kurzen Fell entfernt. Seine Augen waren geschwollen – er hatte Schwierigkeiten, sie ganz zu öffnen –, doch im großen und ganzen war er in guter Verfassung.
Dachschatten wollte ihm seine Fragen noch nicht beantworten und saß geduldig schweigend neben ihm, während er sie um Auskünfte bestürmte. Zaungänger kam häufig vorbei, um Fritti zu sehen, während dieser sich erholte, doch sein stürmisches Temperament machte es ihm schwer, ruhig zu sitzen und ausführlich zu erzählen. Seine Besuche waren herzlich, aber kurz.

Frittis Träume waren nicht gänzlich falsch gewesen. Die Erde war tatsächlich warm. Die entfernten Bezirke des Rattblatt-Waldes waren schneebedeckt, trugen einen weißen Überwurf, der sich bis zum nebligen Horizont hinzog, doch der Waldrand, an dem Fritti erwacht war, leuchtete grün und feucht – der dünne Grasteppich war grün und naß, als sei der Schnee plötzlich unter einer heißen Sonne weggeschmolzen. Dachschatten sagte, das gelte für die ganze Gegend rund um den Hügel, sie glaubte jedoch, der Schnee werde am Ende zurückkehren. Immerhin war es noch Winter.

Tage vergingen, und binnen kurzer Zeit war Fritti wieder auf den Beinen und lief herum. Er und Dachschatten erkundeten den vorzeitig ergrünten Wald, stapften gemeinsam durch den aufgedunsenen falschen Frühling. Hier und dort ließ sich ein einsamer *fla-fa'az* hören, der tapfer in den Baumwipfeln sang.

Fritti hatte Raschkralle noch nicht gesehen, doch Dachschatten versprach, ihn bald zu ihm zu führen. Auch er, sagte sie, sei dabei sich zu erholen und dürfe nicht aufgeregt werden.

In dem unzeitigen Grün tauchten gelegentlich die mageren, starräugigen Gesichter anderen Volks auf. Die meisten derjenigen, die während der Sterbestunden des Hügels den Weg in die Freiheit gefunden hatten, waren nur eine kurze Zeit geblieben und dann auf der Suche nach besserer Jagd in ihre Heimatgründe zurückgekehrt. Diese Überlebenden schien kein Geist der Kameradschaft zu einigen: als sie kräftig genug waren, um zu reisen, trollte sich einer nach dem anderen davon. Nur die Kranken – und die Sterbenden – blieben bei Zaungängers Jägerschar, und bald würde selbst der Prinz die meisten seines Anhangs zu den waldigen Lauben von Erstheim zurückführen. Man würde einen kleinen Spähtrupp aufstellen, der am Schauplatz bleiben und Wache halten sollte.

Als er diese Überlebenden sah, fragte sich Fritti laut, was wohl aus den zahllosen Mengen von Meistern und Sklaven geworden sei, die nicht entkommen waren. Als Dachschatten das hörte, berichtete sie Fritti, so gut sie es vermochte, von den letzten Stunden in Vastnir.

»Nachdem wir dich mit diesem ... Biest allein gelassen hatten«, sagte sie, »hatte ich keine Hoffnung mehr, dich je wiederzusehen. Die Welt schien in Stücke zu zerbrechen.« Sie ging eine Weile schweigend. Fritti versuchte etwas Tröstendes zu sagen, doch sie brachte ihn mit einem merkwürdig ernsten Blick zum Schweigen.

»Raschkralle blutete und war halb tot. Ich zog ihn am Genick den letzten Tunnel hinauf. Alles stürzte und krachte... als wenn Riesen miteinander kämpften. Schließlich kamen wir heraus und in das Tal; es war mit Schnee bedeckt. Auch andere waren dort, wimmelten durcheinander und schrien. Wir waren wie verlorene *kas*, taumelten und fielen in den Schnee. Die Erde bebte.«
Ihr Weg hatte sie an den Rand des Rattblatt-Waldes geführt. Vor ihnen erstreckte sich die ansteigende Ebene, glitschig vom geschmolzenen Schnee. Tröpfchen schimmerten auf den Blättern verkümmerten Grüns. Dachschatten ging vor und fuhr in ihrer Erzählung fort.
»Ich sah jemanden herumflitzen und mit lautem Gebrüll Volk hin und her kommandieren... es war Zaungänger, natürlich. Ich holte ihn ein und erzählte ihm, was passiert sei. Ich fürchte, in diesem Augenblick war ich nicht ganz bei mir, aber der Prinz verstand. Er sagte: ›Traumjäger? Der junge Traumjäger?‹ – Zaungänger ist nicht sehr alt, aber er handelt so, als wär er's gern. Jedenfalls sagte er: ›Kann ich nicht leiden, nicht der junge Traumjäger, muß etwas tun, unbedingt!‹ Du weißt, wie er redet. Er scharte also ein paar aus dem unverletzten Volk um sich und führte sie alle zum Tunnel zurück. Ich blieb bei Raschkralle, dessen... der sehr schwach und krank war.
Sie fanden dich, halb unter Schmutz und Geröll begraben, und sie trugen dich heraus, unmittelbar bevor der restliche Hügel sich selbst in die Tiefe riß. Lange Zeit wußte ich nicht, daß du am Leben warst. Ich habe es einfach nicht über mich gebracht, danach zu fragen.«
Fritti stieg über eine knorrige Wurzel, und ihm entging der Ausdruck auf dem Gesicht der grauen *Fela*. Er blieb stehen, schüttelte eine tropfnasse Pfote und fragte: »Was hast du gemeint, als du sagtest, der Hügel habe sich selbst in die Tiefe gerissen? Ich fürchte, an das Ende erinnere ich mich nicht mehr sehr gut.«
»Ich werd's dir zeigen«, sagte Dachschatten.
In Gedanken verloren klommen sie noch ein Stück die ansteigende Ebene hinauf. Schließlich kamen sie zum Rand des Tales, in dem der Hügel gestanden hatte.
Wo einst Vastnir sein unförmiges Haupt durch den Talgrund getrieben hatte, war jetzt ein weites, flaches Becken – der Boden eingesunken

wie unter dem Tritt einer meilenbreiten Tatze. Die Erde war so schwarz wie der Flügel eines *Krauka*.

Auf dem Rückweg zum Rattblatt bat Fritti abermals darum, Raschkralle zu sehen. »Er ist länger als jeder andere mit mir zusammen gewesen, Dachschatten«, sagte er mit Nachdruck.
»Ich habe nie versucht, dir etwas vorzumachen, Traumjäger«, erwiderte sie unglücklich. »Ich habe nur zu tun versucht, was ich für das Beste hielt... Er ist sehr seltsam geworden«, fügte sie nach einer Weile hinzu.
»Wer könnte ihm daraus einen Vorwurf machen nach allem, was er durchgemacht hat?« fragte Fritti zurück. »Wer könnte einem von uns etwas vorwerfen?«
»Ich weiß, Traumjäger. Armer Raschkralle. Und Grillenfänger ebenso.« Fritti sah sie fragend an, doch Dachschatten schüttelte traurig den Kopf. »Ich habe dich noch nicht gefragt, doch ich schätze, daß ich es weiß«, sagte sie. »Er war... ich will sagen, du bist zu spät gekommen, um ihm helfen zu können, nicht wahr?«
Fritti spielte mit seinem Geheimnis und beschloß, es für sich zu behalten. »Als ich endlich hinkam, war... Grillenfänger verschwunden.«
Und das ist im wesentlichen die Wahrheit, dachte er.
»Traurige Zeiten«, sagte Dachschatten. »Ich denke, ich sollte dich zu Raschkralle bringen. Morgen, ist das in Ordnung?« Fritti nickte zustimmend. »Ich habe ihn ja nicht gekannt«, fuhr sie fort. »Grillenfänger, meine ich. Versteh mich recht, Traumjäger, ich habe nicht vor, unhöflich zu sein, aber du hast die größten Käuze zu Freunden und Bekannten.« Fritti lachte. »Ich werde dich nach Hause scheuchen«, sagte er. Und sie rannten um die Wette wie Irrwische.

Die gedämpfte Ankunft des Steigenden Lichtes war die Zeit, in der Prinz Zaungänger mit anderen Gästen in seinem Gefolge eintraf. Fritti, der sich gerade bis zum Zerreißen streckte, erspähte den Prinzen, als er mit feuchtglänzendem struppigem Fell durch das Unterholz stolzierte. An seiner Seite schritt die würdevolle, schwarze Gestalt

Zitterkralles. Auf einen Freudenschrei Frittis folgte eine allgemeine Begrüßung, und dann ließen sich die drei Katzen, zwei große und eine kleine, zufrieden nieder, um miteinander zu schwatzen.
»Ich höre, daß das Vertrauen, das Langstrecker in dich gesetzt hatte, völlig gerechtfertigt war, Traumjäger.«
Bei diesen ernsten Worten Zitterkralles hätte Fritti sich am liebsten vor Freude gewälzt, doch der Anspruch auf Reife siegte über die Zügellosigkeit.
»Ich fühle mich geehrt, daß so große Jäger wie der Prinz und du selbst so denken, Lehnsmann. Ich muß gestehen, daß ich mich während der meisten Zeit, die ich an jenem Ort verbrachte, mit einem schnellen, schmerzlosen Tod abgefunden hätte. Ich hätte es wirklich getan!«
»Aber du hast es nicht getan, oder?« dröhnte der Prinz.
»Das ist der Witz!«
»Und was habe ich da noch gehört?« lächelte Zitterkralle. »Eichhörnchen als Boten! Ungewöhnlich, aber wirksam.«
Dieses Mal konnte Fritti die Beherrschung nicht wahren und wand sich. »Die Hauptsache ist jedenfalls, daß ihr gekommen seid. Ich hab's gesehen; es war wunderbar.« Fritti wurde ernst. »Ich hab auch... das Ding gesehen, das Grizraz Kaltherz herbeirief. Furchtbar... es war furchtbar.«
Zitterkralle nickte. »Wesen wie dieses darf es nicht geben. Ich habe schon Schwierigkeiten, wenn ich mich daran erinnern will, wie es überhaupt aussah, so falsch war es. Das *os* in fleischlicher Gestalt – ich schätze, ich werde bald dankbar sein, wenn ich mich an seinen Anblick nicht mehr erinnern kann. Aber es hat schwere Opfer von uns gefordert. Knarrer, Harar segne sein machtvolles Herz, ist durch das Biest gestorben – er und andere, die ich nicht zählen kann.« »Ist... ist Hängebauch... tot?« fragte Fritti schüchtern.
Zitterkralle dachte eine Weile schweigend nach. Dann hob er mit einem schiefen Grinsen den Kopf.
»Hängebauch? Er wurde sehr schwer verletzt... doch er wird leben.«
Der Lehnsmann lachte leise. »Es braucht mehr dazu als selbst diesen Schrecken, um den alten Vielfraß umzubringen!«
Fritti war froh zu hören, daß der dickleibige Erst-Geher überlebt hatte

und lachte ebenfalls. Zaungänger lächelte, doch er sah gegen seine Art verdrießlich aus.
»Viele, viele Tapfere des Volks sind gefallen«, sagte der Prinz. »Eine Versammlung wie diese, wie diese Masse von Volk, wird die Welt für viele Jahreszeiten nicht mehr sehen – mehr Jahreszeiten, als der Wald Baumstämme hat. Viele gute Kameraden sind aus der Tiefe nicht wieder emporgekommen... Welch ein Jammer!« Zaungängers Nase zuckte vor Kummer und Abscheu. »Schnappmaul und der junge Reibepelz... Beutebalg... die Lehnsmänner, der dürre alte Miesmager und Knarrer... Lichtjäger und Mondjäger, meine prächtigen Burschen – sie starben, als sie mich schützten, wie ihr wißt –, sie sind alle da unten in der kalten Erde, und wir sitzen in der Sonne.« Sichtlich bewegt wandte der Prinz sich ab und zupfte an seinem Schwanz. Fritti und Zitterkralle starrten auf den Boden zwischen ihren Tatzen. Traumjägers Nase war heiß und juckte.
»Aber... aber was hatte Kaltherz eigentlich vor?« platzte Fritti schließlich heraus. »Warum ist das alles geschehen? Tiefklar«, keuchte er, denn dieser Gedanke kam ihm zum ersten Mal, »Kaltherz ist... verschwunden, oder? Tot?« Angstvoll blickte er den Lehnsmann an.
»Wir glauben es«, sagte Zitterkralle ernst. »Wir haben darüber gesprochen, der Prinz und ich. Schließlich müssen wir der Königin ja über den Ausgang Bericht erstatten. Ja, wir glauben, daß Kaltherz verschwunden ist. Nichts und niemand kann diese letzte Stunde überlebt haben.«
Zaungänger, der sich wieder gefaßt hatte, sagte: »O, ja, das war wirklich ein Abenteuer!«
»Was ist geschehen?« fragte Fritti.
»Nun ja«, sagte Zitterkralle bedächtig, »als dieses Fikos-Biest aus der Grube raufkam, versuchten wir zu kämpfen, obwohl es fürchterlich um sich schlug; wir mußten uns aus der Höhle zurückziehen.«
»Zurückziehen?« rief Zaungänger. »Rennen! Was die Pfoten hergaben, wie Quieker, die vor einem Spuk fliehen! Und wer wollte euch deswegen tadeln?«
»Einige blieben und kämpften, mein Prinz... wie Knarrer.« Ernüch-

tert bat Zaungänger Zitterkralle mit einem Pfotenwedeln, in seiner Geschichte fortzufahren.
»Wie auch immer, wir wichen in die äußeren Kammern zurück. Dort trafen wir auf den Prinzen und seine Leute, die das kleinere Tor gesprengt hatten. Der Fikos erkämpfte sich den Weg aus der Höhle, doch er schien kein bestimmtes Ziel zu verfolgen – er vernichtete alles, was ihm in die Quere kam, ob Freund oder Feind. Er schien ohne Besinnung. Irgendeinem Drang folgend watschelte er einen der Hauptgänge hinauf – das war es, was uns vor der völligen Vernichtung bewahrte, denke ich. Es war ein einziges Chaos. Das Volk kämpfte und starb ...«
Zaungänger unterbrach. »Es begann dunkel zu werden, vergiß das nicht.«
Zitterkralle nickte ernst. »Stimmt. Es war, als ob dieses riesenhafte unförmige Ding – oder vielleicht Kaltherz selbst – alles Licht in sich hineinschlürfte ... einen tiefen Schluck Licht nahm ... Ich kann's nicht erklären. Wir kämpften in der tiefsten Schwärze, dann schoß etwas ... etwas wie Himmelsfeuer, aber unter der Erde – durch die Höhle, im Vorbeifliegen brennend und krachend ...geradewegs durch und in Kaltherz' Kammer hinein, als habe es einen Willen. Etwas Ähnliches habe ich nie gesehen.«
Fritti verspürte tief im Inneren eine starke Freude. »Ich wünschte, ich hätte das sehen können.«
»Von dort, wo wir standen, konnten wir sehen, wie das Licht aus Kaltherz' Kammer hervorbrach, als sei die Sonne in ein Loch in der Erde hinabgerollt. Der Boden um uns begann zu schwanken. Es zischte und dröhnte gewaltig wie ... als stürze der Himmel herab oder der Wald tanze über unseren Köpfen. Zaungänger schrie, man solle rennen, das Volk solle nach draußen fliehen ...«
»Das ist wahr«, warf der Prinz ein.
»... und jeder rannte zu den Tunnels, die nach draußen führten. Kaltherz' Kreaturen rannten im Kreis herum wie *fla-fa'az*, die Rausch-Beeren gefressen haben, sie kreischten und verkrallten sich ineinander ... es war ein Anblick, der für immer im Gedächtnis meiner Träume aufgehoben sein wird.«

»Es brach alles zusammen«, sagte Zaungänger. »Es krachte und brach ein, siedende Nebel und Wasser quollen durch die Böden und oben... welch ein Tumult für die Erstgeborenen, wie? Wer hätte sich so etwas vorzustellen gewagt?«
Traumjäger dachte über das nach, was er eben gehört hatte. Genug, um sich eine Weile zu beschäftigen. Sollte er zu erklären versuchen, was ihm zugestoßen war? War er überhaupt sicher, daß es geschehen war?
»Warum?« fragte er endlich. »Was hatte Grizraz Kaltherz vor?«
»Wir werden es vielleicht niemals wirklich wissen«, sagte der Lehnsmann und runzelte seine pechschwarze Stirn. »Fürst Kaltherz wollte Rache an den Nachfahren Harars, so dürfen wir vermuten. Er war lange unter der Erde gewesen und hatte seit Urzeiten darüber gebrütet, wie er das Volk unter sein Szepter bringen konnte. Er mußte seiner armseligen Nachahmungen der Kinder Tiefklars überdrüssig geworden sein, ihrer Kriecherei und Schwanzwedelei... aber er war einer der Erstgeborenen, und ich glaube nicht, daß seine Absichten – oder sein Wahnsinn – für uns zur Gänze erkennbar sein werden. Er bediente sich der Hilfe von Wesen außerhalb des Erd-Tanzes; es scheint, daß ein Gleichgewicht gestört wurde. Der Tanz ist eine sehr empfindliche Sache, und eine Unruhe auf der einen Seite zieht eine ebensolche auf der anderen nach sich.« Der Lehnsmann lachte. »Ich sehe, daß Zaungänger mich anstarrt, als hätte ich die Schaum-vor-dem-Mund-Krankheit. Er hat recht, Traumjäger, mußt du wissen – es hat wenig Sinn, das Lied zu singen, wenn du nach den Worten suchen mußt.«
Zitterkralle wurde abermals unterbrochen, dieses Mal durch ein schrilles Geschnatter aus den Baumwipfeln. Zaungänger und der Lehnsmann wechselten Blicke. »Beim Kater mit den Brustwarzen!« stöhnte Zaungänger trübselig. »Ich hab's vergessen.«
»Hört sich so an, als hätten sie's bemerkt«, sagte Zitterkralle, als das verärgerte Lärmen wieder einsetzte.
»Bitte, Herr Popp!« rief er. »Vergebt uns unsere Unhöflichkeit und kommt herunter. Wir haben gar nicht auf die Zeit geachtet und uns verplaudert.«

Eine Prozession von *Rikschikschik* – an der Spitze Herr Popp, einen geringschätzigen Ausdruck auf seinem runden Gesicht mit den gebleckten Zähnen – kroch in einer Reihe hintereinander am Stamm einer Pappel nach unten. Obgleich Popp selbst den Anschein beleidigter Würde wahrte, zeigte sein übriges großäugiges Gefolge angesichts der drei Katzen eine erhebliche Nervosität.

Herr Popp brachte seinen Zug zum Stehen. Seine Nase indessen blieb auffällig himmelwärts gerichtet, bis Prinz Zaungänger sich verlegen räusperte.

»Tut mir schrecklich leid, Popp. Wirklich. Nie die Absicht gehabt, die *Rikschickschik* zu kränken. Haben's einfach vergessen, verstehst du?« Fritti fragte sich, ob die Verlegenheit des Prinzen auf seinen Fehler zurückzuführen war oder ob er sich bei den Eichhörnchen entschuldigen mußte.

Der Anführer der *Rikschikschik* beäugte den unglücklichen Prinzen eine Weile. »Nur gekommen, um zu sprechen tapfere Traumjäger-Katze«, sagte er ein wenig verstimmt. Dann wandte er sich an Fritti. »Versprechen gehalten, siehst-siehst du. *Rikschikschik* richtig gehandelt. Muß nun andere *Rikschikschik* zurückbringen. Schlechtigkeit muß verschwinden.«

Popp vollführte ein ruckartiges Kopfnicken, das Fritti erwiderte.

»Euer Volk ist sehr tapfer, Herr Popp«, sagte er. »Ist das Meister Plink? Du hast deine Sache gut gemacht, mutiger Plink.« Das junge Eichhörnchen plusterte seinen Schwanz auf; die anderen Eichhörnchen schnalzten bewundernd. Auch Herr Popp muffelte beifällig.

»Eichhörnchen...«, murmelte Prinz Zaungänger. Popp faßte ihn scharf ins Auge.

»Sage Traumjäger, was wir beschlossen haben«, forderte Zitterkralle von Zaungänger.

»Ja also«, fing der Prinz verlegen an, »also... Harar!... sag du's, Zitterkralle. Es war deine Idee«, schloß er gereizt. »Gut«, stimmte der Lehnsmann zu. »Hiermit erklärt Prinz Zaungänger, Sohn Ihrer Pelzigen Majestät, Königin Mirmirsor Sonnenfell, daß die *Rikschikschik*, in Anerkennung ihrer Dienste, unbehelligt vom Volk innerhalb der Grenzen von Rattblatt wohnen dürfen; daß fernerhin die Erst-Geher

nach besten Kräften diesem Verbot Geltung verschaffen werden.« In Herrn Popps Gefolge wurden winzige Laute des Beifalls laut. »Es versteht sich«, fügte Zitterkralle in nicht unfreundlicher Weise hinzu, »daß ihr außerhalb der Grenzen von Rattblatt gut daran tun werdet, eure Schwänze in acht zu nehmen.« Herr Popp blickte Zitterkralle abschätzend an und schnalzte zufrieden.
»Gut-gut«, zirpte der Anführer der Eichhörnchen. »Damit ist alles erledigt-ledigt.« Er wandte sich noch einmal an Fritti. »Glück wie Berge von Nüssen, Fremd-Katze.« Herr Popp drehte sich um und führte seine mit den Hinterteilen wackelnde Prozession ins Geäst zurück. Im nächsten Augenblick waren sie verschwunden.
»Tut mir leid, aber es scheint mir einfach nicht ganz richtig«, grollte Zaungänger. »Eichhörnchen...«

Als die kleineren Schatten kamen, traf Dachschatten ein, um Fritti zu Raschkralle mitzunehmen. Sie führte ihn von Zaungängers Lager in einen Hain wolkenhoher Bäume. Als er Raschkralles fahle, flauschige Gestalt in einem Sonnenfleck in der Mitte des Gehölzes erblickte, riß Fritti sich von ihr los und schoß vorwärts.
»Raschkralle!« rief er. »Kleiner *cu'nre*!« Beim Klang von Frittis Stimme blickte Raschkralle auf und erhob sich – mit einer Anmut, die nichts Kätzchenhaftes mehr hatte. Im nächsten Augenblick war Traumjäger bei ihm, beschnüffelte ihn, stieß ihn mit dem Kopf, und binnem kurzem wich Raschkralles Zurückhaltung freudigem Gezappel.
»Ich bin so froh, dich endlich zu sehen!« erklärte Traumjäger seinen Freund umkreisend und die vertrauten Gerüche Raschkralles schnuppernd. »Ich hätte mir nie träumen lassen, daß wir alle einmal wieder zusammensein würden...«
Fritti brach ab und starrte ihn an. Vor Entsetzen blieb sein Maul offenstehen.
Raschkralle hatte keinen Schwanz! Wo früher sein pelziger Flausch geweht hatte, dort war jetzt nur noch ein heilender Stummel, eine kleine Rolle, dicht an das Hinterteil des Kätzchens gepreßt. »O, Raschkralle!« keuchte Fritti. »O, dein armer Schwanz! Harar!«

Dachschatten kam näher. »Tut mir leid, daß ich es dir nicht gesagt habe, Traumjäger. Ich wollte, daß du zuerst nur wußtest, daß Raschkralle lebendig und gesund war. Sonst wärst du vor Kummer krank geworden, wo du doch selber Heilung nötig hattest!«
Raschkralle zeigte ein stilles Lächeln. »Bitte, reg dich nicht so auf, Traumjäger. An jenem Ort haben wir alle etwas verloren und etwas gewonnen. Als du Kratzkralle in der Höhle des Kochenden Flusses auf den Leib gerückt bist, hast du mich vor Schlimmerem bewahrt.«
Fritti fühlte sich nicht getröstet. »Wenn ich doch nur früher gekommen wäre...«, seufzte er. Raschkralle sah ihn mit einem wissenden Blick an. »Das konntest du nicht«, sagte die schwanzlose Katze. »Du weißt, daß du das nicht konntest. Wir spielen alle unsere Rolle. Einen Schwanz zu verlieren ist nichts, wenn man dafür seinen Schwanznamen findet.« Raschkralles Gesicht nahm einen entrückten Ausdruck an, und Dachschatten warf Fritti einen besorgten Blick zu.
»Was meinst du damit?« fragte Fritti.
»Wir haben die Weiße Katze befreit«, sagte Raschkralle träumerisch. »Ich habe sie gesehen. Ich sah sie in ihrem Leid und in ihrer Freude – als der Hügel zusammenbrach. Sie ist in den dunklen Leib der Allmutter zurückgekehrt.« Das Kätzchen schüttelte den Kopf. »Wir alle haben etwas verloren, aber wir haben etwas viel Größeres gewonnen« – er sah Dachschatten bedeutungsvoll an – »selbst wenn wir es noch nicht wissen.« Fritti starrte seinen kleinen Freund an, der Traumworte sprach wie ein Weitspürer. Raschkralle erhaschte seinen Blick, und sein kleines Gesicht kräuselte sich vor Wärme und Zuneigung.
»O, Traumjäger«, kicherte er, »du siehst zum Lachen aus! Komm, laß uns sehen, ob wir etwas zu essen finden.«

Während sie gingen, sprach Raschkralle hingerissen von Viror Windweiß.
»... jedenfalls ist etwas Wahres in den Worten, die Taupfote sagte. Eine *Fela* wird sich selbst für ihre Jungen opfern; du wolltest dich für uns opfern.«
»So einfach war es nicht«, sagte Traumjäger unbehaglich.
»Viror will, daß wir ein Ganzes sind«, fuhr Raschkralle fort. »Der

Prinz jedoch... nun, der Prinz Taupfote sieht viele Dinge, jedoch glaube ich, daß er zu düster ist. Windweiß hat es immer geliebt, im Freien herumzulaufen, den Wind in seinem Fell zu spüren – er will nicht, daß seine Kinder trüben Gedanken nachhängen und mystisch werden und immer nur daran denken, daß, wenn sie nicht bereit sind, das Geschenk, das er ihnen gegeben hat – jederzeit – zurückzugeben, es ihnen nicht nützen wird.«
»Ich fürchte, all dein Träumen und Grübeln hat dich weit von meinem Denken entfernt, Raschkralle«, sagte Fritti. Dachschatten verzog das Gesicht.
»Aber du selbst hast mir doch das meiste beigebracht, Traumjäger!« sagte Raschkralle belustigt. Er blieb stehen, drehte einen heruntergefallenen Ast um, unter dem ein aufgeschreckter Käfer hervorschoß. Mit einem einzigen Sprung hatte das Kätzchen das fliehende Insekt gepackt; im nächsten Augenblick hatte Raschkralle es zerkaut.
»Wie auch immer...«, sagte Raschkralle mit vollem Mund. »Ich habe beschlossen, nach Erstheim zurückzukehren und dort zu bleiben. Es gibt dort viele weise Katzen – den Prinzgemahl eingeschlossen –, und ich habe viel zu lernen.«
Dachschatten und Traumjäger schritten wie besorgte Eltern hinter dem umhertollenden Raschkralle her.

31. Kapitel

Die besten Dinge sind wie das Wasser.
Wasser ist gütig; es nützt allen Dingen und
wetteifert nicht mit ihnen.
Es weilt an Orten, die alle geringschätzen.
Darum ist es dem Tao so nahe.

Lao-tse

Während sein Leib schlief, behaglich zwischen Raschkralle und Dachschatten gebettet, begegnete Traumjäger in der Dunkelheit der Traumfelder Fürst Tangalur. Die Beine des Erstgeborenen schwelten in einem rosigen Licht, und seine Stimme war wie Musik.

»Sei gegrüßt, kleiner Bruder«, sagte Feuertatze. »Ich sehe, daß du in besserer Laune bist als bei unserem letzten Gespräch.«

»Ihr habt recht, Fürst.«

»Warum bist du dann noch nicht aufgebrochen, deine Fahrt zu beenden? Ich habe dir gesagt, wo du finden kannst, was du suchst. Dein verwirrtes *ka* enthüllt mir, daß du deine Entschlossenheit wiederfinden mußt.«

In den Schattenräumen des Schlafs erkannte Fritti die Wahrheit in Feuertatzes Worten.

»Ich vermute, es ist nur wegen meiner Freunde«, sagte er. »Ich fürchte, daß sie mich brauchen werden.«

Der Erstgeborene lachte leise und freundlich. »Meine kleinen Brüder und Schwestern sind stark, Traumjäger. Unser Volk läßt sich von der Liebe nicht gänzlich fesseln. Die Starken begegnen sich mit Stärke.«

Die umschattete Gestalt Tangalurs begann zu zerfließen. Fritti schrie auf.

»Warte! Verzeiht mir, Fürst, aber ich möchte Euch noch eine Frage stellen.«
»Bei meiner Mutter!« lachte der Erstgeborene. »Du bist sehr kühn geworden, junger Traumjäger. Was möchtest du wissen?«
»Der Hügel. Was ist dort geschehen? Ist Kaltherz verschwunden?«
Die Gegenwart Feuertatzes hüllte ihn plötzlich ganz ein wie eine spürbare, tröstende Decke.
»Seine Macht ist zerbrochen, kleiner Bruder. Von ihm blieb nichts übrig, außer Haß. Er hatte zu lange in der Finsternis gefault; er hatte kein anderes Ziel. Blind und unbeweglich wie er war, hätte er nie aus der Erde hervorkommen können – die Sonne hätte ihn ausgelöscht.«
»Dann meint Ihr also, es hätte keine Gefahr bestanden – für unsere Felder?« fragte Fritti verwirrt.
Feuertatzes singende Stimme wurde ernst. »Ganz im Gegenteil, kleine Katze. Es bestand eine große Gefahr. Was Kaltherz schuf, war nur allzu wirklich. Der Fikos war aus reinem Haß gemacht, geboren, dorthin zu gehen, wo er nicht gehen konnte – über der Erde... O ja, er war eine mörderische Kreatur, welche die Felder des Tageslichts in eine entsetzliche Öde verwandelt hätte, die einzig Kaltherz' Kinder ungestraft hätten betreten können. Und wenn selbst diese es nicht vermocht hätten, was hätte es meinen Bruder gekümmert – solange nur kein anderes von Tiefklars Kindern die lieblichen Schritte des Erd-Tanzes genießen konnte?«
Die Stimme Feuertatzes wurde nun leise; Fritti mußte im Traum genau hinhören, um sie verstehen zu können: »Wie jeder uralte, blinde Haß war auch der Fikos unbeseelt und zerstörerisch... wäre ich nicht aus den äußeren Bereichen zurückgeführt worden, wäre es über die Kraft des tapfersten Volkes gegangen, dieses Unheil aufzuhalten.«
»Fürst Feuertatze!« Fritti rief dem verschwindenden Traumbild nach. »Raschkralle hat gesagt, Euer Bruder Windweiß sei befreit worden!«
»... Fürst Viror hat Ewigkeiten gelitten...«, murmelte der rasch kleiner werdende rote Funke. »Jetzt ist das Gleichgewicht wieder hergestellt... Schau zum Himmel, kleiner Bruder... Gute Reise!«

Fritti schoß kerzengerade in die Höhe. Links und rechts von ihm protestierten schläfrig seine beiden Gefährten. Er legte den Kopf zurück und schaute hinauf zum finsteren Himmel des Letzten Tanzes. »Schau zum Himmel«, hatte Fürst Feuertatze gesagt. Das Wunder seines Traums sang in seiner Seele.

Über dem nördlichen Horizont, wie ein Tautropfen auf das Blütenblatt einer schwarzen Rose gebettet, schimmerte ein Stern, den Traumjäger nie zuvor gesehen hatte. Er strahlte und leuchtete – ein weißes Feuer vor dem schwarzen Leib von Urmutter Tiefklar.

Dachschatten wollte mit Raschkralle nach Erstheim zurückkehren. »Ich will wenigstens sicher sein, daß er heil dort ankommt«, erzählte sie Fritti auf einem letzten Spaziergang. »Außerdem ist da noch etwas: falls jemand aus meiner Sippe der Hölle von Vastnir entronnen ist, wird er in unser Land im Nördlichen Wurzelwald zurückkehren. Ich möchte erfahren, ob noch jemand am Leben ist.«

Zaungängers Trupp brach bei der nächsten Sonne zum Sitz von Königin Sonnenfell auf. Die frostigen Winterwinde waren zurückgekehrt; über den angekühlten Ausläufern des Hügels breitete sich wieder Schnee aus.

»Wenn ich nicht schon von deinem Verlangen, deine Fahrt zu beenden, wüßte«, sagte Dachschatten, »würde ich dich bitten, mich zu begleiten. Aber ich weiß, daß du das nicht kannst.« Sie war stehengeblieben, um Fritti in die Augen sehen zu können. Während sie sprach, betrachtete Fritti ihr stolzes, feines Gesicht. Ihre Barthaare empfingen das Morgenlicht. »Ich weiß, daß Raschkralle unsere Aufmerksamkeit vielleicht weniger nötig hat, als wir vermuten«, sagte Fritti freundlich. »Ich wünschte, ich könnte dich begleiten. Es kommt mir merkwürdig vor, daß unsere Abenteuer so enden sollen.«

Dachschatten blickte Traumjäger unverwandt ins Auge. Er empfand eine tiefe Liebe zu dieser Jägerin, die ihre eigene Gefühle nicht schonte.

»Mein Name ist Firsa Dachschatten«, sagte sie ruhig. Überrascht spürte Fritti, wie sein Herz laut in der Stille schlug. Sie hatte ihm ihren Herznamen gesagt!

»Der meine... der meine ist Fritti Traumjäger«, sagte er schließlich.
»Die Urmutter beschütze dich, Fritti. Ich werde oft an dich denken.«
»Ich hoffe, ich sehe dich eines Tages wieder... Firsa.«
Ihr Herzname! Er kannte noch nicht einmal den von Goldpfote! Während des ganzen langen Spazierganges wirbelten seine Gedanken verworren in seinem Kopf herum.
Prinz Zaungänger, dem die Ungeduld unter den Pfoten brannte, schritt auf und ab und gab mit lauter Stimme Hinweise und Befehle.
»Jetzt kommt! Genug geleckt, Burschen! Hört auf damit und bewegt euch! Vorwärts, Leisetritt! Zeit, daß wir uns auf den Weg machen!«
Viel Volk drängte sich um den Prinzen. Der lange Marsch zurück zum Wurzelwald sollte beginnen.
Fritti hatte sich von Zaungänger und den anderen bereits verabschiedet. Der Prinz hatte ihm einen liebevollen Stups mit dem Kopf versetzt und gesagt: »Willst wieder loszotteln, wie? Bist das größte Schlenderbein, das ich je kannte! Wirst mich sicher am Hof besuchen. Dann werden wir diesen Schwanzhockern mal was erzählen, daß sich ihre Ohren biegen!«
Zitterkralle brach zum Treffen der Lehnsmänner auf, wo die Nachfolger derer, die im Hügel gefallen waren, bestimmt werden sollten. Auch er hatte Traumjäger schon liebevoll eine gute Reise gewünscht.
Nun saß Fritti mit seinen beiden engsten Freunden zusammen und war des Abschiednehmens plötzlich müde. Er schnüffelte an Dachschattens Wange, rieb sein Gesicht an ihrem warmen, weichen Fell und sagte nichts.
»Ich sage nicht, daß ich hoffe, dich wiederzusehen, weil ich weiß, daß ich's tun werde«, sagte Raschkralle. Trotz aller ihrer neuen Einsichten wirkte die kleine Katze dennoch unglücklich. Sie tat Traumjäger leid, und er liebkoste sie einen Augenblick lang.
»Ich bin sicher, daß ich euch beide wiedersehen werde«, sagte er ruhig. »*Mri'fa-o,* meine zwei Freunde.«

Zaungänger gab mit dröhnender Stimme letzte Anweisungen an das versammelte Volk; dort erhob sich lebhaftes Stimmengewirr. Traumjäger wandte sich ab und kehrte zum Rattblatt-Wald zurück, um seine eigene Reise wieder aufzunehmen. Der kalte Wind rüttelte an den Zweigen.

Außerhalb der aufgetauten Bezirke lag der Rattblatt-Wald noch immer in tiefer winterlicher Kälte. Traumjäger, eine verlorene Gestalt in der endlosen Weiße des Waldes, dachte über die tiefe Veränderung nach, die mit seinem kleinen Freund Raschkralle vor sich gegangen war. Seine Gedanken wurden bloß von dem leisen Knirschen begleitet, mit dem seine Tatzen die Schneedecke einkerbten.
Ohne Zweifel hatte Raschkralle sich von Grund auf verändert. Obgleich er noch immer herumspringen und spielen konnte, wie man es von einem jungen Kätzchen erwartete und obwohl er offenbar seinen jungenhaften Appetit behalten hatte, war gleichwohl die jugendliche Unschuld nicht mehr da. Oft, wenn er seinen kleinen Freund beobachtete – redend wie ein ergrauter alter Kater, die winzige Gestalt um die Länge eines Schwanzes verkürzt –, befiel Fritti eine tiefe, unerklärliche Trauer.
Der verlorene Schwanz schien Raschkralle weniger zu schmerzen als Fritti. Die Vorstellung, wie Raschkralle von Kratzkralle zugerichtet und verstümmelt worden war, machte Fritti schwer zu schaffen, und der Gedanke daran schmerzte ihn wie eine langsam heilende Wunde.
»Es ist sehr seltsam, Traumjäger«, hatte Raschkralle ihm erzählt, »aber es ist ein Gefühl, als wäre er noch da. Ich vermisse ihn nicht. In dieser Sekunde spüre ich, wie er sich hinter mir kringelt – ich kann sogar den Wind darin spüren!« Traumjäger hatte nicht gewußt, was er darauf antworten sollte, und die junge Katze hatte weitergesprochen. »In mancher Hinsicht ist es jetzt besser. Ich meine... eben weil ich meinen Schwanz nicht sehen kann und weil ihm nichts passieren kann, ist alles in Ordnung: makellos. Und das wird es auch immer sein. Kannst du nachempfinden, was ich meine?« An jenem Tag hatte Fritti es nicht gekonnt. Doch nun, während er schweigend durch den großen Wald trottete, begann er zu verstehen.

Gleichförmig wie die Bäume an ihm vorüberzogen, vergingen auch die Tage, während sich Fritti *Vez'an*-wärts durch den Rattblatt bewegte. Die Worte des Erstgeborenen wiesen ihm die Richtung.
»Folge nach Herzenslust deiner Nase«, hatte Feuertatze ihm bei ihrem letzten Gespräch im Hügel gesagt, »durch den großen Wald mit der Sonnen-Geburt vor deinen Augen. Schließlich wird dein Weg dich aus dem Wald führen und durch die Spritzpfoten-Marschen, bis du an das Ufer der *Qu'cef* kommst. Du wirst Breitwassers Ufer folgen, bis du einen seltsamen Hügel siehst, der in der Nacht leuchtet... er steigt aus den Wassern selbst auf. Das ist der Ort, den die *M'an* Villa-on-Mar nennen, und dort wirst du finden, was du suchst.«
Nun wurden der regelmäßige Wechsel zwischen Tag und Nacht, Wandern und Schlafen, all die anderen Jagd-Zeichen der Welt über der Erde, Traumjäger wieder vertraut. Er mußte nur für sich selbst sorgen und war nur für sich selbst verantwortlich. Wie der silbrige Prill-Fisch, der in den Stromschnellen der Katzenjaul stromaufwärts sprang, so hüpften auch die Sonnen von Frittis Reise über den Himmel, eine unmittelbar auf die andere folgend. So zog er durch den Rattblatt-Wald.
Allmählich kehrte das Leben in den alten Wald zurück. Die brummenden *Garrin* kamen nach dem Winterschlaf aus ihren Höhlen hervor. Die anmutigen *Tesri*, Böcke und Hirschkühe, und einige wenige sich spreizende Pfauen liefen vorsichtig über die Triften. Traumjäger spürte, wie sehr er dieser zurückkehrenden Welt verhaftet war; die Schrecken des Hügels begannen zu schwinden. Er war eines der Kinder der Erde, und selbst die lange Zeit, die er unter der Erde zugebracht hatte, hatte sein Wissen um ihren Tanz nicht zerstören können. Er ergötzte sich an jedem Anzeichen für das Schwinden des Winters und an jedem Hauch neuen Lebens, das in den einst so unheimlichen Rattblatt-Wald zurückkehrte.

Zwanzig Sonnen waren aufgegangen und wieder versunken, seit er seine Freunde verlassen hatte, als Traumjäger sich endlich dem anderen Ende des Waldes näherte. Die letzten beiden Wandertage hatten ihn bis zu einem Fleck geführt, wo das Land sanft abzufallen begann und die Luft unter den großen Bäumen einen scharfen Beigeschmack hatte. Mit jedem Atemzug sog er Feuchtigkeit ein – nicht die heiße des Kochenden Flusses, sondern eine steinkühle und blutsalzige. Niemals hatte er so etwas gerochen. Jeder Atemzug belebte sein Herz.

Als er eines Morgens von den letzten Höhen des Rattblatt-Waldes herabkam, vernahm er einen mächtigen, schleppenden Klang. Umfassend und würdevoll stieg er durch das Grün unter ihm auf wie das zufriedene Schnurren der Urmutter. Als er an den letzten Bäumen am Waldrand einen Augenblick stehenblieb, sah er vor sich etwas aufschimmern. Eine zweite Sonne, das Gegenstück zum Boten der Kleineren Schatten, der niedrig am Himmel stand, schien durch eine Lücke in dem ungleichmäßigen Bewuchs des Waldrandes zu ihm hinaufzuleuchten. Fritti hörte auf, sich zu putzen, stand auf und stapfte weiter hangabwärts. Sein Schwanz schwang wie der Zweig einer Weide in der leichten Brise hin und her. Als er sich der Lücke näherte, sah er, daß es sich um keine zweite Sonne handelte, sondern um eine Widerspiegelung – unfaßbar riesig.

Er stand zwischen zwei uralten Rotholz-Bäumen und blickte hinaus über den jäh abfallenden Hang zu den Ausläufern der Marschen. Er hielt den Atem an.

Die Breitwasser, glänzend wie windpoliertes Gestein, floß bis zum Horizont dahin. Die mächtige *Qu'cef*, rotgolden wie Zaungängers Fell, empfing den lodernden Widerschein der Sonne und gab ihn zurück wie ein glühendes Stäubchen im Auge Harars. Ihr weithallender Ruf – geduldig und von tiefster Ruhe – strömte hinauf zu dem Vorsprung, wo Fritti wie versteinert stand. Er blieb den ganzen Morgen dort, beobachtete, wie das Auge der Sonne in den Himmel stieg und die Breitwasser nacheinander golden, dann grün wurde, und schließlich zur Stunde der Kleineren Schatten das tiefe Blau des nächtlichen Himmels annahm.

Dann, während die unbeantwortbare Stimme der *Qu'cef* noch immer seine Ohren und seine Gedanken erfüllte, nahm er seinen Weg hinunter zu den Marschen wieder auf.

Die Spritzpfoten-Marschen erstreckten sich von den Ufern der *Qu'cef* nach Süden, stießen an dessen *Ve'zan*-Rand an den Rattblatt-Wald, bis sie schließlich am Ufer der Katzenjaul endeten. Die Marschen waren flach und kühl, und bei jedem Schritt sank Traumjäger mit seinen Tatzen in den feuchten, schwammigen Untergrund ein. Solange er sich in den Marschen aufhielt, wurden seine Pfoten niemals trocken. Eine endlose Reihe von Tagen hindurch war der Salzgeruch der Breitwasser in seiner Nase und ihre Stimme in seinen Ohren. Wie das Schnurren seiner Mutter, als er noch ein Säugling gewesen war, so war der Ruf der *Qu'cef* das erste, was er beim Erwachen hörte; das Tosen ihrer Wellen wiegte ihn zur Nacht in den Schlaf, wenn es über die weiten Marschen zu ihm drang, während er zusammengerollt in einem Bett aus Schilf lag.
Auch die Marschen hatten gespürt, daß der Griff des Winters sich gelockert hatte. Fritti konnte eine Menge Sumpfmäuse, Wasserratten und andere, unbekannte Tiere erjagen, die sich gleichwohl als wohlschmeckend erwiesen. Oft flogen bei seinem Näherkommen unbekannte Vögel kreischend von ihren Nestern im Rohr auf, doch Fritti – mit gefülltem Bauch – stand nur da, sah sie davonfliegen und bewunderte ihre strahlenden Gefieder.

Am Ende eines dämmrigen Nachmittags, eine erfolgreiche Jagd hinter sich, schlenderte Fritti an einem großen, stillen Teich entlang, der in der Mitte des Marschlandes lag und ganz von hohen Gräsern und Schilf umschlossen war. Die sinkende Sonne hatte die ferne *Qu'cef* in flüssiges Gold verwandelt, und der Teich selbst kam ihm wie ein Rund stillen Feuers vor.
Sich niederduckend atmete Traumjäger den Geruch des Wassers ein. Es roch salzig; er trank nicht. Frisches Wasser war in den Spritzpfoten-Marschen eine Seltenheit. Wenn er auch gut ernährt war, verspürte er doch oft Durst.
Als er sich über den Rand des Teiches beugte, sah er ein sonderbares Wesen: eine Katze mit dunklem Fell, doch mit einem weißen Stern auf der Stirn, blickte von unten aus dem Wasser zu ihm hinauf. Überrascht sprang er zurück – doch die Wasserkatze bekam ebenfalls

Angst, machte es ihm nach und verschwand. Als er sich langsam wieder näherte, äugte die andere vorsichtig durch das stille Wasser zu ihm hinauf. Mit gesträubtem Nackenfell fauchte Traumjäger den Fremdling an – der dasselbe tat –, doch als Fritti sich niederkauerte, löste sich ein Steinchen von seiner Pfote und fiel in den Teich. Wo es aufschlug, zerstörten kreisförmige Wellchen die glatte Oberfläche des Teichwassers durch immer größer werdende Ringe. Die Wasserkatze zerfiel vor Frittis Augen in Stücke, in treibende Fetzen und war verschwunden. Erst als das Gesicht des Fremdlings sich neu bildete und ein erstaunter Blick den seinen traf, begriff Fritti, daß dies kein wirkliches Tier war, sondern ein Geist oder Wasserschatten, der jede seiner Bewegungen nachmachte. Sehe ich denn so aus? fragte er sich. Diese schlanke junge Katze soll ich sein?
Lange saß er da und starrte stumm auf den Teich-Fritti, bis mit dem endgültigen Verschwinden der Sonne die Oberfläche des Teiches sich schwärzte. Oben erschien Tiefklars Auge, und die Luft war mit dem emsigen Gewimmel fliegender Insekten erfüllt.
Als senke sich ein Traum über ihn, hörte er einen Klang, ein leises Geräusch über dem fernen Gemurmel der Breitwasser. Eine Stimme hatte sich zu einem summenden Gesang erhoben – eine sonderbare Stimme, tief, aber fein; gelegentlich in fremdartige Mißtöne verfallend.

»... Rundherum geht's und hinauf und dann in die Runde...
Krabbelnde Käfer kommen und künden dem Blinden die Kunde,
Die Hoffnung, des Herzens Hirte, hat halb nur gehört
Wie es runderhum geht und hinauf und herum, das Wort, das beschwört.«

Fritti stand staunend da. Wer konnte das sein, der ein solches Lied in der Wildnis der Spritzpfoten-Marschen sang? Behutsam schlich er durch die Schilfhalme, umrundete den Rand des Teiches und folgte der Stimme zu ihrem Ursprung auf der anderen Seite des Teiches. Als er durch die sich biegenden Halme kroch, erhob sich die Stimme erneut:

»... Sie glotzen und glupschen, gucken auf den glimmenden Steg,
Wie wundernde Wanderer, die wallen auf unwahrem Weg...
Nun nennen die Namenlosen beim Namen, was nie sie gehört:
Wie es rundherum geht und hinauf und herum, das Wort, das beschwört.«

Als die tuckende Stimme wieder verklang, näherte sich Fritti der Stelle, wo er ihren Ursprung vermutete. Er konnte keinen ungewöhnlichen Geruch feststellen, nur den Salzgeruch der Marschen und die Ausdünstungen des Schlamms. Mit seinem Schwanz schlug er einen stehenden Schwarm von Wassermücken in die Flucht und zwängte sich durch die Schilfhalme. Am Rande des Teiches saß hockend eine große, grüne Kröte – ihr Hals schwoll und sank zusammen, ihr Bauch stak im Schlamm. Als Traumjäger sich langsam von hinten näherte, drehte die Kröte sich nicht um, sondern sagte bloß: »Willkommen, Traumjäger. Setz dich zu mir und erzähl was.«
Verwundert kam Fritti herbei und ließ sich an einer seichten Stelle des sumpfigen Uferrandes auf einer Unterlage aus abgeknickten Halmen nieder. Es scheint, daß jeder meinen Namen kennt und weiß, was ich vorhabe, dachte er. »Ich habe dein Lied gehört«, sagte er. »Woher weißt du meinen Namen? Wer bist du?«
»Mutter Rhebus bin ich. Mein Volk ist alt. Ich bin die älteste.« Während sie sprach, plinkte sie mit ihren großen Augen. »Hier im Marschland kennen wir Jugurum alles. Blut und Wasser, Stein und Bein. Meine Großmutter saß an diesem Teich und aß Fliegen, als Hunde flogen und Katzen schwammen.«
Ohne ihren Ausdruck oder ihre Hockstellung zu ändern, stieß Mutter Rhebus – als wollte sie es ihrer Urahnin nachmachen – ihre lange, graue Zunge hervor und schnappte sich – flutsch! – eine Stechmücke. Schluckend sprach sie weiter.
»Patschpfote, ich habe dich vor fünf Sonnen in der Marsch gehört. Die albernen Seemöwen haben gemeldet, daß du durch die Schlammfelder gestapft bist. Flöhe und Fliegen werden mir melden, wenn du weitergegangen bist. Nichts, was sich in den Burum-gurgun rührt, entgeht der Aufmerksamkeit der alten Mutter Rhebus.«

Fritti starrte auf die riesige Kröte. Silbriges Augen-Licht fleckte ihren warzigen Rücken.
»Was war das für ein Lied, das du gesungen hast?« fragte er. Mutter Rhebus lachte quakend. Mit gestreckten Beinen hob sie ihren Leib. Nachdem sie Fritti einen Blick von der Seite zugeworfen hatte, ließ sie sich wieder schwerfällig nieder. »Ach«, sagte sie. »Ein Lied der Kraft war das. Nach den Tagen des Feuers benutzten die Jugurum solche kräftigen Lieder, um den Ozean in seinen Tiefen zu halten und den Himmel sicher in der Höhe. Trotzdem, mein Lied war nur ein kleines und nicht so ehrgeizig. Es sollte dir bloß auf deiner Reise Glück bringen.«
»Mir?« fragte Fritti. »Warum mir? Was habe ich je für dich getan?«
»Weniger als nichts, meine pelzige Kaulquappe!« grunzte die Kröte vergnügt. »Ich hab es aus Gefälligkeit für jemand anderen getan, dem ich etwas schuldig war – er ist sogar noch älter als Mutter Rhebus. Er, der mich bat, dir zu helfen, ging schon über die Erde, als Jargum, der Große, Sproß meines Volkes, durch die Marschen der älteren Welt hüpfte – jedenfalls habe ich es so gehört. Einen mächtigen Beschützer hast du, kleine Katze.«
Traumjäger glaubte die Bedeutung ihrer Worte erraten zu können. Also war er immer noch unter der Hut des schützenden Schattens. Dieser Gedanke raubte dem Wind die Kälte, mit der dieser jetzt über das Salzmeer blies.
»Aber glaube nicht«, fuhr Mutter Rhebus fort, »daß du deinen Verpflichtungen völlig entgehen kannst. Dein Beschützer hat mir erzählt, daß du bei den großen Ereignissen im Nordwesten eine Rolle gespielt hast. Stimmt das?« Fritti bejahte. »Gut, dann sollst du mir deine Geschichte erzählen, denn die unzuverlässigen Möwen haben mir nur Schnipsel und Scherben gebracht. Ich kann Burum-gurgun, die Marsch in der Mitte der Welt, nicht in der rechten Art und Weise verwalten, wenn ich nicht über die laufenden Ereignisse in der übrigen Welt ständig unterrichtet werde.«
Die Marsch in der Mitte der Welt. Fritti mußte bei sich selbst lächeln und begann seine lange Geschichte . . .

Die Stunde der Tiefsten Stille war fast erreicht, als er fertig war. Mutter Rhebus hatte sich während der ganzen Zeit nicht gerührt, und ihre Glotzaugen hatten ihn genau beobachtet. Am Ende seiner Geschichte plinkte sie mehrmals und saß dann schweigend da, während ihr Hals sich blähte und zusammensank.
»Beim Sumpf!« sagte sie schließlich, »es hört sich so an, als habe es in den Teichen des Katzen-Volks viele mächtige Platscher gegeben.«
Sie hielt inne, um sich ein niedrig fliegendes Insekt aus der Nachtluft zu pflücken.
»Kaltherz war eine Macht, eine große Macht, und sein Fall wird viele Wellen werfen. Nun verstehe ich, warum deine Seele verwirrt ist, kleiner Pelzrücken.«
»Verwirrt? Warum sagst du das?«
»Warum?« Mutter Rhebus kicherte. »Weil ich es weiß. Ich habe dich beobachtet, als du den Wasserschatten gesehen hast. Ich habe dir zugehört, als du die halbe Nacht gesungen hast. Dein Herz ist verwirrt und unruhig.«
»Tatsächlich?« Fritti war nicht sicher, ob ihm diese Wendung, die ihr Gespräch genommen hatte, zusagte.
»O ja, meine kleine Pelz-Quappe auf großer Fahrt... aber keine Angst. Du brauchst bloß meinen Rat anzunehmen und du wirst fröhlich deinen Weg finden. Vergiß nur eines nicht, Traumjäger: All deine Schwierigkeiten, dein Suchen, Wandern und Kämpfen – sie sind nicht mehr als eine kleine Blase im Teich der Welt.«
Fritti fühlte sich ein wenig ernüchtert, war aber auch wütend. »Was meinst du damit? Viele andere wichtige Dinge haben sich ereignet, seit ich meine Heimat verlassen habe. Für die meisten davon war ich nicht verantwortlich, sondern ich habe meine Rolle gespielt. Es ist sogar möglich, daß die Dinge einen viel schlimmeren Verlauf genommen hätten, wäre ich nicht gewesen«, schloß er mit einigem Stolz.
»Das will ich dir zugestehen. Bitte, reg dich nicht so auf!« sagte die alte Kröte lächelnd. »Doch beantworte mir eine Frage: Hat der Schnee Vastnir bedeckt?«
»Ich schätze, inzwischen hat er das getan, ja. Was soll's? Es wird bald Frühling sein.«

»Genau, mein kleines Fischchen. Weiter: sind die Vögel zum Rattblatt zurückgekehrt?«
Traumjäger wußte nicht genau, worauf sie hinauswollte. »Viele der *fla-fa'az* haben den Weg zurück gefunden... auch das ist wahr.«
Mutter Rhebus lächelte grün und zahnlos. »Sehr gut, ich will dir keine weiteren Fragen stellen. Ich jedenfalls sehe, hier in meinem Lilien-Teich, daß die Sonne immer noch jeden Tag den Himmel überquert. Verstehst du nun?«
»Nein«, sagte Fritti verstockt.
»Es ist so: Mit der Zeit kommt ein neuer Winter und geht in einen neuen Frühling über, und dann werden Vastnir und alle Werke von Kaltherz ganz und gar verschwunden sein – nur noch in der Erinnerung werden sie leben. Und nach vielen, vielen weiteren Wintern, die kommen und gehen werden, werden auch du und ich verschwunden sein, und wir werden nichts hinterlassen als unsere Knochen, damit winzige Wesen darin hausen können. Und weißt du was, tapfere kleine Katze? Der Tanz der Welt wird deswegen auch nicht um einen Deut aus dem Takt kommen.«
Schwerfällig hievte sie sich auf ihre Vorderbeine. »Nun, Freund Katze, ich muß fort und diese alten Knochen in ein Moorbad tunken. Ich danke dir für deine angenehme Gesellschaft.«
Damit hüpfte sie zum Rand des Teiches, halb ins stehende Wasser. Dann drehte Mutter Rhebus sich um und sah zurück. Ihre runden Augen zwinkerten schläfrig.
»Keine Angst«, sagte sie, »ich habe mein Lied wohl gequakt. Wenn du Hilfe brauchst, wirst du sie bekommen – zumindest einmal. Halte besonders nach Dingen Ausschau, die sich im Wasser bewegen, denn dort liegen die meisten meiner Kräfte. Viel Glück, Traumjäger!«
Mit einem Satz und einem Platschen verschwand Mutter Rhebus im Teich.

32. Kapitel

Wind über dem See: das Bild innerer Wahrheit.

I-ching (Das Buch der Wandlungen)

Während seiner letzten Nacht in den Spritzpfoten-Marschen unternahm Fritti eine lange, seltsame Reise in den Traumfeldern.
Seine Seele schwebte wie ein *fla-fa'az* über den Hügeln, Bäumen und Wassern, die Nachtwinde schlugen ihm ins Gesicht. Wie der gewaltige Akor, der auf hohen Bergen nistete, segelte er hinauf, immer höher und höher. Der Nacht-Leib von Tiefklar war sein Gefilde, in dem er reisen konnte, wohin er wollte.
Während er schwebte, sprach der Wind in sein Ohr mit den Stimmen vieler – da waren Graswiege, seine Mutter; Borstenmaul und Langstrecker. Sie alle riefen im wilden Geheul des Windes seinen Namen... doch als auch Raschkralles Stimme nach ihm rief, flog er fort – nicht aus Furcht, sondern in einer Art von Staunen. Als er sie vernahm, schwebte er herab, sauste in Schwärze. Die brüllenden Lüfte wurden das irrsinnige Geheul von Grillenfänger und Kratzkralle; die weichen Laute Dachschattens verschlangen sich mit ihren Schreien, auch alle riefen gemeinsam seinen Herznamen immer wieder.
»... Fritti Traumjäger... Fritti... Fritti... Fritti Traumjäger...«
Dann veränderte sich das rauschende Geräusch des Windes und wurde zu einem gewaltigen, unaufhörlichen Dröhnen. Er glitt so dicht über der Breitwasser dahin, daß es schien, er könne eine Tatze ausstrecken und sie in die Wellen tauchen. Salzwind preßte ihm die Barthaare an den Kopf, und der Nachthimmel ringsum war leer. Nur das Dröhnen der *Qu'cef* war zu hören.
Ein heller Blitz, wie Viror Windweiß' Stern, tauchte über dem Hori-

zont auf. Auf dem breiten Rücken des Windes rasend schnell herangetragen, konnte er das Licht aufschimmern, schwinden und erneut aufschimmern sehen.
Ein gewaltiger grauer Schwanz stand aufrecht über den Wassern der *Qu'cef*. Er ragte über den Wellen auf, und an seiner Spitze brannte das Licht, das er gesehen hatte, wie ein Himmelsfeuer.
Er raste darauf zu – nun hilflos – als er die Stimme von Schimmerauge hörte, dem Weit-Spürer, die im Wind widerhallte: »Was das Herz ersehnt... findet sich an einem unerwarteten Ort... unerwartet...«
Und plötzlich trugen die Luftströme ihn wieder hinauf, vorbei am schimmernden Licht... und der große, schwankende Schwanz sank wieder ins Wasser hinein und löschte das Licht aus... und nun... und nun entzündete sich ein zweites weicheres Licht, breitete sich über den unteren Rand des Nachthimmels aus...
Der Morgen dämmerte. Fritti saß aufrecht in seinem Nest aus Spartgras, und der Frühmorgenwind der Marsch kam seufzend durch die Stengel und Kräuter. Er stand auf, streckte sich und horchte auf die Nachtinsekten, die ihren letzten Chor sangen.

So wanderte Fritti hinaus aus den Marschen, überquerte den winzigen Bach – einen entfernten Verwandten der mächtigen Katzenjaul – der in die südlichste Spitze der Breitwasser mündete und die Grenzen der Spritzpfoten-Marschen bildete. Als er von den Ufern der *Qu'cef* hinaufstieg, zogen sich zu seiner Rechten die grünen Soden windgebeutelter Wiesen allmählich hinauf. In weiter Ferne, jenseits der Graslande, konnte er die Siedlungen der *M'an* ausmachen: klein und durch große Abstände voneinander getrennt. Er wanderte nun *Ue'a*-wärts, die grünen Wiesen zu seiner Rechten und den kiesigen Meeresstrand zur Linken.
Überall auf den hügeligen Weiden grasten wollige *Erunor*. Ihre zottigweichen Körper sprenkelten das Hügelland wie fette, schmutzige Wolken, die sich am Boden niedergelassen hatten, zu schwer, um oben zu bleiben. Als er vorbeiging, betrachteten sie ihn gleichmütig, diese kleine, orangefarbene Katze, und als er sie anrief, verzogen die

Schafe nur gutmütig die Gesichter mit den angegilbten Zähnen, antworteten aber nicht.

Als Traumjäger das Licht zum ersten Mal erblickte, hielt er es für einen Stern. Er war den Wiesenpfad hinabgestiegen, um am Ufer entlangzuwandern. Das Auge Tiefklars, das rasend schnell Fülle gewann, hatte den Sand überblaut und die Wellen versilbert. Im geisterhaften Licht hatte er eine Krabbe gefangen, war jedoch nicht in der Lage gewesen, ihre nasse und schlüpfrige Schale zu bezwingen. Entrüstet hatte er sie fortkriechen sehen – seitlich, so als habe sie keine Lust, ihm den Rücken zuzuwenden. Danach war er einige Zeit hungrig am Strand auf- und abgepirscht, in der Hoffnung, einen weniger gut gepanzerten Bissen zu finden.
Über sein Pech verzweifelt, hatte er aufgeblickt und am nördlichen Horizont die aufblühende Glut gesehen. Nach einem kurzen Aufleuchten war sie verschwunden, doch als er in die Dunkelheit starrte, kehrte sie wieder. Für kurze Zeit hatte diese Glut den Himmel erleuchtet. Einen Herzschlag später war sie wieder verschwunden.
Fritti ging weiter am Strand entlang und verfolgte entzückt dieses Schauspiel. Der ungewöhnliche Stern wiederholte den regelmäßigen Wechsel von Aufleuchten und Dunkelheit. Die Worte des Erstgeborenen kehrten in Traumjägers Gedächtnis zurück: »... ein seltsamer Hügel, der zur Nacht leuchtet...« Der Fleck am Horizont flammte erneut auf, und er erinnerte sich seines Traums: der Schwanz im Meer – der schwankende Schwanz mit der schimmernden Spitze. Was lag vor ihm? Seine Mahlzeit am Strand war vergessen. Er sprang den felsigen Hang hinauf. Heute nacht wollte er weiterwandern.

In dieser Nacht und in der folgenden folgte er dem lockenden Licht; am Morgen darauf bekam er den seltsamen Hügel endlich zu Gesicht.
Wie Feuertatze gesagt hatte, erhob er sich in der Mitte der Breitwasser, weit entfernt vom kiesigen Strand. Fritti sah deutlich, daß es ein *M'an*-Hügel war: er stieg hoch auf und war unnatürlich gerade; er war so weiß wie frischgefallener Schnee.

Traumjäger wanderte auf die bewaldete Landzunge hinaus, die ins Meer hineinragte wie eine ausgestreckte Tatze. Von ihrer äußersten Spitze aus konnte er die Insel ausmachen, auf welcher der M'*an*-Berg wuchs.
Die Insel entsproß dem Schoß der *Qu'cef* und stieg aus ihren hochgehenden Wellen auf. Ihr Rücken war mit grünem Gras bewachsen. Fritti konnte winzige *Erunor* erkennen, die sich gemächlich über den Rasen bewegten. Am Fuß des Hügel-Dinges – das mehr wie ein großer, weißer, astloser Baumstamm aussah – duckte sich eine M'*an*-Behausung, die jener ähnelte, in deren Nähe Fritti vor langer Zeit in der Heimat gelebt hatte. Dies war sein Ziel, und er war ihm so nahe, daß der Geruch der *Erunor*, der ihm zugetragen wurde, seinen Schnurrbart kitzelte. Doch zwischen Traumjäger und der Sehnsucht seines Herzens lagen viele tausend Sprünge der wogenden blauen *Qu'cef*.

Die Steigende Dämmerung kam, und das blendende Licht schoß erneut aus der Spitze des M'*an*-Hügels hervor. Traumjäger spürte es als ein Brennen in seinem Herzen.

Zwei Tage vergingen. Niedergeschlagen und enttäuscht trieb er sich auf der Landzunge herum, jagte nach jedem Kleinzeug, das er in Farn und Gestrüpp finden konnte. Als er am Ufer umherspähte, grübelte und wilde Pläne schmiedete, kreisten Seevögel über ihm am Himmel. Er meinte ihre spöttischen Stimmen zu hören, die ihm zuriefen: »Fritti... Fritti... Fritti...«
Du hast das Hirn eines Käfers, schalt er sich selbst. Warum kannst du dieses Problem nicht lösen?
Er entsann sich der Geschichte, die Schlitzohr ihm im Hügel über Fürst Tangalur erzählt hatte.
Bei Harars glänzendem Schwanz, dachte er, was nützt sie mir? Die *flafa'az* schulden mir keinen Gefallen. Sie schweben über mir und lachen mich aus.
Er blickte über das tiefe Wasser.
Er kam zu dem Schluß, daß er auch kaum imstande sein würde, einen

großen Fisch mit vielen Worten davon abzubringen, ihn zu fressen. Außerdem mußten inzwischen alle Fische Feuertatzes Trick kennen.
Niedergeschlagen setzte er seine Nachtwache fort.

Am vierten Tag nach seiner Ankunft auf der kleinen Landzunge sah er über die Wellen etwas auf sich zukommen.
In das Unterholz des Strandes geduckt, beobachtete er, wie der geheimnisvolle Gegenstand über die *Qu'cef* hüpfte. Er sah wie eine halbe Walnußschale aus, die ein *Rikschikschik* nach der Mahlzeit weggeworfen hatte – doch er war größer. Viel größer.
Irgend etwas bewegte sich im Inneren der Schale. Als sie sich der Halbinsel näherte, konnte er erkennen, daß es einer der Großen war – ein *M'an* – der sich darin bewegte. Der Große rührte mit zwei langen Ästen im Wasser hin und her.
Die Schale, grau wie alte Baumrinde, glitt an Frittis Beobachtungsposten vorbei und kam schließlich am anderen Ende der Landzunge am Ufer eines schmalen Wasserlaufs zum Stehen. Der *M'an* kletterte heraus. Nachdem er einige Zeit an einer Art langer Ranke herumgefummelt hatte, stampfte er mit den Füßen auf und ging über die Wiesen auf die anderen *M'an*-Siedlungen zu.
Fritti rannte aufgeregt über die Halbinsel, sprang über Wurzeln und Steine. Als er den Wasserlauf erreicht hatte, blickte er vorsichtig in die Runde – der Große war verschwunden –, dann sprang er herunter, um den fremdartigen Gegenstand zu untersuchen.
Er beschnüffelte ihn. Ohne Zweifel war es keine Walnußschale, sondern eher etwas von den *M'an* Gemachtes. Das Ding war zweimal so lang wie der Große. An der Seite blätterte die graue Farbe ab, und Holz kam zum Vorschein. Es roch nach *Qu'cef, M'an,* Fisch und anderen Dingen, die er nicht erkennen konnte. Fritti schlich lange Zeit um das Ding herum, schnüffelte seinen fremden Geruch, dann sprang er hinein. Er untersuchte es und versuchte herauszubekommen, was das Ding wie einen großen, grauen *Prill* schwimmen ließ.
Vielleicht würde es für mich schwimmen, dachte er und mich über das Wasser tragen.

Doch es lag bloß auf dem steinigen Strand – gleichgültig gegen Fritti und seine sehnlichen Wünsche. Er ließ sich auf dem Boden der großen Nußschale nieder. Er dachte angestrengt nach, wie er das Ding dazu bringen konnte, ihn zum leuchtenden Hügel hinüberzutragen. Er grübelte... und grübelte... und über der ganzen Grübelei in der warmen Nachmittagssonne wurde er schläfrig...

Erschrocken wachte er auf. Verwirrt blickte er in die Runde, doch er konnte außer den Wänden der schwimmenden Nußschale nichts erkennen. Knirschende Schritte kamen über den Kies auf ihn zu. Betäubt und verwirrt, zu verschreckt, um aufzuspringen und sich von dem Großen sehen zu lassen, schlüpfte er unter einen Haufen von grobem Stoff. Er kratzte ihn, als er sich unter seiner schützenden Schwere zusammenkrümmte.

Die Schritte des M'*an* verharrten, und dann glitt und schabte die ganze Nußschale über den Strand. Überrascht krallte sich Fritti im Holz unter seinen Tatzen fest. Das Schaben hörte plötzlich auf, und an seine Stelle trat die Empfindung einer sanften Bewegung. Traumjäger hörte, wie der Große schwerfällig über den Rand kletterte, und dann eine gleichmäßige Abfolge von Knarren und Spritzen.

Nach einiger Zeit faßte Fritti sich ein Herz und streckte seine rosige Nase zwischen den Falten des Tuchs hervor, das ihn einhüllte. Der mächtige Rücken des M'*an* war ihm zugewandt; der Große bewegte die Äste im Wasser hin und her. Die Nußschale war ringsum von Wasser umgeben.

Mutter Rhebus hat gesagt, ich solle auf »Dinge achten, die sich im Wasser bewegen«, dachte Fritti. Wenn also alles gutgeht – und ich nicht mit dieser seltsamen Nußschale untergehe –, werde ich ihr zu danken haben.

Er rollte sich in seinem Versteck zusammen, legte den Schwanz über die Nase und schlief weiter.

Er wußte nicht, wieviel Zeit vergangen war, als die Schale mit einem Ruck zum Halten kam. Fritti hörte den M'*an* herumfuhrwerken, doch sein Versteck blieb unentdeckt. Endlich stieg der M'*an* aus der Schale und ging mit schwerem Schritt davon. Traumjäger blieb noch eine

Weile still liegen, dann sprang er heraus, streckte sich und blickte sich um. Vor ihm stieg die Insel auf. Die Nußschale war an einem hölzernen Gehweg zur Ruhe gekommen, der eine kurze Strecke über dem Wasser verlief und dann in einem schmutzigen Pfad endete, der sich den grasigen Hang hinaufschlängelte. Am oberen Ende des Pfades konnte Fritti die M'*an*-Behausung sehen und – darüber aufragend wie ein weißer, astloser *Vaka'az'me* – den hohen M'*an*-Hügel. Die Sonne stand noch am Himmel, und der weiße Hügel war dunkel.

Fritti ging den unebenen Pfad hinauf. Das Gras unter seinen Pfoten federte. Leichten Herzens schritt er aus. Der Wind, der fern der Breitwasser wehte und seine Nase und Barthaare streichelte, gab ihm ein Gefühl, als habe er die Spitze der Welt erklommen.

Aus dem größeren Teil des M'*an*-Nestes löste sich eine dunkle Gestalt und kam mit schleppenden, lässigen Schritten ein Stück den Hang herunter. Es war ein großer Hund mit einer breiten Brust und kräftigen Beinen.

In einem sonderbaren Gefühl der Leichtigkeit und Vertrauensseligkeit schritt Traumjäger gelassen weiter. Verblüfft legte der *fik'az* seinen Kopf zur Seite und starrte. Nach einer langen neugierigen Prüfung des Fremdlings sagte der Hund: »Du da! Wer bist du? Was treibst du hier?« Die grollende Stimme der Bulldogge war tief und gemessen und hörte sich an wie ferner Donner.

»Ich bin Traumjäger, Meister *Fik'az*. Ich wünsche Guten Tanz. Und mit wem habe ich das Vergnügen zu sprechen?«

Der Hund schielte auf Fritti herunter. »Bin Rauhmaul. Hast meine Frage nicht beantwortet. Was treibst du hier?«

»O, ich schau mich nur ein bißchen um«, erwiderte Fritti und wedelte in entwaffnender Weise mit dem Schwanz. »Ich bin gerade von der anderen Seite des Wassers rübergeflogen und habe gedacht, ich werfe mal einen Blick auf die Insel. Recht hübsches Plätzchen hier, findest du nicht?«

»Ja«, knurrte Rauhmaul. »Solltest aber nicht hier sein. Verschwindest besser.« Der Hund ließ den Unterkiefer sinken und machte ein finsteres Gesicht. Dann legte er abermals den Kopf zur Seite. »Sagtest du . . . ›geflogen‹?« fragte er langsam. »Katzen fliegen nicht.«

Während sie sich unterhielten, war Traumjäger vorsichtig vorgerückt. Nun setzte er sich, kaum fünf Sprünge von dem *fik'az* entfernt, nieder und begann sich gleichmütig zu putzen.
»O, einige schon«, sagte er. »Um die Wahrheit zu sagen, meine ganze Sippe von fliegenden Katzen denkt daran, diesen Fleck hier zu ihrem neuen Nistplatz zu machen. Wir brauchen einen Ort, wo wir unsere Eier legen können, weißt du.«
Traumjäger stand auf und begann sich in gehöriger Entfernung an dem Hund vorbeizudrücken. »Ja, stell dir das vor«, sagte er von der einen Seite zur anderen blickend, »Hunderte von fliegenden Katzen... große, kleine... ist doch eine reizende Vorstellung, oder?«
Er war fast unversehrt an dem Hund vorbei, als ein tiefes Knurren ertönte. Rauhmaul fauchte: »Katzen können nicht fliegen. Ich will's nicht!«
Mit dumpfem Gebell sprang die Bulldogge vor. Fritti drehte sich um und schoß pfeilschnell den Hügel hinauf. Nach ein paar Sprüngen wurde ihm klar, daß es dort oben weder Bäume zum Hinaufklettern noch Zäune als Deckung gab; bis zur Hügelkuppe gab es nichts als offenes Grasland.
Warum eigentlich, schoß es ihm plötzlich durch den Kopf, soll ich mich mit Rennen abgeben? Ich habe schon viel schlimmeren Gefahren gegenübergestanden und überlebt. Er wirbelte herum und sah der großen Bulldogge entgegen, die auf ihn losstürzte.
»Komm her, Kotschnüffler!« heulte Traumjäger. »Komm her und messe dich mit einem Kind von Feuertatze!«
Der bellende Rauhmaul rannte völlig unerwartet in eine entschlossene, heulende und kratzende Katze hinein. Als scharfe Krallen sich in seine Hängebacken gruben, verwandelte sich sein tiefes Bellen in ein Jaulen der Überraschung. Fritti brach wie ein kleiner, orangefarbener Wirbelwind über den Heuler herein – mit Krallen und Zähnen und mit kreischender Stimme. Verblüfft zog Rauhmaul sich zurück und schüttelte den großen Kopf. Im selben Augenblick war Fritti mit angelegten Ohren und wehendem Schwanz auf und davon.
Während der bestürzte Heuler noch behutsam mit der Zunge über seine aufgerissene Nase fuhr, hatte Fritti die *M'an*-Behausung er-

reicht. Mit einem Satz sprang er an der niedrigen Steinmauer empor, zog sich hoch und gelangte mit einem weiteren Sprung auf das Strohdach. Er stand am Rand und stieß einen Triumphschrei aus.

»Beim nächsten Mal nimm das Volk nicht so leicht, du großes, stoffeliges Biest!«

Unter ihm auf der Erde knurrte Rauhmaul. »Komm nur runter, und ich werde dich mit einem Haps runterschlucken, Katze!«

»Ha, ha!« schniefte Traumjäger. »Ich werde ein Heer meines Volkes herbringen. Und wir werden uns hier niederlassen und dich am Schwanz zerren und dir deine Hängebacken tätscheln, bis du vor Schande eingehst! Ha!«

Rauhmaul drehte sich um und trottete mit schwerfälliger Würde fort.

Fritti tapste leise auf dem Stroh hin und her, und allmählich schlug sein Herz wieder so wie immer. Er fühlte sich wundervoll.

Nach einigem Suchen – er beugte sich mit gekräuselter Nase über den Dachrand – entdeckte er unter dem überstehenden Rand des Daches ein offenes Fenster. Vorsichtig blickte er sich nach dem Heuler um, doch Rauhmaul war viele Sprünge hügelabwärts gegangen und leckte seine Wunden. Fritti sprang auf die Steinmauer herunter und rasch von dort auf das Fenstersims. Er verhielt einen Augenblick, um die Entfernung bis zum Boden abzuschätzen, hockte eine Sekunde unschlüssig auf dem Sims und sprang hinab.

In der Mitte des Raumes, zu einer dichten pelzigen Kugel zusammengerollt, lag Goldpfote.

33. Kapitel

Ein gewisser Einsiedler, ich weiß nicht, wer, sagte einst,
daß nichts mehr ihn mit diesem Leben verbinde;
das Einzige, das er mit Bedauern aufgebe, sei der Himmel.

Yoshida Kenko

Sie schien ihn nicht zu bemerken. Mit gebogenem Rücken und zitternden Beinen stand er vor ihr und brachte kein Wort heraus. Goldpfote hob lustlos ihren Kopf und starrte ihn an.
»Ja? Was willst du?«
»Goldpfote!« sagte er halb erstickt. »Ich bin es. Traumjäger!«
Die Augen der *Fela* weiteten sich überrascht. Eine lange Weile blieben beide Katzen stumm.
Goldpfote schüttelte verwundert ihren Kopf. »Traumjäger? Mein kleiner Freund *Traumjäger?* Bist du's wirklich?«
Im nächsten Augenblick war sie auf den Pfoten, dann waren sie zusammen, beschnüffelten sich und rieben ihre Nasen und Mäuler aneinander. Fritti fühlte in seiner Brust eine große Wärme... Bald war der Raum mit dem Geräusch schläfrigen Geschnurrs erfüllt...
Später lagen sie Nase an Nase und Fritti erzählte Goldpfote von seinen Reisen und Abenteuern. Zuerst war sie voll Lob und Staunen, doch je länger sich die Geschichte hinzog, desto weniger Fragen stellte sie. Schließlich verstummte sie ganz und leckte Fritti zufrieden, während er sprach. Als er mit seiner Geschichte fertig war, rollte er sich herum, um Goldpfote anzuschauen.
»Du mußt mir erzählen, wie du hierher gekommen bist!« rief er. »Ich bin in die Tiefe gestiegen, um dich zu finden – doch du warst hier sicher. Was geschah damals?«

Goldpfote reckte sich. »Es war sehr mutig von dir, Traumjäger, wirklich – mich zu suchen. Und all diese schrecklichen Biester! Ich bin ziemlich beeindruckt. Meine eigene Geschichte ist, fürchte ich, nicht im geringsten so aufregend.«

»Bitte, erzähl.«

»Nun, es ist wirklich eine einfache Geschichte. Eines Tages – heute scheint es so lange her zu sein – steckten mich die *M'an* einfach in ein Kästchen. Es sah aus wie ein Schlafkästchen, weißt du, war aber oben geschlossen. Nun, eigentlich brauchten sie mich gar nicht reinzustekken – denn drinnen lag ein kleiner Bissen von dem prill-Fisch. Natürlich mag ich prill-Fisch sehr gern, sonst hätten sie mich da nicht so einfach reingekriegt. Ich war sehr, sehr lange in dem Kästchen, doch durch ein paar Löcher konnte ich rausgucken. Wir reisten und reisten und kamen endlich an die Breitwasser. Wir stiegen in ein Schalen-Ding und schwammen über das Wasser.«

»Ich bin auch mit dem Schalen-Ding hergekommen!« sagte Fritti aufgeregt. »So bin ich hergekommen.«

»Natürlich«, sagte Goldpfote abwesend. »Siehst du, so bin ich an diesen Ort gekommen. Ich finde, es ist sehr hübsch hier. Was meinst du?«

»Aber was ist mit dem Heuler?« fragte Fritti. »Hast du je mit ihm Ärger gehabt? Es sieht so aus, als könnte er das Leben hier sehr gefährlich machen.«

»Rauhmaul?« Sie lachte. »O, er ist wirklich bloß ein großer Säugling. Außerdem gehe ich nicht oft nach draußen. Hier drin ist es so hübsch und warm...« Sie döste ein.

Fritti war ganz durcheinander. Offenbar war Goldpfote noch nie in irgendeiner Gefahr gewesen.

»Hast du oft an mich gedacht?« fragte er, doch er bekam keine Antwort. Sie schlief fest.

Als der Große in den Raum kam und sie beide nebeneinander fand, setzte sich Fritti mit gesträubtem Fell auf. Der *M'an* kam langsam näher und machte leise Geräusche. Als Fritti nicht wegrannte, beugte er sich nieder und streichelte ihn sanft. Traumjäger zog sich zurück,

doch der Große folgte ihm nicht – er hockte sich bloß mit ausgestreckter Tatze nieder. Fritti bewegte sich zögernd darauf zu. Als er dicht genug heran war, beschnüffelte er sie vorsichtig. Die M'*an*-Pfote roch aufregend nach Fisch. Fritti schloß die Augen und kräuselte vor Vergnügen die Nase.
Der M'*an* stellte neben Fritti etwas auf den Boden. Er erkannte es sofort. Es war eine Eßschale. Als er den Geruch ihres Inhalts witterte, löste sich Traumjägers Mißtrauen auf. Der Große kraulte ihn hinter dem Ohr, während Fritti es sich schmecken ließ. Fritti beachtete das Kraulen nicht.

Goldpfote kam ihm verändert vor. Die Zierlichkeit und Anmut von Pfoten und Schwanz waren unverändert, doch sie war ein gutes Teil dicker geworden – rundlich und weich unter ihrem schimmernden Fell. Sie kam ihm auch nicht so unternehmungslustig vor, wie sie es früher gewesen war –, sie zog es vor, in der Sonne zu schlafen, und am Laufen und Springen lag ihr weniger. Fritti konnte sie nur unter großen Schwierigkeiten zum Spielen verlocken.
»Du warst schon immer ein *Springinsfeld,* Traumjäger«, sagte sie eines Tages. Er fühlte sich verletzt.
Alles ist nicht ganz so, wie ich es erwartet habe, dachte er.
Gewiß, sie war erfreut, ihn zu sehen und hatte Spaß daran, einen Gefährten zu haben, mit dem sie schnurren konnte, aber Fritti war unbefriedigt. Goldpfote schien einfach nicht begreifen zu wollen, was er alles auf sich genommen hatte, um sie zu finden. Sie schenkte ihm auch nicht mehr Aufmerksamkeit, wenn er ihr von den Wundern Erstheims oder von der Erhabenheit der Erst-Geher erzählte.
Gleichwohl war das Futter sehr gut. Der Große gab ihnen wunderbare Speisen, war immer freundlich zu Traumjäger, streichelte und kraulte ihn und ließ ihn nach Lust und Laune umherstreifen. Mit Rauhmaul, dem Hund, kam Fritti nicht so gut aus, doch sie hielten einen unbehaglichen Waffenstillstand ein. Fritti war sehr darauf bedacht, sich nie allzu weit von einem Schutz zu entfernen.

So gingen die Tage an jenem Ort dahin, den Feuertatze Villa-on-Mar genannt hatte. Jede Sonne war ein bißchen wärmer als die vorangegangene. Scharen von Zugvögeln machten auf dem Flug nach Norden kurz auf der Insel Rast, und Fritti hatte viel Spaß mit ihnen, obgleich er selten hungrig genug war, um ernsthaft auf Jagd zu gehen. Die Zeit floß träge dahin wie ein stiller Fluß. Traumjäger wurde selber rundlich – und unruhig.

Eines Nachts mitten im Frühling, als Tiefklars Auge sich wieder einmal rundete, kamen viele Große in einer großen Schale über die *Qu'cef,* um den *M'an* zu besuchen. Das Nest quoll über von Großen, und ihre dröhnenden Stimmen hallten überall. Einige von ihnen versuchten mit Fritti zu spielen.
Große Krabbelpfoten warfen ihn in die Luft und drückten ihn, und wenn sie ihn dicht vor ihre Gesichter hielten, krümmte er sich unter ihrem unangenehmen Atem. Als er die Flucht ergriff, brüllten die lauten Stimmen gewaltig.
Fritti sprang zum Fenster, doch Rauhmaul hielt übelgelaunt draußen Wache. Fritti rannte zwischen den Beinen der grölenden, grapschenden Großen hindurch und rettete sich in den Raum, wo Goldpfote zusammengerollt lag und schlief. »Goldpfote!« rief er und stieß sie an. »Wach auf! Wir müssen diesen Platz verlassen!«
Die *Fela* gähnte, streckte sich und blickte ihn verwundert an. »Wovon sprichst du, Traumjäger? Weggehen? Warum?«
»Dieser Platz ist nicht das Richtige für uns«, sagte er erregt. »Die Großen packen uns und tragen uns, sie füttern uns und streicheln uns... zum Umherrennen ist hier kein Raum!«
»Du redest nichts als Unsinn«, sagte sie kühl. »Wir werden sehr gut behandelt.«
»Sie behandeln uns wie Katzenkinder. Das ist kein Leben für einen Jäger. Da hätte ich ebensogut das Nest meiner Mutter Graswiege nie zu verlassen brauchen!«
»Du hast recht«, sagte Goldpfote. »Du hast recht, weil du dich wie ein aufgeregtes Neugeborenes benimmst. Was meinst du mit ›verlassen‹? Warum sollte ich woanders hingehen?«

»Wir können uns in einer Schale verstecken, wie ich es damals gemacht habe. Wir können uns wegschleichen und in den Wald zurückkehren oder in die Marschen... wohin du willst«, sagte Fritti verzweifelt. »Wir können laufen, wo und wann wir wollen. Wir können eine Familie aufziehen.«

»Oho, eine Familie, ist es das?« sagte sie. »Das kannst du dir auf der Stelle aus dem Kopf schlagen. Ich habe von deinem Schnurren und Schnüffeln mehr als genug, Himmeltanz weiß es. Ich habe dir schon gesagt, daß ich an dieser Art von Vergnügen nicht das geringste Interesse habe. Ich bin bestürzt zu sehen, wie lächerlich du dich benimmst. Der Wald! Wie schön! Blätter und wer weiß was im Fell und tagelang nichts zu essen! *Visl* und *Garrin* und... Harar weiß, was sonst noch alles! Nein, vielen Dank!«

Als sie den verletzten, erschrockenen Ausdruck in Frittis Gesicht sah, wurde ihre Miene weicher. »Hör zu, lieber Traumjäger«, sagte sie. »Du bist mein Freund, und ich glaube, daß du etwas ganz Besonderes bist. Ich glaube, du bist bloß aufgebracht. Es stimmt: Die Großen können manchmal wirklich laut und erschreckend sein. Halte dich einfach von ihnen fern, und am nächsten Tag wird wieder alles so friedlich und ruhig sein wie zuvor.« Sie rieb sein Maul mit ihrer Nase. »Geh jetzt einfach schlafen. Später wirst du einsehen, daß dies alles sehr töricht war.« Sie legte ihren Kopf nieder und schloß die Augen.

Fritti saß da und starrte ins Leere. Warum versteht sie mich nicht, fragte er sich verwundert. Irgend etwas ist falsch hier, ich fühle es. Aber was war es? Warum hatte er, genau wie damals unter der Erde, das Gefühl, in der Falle zu sitzen?

Goldpfote fiepte im Schlaf und spreizte ihre Krallen.

Ich müßte eigentlich glücklich sein, dachte er. Die Sehnsucht meines Herzens war, Goldpfote zu finden... war es nicht so? Fürst Feuertatze hat gesagt, ich würde die Sehnsucht meines Herzens in Villa-on-Mar finden, hier... Langsam ging Traumjäger zum offenen Fenster und sprang auf das Sims. Das große Licht des Hügels über der Behausung warf seinen hellen Strahl über die dunklen Wasser der *Qu'cef*. Die Luft war warm und erfüllt von den Gerüchen wachsender Dinge.

Als das Schalen-Ding gegen das Ufer stieß, kroch Fritti aus seinem Versteck hervor. Er sprang an den verblüfften Großen vorbei aus der Schale und auf den kiesigen Strand. Die M'*an*-Schar stieß Rufe der Überraschung aus. Mit einem Schnipsen seines orangefarbenen Schwanzes flog er den Hang hinauf und in die Wiesen, über denen hell das Auge strahlte.

Er stand auf einem grasigen Hügel und dachte an all die Dinge, die er tun würde. Raschkralle wartete in Erstheim auf ihn. Er mußte ihn wiedersehen. Und natürlich seine Freunde vom Mauertreff. Welche Geschichten er zu erzählen hatte! So viele Plätze mußte er noch kennenlernen!

Und natürlich Dachschatten. Firsa Dachschatten, schlank und dunkel wie ein Schatten . . .

Ein Nachtvogel trillerte. Die Welt war so groß, und der Nachthimmel floß über von schimmerndem Licht.

Wie ein Feuer, wie ein Stern, der in seinem Herzen und in seinem Kopf gebrannt hatte, kam es über ihn; er verstand. Er lachte und hüpfte, und dann lachte er wieder. Er sprang und wirbelte auf der Kuppe des Hügels herum, und seine Stimme erhob sich zu einem Freudelied.

Als Traumjäger seinen Tanz beendet hatte, sprang er den Hang hinab und rannte singend in die Felder. Sein Schwanz wehte hinter ihm. Tiefklars Auge sah gelassen zu, wie seine helle Gestalt in den hohen Gräsern verschwand.

Namensverzeichnis

Arthwine	eine Füchsin
Auenhusch	ein junger Kater vom Mauertreff
Bachhüpfer	Abgesandter des Mauertreffs
Balger	ein Erst-Geher
Beutebalg	Erstheim-Katze
Biegehalm	Erstheim-Katze
Blaurücken	ein Prinz des Volkes
Borstenmaul	Meister-Singer vom Mauertreff
Brechbusch	Erstheim-Katze
Buschpirscher	Erst-Geher, Lehnsmann
Dämmerstreif	eine Königin des Volkes
Dünnbart	Dachschattens Vater
Fela Himmeltanz	Mutter des Volkes
Fikos	ein von Grizraz Kaltherz geschaffenes Untier; in der Katzensprache Bezeichnung für »erschreckende Lasterhaftigkeit«
Firsa Dachschatten	Traumjägers Gefährtin
Flackerblitz	Schwester von Springhoch
Flürüt	ein Prinz der Vögel
Fritti Traumjäger	unser Held
Glattbart	ein Prinz des Volkes
Goldpfote	Traumjägers Freundin
Grasknirsch	Anführer der Krallengarde
Graswiege	Traumjägers Mutter
Greiftatz	Erstheim-Katze
Grillenfänger	verrückte Katze, Traumjägers Gefährte
Grizraz Kaltherz	einer der Erstgeborenen; Fürst von Vastnir
Hängebauch	ein Erst-Geher
Harar Goldauge	Vater des Volkes

Hartbiß	Krallenwächter
Heißblut	Meister der Zahngarde
Heulsang	Schüler eines Meister Alt-Sängers
Irao Himmelherz	ein Prinz des Volkes
Jargum	ein mythischer Frosch
Käferscheuch	ein junger Kater vom Mauertreff
Kletterblitz	ein Prinz des Volkes
Knarrer	ranghoher Erst-Geher; Lehnsmann
Knickebein	Gefangener in Vastnir
Kraller	Katze in Hängebauchs Lied
Kralli	ein junger Rabe
Kratzkralle	Anführer der Krallengarde
Kräuselpelz	eine Königin des Volkes
Langstrecker	Älterer vom Mauertreff; Traumjägers Gönner
Langzahn	Krallenwächter
Laubsänger	eine Prinzessin des Volkes
Leckschnüff	Älterer vom Mauertreff
Leisetritt	Erstheim-Katze
Lichtjäger	Gefährte von Zaungänger
Magerwicht	Zahnwächter
Mausenag	Meister Alt-Sänger aus Erstheim
Meister Flitz	ein Eichhörnchen
Meister Plink	ein Bote der Eichhörnchen
Meister Schnalz	ein Eichhörnchen
Miesmager	Erst-Geher, Lehnsmann
Königin Mirmirsor Sonnenfell	die Königin des Volkes
Mondjäger	Gefährte von Zaungänger
Mutter Rhebus	eine Kröte
Narbenmaul	Aufseher der Krallengarde
Nasenzupf	Leckschnüffs Lebensgefährtin
Neunvögel	mythischer Prinz; Vorfahr der Großen
Ohrenspitz	Älterer vom Mauertreff; Abgesandter
Pfotenflink	ein junger Kater vom Mauertreff

Herr Popp	Herrscher der Eichhörnchen
Raschkralle	Traumjägers Gefährte
Ratzfatz	Knochenwächter
Rauhmaul	Meister-Singer vom Mauertreff
Rauro Beißzuerst	Hunde-König aus Grillenfängers Geschichte
Reibepelz	Erst-Geher, Knarrers Gefährte
Reißer	Krallenwächter
Reißmaul	Krallenwächter
Rotbein	Katzenprinz aus Grillenfängers Geschichte
Rotrot	ein mythischer Fuchs
Säbelbein	Erstheim-Katze
Schimmerauge	Weit-Spürer unter den Erst-Gehern
Schimmerfell	eine Königin des Volkes
Schimmerkralle	ein Prinz des Volkes
Schlammläufer	Katze vom Grenzwäldchen
Schlitzbauch	Zahnwächter
Schlitzohr	Gefangener in Vastnir; Geschichtenerzähler
Schluckschlund	Erstheim-Katze
Herr Schnapp	Eichhörnchenführer; Bruder von Herrn Popp
Schnappmaul	Erstheim-Katze; Tänzer
Schnappzahn	Krallenwächter
Schnüffelschneuz	Dachschattens Bruder
Schnüpper	Zahnwächter
Schnurrmurr	Kämmerer am Hof von Harar
Schnurrweich	Traumjägers jüngste Schwester
Schwanzwelle	Älterer vom Mauertreff
Seidenöhrchen	eine Königin des Volkes
Skoggi	Alter Rabe
Spindelbein	Traumjägers Freund vom Mauertreff
Springhoch	ein junger Kater vom Mauertreff; Abgesandter
Springwolke	Katzenkönigin aus Grillenfängers Geschichte
Prinz Sresla Taupfote	Prinzgemahl der Königin Sonnenfell
Starktatze	ein Prinz des Volkes
Streifenbauch	Fritti Traumjägers Vater

Frau Surr	Lebensgefährtin von Meister Flitz
Tangalur Feuertatze	einer der Erstgeborenen
Tatzensäbel	Vorfahr von Zitterkralle
Tiefducker	Knochenwächter
Tiefklar Urmutter	Begründerin des Volkes
Tirya Glockenrein	Traumjägers älteste Schwester
Viror Windweiß	einer der Erstgeborenen
Weichherz	ein Prinz des Volkes
Windblume	seltsame Katze in Knarrers Geschichte
Winkschwanz	ein Erst-Geher
Wolfsgespiel	ein Prinz des Volkes
Zaungänger	Prinz, Sohn der Königin Sonnenrücken
Zitterkralle	Erst-Geher, Lehnsmann
Zwicker	Zahnwächter

Kleines Lexikon der Katzensprache

A	zu, nach, bei
Akor	Adler
An	Sonne
Ar	Ja
Az	Katze, Wesen
Az-iri'le	»Wir-Katzen«: das Volk
Az'me	»Erd-Katze«: Baum
Cef	Wasser
Cef'az	»Wasser-Katze«: Fisch
Cir	singen, sprechen
Cu	Bruder oder Schwester
Cu'nre	»Herz-Bruder«: Freund
E	heiß
E'a	»hitzewärts«: Süden
Erunor	Schaf
Fa	Sprung
Fe	Mutter
Fela	weibliche Katze
Fik	laut, furchterregend
Fik'az	»Laut-Katze«: Hund
Fikos	»erschreckende Lasterhaftigkeit«
Fla	rennen
Fla-fa'az	»Renn-spring-Katze«: Vogel
Fri	klein
Garrin	Bär
Har	Vater
Hlizza	Schlange
Iri	Ich

Iri'le »Viele-Ich«: wir
Ka Geist, Seele
Krauka Rabe
La Geburt
Le viele
Ma weg von; außerhalb
M'an Menschen
Me Erde
Mela »Geburt-Erde«: Nest
Mela'an »Sonnen-Nest«: Himmel
Me'mre »Nähr-Erde«: Abfall; Katzendreck
Meskra Habicht
Mre Essen, Nahrung
Mre'az »Nähr-Katze«: Maus
Mri Schlaf
Mri'fa »Schlaf-Sprung«: Traum
Mri'fa-o »Gute Träume«: Gute Nacht
Nre Herz
Nre'fa »Herz-Pochen«: Tanz
Nre'fa-o »Guter Tanz«: Hallo; Auf Wiedersehen
O gut
Oel Meister, Anführer
Oel-cir'va »Meister Alt-Sänger«
Oel-var'iz »Meister-Seher«: Weit-Spürer
Os schlecht; nicht richtig; falsch
Praere Kaninchen
Prill Lachs
Qu groß, breit
Qu'cef Breitwasser
Ri Kopf
Rikschikschik Eichhörnchen
Ruhu Eule
Tesri Hirsch
Tom(ptom) Kater
Ue kalt

Ue'a	»Kälte-wärts«: Norden
Va	alt
Va'an	»Alte-Sonne«: Westen
Vaka'az'me	»Alter Geisterbaum«: Eichbaum
Var	Sicht; Gespür
Vez	jung
Vez'an	»Junge-Sonne«: Osten
Visl	Fuchs

Die den einzelnen Kapiteln vorangestellten Gedichtzeilen, Zitate etc. wurden von Hans J. Schütz übertragen. Andere Übersetzungen wurden für die im folgenden genannten Autoren herangezogen:

Lewis Carroll: Alice im Wunderland. Übersetzt und mit einem Nachwort von Christian Enzensberger. Frankfurt 1973.

Dante Alighieri: Die Göttliche Komödie. Übersetzt von Hans Rheinfelder. München 1978.

Edgar Allan Poe: Gedichte – Poems. Deutsch von Arno Schmidt und Hans Wollschläger. München 1986.

Wallace Stevens: Der Planet auf dem Tisch. Gedichte und Adagia. Englisch und Deutsch. Übertragen und Nachwort von Kurt Heinrich Hansen. Stuttgart 1983.
(für ein Zitat aus »Thirteen Ways of Looking at a Blackbird«)